购于博客来
2019.02.27

遺民、疆界與現代性

漢詩的南方離散與抒情(1895-1945)

Loyalists, Boundary and Modernity

Southbound Diaspora and Lyricism of Classical-Style Chinese Poetry, 1895-1945

高嘉謙——著

序　開往南洋的慢船

王德威

南中國海方圓三百五十萬平方公里，公元前三世紀就已進入秦帝國的視域。中古以來，這塊海域上貿易航線大開，各種文明來往交織。十六世紀初葡萄牙人來到馬六甲海峽，此後四百年歐美殖民勢力入侵，無所不用其極。與此同時，中國人——商旅和苦力，使節和海盜、亡命者和革命者——絡繹於途，帶來更深遠的影響。時至今日，從馬來半島到菲律賓群島，從香港到爪哇，超過三千五百萬華裔在此落地生根，形成廣義的南洋文化。

這是高嘉謙教授專著《遺民、疆界與現代性：漢詩的南方離散與抒情（一八九五—一九四五）》的背景，全書的焦點則集中十九世紀末至第二次中日戰爭時期中國境外的「南方」書寫。十八世紀以來東南沿海華人移民海外已經蔚為風潮，乙未割臺、辛亥革命，以迄抗戰軍興更讓許多別有政治、文化懷抱的士子文人也參與了這一行列。當神州大陸不再是托命之地，他們四處漂泊、流寓他鄉，成為現代中國第一批離散知識分子。那是怎樣的情景？康有為、丘逢甲、邱菽園、許南英、郁達夫……，南中國海一艘又一艘的船上，我們可以想見他們環顧大海，獨立蒼茫的身影。

比起當時絕大部分南下的華人，這批行旅者曾經接受正宗傳統教育，對時代的劇變因此有更敏銳的感觸。不論維新或是守舊，他們一旦被拋擲在故國疆域之外，自然有了亂離之感。而當他們將這樣的情懷付諸筆墨時，他們選擇古典詩詞作為書寫形式。面向一個充滿驚奇與嬗變的世界，他們頻頻回首，感時傷逝，因此有了朝代的——也是時代的——遺民姿態。

在名為現代的世紀裡，我們要如何處理這群文人的位置？高嘉謙的專書提出了極具挑戰性的問題：如果新的世紀以梁啟超所謂的「新民」作為動力，這些「遺民」也可能帶來新意麼？他們是時代的落伍者，還是主流的挑戰者？民國建立以後，主權、領土、疆界和國家論述興起，這群文人遠走國境南方以南，他們的離散書寫如何指向一種家國以外的空間想像？更重要的是，這些文人以舊體詩詞作為創作依歸。如此，他們的作品還能稱之為新文學麼？橫貫在這些問題之下的，當然是中國現代性的巨大挑戰。

*

《遺民、疆界與現代性》是當代中文學界第一部處理這些問題的著作。全書共分為八章，討論遺民漢詩、南方離散，與現代文學的複雜關係。開宗明義，高嘉謙對近代遺民譜系重新做出考察。就傳統定義而言，遺民泛指「江山易代之際，以忠於先朝而恥仕新朝者」[1]。遺民傳統可以上溯到周代，宋元以後形成有體系的論述。是在明清世變之際，「遺民」才陡然成為重要的政治選項，甚至延伸為一種獨特的主體意識、生活方式、論述場域。遺民遙念前朝，不勝黍離麥秀之姿，但在他們保守的政治立場之下，卻藏有捨此一步、別無死所的激進心態。這樣的心態一般謂之忠於正朔，但有鑑於明清之際主體思潮的轉變，我們也未嘗不可說是忠於自己。知其不可為而為之，明清遺民「一意孤行」的荒謬性和戲劇性，已經帶有淡淡的現代色彩。

遺民的本義，暗示一個與時間脫節的政治主體。遺民意識因此指向事過景遷、悼亡傷逝的政治、文化立場。但高嘉謙提醒我們，明末清初朱舜水東渡日本，沈光文寄寓臺灣，他們將前朝故國之思帶往海外，因此將「遺民」意識的範疇從時間的錯置延伸為空間的位移。這一轉變其實和大航海時代的來臨若合符節。有清一代的海外政策儘管時緊時鬆，海疆的動盪已經不是遠在北方的朝廷所能掌握。清室覆亡前後，有志之士「乘桴浮於海」不再只是抽象的寄託，而成為實際行動了。

是在這樣的認知下，高嘉謙展開了他的論述。書中主要分為兩個部分，第一輯「從臺灣、廣東到香港」處理傳統定義的中國南方邊境的個案，包括一八九五年臺灣割讓日本，丘逢甲輾轉廣東、南洋

1 謝正光：《清初詩文與士人交遊考》（南京：南京大學出版社，二〇〇一），頁六。有關（明清）遺民定義，見 Lynn Struve. "Ambivalence and Action: Some Frustrated Scholars of the K'ang-his Period" Jonathan D. Spence and John E. Wills. Jr. ed. *From Ming to Ch'ing: Conquest, Region, and Continuity in Seventeenth-century China*. New Haven: Yale University Press, 1979. p. 327。王德威：《後遺民寫作》（臺北：麥田，二〇〇七）。

的行止；臺灣成為日本殖民地後，在地文人王松、洪棄生等人去留、仕隱的決定；香港文人陳伯陶等在英國殖民治下，對宋代宗室遺民地景的發現——或發明。第二輯「從新加坡、馬來半島、到蘇門答臘」處理南方以南的南洋如何成為遺民「現場」，包括戊戌變法失敗後，康有為遠走新、馬的始末；新加坡名士邱菽園的星洲風雅傳奇；郁達夫流亡新、馬，以及在印尼的神祕失蹤；臺灣文人許南英漂泊南洋、死於印尼的悲劇。

我們不難看出高嘉謙的用心：他筆下的遺民從嶺南、臺灣、香港一路南下，跨越南中國海，馬來半島，最後來到蘇門答臘。這樣的動線以往的遺民論述未曾得見，而所謂的「遺民」定義因此也有巨大改變。丘逢甲乙未後棄守臺灣民主國，康有為戊戌政變後流亡海外號召勤王，王松、洪棄生在臺灣與日本殖民勢力周旋，陳伯陶在英國殖民地香港遙望宋朝遺民，邱菽園定居英屬新加坡，郁達夫、許南英客死荷屬印尼。這些文人各自站在不同的立場——從大清到民國、從宋代到明代宗室、從嶺南到閩南文化——表達他們的故國之思。由此形成的多元、分歧遺民屬性在在暗示以往的論述已經不足以應付二十世紀初以來的劇烈變動。

更何況在此之上，高嘉謙筆下的遺民必須面對西方和日本所代表的異國的、進步的政經、文化與知識衝擊。比起前朝那些仍能夠遙望正朔，涕泣不已的遺民，丘逢甲等人無不顯示一種更根本的存在危機。「我們回不去了」，這些遺民最終的憂鬱來自一種面對時空斷裂，不知何所來、何所之的本體空虛。他們是「現代」降臨後的遺民。

「遺民」之外，高書另一重要命題是「疆界」。學者如葛兆光教授等早已指出，中國傳統地理觀念強調「疆域」而較輕「疆界」[2]；後者的定義其實與現代國家的興起息息相關。疆域不只是土地的統領，也是文化上華夷之辨的判準，而疆界首先強調國與國之間的邊界劃定，以此作為主權的空間界線。一六四八年，歐洲「三十年戰爭」結束，交戰國簽訂《西發利亞條約》（*Peace of Westphalia*），明訂國家基本結構和疆界，開啟我們今天熟悉的國際體制。與此同時，歐洲列國又大肆展開世界殖民行動，南中國海恰是兵家必爭之地。

中國被迫進入這一國際舞臺已經是十九世紀中葉的事。「天下」漸遠，作為現代國家的「中國」浮出歷史地表，而國家疆界齟齬每每在列強壓境下凸顯。香港、臺灣被割讓為殖民地只是最明白的例子。然而從香港、臺灣再南下，問題變得更為複雜。二十世紀前半葉的南洋多為歐西殖民勢力侵佔，但在千百萬華裔移民或過客心中，南洋的地理卻另有意義。他們藉由文化、宗族和經濟的紐帶，將渺遠的唐山化為一處處在地的「現場」，竟然也形成無遠弗屆的疆域——一種安德森（Benedict Anderson）所不能想像的「想像的共同體」。

而在高嘉謙所處理的菁英社群裡，文人彼此更經過漢詩寫作與流傳，打造同情共感的知識和感覺結構。不論抒情言志或是采風酬庸，漢詩的持續力歷久而彌新。高嘉謙的重點則是，對於流亡或離散海外的孤臣孽子，漢詩縝密封閉的程式成為彼此不期然的通關口令。漢詩和遺民兩者之間產生互為表

---

2 葛兆光：〈歷史中國之「內」與「外」——有關「中國」／「周邊」概念的再澄清〉，未刊論文。另見《何為中國？：疆域、民族、文化與歷史》（香港：香港牛津大學出版社，二〇一五）。

裡的關係。但如上述，新世紀的海外遺民快速移動在不同的政治立場和地理現場，因而帶來始料未及的現代意義，那麼海外漢詩流轉在多變的語境和傳佈媒介間，是否也投射了中國國境內無從想像的新視野？「華夷之辨」挪到殖民、遺民、與移民的語境，複雜性更無以復加。

如果《西發利亞條約》之後的國際地理由主權國的疆界來決定，那麼跨越疆界的遺民，和跨越疆界的漢詩所形塑的多重空間，就有了始料未及的顛覆意義。準此，高嘉謙介紹了精采的個案。乙未割臺後，四位臺灣詩人做出四種選擇：丘逢甲內渡中國，另起爐灶；洪棄生株守彰化故園，以棄民自況；王松徘徊大陸、臺灣之間，終與日本殖民政權妥協；許南英為謀生計，遠走南洋。他們出入民族的、國家的、文化的以及詩歌的疆界，他們的詩作也反映同樣的移動軌跡。又比如邱菽園出身福建，幼年赴南洋，最終定居新加坡，因緣際會，成為星洲詩壇盟主，與他往還——或神交——的海外名士包括康有為、丘逢甲、到王松、許南英等。上個世紀初海外漢詩流動之頻繁，由此可見一斑。

*

二十世紀儘管新文學當道，舊體詩的命脈其實不絕如縷。一九九〇年代以來大陸學界拜「重寫文學史」運動之賜，現代舊體詩開始得到注意，時至今日，已經蔚然成風。二〇一四年學者齊聚德國法蘭克福，發表《法蘭克福宣言》，為現代舊體詩正名[3]。即使如此，學界對這一文類的定位莫衷一是，或謂之封建傳統的迴光返照，或謂之騷人墨客的附庸風雅，或謂之政治人物的唱和表演。

如果我們按照新文學史公式，視現代文學發展為單一的、不可逆的、白話的、現實主義的走向，舊體詩聊備一格、每下愈況的特徵就愈發明顯。但文學史不必是進化論、反映論的附庸，更不必是意識型態的傳聲筒。中國文學的現代性如果可觀，理應在於不必受到任何公式教條的侷限。其次，舊體詩只是傳統詩詞籠統的統稱。十九世紀以來，從文選派到同光體，從大陸的南社到臺灣的櫟社，從丘逢甲到呂碧城，舊體詩體制多元，題材有異，書寫、閱讀主體的位置也大相徑庭。換句話說，在文學現有的單向時間表下，我們往往忽略了「現代」這一場域如何提供了「共時性」的平臺，讓舊體詩呈現前所未見的多聲歧義的可能。

這一觀點引導我們再思考舊體詩的「詩」在傳統中國文明裡的意義，無從以學科分類式的現代「文學」所簡化。作為一種文化修養，一種政教機制，甚至是一種知識體系和史觀，「詩」之所以為詩的存有意義遠非現代定義的詩歌所能涵蓋。尤其值得注意的是，現代文人學者衝刺於啟蒙和革命陣仗之餘，驀然回首，卻每每必須寄情舊體詩的創作或吟誦，彷彿非如此不足以道盡一個時代的「感覺結構」。恰恰是現代文人對舊體詩的迎拒之間，有關中國人文精神存續這類的辯證變得無比鮮活。

目前大陸學界有關現代中國舊詩的研究方興未艾，但對海外傳統卻鮮少注意。這當然是國家文學的疆界意識作祟所致。高嘉謙教授的專著及時推出，因此彌補了一大空缺。高以「漢詩」作為討論的文類命名，有其用心。相對「中國舊體詩」，「漢詩」所包羅的文化、地理意涵更為廣泛，何況海外漢詩寫作甚至有了與日本漢詩對話的層次。王松、邱菽園都有與日本殖民官員文人唱和的例子。我們

3 "Frankfurt Consensus" *Frontiers of Literary Studies in China* 9.4 (2015): 507-509.

於是看到海外漢詩的多重承擔：一方面延續中華文化的精粹，一方面卻也必然呈現異地與易地風雅的變奏。

如高嘉謙所指出，境外遺民與漢詩所形構的時空座標（chronotope）多半圍繞異鄉故國、咫尺天涯為起點。「詩可以怨」的主題無比鮮明。但既然這些詩歌是在海外離散的情境中生產，懷抱就有所不同。康有為亡命天涯之際，有緣在新加坡成為邱菽園的座上賓，詩酒酬唱之際，不禁感嘆：

> 中原大雅銷亡盡，流入天南得正聲。
> 試問詩騷選何作，屈原家父最芳馨。

這首詩歌感嘆中原正聲傾頹、大雅消亡，是典型孤臣孽子的聲音。但康筆鋒一轉，發現「天南」反而蘊育存亡續絕的線索。從傳統華夷之辨的立場來看，這是異想天開。但唯其如此，我們反而得見「詩可以興」的另類契機。康有為背負「十死身」亡命海外，卻藉詩歌喚起無中生有、死回生的可能。這不是一般審美定義的詩歌；這是古典「詩教」在一個海外現場的魂兮歸來。而這一現場必須奉屈原為名——畢竟那渺遠的「南方」放逐之地從來就是詩騷最動人的源頭。

另一方面，高嘉謙見證邱菽園的傳奇。邱承襲祖蔭，得以在新加坡廣納海外名士，儼然就是二十世紀的孟嘗君。值得注意的是，詩酒風流之際，邱同樣熱衷中國革命，也對新加坡的風土人情頻頻致意。邱的詩歌一般以「詩史」類型最為學者稱道，但高嘉謙指出邱詩的多樣性，狹邪旖旎、感時憂國、風土情懷，無不擅長。尤其他的竹枝詞和粵謳雜糅下里巴人的聲腔格調，或方言外語的諧聲擬韻，將地方色彩發揮得淋漓盡致。邱菽園的詩作因此為傳統興觀群怨的說法，增加了「天南」的向度。

同樣值得一提的是高嘉謙對郁達夫的研究。郁是五四文學領袖之一，以浪漫懺情作品知名，但他的漢詩造詣深厚，充分反映一代新文人的古典底蘊。中年以後的郁達夫歷經國難家難，放棄白話創作，改以漢詩行世。他曾自嘲舊詩的薰染可以造就「骸骨迷戀症者」。但在頹廢的姿態下，他其實暗示白話文未必能直透現實。在人生無言以對的時候，反而是漢詩啟動繁複的隱喻系統，訴說（白話文）一言難盡的生命況味。尤其郁避難印尼的最後幾年，以漢詩銘刻現代中國人的離散困境，沉鬱曲折處遠超過他的白話作品。郁達夫戰後神祕失蹤，竟使他的詩歌和他的生命與肉身糾纏互證，共相始終。

近年華語語系研究受到重視，但仍以白話文學為主。高嘉謙另闢蹊徑，提醒我們在二十世紀初的海外遺民漢詩裡，「何為中國」的命題和書寫變得無比尖銳。漢詩有其抱殘守缺的一面，但也從不乏厚積薄發的一面。兩者都在海外遺民詩人的作品和生命中戲劇性的展開，為華語語系研究提供了豐富題材。高在書末提到時移事往，海外漢詩可能成為一種「消失的美學」。文學史的推陳出新我們無從置喙，但既然漢詩曾經影響、形塑一代海外華語世界菁英的心志與行動，我們就有必要發掘、思考它興起和消失的因緣。何況套用本雅明（Walter Benjamin）式的觀點，華語文學的發展千絲萬縷，誰知道呢，未來巨變的可能，就蘊藏在那蟄伏的過去。

＊

高嘉謙教授來自馬來西亞，在臺灣完成大學和研究所教育，目前執教臺灣大學。二〇〇三年我適在中央研究院客座，嘉謙主動邀我擔任他的博士論文指導教授。嘉謙得到臺灣中文學界完整的訓練，對近現代古典詩詞和詩學的研究尤有興趣。我雖非這一方面的專家，但有感他的真誠和敏銳，願意和他一起問學，也深得教學相長之樂。他果然不負所望，如今已是中文學界的優秀學者。

華人在馬來西亞的處境不易，在種種侷限下，有志向學的馬華青年紛紛出走他鄉，臺灣正是目的地之一。過去幾十年來他們在學界的成績有目共睹，嘉謙的專書就是最新的例子。我甚至要說，海外漢詩流動的課題非他莫屬，因為包含太多他自己的經驗和心路歷程。相對於此，兩岸中文學界對漢詩離散到境外南方以及南洋，又有多少關注？

新世紀「海上絲綢之路」、「新南向政策」當道，南中國海又見波濤洶湧。在一片喧囂中，我們可曾理解千百年來，一艘一艘往來南洋的船隻早已為這塊海域連鎖出無數航道，藉此華夷文明聚散播遷，蔚為大觀。我們對南洋的認識何其緩慢而有限！高嘉謙的研究正是此其時也。我敬重他致力學問的誠心，也珍惜彼此作為師生暨同事的情誼。是為序。

王德威，國立臺灣大學外文系畢業，美國威斯康辛大學麥迪遜校區比較文學博士。現任美國哈佛大學東亞語言及文明系Edward C. Henderson講座教授。二〇〇四年獲選為中央研究院第二十五屆中央研究院院士。

目次

序　開往南洋的慢船　王德威……3

導論

第一章　**漢詩的文化審美與南方想像**……21

緒言　21

第一節　從漢詩想像「文化遺民」　26

第二節　漢詩的文化意識與歷史際遇　40

第三節　南渡與南方的遷移　52

第四節　漢詩與境外南方　59

第五節　研究結構與文獻　77

第二章　遺民、詩與時間的敘事……93
第一節　遺民的三個歷史時間：甲申、乙未、辛亥　93
第二節　抒情技藝與詩史顯像　99
第三節　流亡詩學與異域飄零　133
第四節　儒家詩學與殖民地風雅　146
第五節　遺民之死與詩的鬼域　158
從臺灣、廣東到香港：遺民與殖民的詩學辯證
第三章　寫在臺灣內外——丘逢甲與漢文學的離散現代性……183
第一節　寫在境外　183
第二節　流寓與離散類型　185
第三節　漢文學的地域與空間　193
第四節　乙未割臺與地理詩學　203

第五節　從臺灣到廣東：流亡的文學現場　206
第六節　從潮州到南洋：文教舞臺與詩學空間的建構　218

第四章　殖民與遺民的對視——洪棄生與王松的棄地書寫……237

第一節　棄的原點：從乙未割臺說起　237
第二節　遊走殖民空間的「地方」感　242
第三節　反空間的廢墟意識與主體精神　251
第四節　反居所的遺民空間與生活擬像　271
第五節　漢詩的公共空間與抒情變奏　283

第五章　刻在石上的遺民史——陳伯陶、《宋臺秋唱》與香港遺民地景……301

第一節　地域文化與遺民空間　301
第二節　宋王臺：遺民與遺跡　304
第三節　石頭與詩：《宋臺秋唱》的避地論述和抒情詩學　320
第四節　畫與詩：「宋王臺秋唱圖」的地景圖繪　336

從新加坡、馬來半島到蘇門答臘：離散、流亡與地方詩學

第六章　詩、帝國與孔教的流亡——康有為的南洋憂患 349
第一節　逋客與南洋漢詩 349
第二節　十死身：創傷意識及其症狀 358
第三節　絕島與帝國 373
第四節　孔教與華人文化意識 381
第七章　流寓者與詩的風土——邱菽園的星洲風雅 393
第一節　南來、漢詩與馬華文學 393
第二節　跨境的遺民風雅 402
第三節　詩、感官與風俗 413
第四節　聲音、風土與地方色彩 424

第八章　現代性的骸骨——許南英與郁達夫的南方之死 435
第一節　兩代詩人之死 435
第二節　慾望之軀：郁達夫的最後旅程 439
第三節　亂離之身：許南英的自我流放 454
第四節　詩與骸骨的重影 464
第五節　南方的迴聲 483
結　論　離散漢詩與消失的美學 491
徵引、參考書目 507
文人流動與歷史紀事年表（一八九五—一九四五） 543
後記 565

導論

第一章

漢詩的文化審美與南方想像

緒言

本書考察十九世紀以降，面對世紀的新舊交替，殖民與西學衝擊，在中國南方、臺灣、香港與南洋的詩人群體的離散際遇。從他們寫於境外的漢詩創作，探究一個政治／文化遺民的精神處境及漢詩文類的越界與現代性脈絡。漢詩有著源遠流長的傳統，作為士人文化心靈的寄託與投射，漢詩因此成為一代流亡知識分子銘刻歷史嬗變，見證家國離散的重要文學實踐。尤其經歷乙未、辛亥兩次政治鉅變，仕紳百姓大規模遷徙，文化與文學的播遷軌跡尤其繁複，漢詩的流動與生產由此構成理解與辯證現代性最值得注意的文學形式。

漢詩的發展不僅僅侷限於中原國土疆界，從明清使臣、商賈的朝貢外交、貿易網絡，甚至更早的僧人、儒者的文化交流，促成中國邊境之外的漢字文化圈和漢字文化流動的區域——朝鮮半島、日本、琉球、越南、臺灣、新馬，都曾經有過漢詩蓬勃發展的生態。我們著眼十九世紀後期以降的文人跨洋出境，更大的意義是在「域外」或「境外」的位置上，突出一個漢詩寫作的意義和譜系。儘管本書聚焦的對象仍有自中國／境外遷徙往返的現象，近代時局變革也離不開中國的參照位置，但隨著文人移動而寫於境外的漢詩，無論就文人感受，或是詩語言跨境的刺激改變而言，已有獨立觀察和自成體系的學術意義。換言之，我們強調近代漢詩的離散，旨在突出變局下的傳統文人在東亞和東南亞的跨境流動、吟詠酬唱，以及衍生的各地漢詩發展生態。我們不妨將其視為中國疆界之外的南方離散詩學。

本書處理的時間跨度，始於一八九五年的乙未割臺事件，收束在日軍投降、二戰結束的一九四五年。前者從近代中國第一批遺民的誕生展開論述，後者以戰爭期間南來作家郁達夫的失蹤死亡，作為流寓詩學一個曖昧的結束或再生產。

乙未割臺是近代中國一次現代性體驗的象徵性起點，也可看作一次創造性的破壞（creative destruction）。清廷割地和日本殖民，為以下幾個層面帶來深遠的影響。

一、帝國視域、體系和權威的破壞和解體。

二、臺灣進入殖民情境，誕生的「地方」（Place）意識或地域性認同。同時殖民建設帶來的知識體系與生活景觀的改變。

三、境外的文人流寓與文化播遷轉向一種遺民和流亡性質，構成了另一層次的「南渡」遺民詩學。

四、傳統概念的境外交通史，同時是文化與文學播遷史，形成新興的文學場。因此帝國境內政局動盪，締造了境外漢詩的融合與交流契機。各地文學場的形成與互動，凸顯了漢詩的跨境生產脈絡，不再是單一的中原意識。

換言之，士人在一八九五年以降面臨的時代鉅變，產生悲憤憂患的國族書寫、現代的時間與地理感受，造就晚清曖昧的政治或文化遺民，並連同中原境內和境外的知識分子，捲入了一種我們稱之為離散現代性（diasporic modernity）的體驗。他們透過文學試圖描述與定位自身的遷徙，卻必須面對時代的變化與衝擊，同時回望、召喚難以斷絕的傳統。他們分別在不同區域之間流動，從中國大陸到殖民地臺灣、香港，由臺灣內渡中國，再從中國、臺灣奔往南洋，數個區域的互涉，凸顯出清末民初的傳統士人型態各異，但又共同處身一個裂變下的帝國解體與現代體驗。無論他們生根中國、臺灣，或流寓、移居南洋，文人遊走區域之間，表現出不同的文化想像與文學生產。

因此，他們在境外的文化播遷與文學實踐，以及漢文人置身傳統與現代的境外複雜體驗，可以看作一種東亞現代性的論述。本書關注的現代性面向，將放在時間和離散兩個部分。前者陳述了帝國覆滅、國體肇新，殖民體驗、都市化和文化與語言變革等等鉅變，將中國及東亞周邊導入現代化的線性時間。當中的歷史敘事強調了過去與現在的急速斷裂，傳統與革新的儼然對立，在允諾了一個美好未來的同時，飄零且無所適從的存在感，卻留下一種時間的創傷。這種創傷正是一種現代體驗。誠如馬克思（Karl Marx）的說法：「一切堅固的東西都煙消雲散了」[1]。日常節奏的撕裂、文化秩序的破

1 關於現代性體驗的理論闡釋，參見馬歇爾・伯曼（Marshall Berman）著，徐大建、張輯譯：《一切堅固的東西都

壞，還有無法抗逆的暴力動盪，呈現出主體生命在歷史進程中無法承受的創痛與感傷。面對曠古鉅變，時間展示著一種現代性的弔詭，王德威教授指稱：「一方面強調時間斷裂、一切俱往的感受，一方面又流露綿綿不盡的鄉愁；一方面誇張意義、價值前無來者的必要，一方面又不能忘本清源、或追求終極目的的誘惑。[2]」這是一種歷史的迷妄（historical illusionism），因此時間對傳統知識分子，或文化遺民而言，顯然是不連續性、破碎的體驗。他們彷彿放逐在現代世界之外，以飄零孤獨的姿態面對不可復原的傳統，以及自身在新興時間秩序裡的困窘尷尬。

相對於此，時間效應也發生在暴力和災難的體驗。國族與個人所面對、經歷的變革，是感時憂國框架底下一種創傷時間的呈現。從集體的國家社會鉅變，到庶民日常生活的改造，他們面對殖民侵略、兵燹戰爭、動亂浩劫、政治暴力，歷史的破壞和生活的陷落，讓他們在感受整體的文化摧殘中，處在更大的現代時間風暴。

除了時間感，本書強調的現代性視域，另指向空間地理變異的體驗。「離散」（Diaspora）的原初概念始於猶太人的大遷徙，但十九世紀末至二十世紀的規模龐大的流動遷徙經驗，卻不曾在中國境內境外缺席。尤其十九世紀中國周邊的境外流動涉及更多庶民百姓和知識階層。乙未割臺的殖民情境、帝國鉅變引發的改革和暴力，造成文化人跨出境外走向世界。他們的足跡開啟了主體意識的現代體驗。但傳統士人的流動，涉及生存暴力威脅的被迫式散居和遷徙，當中無法迴避的殖民創傷、地域認同和流離的存在感受，改變了流動者的經驗結構。因此，隨著遷徙而帶動的境外漢文學播遷，其中的生產和交流，都離不開離散的現代性條件。無論是憂患或流亡寫作，寫在境外都是一種越界。於是文人在離散過程當中建構了文化主體與認同的存在特質。

在這個區域漢文學交流與互動的文學現場，基本是以漢詩為主導文類。由傳統士大夫群體生產的漢詩與遺民意識有著複雜的辯證關係。面對帝國政治傳統與文化同時終結的關鍵時刻，傳統文人複雜幽微的感受，見證了文化遺民的誕生。他們普遍具有時代匆促之感、窮於應對不確定性的未來，而歷史的殘骸與碎片已在堆積。由此時代以降，士人投入古典詩學的寫作與論述顯得更為艱難和愴然。他們承擔著憂患與流亡意識，漢詩因此成為一個需要重新審視的文類範疇，或遺民的抒情形式。

在離散情境與漢詩生產的集體氛圍當中，我們可以再次提問，遺民如何構成晚清以降傳統士人群體的身分認知與特徵？相對古典的遺民論述，十九世紀末以降的乙未及辛亥生成的遺民群體，又如何辯證其政治與文化的向度？這些不因為帝國覆滅而消逝無蹤的遺民想像，反而透過漢詩寫作見證了一個遺民論述的「道統」。換言之，我們檢視晚清到民國的遺民書寫，分殊不同意識型態下的傳統士人心態，既批判性的對遺民意識展開辯證，同時重構了漢詩作為二十世紀士人文化心靈的一種投射。這是一個透過漢詩與離散的詮釋，辨析文化遺民境遇的詩學前提。如此一來，我們將有一組討論遺民意識與近代漢詩生產機制無法迴避的問題。

詩人如何對詩的審美意義重新認知，漢詩又如何構成文化遺民的根柢？詩的抒情技藝如何成為遺

煙消雲散：現代性體驗》（*All That Is Solid Melts into Air: The Experience of Modernity*）（北京：商務，二〇〇三）。

2 王德威：《後遺民寫作》（臺北：麥田，二〇〇七），頁八。

民的生存及自我想像文化母體及生存倫理證成的手段？詩與文化主體的結合，漢詩作為文化之魂、詩魂之表現，無疑是晚清以降漢詩的生產意識，以及文人區域性流動建立漢詩場域的主導精神。因此，我們進一步追問，漢詩如何想像南方？尤其境外南方的遷徙流動，改變了詩的感覺結構，構成漢詩的流亡視野？這會是一個近代漢詩的離散詩學框架？對於以上問題的回應，本書將針對漢詩作為文化遺民的審美共同體，及其南方想像的詩學脈絡，試圖進行一些理論性的鋪陳。

第一節　從漢詩想像「文化遺民」

一、遺民與文化的糾葛

乙未割臺和辛亥革命是近代歷史進程中，兩次誕生文化遺民的重要時刻。前者的割地創傷和殖民體驗改造了傳統定義下的遺民脈絡，士人群體體驗的飄零感傷除了間接回應古典遺民論述，更重要的是面對時間與地理急速變化的現代衝擊，士人轉向一種地域性的身分認同或抵抗，遺民因此有了新的姿態和表徵意義，不再是絕對的政治道統，而是堅守與想像的文化主體，表現出新時代來臨的現代性體驗。相對於此，後者的革命與新文化建立，更是一種現代性的暴力。帝國崩壞而邁入民族國家，透過建立新文化秩序，封建的政治道統消亡，政治遺民的正當性削弱，古典遺民論述理應失去對應的條件。然而，士人百姓感受到另一種文化與時間的斷裂，格格不入的新生活，使得他們對傳統眷戀，心懷憂患。辛亥革命以後，不管是懷抱忠於舊君舊朝的遜清遺民，甚至更廣大的仕紳群體，他們捲入現代化的歷史進程，以一個更激烈而加速的發展，改造了整體的經驗結構。他們生發了與過往世界疏離、斷裂的感受，傳統陷落，文化潰散，日常生活節奏改變，無形之中遺民的生存感在「遭遇現代性」的意義上，重新有了討論的價值。帝國／民國的政體嬗變，新／舊文化的交替，曝顯出太多的歷史鴻溝與間隙。因此在複雜的政治糾葛與文化想像之間，傳統士大夫在新時局遙想、延續與建構的文化道統，透過儒家教養、古典詩教等文化行為，尤其以漢詩的生產與傳播，表現一種強烈的文化意識，以古典的光暈召喚安頓身心的依據。由此，藉由漢詩的寫作狀態，我們可以連結一個討論二十世紀文化遺民粉墨登場的界面。

當民初遺民的古典漢詩寫作，努力於呈現一個異質空間，與自我認同的幽暗面向，我們同時可以從這群詩人身上找到普遍存在的文化懷舊感。一種眷戀舊朝，穿越古典時間，回到傳統價值與尊嚴的氛圍。古典漢詩讓他們在寫作實踐的當下，以一種儀式性的交流[3]，或孤芳自賞式的追憶，成功超越眼前，回到所謂的「古典」時光。換言之，他們安身處世的價值和規範，藉由古典漢詩找到僅有的寬

3 生存於租界、殖民地的遺老們，擅長詩鐘，定期交遊、聚社、雅集，說明詩的生產已成為他們交際或生活的儀式性行為。同樣的情況也發生在日據臺灣的漢詩生產，比較弔詭的是，參與儀式者多了日本殖民者。而流動在南海區域的詩人群體，維繫彼此關係的還有賴跨界跨國的唱和交際圈。

慰，以及與他們堅守的「遺民」姿態，展開詩與認同的對話。

儘管遜清遺民群體，大部分避禍隱居在租界地。但看在民國新派人物的眼裡，這些「遺老」的身分與姿態特別顯得迂腐和怪異。一九二四年溥儀被趕出宮後，新文化運動大將錢玄同寫了一篇充滿嘲諷與措辭嚴厲的〈告遺民〉[4]，挖苦他們沒有復辟到底的決心，也沒有殉難以全臣節的道德勇氣。只有「捧捧戲子，逛逛窰子，上上館子，做做詩鐘，打打燈謎，如此天昏地暗以終餘年」。這是錢語帶嘲謔並奉勸他們走的路，雖然會因此產生許多「道德卑污的『遺少』」。錢最受不了，也批判最力的，則是他們妄想保住帝號，眷戀舊封建帝制的作為。同時滿口三綱五常忠孝節義，自命「道德保鏢者」的神氣。對於錢而言，讓他們拖著長辮子，以舊曆正朔刻度時間，已是民國政府對他們最大的恩典。錢的批判與指責，可以說代表了民國以後新知識分子的立場與觀點。處在這種氛圍與形勢中，遺老們顯然沒有太多生存方式的選擇。但他們的存在與堅持的價值，卻值得重新讓我們辨析「遺民」概念在歷史流變中產生的意義與文化轉換，尤其從晚清到五四這個劇烈變動的階段。

「遺民」概念的細說從頭，由最初《左傳》指稱「後裔」及「亡國後遺留下來的百姓」到《藝文類聚》出現的伯夷、叔齊乃殷之遺民，才嚴格界定出恥仕新朝的意義範疇。明清之際歸莊的〈歷代遺民錄序〉更細緻辨析遺民及逸民，著眼遺民意識產生的政治動機。因此，易代作為分界，可以強化政治對立，指向遺民忠於前朝，一種士大夫有意識選擇的自我人格與生存意義。如此一來，清初遺民的文化生產與創造，堅持的「存明—存天下」及「存心—存天下」邏輯，就有了一種自我價值的解釋[5]。而民國以來堅持復辟清室的人物，往往在文獻脈絡裡也被視為清遺民。這符合宋金元、明清易代，遺民拒仕新朝的傳統遺民定義。但清廷之崩毀，近因的導火線是西方帝國入侵，掀起排滿浪潮，建立民族國家的迫切需要。天下一朝觀念的瓦解[6]，象徵擔負整體民族精神靈魂的文化根據及視域也一併塌陷。亡清效應是學術文化及其社會秩序潰散之後，相應產生社會群體的生存與價值焦慮。清遺民無法再以過去典型純粹的政治遺民[7]視之，遺民心境也非「存清—存天下」邏輯所能一舉概括，反

---

4 該文兼具諷刺、調侃與批判的腔調，反映了新派知識分子對民初遺老的極度不耐煩和厭惡。但也有替馮玉祥部隊擅自將溥儀趕出宮所引發的輿論爭議，表達對該事件支持的意思。參見錢玄同：〈告遺老〉，《錢玄同文集》第二卷（北京：中國人民大學出版社，一九九九），頁九九—一〇四。

5 遺民概念的衍異與辨析，相關研究成果眾多，不及備載。其中值得注意的遺民論述，包括趙園對晚明遺民論述的討論，參見趙園：《明清之際士大夫之研究》（北京：北京大學出版社，一九九九）。至於清遺民部分，可參考林志宏：《民國乃敵國也：政治文化轉型下的清遺民》（臺北：聯經，二〇〇九）、羅惠縉：《民初文化遺民研究》（武漢：武漢大學出版社，二〇一一）。張兵：〈遺民與遺民詩之流變〉，《西北師大學報》第三五卷第四期（一九九八年七月），頁七—一二。南明的遺民論述更是汗牛充棟，此處不一一詳述。

6 晚清「天下」、「國家」、「中國」等觀念的變遷，同時關係著地理疆界意識與朝貢外交關係的轉變。不同於清初顧炎武亡國與亡天下的辯證，晚清時刻的改變是域外目光下象徵著自我身分認同的游移與實踐。相關討論參見李揚帆：《走出晚清：涉外人物及中國的世界觀念之研究》（北京：北京大學出版社，二〇〇五），頁三四七—三六六。汪暉：《現代中國思想的興起》上卷・第二部（北京：生活・讀書・新知三聯，二〇〇四），頁六四三—七〇七。

7 政治遺民的界定跟易代之際的民族主義關係密切。參見譚飛燕、姚蓉：〈『遺民』三論〉，《長沙鐵道學院學報學

而多了更複雜曖昧的身分認同與文化想像。從帝國走向滅亡的路上，亡天下的危機意識象徵產生「遺民」的結構已在改變。傳統上作為文化人行動制約的物質及感覺結構被迫變遷及移位，遺民的生存景觀基本上已是精神遺址。在文化結構上遭逢災變的士大夫群體，而又極度緬懷、努力堅守文化本體的一群，大體可視為文化遺民。

然而，文化遺民到底有多強烈的作為與症狀？民國以來，陳寅恪替王國維自沉定調的文化遺民特質，一種以中國文化涵養的存在主體，肉身招魂的存有經驗，形塑了二十世紀中國學人的精神範式[8]。這裡展示的邏輯，理應從「存身—存文化」的歷史與精神焦慮感來體會。當舊王朝和舊傳統消逝，學人賴以參照與實踐的存世經驗與價值不得不改變，他們以身教和著述試圖採集古典文化「光暈」（Aura），重新辯證與重建傳統文化的存在意識。他們彷彿是本雅明筆下「歷史的天使」，面對堆積的歷史殘骸，想要修補卻被現代性的風暴吹向不知名的未來。民初以來文學與歷史敘事中「遺老遺少」的習慣稱謂，以貶義的意涵，帶著歷史正統論的立場，指稱那些文化保守主義的知識分子。林紓晚年十一度謁光緒陵墓[9]，梁鼎芬購地葬身崇陵旁以長伴帝君，儘管他們之中有的不屬於嚴格定義下的政治遺民（林紓未臣仕前朝），但其作為卻視為遺老情結的典型政治姿態。然而像張愛玲筆下成長於舊家族體系「泡在酒精缸裡的孩屍」（〈花凋〉）的遺少，或如郁達夫、張恨水等熱衷舊體詩「迷戀骨骸」的懷舊者，甚至民初在書肆故紙堆中尋訪名人手跡墨寶、善本及宮廷流落民間的古玩珍寶的文化拾荒者[10]。他們對任何傳統文化的物質性「遺留」產生興趣，並將其轉換成他們生命中的文化刻度。那是學術與文化的再生產，甚至展現為一種文化資本（capital）。這些例子，無形之中體現著文化遺民的「症狀」。

換言之，這樣一批從亡清過渡到民國的人物，在自我認同與身分標籤上，締造了政治與文化交錯的人格類型。他們或許有政治理想，或許依戀舊朝。但新生活的經驗裂變卻曝顯他們無所適從及文化懷舊的生存症狀。這理應從一種超越政治、王朝的文化眼光，著眼於他們安身立命的價值：一種對傳統生活、穩定秩序的企盼。作為追憶古典時光的文化採珠者，存身的終極價值是對上層文化的眷戀，

報》第六卷第一期（二〇〇五年三月），頁五三—五五。

8 余英時悼念錢穆的紀念文〈一生為故國招魂〉，認為其一生都在尋找中國文化精神。這種信念或志業，也同時是新儒家一輩所堅持的信仰，尤其見於張君勱、唐君毅、牟宗三、徐復觀在香港《民主評論》發表的〈中國文化與世界〉宣言。紀念文見余英時：《猶記風吹水上鱗：錢穆與現代中國學術》（臺北：三民，一九九一），頁一七—二九。

9 林紓雖為一介布衣，展現的犬馬戀主之心卻異常激烈。參見曾憲輝：《林紓》（福建：福建教育，一九九三），頁二四九—二六一。

10 黃錦樹教授在一篇頗具啟發性的小論文裡，以動人的文學筆觸，描繪了從晚清到五四被「現代性所切割的一代人」，「傳統（文化）從自然狀態逐漸的遠離」的生活情景。他認為從傳統文化向現代性轉化過程，有文化再生產的可能。他以採珠者命名這一群體，他們在採集「思想斷片」與「殘餘聖光」。詳氏著：〈採珠者，超自然傳統，現代性〉，「兩岸青年學者論壇：中華傳統文化的現代價值」研討會宣讀論文，法鼓人文社會學院主辦，臺北：國立臺灣大學，二〇〇〇年九月十六—十七日。

相應也成了他們產生舊朝情結的部分根源[11]。舊朝情結與文化懷舊因而有著交融互涉的模糊地帶。相對五四以降新興知識分子的優越感與進步信仰，在歷史潮流的暗角，他們代表了悲觀、荒涼、憂患、頹靡、破碎的生命情調與時代景觀，面對時間與文化危機，他們走入文化遺民的行列。

然而，除了以上民國遜清遺民的形象特徵，文化遺民到底是一個多大的概念？晚清開始崩壞的帝國秩序與生活倫理，士人面對傳統價值的變革、時間劇烈的轉換，以及地域的割裂。清朝正統未亡，他們卻開始有了遺民感覺；新文化運動還未揭幕，他們卻有了文化焦慮。從乙未割臺開始，自殖民臺灣出走或留下的文人，他們以遺民自稱的弔詭身分，讓遺民情結跳脫出傳統朝代更迭範疇，成了一種症狀。他們流連中原，在帝國疆域內尋求機會；或流放海外，尋找其他謀生可能。當然還有苟活、避居臺灣島內，周旋在殖民者的誘惑與壓力之間，導致認同的游移。在棄民的集體流亡意識中，他們寫作大量漢詩，試圖描述自我處境，傳達與古人共感的飄零情懷，或以漢詩記載流離域外的地理空間意識的改變。

在中土境內，康有為是晚清走在帝國前端的改良派知識分子，遭清廷通緝而流亡海外期間，清朝覆滅，自己卻成了帝國的未亡人，晚年參與復辟的遺老。這種身分變化及其精神主體的表現，顯得耐人尋味。至於長期處身境外的華僑詩人，隨著中原境內政局變化，憂患與懷鄉日益嚴重。他們移居異鄉殖民地，卻仍然籠罩在帝國與文化崩毀的氛圍。由此可見，晚清文人面臨的處境儘管型態各異，但同樣經歷了西學刺激與中土意識改變的大環境，相應的身分變化顯得詭異，在於他們擺脫不了散居中國的流亡意識。漢詩短小精幹和錘鍊的古典格式，成為他們流亡主體的最佳載具。

面對時間改變的氛圍，他們都有一種文化自覺意識與儒家教養的堅守。遺民認同對他們而言，是一種自空間文化地域割裂的後遺，一種飄零在新時代邊緣、疆域邊境的存有狀態。他們投入保國保種的文教想像，或許顛沛輾轉謀生求職。但他們身上共同體現出一套身分標籤：漢詩是他們賴以存續的文化根源。因此在廣義的文化遺民範疇，「文化遺民」可以生產為雙重意涵。「文化」被簡化為一種漢詩狀態，以創傷的審美格式，將流亡與流離經驗的當下時間賦形，進入古典光譜，展示另一種的現代性表徵。「遺民」，將時間焦慮與空間錯置，轉化為新時代底下流亡個體的內在集體意識。士大夫的傳統身分——儒，透過飄零的文化想像，架構了知識分子的先驗體質。

傅斯年與胡適在一九三〇年代透過史料典籍的考證與闡釋，替儒乃殷遺民之說立論[12]。孔子是遺民，儒家精神被視為中國文化根本的同時，遺民特質被詮釋和轉化為十九世紀以降，中國人在現代性

11 葛兆光對沈曾植的個案討論，引導出文化遺民的價值觀念與情感特質。詳氏著：〈世間原未有斯人：沈曾植與學術史的遺忘〉，《讀書》第九期（一九九五），頁六八—六九。

12 胡適從人類社會學角度，還原殷周兩族在合流過程中，殷民族的統治階級淪為平民、俘虜。在亡國氛圍當下，殷文化重視宗教儀式性，而儒作為專門主持及掌握祭祀的階層，成為在新朝統治下為安定統治仍容許存在的知識階層，因此也內含著保存故國文化遺風的重責大任而受到百姓敬重。因此儒是接近於士的重要階層。他們是殷遺民的最上層。但錢穆曾駁斥胡適觀點。詳胡適：〈說儒〉，《胡適全集》第四卷（合肥：安徽教育，二〇〇三），頁一—一一三。錢穆：〈駁胡適之說儒〉，收入錢賓四先生全集編輯委員會編：《錢賓四先生全集•中國學術思想史論叢（二）》第十八冊（臺北：聯經，一九九八），頁二九九—三一八。

歷史進程的內在主體。傅斯年有言：「殷遺民為中國文化之重心」[13]。五〇年代的新儒家徐復觀更挑明：「中國文化，一憂患之文化也」[14]。或如唐君毅感於中國人的流亡離散，提出「花果飄零」與「靈根自植」的應對[15]。他們的言論，可視為替晚清以降整體知識分子的精神結構勾勒出關鍵特質。面對既存的亡國現實與文化塌陷，他們已在儒家論述的憂患之中，對傳統文化眷戀、終身實踐的教化與著述，構成自我遺民化的邏輯。

然而這套文化邏輯在晚清時刻早已弔詭的呈現。南社文人在辛亥前為了排滿，對遺民文化投入熱烈的儀式性想像，在飽滿的革命熱情之外以行動與詩文鋪展遺民論述。他們有組織的憑弔宋明末代帝臣的陵墓，崇仰他們的高風亮節，紀念帝王后妃的遺址、忌辰，蒐集整理先烈遺集或零篇斷簡[16]。這一幅遺民景觀，在漢詩裡尤其顯眼。四月二十五日是南明永曆忌日，陳去病謁明遺民張蒼水墓。面對死無葬身處的永曆帝，只能選擇忌日以遺民的姿態加以憑弔和悼念：

> 大好河山日欲斜，登高攬勝興何賒？蒼天逆行黃天死，只向秋原哭桂花。（〈四月二十五日偕劉三謁蒼水張公墓，並弔永曆帝〉）[17]

遺民的喟嘆，不止有為「先王」招魂之意。甚至對前朝遺物，也陷入一種「戀物」般的歷史幽情。高旭偶得明孝陵磚瓦，仔細斫成硯盤。他將這番心路寫入詩裡，傾訴了真誠且憂傷的睹物思君情緒：

太息衣冠盡變遷，不變遷者惟此磚。斫之成硯日再拜，長夜漫漫何時旦。對硯如對我高皇，玉蜍淚滴心獨傷。沐日浴月磐石定，天下大明硯作證。（〈得孝陵磚一方，斫為「日月重光硯」，紀之以詩〉）[18]

這種對明季符號的遺民化想像，發思古之幽情，但漸漸成為結構化的內在抒情意識。就算是謁拜憑弔宋遺烈岳飛，高燮詩裡的哀情滄桑，更甚於忠義不屈之氣：

13 傅斯年：〈周東封與殷遺民〉，《傅斯年全集》第三卷（長沙：湖南教育，二〇〇三），頁二四五。

14 引文見徐復觀：〈憂患之文化：壽錢賓四先生〉，《徐復觀雜文補編》第二冊：思想文化卷（下）（臺北：中央研究院中國文哲研究所，二〇〇一），頁五三。徐復觀其他關於儒家憂患意識的闡發，還包括〈中國古代人文精神之成長〉，《徐復觀雜文補編》第一冊：思想文化卷（上）（臺北：中央研究院中國文哲研究所，二〇〇一），頁一四二—一五五。另外，《中國人性論史・先秦篇》（臺北：臺灣商務，一九八八）。該書第二章。

15 唐君毅：〈花果飄零及靈根自植〉，《說中華民族之花果飄零》（臺北：三民，一九八四），頁三〇—六一。

16 這跟民國後的遜清遺老或士人自我遺民化的文化邏輯，大有相似之處。南社諸公的遺民化寫作和行為，相關討論詳孫之梅：《南社研究》（北京：人民文學，二〇〇三），頁三〇八—三三一。

17 胡樸安選錄：《南社叢選》（北京：解放軍文藝，二〇〇〇），頁八七三。

18 此處為節錄。全詩參見郭長海、金菊貞編：《高旭集》（北京：社會科學文獻，二〇〇三），頁一三一。

中原遍地雜腥羶，廟貌雖尊總可憐。辮髮胡裝拜公像，殘山剩水淚潸然。（〈謁岳廟三首〉其一）[19]

南社諸公投身晚清民族革命，漢詩裡卻有熱情浪漫的遺民風景，清未亡他們已在召喚遺民。箇中內含的歷史記憶與動機，針對的不僅僅是氣數將盡的清室，而是可以預見支離崩解的帝國與文化即將到來，那一個前所未見的歷史時間。南社諸公自覺性地以明遺民自居，揣摩上一代士人貼近歷史的幽憤，將遺民符號作為文化想像的媒介，以漢詩的抒情和寫作倫理，沉重、激烈的銘刻此刻反清革命的政治熱情。漢詩對於南社諸子而言，因此成為政治的文學想像。從漢詩的抒情接合遺民論述，他們汲取文化道統的合法性，為排滿革命的政治行動，隱約預告下一輪的遺民世界。

然而，晚清詩人面對時代變局，儒家詩學又如何處理時間與憂患？漢詩的寫作，如何作為文化遺民的歷史精神的想像？經過甲午戰爭與戊戌政變後，政局大變，性命難測，時間的壓迫嚴重影響了文人的生存感受。一八九八年，在悲觀混亂的時局下，鄭孝胥有詩〈漢口得嚴又陵書卻寄〉[20]，描述了天欲崩毀而人身難存的身體焦慮：

江漢湯湯首自回，北書緘淚濕初開。憂天已分身將壓，感漸還期骨易灰。闕下驚魂飄落日，車中殘夢帶奔雷。吾儕未死才難盡，歌哭行看老更哀。

晚清文人以漢詩表述心境與生存體驗，他們竭盡心力以獨創意境或復活典故來呈顯孤獨、悲愴、驚恐心情。箇中憂思重重，無法自抑的生命情調，漢詩以精鍊的格式套路，成功捕獲詩人心靈的撞擊與身體的無以自處。尤其潛藏漢詩背後，幽微的戒懼憂患、懷古傷今，古典漢詩精準的詩語——文化語言，烘托了無以盡訴的文化撕裂感，作為詩人存在氛圍的先驗認知。那是一種新時代新生活中偃蹇困窮的身體感。晚清之際最早意識到詩語言變革之急迫的黃遵憲[21]，其後吹起詩界革命號角，創作新派詩的梁啟超、蔣智由等人，甚至鼓動革命意識且尊盛唐之音的南社詩人柳亞子，最後都與宗宋的同光體詩人一般，相互在哀毀的氛圍唱和，形成源遠流長且強勢的中國感傷傳統難得再現的古典光采。換言之，古典漢詩並不如胡適等新文學運動者倡導白話新體詩所做的區隔概念，以「舊體詩」概稱這些只能是裝著舊經驗的「過去」文類範疇。

二、後遺民的邏輯

自我遺民化，其實揭示了二十世紀遺民現象的一套內在理路。在遺民論述失去可以對應的政治正

19 谷文娟、高銛、高鉾編：《高燮集》（北京：中國人民大學出版社，一九九九），頁四六六。
20 鄭孝胥：〈漢口得嚴又陵書卻寄〉，《海藏樓詩集》（上海：上海古籍，二〇〇三），頁九〇。
21 黃遵憲對詩歌語言的變革想法，參見《人境廬詩草》序文。黃在詩歌創作上大量運用新語詞的表現，參見《日本雜事詩》和〈己亥雜詩〉。

當性的現代社會，知識分子在境內的政治環境與現代化潮流中回過頭去確立一種文化本位的傳統，以及境外華人飄零散居的遷徙流動，意圖把握重建的文化根基與詩學，都一再說明從封建的帝國政治規範解放以後，「遺民」反而提供了更具體的立場和活力，去驗證與繼承一個傳統的教化，重新在現代性歷史脈絡中確認文化道統。因此二十世紀「遺民」更大的意義，在於政治標籤解消以後，反而凸顯知識分子對正統繼承與強調的弔詭。他們在召喚傳統的延續，或堅守文化主體的正統，自覺或不自覺都回應一個古典的遺民論述。換言之，遺民想像並不因為政治的光譜消散而絕跡，他讓我們在一個更具體的生活立場與文化理想的層面，重新整理了晚清以降這些不合時宜，卻又是客觀事實的遺民召喚。於是，這裡援引了王德威教授發明的「後遺民」[22]概念，作為本書討論遺民論述及文化遺民結構的潛在視野。

嚴格說來，「後遺民」是王德威針對現代國族政治論述張揚的正統和主體本位的一種策略性反思。遺民的原初概念，強調政治、文化的悼亡者，是在一種時間與空間脫序的意義上，以主體性的存在危機作為自己的生存價值和意義。與此相反，「後遺民」所要凸顯的概念，卻是針對遺民論述的合理性展現一種自我批判的向度。遺民意識所暗示的時空消逝錯置，正統的嬗變，在一個封建政治崩毀的環境，反而釋放出更直接多元對照的遺民論述與內涵。「後遺民」的「後」正好說明遺民正統規範解體後，遺民想像的復活與緬懷。由此一來，「後遺民」提醒在消散的道統之下，重提或重建遺民論述反而表現得「更變本加厲、寧願更錯置那已錯置的時空，更追思那從來未必端正的正統」[23]。換言之，「後遺民」有了一種顛覆和解構的意義，試圖透過檢視遺民執著耽溺的姿態去驗證一種身分認同與追尋正統的荒謬和無奈。

於是王德威的「後遺民」論述，從明鄭臺灣、乙未割臺的漢詩實踐，到國民政府播遷來臺，臺灣政黨輪替後的當代小說景觀，藉由描述歷史的縱深，呈現了一種正統論述的斷層，以及弔詭的繼承。這種歷史記憶、身分認同和語言權力的複雜糾葛，使得「遺民」以幽靈形式進駐到現代經驗主體，面對時間與歷史產生一股憂傷的力道。

「後遺民」的重要意義，在於提醒敘事以蠱惑的魅力，在不同的時間縫隙，回應了歷史的集體失落和潛在的破壞。這些寫作者未必是悼亡、懷舊者，卻可能是任何一個面對日常時間錯落與文化秩序支離，自身無所適從而迷失的現代主體。他們的位置及對傳統的想像追尋，卻不自覺的落在一個「遺民」脈絡，成為遺民論述裡的「後遺民」現象。如此一來，「後遺民」反思、追溯和再生產的遺民論述，形成本書探勘晚清以降遺民詩人境外離散及想像文化道統的有效框架。從中我們可以辨析遺民詩人錯落在不同脈絡當中，對應的時代情境與問題線索。因此，乙未割臺表現的清帝國政治正統的退場，新興殖民體驗誕生，臺島遺民論述的生成已是一種地域性／地方性的文化想像。而民國代換帝國以後，封建政治的法統消隱，現代秩序降臨，遺民論述的生產，基本已是錯置。但遺民想像卻異常熱烈，並且可以分殊出文化、意識型態以及文明意義下的不同脈絡。傳統士大夫緬懷執著文化道統的延

22 王德威：〈後遺民寫作〉，《後遺民寫作》，頁二三一—七〇。本文是目前少數以臺灣遺民詩學為論述主軸的論文。

23 王德威：〈時間與記憶的政治學〉，《後遺民寫作》，頁八。

續，呈現了我們理解的文化遺民形象。那些遜清遺民或官吏，無法釋懷的犬馬之戀，繼承了意識型態的政統，成為末代的政治遺民。而那些因為民國政治與現代暴力而集憂患與文明淪陷感於一身的知識分子，他們依然投射出一種近似遺民悲情的生命情調，嚮往從前的穩定秩序與傳統生活，由此而成為一種守護文明意義下的遺民認同。

本書目的不在辨析遺民詩學的正統[24]，卻是以遠離正統的境外絕域，作為檢驗詩人漢詩寫作與地域流動構成的現代主體意識。他們的漢詩實踐呈現的寫作危機，曝顯了他們不斷歸返、修正或失落的主體意識。後遺民的邏輯，在這層離散的意義下，更能彰顯遺民主體如何「錯置那已錯置的時空」。以致以中原為中心的漢詩，在詩人的離散際遇裡逐漸成為遺民想像與認同的憑藉，詩人群體的自我遺民化在此找到了運作的界面。

第二節　漢詩的文化意識與歷史際遇

漢詩的定義，相對習慣性稱謂的舊體詩、古典詩，長期以來都指向從域外角度生產的漢語詩歌。在我們熟知的日本、琉球、朝鮮、越南等漢字文化圈語境裡，寫作漢詩的同時，背後有著漢文學播遷的悠久歷史脈絡[25]。不過，另有一個值得注意的現象，乙未割臺後的殖民地臺灣，古典詩的生產基本改稱為漢詩。此時漢詩的意義，對臺灣而言既顯得微妙尷尬，卻又開啟了漢詩論述的另外一種可能。

乙未後的臺灣漢詩場域，基本由臺灣漢族詩人和日本官僚組成。從日本統治階層的眼光出發，漢詩表徵日本文化承繼中國漢語詩歌傳統，以及訓讀與創作漢語詩歌的認知。因此命名「漢詩」並無疑義。然而當臺灣長期浸淫在漢字文化系統背景的漢族詩人創作，也歸入「漢詩」行列，情況就變得詭異。他們彷彿自絕於中國古典傳統，走進了域外，站在日本殖民者的文化視野。「漢詩」，由此展現了臺灣古典詩生產現象的複雜性。這不但是生產地域、傳統、書寫和閱讀對象的改變，甚至文類意識也產生顯著的游移和應變。

這樣的變化，雖根源於臺灣被殖民的事實。但漢詩因此遊走日人與漢人之間，進出臺灣與中原大陸內外，甚至成為跨出國境，士人與遺民詩人共享的文類資源。如此說來，漢詩的命名可以打破「域外生產」的狹義解釋，從乙未的歷史轉折開始，成為廣泛說明中國古典詩歌形式在中原本土，跨境出海生產與播遷的客觀現象。

因此我們以今日眼光重提漢詩，探討晚清以降古典漢語詩歌寫作的文類概念，對應的是帝國覆亡

---

24 目前遺民詩學的研究主要集中在宋、明、清遺民詩人的個案討論，成果眾多。其中涉及清遺民和民國詩詞的最新成果，參考林立：《滄海遺音：民國時期清遺民詞研究》（香港：香港中文大學出版社，二〇一二）。Shengqing Wu. *Modern Archaics: Continuity and Innovation in the Chinese Lyric Tradition, 1900-1937*. Cambridge（Massachusetts）: Harvard University Asia Center , 2013。

25 典型的研究成果包括以東亞漢詩的框架，討論了中國、日本、朝鮮三地漢詩的型態與結構。參見嚴明：《東亞漢詩的詩學構架與時空景觀》（臺北：聖環圖書，二〇〇四）。

生成的現代歷史情境，移民與文化遷徙導致漢詩的生產意識和空間，有著更複雜的文化層次辯證。

二十世紀八〇年代開始，學者重整白話詩、新詩的歷史發展過程，提出一個表徵現代經驗的「現代漢詩」概念[26]。他們旨在清理一個現代性追求的詩歌演變歷程，強調詩是表徵現代價值與時代精神的文學類型。無論語言策略、象徵體系、文類秩序，皆根植於現代社會的生產與交流方式。對於建立「現代漢詩」的追求，其實反襯出晚清以降的古典詩，更應該正名為「古典漢詩」。因為在帝國末日的後期，古典詩的生產條件與環境已在改變，延續到新文學運動以後，古典詩命脈並不消亡，卻持續存在。古典詩仍作為不同的文化人之間交際和抒情手段，其追求的價值精神與文化秩序，迥異於現代漢詩，而是傳統文類意義下的再生產，以一種詩與魂結合的形式，表徵古典抒情詩的審美想像，與文化共同體的追求。換言之，晚清以後的古典漢詩不會在白話詩或新詩的生產視域，而是「現代文學」範疇內必須被安置的文類形式[27]。因此「漢詩」的稱謂，有相對中性的意義，區隔了新文學標榜革命的處理方式——標籤化的文類貶謫用語——「舊體」、「古典」。同時確認了現代氛圍下另一種詩的生產型態和可能。

無可否認，「漢詩」的原初意義，有其域外播遷和生產的脈絡。當我們以「漢詩」概括晚清、民國以降的古典詩歌寫作，事實上正在暗示一種自我疏離的特質。現代性歷史進程的日常生活脈絡中，漢詩漸進遠離讓其生根的制度、物質與日常秩序。每一次的漢詩寫作，進入用字用韻格式，試圖以悠遠歷史的文類形式，表達自我理解的外在世界。而句式、典故、韻律等程序的反覆操作，卻是再一次回到文化的共同體。漢詩的持續生產，表面是抽離當下時間，回到傳統，事實上反而離剝蝕的文化傳統更遠。重寫的瞬間，不過是更確認文化傳統斷裂的時間意涵。消隱磨滅的文化主體要如何讓漢詩再度自我證明？

在傳統文化落幕之後，漢詩穩定的語言格式，以頑強的生命力在新文學發展的不同階段，展現了舊形式的誘惑[28]，造成時空錯位的文學景觀。這種現象不但暗示了五四劃分的詩的新時代，遭遇到功能與形式的瓶頸，卻同時提醒我們漢詩總能自尋出路，在不同環節展現其蠢蠢欲動的文類意識。如果再以「漢語詩歌」的淺顯定義去理解「漢詩」的文類範疇，恐怕無法說服我們的是，漢詩背後藏有的

26 關於「現代漢詩」觀念的提出與意義，開始出現於一九八〇年代，並在九〇年代中期形成理論的辨析和討論。這概念的建構和討論過程，參見王光明：《現代漢詩的百年演變》（石家莊：河北人民，二〇〇三），頁六六七—六八〇。

27 最早將漢詩置入「現代」文學史論述的，恐怕是錢基博的《現代中國文學史》。該書處理晚清到民國的文學發展，自然也包括遺老詩人的漢詩寫作。他的「現代」不標榜民國、新文學、白話，而著眼近代文學發展、傳承與轉折的脈絡。此書出版於一九三三年，其表徵的「現代」足以說明古典漢詩從晚清到民國文學變革歷程中的重要意義。

28 劉納提出抗戰淪陷時期，寫作古典漢詩成了新文學家的共同志趣。這種對古典漢詩的投入，有著弔詭的文類想像。劉納稱其為「舊形式的誘惑」。其實，五四以後的作家、學者、政治人物都各有一個可觀的寫作漢詩的詩人群體。參見劉納：〈舊形式的誘惑：郭沫若抗戰時期的舊體詩〉，《中國現代文學研究叢刊》第三期（一九九一），頁一八八—二〇二。

另一層文化編碼。現代社會生活制度內生產的漢詩，昭告了一個審美意涵上文化共同體的想像。

晚清時刻古典漢詩的際遇嚴峻。其所遭遇的情境是千古未有之鉅變。變的不僅是國家局勢，更是文化根本。然而這也是老大帝國的新動力來源。在西學壓力下的思維，展開對基本語言的反省，與重組知識與價值的認知工具。文言轉白話，經史子集的「知識」轉向以西方知識系統為參照的「學術」分類。中國習以為常的表述方式頓然遭遇失語狀態。詩尤其成為流放的語言。胡適在推動白話文運動方案時，號召文學革命即開宗明義挑明古典詩學的語言問題：

> 那些死用文言的人，有了意思，卻須把這意思翻成幾千年前的典故；有了感情，卻須把這感情譯為幾千年前的文言[29]。

無法再表述當前感受與經驗的語言，顯然是過去、落伍，亟需被汰換的表述方式。語言的革命，理所當然觸及的是現代性的問題。經驗的改變，凸顯把握當下感受與知識的知識分子，必須選擇一套可以表述「當前的世代」經驗結構的思維。白話文體的變革不過是表達工具的轉換，背後深刻的認知，是必須換一口腔調來重新表達自己，認同自我。古典詩學在如此嚴峻的語言改變時期，同時經歷著文體意識的移位及變遷。

但古典漢詩終究是難以清除殆盡。胡適自己也坦言：

白話文學的作戰，十仗之中，已勝了七八仗。現在只剩一座詩的堡壘，還需用全力去搶奪。待到白話文征服這個詩國時，白話文學的勝利就可說是十足的了[30]。

為何古典漢詩，或胡適眼中的舊體詩，總是最難克服的部分？這個問題攸關文學系統內的「教養」。漢詩是一個傳統知識分子養成的基本訓練，當然也是科舉應試的必備科目。民國以後的文學革新風潮固然熱烈，但舊體詩詞所佔據的文學場域，依然是中國近代文人安身其中的所在。箇中的文學儲備，從創作者與讀者的不曾斷絕看來，舊體詩詞豐厚積累的文化資本，不可能是一場文學革命就能消耗殆盡。

這裡揭示了一個關鍵問題：古典漢詩到底維繫著怎樣的文類意識與形式經驗，始終在被貶抑為「迷戀骸骨」的舊式或新式文人與讀者群體中發生意義？從反面來看，漢詩的存在與生產現象，也反襯出白話新詩的舉步維艱。誠如黃錦樹教授所言：「詩從白話口語的美學零度重新開始。[31]」五四新文化運動之後，漢詩雖遭致更邊緣化的文學處境，但各地的詩社成立卻不曾停止。傳統文人的聚集，

29 胡適：〈建設的文學革命論〉，《胡適全集》第一卷（合肥：安徽教育，二〇〇三），頁五五。

30 胡適：〈四十自述・逼上梁山〉，《胡適全集》第一八卷，頁一二〇。

31 黃錦樹：〈抒情傳統與現代性：傳統之發明，或創造性的轉化〉，《中外文學》第三四卷第二期（二〇〇五年七月），頁一五九。

也隨著詩社的遍地開花，而形成傳承不息的文學活動。他們交流詩作，發行詩刊。相對新文學運動的各種社團與流派主張，寫作漢詩的文人，卻在傳統規模的詩社活動裡找到延續文學生命的渠道。對日抗戰開始，詩社團體也紛紛成立，雅集活動並不中止。無論抒情言志，表現民族氣節，或刻畫亂離苦難，古典漢詩在形式意義上，契合了憂患意識與文化民族情感。從漢詩寫作多以表徵詩人生命狀態的存在經驗而論，漢詩走入詩人的生命世界，正是漢詩在晚清之際已逐漸醞釀形成的文類意識。自足而完滿的表徵喪亂主體經驗，以一種含括文化與身體感的形式，讓抒情自我得以立足於時代的轉折點。

「時間」顯然是探討漢詩文類的核心問題。晚清以降漢詩寫作在文學系統翻轉的時刻，構成了怎麼樣的敘事之必然或必須？當小說與新詩被倡導為表述經驗的新興文類，漢詩作為傳統承繼而下的經驗表述格式，到底還擔負怎樣的敘事功能？

這當中有一個外部與內部時間交錯的發展面向值得注意——詩重現史的舞臺。從甲午風雲到異域風光，從民國亂局到遺民的異質空間，漢詩從不迴避投向外部世界，並以新眼界試圖調整漢詩的傳統視域與腔調。這方面的代表詩人從走向境外的晚清文人黃遵憲、丘逢甲、康有為，到困鎖租界的民國遺民陳三立、鄭孝胥，他們系列詩作，都記錄了「史」的時間，作為轉折時代的紀錄。換言之，漢詩的文類意識，生產的條件已是一個現代「史」的氛圍，無論古典今事或以詩證史，都無從閃躲外部時間的壓力。

當詩人直逼歷史時間，而陷入內部自我的抒情時刻，漢詩因此生發了其作為詩人存續與自我證成的邏輯。延續了幾千年的古典漢詩傳統，絕對承載龐大的美學經驗與熟爛格式。詩人往傳統調動資源，自身嵌入古典抒情序列，以應對、模擬眼前困境，為自我作為歷史主人公的當下，延續或獨創一個屬於自己的漢詩格局。抒情自我藉由漢詩走入這樣一個特殊的歷史時刻。

我們可以用黃遵憲的一首詩，來試圖理解抒情主體和歷史時間的辯證關係。黃遵憲在戊戌政變後解職還鄉。面對接連幾年出現的亂局，庚子事變、八國聯軍佔據北京，俄國入侵東北等民族危機，他的〈夜起〉[32]一詩，以寓意深遠的情景描述抒情自我站在歷史浪潮，迴避不了的急迫時間：

千聲簷鐵百淋鈴，雨橫風狂暫一停。
正望雞鳴天下白，又驚鵝擊海東青。
沉陰曀曀何多日，殘月暉暉尚幾星。
斗室蒼茫吾獨立，萬家酣夢幾人醒。

首聯以屋外的雨橫風狂，對照簷下風鈴亂響不停的內室，象徵內外交迫的家國危機。〈雨淋鈴〉是唐教坊曲名，唐玄宗悼念貴妃，以寄恨。典故本事以古喻今，詩人憾恨沒有直言，卻在「千聲」之中表現出自我長時間內的無法自抑。頷聯反寫期待破曉雞鳴，卻傳來鵝擊海東青。鵝擊典故，引自楊允孚〈灤京雜詠〉，海青本是遼地凶猛之鳥。黃遵憲將原本的「海青擊天鵝」顛倒「鵝擊海東青」，

32 黃遵憲：〈夜起〉，收入陳錚編：《黃遵憲全集》上冊（北京：中華書局，二〇〇五），頁一八一。

鵝諧音俄，海東青借指東三省，意指八國聯軍佔京時，俄國乘機佔領東北的黑龍江、吉林、瀋陽等地。還原典故後，「又驚」二字愈顯詩人面對歷史變局的措手不及和難以接受。搬演典故，等於將主人公進退歷史之間的困頓難耐，寄寓在典故本事的緩衝與聯想，既是實踐儒家詩學的「憂而不傷」，也同時召喚詩人跟歷史照面的抒情主體。

因此最後兩聯，陰沉天色，殘月曉星幾乎不見。萬家酣睡，又有幾人驚醒？詩人刻畫無以突破的憂患時局，以致佇立斗室的自我，是唯一蒼茫的主體，困居詩裡成為一流離自傷，被歷史棄置的渺小個人。〈夜起〉透過曲折跌宕、用典得體的漢詩格式，替漫漫長夜，無法入睡的詩人，建立當下自我面對的歷史時間。

漢詩在轉折的現代時空發生作用，當中有兩個層次的功能。首先，漢詩面對浩劫創傷的結構性時代經驗，「詩史」敘事場景與語言張力的需求，不停地誘惑詩人去象徵性的表述這場災難。又或抒情主體介入鉅變選擇的悲劇性視角：自傷、流亡、哀情，說明了漢詩不再尋求崇高且不證自明的文化邏輯，反而是面對歷史，呈現災難背後主體與鉅變的情境交織認同的審美姿態。於是漢詩的象徵精神不再飽滿圓融，而是深入鉅變災難的內部，陳述主體的惶恐不安，以及處身歷史當下碎片狀的存在感。因此漢詩構成處理現代性「震驚」[33]，理解創傷體驗的重要媒介。這種「震驚」深刻顯示了漢詩如何走入革命歷史、悲劇氛圍，招魂或復古式的懷舊，詩人的生存感充斥了跟變化著的時局衝突、擦撞，因而不知所措，陷入一種抒情自我體驗中的幽暗情懷。他們因「震驚」而起的念頭，形塑了漢詩潛在的意識。晚清時期早已意識到詩語言將隨外部經驗異化的黃遵憲，在漢詩〈夜起〉展示的現代性震僵，主體已被推擠到創傷性的歷史荒原。如此更可以理解如陳三立等遺民，他們體驗的中國現代性的破壞，架構了漢詩無法救贖的鬼域，歷史的頹敗感。此時漢詩就像一束光，注視著這一群孤獨的現代靈魂。

與此同時，我們看到漢詩賦予詩人的追憶形式。如同普魯斯特（Marcel Proust）《追憶逝水年華》（*À la recherche du temps perdu*）裡的瑪德蓮蛋糕，漢詩在現代世界的生產，構成一種格式化的文化氛圍。當下的歷史，與追憶「古典」時代之間，橫著時間鴻溝。漢詩發揮的文學力量，在於有這樣的鴻溝存在。後起的古典文化追憶，因此作為詩人存世的一種「身體感」，在斷裂、不完整的歷史面前，「填補圍繞在殘存碎片四周的空白」[34]。所有在帝國崩毀、新文化運動後被遺棄的經驗及敘事，在漢詩結構裡找到安身之所。漢詩顯然在時間與敘事之間，構築了關鍵情節（plot）[35]，將歷史與認同的

---

33 這是本雅明詮釋機械時代的現代性體驗的關鍵主題。這種震驚體驗成為詩人潛意識的一環，賦予詩的結構。詳本雅明（Walter Benjamin）著，張旭東、魏文生譯：《發達資本主義時代的抒情詩人》（*A Lyric Poet in the Era of High Capitalism*）（北京：生活・讀書・新知三聯，一九九二）。

34 宇文所安（Stephen Owen）認為中國古典詩歌有一個追憶的機制，為詩歌提供養料。參見宇文所安著，鄭學勤譯：《追憶：中國古典文學中的往事再現》（*Remembrances: The Experience of Past in Classical Chinese Literature*）（北京：生活・讀書・新知三聯，二〇〇四），頁二一—三。

35 此處借用了里柯（Paul Ricoeur）對歷史與時間的探討，追問透過情節、敘述等敘事活動的整合與再現，在文化想像積累的基礎上，形成歷史對話，開創作品的時間新面向。對里柯理論的闡釋，參見廖炳惠：《里柯》（臺

幽微生命感與存在感，還原為漢詩寫作的當下意義與呈現。

如此一來，強勢的白話文運動進場後，在各式名目的政治與文化革命的清場下，經驗的表述與傳達有一部分自然保留給殘存在文學系統邊緣的古典漢詩。彷彿那才是傷痕、遺棄、忘卻經驗的資源回收場，有效的整理與安置各種不良消化的時代後遺。換言之，古典漢詩的存續狀態恐怕不再是文類與文學史範疇的單純個案。其保存的審美標準、美學趣味、文類形式及其文類意識，對應的不是新時代的文學規範，而是古典文學教養的餘光。這同時是文化詩學的一種展示，或有效的一種文類型態。從精神史角度進行考察，我們不妨這樣回應晚清時刻漢詩的遭遇：在時間與敘事的拉鋸下，漢詩所驗證的文學現代性癥狀，隱含著經驗主體不自覺的遺民化。

這裡回到我們之前的詩學假設與提問。漢詩作為遺民想像傳統的文化根柢，成為二十世紀詩人離散際遇當中持續不斷的寫作，彷如一脈不絕如縷的香火，無形之中印證了詩人群體藉由漢詩實踐，意圖堅守與奉養的文化心靈[36]。我們議論漢詩的效能，視其為一種想像的文化本體，不僅是漢詩具備悠遠的文化傳統和積累，而同時漢詩以精粹的格式，保存了文化的智慧與精神。傳統詩教的言志抒情，可興可觀，對詩人處身在一個除魅與暴力相間的現代文明世界，有著最根本的意義。民國以後，黃節提倡詩教，特別表示：「詩之所教，入人最深，獨於此時，學者求詩若飢渴」[37]，龍榆生在戰爭時期更撰述和倡導「詩教復興論」。近代知識分子肩負詩的使命，或以詩救人心，展現詩教從最純粹的詩歌鑑賞與表意實踐，主導了晚清以降的漢詩書寫格局。它以召喚民族的文化心靈史作為寫作的倫理和歷史心志。由此就不難理解，堅守漢詩堡壘，成了遺民追懷傳統的媒介與對象。詩人藉由漢詩將自己投射到文化長河，以解救現代意識內的精神危機。因此漢詩更進一步構成離散詩學當中，文化審美的共同體想像。一種詩魂的意識，隱然從我們討論的遺民詩人身上，看到一種託命於文字的文化信念。

當道德、文化、制度和政治倫理都相應被盤整的時刻，晚清士人的流亡與流離，或民初締造詩的鬼域，鋪陳了詩與魂之間的辯證關係。當文化代理人與文化相依的倫理和經驗關係被切斷，文化人的孤獨飄零，內在主體的流亡，將動員一切資源和表現媒介來建立自我與歷史的關係。詩的形式雖難以展現全景歷史，卻必須接近歷史。文化遺民的離散寫作，凸顯的漢詩特質，在於以「空間的在場」去接近「不在場的時間」。在流動遷徙過程，將時間的壓迫與焦慮，輕易轉化為地理意識的存在感受，以詩的形式將時間隱喻化處理，而形成離散的書寫空間。因此，「身體感——地方感」是漢詩另一貼近史的時刻。

我們藉由一批走過乙未、辛亥歷史暴風眼中的詩人筆下，他們瞬間震懾的存在感、時間的急迫和文化斷層的擠壓，一一浮現為詩的內容，以致地理的遷徙、流亡，變成詩寫入時代的重要姿態。當離

北：東大，一九九三）。

36　關於文化心靈的說法，詳胡曉明：〈二十世紀中國詩學史小言〉，《詩與文化心靈》（北京：中華書局，二〇〇六），頁三八八—三九六。胡曉明在二十一世紀的今天，仍有多篇文章論述文化心靈與詩的價值聯繫，可見漢詩的文類意識依舊隱含文化的訴求。

37　黃節：〈阮步兵詠懷詩注・自敘〉，《曹子建詩注（外三種）阮步兵詠懷詩注》（北京：中華書局，二〇〇八），頁三〇七。

散是十九世紀以降的時代際遇，漢詩的古典意象折返抵擋現代的時間風暴，構成一種文化的審美共同體。在離散的脈絡當中，南渡是一個攸關南方想像的歷史符號。自古以來，不少在南渡歷史情境下的文學生產，展現了誘惑人心的文化地理概念。在南渡的正統之下，南方如何構成近代離散論述的起點？南方之外，那比南渡更為遠離中原，顛沛流離的境外之旅，又會是怎樣一幅歷史景觀？漢詩的絕域生產，將是檢驗漢詩作為審美共同體的具體脈絡。

第三節　南渡與南方的遷移

一九三七年日本侵略中國，與抗戰共始終的一所著名大學——國立西南聯大（一九三七年十一月一日—一九四六年七月三十一日）在長沙成立臨時大學。這是一所結合北京大學、清華大學與南開大學師生，因平津淪陷被迫撤退到大後方組成的大學。後來因長沙局勢不穩，轉而遷往昆明，國立西南聯大正式揭牌。這所大學從成立、人才培育到復員北返，歷經風雨可謂中國現代學術、教育史上一次深刻的「南渡」經驗。八年抗日戰爭，中國現代學人的大遷徙見證了動盪不安的時代，一批菁英知識分子血淚坎坷的離散心路。因為戰亂而撤退逃難的經驗，對中國知識分子而言，並不陌生。但肩負文化重任與家國使命的知識分子，在撤退之際內心澎湃洶湧的情懷，頻頻回望歷史，期許在動亂歲月，找到安身立命的引據。

一九四五年日軍投降，西南聯大師生復員北返。為了紀念抗戰期間寄跡西南之歷史，在西南聯大的紀念碑文上，馮友蘭將八年多遷徙立校的精神，上溯中國近代以降戰爭導致的歷史災難，高度肯定在兵荒馬亂之際，其作為「學術自由、民主堡壘」的關鍵地位。與此同時，他將這次學界大撤退到昆明的遭遇，連上歷史的流離譜系，稱為中國歷史上的第四次南渡：

稽之往史，我民族若不能立足於中原，偏安江表，稱曰南渡。南渡之人，未有能北返者。晉人南渡其例一也，宋人南渡其例二也，明人南渡其例三也。風景不殊，晉人之深悲；還我河山，宋人之虛願。吾人為第四次之南渡，乃能於不下十年間收恢復之全功，庾信不哀江南，杜甫喜收薊北，此其可紀念者四[38]。

抗戰期間大學南遷的艱辛與苦難，抗戰勝利的喜悅，讓馮友蘭等現代中國知識分子對於自身「南渡」的歷史遭遇，有著不一樣的體驗。這次終能克敵，收復河山，從邊境重返中原，傷懷之餘少了一分悲情，多了一分自信。

但「南渡」曾是全校師生為遷校苦難，共同勾勒的一幅歷史圖像。聯合大學校歌裡，歌頌著南遷

38 馮友蘭：〈國立西南聯合大學紀念碑碑文〉（一九四六年五月四日），收入《國立西南聯合大學史料・總覽卷》（昆明：雲南教育，一九九八），頁二八四。

流離的苦辛：「痛南渡，辭宮闕。駐衡湘，又離別。更長征，經嶢嶤。望中原，遍灑血。……」戰時的現代知識分子，將自我投入到歷史上大遷徙的氛圍，其遭遇的時代煎熬，銘刻著地理的想像和體驗，走入幽深的歷史悲情。一九三八年長沙局勢不穩，全校師生轉進昆明。這一趟路途跋涉，部分師生從長沙步行到昆明，長征到中國的邊境。有的教員透過香港或廣西入境越南，再舟車輾轉進入昆明。這次跨越國境的遷移，馮友蘭途中受傷，在醫院裡回顧南遷的種種往事，歷史上「南渡」的哀情不禁湧入胸懷而成詩：

> 洛陽文物已成灰，汴水繁華又草萊。
> 懷古非祇傷往跡，親知南渡事堪哀[39]。

由此，現代知識分子的大遷徙，跟歷史悲情的流離有了悠遠的連結。同時在歷史的平臺上，替知識分子建立了悲壯而崇高的離散姿態。那是流亡時刻最動人的身影，當歷史的正統光照這些苦難飄零的學人，個體的憂患與傷懷，轉眼成為時代的見證。南渡或南遷，再次走入歷史眼界，成為最近一次學人的集體想像。然而，這一份南渡的激情，卻弔詭的隱含著遺民邏輯。那無法據守的中原，苦心孤詣在中國邊境的大後方，持續敦品力學，埋首學問書堆，維繫一脈斯文。這些以南渡苦難自我勉勵的情懷，再一次從現代知識分子身上看到一種流離傷懷、劫盡苦難的內化，隱約擷取廣義的文化遺民邏輯，為自身處境找到歷史的根據。

南渡，曾經是中國歷史上離亂時刻的大遷徙。西晉末年，五胡亂華，政治中心從洛陽移往建業（南京）。北宋末年，政治中心由汴梁（開封）移往臨安（杭州）。清初象徵明季正統的南明政權幾番流轉於福建、廣東地區，最後更渡海出境到臺灣形成明鄭政權。往南方遷徙，等於離開北方中原，地理的亂離由此展開。但政權的避難與遷移，往往表徵了正統的南移。在政治意義上，這象徵了流亡、流離的正統。由此，南渡在民族文化陷入危機時刻，替文化政治空間的想像，形塑了一套南方地理。

但南遷往往有許多地理的斑斑血淚。清初三大儒之一的黃宗羲，在參與南明反清活動，觸目所及都是流離逃亡，故以賦的形式竭盡描述因喪亂而避地的哀苦：「無年不避，避不一地；念遷播之未定兮，老冉冉其已至。」地理與時間的交相煎熬，來得急迫與倉促，「獨喪亂之余兮，前未往而後復追；疲曳而不免避地兮，尚惶惶其何適？」[40]無窮盡的流徙與逃難，深沉襲擊了存在主體，不知所從的悲涼，銘刻了境內流離的憂患與折難。相對於朱舜水、沈光文兩位同鄉的境外離散，黃宗羲典型描繪了山河的大斷裂與喪亂，對百姓日常生活的斲傷。

南渡從來都是歷史危機時刻，遺民湧現，以保存文化與光復前朝為己任的一組政治文化地理概念。對於南方的視野，他們觸目所及是北方中原的殘破山河，以致在中國抒情傳統當中，南渡文人的

39 馮友蘭隨西南聯大遷徙中的心路歷程，參見馮友蘭：《三松堂自序》（北京：生活・讀書・新知三聯，一九八四），頁九九—一〇三。

40 黃宗羲，〈避地賦〉，《黃宗羲全集》第十冊（杭州：浙江古籍，一九九八），頁六一三—六一四。

詩文賦裡刻畫的個體或集體流離喪亂之感，黍離之音從未減少。地理碎片與家國民族哀情結合為動人的文化想像。但南渡詩詞撼動人心者，往往並非眼前地理風貌的流連，而是想像的山河，與亡國激越的悲情，奠定南渡詩文的文學魅力。換言之，從南方想像的歷史座標，開始進入文人視域，恰恰是延異的地理。南渡的偏安與憂患，以復國歸返中原為己任的臥薪嘗膽，交織為新的南方知識與經驗結構。儘管遠離北方，位處相對的邊陲，南渡文學或文化想像總以強勢的語言，佔據歷史敘事的正統。「南方」一再從文人騷客的表述內，以險惡環境、苦難際遇來象徵身分認同的文化地理概念。在召喚文化正統與權力核心的同時，在南渡的歷史遭遇裡，南方因此重新銘刻著其地理碑。

在根深柢固的中原意識裡，北方長期象徵文化與權力中心。南渡固然是中國政治歷史上遭遇的三次集體流離，但個體的南方遷徙自古到今卻是不計其數。中國文化史上的南方面貌，尤以中國邊陲、化外之境的嶺南區域值得注意。其作為流人遷徙、官宦貶謫、遺民流亡之地，則有漫長的歷史。無論帶罪之身或滿腹冤屈，走向南方都帶有難以言喻的苦衷與悲情。中國古代刑罰當中，流放可視為一種空間拋置的身心分離，身軀在陌生離異的環境內展開流離旅程，心不斷的臨近死亡與無邊的孤寂，個體生命將沉淪，甚至埋骨蠻荒野地。先秦以前《尚書》已記載流宥的刑法，《楚辭》裡屈原流放江南投汨羅的形象，更深入主導著後世抒情典範。秦漢以後政治制度內的貶謫規定，將流放作為政治罪罰體制的一環，次於死罪，長期發放荒蕪，或降職異地。由此展開知識分子非自主的遷徙，體驗流離之苦，進行邊陲地理的探索。流放謫居的地點，從先秦到唐宋，多集中在南方瘴癘之地。明清兩朝，則發配東北、西北等塞外邊疆，路途遙遠，且是文化沙漠。其中以寧古塔為核心構成的遺民／流人敘事，另有值得注意的身分與地理辯證，形成別具一格的「流放詩學」。[41]

嶺南作為朝廷流放謫官與罪犯的邊陲蠻荒之地，在史書與罪官詩文筆下早已是惡蟲猛獸、蠻人雜處的炎荒異域。唐代韓愈被貶為潮州刺史，描述進入嶺南地域是「颶風鱷魚，患禍不測」，自己與「魑魅為群」、「日與死迫」[42]。宋代蘇軾兄弟共同經歷過貶謫命運，蘇軾被貶至海角天涯的海南島三年，蘇轍在雷州、永州一帶流徙。嶺南的陌生風俗與濕熱氣候，對生命的衝擊與威脅，形成一幅恐怖嚇人的景觀。以致蘇徹筆下盡顯焦躁、憂患與性命不保的擔憂：「身固陋邦，地窮南服。夷言莫辨，海氣常昏。出有踐蛇茹蠱之憂，處有陽淫陰伏之病。艱虞所迫，性命豈常？」[43]對南方的水土不服，與簡陋的生活機能，越加劇南方成為摧殘脆弱生命的荒境。蘇軾初至嶺南的印象，簡直令人難耐：「此間食無肉，病無藥，夏無絺葛，冬無炭。獨有一命耳。以此一而傲四無，可乎？」[44]南方想像長期在流貶歷史當中，形成邊緣意識與異域景觀。這雖然攸關文化與經濟發展的客觀條件[45]，但南方有

41　關於此議題的論述，嚴志雄、曹淑娟、王學玲等學者的研究成果最值得關注。

42　韓愈：〈潮州刺史謝上表〉，收入屈守元、常思春主編：《韓愈全集校注》（成都：四川大學出版社，一九九六），頁二三〇六—二三〇八。

43　蘇轍：〈雷州謝表〉，收入曾棗民、舒大剛主編：《三蘇全書》第十七冊（北京：語文，二〇〇一），頁五二四。

44　蘇軾：〈晚香堂蘇帖〉，收入孔凡禮：《蘇軾年譜》（北京：中華書局，一九九八），頁一二九四。

45　雖然貶謫嶺南的士人，對嶺南的觀感隨著心態與客觀條件的改善有著變化。心境豁達、對逆境坦然者的閒適樂觀詩文，甚至興辦講學文化事業，都有助中原文化的南移。但嶺南的蠻荒印象，仍長期形塑了士人對南方的地

著遠離政治中心，躲避戰禍與流放罪官的背景，使得南方地理因此成為蠱惑的空間，弔詭的邊境。國境之南，已走在意識的邊陲。往外跨越，將走入另一重的地理脈絡。清代嶺南遺民詩人屈大均為此下了誘人的註腳：「地之盡於海者，與諸夏而俱窮；其不盡於海者，不與諸夏而俱窮，南而又南，吾不知其所底矣。」[46]

但隨著時序變遷，時移事往，清帝國的覆滅卻造就了一批嶺南遺民在民初避居已淪為英國殖民地的九龍和香港島，且重中發揚宋末二帝駐蹕該地的史實，從亡宋遺跡辯證自身的正牌遺民身分。以陳伯陶為首的這些嶺南文人，他們在殖民地與殖民體制內的雅集酬唱，紀史抒情，興學辦校，對廣東地域文化與歷史記憶的編纂與重構，不正是弔詭地延續或再次印證南渡的「正統」？換言之，他們有效開展出民初香港特殊的遺民論述和離散詩學，成為另一個值得探究的南方漢詩現場。

對於傳統士人而言，流亡、流放等因素造成的遷徙嶺南，儘管位處國境邊陲，陌生感卻好比身在異域南國。對他們而言，那已是絕域，流放生命的終極點。然而，在國境之外，跨海而出的南國之南，相對中國境內的遷徙歷程，那又是一個怎樣的地理概念？從現存史書與海外遊歷的筆記記載，早在漢代已展開的出境遊歷，進入南洋世界的遭遇與眼界，又會是怎樣的空間歷程？從十九世紀以降，鄰近廣東卻已成西方殖民地的港澳地區，又提供了怎樣的跨境想像與現代文明境遇？那是一個中土的「避地」或「外部」？對於士人的遷徙，境外南方是想像的邊際，或是個體流動而意外開展的「外方」，一個漢民族文化地理的延長？從歷代出走境外南國的流動經驗看來，遷移形式與目的紛陳，感受也各異。但境外南方從此作為一個南方的參照概念，為文化遷徙與流亡建立了另一個值得觀察的脈絡。

第四節　漢詩與境外南方

一、漢詩的越境

如果歷史上的南渡，在播遷、流徙的輾轉苦難後，仍努力表現中原意識的正統象徵，遺民意義的家國正朔，在中原疆域景觀外部——邊境之南，或跨境南渡，則隱約挑戰了華夏為據點的內陸視域。當出境以後的南遷，仍舊堅持漢文化的本位與播撒，境外遷徙的意義，恐怕就不純粹是文化的跨境遠行，而產生了顛覆正統意涵的一種域外視野。足跡不斷遠離，人文地理隨著延展，士人走向境外南方，文化與文學的離散背向中原，面向世界，產生了我們最早可以意識的漢文學播遷之路。

綜觀士人早期的離境脈絡，通常離不開朝代更迭、內戰爆發的混亂局勢。而境外南方——港澳、越南、菲律賓、臺灣島嶼、馬來半島、新加坡[47]、印尼都曾在中國歷史的轉折時刻產生關鍵的地理意

理意識。針對北宋南宋文人貶謫嶺南的心境，錢建狀做了比較性的概述。參見錢建狀：〈南渡前後貶居嶺南文人的不同心態與環境變化〉，《浙江大學學報》（二〇〇四年九月），頁一一八—一二五。

46 屈大均：《廣東新語》，收入歐初、王貴忱主編：《屈大均全集》第四冊（北京：人民文學，一九九六），頁二六。

47 新加坡是目前通行的中文譯名。從十九世紀末到獨立建國前後，還有許多常見的不同譯法，包括星嘉坡、新架

義。宋元交替，首次面對草原異族入侵中原全面掌握帝國權力的事實，南宋「諸文武臣流離海外，或仕占城、或壻交趾，或別流遠國」[48]。這是境外南方作為流亡之路的關鍵歷史點。同樣的際遇發生在明清鼎革之際，北方蠻夷再次入主中原，因此南明殘餘勢力退守邊境，利用沿海港口船隻運輸，雇用海盜作戰，爭取南方的海外華人協助。這是南海華人勢力首次在中國境內政治發生意義。然而他們從事的是顛覆正統的反清。鄭成功的海上勢力也爭取不少菲律賓華人的經濟援助。最後反清活動終於退出國境，渡海南遷。其時廣為熟知的明鄭政權在臺灣據守了二十餘年光景，開啟了大量閩粵居民移入臺灣的重要起點。忠於南明政權的一部分人，透過臺灣輾轉乘船移居海峽殖民地和荷屬東印度[49]。晚近的一次，當屬清末時期海外保皇、革命勢力分頭並進，康有為、孫中山奔走南洋，在海峽殖民地尋求避難居所及華人的經濟奧援。

往中國歷史溯源，境外南方的概念，基本始於海洋貿易與朝貢關係。從漢代開始記載的南方民間海上帆船貿易，是最早開闢的西洋航路[50]。經過唐、宋、元三朝航海與造船技術的發展，室利佛室帝國、阿拉伯大食帝國崛起，使得印度洋與南海交通線形成。商務旅行構成了境外南方地理的實地考察，建立了商人住番、閩粵沿海人民移居的形式[51]。清代後期，中國經濟崩潰，沿海居民為了生計，大量移民奔走南方開荒闢土，南洋成為他們逃避內陸苦難環境的海外避地。與此同時，西方勢力在南洋一帶開啟殖民地的布局與經營。大量勞動人力開始從中國沿海往南洋調動。中國近代史上熟悉的華工、豬仔、苦力（coolie）等名詞，主導了南洋移民的管道和方式，奠定南洋華人以拓荒與勞動階層為基礎的移民社會性格。當時派駐新加坡的黃遵憲，以詩勾勒了這幅南洋流離景象：「近來出洋眾，更如水赴壑。南洋數十島，到處便插腳。他人殖民地，日見版圖廓。華民三百萬，反為叢驅雀。」[52]因此，無論使節朝貢、民間貿易或華工輸出，境外南方，終究是經濟利益主導下的海外地理。

在境外遷徙與南洋移民的譜系內，有一個極具象徵性的跨境流動事件，長期被視為南洋移民的歷史時刻。那是明朝永樂年間開始的鄭和下西洋。鄭和下西洋可謂世界航海史上少見的規模宏大的官方

坡、新嘉坡等。為求統一，除了原詩題、詩文的譯名予以保留外，本書敘述採目前通行譯名。

48 鄭思肖：〈大義略序〉，陳福康校點：《鄭思肖集》（上海：上海古籍，一九九一），頁一七三。

49 十七世紀初，英國和荷蘭開始征服東方，成立東印度公司，展開印度洋和南洋一帶貿易據點的爭奪和殖民地的開發。一七九九年荷蘭政府由東印度公司手中接管爪哇島等印尼殖民地，稱為荷屬東印度。十九世紀末、二十世紀初更將蘇門答臘、婆羅洲等地納入殖民版圖。一八二六年英國東印度公司將馬來亞三個主要港口新加坡、馬六甲及檳榔嶼整合為最初的海峽殖民地。往後更將其他殖民的馬來群島納入管理建制。

50 「西洋」概念始於元代，演變至明代張燮《東西洋考》，則以婆羅洲為東西洋的分界。爪哇、蘇門答臘屬西洋，文萊及文萊以東的菲律賓群島屬東洋。往南洋路線就是西洋航路。至於東洋航路，則要到明清時期才興盛。主要是西班牙在菲律賓拓展殖民地，帶動太平洋航路的開闢。中國到菲律賓、臺灣等地的帆船貿易和移民遷徙才開始繁榮。關於西洋航路移民的歷史過程，參見林德榮：《西洋航路移民》（南昌：江西高校，二〇〇六）。該書第一章。

51 商人的海上貿易有賴季風航行。一般出海貿易，為等候返航的季風，常有在異地住上一年半載，稱作住番。這也是最早的流寓形式。

52 黃遵憲：〈番客篇〉，收入陳錚編：《黃遵憲全集》上冊，頁一三五。

使節團。他們象徵著明帝國的權威，展現卓越的航海技術。官員直接到海外諸國採購商品，當然也體現了國家的貿易政策。這支海上船隊的耀眼光芒，提高了當時海外華人的地位，同時昭告南海貿易的可行性。但是嚴格說來，其對境外南方的開拓，不過是加強了中原居民的南洋印象與產品需求，或間接在現實層面帶動了移民境外的可能。因此鄭和船隊儘管氣勢浩大，但論及其對南洋諸國政治環境的影響，或漢文化的播遷建設，則是相當有限[53]。

境外南方從朝貢外交、海洋貿易到旅行遊歷，早已不算陌生地域[54]。但值得注意的是，南海區域仍屬中原意識外的異域或炎荒之地。在文化播遷上，除了隨著移民入境帶來基本的生活文化習俗，一般不曾構成具有規模的文化地理。雖然商人、船員的旅行筆記早已記載這片南方地理，但是進入詩文的描述，第一次真正走進文人視域的[55]，恐怕還要等到十九世紀的七〇年代。（至於東洋航路的遷徙，尤其臺灣有相對複雜的移民脈絡，屬於另一問題[56]）。當晚清官方派駐使節、設置領事，有傳統文化教養的士大夫集團，開始繞道南方海路出國考察與長駐南洋境域，他們描述與命名南方，深入當地生活景觀，產生可能的文化比較和想像。境外南方因此在文學與文化意義上，走進以中原意識為主的漢人視域，黃遵憲詩裡才可能出現這樣的認知：「化外成都會，遷流或百年。[57]」由此，南洋的漢文化與文學播遷歷史，可以從首任正式派駐新加坡的領事左秉隆，以及繼任者黃遵憲說起[58]。他們以

53 王賡武指出沒有數據顯示鄭和下西洋後南洋漢人移民數量有顯著提升，鄭和船隊也不曾介入、改變當地政治環境。詳王賡武著、姚楠編譯：《南海貿易與南洋華人》（香港：中華書局，一九八八），頁二一三—二一四。但

鄭和在爪哇等地積極傳播伊斯蘭教，促進了當地華人穆斯林社區的發展。

54 中國域外地理學知識的大變動，要到晚明西方傳教士東來，才真正打開中國的地理視野，始知「九州之外復有九州」（梁啟超語）。而隨著鴉片貿易、鴉片戰爭以來，魏源完成的《海國圖志》重新繪製了一幅以海洋貿易軸線為主的新世界圖景，南洋的地理和經濟位置尤其受到凸顯。參見梁啟超：《中國近三百年學術史》，收入《梁啟超全集》第八冊（北京：北京，一九九九），頁四五八八—四五九四。汪暉：《現代中國思想的興起》上卷・第二部，頁六〇九—七三六。關於晚清地理學導致的傳統觀念變異，參見郭雙林：《西潮激盪下的晚清地理學》（北京：北京大學出版社，二〇〇〇），頁二三九—三四二。

55 相對詩文，小說部分對南洋的想像甚早。明代羅懋登《三寶太監西洋記通俗演藝》以神怪歷史演義形式繼續發揮鄭和下西洋的本事。清初《後水滸傳》直接讓明遺民在暹羅建立復興基地。晚清荒江釣叟《月球殖民地小說》中三位主人公則將南洋視為避禍之地。

56 臺灣自明鄭、清領以來，早有流寓文人的漢文學播遷和生產。尤其康熙年間臺灣納入清版圖後，移民臺灣的形式涉及清廷政策，有「內地化」、「土著化」等不同的觀點。詳曾少聰：《東洋航路移民》（南昌：江西高校，一九九八）。但日本殖民時期，日本文人漢詩裡的臺灣，仍是蠻荒想像。「暫入南荒豈足云」、「絕域寒暄從此分」（籾山衣洲〈將發東京諸公送到新橋賦此以呈〉）。

57 黃遵憲：〈新嘉坡雜詩・其七〉，收入陳錚編：《黃遵憲全集》上冊，頁一三一。

58 左秉隆在新加坡寫作的漢詩，由後人尋獲，收入《勤勉堂詩鈔》（新加坡：南洋歷史學會，一九五九）。黃遵憲旅新的詩作大致可見於《人境廬詩草》。其中左秉隆在新加坡的創作量要比黃遵憲更大。只是前者研究成果少，後者是晚清重要詩人，作品的素質和能見度相對提高。當然有更多流寓詩人的域外詩篇，根本不見流傳，只留存在當時的報刊。邱菽園主持的《天南新報》刊登不少流寓詩人的優秀作品。左詩的討論可參見李慶年：《馬來亞華人舊體詩演進史》（上海：上海古籍，一九九八），頁九三—一〇二，以及柯木林的研究。

政治資源推動南方文教，創立文社加強當地文教活動，同時以個人文化教養創作詩文。從這些延展的南方地理看來，在民族國家還未誕生以前，黃遵憲所言「海外偏留文字緣……吟到中華以外天」[59]，可以看作海外華文文學的最初概念與雛形。

一八九一年左秉隆領事卸任歸國，當地報刊《叻報》登載華商聯送的敘錄，其中對左氏在異域施行教化的功績甚為肯定：

> 叻地去中國者六千里，闢草萊者七十年。俗尚狂獉，人多渾噩，所謂勸懲弗至，痛癢無聞者。我公獨能齊之以德禮，繩之以範圍，懷之以寬柔，孚之以信義，而使還中之士，翕然以從；化外之民，於焉以變者，一難也[60]。

清廷駐新加坡使節左秉隆
作者翻攝自《勤勉堂詩鈔》

這指出了早期的異域教化乃是文化播遷的基礎，文學實踐只是作為附屬品。使節的責任在保護僑民，提升當地文化水平。然而，從左秉隆到黃遵憲，他們在領事職務之餘，漢詩寫作不斷。這些積存的文學遺產，記錄著飄零絕域的教化經驗，當然也刻畫了異國風情，描述異地眼界。在推動教化的基礎上，使節領導生產的漢詩，為境外漢文世界締造重要的漢詩庫，成為晚清境外漢詩場域的其中一個亮點。因此，士大夫走向海外，不論是左、黃的使節身分，或如邱菽園[61]等文人雅士，他們推動文化，以個人豐厚的文學實踐為基礎，使得境外南方在經濟軸線之外，開展出文化地理或文學地理的考察。但是，流寓者帶來的文學種子能否播種生根，他們的聲名和影響是否長存，顯然都是關卡考驗。

一九〇六年帝師陳寶琛赴南洋推銷漳廈股票，在新加坡有詩感慨海外文學的後繼無人，未能再見詩學大家。

59 黃遵憲：〈奉命為美國三富蘭西士果總領事留別日本諸君子〉（《人境廬詩草》卷四），收入陳錚編：《黃遵憲全集》上冊，頁一〇五。

60〈旅叻潮商聯送卸新嘉坡領市府左公屏敘〉，《叻報》（一八九一年十一月十二日）。

61 邱菽園也作丘菽園。丘為本文，因清初雍正朝規定避孔子聖諱，改為邱。《菽園贅談》卷五有〈邱姓〉條目說明。民國以後，菽園的著作、書信基本仍沿用「邱」，部分也改作「丘」。目前學界述及菽園，兩者兼用。本書根據菽園臨終前數日手書詩稿仍署名「邱菽園」，故全書除個別的引用文獻之外，統一採用「邱」。

大清光緒十七年

第二千九百九十五號

叻報

（本館開設在吉巴䓁口門牌第一號）

辛卯十月十一日

大英一千八百九十一年十一月初十號禮拜二

旅叻潮商聯送新嘉坡領事府左公屏敘錄

《叻報》（1891年11月10日）歡送左秉隆報導（攝自《叻報》）

千戶家家貨殖雄，斯人忍獨坐詩窮？杜鵑北望年年拜，長剩風懷付酒中。丘菽園近甚貧。

天才雅麗黃公度，人境廬詩境一新。遺集可留圖讚稿？南溟草木待傳人[62]。

以上〈息力雜詩〉，帶出了中原流寓者的目光。星洲小島難得展現的教化與文學光芒，這線南遷的香火，有誰賞識？又有誰繼承與發揚？其時黃遵憲卸下使節身分多年，且已逝世。他筆下的南洋風土締造的漢詩新視野[63]，還有待後來者努力。而名士邱菽園已陷經濟困境（隔年破產），難以贊助文學活動。晚清星洲熱鬧的詩文和名家文人往返的場域已逐漸蕭瑟沉寂。從黃遵憲到邱菽園，異域的漢文學播遷與生產因此顯得艱困。不過，流寓與遷徙者從不間斷，更多詩名不響的文人雅士仍在默默生產，做著文學接棒的工作。他們的漢詩貼近移居的生活體驗，這些「海外文字緣」真實構築了一片境外南方的漢詩園圃。漢詩作為遷徙者和移居者刻度此地流寓心志的媒介，濃重的離散意識主導了他們背後的生產精神。

然而，離散視域並不當然指向懷鄉意識，也不只有文化憂患。在遠離中原之外，不斷辯證的中原與南方絕域的地理距離，其實已漸進改變漢詩的感性結構。詩人每一回抒發對中原的鄉愁，又再一次

62 陳寶琛：〈息力雜詩〉，《滄趣樓詩文集》（上海：上海古籍，二〇〇六），頁八四。

63 關於黃遵憲派駐新加坡期間的風土寫作，參見拙作〈帝國、斯文、風土：論駐新使節左秉隆、黃遵憲與馬華文學〉，《臺大中文學報》第三二期（二〇一〇年六月），頁三五九—三九八。

標示自我跟中原時空的遠離，而地理空間乃主導了自我定義與抒情的秩序。因此，漢詩的離散意義從流寓者到移居者的筆下，逐漸有了一些轉移。從一九二四年起始的三年間，邱菽園在新加坡主導「檀榭詩社」詩人文酒雅集活動，曾以〈星洲雜感〉為題聚眾唱和。其中我們看到離散異地的移居者，他們穿越鄉愁與在地生活的想像感觸，呈現一組帶有異域風情，飄零的中原想像和遷徙大歷史的境外「史詩」紀錄。

> 半墜疎霞暑漸殘，海風吹袂月飛天。笙歌燈火樓臺夜，車馬煩囂市肆邊。一島獨當歐亞道，重洋猶獲太平年。真看四海為家日，民族華離過萬千。
>
> 樓船渡海便移家，冠蓋人文歲有加。聊受一廛居外國，每依南斗望中華。波濤閱歷詩翻壯，生計艱難俗尚奢。剩有故鄉清物在，偶烹活水試新茶。
>
> 點染丹黃葉似花，賞心疊見好風華。一年溫暖天全美，百族辛勤力可嘉。道有運輸來海陸，物無遺棄到泥沙。交通更覺驚神速，賤價人人坐汽車。（〈星洲雜感〉其一、二、三）64

上述三詩出自當地著名醫生詩人黎伯概手筆。他描繪新加坡作為華人流寓地的發達熱鬧場面。詩中不見濃烈鄉愁，反而展示外部世界的地理視野。星島是歐亞水路交通的要衝，繁華的發展建設景觀，其實更能表現安居於此太平世界的生活感覺。尤其深入紀實當地社會狀況，陸續寫作的長詩〈己未、庚申間，星洲米貴恐慌，百年未有之厄〉、〈市變歐戰罷後，星洲土產落價，牽連商業倒閉無數，經二年餘，尚未恢復原狀，亦奇變也〉[65]，已擺脫流離目光，搖身為史家之筆，讓詩貼近南洋風土，全面呈現流寓深耕於斯的在地感。因此，境外漢詩紀錄的離散經驗，多元鋪陳了移居者經歷的新世界在地變遷，四海為家的新興體會。詩人所謂：「廿年時事看遷變，閒惜流光負寓公」（〈星洲雜感〉），大體已是南洋移民的時代感遇。

無論流寓或移居，處身異地所衍生的家國和民族認同，複雜也無奈。曾任《叻報》主筆的李鐵民，他的〈星洲雜感〉直陳無法迴避的語言衝擊，強調遷徙移居者有了新的在地認同，仍有長居於此的文化斷層憂慮。

> 群島旌旗拱此方，聲明端合冠南洋。劇憐航海鴟夷客，多把他鄉作故鄉。
> 果然鸚鵡巧於言，竟把佉盧教子孫。為語漢秦都不識，分明漁父入桃源。（〈星洲雜感〉其一、二）[66]

「他鄉作故鄉」道出落地生根的離散終站。「漁父入桃源」則巧妙將移居者後代面臨的漢語文化

---

64 邱菽園編：《檀榭詩集》（新加坡：不詳，一九二六），頁一八。
65 許雲樵編校：《名醫黎伯概先生詩文集》（新加坡：中華書局，一九七七），頁二四—二六。
66 邱菽園編：《檀榭詩集》，頁二一〇。

斷層，以自我調侃的筆調詮釋為逃避戰禍而躲入桃花源的際遇。不過，這或許也印證一九二〇年代中國境內戰端未停，內亂動盪，移居境外者未嘗不是尋找桃源避難的心態。華人散居世界各地，漢文化教育遭遇西方強勢語言文化的威脅，是共同面臨的經驗。李鐵民以漢詩記錄移居者的現代憂慮，或離散現代性經驗的語言和文化感受。延續千年的漢詩形式，竟走到異域新世界的前端，將複雜的遷徙者感觸，做了不同層次的心理描寫。漢詩與境外的對話關係，由此有著巧妙的呼應。

漢詩常常是域外流寓者鄉愁的媒介，但也同時組裝了在地感覺。詩社唱和活動裡的星洲經驗，豐富了傳統漢詩人處理地域遷徙的經驗。他們對星洲地理的認知有了一份參與感，對移民大流亡的時代風潮，有了更客觀的紀錄，及安身異域的想法。漢詩走向境外南方，變異了中原意識，不囿於流離傷懷，架構了二十世紀漢詩風景的一個複雜層次。

二、離散詩學的考察

從以上漢詩的越境到南方詩學的基本描繪，大體可以看作一個晚清離散詩學的可能型態與規模。境外寫作與離散敘事的密切關聯，呈現了一個值得注意的「境外」與「離境」框架。其中黃錦樹教授標示的「境外中文」概念，演繹一個流動的文學與文化史論述[67]。論述的基礎在於知識菁英的流寓，及其文化生產與個人效應對在地和中原境域的輻射。黃錦樹以星馬為據點，討論晚清南來使節左秉隆、黃遵憲，以及流亡詩人康有為如何以各自的文化資本，形塑南洋的境外詩學。甚至二戰時期南來的郁達夫，以特殊的肉身經驗和死亡，透過漢詩寫作形成一個巨大的象徵遺產。從以上個案的簡要討論，他試圖透過「境外中文」的框架，將這些流寓者或南來者的文學實踐，或建立的文學象徵，放入一個流動的文學史論述。

換言之，黃錦樹重申南來本身有其迫不得已的政治與時代因素，南洋流寓就不僅是傳統方志學意義下的地方性文獻紀錄，而進一步透露著幾個緊連著經驗主體的關鍵詞：流亡、流離、流放。在此基礎上，作為中原境外的南洋，可以視其為「華人的另類租借」。境外的離散與流動，成為馬華文學更早的際遇，它的起點不在新文學，而是晚清。

由此建立的境外視域，提出了我們探討境外詩人區域流動無法略過的一個南方詩學現場[68]。這些從晚清以降蓬勃發展的流動與書寫，暗示了一個漢文學播遷的路徑。如果南來是一種流動的文學史論述，本書觀察晚清以降文化遺民的離散書寫，基本上可以構成一種漢詩的區域文學版圖。地理遷徙與主體經驗的呈現，將勾勒一個動態的文學敘事，以及一個對應「現代氛圍」的漢詩譜系。相對中原大陸，殖民地臺灣、香港和海峽殖民地的星馬，形成境外文學最值得關注的文學現場。

67　黃錦樹：〈境外中文、另類租借、現代性——論馬華文學史之前的馬華文學〉，《文與魂與體：論現代中國性》（臺北：麥田，二〇〇六），頁七九—一〇四。

68　目前關於南洋詩學為議題的學術論著，只有李慶年的《馬來亞華人舊體詩演進史》。該書從報刊收集整理的漢詩資料眾多，有重要的參考價值。

從這個十九世紀後期展示的文學流動版圖，中原南方的士人離境絡繹不絕，往返南洋構成了我們最初可以看到的南洋漢詩體積。然而這些短期流寓的士人，儘管有詩，卻是南洋文學場的曇花一現。在文學建制不健全的南洋移民社會，更多的漢詩散落報刊，寫作零零落落，不成體系。詩人的文學生命短暫，南洋漢詩的亮點只能在詩人南來的離散軌跡中偶然看見，這已是南洋漢詩的客觀事實。相對已成日本殖民地的臺灣，漢詩的傳統根基深厚，日臺官僚仕紳共同經營的漢詩風雅不絕，因此境外南方的漢詩發展，先天就有著資源不對等的地域差異。如此一來，建立境外漢詩的規模必須經由一個區域互動的線索，才可能清楚勾勒漢詩交流與離散的文學現場。從乙未臺灣詩人的內渡，清廷使節與士人的出訪、遊歷和流亡，民初嶺南遺民的避居香港，以及臺灣、中原與南洋三地詩人詩歌唱和的往返，呈現了一個政治鉅變，士人地理流動形構而成的動態區域離散文學。這個離散詩學的意義，恰是在一個變遷的時局內，見證了士人遷徙過程同時生產的漢詩意識。這些漢詩在不同層次與脈絡上回應了鉅變的時代際遇，在每個詩人身上展示的認同與文化想像。其中最顯著的一種身分標誌就是文化遺民。經由地理流動與時空轉換，詩人的寫作拋置在境外，他們以不同的離散路徑——寓居謀生、宣揚文教，甚至亂離流亡，同時透過漢詩投射了自我對文化主體，政治變動的家國想像。

乙未割臺初期，逃離或面對日本殖民統治的丘逢甲、許南英、連橫、王松等人，他們大量的漢詩創作裡都試圖描繪或貼近自我在鉅變環境，以及邊陲異域的流徙心路。他們的焦點未必是中原局勢的嬗變，卻是流離帶動的見聞，和寄身境外、邊緣地帶的遺民化敘事。因此他們有的從此回歸中原，或取道中原再次流放南洋，或回到日據臺灣定居，一一鋪陳迥異於傳統與其時中原境內的政治與文化遺民脈絡。跟中土國境內的遷徙不同，他們接軌上一個有著悠遠歷史的境外南方活動場域。因此，既使遭清廷追殺而出境的康有為，或早已移居南洋，接應政治與文化流亡士人的新加坡華僑邱菽園，甚至抗日戰爭前後南來的郁達夫等文人，都相應勾勒出各種南遷線索與相似的境外遷徙路徑，漢詩寫作者的離散話語。

當我們以一個離散詩學的向度去考察境外南方的漢詩寫作，我們有必要重新回顧與整理離散理論的基本論述範疇。

離散一詞借自英文diaspora，此字則源自公元前五世紀流通使用的希臘字diaspeiro，前綴dia表示「跨越」，speiro指向「播散」，最初僅指涉一個社群從其原生城邦或種族脫離遷徙他處。而在猶太人歷史中，diaspora則專指猶太人從巴比倫流亡散居各地的概念，指向特定族群的創傷與飄零。後經由吉洛伊（Paul Gilroy）從文化研究角度處理非洲黑奴販賣到美洲及歐洲的路線，提出跨大西洋的黑人網路（Black Alantic），經由散居各地的黑人音樂、文學、藝術等層面的分析，觀察他們逐漸形成對抗西方現代化論述的能量。如此一來，離散進一步擴大解釋為涵攝生存暴力威脅的被迫式散落及遷徙的社會學概念[69]，凸顯了近代以降遷徙的歷史現實和複雜程度。

我們檢視diaspora這個詞的生成和使用歷史，從一九三〇年代開始在英語世界使用，一九五〇、

69 Paul Gilroy. "*Diaspora and the Detours of Identity*" Kathryn Woodward ed. *Identity and Difference*. London: Sage Publications, 1997. p. 318.

六〇年代以後逐漸在英語、法語脈絡下，討論猶太人、非洲黑人、巴勒斯坦人、亞美尼亞人的族群創傷、放逐，思鄉卻流離在外的內涵。到了一九七〇年代diaspora的使用變得迅速膨脹，直到一九九〇年代形成顛峰，廣泛使用在索馬里、西藏、加勒比海、拉丁美國裔、伊朗、羅馬尼亞等不同人種、族群的遷徙、移居狀態[70]。於是，我們可以看到離散的討論，分殊為更多層面和型態，諸如猶太人的離散；非洲人和亞美尼亞人的受難、被壓迫者的離散；印度人與英殖民形成的勞工與帝國離散；華人與黎巴嫩人的貿易離散；加勒比海人的文化離散；錫克教徒和猶太復國主義者的原鄉離散等等[71]。在新的全球化的狀態下，旅行與混雜的論述更進一步借用了離散概念，用以討論各種去殖民化、移民、全球的資訊與交通，以及跨國的多重居所、遷徙等現象[72]。在學科建制內形成教科書式的「離散讀本」，更直接劃分現代性、全球化、種族、認同、兩性、性別、文化生產等等與離散掛勾的論述範疇[73]。言下之意，當錯置與大規模的移民已成常態，離散因此衍生出各種不同的論述形貌。

而在原初的中文語義脈絡，離散可以視為個人或群體離鄉背井，或流離星散的概念。流離主體與原鄉之間的文化、記憶糾葛和辯證，成為描述流動身分有效的概念與精神面貌。因此當西方diaspora一詞在中文語境內除了離散的譯名，還有常見的散居、流亡、流離、流散、流徙等不同的譯法。這些不同的翻譯，說明了離散這個概念作為不同對象和脈絡的應用，有著不同的側重層面和解釋，當然也釋放出不同的理論效應。因此，離散表徵了複雜多元的向度，指向離散個體或族裔，必須面對不止一個以上的歷史、時空、過去與現在，出入多文化之間，同時歸屬於此間與他地，形成雙鄉或多鄉的認同錯置感，產生遠離原鄉、無法克服記憶的種種失落與飄零處境[74]。換言之，離散從地理的遷徙，深化為一種自我放逐、孤獨游牧的內在精神史考察，成為我們論述離散詩學的向度。

本書以離散為論述框架，討論晚清以來文人的流動遷徙和散居各地的脈絡，集中探究他們的漢詩生產意義。他們在不同歷史契機下的流動，從臺灣、中原大陸到南洋的星馬，不同區域地點的往返遷移，突出了一個空間或地理脈絡的體驗。加上他們的遷徙同時帶動了文學及文化播遷，因此這些離散主體的特徵，展示在他們的文學生產意義和功能。但本書討論的離散範圍，強調的是相對中原大陸的境外。這裡不選用海外，在於區隔海外隱含的大中原意識。我們都清楚漢語文學的根源始於中原大陸。漢文學的播遷歷史也源遠流長，這些長期在世界各地落地生根的文學與文化生產已自成格局。因此，當我們凸顯詩人的離散書寫或離散敘事（diaspora narrative），著重強調的是這些寫於境外的文學

---

70 Stéphane Dufoix. *Diasporas*. Berkeley and Los Angeles: University of California Press, 2008. pp. XX-5.

71 Robin Cohen. *Global Diasporas*. Seattle: University of Washington Press, 1997.

72 James Clifford. *"Diaspora" Routes: Travel and Transportation in the Late Twentieth Century*. Cambridge: Harvard University Press, 1997. p. 249.

73 Jana Evans Braziel, Anita Mannur ed. *Theorizing Diaspora: A Reader*. Malden (Massachusetts): Blackwell Publications, 2003.

74 關於離散的中文引介和華語語系概念的討論，可參考李有成：《離散》（臺北：允晨文化，二〇一三）。林鎮山也試圖結合中西語境下的離散概念，以期建立討論華文離散的框架。參見林鎮山：《離散・家國・敘述》（臺北：前衛，二〇〇六），頁一一—一七。

生產和文學譜系，以及由此開展的文學空間。因此詩人跨出中原境外，往返或駐留臺灣、香港、南洋，尤其是本書討論的境外離散詩學。

因此，本書聚焦的離散，特別凸顯跨境、越境的意義。無論從臺灣、中原、南洋出走或抵達，離境本身代表的行旅，有著更多主體與時代交錯的多元際遇，不同的離境方式讓文學有了相異的發生意義。除此，離散同時還可以指向境內的流動，甚至個體遠離社會、主流的人心向背，一種幽居、隱逸的姿態。離散在此不再是狹隘的經驗地理，而是一種心靈地理的浮動和游離。在殖民地臺灣，遺民詩人在境內的避居、從殖民社會遁逃，他們遠離文化中原及殖民文明，深化了我們討論離散詩學的層次。

另外，本書以詩人個案為主，他們的跨境流動和寓居，其實觸及了華人散居的基本概念。他們在遷徙過程中思考和表現的文化身分與認同想像[75]，清楚表徵了兩地經驗——仰望鄉愁與流離絕域，或原鄉疏離和在地認同。儘管這些詩人在不同層面或深或淺體現著文化遺民的特質，透過遷徙流動，尤其展示了這種文化身分的辯證。於是他們的離散催生了以漢詩形式寫下的生存體驗。

從久遠的南海貿易路線到晚清的流亡地理，南方遷徙從來都是中土之外弔詭卻充滿誘惑的異域國度。中土國境兵荒馬亂時刻，境外南方作為邊陲、炎荒地理意義，以及西方殖民地的現代都市和文明特徵，成為避禍、避居、謀生、流浪、放逐的天地，也順應成為文人寫作流離生活的想像世界。文化遺民作為構築這片流亡天地的群體意識，在經驗主體陷入時間危機的此刻，他們集結為海上遺民世界，在流徙之間回應個人對中原境域的想像和遠離。因此流亡地理，可視為另類隱喻的方式，總結了一個觀察境外南方的漢人遷徙意識與概念。由此，我們討論境外漢詩書寫與經驗，已在朝向一種離散詩學的建構。

第五節　研究結構與文獻

本書勾勒的脈絡，在於提出從中國境內到境外，一批傳統教養的士人階層，在紛亂時局內的離散際遇，以及透過漢詩展現的主體經驗。本書將透過遺民、離散、境外等關鍵的幾個概念範疇，去開展二十世紀漢詩寫作呈顯的現代性的種種可能。

以下將陳述本書各章的大致要點，以及展開的問題：

---

75 華人散居（Chinese Diaspora）的概念已經是海外華人研究的重點。但這個辭彙引發的爭議，愈顯示本身的曖昧與弔詭，同時涉及不一樣的認同立場和利益。地域和身分的辯證向來複雜，且大多數離不開後殖民框架。荷蘭籍的印尼華裔學者洪美恩（Ien Ang）在論及「不能說中國話」的華裔群體時，簡短的自我宣稱「如果我無以迴避中國人的血統，那我只是偶爾接受中國人為自我認同」（If I am inescapably Chinese by descent, I am only sometimes Chinese by consent）。這凸顯了離散華人自我定義的政治性權宜考量。詳Ien Ang. *On Not Speaking Chinese: Living between Asia and the West*. London and New York: Routledge, 2001. p. 25。

導論

第一章、漢詩的文化審美與南方想像

晚清以降，士人投入古典詩學的寫作與論述顯得更為艱難和愴然。他們承擔著憂患與流亡意識。漢詩因此成為一個需要重新審視的文類範疇，或遺民的抒情形式。在離散與漢詩生產的集體氛圍當中，遺民如何構成晚清以降傳統士人群體的身分認知與特徵？相對古典的遺民論述，乙未及辛亥生成的遺民群體，又如何辯證其政治與文化的向度？除此，漢詩如何構成文化遺民的根柢？詩的抒情技藝如何成為遺民的生存及自我想像文化母體及生存倫理證成的手段？漢詩如何想像南方？尤其境外南方的遷徙流動，改變了詩的感覺結構，構成漢詩的流亡視野？這將是一種離散詩學的可能型態和討論？

第二章、遺民、詩與時間的敘事

從甲申、乙未與辛亥，遺民應世進退的三個歷史時刻切入，討論遺民與詩處理時間的形式。這是針對遺民詩學譜系和文化倫理邏輯的討論。在此之外，漢詩的現代經驗到底是什麼樣的遭遇？在舊體制、典範、秩序傾塌與瓦解的現代前夜，漢詩產生什麼樣的心理需求？那會是詩人的一種文化共同體想像？境外地理又如何建立漢詩的離散書寫，如何重構遺民的文化與政治意識？

以上兩章作為導論，展開對本書的關鍵概念、論述框架及基本預設的鋪陳和思辨。

從臺灣、廣東到香港：遺民與殖民的詩學辯證

第三章、丘逢甲與漢文學的離散現代性

本章清楚描述一個區域文學的可能規模，清理流寓類型與離散概念。從乙未割臺開始流亡的丘逢甲，在中國境內廣東開辦學堂教育，再到南洋開拓近代民族意識的教育舞臺，啟動一個詩文交際流寓的文學場。丘逢甲個案的意義，展現了他調動孔教與詩教資源克服地理的流亡感。

第四章、殖民與遺民的對視：王松與洪棄生的棄地書寫

本章試圖論述臺灣漢詩譜系與遺民詩學的結構性起源：棄與地方意識的影響。在此基礎上進一步描述殖民地景與遺民心境可能的碰撞與妥協。其中的地理意識，如何影響著遺民詩人的漢詩書寫格局？王松與洪棄生自稱遺民詩人，他們如何面對殖民統治和殖民景觀？尤其殖民者建立臺日漢文化交流的曖昧空間，如何影響及呈現出臺灣遺民漢詩的複雜性？這種獨特的經驗，該如何解釋臺灣遺民漢詩的意義和轉變？

第五章、刻在石上的遺民史：陳伯陶、《宋臺秋唱》與香港遺民地景

一九一六年，避居香港九龍的遜清遺民陳伯陶（一八五五—一九三〇），注意到了宋末二帝在香港九龍地區留下的史蹟，並對宋王臺及周邊遺跡的來歷加以考據和發揚，招引文人登臺雅集，咏懷抒

志，成為民初香港值得注意的遺民論述。詩人題詠宋王臺的詩篇，引起酬唱無數，進而由蘇澤東輯錄為《宋臺秋唱》（一九一七），可視為香港地區最早的漢詩雅集刊物。從遺民文學的角度切入，他們以正牌遺民自居，在殖民地召喚中原正統，我們如何理解亡宋遺跡和九龍避地之間形構的地方感？這個藉由漢詩重新命名與介入的「地方」（place），透過九龍宋史「地景」（landscape）的建構與連結，遺民與殖民之間的辯證和糾葛，不但讓我們重新反思了遺民身分的「發明」和「自我確認」，同時揭示了民初香港離散詩學的重要特徵，殖民地裡想像與重中的遺民空間。

從新加坡、馬來半島到蘇門答臘：離散、流亡與地方詩學

第六章、詩、帝國與孔教的流亡：康有為的南洋憂患

康有為是帝國追殺的逋臣，更是典型的流亡詩人。他寫於流亡期間的漢詩數量超過國境內的寫作，同時他有意識再三強調的「十一死」的流亡情結，形塑了康有為離散漢詩的憂患特質。跨出國境，康有為在世界各地走得最遠，文明見識最多，卻又處處心懷中原。在政治鄉愁與地理疆界的糾葛裡，這位錯置的遺民，流亡新馬期間如何調動孔教與帝國想像？康有為如何將帝國流亡與個體流離進行意識的暗合？詩人藉由漢詩投射帝國政治與文化整體的破壞性憂慮，如何在「大流亡時代」的集體亂離際遇裡，形成南洋漢詩的寫作意識及其文化想像？這是流寓者生存危機的內在轉化？康有為的南洋詩，因此證成了南洋詩學的一種創傷典型？

第七章、流寓者與詩的風土：邱菽園的星洲風雅

相對短期過境或流寓的文人，以「星洲寓公」自詡而終老於新加坡的邱菽園（一八七四—一九四一），屬名士型的流寓者。年輕時為繼承父親遺產從福建移居新加坡，完整的古典詩學教養，雄厚財勢背景主導他介入了新馬的文化場。邱菽園作為南方詩學的奇葩，熱衷經營詩的交際管道——辦報、經營文社、詩社，接濟和引介各地文人，他的文人品味及文化資本積累而成的文學空間，最大的意義在於建構了一個中國、臺灣、香港與南洋區域之間的漢詩人交遊的網絡。對新加坡的漢詩生產位置而言，邱菽園締造的星洲風雅，如何表徵南洋漢詩的特色？漢詩播遷促成的區域性交流，其建構的詩學平臺，如何展示文人的憂患與流離體驗？同時他的文人傳統的風流習性，如何在寫作上展現南洋詩的地方意識與風土色彩？

第八章、現代性的骸骨：郁達夫與許南英的南方之死

這是從南來文學的場景，描述文化遺民面對的現實飄零與時空錯置。南來往往有著謀生與避難的現實考量。但文人經歷過戰爭與苦難，南來變成一個象徵遺民自我放逐的文學現場。許南英作為乙未遺民世代，他從臺灣內渡大陸，放逐南洋，最終客死異鄉。他的遭遇是否投射了乙未世代遺民化的生命情調？他見證帝國轉入民國，卻不堅持遺民忠君或忠於舊朝的正統，他的進退失據反映了乙未歷史創傷的深遠影響？他的漢詩寫作表現流離自傷，是否構成南來詩學的寫作現象？

但郁達夫作為新文學小說家，卻在人生晚期展現出文化遺民普遍的漢詩症狀。流亡際遇顛沛流

離，肉身慾望與漢詩生產成正比。因此郁達夫的失蹤死亡，埋葬異域的骸骨和他的漢詩，形成一種隱喻關係。他以漢詩完成了肉身經驗的書寫？他藉由漢詩暴露的自我形象，展現南來詩學的沉淪和頹廢？一種遠離文化生產環境的漢詩宿命？

在文字和死亡辯證的層面，許南英和郁達夫最終埋骨蘇門答臘，在異域最後的漢詩寫作，成了唯一見證他們生命的骸骨？一種現代性的骸骨？

結論：離散漢詩與消失的美學

總結前面幾章的討論，提出文學現場的觀察。這些透過詩人互動交流與足跡往返而形成的文學現場，指向的已不是實證的經驗現場。漢詩寫作、境外遷徙、遺民認同，三者構成的意義，連結到一個二十世紀漢文學播遷的區域客觀現實，補強了文學史看不見的「現場」。另外，從離散詩學的角度而言，由於歷史時空的變遷，當文人的離散止於終點，境外漢詩的文化美學將成為一種消失的美學？

研究文獻說明

以下就本書關注的二十世紀漢詩寫作，以及處理的詩人個案提出前人研究的一些說明。由於相關的研究成果將在後續各章呈現和討論，此處只檢視與本書核心觀念相關的近年研究成果。

一、二十世紀漢詩研究

近年關於二十世紀漢詩研究的中文專著，包括胡迎建《民國舊體詩史稿》、吳海發《二十世紀中國詩詞史稿》及劉士林《二十世紀中國學人之詩研究》[76]，基本針對中國境內的漢詩寫作介紹與討論。前者論述的詩人數量龐雜，將漢詩作者以不同領域的區分，呈現出民國時期數量驚人的漢詩人群體。後二專著討論包括王國維、陳寅恪、馬一浮等知識分子體現的學人之詩的風格，屬於個案討論。

另外，針對特定地域、社團、文人研究的專著，尤其專注於遺民群體的詩詞寫作的研究，其中包括尹奇嶺《民國南京舊體詩人雅集與結社研究》[77]，處理民國以來南京結社的傳統，細部論述不同階段的詩社、詞社的發展脈絡。林立《滄海遺音：民國時期清遺民詞研究》則針對清遺民的詞作和詞學活動，討論辛亥後的記憶與身分的辯證如何體現於詩詞創作。除此，關於南社、宋詩派的研究成果甚多，前者如林香伶對南社文人詩話的考述，後者如楊萌芽勾勒宋詩派群體的交遊和寫作脈絡，都有新

---

76 吳海發：《二十世紀中國詩詞史稿》（北京：中國文史，二〇〇四）。胡迎建：《民國舊體詩史稿》（南昌：江西人民，二〇〇五）。劉士林：《二十世紀中國學人之詩研究》（合肥：安徽教育，二〇〇五）。

77 尹奇嶺：《民國南京舊體詩人雅集與結社研究》（北京：中國社會科學，二〇一一）。

的開拓[78]。而聚焦陳三立、陳衍、沈曾植、呂碧城、鄭孝胥、朱祖謀、龍榆生等傳統文人個案的討論亦不少，詩詞集的點校、年譜編纂和傳記等研究已有可觀的建樹，在此不一一贅述。

新文人的舊體詩寫作，亦屬二十世紀漢詩研究的重要議題之一，李遇春《中國當代舊體詩詞論稿》[79]是文人個案研究的成果結集。朱少璋有多篇論文涉及新文人寫舊體的文學價值[80]；林立〈骸骨的迷戀：論新文學家創作舊體詩的緣由〉[81]討論新文學家對新舊兩種詩體的看法，從文類形式、抒寫功能以及社會情境、民族文化心理等方面展開討論。最後從新舊文學在現代文學版圖內的各成體系，無論是形式差異、文字使用、表達手法和審美標準，都難以消除彼此的對立存在。這點論證了舊體詩在文學場域內的所代表的文化資本，及其依然保有的影響力。

關於戰爭時期的舊體詩復興，凸顯了二十世紀漢詩生生不息的活力。劉納分別有〈舊形式的誘惑：郭沫若抗戰時期的舊體詩〉和〈舊形式的復活：從一個角度談抗戰時期的重慶文學〉[82]兩篇文章探討了抗戰時期舊體詩如何成為文人群體選擇的創作文類，並探究此舊體詩如何有效成為表達抗戰聲音的文學形式，以及勾勒文人作家投入創作舊體詩的復興風潮。

關注二十世紀初期的傳統文化變革與漢詩寫作的英文專著，吳盛青的近著《現代之古風》（*Modern Archaics: Continuity and Innovation in the Chinese Lyric Tradition, 1900-1937*）值得注意。該書討論了民初遺民詩學的意象與危機寫作，漢詩寫作的社會實踐與價值，以及漢詩的跨境書寫和翻譯。幾個面向提出了漢詩在現代情境的發展生態和文化價值。

至於境外馬來亞漢詩寫作的唯一著述，是李慶年《馬來亞華人舊體詩演進史》。該書詳查殖民地時期新馬地區的報刊檔案，以中國境內的政治變遷為參照，描述了南來詩人於馬來亞當地的漢詩生產與發展面貌。該書資料詳備，討論詩人多屬一般中原或臺灣境內文學史未曾觸及的海外詩人。甚至一些中原詩人的流寓，該書的作品分析與討論，有助於建立一個晚清到民初時刻，漢詩區域播遷的雛形。

以上幾個面向，簡要勾勒了二十世紀漢詩的發展和研究路徑[83]，大體看出漢詩或舊體詩寫作，在現代情境下展現的文學力量。

78 林香伶：《南社詩話考述》（臺北：里仁，二〇一三）。楊萌芽：《古典詩歌的最後守望：清末民初宋詩派文人群體研究》（武漢：武漢，二〇一一）。

79 李遇春：《中國當代舊體詩詞論稿》（上海：華中師範大學出版社，二〇一〇）。

80 朱少璋處理此議題的論文有幾篇，代表性的觀點可參見朱少璋：〈新詩人舊體詩的文學價值與研究價值〉，《新亞學報》第二六卷（二〇〇八年一月），頁三六九—四一六。

81 林立：〈骸骨的迷戀：論新文學家創作舊體詩的緣由〉，《東方文化》（二〇一〇年十二月），頁一九七—二三三。

82 劉納：〈舊形式的誘惑：郭沫若抗戰時期的舊體詩〉，《中國現代文學研究叢刊》第三期（一九九一），頁一八八—二〇二。劉納：〈舊形式的復活：從一個角度談抗戰時期的重慶文學〉，《涪陵師專學報》第四期（一九九九），頁三三—三四。

83 更多的研究成果，可參見吳盛青、高嘉謙編：《抒情傳統與維新時代：辛亥前後的文人、文學、文化》（上海：上海文藝，二〇一二），及其延伸閱讀書目。

二、丘逢甲

關於丘逢甲流寓南洋，寫作漢詩與宣揚儒教的事蹟，在相關傳記著述中都有記載。然而以此為專題討論的著述，要以王慷鼎與張克宏二人的研究為主[84]。二人身處新加坡的地緣關係，展開了晚清當地報刊刊登丘逢甲詩作與新訊息的追查，呈現了丘逢甲南來前後與當地文人邱菽園的密切互動。透過相關資料的呈現與論述，丘逢甲的南洋行基本輪廓清晰，他推動孔教活動與詩人唱和，構成理解晚清詩人離散際遇的關鍵面貌。

三、王松與洪棄生

臺灣遺民詩人的研究當中，此二人的研究成果豐富。關於王松部分，林美秀、余美玲教授[85]等人的研究基本凸顯了王松漢詩裡的遺民心態和身分認同。但黃美娥教授[86]進一步從王松與日人酬唱的漢詩裡，指出王松存在的認同游移，並認為這是殖民地遺民應世的曖昧。由此呈現了日臺官僚仕紳唱和的風雅，潛在改變了遺民詩人的位置。這同時提醒了殖民地臺灣遺民詩人的論述無以迴避，卻又亟需一套新的解釋框架。

洪棄生部分，施淑教授[87]處理了洪棄生構築的遺民姿態和抵抗，強調其文化意識與身分認同之間的聯繫。而余美玲教授[88]從「地方」概念，點出了他漢詩裡的蓬萊風景，鋪陳了洪棄生的遺民美學特質。二人對遺民詩歌的解析與論述的能量，加強了洪棄生堅韌的遺民詩學精神與形象。

四、香港古典文學與詩詞論述

羅香林教授《香港與中西文化之交流》[89]一書的第六、七章，提及中國文學在香港的演進發展時，最早將香港的遺民文學進行歷史分期。關於遺民文人的文學生產與文化活動，羅教授將其列在香

84 王慷鼎：〈新馬報章所見丘逢甲詩文及有關資料目錄初編〉，《中教學報》第二二期（一九九六），頁一三七—一四九。張克宏：〈丘逢甲的南洋之行〉，《華僑華人歷史研究》第四期（二〇〇〇），頁七〇—七七。

85 林美秀：《傳統詩文的殖民地變奏：王松詩話與詩的現代詮釋》（高雄：太普公關，二〇〇四）；余美玲：〈隱逸與用世：論滄海遺民王松的詩歌世界〉，《竹塹文獻》第一八期（二〇〇一年一月），頁三二—五二。

86 黃美娥：〈日治時期臺灣遺民詩人的應世之道：以新竹王松為例〉，《古典文學：文學史‧詩社‧作家論》（臺北：國立編譯館，二〇〇七），頁三二一—三六一。

87 施淑：〈臺灣詩人洪棄生的文化意識及身分認同〉，收入吳盛青、高嘉謙編：《抒情傳統與維新時代》，頁三五五—三七四。

88 余美玲：〈蓬萊風景與遺民世界：洪棄生詩歌探析〉，《臺灣文學學報》第九期（二〇〇六年十二月），頁四七—八一。

89 羅香林：《香港與中西文化之交流》（香港：中國學社，一九六一）。其中第六章〈中國文學在香港之演進及其影響〉。

港文學發展的第三期（一九一二—一九二六）及第四期（一九二七—一九四一）。第三期的內容主要提出進入香港的遺民文人群體，屬隱逸派。他們的詩詞創作與歷史書寫對香港文學史的意義。第四期則以學海書樓的創立，及其講授經學文學帶動的風氣，說明遺民群體的文化活動對香港大學中文系的深遠影響。這些寫於一九五〇年代初期的文章，以更接近的歷史距離，觀照了香港古典文學的發生意義和成長歷程。

在文學史的論述以外，香港詩詞的選本大致如下：張大年編選《香港開埠前後的詩史：香港詩歌選》（一九九七）、《崖山詩選》（一九九一）、蔣英豪編選《近代詩人咏香港》（一九九七）、胡從經編纂《歷史的跫音：歷代詩人詠香港》（一九九七）、方寬烈編《澳門當代詩詞紀事》、《香港詩詞紀事分類選集》（一九九八）、《二十世紀香港詞鈔》（二〇一〇）、程中山編《香港竹枝詞初編》（二〇一〇）、程中山編《愉社詩詞輯錄》（二〇一一），都在進行香港和澳門古典詩詞、竹枝詞選注，從讀本的角度為港澳古典文學做基本的閱讀和賞析。這些選本的處理，加上編者的序文論述，大體呈現了港澳古典文學的歷史縱深。

此領域耕耘甚有成果的香港學者還有黃坤堯、程中山，以及在香港中文大學圖書館工作的鄒穎文。黃坤堯教授先後整理了《劉伯瑞滄海樓集》、《番禺劉氏三世詩鈔》、《繡詩樓集》等文集的出版，對基礎文獻的整理和收集做出貢獻。同時他曾出版《香港詩詞論稿》，展示了研究香港古典詩詞的視野，從清末到當代，呈現了香港古典詩詞的發展脈絡。尤其對晚清到民國階段的詩人論述，除了文本解讀，另有詩人生命歷程的基本勾勒，提供後續研究的引導視野。

程中山教授除了編輯相關詩詞選本，尚有《清代廣東詩學考論》（二〇一二），考證典籍版本、文獻資料，工夫甚深。同時配合研究，輯校常熟詩人楊雲史避難香港後寫作的詩詞，出版《江山萬里樓詩詞鈔續編》，對楊雲史的研究幫助甚大。最新的論述，當屬《香港文學大系。舊體文學卷（一九一九—一九四九）》[90]，主編程中山在〈導言〉清晰概述了香港舊體文學的發展，是目前最值得參考的論述。

鄒穎文曾以論文〈香港古典詩文集概述〉和〈前清遺民與香港文獻〉，清晰勾勒了遺民文學在香港的發展軌跡和意義，簡要整理和論述了相關文人的詩文集、活動文獻、教育文獻，為該領域的研究做了第一手的資料呈現。爾後《香港古典詩文集經眼錄》（二〇一二）出版，檢索和羅列了香港圖書館館藏的嶺南和港澳古典詩詞、文集的詳細資料，為香港舊體文學做了資料與文獻整理，有非常重要的參考價值。

五、康有為與邱菽園

目前關於康有為南洋歲月的研究專著，只有張克宏的《亡命天南的歲月：康有為在新馬》[91]。該

90 程中山主編：《香港文學大系。舊體文學卷（一九一九—一九四九）》（香港：商務，二〇一四）。

91 張克宏：《亡命天南的歲月：康有為在新馬》（吉隆坡：華社資料研究中心，二〇〇六）。

書根據作者新加坡國立大學碩士論文改寫，詳查當地報刊資料，幾近完整考據與陳述了康有為多次進出新馬的時間及活動。該書研究有助於釐清康有為南洋流亡歲月的經歷，無論演說、撰述與漢詩創作。同時對接應康有為的邱菽園，二人的交際也有專文涉略。然而該書對康有為的漢詩分析與討論，則較為薄弱。

邱菽園研究必須以邱新民的《邱菽園生平》為年譜架構。另外，李元瑾《東西文化的撞擊與新華知識分子的三種回應》處理了邱菽園作為殖民地知識分子對時代的回應。而邱菽園漢詩的研究，要數楊承祖教授的〈丘菽園研究〉[92]為最早且重要的成果展示。由於邱菽園的研究仍屬貧乏，文學部分的研究仍需累積。除此，鄭喜夫〈丘菽園與臺灣詩友之關係〉處理了邱菽園的交際網絡，補足了臺灣漢詩與南洋之間的互動聯繫。

六、許南英與郁達夫

許南英的南洋事蹟與意義，一般研究涉略不多。其中，林麗美[93]以離散框架處理了乙未世代的許南英與丘逢甲，分殊二人離散路徑的差異。這提出了許南英境外流寓的一個基本雛形。而余美玲教授對許南英梅花詩的分析，凸顯了許在印尼棉蘭部分詩作的文化想像。

郁達夫的南洋時期或南洋詩，基本上是郁達夫研究成果中較為薄弱的一環。過去除了傳記寫作，或對郁達夫的愛情婚姻的窺探書寫外，論者對郁達夫的南洋遭遇和漢詩生產的研究成果不多。其中重要呈現郁達夫流亡蘇門答臘的事蹟，要數逃亡的同伴胡愈之在戰後發表悼念紀敘文章〈郁達夫的流亡與失蹤〉（一九四六），這是紀錄郁達夫生命晚期的第一手資料，其中還披露了郁達夫寫於流亡期間的〈亂離雜詩〉，成為後續討論郁達夫漢詩的重點。一九五八年南來文人李冰人、謝雲聲合編的一本《郁達夫紀念集》[94]在新加坡出版，收入不少南洋友人紀敘郁達夫事蹟的文章，這可說是最早將重心放在郁達夫南洋事蹟和漢詩成果的紀念文集，開啟了郁達夫南洋事蹟與漢詩研究的里程碑。

不過，早在一九五五年鄭子瑜即以〈談郁達夫的南遊詩〉[95]為題演講，開始了郁達夫南洋漢詩寫作的研究。同時他也是最早收集和整理郁達夫漢詩的研究者，一九五四年在香港出版了《達夫詩詞集》[96]，且陸續增訂。而曾經和郁達夫相識的馬華文人溫梓川，一九六四到六七年間在馬來西亞《蕉風》月刊發表了系列郁達夫傳記文章，著重郁達夫的南洋際遇和失蹤。這奠定了後續傳記寫作中關於

---

92 李元瑾：《東西文化的撞擊與新華知識分子的三種回應》（新加坡：新加坡國立大學中文系，二〇〇一）。邱新民：《邱菽園生平》（新加坡：勝友書局，一九九三）。楊承祖：〈丘菽園研究〉，《南洋大學學報》第三期（一九六九），頁九八—一一七。

93 林麗美：〈乙未世代的離散書寫：兼論許南英與丘逢甲的差異〉，《島語》（二〇〇三年三月），頁三八—五三。

94 李冰人、謝雲聲編：《郁達夫紀念集》（新加坡：熱帶，一九五八）。

95 鄭子瑜：〈談郁達夫的南遊詩〉，《詩論與詩紀》（臺北：書林，一九九六），頁三〇—四〇。同一書中還收入兩篇郁達夫漢詩的研究文章〈郁達夫詩出自宋詩考〉、〈論郁達夫的舊詩〉。

96 鄭子瑜編：《達夫詩詞集》（香港：現代，一九五四）。

郁達夫南洋歲月的基本參考。此書在郁達夫誕辰一百一十週年之際在大陸及新加坡分別出版[97]。後續較為完整的郁達夫南洋事蹟的研究成果結集，應該是王潤華主編的《郁達夫卷》[98]和李杭春、陳建新、陳力君主編的《中外郁達夫研究文選》。前者尤其集中收入流亡南洋同伴的回憶文章，具有重要的史料意義。

至於郁達夫漢詩研究的成果，新加坡學者姚夢桐的《郁達夫旅新生活與作品研究》有局部處理。目前所見成果並沒有全面完整的論述。至於郁達夫漢詩的解讀和箋注，二〇〇六年才出版了第一個較為完整的詹亞園箋注本[99]，這是目前研究郁達夫漢詩成果的必備選本。

最後，完整討論郁達夫流亡蘇門答臘的學術專著，當屬日本學者鈴木正夫《蘇門達臘的郁達夫》[100]。該書以相對豐富和翔實的史料，對郁達夫的流亡生涯有詳細考證和處理，同時對其被日本憲兵殺害的真相做了訪查。

---

97 溫梓川：《郁達夫別傳》（銀川：寧夏人民，二〇〇六）。新加坡版本同年由青年書局出版。

98 王潤華編：《郁達夫卷》（臺北：遠景，一九八四）。

99 詹亞園箋注：《郁達夫詩詞箋注》（上海：上海古籍，二〇〇六）。

100 該書於一九九五年以日文版面市，隔年出版中譯本。詳鈴木正夫著，李振聲譯：《蘇門答臘的郁達夫》（上海：上海遠東，一九九六）。

第二章

遺民、詩與時間的敘事

第一節　遺民的三個歷史時間：甲申、乙未、辛亥

中國傳統上的歷代遺民，最引人注目的當屬亡明與亡清兩個關鍵時間點。亡明之際，士大夫一方面必須面對腐敗、積弱不振的南明小朝廷與難挽大局的抗清活動；另一方面則是滿人建立新朝氣象，漢人政統、道統衰亡，其中攸關士大夫群體教化、安身立命的道德倫理與文化根本，最令他們感覺焦慮不安。因而，甲申之變對顧炎武等亡明遺民而言，觸碰的是一次激烈的「亡國」與「亡天下」的內在煎熬，國體與文化的辯證。同樣在晚清時期，統治二百餘年的清王朝面臨下臺命運。這次面對的文化撞擊與時間斷裂感，源自於西方殖民勢力與現代化的革命思潮。亡清，不再是朝代更迭，而是進入新興民族國家序列；遺民再也不是傳統遺民，反而處身在令遺民窘迫的「新學」與「新文化」的歷史

氛圍。

作為士大夫認知下的一種身分傳統，「遺民」標籤遭遇了前所未有的正統質疑。他們對政治與文化道統的忠誠顯得尷尬，因為遜位的清帝只能困居紫禁城一角，維繫帝國末代政權的象徵性香火。最後還被趕入民間，作為一次又一次政治權力交換時被利用的傀儡。民國新興的文化氛圍也難有遺民容身之地，他們被迫幽居於租界的半殖民異質空間。這些遜清遺民群體，有的是前清官僚，但也有未曾出仕，只是以舊王朝為文化依歸的傳統眷戀者。這些人變得進退兩難，他們是無法躋身遺民正統的末代遺老，或是傳統凋零下流離失所的文化人，只能在新興時代腐朽的老去、亡逝。換言之，他們可視為二十世紀的「現代」遺民，有著堅守文化立場與效忠政治道統的象徵意義。他們既以中國傳統文化遺產對抗現代性的進程，同時也在現代性革命風暴裡見證著遺民的無以為繼。

然而，早在清帝國消亡以前，一八九五年的乙未割臺，首先誕生了近代中國的第一批遺民。那是另一個值得注意的歷史時間。他們聚首於臺灣島嶼，從清帝國的棄民成為日本新興殖民地的被殖民者，內渡大陸中原與滯留臺島，成為儒家士大夫在棄地經驗下第一次面臨「現代」的遺民處境。他們跟殖民者對抗、周旋進而妥協、認同、協力的過程，展現了一種遺民身分與價值的變異。尤其是漢詩的型態，出入遺民與殖民之間的抒情變奏，凸顯了一次最弔詭的遺民現代體驗。

以上提及的歷史時段，可以作為我們觀察遺民群體誕生的重要指標。遺民固然是易代或政治變革的時代產物，但其生成的脈絡卻顯得繁複與弔詭。晚清時期排滿抗清的激進革命思潮正盛，但亡明的遺風卻死灰復燃，構成晚清官方與民間舞臺上重建的歷史記憶與文化風景。明清易代因此是一套需要重新展示的歷史氛圍、政治熱情和語言表述。當時人們為明朝遺烈修祠建廟，重現與確認「晚明三大家」的學術與文化意義，在海內外蒐集明末遺民著述，進而在中國境內重刊。尤其是海外心懸落日的遺老孤臣，如避居終老日本的朱舜水，堂堂正正走入晚清到民初時刻的民族主義革命視野，在振興中華故國與愛國民族大義的層面，受到廣泛推崇。這一套晚明記憶的重述與重建顯得轟轟烈烈，卻難掩其詭異之處。當時梁啟超以「殘明遺獻思想之復活」[1]總結這種現象的根源，強調知識分子援引明清易代「經世致用」資源的現實需求。然而，這不也暗示了這些殘明遺老的思想精華和事蹟，同時發揮效力的乃是一套遺民話語。遺民的「正統」，恰好補強了革命的力道。在推翻帝國，建立民國的進程中，他們率先肯定了一套遺民邏輯。為清末民初的鼎革，埋下歷史與政治的內在連結，一道文化想像的理路。

其時人們周旋在這套遺民話語，無形之中提醒在乙未、辛亥歷史時機生成的遺民文化，已內化為國家建構與歷史記憶的一個關鍵部分。換言之，甲申的晚明記憶的鋪陳，顯然為乙未、辛亥的遺民存在氛圍，找到一個辯證的參照點。乙未生產一批帝國地域割裂下的棄地遺民，提早在清朝覆滅以前驗證了孤臣孽子飄零異域的遺民體驗。相對朱舜水、沈光文等殘明遺民遊走絕域，仍以恢復中原為念；此際乙未遺民顧盼的故國已是中原之南的臺灣島嶼，島內遺民轉換為殖民新興景觀下的另類地域性認同。

1　梁啟超：《中國近三百年學術史》（北京：東方，二〇〇三），頁三一。

同樣在辛亥後的遜清遺民，傳統文化面臨跟帝國一起崩塌潰散的命運。殘明遺獻表徵的文化正統與道統，甲申遺民的正牌形象，為生活在民國階段的文化遺民，預先演練了他們的歷史位置與際遇。因此，晚清時刻想像與建立的明季遺民符號，正是因為乙未、辛亥的變革，而構成一個值得重新辨識與深化的價值系統。甲申的亡明傷痛，在清末民初的歷史機遇中變得更為劇烈，以放大鏡檢視明清易代經驗，反而更清晰映襯出乙未、辛亥的知識分子面臨帝國斷裂的無所適從，不知去向的創傷。如此說來，召喚晚明記憶，超越了歷史懷舊，而是在遺民傳統的意義上，為「認同」與「身分」尋求由帝國疆域走向現代世界的經驗辯證與對話可能。此際重提「遺民」，不再是古老話題，而是清末民初的總體經驗結構當中，一項有效解釋知識分子傳統倫理與文化想像的論述。「遺民」因此進駐到「現代」氛圍，形成值得探究的現代性意義。

如此一個斷裂、支離的文化與歷史氛圍，遺民主導下的詩學與時間產生了微妙辯證，試圖為這種歷史的感覺結構賦形，投射了其時知識分子與文化人的心靈與存有經驗。遺民在此時間變革的過程中，以大量中國古典詩歌的創作和實踐，呈現出值得探究的遺民詩學典範。詩人處身歷史的轉折點，集中表徵的繁複時間——歷史廢墟、殘骸下的時間，文化撞擊的心靈時間，甚至流放的主體時間，顯然呈現了古典詩學的另一種形貌。用一種文學性的譬喻式形容：詩，在遺民與時間的辯證下，走上流亡之路。

然而，詩何以「流亡」？

清代章學誠有一段話精確描述了古典詩教的有效範疇：「遇有升沉，時有得失，畸才彙於末世，利祿萃其性靈，廊廟山林，江湖魏闕，曠世而相感，不知悲喜之何從，文人情深於《詩》《騷》，古今一也。[2]」從《詩》三百、《楚辭》以降的抒情詩傳統，早就構成回應詩人個體處境的文學類型。詩作為表達時代際遇的古今媒介，貼近歷史情境下的生命形式，尤其最能展現「末世」經驗。無論清初、民初，甚至曖昧的乙未晚清時刻，面對歷史時空下的亂離，詩人未嘗沒有「末世」感，詩所表述的個人或集體感受，調動的象徵或符號系統，總是在想像那斷裂的文化傳統。當詩人與文化之間跨越著愈來愈大的時間鴻溝，詩因此「流亡」，在這層意義上導向遺民倫理的自我證成與安頓的有效性。

亡明以後，遺民周旋於史與抒情詩之間的向度，無異再次質疑了審美與紀實的詩學想像。詩如何模仿、記錄外在世界，卻同時保持抒情傳統內的美學價值。「詩史」，是當時整合的關鍵概念[3]，卻由此開啟了詩與時間有效的對話關係。乙未以降，辛亥以後，現代性境遇變革了古典氛圍，面對現代時間感的嚴峻挑戰，古典詩學的美學範疇是否有效轉化為一種現成的近代漢詩處境？根源於傳統詩教的抒情傳統，如何在此變局中為個體經驗賦予形式？詩教的變異，還可能有效回應詩人的心靈想像與寄託？這是一組攸關易代與現代經驗變遷下，遺民與詩之間必然遇上的問題。

因此，探討遺民詩人的抒情倫理將成為理解漢詩軸向的重要層面。抒情倫理，顧名思義展示了本

2　章學誠著，葉瑛校注：〈詩教上〉，《文史通義校注》（北京：中華書局，一九八五），頁六一。

3　詩史概念的辯證討論始自唐末，延續至晚清不歇。而詩史與抒情傳統的隔閡，要到清代才真正得到有效的整合。相關討論參見張暉：《詩史》（臺北：臺灣學生，二〇〇七）。

書對近代漢詩生產的內在精神的關切。那是對抒情自我的實踐，一種倫理——政治性經驗的考究。遺民的漢詩生產，某個程度上回應、重建和鞏固了抒情詩在古典時代的理論預設。這套理論預設，指向和諧、自足、圓滿、融通等哲學範疇，在古典帝國與傳統文化潰散的時刻，詩人的傳統生命與心靈無以為繼，漢詩的實踐呼應著抒情傳統，等於在表徵與重構詩背後的文化邏輯。一套足以在現代經驗世界存續的價值體系。我們探問遺民詩學的抒情倫理，旨在勾勒遺民詩人內在「抒情性」、「抒情精神」的詩學根據。在遺民與詩表述的經驗當中，首要觸及的外在經驗，基本是時間意識的變遷與生成的結構性經驗。因此，時間是近代遺民詩學的重要命題，詩人自我安頓與解釋外在世界的據點。

但在時間之外，還有一個空間的軸向必須兼顧。亡明以降的亂離，地理的遷徙流動，造就了境外離散書寫的脈絡，尤其在晚清以後達到顛峰。在狀似保守的遺民詩學生產過程中，境外書寫反而構成漢詩「現代性體驗」的最初形式。境外南方，這個傳統的域外概念，從晚清時刻開始成為我們理解和想像遺民漢詩，一個有效的文化地理詮釋框架。地理移動，導致的文學與文化生產空間的變異，呈現了遺民詩學新的越界意涵。因此，遺民與詩，顯然有一個無法繞過的時間與地理相互勾連的軌跡。

本章試圖從甲申、乙未與辛亥，遺民應世進退的三個歷史時刻切入，以晚明四位際遇不同的遺民錢牧齋、王船山、沈光文和朱舜水起頭，架構遺民詩設定的議題和演繹軌跡。然後再從乙未、辛亥遺民詩人連雅堂、王國維、陳三立等個案的詩學實踐，回應甲申以降的遺民傳統，強調晚明想像和遺民論述在清末民初浮現的文化效應。從甲申、乙未、辛亥三個時段的不同遺民個案，我們建立近代遺民精神的譜系與辯證關係，在晚清帝國崩壞的前夕，探究中原境內境外的漢詩流亡軌跡，以期有效說明近代漢詩意識裡的「遺民化」脈絡。

因此我們試著回應一組核心問題：遺民與詩處理時間的形式，漢詩的現代經驗到底是什麼樣的遭遇？在舊體制、典範、秩序傾塌與瓦解的現代前夜，漢詩產生什麼樣的心理需求？那會是詩人的一種文化共同體想像？境外地理又如何建立漢詩的離散書寫，如何重構遺民的文化與政治意識？這些問題將隨著本章幾組不同個案的解讀分析，加以鋪陳和脈絡化，整合視野，描繪出一個遺民、詩與時間交織的基本輪廓。

第二節　抒情技藝與詩史顯像

一、錢牧齋的悔恨書寫

一六四五年五月，清兵攻陷揚州，臨城南京。南明弘光朝廷覆滅在即，皇帝逃亡，明季元老重臣錢牧齋領著輿地圖冊在城門外跪迎清軍，正式從號領明遺民的東林黨魁，轉為降清的貳臣。

錢謙益（一五八二—一六六四），字受之，號牧齋，晚年自號蒙叟等。在明朝官至禮部侍郎，曾講學於東林書院，在政治上成為東林黨的領袖。然而官運不順，曾因政治權力鬥爭遭革職和入獄。明清易代之際，他不避嫌隙與閹黨馬士英、阮大鋮扶持的南明弘光朝廷合作，出仕禮部尚書，為士林清流詬病。

此際弘光朝傾覆，他迎降清軍，短暫臣仕清廷，從此留下大節有虧的人生污點。他的愛妾柳如是勸其以死盡節，但牧齋個性遲疑怯懦，置身民族變局，難以擔當應對[4]，不脫明季文人縱誕的流風習性。晚清時期牧齋常熟的鄉親黃人，尖銳指出了他的問題：「才大而識闇，志銳而守餒，故愈巧而愈拙」[5]。牧齋的「巧」，直指明季文人穿梭時代與功名之間的存身之道。因此朝代更迭，士大夫對死義、節氣有了更多的辯析，自我認同與定位展現迴旋的餘地[6]。對於降清，牧齋的說詞是苟全性命以備後用，修史為其所託。但他卻從此走向另一道更艱困的倫理關卡。

錢謙益像

從迎降到出仕清廷，牧齋未滿半年的短暫臣仕新朝生涯，卻成了明遺民群體奚落、唾棄，恥與為伍的「貳臣」[7]。遺民群體與清廷新朝的炎涼冷暖，他自是點滴心頭。當錢在不受清廷重用且兩次經歷清廷的羈囚之禍後，頓然醒悟降清為其後半生覆蓋了悲劇性色彩，以致生命後期有了心態的轉變，寫作與行事都集中凸顯懺悔與負罪意識。這是錢牧齋有意透過抗清復明事業來重構自我的士大夫形象。但抗清事業起伏不定，在大勢已定的情況下，復明更顯艱困。康熙元年（一六六二）永曆帝被俘殺害，南明政權瓦解，門生鄭成功病故臺灣，海上抗清勢力不知何去何從。牧齋年過八旬，卻陷入走投無路的窘局。儘管有無比的創痛、失望與悲涼，也只能淚眼正視一個無以挽回的敗局：

海角崖山一線斜，從今也不屬中華。
更無魚腹捐軀地，況有龍涎泛海槎。
望斷關河非漢幟，吹殘日月是胡笳。
嫦娥老大無歸處，獨倚銀輪哭桂花。（《後秋興之十三・其二》，卷柒，頁七三）[8]

4　陳寅恪清楚指出此等文人在「太平之世，固為潤色鴻業之高才，但危亡之時，則舍迎降敵師外，恐別無見長之處」。此論點似乎也含括了晚明以降文人的整體心態結構。參見陳寅恪：《柳如是別傳》（北京：生活・讀書・新知三聯，二〇〇一），頁八六一。

5　黃人：〈錢牧齋文鈔序〉，收入湯哲聲、涂小馬編著：《黃人》（北京：中國文史，一九九八），頁八八。

6　明清之際士人對「死義」有更多的辨析與反省。參見趙園：《明清之際士大夫研究》（北京：北京大學出版社，一九九九），頁二三—四九。

7　顧炎武因官司纏身，歸莊自作主張替顧氏以門生名義向錢謙益求助，望其疏通。顧知曉後張貼告示表現民族大義，不願跟錢有任何瓜葛。黃宗羲是錢謙益生前屬意撰寫其身後祭文的最佳人選，但錢的子嗣另囑他人處理，黃反而慶幸自己逃過寫作此爭議性的人物。

8　本章內文所引錢牧齋詩文，除特別註明出處外，均援引自錢牧齋著，錢曾箋注：《錢牧齋全集》一—八冊（上海：上海古籍，二〇〇三）。後文僅在詩文後標示冊數、頁碼，不再個別注釋出處。

回顧當年南宋抗元的最後據點中崖山，眼前雲南永曆政權的抗清基地失守已成定局。牧齋從此面對華夏喪土，卻等於必須接受再也無法收復的戰略地——遺民堅守的氣節。他本寄望暗助抗清復明，以扭轉自己當年在民族大義下的失足。最後渴望仿效屈原，也尋不到可以投江葬身魚腹的地方。錢在此調用《星槎勝覽》龍涎嶼的故實，以群龍嬉戲垂留涎沫引來番人採收，暗喻清廷海上勢力部署，已使明鄭的抗清勢力難有作為。顯然自己終生將困居於清廷海軍巡視監守的境域內。他再次對時局失算[9]，這輩子只能是時代錯置的失節老人。第三聯的夷夏之辨，以「望斷」、「吹殘」封閉了滿漢的政治對立疆界。因而將日月合字為明，內在隱藏的故國追憶將是一股延綿不絕的伏流。他尋思眼下的進退失據，表面以月亮上孤清老去的嫦娥自比，望著桂樹惆悵暗泣。箇中悲戚則輾轉暗喻自己年老之際，驟失歸宿，還不如嫦娥有月輪可依，哭守桂樹[10]。自己徬徨無助之時，滿腔苦痛，只能空對被殺害的南明桂王朱由榔傾訴。他的詩，情思迂迴，越顯得牧齋無奈失措的困局與哀思，籠罩餘生將難以超脫。

詩從外緣轉向內裡，自我認同的辯證處處膠著。既有遺民之痛，又有貳臣之虧；既想洗刷罪過，又錯過以死盡節。他滿腔憤懣，佛鬱而內傷，那是牧齋隱匿其後的黯然孤獨身影，亟欲替失節補過的晚歲人生，只剩一盤殘局[11]。詩裡以典籍故實暗藏自我的歷史心志，卻掩蓋不了抒情自我[12]在詩句語序內的陷落。矛盾與孤獨，加劇遺民自我的內省和認同。牧齋展示的遺民詩學，以無所歸宿的悔恨，對照遺民形貌的自我形塑。這之間拉開存有的悲劇效果，同時深化了遺民存在經驗的表述。至此我們看到的是鼎革之際遺民的抒情典型，積存的情感力量似乎更超過正統亡明遺民的書寫。

牧齋將這期間記載降清悔恨與復明志向的詩作，集結為《投筆集》。詩集整體的創作理念，和杜

9 《投筆集》的寫作從鄭成功渡長江攻入金陵開始，當時錢以為形勢大好，復明在望，而心生喜悅賦詩暗示自己參與策反馬進寶等清軍將領，為自己當年的降清將功贖罪。但從鄭成功退據臺灣，錢已知恢復中原無望。待永曆政權覆亡，鄭氏病故臺灣，錢感創痛之極，以此作為《投筆集》的收束。五年的抗清歷程，凸顯錢的時代錯置感。

10 孫之梅指出錢謙益在《投筆集》裡經營烏和嫦娥的意象準確投射自我的孤獨失落。桂樹在此也有「吳剛砍樹」的雙關語可辨識，暗喻殺害桂王的乃是吳三桂。嫦娥意象也出現在〈和盛集陶落葉詩〉：「倚月素娥徒有樹，履霜青女正無衣」。參見孫之梅：《錢謙益與明末清初文學》（濟南：齊魯書社，一九九六），頁四三六—四三七。

11 「老夫袖手支頤看，殘局分明一著難」（〈後觀棋絕句六首・其四〉）。這是錢謙益對南明抗清的局勢判讀，也是個人處境的自喻。他習用棋局來隱喻天下時局及抗清戰略，或以棋手代喻自己。《有學集》就有組詩五疊三十首之多。丁功誼認為那是錢氏好用隱語寫作的策略。另外，在《投筆集》寄寓反清復明志向的詩作，也有十三首以棋局為喻。顯然錢氏以詩布局構成其獨特經營的遺民詩學特徵。參見丁功誼：《錢謙益的文學思想研究》（上海：上海古籍，二〇〇六），頁一六五—一六六。

12 抒情自我是中國抒情傳統中一組隱密沉默的內在自我的揭露與臨現的概念。此概念透過歷代大量詩文作品反覆實踐與證成，已成為抒情詩或文學作品詮釋創作主體的範疇概念。張淑香教授以屈原〈離騷〉追索其概念原型，試圖透過自傳性寫作與抒情結構的對應，驗證抒情自我乃詩彰顯生命主體的本質形式。參見張淑香：〈抒情自我的原型：屈原與〈離騷〉〉，收入國立臺灣大學中國文學系編：《臺靜農先生百歲冥誕學術研討會論文集》（臺北：國立臺灣大學中國文學系，二〇〇一），頁四七—七四。對此議題的重要研究成果，包括蔡英俊：《比興、物色與情景交融》（臺北：大安，一九九五），頁十八—五二。

甫的〈秋興八首〉，疊韻創作了〈後秋興〉的大型組詩。組詩共有十三疊，每疊八首，分批記錄了順治十六年到康熙二年（一六五九—一六六三）這五年間不同階段的心路歷程與抗清事蹟[13]。這系列組詩滿佈暗碼，穿越歷史細節，試圖在清朝統治的嚴謹法網內隱藏一個復興明室的歷史意志。這何嘗不是牧齋存心設計，一套重構遺民形象最有力的精神系譜。因此，他藉由詩學語序部署層層障礙，必經有心人箋注始得還原歷史原貌[14]。

這部詩集成書後隔年，牧齋辭世，因此詩集甚少流通。乾隆時期禁燬錢氏著述，這部牧齋有意留待後人管窺，重建其歷史形象的「心史」詩集，在清一代少見詩家、史家討論。至到晚清末年，由牧齋族孫錢曾箋注的《投筆集》才重新發行[15]。此時的學術與文化史正興起晚明想像[16]，《投筆集》在清朝覆亡前夕重新登場，可謂歷史的反諷。明末清初的遺民姿態，牧齋為平反歷史名聲的重要資本，成為清末民初的想像資源之一。詩人以詩在變異時代銘刻內在的幽暗自我，尤其讓遺民透過史的格局，塑造一幅心靈掙扎、矛盾與歷史心志的內景展示。因而《投筆集》重現晚清地表，反而有著典範性的意義，建立了一代遺民自我形塑與辨識的詩學風格。

牧齋作為晚清重現明季歷史記憶的一個環節，也許沒有晚明三大家的建構來得偉大重要。但《投筆集》的通行書市，提示著一個延續性的遺民議題。牧齋透過抗清復明來自我救贖，以迂迴幽深的詩學實踐，鋪陳了一個文化遺民的軸向。在他所能掌握的最大資源，選擇以詩和文作為遺民心志的最後寄存。如此一來，《投筆集》在晚清發酵的能量，對經歷清帝國滅亡，為文化生存危機而集體焦慮的士大夫群體，產生了更多共鳴與迴響。章太炎特別指出「其悲中夏之沉淪，與犬羊之俶擾，未嘗不有余哀也」[17]，進而判斷詩裡的哀情非以文墨粉飾。章太炎讀懂牧齋晚年的心事，在於意識到涵養古典教化的士大夫對民族大義的自省與痛苦，顧及謀身進退的兩難。這也說明晚清知識分子在牧齋身上找到相似的憂憤與矛盾。文化憂患與身分認同的困蹇，勾勒了時人回望晚明歷史符號的客觀環境。因而在一種懷想古典文化的精神感召下，帝國記憶與自我辨識，輕易在文化的界面（詩和文）結合，形成廣泛意義的文化遺民特徵。牧齋的降清、悔恨到以詩續史的心態與動向，鋪陳了存史與人心救贖的文化策略和理想。

13《投筆集》內共有詩一〇八首。除了和杜甫〈秋興八首〉的十三疊，每疊八首，共一〇四首。其餘四首為組詩外，在相似情緒下自我調解的寫作。

14《投筆集》除了錢謙益族孫錢曾箋注，近人陳寅恪在《柳如是別傳》中對部分詩作詳考本事，也做出不少貢獻。

15當時有人以為是托偽之作，經由「同光體」一代詩家沈曾植慧眼判識，認定此等筆力非牧齋莫屬。詳沈曾植：〈投筆集跋〉，收入錢牧齋著，錢曾箋注：《錢牧齋全集》卷八，頁九五五。

16關於此議題的論述，前人觸及不少。參見秦燕春：《清末民初的晚明想像》（北京：北京大學出版社，二〇〇八）。

17章太炎：《訄書・別錄》，收入錢仲聯主編：《清詩紀事（三）順治朝卷》（南京：江蘇古籍，一九八七），一二六九—一二七〇。

（一）存身與存史

乾隆時期編撰的《明史》，刻意編列貳臣傳，將錢牧齋等臣仕兩朝的士大夫視為投機者，永遠寫進歷史。遺民身分與「存國史」之間，面對書寫與權力交織的網絡，變得更為複雜曖昧。《投筆集》寫入興亡下的個人感觸經驗，和刻意編碼的史實糾葛，反而在後輩史家眼中，看到另一種存史的可能[18]。詩人縝密掌控不同階段創作的意旨與規範，構築遺民心志與存史意圖更為明確。尤其為了藏隱自己與鄭成功抗清勢力的聯繫事由，詩作設計不少需要拆解的僻奧故實。詩與史之間的對話，成了牧齋對遺民身分的一種自我擬像和想像。

甲申之變後的清初三十年間，在瀰漫戾氣與腥風血雨中，詩退回到原初的性情本質呈現[19]。我們站在牧齋等易代詩人的立場，追問詩在「三百年前國家民族大悲劇」[20]的明末清初，到底如何賦形時代？詩在士大夫面臨文化存亡危機時刻，還能發揮什麼功能？或應該怎樣發揮功能？

根據趙園觀察，最具詩學才華與造詣的遺民詩人，往往不是「正牌遺民」。這也就說明，遺民詩學的建構，乃奠基於錢謙益、吳偉業等名列貳臣的「偽遺民」[21]。他們深沉悲鬱的詩學創作，最能銘刻士人在易代之際的處境與心態。以亡明之恨為基調，摻雜悔憾、落寞、創痛、徬徨等複雜哀情，形塑詩的情感底蘊和感染力，完成建構遺民詩學的標準風貌。因此，遺民詩學的公共效應，在於成功塑造遺民群的整體形象，深化遺民安身立世的一種姿態與文化資本，進一步提供後世窺探與把握其內心世界的重要管道；同時作為鼎革之際，士人的情感資源與文化養分。當遺民以詩來表徵內在抒情自我，遺民形象得以深入民心，卻暗示著相反的一套邏輯。士的「遺民態度」，是否也經由其相應的創造物（遺民詩學）所助長[22]？或創造？錢牧齋是夏夷大防下的貳臣身分，卻透過詩的結構形式表現出自我指稱與辨識的遺民面目，突破傳統的道德規範，成功塑造出廣義的遺民形象。因此，遺民與詩的對應關係，除了清楚可辨的情感層面，背後還有一個複雜的生存情境與情感網絡，呈現一套我們不得不正視的敘事模式與文化邏輯。

錢牧齋是從明季入清以來，遺民詩人群體中少數年邁者。我們因此認定他的人生閱歷與道德負

18 陳寅恪曾給予《投筆集》崇高的評價：「投筆一集實為明清之詩史，較杜陵尤勝一籌，乃三百年來之絕大著作也」。參見陳寅恪：《柳如是別傳》，頁一一九三。

19 清初詩歌對於明末形式主義詩風的批判，以及牧齋對遺民群體的「噍殺恚怒」之音的觀察，強烈回歸到詩本性情的主張。前者的討論可參考嚴迪昌：《清詩史》（杭州：浙江古籍，二〇〇二），頁三二—六〇。後者參考趙園：《明清之際士大夫研究》，頁三—二三。

20 借自陳寅恪用語。陳以生命個體堅守文化本位的氣節度量那個時代士人所遭遇的困局，故而個人生命意識必帶有悲劇性色彩。參見陳寅恪：《柳如是別傳》，頁四一。

21 參見趙園：《明清之際士大夫研究》，頁四七六。

22 趙園認為士在易代之際透過詩所表現的遺民情感，有其真實依據的歷史情感，儘管他是道統定義下的貳臣。但趙園並沒有進一步詳論詩學與遺民連結的內在邏輯。參見趙園：《明清之際士大夫研究》。

擔，相對其他青壯輩的詩人[23]而言，有著龐大的現世考量和壓力[24]。他的創作張揚自我意識的悔恨，以托旨遙深的宏大格局，嚴密典雅的語言經營，展示亡國憂憤力道與史的焦慮，極具說服力架構起內在主體在憂患環境的一套抒情原則。詩人穿過歷史曖昧的自我主體，在人情規範的邊界，營造出動人的生命姿態。

我們可以從以下幾首彰顯其悔恨書寫的詩作，討論牧齋塑造的斷裂、哀婉、片段的自我形象，及融合於史的糾葛。

身世渾如未了棋，桑榆策足莫傷悲。
孤燈削柹丸書夜，間道吹簫乞食時。
雨暗蘆中雙槳急，月明江上片帆遲。
荒雞喚得誰人舞，只為衰翁攪夢思。（〈後秋興之四．其四〉，卷柒，頁一七）

此詩作為〈後秋興〉系列的第四疊，開始從鄭成功復明水師為寫作主線轉入自我歷史處境的回顧。個人亡明、降辱的悲痛，在詩裡全轉化為投入策反復明事業的挫敗感。因此，詩的起首從還未明朗的渾沌身世開始，陳述自己桑榆晚景奔走復明的意志。這歷史意志的展現，來自於「未了棋」、「莫傷悲」的自我鞭策與期許，暗示自己從未離開戰場，復明本身已是被設定的歷史際遇，自我主體因此張揚。但一旦涉及明確事蹟，下聯馬上調用歷史事典，以寄寓自己聯繫抗清行動的過程。削柹丸書，說明了削牘寫作密函的經過，策畫南明軍事行動[25]。然後調用伍子胥吳市吹簫乞食的事典，意在說明自己仿效伍子胥奔吳伐楚，到金華遊說策反降清明將馬進寶之事。第三聯的暮雨蘆中和月明江上，詩的筆觸以寫景著色，隱藏的情緒在「急」和「遲」之間已顯端倪。這裡強調順治十六年八月牧齋乘小舟夜渡鄭成功軍營共商軍機。此詩寫作附有小標：「中秋夜江村無月而作」。因此，月明江上隱喻的正是海上明朝政統的反清勢力。但牧齋復明意志之「急」，終究抵不過大勢已「遲」。最後，慨嘆再也沒有祖逖與劉琨聞雞起舞，這等刻苦自勵之人。荒雞之鳴，只能擾人清夢。全詩將抒情主體

23 雖然牧齋的貳臣身分，並不符嚴格的遺民定義。但牧齋極力張揚遺民面目，仍可作明季「後遺」的士人群體觀察。甲申年間，錢謙益六十三歲，與其年紀相彷者只有林古度六十五歲。其餘頗負盛名的遺民詩人包括黃宗羲三十五歲，顧炎武三十二歲，吳偉業三十六歲，施閏章二十七歲，都正值青壯年。嶺南三大家的屈大均才不過十五歲，後來引領清詩壇風騷的錢氏弟子王士禎也僅有十一歲。相關年表，參見嚴迪昌：《清詩史》，頁三五六—三五七。

24 滿清入關後，對漢人統治政策有許多脅迫利誘等籠絡手段，包括薦舉故明官吏，恢復科舉、徵辟山林隱逸等。因此遺民處世進退、觀念嬗變等問題甚為複雜。參見李瑄：〈清初五十年間明遺民群體之嬗變〉，《漢學研究》第二三卷第一期（二〇〇五年六月），頁二九一—三二四。

25 牧齋參與策反復明的事證之一，在他曾給留守桂林的弟子，也是抗清明將瞿式耜密函。瞿氏記載「謙益身在虜中，未嘗須臾不念本朝，而規劃形勢，瞭如指掌，綽有成算」。參見瞿式耜：〈報中興機會疏〉，《瞿式耜集》（上海：上海古籍，一九八一），頁一〇四—一〇七。

投入沉重的歷史深淵。滿腹失意，徘徊抗清戰場的牧齋，刻畫的遺民身影，反而表現出在歷史轉折處的道德勇氣。

這裡使用的事典均可回歸典籍查考，但事典若不對應牧齋晚年奔走復明的事蹟，詩的本事將難以通曉。這是牧齋慣常的寫作模式，以嚴密典故包裹心事。但以片段史實構成堅毅的自我形象，又以哀情點綴，出沒在字裡行間。因而論者以為牧齋詩的風格有「詩意似謎，包紮太密」的刻意經營之形式偏差[26]。但考量其曲折心路與道德包袱，卻不能不讚嘆牧齋詩藝，終究功力深厚。露藏之間，分寸拿捏精準，詩裡所隱事蹟，皆巧妙清理出一個失落但崇高的歷史背影。那孤獨聽聞荒野雞鳴的衰敗老人，映現在歷史層次之中，成為詩的哀情編碼的一部分。嚴迪昌讚嘆牧齋詩「搖曳其辭，深心藴裹」[27]，顯然已是一種風格的判定。這突出的情感結構形式，可以化約為遺民詩學範疇裡內力深厚的情感境界：一種抒情本我處身歷史臨界點的蕭瑟與悲涼，個體生命穿梭歷史環節而得以彰顯自我的形象風格。

無可否認，牧齋戮力經營遺民心緒，頗具成效。這不只是遺民主觀心境的投射，還不忘顧及遺民身處的歷史脈絡，完整勾勒詩如何表現自我的歷史性定位。同時這一組牧齋晚年詩作裡大量經營的固定形象，跟他懷抱與寄望的光復明室大有關係。當他聽聞南明桂王被殺，鄭成功已去臺灣之際，他察覺復明的抱負已大體無望。心灰意冷之餘，走到歷史盡頭的悲涼與滄桑感，映襯出深沉的悔恨。悔恨固然是一種主觀心跡的反省坦露，但同時也是揚升自我，以超脫世俗價值的救贖之道。牧齋詩裡，苦心銘刻一處身末路而心有不甘的思故國老人，從而找到進入歷史深度的通道。

悔恨書寫在中國抒情傳統中並不少見。從《詩經》開始出現憂愁悲怨的詩篇，到《楚辭》抒情自我的恚憤，漢以後古詩營構的感傷文學風格[28]，對於亡國之怨與悔的情思都刻畫得哀婉細緻。南朝時期江淹〈恨賦〉細數士人的存在困境，尤其將亡國飄零與降節屈辱處理為易代鼎隔之際必經歷的創痛，更是典型的「伏恨而死」。〈恨賦〉因此成為明清易代士人摹寫與改寫的情感原型[29]。

在如此漫長的抒情表述模式當中，歷代遭逢易代的士人，抒情言志均容易為此傳統所涵攝。牧齋詩裡孕積的悔恨，基本不出這個抒情類型的範疇。但易代的黍離家恨又不完全是牧齋眼界內唯一銘刻的情感。其殊異處是藉由描述個人身分際遇，切入到史的界面，將悔恨烘托為士人生命處境內在的歷史情感，超越單純的個人價值與分際，而構成為遺民詩學充滿正當性的文化秩序。「史」是牧齋轉換遺民姿態的一套手段，以此逼近經驗主體不能迴避的歷史意義。因而，牧齋以貳臣姿態，將悔恨普遍化為訴諸遺民抒情主體的表述系統，箇中的疾時憂患，不僅是抒情傳統下的哀音怨聲，而是文化生命內外交迫下的墜落。在以下詩作，透過雅正嚴實的詩語言系統，牧齋毀譽參半的一生，在戒懼幽深的

26 嚴迪昌：《清詩史》，頁三七〇。

27 同上注，頁三六九。

28 感傷文學傳統的討論，可參考小川環樹著，譚汝謙、陳志誠、梁國豪譯：〈風與雲：中國感傷文學的起源〉，《論中國詩》（香港：香港中文大學出版社，一九八六），頁四九—七七。

29 關於恨賦討論，以及悔恨與抒情傳統對明清士人賦體寫作的影響，參見王學玲：〈明清之際辭賦書寫中的身分認同〉（臺北：輔仁大學中文所博士論文，二〇〇一），頁六五—九〇。

景象裡，托寓了遺民之志。

全軀喪亂有何功，雇賃餘生大造中。
心似吳牛猶喘月，身如魯鳥每禁風。
驚弓旅雁先霜白，染血林楓背日紅。
閒向侏儒論世事，欲憑長狄扣天翁。（〈後秋興之六・其七〉，卷柒，頁三〇—三一）

首聯反思存身於甲申鼎革和乙酉降清後的生活經驗。喪亂下的餘生，不能奢談功績，只能寄託於造化。牧齋挑明「有何功」對應「大造中」，當然不是普通的功名喟嘆，而是埋下自己抗清功業的引線，作為易代後的「餘生」，提供有心人追引。但身心的交迫與慮患，那擔驚受怕的生命景況，調動《世說新語》「吳牛喘月」和《國語》「魯鳥禁風」的事典，將幽微的心事處境托寄需要被闡釋的詩符號系統。「吳牛喘月」典故原型刻畫畏風的主人公置身密實的琉璃屏窗內，卻還有著風侵入的憂恐心情，而自嘲如水牛怕熱，望月而喘。「魯鳥禁風」以避海風而飛入魯境的海鳥，仍受不知情的魯人祭祀膜拜，解嘲那不過是落難慌逃的禁風小鳥。古籍情境的微言大義，架設牧齋身心情感的哀毀。難以再經受絲毫風寒的憂懼，反襯了牧齋歷經大風暴的荒難，避災隱居於內室的困頓，及對世局失意及懷想身世的寒顫。藉由典故的視域，迂迴展現一種衰敗纖美的士大夫心境：離亂的惶惑憂懼，身心緊繃的處身之道。

狀似驚弓之鳥，牧齋再調動《戰國策》典故，以旅雁的悲鳴與舊創暗喻自我面對亂離存身，實在難以把握；降節仕清卻身受巨創，餘悸猶存。背後深層幽微的涵義則指出，雁的悲鳴來自於失群落單，隱約勾勒兩鬢霜白的貳臣孤獨心態。此際心境，化用杜甫詩句，以染紅的楓景，晚秋蕭瑟的情境，敷衍明朝氣數將盡的末日圖像。而「背日紅」也可理解為詩人投射自我肩負永曆政權的丹心肝膽[30]。牧齋盡寫眼前驚懼和哀愁，仍不忘想像未來。最後援引《淮南子》的侏儒論事典故，暗嘆世事變化恐怕只有夷狄清人才有接近天聽的本領，通曉未來時勢。換言之，未來天下局勢已趨明朗，復明渺茫。這也是遺民立足歷史轉折點，對夷狄天命多長的一種質問。牧齋以詩坦露遺民心事，想像揣測未來的可能，以多重的古代事典語境為詩的語碼，漸進勾勒遺民詩學的重要向度：學人之詩的性情才識與幽婉趣味[31]。

30 孫之梅指出南明永曆帝是《投筆集》集中經營的意象之一，而「日」是其常用的譬喻。我們不妨理解，這句詩裡同樣隱藏著自己的赤膽忠肝。參見孫之梅：《錢謙益與明末清初文學》，頁四三九—四四〇。

31 牧齋曾提出詩人之詩與儒者之詩的分別。（〈顧麟士詩集序〉）後者已接近於清代以降學人之詩的意義範疇。學人之詩的定義，在於學養與性情並重，以豐厚學問及獨到之「識」涵養主體，展現對文化傳統的信仰依賴，形成創作主體幽暗婉約的言志抒情風格。清末陳衍進一步提出學人之詩與詩人之詩合一的創作要求：「詩要有興象才思，兩相湊泊。有惘惘不甘之情，不自覺其動魄驚心迴腸盪氣也。」這是晚清學人之詩發展的重要轉折，揭示「同光體」張揚遺民風采的文化本質與人格力量。參見陳衍：〈海藏樓詩序〉，收入錢仲聯編校：《陳衍詩論合集》下冊（福州：福建人民，一九九九），頁一〇五一。

這是清代詩學發展的線索之一，從明清易代時期的牧齋詩已揭開基本走向。學人之詩的特徵標榜以紮實學識滋養經驗主體感受世界事物之能力，深耕文化底蘊，因而牧齋遺民詩學的主導精神，呈現了生命感受與存有經驗皆「有所托」的文化情懷。牧齋取宋詩格局，從南宋以降的宋詩體式形成的遺民詩派擷取養分[32]，在固有亡國恨、忠君情、喪亂哀等抒情模式之外，他特別張揚幽蔽的士人情懷與文化憂患，且抱有救世情操。他將易代錯置之恨，進退應世之過，降節屈仕之悔，統一內化為遺民面目，成功辨識自我，同時塑造遺民詩參與「世運」的積極力量[33]。

（二）遺民的自我

嚴志雄先生曾以自傳性理論爬梳牧齋的心理意識與寫作狀態，提醒讀者注意當中需要辨析的多重「作者」形象[34]。這是牧齋自我經營的遺民形象，以抒情序列的符碼系統書寫悔恨，包裹著以詩明志的史的記述。遺民的悔恨與負罪，介入以詩紀史（個人心史）的脈絡。詩的抒情意義，在遺民生存意識的幽暗處重新組織了一層辨識自我的倫理機制。因此，遺民的自傳性抒情時刻，預示著一個遺民詩學的內在文化邏輯。詩成為遺民展演自我、投影形象的一種技藝，以精緻的文化手段重構飽滿完備的抒情自我。那是中國傳統文化中個體遭遇危難時刻最輕易浮現的主體審美意識。遺民詩學成為不斷辨識與辯證自我「遺民」狀態的標準範疇。

回顧先秦到南宋遺民的書寫譜系，在詩裡以「遺民」二字表徵自我形貌與定位的作品相對稀少[35]。從明清遺民群體開始，「遺民」成為有效的一個自我認知與辨識的標誌，在民族危機、文化場陷的時代，「遺民」代表著文化身分的堅守。因此明季以降，遺民詩學的實踐與建構，就不難重新在明遺民身上找到一個新的典型。牧齋自然是當中頗堪玩味的個案。

牧齋有一首自題詩，清晰刻畫出自我對遺民身分辨識的焦慮與應對。

峻嶒瘦頰隱燈看，況復撐衣骨相寒。

指示旁人渾不識，為他還著漢衣冠。（〈顧與治書房留余小像自題四絕句〉其一，卷肆，頁三八〇—三八二）

32 宋詩體與遺民詩派的形成，對明清易代的詩人有重要影響，參見呂肖奐：《宋詩體派論》（成都：四川民族，二〇〇二），頁三一三—三三三。

33 錢牧齋〈施愚山詩集序〉裡對詩歌與世運關係的闡釋，導引出詩人主體性及救世心態。參見嚴志雄：〈自我技藝與性情、學問、世運：從傳柯到錢謙益〉，收入王璦玲主編：《明清文學與思想中之主體意識與社會——文學篇》（臺北：中央研究院中國文哲研究所，二〇〇四），頁四三九—四四八。

34 嚴志雄對牧齋詩所隱含的自我形象的判讀，援引西方自傳理論，展現了獨到觀察與見識。參見嚴志雄：〈陶家形影神：牧齋的自畫像、「自傳性時刻」與自我聲音〉，《錢謙益〈病榻消寒雜咏〉論釋》（臺北：聯經，二〇一二），頁六七—九六。

35 潘承玉：《清初詩壇：卓爾堪與《遺民詩》研究》（北京：中華書局，二〇〇四），頁三〇九。

這原是一組四首的絕句。牧齋在友人書房留著自己的畫像，因而自題詩句以作畫像之聯想或補充。這組詩裡刻畫了牧齋不同的自我擬像，有「蒼顏白髮」，有「白衣僧」，有書生，形象多變，是作者刻意為之，也是作者提示讀者，「余」是不輕易落於言詮的自我形象[36]。

我們可以從第一首絕句裡，爬梳詩人為小像自題的一套詩學自白曲線。首先，牧齋留下一個漢衣冠的遺民身影，作為讀者或賞畫者視域內必須被強烈對應的主觀遺民意識。透過字句鋪陳，遺民自白是詩人內在自我的彰顯。畫像裡「崚嶒瘦頰」的樣貌，「骨相寒」的生命處境，組合為畫中影或畫外音，構成一個表裡合一的招牌遺民形貌。所謂「渾不識」，恰是反向說明「漢衣冠」乃既有的原來遺民面目。因此，「看不見」的遺民，轉而藉由自題畫像，成為「看得見」的形象。詩人成功透過「自題」的詩語言，將自我賦形為一套遺民表述。

然而箇中複雜的曲線，在於遺民的「不見」，有其跨不過的倫理與現實。牧齋作為失節的貳臣，與及隱而不宣的策反復明，都是難以建立遺民形象的原因。因此，畫像與自題中深藏的「遺民自我」，依賴的反而是這套遺民的詩語言表述系統。「漢衣冠」的面目，經由一套隱誨的情境式語言，曲折展示出深藏其中的敘述魅力。「隱燈看」，提示一種主動但隱約的揭露。「骨相寒」是敘事的底牌，暗喻際遇處境的艱難，是無法迴避的命相不佳，天生歹命。從表面到內裡，畫／詩中人漸進勾勒一個自我形象。「渾不識」是邊緣性的處境和存在結果。透過指出旁人渾不識的語境，那一個面目不清、令人懷疑的形象，暗示著遺民已在隱約的曲線示意圖裡浮現。自我的不被理解與認識，是畫像與詩人並存的關鍵因素。詩發揮了合成作用，「漢衣冠」最後倒過來成為先驗且不證自明的存在。而詩的抒情表述，在此已將內在自我貼近於這既存的遺民形象。於是，牧齋的自題與畫像的對應，清楚將「看不見」的遺民與抒情自我合體。「畫像」成為詩裡架設的虛擬顯像。「自題」才是牧齋在詩裡重建遺民的「自我」本身。

這套敘事技藝的展現，提醒了我們注意背後隱含的遺民抒情機制——抒情主體的「自白」。我們不難推測，牧齋的遺民自白很大部分來自於貳臣心境。這儒家傳統的倫理規範與限制，反為遺民的浮現，提供了「自我遺民化」的歷程。從以上的自題畫像到前文所引〈後秋興〉系列詩作，清晰可辨的遺民面貌，其實是牧齋在易代際遇下努力構築的「遺民的自我」。「遺民」恰是在詩語言的抒情與自白邏輯裡誕生。明清鼎革是士大夫處世立身，價值盤整的關鍵時刻。牧齋詩裡表現「自我感」是透過審美經驗的表述，將遺民作為自我證成的一套價值參照體系，從而提出士大夫自我道德形象重構的一套文化與詩學機制。

由此，牧齋涵養「遺民的自我」，是一套表徵自我的詩史操作。遺民不是自成一格、獨有的內在自我，其建立在易代之際歸返儒家詩教的救世景觀，遺民面目方可烘托而成。換言之，牧齋建構的遺民詩學，以嚴格判別的亡國之音作前提[37]，再轉而張揚以學問、史事涵養的溫柔敦厚詩學。如此構築的

36 嚴志雄對這一組詩做過整體分析，有其見識。本章僅就第一首詩入手，提出牧齋創作背後展示的一道「自我風景」。參見嚴志雄：〈陶家形影神〉，頁七一—七四。陳寅恪曾以史實對應，還原詩的本事。

37 可參考牧齋對晚明詩人的判斷評語。參見錢謙益：〈鍾提學惺〉，收入清・錢陸燦編：《列朝詩集小傳》〔周駿富

遺民形象，超越個體分際、節義，跨過牧齋的歷史污點，以詩作為介入世運的手段，回歸到儒家詩教正統的抒情詩史。牧齋強調「詩人之志在救世，歸本於溫柔敦厚」（〈施愚山詩集序〉卷伍，頁七六〇—七六一）、「溫柔敦厚者，天地間之真詩也」（〈西陵二張子詩序〉卷柒，頁四一四）。因此，「遺民的自我」非衰蔽頹敗的歷史暗影，而積極成為言志抒情的倫理身分。尤其面對異族統治下，本於性情的真詩，作為實踐自我的技藝，成功將遺民詩學轉接上自我證成、揚升為符合政統教化的文化身分[38]。

對照清初的戾氣，鬼趣、兵象[39]，牧齋倡導的理想遺民詩學，以激昂蹈厲的詩風為主軸。在牧齋看來，詩乃性情與學問相輔相成，「詩之為道，性情學問參會者也。性情者，學問之精神也。學問者，性情之孚尹也」（〈尊拙齋詩集序〉，卷柒，頁四一二）。促使他對遺民詩的氣象，轉向史的把握。他以史為文化本位的核心，對史反而展現一種抒情性的想像。孟子所言的「詩亡然後春秋作」，在牧齋看來卻是著眼時代的斷裂以回顧詩不復返的時代。牧齋強調「春秋未作以前之詩，皆國史也。……三代以降，史自史，詩自詩，而詩之義不能不本於史」（〈胡致果詩序〉，卷伍，頁八〇〇—八〇二）[40]。儘管三代以前詩史合一的和諧時代已逝，詩所表徵的形式，基本仍是史的內容。詩的轉向，是史的彰顯。當史與遺民的自我形象融合，迎面而來的自然就是詩史問題[41]。

在牧齋遺民詩學的視域裡，他試圖改變在山河變色之時，陷入經驗主體那一股幽深孤峭的歷史感覺。在儒家政教詩學意識的基礎上，詩史與遺民論述的結合點，讓史在抒情言志之際，起著前導作用。牧齋《投筆集》的寫作意識，至少有一個必須清理的「史」的意圖。那以隱喻的詩語言系統包裝的抗清史實，與詩合成為相互依存的一套語言詮釋系統。在此意義上，錢所強調的詩的本義取自於史，得到最佳體現。因此，詩的性情無關風花雪月，而是抒情自我根植於社會時代脈絡的處境與情思。在表述詩人幽暗心境之際，史作為基本引導，乃扮演著昇華與救贖的詩學管道。我們爬梳牧齋對史的信念，就不難理解這套思維的實踐方案。

> 以神州函夏為棋局，史其為譜；以興亡治亂為藥病，史其為方。（〈汲古閣毛氏新刻十七史序〉，卷伍，頁六八一）

輯「明代傳記叢刊」」（臺北：明文，一九九一），頁六一〇—六一一。

38 對於遺民抒情經驗的文化邏輯，牧齋進行了儒家詩學機制的轉換：「詩道大矣，非端人正士不能為，非有關於忠孝節義綱常名教之大者，亦不必為」（〈十峰詩序〉，卷伍，頁八三一）。

39 牧齋提到「劫末之後，怨對相尋。拈草樹為刀兵，指骨肉為仇敵」（〈募刻大藏方冊圓滿疏〉，卷陸，頁一三九九）、「噍殺恚怒之音多」（〈施愚山詩集序〉，卷伍，頁七六〇），挑剔遺民詩的衰蔽之音，認為其「如幽獨若鬼語」、「無生人之氣」（〈答彭達生書〉，卷陸，頁一三三三）。

40 嚴志雄對〈胡致果詩序〉的討論，提出詩史標舉的是一套「見證」與「存在」美學概念。其實，這說明牧齋的遺民形象塑造，定位於史的方法論的倫理。參見Lawrence C.H. Yim（嚴志雄），*Qian Qianyi's Theory of Shishi during the Ming-Qing Transition*（錢謙益之「詩史」說與明清易鼎之際的遺民詩學）Occasional Papers. Taipei: Institute of Chinese Literature and Philosophy, Academia Sinica. 2005。

41 詩史在中國詩歌發展脈絡中的概念與實踐演繹，參見張暉：《詩史》。本章僅針對牧齋部分做討論。

牧齋以史為救贖中國興亡之藥方，顯見其對史彰顯的文化本位價值極度重視。以詩證史成為驗證史作為文化價值體系的關鍵手段。無論是中國士大夫的處身原則或「夏夷大防」的政治倫理，牧齋的貳臣身世都是無法迴避的身分印記。因此，易代遭遇所蘊積的雄厚詩藝能量，使得卓越詩人面對個體生命最大的困局，刻意將復明心意與抗清歷程，隱晦的嵌入詩的表意系統，在詩的情景範疇內寄寓「事」，構成理解其〈後秋興〉諸作，無法不觸及的一套詮釋視野。那表徵自我的抒情技藝，在這節骨眼上成功嫁接上史的界面。

這裡值得注意的，是詩人以史的面貌整頓了內在的自我。那亟欲表白的「史事」，造成左右抒情自我內部，道德形象的一道關鍵。錢所在意的自我形象，攸關

錢謙益墓塚（作者拍攝）

自己在失節意義上所能平反的力量。詩對史的賦形，透過精緻的抒情符碼，將詩的言外隱衷，設定為作者與讀者由此建立的詮釋契約。詩調動史的厚度，來重整一個抒情自我內蘊的道德感，無形中在詩與史文類的互涉與結合上，成功為遺民詩學立下新的景觀：一套透過作者文化意識與歷史感情構成的價值觀念，作為民族存亡、歷史廢絕時刻的重要參照[42]。

二、王船山的抒情倫理

（一）避世的抒情

作為明季遺民，王船山（一六一九—一六九二）[43]一生周旋在動亂、哭喪與逃難的生活。晚年躲避政治，更直接隱居船山石的窮鄉僻壤，專志著述，留下震爍古今的百餘卷著作。他一生在家國變故當中起伏，歷經甲申明崇禎自縊，南明弘光朝轉眼覆滅，隆武帝被俘處死、永曆帝遭吳三桂誅殺四次

42 龔鵬程認為這套詩史觀念，消弭文類界線，而回歸價值觀念。此觀念自錢謙益以降，在黃宗羲、連橫身上都有繼承。龔對詩史文類性質有詳盡討論。參見龔鵬程：〈論詩史〉，《詩史本色與妙悟》（臺北：臺灣學生，一九八六），頁二六—二七。

43 王夫之，字而農，號薑齋，晚年避居衡陽石船山專心著述與講學，世稱船山先生。船山是明末舉人，亡明後曾短暫投入南明桂王政權。後不滿南明朝廷腐敗，上書改革遭致迫害，從此隱居著述，一生未曾仕清。船山一生著述龐大，以驚人毅力，完成哲學、史學、經學、文學等不同範疇的一百多種，四百多卷的著作。

驚心動魄的家國劫難，因而有〈悲憤詩〉、〈續悲憤詩〉、〈再續悲憤詩〉、〈三續悲憤詩〉[44]的寫作，典型呈現出一個亡國遺民難以揮別的哀毀傷亂症狀。其時政局紛亂擾人，船山入世不成轉而避世寫書，成就偉大的立言事業。但遺民身分終究礙眼，清季禁燬其部分著述，以致一代碩學巨儒遭世所遺，兩百餘年學說無人傳述。至到晚清時刻船山著述重見天日[45]，後人開始以學術眼光理解船山。梁啟超從學術史視野為王船山定位，將其跟明季遺民朱舜水並列「兩畸儒」[46]。如此意味著船山特立獨行的儒者脈絡，隱約啟發著晚清時局士人的身心進退。其時士人著眼船山遺民意識下的民族立場與史學理論，從其著述找尋同處帝國衰頹，民族文化陷入危機時刻的應對之道，期許振興「國魂」[47]。船山龐雜的哲學與史學理論，果然展現了耀眼的光輝，走進士人間的學術視域。同時在召喚明季歷史符號的時代氛圍下，成為時人推舉的清初三大儒，掀起民間祭拜風潮，展現地域的民族主義和爭議[48]。

另外，船山的詩學論述同樣受到近代詩家的重視。由後人集結而成的《薑齋詩話》[49]，呈現船山在易代之際，對中國古典詩學的一次深刻思考。那是船山隱居著述期間，窮讀前人詩篇，留下的心得筆記和詩學觀點。在厚實的閱讀基礎下，他先後編輯

王船山像

《古詩評選》、《唐詩評選》、《明詩評選》、《詩廣傳》、《楚辭通釋》等著述，點評詩作，並系統展示了他的詩學理論脈絡，辨析儒家詩學觀念，以堅實的哲學根柢，拉抬古典詩學的理論高度與論述層次。這些著作可視為古典抒情詩學理論範疇的總結與集大成。

船山的詩學體系集成於晚年時刻[50]，《薑齋詩話》及各種詩選本初刻時他已七十二歲，距他逝世

44 此系列悲憤詩作均已亡軼，但寫作動機體現其人格特質上忠於明朝的執著情結。

45 一八四〇年鄧顯鶴首次刊刻《船山遺書》十八種，一八六五年曾國藩兄弟再次複刻增加至五十二種，完整的船山學說面貌才開始為後人所知。

46 梁啟超：《中國近三百年學術史》，頁八五—九六。

47 參見章士釗：〈王船山史說申義〉，收入張枬、王忍之編：《辛亥革命前十年間時論選集》第一卷下冊（北京：生活・讀書・新知三聯，一九七八），頁七二二—七三一。

48 關於晚明三大家在晚清經典化的過程與爭議，帶出了地方意識興起與文化資本積累的相關問題。參見秦燕春：〈從邊緣到中心：三大家從祀兩廡始末考〉，《清末民初的晚明想像》，頁八三—九九。

49 《薑齋詩話》最早見於鄧顯鶴刊刻的《船山遺書》，收入船山重要的詩學著述〈夕堂永日緒論〉、〈詩譯〉、〈南窗漫記〉。近人丁福保編輯的《清詩話》亦收入。後通行的版本有戴鴻森箋注：《薑齋詩話箋注》（北京：人民文學，一九八一）。本章所引船山詩論文字除特別注釋說明外，皆援引自以上版本。引文後只標示篇章與條目，不另標頁碼出處。

50 船山詩學相關著述大體集中於生命晚年的十年間完成。《詩廣傳》成於六十五歲，《楚辭通釋》成於六十七歲，《南窗漫記》成於七十歲。

不過兩年。他穿越歷代詩作，遊走古典詩歌生成的概念與審美意識，以個人獨到識見展示雄偉的詩學眼界，成為他晚歲人生最後的懷抱，一種立足於抒情範疇的自我回顧。從他深沉的詩學素養來看，這批詩歌文藝理論形成於明清易代，本該對紛亂的清初詩壇發展有所啟示。但船山生活隱匿，基本切斷與外界士人間的聯繫，以致刻本無法廣傳，門人沒有宣揚其學說，致使船山詩學理論對清代詩學竟毫無影響[51]。錯置人生與晚年窮居幽困的哀情，掩映了他創造的詩學理論光芒。但他堅持對抒情詩範疇展開論述，對審美意識與創作概念爬梳與辨析，不禁令人揣想，詩學理想與其遺民身世，有著頗堪玩味的對應。

明朝覆滅，南明政權是船山唯一的復明寄望。當短命的弘光、隆武政權轉眼湮滅，永曆朝廷內鬥且爭權奪利，船山的孤忠憂憤顯得徬徨無依，甚至招來迫害。一六五〇年，船山三十二歲，清兵攻陷桂林在即，他在逃亡途中恰逢大雨阻難，絕食四日，與新婚妻子共度憂患。當時船山寫作〈桂林哀雨〉（今亡佚）為記錄。十一年後在寒雨抱病季節，回首往事再賦四首〈續哀雨詩〉。念及當年患難與共，今已過世的妻子，端視眼前飄零際遇，滿腔熱血忠君換來猜忌與誣陷，故而隱居避禍。船山以深沉的悼亡賦寄故人，同時哀悼亡明故國與自我喪亂的一生。遺民胸懷，自是詩情幽婉，由此見證了亡逝與傷國結合的悼亡風格。這當中顯現了一股超越個體的曠古抒懷之情，將集體的民族遭遇，封存於詩人主觀內在的審美抒情面貌。情景交融，體現了船山極力構築的詩歌美學範疇。

寒煙撲地濕雲飛，猶記餘生雪窖歸。

泥濁水深天險道，北羅南鳥地危機。
同心雙骨埋荒草，有約三春就夕暉。
簷溜漸疏雞唱急，殘燈炷落挶征衣。（〈續哀雨詩〉其一，頁一六八）[52]

詩人一生際遇，幾乎都在流亡之中度過。晚年避居深山，也是為逃開政治殘局，亂離天地。因此他追憶當年逃離桂林過程，筆力所及的哀情敗景，已可視作他一生流亡風景的縮影。詩的前二聯刻畫淒風苦雨、山洪水淹的外景。天寒地凍，險路難行，生命危機迫在眉睫。那不為外人所道的心靈創傷，反透過極壞極糟的環境籠罩，將詩人主觀的悲情愁苦，銘刻得入木三分。因此詩人從鋪天蓋地的險難之中，強調「餘生雪窖歸」，已埋下生命的暗流。「餘生」二字既是歷劫歸來之感，同時也是後半生封存於災難的生命況味。船山主張詩歌真情乃依據「身之所歷，目之所見」（〈緒論・內編〉，頁七），最簡單的審美經驗，往往「會景而生心，體物而得神，則自有靈通之句」（〈緒論・內編〉，頁

51 船山詩學理論不曾主導任何清代詩學思潮。目前清詩史著述，對船山詩學的討論大體置於遺民詩區塊。真正對其詩學理論展開獨立研究，是從二十世紀的一九二〇、三〇年代開始。自八〇年代以降，才出現與其思想體系結合，有系統的闡釋與建構的成果。

52 本章所引船山詩例，均出自王夫之：《王船山詩文集》（北京：中華書局，二〇〇〇）。後文不再詳注出處，只在內文標示頁碼。

二七），展現深沉又妙合的美學意境。因此船山詩裡隱藏的無盡哀傷與絕境苦楚，透過詩歌符碼系統，由外在環境的蕭瑟衰敗轉換而成主體的幽微存在感。「險道」、「危機」稍觸及外在絕境困鎖的孱弱身軀，「餘生」涵攝了肉身之不堪，主體之悲涼。

詩人接著轉向描述夫妻二人知曉此行乃九死一生，已做好埋骨荒野的最壞打算。危難之間，他們相約從今荒野坐看夕陽，彰顯同命患難的溫情。哀而不傷之景，在末聯的曲折筆墨，寫入雨停雞鳴的破曉時分，又要動身上路，繼續展開逃亡。「雞唱急」、「捐征衣」暗示啟程與更衣倉促。這種交替的跋涉，讓詩句隱藏的主體悲情，在不斷歷險、流亡的旅途中，有著無奈的酸楚。詩人隱約之間透過「簷溜漸疏」、「殘燈炷落」細微的外物更迭流逝，將流離生命的塌陷，內化為抒情主體的情景語言。詩人悼念亡妻，兼及己身不堪之幽情。而流亡的根源，是那輾轉反覆的忠君胸懷與傷國遺恨。悼亡，實已追悼覆滅的南明。遺民身世透過情景交融的化境妙合，既真摯沉痛，又餘味無窮。

船山避居窮荒之前，投入抗清，展現對明室的忠誠與復明意志。隱匿之後，專志著述講學，抗拒薙髮，堅守民族氣節。船山的遺民經歷與時代感覺，可謂建立明清易代的生命典型。而船山在豐厚的經、史、哲著述當中，晚年醉心於抒情詩範疇的理論思考與建立。在我們習見以詩「紀史」、「補史」、「證史」、「存史」的遺民意識裡[53]，船山卻鍾情於抒情詩的表述，必有用心。他對傳統「詩史」概念的修整與抗拒，對抒情詩範疇的確立，在於敘事與史事的不可入侵。船山以為「詩史」破壞了詩原有的質地與成分，打破詩與史的藩籬，正是破壞船山個人對抒情詩學的建構。抒情體系有其純粹性，因此，他反對將杜甫詩稱為「詩史」，強調的是詩的抒情性不容史的紀實法則破壞。當我們回顧船山終生堅持的遺民姿態，他對抒情詩的態度，間接說明他以抒情本體為最高的古典詩學依歸。詩的純粹性，是自我本體的最佳朗照與體現，也即是抒情自我的一種哲學建構。

因此，他不同於錢牧齋、黃宗羲等清初詩人對詩史的想像。他反對在詩內「史為」，而唯一容許觸及「事」與「史」經驗的詩學手段，則是「刺」。他認可詩的「美刺」，而非「直刺」，表明在古老的詩歌美學經驗內，他選擇回歸迂迴的技藝[54]，保障抒情詩的言志抒情機制。婉約曲折的詩歌趣味，主要是辭意不迫，引導內在想像與感應。這套詩歌表現手法[55]，決定了船山對「詩史」的抗拒。他重申「詩以道性情，道性之情也」[56]。性之情，因而構成遺民自我的內在抒情表徵。

單就這點而言，船山與牧齋對於抒情詩都有共同的關懷：牧齋的「詩者，情之發於聲音者也」（〈陸敕先詩稿序〉，卷伍，頁八二四），船山的「即事生情」[57]，指向了一個抒情詩的基本特徵：性情

53 孫之梅：〈明清人對「詩史」觀念的檢討〉，《文藝研究》第五期（二〇〇三），頁五九—六五。

54 張暉以為船山並不全然否定「詩史」，僅否定過分重視史而傷害詩的抒情特質。參見張暉：《詩史》，頁一六三—一九四。

55 對於婉曲簡約的表現方式，船山有一生動說法：「句句敘事，句句用興用比；比中生興，興外得比，宛轉相生，逢原皆給。故人患無心耳，苟有血性、有真情如子山者，當無憂其不淋漓酣暢也。」參見王船山：《古詩評選》卷一〈古樂府歌行．庾信〈燕歌行〉〉評語，《船山全書》第十四冊，頁五六二。

56 參見王船山：《明詩評選》卷五〈徐渭．嚴先生祠〉，《船山全書》第十四冊，頁一四四〇。

57 參見王船山：《古詩評選》卷一〈古樂府歌行．鮑照〈代東武吟〉〉，《船山全書》第十四冊，頁五三一—五三二。

或生情。換言之，遺民以抒情詩來貼近自我生命景觀之際，內在抒情自我的體現，其實有其詩學倫理的意義。在性情與生情的本質範疇內，遺民詩人找到內部的文化生命對應，一種將抒情自我賦形的經驗形式，而不僅僅是文類。尤其船山對抒情詩範疇的堅持，越能體會遺民與抒情詩的互動關係。詩不僅僅是創作手段，而進一步成為遺民生命的自我表徵與張揚。

歷代遺民詩人基本信奉或離不開這樣的詩學傳統。但在明清易代之際，船山特別深化抒情詩的理論價值，雖然有其回應明季公安、竟陵詩學潮流的現實脈絡[58]。但更值得注意的是，他們以抒情詩理論回溯、重整了遺民抒情的倫理向度與文化邏輯。於是，我們可以將船山或牧齋的遺民詩學建設，換成以下的提問：遺民在何種文化範疇內可以自我證成？其背後的倫理，是抒情詩的向度？或詩史的形式？當牧齋倡導詩史，船山對詩史保留，開始看出他們詩學走向的分歧點，卻同時為遺民與抒情詩議題塑造了不同的典範。

（二）情景交融的文化邏輯

明遺民對於南明政權的複雜情懷與經驗，一直都是遺民詩的核心主題。不同於牧齋《投筆集》的寫作，船山抒發自己對南明政權的憂思與創痛，不在寓情於史，而以他經營的情景交融理論，展示他寓史於情的遺民心境。

船山晚年有一組三首的七律〈病〉，描述了晚景煎藥養病的日常景致，卻寄存復明無望的亡國悲愴之情。詩裡的「情、景、事」是如此交融合成：

爐火微紅壁影搖，窗明殘雪遠山椒。
人間今夕寒宵來，故國殘山老病消。
玉曆有年成朽蠹，青編無字記漁樵。
閑愁四海難棲泊，藥銚松聲涌暗潮。（〈病〉其一，頁三四六）

冬天夜裡煎藥，詩人目光投向牆上的火苗暗影，而窗外遠山頂的殘雪，反顯得耀眼明亮。年歲老邁，病痛纏身，漫長時光裡記憶所及的故國山河，卻是人生數不盡的寒夜，難以消受的殘缺。滿清頒下的新曆，將有一天成朽蠹之物。但自己面對「青編無字」的空白史錄，恐怕只能記下隱居的漁樵生活。詩人避世的愁苦悲憤，源於四海之內已難棲身。孤獨暗夜，詩人空對煎藥的沸騰水聲與窗外的松濤聲，情景互攝，融合為內外交相煎熬的一股憂患與悲涼的餘生暗潮。詩人抒情之「事」，僅以「故國殘山」的外景內化，證明那蔓延的憾恨傷痛，穿過時間成為觸動心事的永恆瞬間。

「病」因此不僅狀寫眼前孱弱身軀，反刻意特寫心靈意念的一種症狀。抒情主體以此「亡國」意念貫穿，勾勒遺民日常生活景致內無所不在的記憶隱痛。生命的創傷因此跨越時空，化為抒情主體的

58 這是明清易代的詩學發展的共同問題，參見張健：《清代詩學研究》（北京：北京大學出版社，一九九九）。該書第二章。

一部分，可被召喚降臨的內在情感。但船山將其本質設定為「情感虛與，取之在己，不因追憶」[59]。觸動心緒之亡國遺恨，其幽微細緻之情不是被動的外在觸媒，而是主體自我體現之哀情。那古今相通，宇宙四時合一的時間永恆之感，關鍵在審美主體的情感把握與生發，不再依賴於主體的記憶或再現，而是抒情主體與歷史、天地整體的本質融通。這種自我與情景融合的抒情美學世界，基本上仍回歸到天人合一的傳統哲學境界。

在遺民主體生命困窘時刻，船山以情景交融作為抒情自我彰顯的詩學邏輯[60]，為生命在絕域陷難引入幽深意識的文化靈光。這文化光彩，既要避開陋儒的匠氣，重新找回周初儒家詩教彰顯的仁心美感。因此船山援用佛家「現量」概念論詩，除了保有哲學範疇的意涵之外[61]，特別以審美意識的角度入手，無論即景會心，或「以追光躡景之筆，寫通天盡人之懷」[62]，這當中所強調的融通，構成了抒情詩與中國文化處境與命運的關聯。抒情詩的保存與確立，作為一個不容「史為」介入的情境與本我書寫，為中國古典文化境遇劃出一個精純的範疇，以安頓己身與時代變局下仍可以安守的一片文化淨土。船山追尋情景事相融合一的詩學境界，正好表示船山將生命個體外在的變局與事物，全納入審美系統內以安頓融合。遺民詩學至此，已接軌上一個抒情傳統處理現實的需求，以審美來超越文化勢變或困局。

相對處境複雜、形象褒貶不一的錢牧齋，王船山堅守遺民氣節則是貫徹始終。船山回歸抒情詩的典範，解決個體生命的文化價值存續，純粹性的自我投射。「現量」觀念的提出，同時是他抵觸詩史的一個抒情邏輯。因為詩是「天人性命往來授受」的當下，見面相當的親證[63]。而牧齋轉向詩史的表現，意圖從抒情傳統論述內，捕捉外在客觀史實，建立另一種文化存續的邏輯。張暉以為唐以降的詩史發展逐漸形成了一個補強抒情傳統建構不足的有效系統[64]，詩史問題因此在清代得到一個完滿的解決方式。「詩史」可以透過美刺、比興等文學手段，在破壞抒情詩特質的最低限度內，回應一個詩如何去賦形外在集體社會脈絡與情感轉變的問題。無論牧齋與船山，他們的詩學理論和實踐都試圖說明

---

59 參見王船山：《古詩評選》卷五〈五言古詩二宋至隋・謝靈運〈廬陵王墓下作〉〉評語，《船山全書》第十四冊，頁七四一。

60 情景是中國詩學中的基本概念，長期以來並沒有針對二者做準確的範疇界定與結合論述。至到船山確立情景範疇，提出「情景名為二，而實不可離。神於詩者，妙合無垠」（〈緒論・內編〉，頁一四）的重要觀點，做出審美經驗的整合。

61 船山詩學理論「現量」觀念，利用佛教相宗的觀念闡述主體認知、感知客觀事物的關鍵方式。故船山的審美意識提倡的「天理在人心之中，一麗乎止，而天下之大美存焉」。中國傳統天人合一思想基礎下，調用現量一詞，呈現一種感知事物的理想之美感的特質。現量是一個詩歌審美的準則，成為感知與認知事物知識的客觀因素。關於此觀念的重要討論，參見蕭馳：《抒情傳統與中國思想》（上海：上海古籍，二〇〇三）。此書前三章替船山論述的「現量」概念做了思想史上的爬梳，蕭馳就此觀念的闡述相當深刻。

62 參見王船山：《古詩評選》卷四〈五言古詩——漢至晉・阮籍〈詠懷〉（開秋兆涼氣）〉評語，《船山全書》第十四冊，頁六八一。

63 蕭馳：《抒情傳統與中國思想》，頁一五。

64 張暉：《詩史》，頁二六四。

了這樣的可能。

從牧齋的個案，「詩史」可視為一個存在與見證的美學形式[65]。他以詩建立遺民面目，意圖在史事的背景當中凸顯遺民與詩之間內在的倫理連結。因此，牧齋為自我張羅的遺民形象，既是以詩證史，卻也遁入以史證詩的詮釋學循環。詩與史成為詩人奠定主體的表述機制，詩的解碼，穿越史事而接近抒情主體，牧齋的寫作實際是對「詩」的復興。當詩人以詩史入手驗證自我存續之必然，說明遺民詩學關注的是一套存有的價值系統。那是遺民悔恨書寫屬性內，觸及以詩超越興亡更迭的現世價值，而趨近於永恆時間的表述。詩史的效度，成為遺民詩學內部，銘刻外在時間的關鍵形式。

相對來說，船山僻居幽處，卻以恢弘的詩學理論格局，為抒情詩立下理論範疇。他從詩的純粹性說明一種不證自明的價值，對照遺民心志的貫徹，為的是將世俗詩歌價值統一到他個人對《詩經》蘊含的價值理解當中[66]。他以「情景事」交融遇合的原則，回歸自然與世界交融合一的純粹抒情本我。因此不同於牧齋遺民詩學裡彰顯的詮釋學向度，船山提高了詩的神聖位置，成為詩人之「詩」。這種對抒情詩的建構與想像，替遺民存身的價值倫理，奠定超越的實踐美學。

回顧明清易代遺民詩的創作，船山與牧齋不同的實踐路徑與取向，奠定了遺民詩學的重要形式。由此，我們連結了乙未、辛亥遺民詩的詩學譜系，他們潛在繼承、回應與辯證的一個強勢傳統，一個距離他們不遠的甲申之變，遺民詩學的「正統」。

第三節　流亡詩學與異域飄零

南明時期，兩位典型的儒家文人跨境出海，流離飄泊，終老異域。朱舜水[67]（一六〇〇—一六八二）和沈光文（一六一二—一六八八）是同樣生於明朝萬曆年間的士人，兩人相差十二歲。完整的儒家教育根基與易代亡國的際遇，讓他們在亡明之後奔走南明政權，投入反清運動。當反清終不可為，朱舜水轉徙越南，最終根留日本。而沈光文本想避居泉州，卻巧遇颱風，無意之間飄抵臺灣。當時的臺灣遭荷蘭佔據，漢人政權還未曾建立。二人的離散路徑顯得獨特且偶然，卻同時預告了異於傳統的南渡，而有了跨界的境外遷徙。

傳統的境外離散可以界定為從中土往異域播遷，但乙未、辛亥遺民的政治流亡卻展示更為繁複與變異的路徑。他們或從殖民地臺灣回到帝國邊境，或轉徙境外南方，或由垂死帝國跨入新世界，不同

65 參見Lawrence C. H. Yim（嚴志雄）, *Qian Qianyi's Theory of Shishi during the Ming-Qing Transition*。

66 參見宇文所安著，王柏華、陶慶梅譯：《中國文論：英譯與評論》（*Chinese Literary Theory: English Translation with Criticism*）（上海：上海社會科學院，二〇〇三），頁五〇三。

67 朱舜水，名之瑜，字魯璵，出亡日本後號舜水，浙江餘姚人。明亡後從事抗清，失敗後避居日本，立館授業二十餘年，受水戶藩主德川光國禮遇，終老異鄉。

離散際遇實踐的流亡詩學，反將「流亡」的歷史經驗進一步深化，並帶有批判性的反思。在此回顧晚明遺民詩人的境外事蹟，對照清末民初多變的遺民流動，重新讓我們注意到，境外遺民世界裡，主體與地域遭遇可能產生的矛盾與衝突，融合與在地化，政治與文化認同的變遷。而這些晚明以降的境外遺民，他們又如何正視南海外部的地理概念？在士人流動異域過程中漸進拓展的文化空間，是否視為另一種遺民香火的轉化或開展？從朱舜水和沈光文的經歷，我們將檢視另一種境外遺民的型態。

一、流亡日本的朱舜水

境外離散空間，展現的是全然相異或顛覆華夏疆域下的中原意識。就傳統政治地緣關係而言，走出國境，跨入海外的邊陲世界，不過是來到與天朝建立朝貢關係的藩屬小國，或荒島。儘管遺民眼界裡的境外是一幅新景觀，但他們卻是來到新世界的邊緣。為了反清與避禍，朱舜水數度流寓越南、暹羅，七次赴日。當中曾為恢復南明政權而屢赴日本借兵，還曾投入鄭成功部隊會師入長江的作戰。困居越南

朱舜水像

期間，受盡病苦與囚禁之禍。其間給魯王奏疏，望其拯救，詳述了自己流離慘狀：「使臣目送歸舟，血枯腸斷。況資裝俱竭，肘見履穿。僮僕遁逃，伶仃孤苦，肌膚憔悴，形容枯槁，遣日如歲。若至明年此日，誠恐雞骨支離，久塡溝壑。」[68]他後期旅居日本，經濟窘迫，只能靠友人接濟。幾經波折才受到禮遇往江戶講學，但晚歲病痛纏身，離鄉二十餘年後始有家書返鄉，最後自行以檜木製棺，孤孑終老異地。家國危難，士人境外離散，本來風險不小，際遇難料。朱舜水以遺民姿態在海外行旅，生前死後在中土國境內都沒有影響。

亡命天涯的遺民，苟且偷安已是大幸。抵日初期，因為復明抱負的失落，以致遺民心志起伏不安。但朱舜水對異域環境的感嘆：「孔、顏之獨在於中華，而堯、舜之不生於絕域」[69]，卻又表現他以中原為本位的遺民主體。後來受到水戶侯源光國的禮遇，以致後續的興館授業，傳播儒家思想，在日本延續中華文化命脈，恐怕不僅僅是飄零的遺民經驗，而是表現遺民意志與家國認同的一種文化播遷形式。他以大明的國家認同作為自我的歷史意志，終身堅守明代衣冠，政治與文化認同合一，鞏固了遺民身分的貫徹與實踐。在有限生命之中，他意識到「一旦老疾不起，則駭骨無所歸，必當葬於茲土」[70]，因此唯恐身後弟子不懂明朝禮制，又擔心屍骨棺木快速腐朽，遂在生前自選優質檜木製棺。

---

68 朱之瑜：〈安南供役紀事〉，《朱舜水集》（臺北：漢京文化，一九八四），頁三三。

69 朱之瑜：〈書簡四・答安東守約書三十首・一〉，《朱舜水集》，頁一六九。

70 今井弘濟、安積覺：〈舜水先生行實〉，《朱舜水集》，頁六一九。

這種保留故明衣冠的做法，無異於遺民自建生壙，以身體政治的形式，抗拒滿清入關的鼎革易服。然而，朱舜水遠在東瀛，堅持的遺民形象在中原境內竟無人知曉。他唯一在異域日本安身立命的依據，只有儒學思想的教化與漢學教育的建立。這是漢人知識菁英流亡的文化使命，凸顯自我國家與民族認同的關鍵手段。這種以遺民心志成就的文教事業，以身體言行自我表述的遺民面貌，或許在朱舜水的意料之外，展現了另一種離散的中華文化路徑。

然而，處身異域的遺民意識，並非靜態固定，貫徹統一。他在往江戶前後確實有著一種遺民心態與認知上的轉折。鄭毓瑜教授提出朱舜水寫作於江戶時期的〈遊後樂園賦〉（一六六九）見證了他由「亡國遺民到盛世新民」的身分轉換[71]。表面上這似乎與朱舜水的遺民形象有了抵觸，然而透過遊賞後樂園的賦體書寫，鋪陳張揚的生活體驗與理想天地，反而極具象徵性的讓我們看到了遺民主體如何在異域文明視野裡重新確立，或描繪自我認知的生活地理。在〈遊後樂園賦〉裡，他有一段文字盛讚後樂園在他概念中的理想庭園中的崇高地位。

> 其有不肥不瘠，亦精亦雅，遠近合宜，天然高下，耕稼知勤，雜作田野，水流山峙，茅店瀟灑，小橋仄徑，迂迴容冶，則未有若斯之盛者也。就吾遊覽之所至，斯園殆甲於天下矣。[72]

他以賦體形式張揚了日常生活景致，其實是地方感性組裝下遺民的新視野。在他後續帶有宮廷賦體格局的書寫裡，隱然指向他替遺民身分認知的儒家教化與漢學繼承，找到了一個根植的土壤。而賦體書寫證明了一個中華傳統文化格局內可以安置、調動的「盛世」或「盛景」。鄭毓瑜所謂的「新民」，由此將遺民面目與生活情境重新脈絡化，並指陳了朱舜水從政治遺民的「忠臣」轉向了「士志於道」的「志士」立場。因此，我們有理由相信，透過賦體形式的選擇，如同漢詩的功能，將遺民主體托命於文字的理念，構成合理化經驗主體處境的一種技藝。而「新民」並非「遺民」的絕然對立或背反，卻可看作一種歧出，一種在遺民離散遭遇裡因環境而局部改變或自覺投射的主體意識。這當中是另類的遺民經驗的自我證成。這種證成並非哀毀意識，而是審美意義下的一種生活主體的朗現。就在〈遊後樂園賦〉寫就的隔年，朱舜水自製棺木，期許日後以明衣冠歸葬。遊園的華美盛景，對照歸葬的意願，遺民的境外離散有著更複雜的地域參照與主體安頓的糾葛。

然而，這些終老異域的遺民，顯然是中原遺民政治裡的錯置。朱舜水落葉歸根的願望，只能等到帝國末日的清末民初，新時代降臨前夕；一大批將棄絕在古典傳統的文化遺民，重新發現、發揚朱舜水所表徵的文化情感與民族精神。因此，作為「亡命儒者」的朱舜水，成了召喚明季歷史記憶重要的文化想像，一種政治身體的現代觀照。

71　鄭毓瑜透過〈遊後樂園賦〉的解析，提出朱舜水書寫內潛在的宮廷大賦格局，有效詮釋了朱舜水透過文體（大賦）驗證的一種遺民生活與新興地理環境造成的心態變遷。參見鄭毓瑜：〈流亡的風景——〈遊後樂園賦〉與朱舜水的遺民書寫〉，《文本風景：自我與空間的相互定義》（臺北：麥田，二〇〇五），頁一九三—二三五。

72　朱舜水：〈遊後樂園賦〉，《朱舜水集》，頁四三〇。

時過境遷，清末民初一批批新人物先後抵達日本出使、留學和考察，在新世界發現舊時代的故人，竟然對日本儒家文明做出重要貢獻。黃遵憲駐日期間，對朱舜水事蹟做了評價：「海外遺民竟不歸，老來東望淚頻揮。終身恥食興朝粟，更勝西山賦采薇」[73]。「分海外遺民」讓黃遵憲感到如此驚異，在於朱的不食周粟與亡命日本，塑造了值得讚嘆與欣賞的知識分子風骨。朱的事蹟提供了對遺民正統浪漫的想像，成為往後帝國潰散，遺民再興的一個參照的典範。遺民的離散之路，吸引了這批探訪新世界的知識分子的好奇目光。相對朱舜水的孤獨身世和飄零羈旅，他們的境外流寓懷抱強烈探求新知與救國的欲望。而朱以一介遺民布衣，在日本講學授業，傳播境外儒學，卻走在歷史的另一端，和這些出訪異國，研究日本風貌的官方使者，形成弔詭的對照。

流寓不歸的遺民，觸動了他們的家國神經。於是，朱舜水的思想與事蹟，開始在中國境內反滿愛國的氛圍內傳播，構成時人重鑄晚明符號的一環[74]。一九一五年，郁達夫留學日本期間，在朱舜水紀念會上，曾賦詩一首：

> 采薇東駕海門濤，節視夷齊氣更豪。赤手縱難撐日月，黃冠猶自擁旌旄。白詩價入雞林重，綠耳名隨馬骨高。泉下知君長瞑目，勝朝墟裡半蓬蒿。[75]

郁達夫除了讚嘆朱的節氣，和赤手抗清的豪情，還平實呈現出朱舜水重新被「經典化」的際遇。他以白居易詩受到普遍愛戴，隱喻了朱舜水名重於異域。朱的遺民分量，一如千里馬的市價行情，行家趨之若鶩。這表現了中原境內重新發現朱舜水的熱烈情景。當然更值得朱舜水在九泉之下感到寬慰的，正是滿清帝國已成昨日黃花，清帝陵早已淹沒在蓬蒿之中。從郁達夫的理解看來，域外遺民的複雜心路，實已簡化為固定的亡國抗清遺民形象。

這波「朱舜水熱」重塑的遺民典範，其實建立了一層學術意義。梁啟超撰述《中國近三百年學術史》以「兩崎儒」嘗試為他做了學術史的定位[76]。但梁著眼的仍是離散儒學的價值。尤其剛烈抗清的精神感召，搭配正統漢學的實踐，中華道脈在異邦延續。將朱舜水的作為放在晚清帝國與文化淪陷之際，確實有振奮人心之功。看在海外流亡十六年的康有為眼裡，「先生浮海能傳教，卻望神州應大悲」，「我遊印度佛教絕，一線儒傳或賴君」[77]。朱的跨境越南，儒教東傳，正好跟他在周遊南洋群

73 黃遵憲：〈日本雜事詩‧七十一〉，收入陳錚編：《黃遵憲全集》，頁二九。

74 相關討論參見錢明：〈清末民初的朱舜水熱〉，《浙江學刊》第五期（一九九六），頁八六—九〇。

75 郁達夫：〈弔朱舜水先生〉，收入詹亞園箋注：《郁達夫詩詞箋注》（上海：上海古籍，二〇〇六），頁二〇—二二。

76「兩崎儒」的另一位是王船山。一位境內避居，一位境外流寓。遺民儒者風采殊異，展現獨特的遺民處境與應世策略。

77 詩句選自康有為五首七律的其中兩首。參見康有為，〈明末朱舜水先生避地日本，德川儒學之盛自此傳焉。今二百五十年，德川公國順舉改碑祭，名侯士大夫集而行禮者四百餘人。吾在須磨不能預盛典，寄松樹植墓前，附以五詩以寄思仰〉，收入上海市文物保管委員會文獻研究部編：《萬木草堂詩集：康有為遺稿》（上海：上海人

島，在華人社會鼓吹的孔教復興運動有了相似的離散際遇。換言之，士人離境，流竄絕國，開展具體的文化事業，反而映襯帝國境內的困局。自此中原疆域意識一再懸擱、延異，呈顯士人離散的積極意義，儘管流離旅程哀毀難耐。

於是，在晚清新興人物與民初遺民眼中，境外離散勾連上一重慾望想像：憂患避禍的流亡之途，延續斯文於一脈。境外因而構成士人延展的文化地理。清遺民瞿鴻禨對朱的事蹟展開頌揚，勾勒出歷史形象的深沉迴響：

> 崎嶇島海間，起仆爭寸尺。漢鼎亦已淪，楚弓幾可得。……窮荒一儒冠，黃髮專經席。天將紹箕子，傳道昌其跡。……大招三閭魂，嘉薦崇鄉邑。遐哉斯逸民，尚有古道直。聞風興頑儒，仰式穹碑刻。[78]

朱舜水在清末民初重新登場，建祠堂以供紀念。這流亡在歷史時間之外的際遇，恰恰回應了這批遊走乙未、辛亥的歷史遺民的內在心聲。

二、飄零臺灣的沈光文

一六五二年，與朱舜水同屬浙東遺民的沈光文被颱風吹往臺灣，在宜蘭上岸，從此在臺灣居住了三十六年。他先後經過荷蘭、明鄭三代政權與清朝統治的多重政治際遇。政權嬗變，自身的應世進退尤其顯得飄零無根。他先遭荷蘭人猜忌、偵伺，後被鄭經恨惡，幾遭不測。清領時期舊識浙閩總督姚啟聖本欲安排返鄉定居，卻因姚病故而不了了之。唯有在鄭成功渡臺之時，受到禮遇。他的流寓生涯顯然兢兢業業、飢寒交迫。他曾出家避禍，入番社行醫，教人識字讀書。流寓者恰似拓荒者，一身儒家教養走入窮荒異域，試圖以個體的教化涵養來改造與命名這邊陲孤島。當時諸羅知縣季麒光有如此評價：「從來臺灣無人也，斯菴來而始有人矣；臺灣無文也，斯菴來而始有文矣。[79]」指出沈光文將文教南遷的功業。但這不也同時勾勒出流寓者走在境外的蹣跚步履。那存身的學養技藝，將眼前流離地理轉化為書寫與定位自我的出路。

他晚年與清朝來臺士人共組臺灣第一詩社「東吟社」，細數重頭之際，不禁慨嘆初抵臺灣的鬱悶與邊緣處境：「同志乏儔、才人罕遇，徒寂處於荒埜窮鄉之中，混跡於雕題黑齒之社。[80]」畢竟他登陸臺灣時正值荷蘭統治。作為抗清的南明志士，這種不見中原文化命脈的陌異感，必然是放逐絕域的

民，一九九六），頁四〇三—四〇四。

78 瞿鴻禨：〈明遺民朱舜水先生祠堂詩〉，收入胡曉明、李瑞明編著：《近代上海詩學繫年初編》（上海：上海教育，二〇〇三），頁二二六。

79 季麒光：〈題沈斯菴雜記詩〉，收入龔顯宗編：《沈光文全集》（臺南：臺南縣立文化中心，一九九八），頁二一九。

80 沈光文：〈東吟社序〉，收入施懿琳選編：《國民文選．傳統漢文卷》（臺北：玉山社，二〇〇四），頁三一。

感受。沈光文將自我從中土走向邊陲的悲情，訴諸於教化與詩文，基本表徵了境外遷徙的一組概念：憂患共生的跨界經驗，將地理流動轉化為文學書寫。當飄零個體在境外呼喊中原，沈光文詩裡「歲歲思歸思不窮，泣岐無路誰更同？」（〈思歸〉其一）[81]、「歸望頻年阻，徒歡夢舞斑」（〈歸望〉，頁一二），其實導引出從遺民轉向移民的現實依據。當歸鄉無望，眼前久居的異域漸漸成為故鄉。

沈光文像

在他表現亡國之痛的遺民情懷之際，筆下不忘記錄生存異域的風土民情[82]。地理遷徙讓古典詩文進入異域，展開命名、紀實與想像的循環。這些類似竹枝詞的漢詩寫作，已間接帶出境外地理遷徙的寫作倫理。沈光文有一組狀寫水果的漢詩，隱約展示了這樣的改變：

稱名頗似足誇人，不是中原大谷珍；端為上林栽未得，只應海島作安身。（〈釋迦果〉，頁七）

種出蠻方味作酸，熟來黃玉影欒欒；假如移向中原去，壓雪庭前亦可看。（〈番柑〉，頁七）

枝頭儼若掛繁星，此地何堪比洞庭；除是土番尋得到，滿筐攜出小金鈴。（〈番橘〉，頁七）

平常可見的海島水果，在簡易的咏物格式裡，卻彰顯了地理意識。詩人比較中原與海島，凸顯無論釋迦或番柑，都有其異於中原的特質與美感。水果進入漢詩內容並非創新，但沈光文的家居日常經驗裡，熱帶水果凸顯地域概念，以異樣的詠物感性進入了漢詩，無形之中詩人書寫的倫理已在改變。處身邊陲海島，對比過往的中原大陸經驗，中原／海島的對照自然作為詠物的框架。「只應海島作安身」、「假如移向中原去」，詩人目光的游移、想像，表現的已是遠離中土後的地方性眼光。又或一邊是「此地何堪比洞庭」的中原想像，另一邊則是「除是土番尋得到」的臺灣實景。但真正的寫作趣味不在故園情懷，而是「番橘」構成詩的在地感性。這種出入詩人眼界的比較，展示漢詩美感之餘，不也同時檢驗著詩的表現力。

作為第一位替海島水果命名的中原詩人，他的漢學教化與遷徙事實，融合為眼前寫景狀物的視野。他在狀寫水果，進入日常生活景觀，何嘗不是描述在地感的一種形式。沈光文詩裡的感性，其實是地理意義上的感覺結構。從中土到邊緣的經驗架設了他的比較視野，同時也形塑書寫空間。

眾所周知，臺灣的遺民論述始自鄭成功入臺開闢的島上明鄭政權。這是南明延續的抗清勢力，代

81　龔顯宗編：《沈光文全集》，頁二〇。本章所引沈光文詩例均出自此書，後文不再詳注出處，只在內文標示頁碼。

82　沈光文的詩文賦有不少記錄臺灣島嶼景觀、風物、拓荒事蹟的內容。著名的〈臺灣賦〉等於替臺灣接上了中國傳統賦文類的系統，在異域開展了書寫空間。

表明室的海外正統，同時也是明衣冠的文化命脈[83]。但對照沈光文這樣的遺民際遇，入臺實屬因緣際會，而且比鄭成功還早了九年。他進入番區，實行漢學教化和行醫，儒者的實學精神深化了遺民的歷史意志。走在境外絕域，遺民的志業不僅是環繞在單純的中原政治，反而在複雜地域實現了不同於中原境內的遺民精神。明鄭統治臺灣僅二十二年，遺民正統終成過眼雲煙。沈光文居住臺灣的時間從荷據、明鄭到清領，他見過窮荒異域，受過禮遇，也遭到陷害避禍，最後組織臺灣最早的詩人結社唱和，一番心路轉折，遺民眼光已複雜多變。沈光文在臺灣島內度過的餘生，可以總結為海東文獻的鼻祖，其文教深耕已成島內遺民論述的一脈香火。如此說來，遺民意志經過歷史時間的變遷，已慢慢變成地域性的文化實踐。

從沈光文個案，我們看到明鄭遺民傳統變異的一種可能。然而時空來到更為複雜的乙未，遺民生成卻交錯在清帝國、日本殖民與臺灣地域的不同層次脈絡。儘管日據初期抗日活動不斷，遺民的憂憤和抵抗可視為儒學道統的延續[84]，但遺民意識不全然複製明鄭遺民論述的歷史意志，反而是根植臺灣地域而產生的文化危機感。尤其日本殖民統治初期帶有曖昧的漢文化交流，遺民與遺民詩學的開展，既迴異於中原境內，且相異於明鄭傳統，形成更細膩的地域意識和社會脈絡。

我們從乙未時空回顧南明來臺的沈光文，流寓時間甚長，面對了不同的政權嬗變。這種島內複雜的地方性經驗，在乙未的政權輪替重演。此時遺民的歷史際遇大不相同，面對地理與時間斷裂的體驗，卻隱約接合境外南方的遺民遷徙流動軌跡。乙未遺民，再次走入離散的循環，也產生一種新的地域性身分。連橫的史學敘事、王松、洪棄生等人的遺民詩學，相應表現出不同的遺民與殖民對視的眼界。

綜觀南明遺民朱舜水和沈光文的流亡，他們跟糾葛於境內遺民傳統的錢牧齋、王船山最大的不同，在於他們實踐了境外離散的路徑。這不同的四種遺民類型，在遺民傳統的關鍵論述上都共同主導了近代遺民視域。錢牧齋、王船山、朱舜水在清末民初的重新粉墨登場，不但拓展了遺民論述氛圍，也直接支配座落在「現代時空」的乙未、辛亥遺民一代，他們對遺民及其背後的古典價值與離散面向的再度詮釋與安置。無論明季遺民是一種傳統的「發明」或「發現」，在帝國裂變、殖民臺灣、民國建立的複雜情境下，這套遺民傳統相應有著重新辯證與詮釋的歷史空間。

以下我們將描述乙未、辛亥兩組不同歷史時間誕生的遺民個案，從臺灣島內與中原大陸的境內境外遺民脈絡，參照明季遺民的軌跡，描繪一個遺民詩學的內在譜系，以及近代遺民面臨的新處境與開展、確立的議題。

83　關於明鄭政權的遺民特質和論述，可參陳昭瑛：〈明鄭時期臺灣文學的民族性〉，《臺灣文學與本土化運動》（臺北：正中，一九九八），頁一三—六一。

84　從明鄭到乙未，遺民與儒學論述的結合，參見潘朝陽：〈抗拒與復振的臺灣儒學傳統：明鄭到乙未〉，《明清臺灣儒學論》（臺北：臺灣學生，二〇〇一），頁一五七—二一五。

第四節 儒家詩學與殖民地風雅

一八九五年是臺灣古典詩學發展的關鍵轉折點。面對清廷割讓棄地與日本的殖民統治，傳統文人面臨了生存的兩難局面：是作為一個不與異族共處的「遺民」，而流亡避地；抑或融入為生活在殖民地的「新民」，而順從馴化？他們的困境迥異於明清易代，根本原因在於清朝未亡，臺灣未血戰即割讓，因此棄地與棄民成為他們的歷史感覺與存有意識，先驗主導了他們入世或避居的人生選擇。相對傳統鼎革之際的政治遺民，臺灣知識分子以遺民自居，相對來說，更像是帝國的流放者，或自我流亡的文化人，一種時代裂變中的「棄民」身分，面對政統的斷裂與時間的錯置。這個階段持續以漢詩文寫作的文人相當龐大，無論在臺灣境內境外，詩文裡的臺灣想像，無形中都沾染著流離哀情與對殖民統治的暴力描述。尤其古典詩學，其中的遺民情結，在殖民地變異的環境裡，有著值得注意的詩學精神轉折與詭異的抒情變奏。

我們著眼這群乙未世代的詩人，他們之中有的內渡中原不歸，有的多次往返兩地，有的不忍離開故鄉而苟活殘存於殖民地。透過他們的漢詩表現，共同實踐了一幅乙未遺民的面貌。這是臺灣古典詩學最堪玩味的時刻。詩人選擇的流亡姿態或迂迴周旋在殖民者之間，預告了臺灣漢詩的複雜走向。在殖民的現代情境，詩人的遺民守則不見得是忠君、愛國，或以亡國幽思而哀毀一生。那未亡的清帝國與首先進入東亞現代文明的殖民地，影響與蠱惑著這些文化代理人的立身處世。

遺民固然是一種身分認同和想像，但在更大的生存現實面，他們必須準備應對的，是現代時間入駐的身分安置，而不是文化與道德的正統。他們真正焦慮的不是「貳臣」或「氣節有虧」的名譽指控，而是處身殖民地與殖民者之間，作為傳統教養與古典知識積累的知識分子，他們要如何去應對這個殖民變局——這個新興殖民者帶來的文化與文明改變。換言之，他們堅持的遺民詩學，主要不在表達亡國亡種，而是大勢已定的棄地到殖民地轉換過程中，古典詩學要如何去表徵這個時代與詩人心境？詩人怎樣落實自我存身於殖民地的倫理？而詩，作為他們抒情言志的手段，可能在現代殖民者的視域底下，再度自我證成，構築他們賴以自我存續的文化邏輯？

這一連串的「現代」遺民焦慮，是臺灣乙未遺民詩學必須處理面對的議題。詩人在不同境遇內的表現與態度，描繪了不同軸向的遺民漢詩圖景。長期流亡在外的丘逢甲、許南英等人，顛沛流離的喪亂，為衣食奔走天涯，構成他們漢詩內部最現實的場景。遺民的詩學精神，凸顯了羈旅困境當中的文化本體堅持。漢詩成為抵抗現代風暴的文化想像，一種勾連古典氛圍，想像中土的媒介。相對臺灣境外，島內的飄零場景並不少見。詩人避居、困守在遺民群體內，形成一個自我意識的流放。王松、洪棄生、櫟社諸子等都離不開這樣的遺民詩學環境。

然而，時移事往，殖民地持續變動與建設，熟諳漢文，能寫漢詩的日本殖民官僚陸續抵臺。隨著初期殖民者採取和漢共容的政策，島內遺民詩人首先面對的，竟是日本殖民者選擇了漢詩文作為建立其統治與文化管理合法性的手段。殖民者以懷柔政策籠絡傳統知識分子，在文人群體舉辦揚文會、饗老宴，定期在官邸舉辦詩人雅集，發行酬唱詩集，在報刊投稿詩歌唱和，遺民最為恐慌的文化危機感漸進消除。反而從這些儀式性的詩學活動中，產生「斯文一脈存」的感覺。

割臺三年，兒玉源太郎就任總督後舉辦饗老宴。署名海國逸民的張琇卿，熱烈投稿報刊，認為是千秋盛典：「兒玉爵帥蒞臺也，風雅民教，無為而治，所謂惟天下至誠為能者化也。今歲饗老慶典為開百代僅見之盛事，朝野人士莫不嘆未曾有。[85]」遺民以詩為本位的文化立場，頓時被日本殖民者接收，成了共通共享的詩學氛圍，少見的殖民性風雅。

儒家詩學的教養，同樣是日本官僚的基本訓練。在詩學交際的場合當中，遺民不是礙眼的身分，反而是文化的象徵資本。島內最堅守遺民立場的洪棄生，雖讓訪者吃閉門羹，卻仍是日本文人佐藤春夫熱切探訪的對象。王松跟日本官僚交往的經歷，其遺民情結卻是日人籾山衣洲欣賞的風範。從詩人投入雅集、唱和等作為看來，這些詩歌表現摻雜了一種與殖民者之間相當弔詭的互動和交際關係。這無形中昭告了臺灣遺民詩學有融入殖民地風雅的傾向。由此，我們可以進一步追問，在特殊的殖民情境內，遺民詩如何穿梭歷史和詩學風雅之間？作為生活在殖民地多年的乙未世代，詩人怎樣表現出應對的策略和轉型？

乙未割臺那年，當時一位年紀仍不滿二十的小伙子——連橫，在往返大陸與臺灣之間，歷經棄地、喪亂的大難與痛苦。他從青年階段形塑的遺民意識，主導了他後半生展示的詩學力量。但作為乙未的年輕世代[86]，棄民的歷史悲憤與殖民地環境的生活感覺漸進融合。殖民與被殖民者之間的關係，有複雜的社會交際網絡，無形之間改變著被殖民者的在地感受。相對前輩詩人的感時憂憤，衰世遺音，連橫在殖民地經歷社會化的過程更長，卻為他建立了穿越「棄地臺灣」與「殖民地臺灣」之間，追尋、重構臺灣視域的生產條件。日後連橫留下的著述，確實呈現迥異於殖民地臺灣的另一種史觀。在他的詩學實踐與史述之間，謹慎保留著一個弔詭的遺民向度。在特殊的現代殖民空間，遺民對應的恐怕不是傳統易代，而是殖民空間的一種地方感。一種命名主體的精神脈絡。

一九二一年，距離割臺已過二十六年，四十四歲的連橫完成兩部可以展示殖民地臺灣另類史觀與漢詩風貌的重要著述——《臺

連橫像

85 張琇卿：〈慶饗老典，以題為韻四首並序〉，《臺灣日日新報》第一八九號（明治三一年（一八九八）十二月十八日）。

86 關於乙未遺民詩人世代，他們在乙未割臺那年，年紀的懸殊差異，成了他們漢詩實踐與生涯路向選擇的不同。從稍微年長的吳德功四十六歲、施士潔四十三歲、謝道隆四十二歲、許南英四十一歲，到青壯輩的丘逢甲三十二歲、王松三十歲、洪棄生三十歲、胡南溟二十七歲，再到青少年的林朝崧二十一歲、王石鵬二十歲、連橫十八歲、林幼春十六歲、林獻堂十五歲。他們在生命的不同階段經歷割臺，對遺民身分的認同與想像自然有別。這是考察遺民詩學在殖民地臺灣的變異，不得不考慮的重要因素。

灣通史》和《臺灣詩乘》。一部是史學著述，一部是傳統文人的詩作收錄和評述。前者從隋朝到臺灣民主國的寫作，洋洋灑灑為殖民地臺灣「看不見」的歷史，勾勒一個最初的輪廓。後者從明鄭到乙未割臺，以兩個不同的遺民生成的時刻，羅列了兩百餘年臺灣土地上生產的詩作，記錄詩人生平略歷，並對詩加以評述。但他選擇的歷史斷代點，在《臺灣通史》裡的表述卻是「建國紀」和「獨立紀」。連橫有意識地為「詩」與「史」銘刻一個美學與政治的印記，很難不讓人注意他的歷史判斷，並進一步理解他在殖民空間內調動傳統漢文化資源，意圖建立一個相對殖民權力，卻生成於殖民視野的臺灣想像。連橫寫詩、編史、主持漢文刊物、擔任報社記者，他背後的寫作意識，必然是一種複雜的「地方感性」與「精神史」結構，以描繪地理、人文與政治糾葛的臺灣概念，重建「遺跡」般的物質性「歷史」[87]。他在《臺灣通史》裡先強調：「臺灣固無史也」，進而在《臺灣詩乘》序言[88]裡，表明自己的寫作有詩史的意圖：「詩則史也，史則詩也……夫臺灣固無史也，又無詩也。」言下之意，他要臺灣留下一頁古典漢詩傳承的歷史，始於遺民，終也遺民，而編纂的時間點，卻已是實施殖民政策多年，「歷史」愈是曖昧的時刻。

連橫的春秋意圖和微言大義其實不難想見。從先民入臺拓荒到明鄭復興明室大業，都無心於詩，故「我臺灣之無詩者，時也，亦勢也」。而清領之後遊宦寓公多吟詠，到割臺棄地，民氣飄搖，故「臺灣之詩今日之盛者，時也，亦勢也」。從無詩到詩盛，都歸於「時也，勢也」。他審度時勢，無非在強調歷史的際遇和時間點。那是詩人以詩為本體的唯一依據，介入時代進而賦形時代。因此，他在此發揚的儒家詩教，如其所言：「是詩是史，可興可群。」在他看來，殖民地臺灣的漢詩生產，本身就是「歷史」。變風變雅的衰世之音，是儒家詩教辨識詩體風格的路數。而乙未以降，詩風大盛，看在連橫眼裡，呈現的都是「變風變雅之會」。他以此作為編選《臺灣詩乘》的內在眼界，至少說明他替殖民地臺灣的漢詩景觀，勾勒出遺民詩學的發展軸向。他援引〈詩大序〉「變風變雅」姿態錄詩說詩，強勢的儒家詩學主導了一幅詩史的版圖[89]。換言之，儘管臺灣成為殖民地多年，連橫著眼的詩學正統，仍是棄地引發的歷史效應。那一個斷裂的時間點，詩走入史的範疇，成為賦形時代，表徵社會歷史的重要形式。就此而言，漢詩的存續基本是殖民經驗下的後遺，表現臺灣在地感性的想像共同體。

這個詩史的看法，連橫以為更能說明殖民地臺灣的漢詩問題。無論是以詩證史，或以史補詩，連橫回應的不一定是傳統的詩史觀念，而恰恰是一個從乙未以降漸進形成的詩人的抒情變奏。當詩人與

87 陳偉智認為連橫寫作《臺灣通史》是證成一個超越時間的「種性」與「民族之精神」的存在，以物質資料遺跡累積的文本形式。同時編纂《臺灣詩乘》，主持《臺灣詩薈》也是為保存「文獻」，「抓住已漸漸消失的歷史」。然而，陳氏未及說明的是，這些埋首「文獻」抓住「歷史的遺跡」的作為，極力保存上一輩的物質與精神傳統的姿態，基本已是遺民色彩。因此連橫試圖建構的「民族精神」與「遺民精神」有弔詭的對應關係。參見陳偉智：〈在文獻、文物與遺跡中發現歷史：連橫與尾崎秀真〉，日本：「日本臺灣學會第七回學術大會」，二〇〇五年六月三—四日，頁四三—五二。

88 連橫：《臺灣詩乘》（臺北：文海，一九七八），頁三。

89 連橫、洪棄生等殖民地詩人對儒家經典的「變風變雅」詮釋與張揚，參見陳昭瑛：〈儒家詩學與日據時代的臺灣：經典詮釋脈絡〉，《臺灣儒學：起源、發展與轉化》（臺北：正中，二〇〇〇），頁二五一—二八七。

殖民者之間產生了漢詩資源的挪移與交換，迫切的危機不是詩亡或文化消滅，而是抒情主體的馴化、消隱，進而成為殖民風雅的一環。連橫編纂《臺灣詩乘》是否真有「正本清源」的初衷，不得而知。但他著力遺民詩學的建構，尤其尋求史的界面，卻是不爭事實。同樣對於遺民精神的發揚與關注，連橫在《臺灣通史》裡撰述「諸老列傳」，替避居臺灣的明遺民述史列傳。他表明心跡：

> 吾聞延平入臺後，士大夫之東渡者蓋八百餘人，而姓氏遺落，碩德無聞；此則史氏之罪也。……墓在法華寺畔，石碣尚存，而舊誌不載。巖穴之士趨舍有時，若此類湮沒而不彰者，悲乎！……故訪其逸事，發其潛光，以為當世之範。詩曰：「雖無老成人，尚有典型」；有以哉！[90]

連橫的史觀，跟他處身殖民地境遇大有關係。他擔心遺民前賢湮沒於荒草僻郊，故以史銘刻「典型」，不也同時替乙未以降的諸老遺民找到史的依據。乙未的臺灣遺民儘管不屬正統的亡國遺民，但他們這些棄地遺民，一樣有其傳統與道統。《臺灣通史》從明鄭居臺遺民架起了一個臺灣遺民譜系，這股正氣命脈未絕，卻為殖民地的遺民處境找到歸屬的「地方感」。這是一個遺民的人文地理，從明鄭到日據，重新勾起了歷史的連結。

但連橫的春秋史學與詩學，並不面面討好。《臺灣通史》發行後，雖受到日本朝野重視，章太炎甚至認為其有封建之國的格局，加以讚譽。但臺灣民間看法兩極，甚至有「通屎」之譏[91]，《通史》銷售也不好[92]。這種遭遇說明了殖民地環境曖昧複雜。臺灣仕紳的應世進退各有考量，連橫言行和形象的落差在當時也備受爭議[93]。其筆下的「史」與「詩」因而禍福難料，也不足為奇。

早在乙未割臺後的十年，他的摯友林朝崧曾以兩首詩相贈：

革命空談華盛頓，招魂難起鄭成功。
霸才無主誰青眼，詩卷哀時有變風。

熱血少年消耗易，頹風故國挽回難。
願君好繼龍門史，藏向名山後代看。[94]

---

90 連橫：〈諸老列傳〉，《臺灣通史》（南投：臺灣省文獻委員會，一九七六），頁五八〇—五八一。

91 鄭喜夫編撰：《民國連雅堂先生橫年譜》（臺北：臺灣商務，一九八〇），頁一三二。

92 其時《臺灣詩薈》多次刊登削價求售《臺灣通史》的廣告。

93 連橫在日據時期的爭議，以他表達支持日人鴉片政策後最為激烈。關於連橫在日據時期的形象與戰後集體記憶塑造的討論，參見林元輝：〈以連橫為例析論集體記憶的形成、變遷與意義〉，《臺灣社會研究季刊》第三一期（一九九八年九月），頁一—五六。

94 此四聯分別節錄自林朝崧〈贈連君雅堂〉二首七律，收入林朝崧：《無悶草堂詩存》（臺北：龍文，一九九二），頁一四四。

遺民不世襲，林朝崧預見整體殖民地環境的改變，遺民的地方感性終將變異，處身殖民地恐難有作為，因而頹靡餘生。他參與詩人雅集，卻已窺破其中底蘊：「風雅暫因提倡盛，江河肯信挽回難。滄桑劫劫愁何益，名利紛紛笑不關。[95]」但也寄望連橫「知君應不為途窮」。連橫筆下的「哀時」、「變風」，大概已是他們這輩詩人的標準印記。

然而在三年後，新文學運動浪潮席捲入臺，其中代表人物張我軍一篇攻勢凌厲的〈糟糕的臺灣文學界〉[96]，對舊文學進行強烈批判，臺灣文學史上的新舊文學論戰由此展開。但張的系列批判中，點出了對遺民詩人的不滿，並指出其中的曖昧之處：

臺灣的一班文士都戀著壟中的骷髏，情願做個守墓之犬，在那裡守著幾百年前的古典主意之墓。（頁六）

如一班大有遺老之慨的老詩人，慣在那裡鬧脾氣，謅幾句有形無骨的詩玩，及至總督閣下對他們稱送秋波，便愈發高興起來了。（頁六）

他揭露了遺民詩人的文化保守主義傾向，而更致命的則是一幅媚日的詩學景觀[97]。張我軍的立場援引了胡適等新文化運動的觀點，但他也借用了儒家詩學的經典言論[98]，強調詩貴於真性情的價值，進而批判遺民詩人附會風雅的詩學活動和儀式性的詩學表述。其實張我軍開門見山指陳了遺民詩學潛藏的危機，或無奈的局面。殖民者鋪張的漢詩風雅，為漢詩人提供了前此未有的熱鬧場合和氛圍。相對輸入殖民地的現代文明與殖民政策產生的陌異感，漢詩人在殖民者容許的漢詩國度內附庸唱和，找到唯一的文化交流管道與存續文化的根據，遺民詩人仰望的詩學風雅，一脈斯文，無意之間轉往殖民者身上投射。

一九〇八年，日人大江敬香彙輯「臺閣江湖詩文稿」，準備發刊《風雅報》。他闡明發刊的宗旨：「孰非根柢漢學而養成人格者，孰非源本漢學以高尚趣味者。……道在振作詩文，以挽漢學之衰。……夫文學上歷史，為邦國之精神。此報一出，可以觀文學之特長，立增歷史之光彩。[99]」這番言論，何其相似於遺民群體的詩社雅集理念。若說漢詩成為日臺詩人彼此共通信仰、交流媒介，實不為過。日本官僚提供了漢詩的文化理想與生產空間，連基本的漢詩教化意識也相應灌輸到臺島漢詩人

95〈次家湘沅兄韻〉，收入林朝崧：《無悶草堂詩存》，頁一七八。

96 除了此文，張我軍尚有〈致臺灣青年的一封信〉、〈為臺灣的文學界一哭〉、〈請合力拆下這座敗草叢中的破舊殿堂〉、〈絕無僅有的擊缽吟的意義〉等文對舊文學展開猛烈批判，因而掀起新舊文學論戰。〈糟〉文收入張我軍：《張我軍全集》（北京：臺海，二〇〇〇），頁五—八。

97 其實連橫在張我軍發難的同年，創設《臺灣詩薈》雜誌。其開闢的漢詩園地，滋養了更大的區域性漢詩人群體。從大陸、南洋投稿的詩篇不少，同時為臺灣遺民詩學擴大了一個交流與播遷的漢詩場域。

98 參見陳昭瑛：〈儒家詩學與日據時代的臺灣〉。

99 參見《漢文臺灣日日新報》第二九〇八號（明治四一年〔一九〇八〕四月十日）。

群體，進而形成「風雅」的文化資本[100]，建立了臺灣漢詩場域內一種熱鬧卻曖昧的日臺漢詩對話平臺和機制。與此同時，日臺詩人的大量創作、唱和和交流，主導並改造了臺灣漢詩譜系[101]。殖民意識在日人「風雅」論的推廣下巧妙的被安置，進一步美學化的處理，構成臺灣漢詩知識結構的內在視野。

這種詩學風雅價值的嫁接轉化，固然正中統治者懷抱。對於遺民而言，臺日詩人共享的漢詩世界，既安頓遺民情懷，更揭露遺民進入殖民地臺灣的一種在地方式。透過詩學交流構成的友善氛圍，或相互依存的友誼，無法盡用媚日、親日一語就此論斷。那是生存結構的變遷，相應產生的文化資本的游移。雖然抵觸遺民道德正統，但歷朝易代之際皆有此模糊地帶。殖民地臺灣的特殊之處，在於異文明統治之下，殖民者與被殖民者之間的詩學交流與風雅共融，已改變了遺民意識的生成。

然而對傳統漢詩人的媚日與墮落的批評並非孤立個案，其時一些發難的文章都轉向討論起詩的社會意義、時代精神和真性情[102]。詩人創作能否言志，表達內在的情感和懷抱，而不流於形式，成為殖民地的遺民詩學，一個轉化的契機。因此連橫試圖主導的遺民「詩史」視野，雖為遺民詩學鋪陳了歷史根基。但一般遺民詩人並不刻意著眼詩對外部世界的模擬與歷史保存（洪棄生除外），而是在詩情蕩漾的風雅氛圍內，凸顯漢詩的抒情交際功能。若要替乙未臺灣遺民詩學界定「詩史」意義，臺灣特殊的殖民地時空，導致漢詩生產空間的變異。遺民以漢詩本體為自足的文化系統，恰恰走入殖民史的一部分，在日臺文人之間形成可以交感的抒情傳統。對照儒家詩學視域下，變風變雅的亡國遺音，這畢竟已是一場殖民風雅內的抒情變奏。遺民身分因而弔詭曖昧，產生了一次「現代經驗」下的漢詩型態。相對於明鄭遺民詩學與大陸遜清遺民的譜系，這也許是另一種「詩史」。

乙未遺民論述凸顯的種族、地域性身分，其實預示了遺民生產背後的文化意識，已接近現代文化衝擊的經驗結構。換言之，中華帝國遭遇的現代性歷史進程，恰是遺民同步生產的社會脈絡。往後辛亥革命導致的帝國覆滅，無異宣告了遺民的再生產，已是文明與文化意義下創造的遺民論述。政治與文化的忠誠面臨嚴峻的挑戰，這不再是一朝一姓之爭，而是整體遺民的思想結構籠罩在傳統文明塌陷的毀滅感。於是，在明末遺民身上早已游移不定的「死義」，此刻重新浮上歷史表層。一場以肉身與文字驗證的遺民詩學，張揚的「遺恨」不再是修辭，而是徹底的身心煎熬。詩也在歷史變革造就的文化碎片風暴裡遭到質疑，難以不證自明。因此辛亥時期的中原遺民譜系，重構了一批「現代遺民」的真實面貌。

100 日人詩文與詩學觀念的引入，漸進改變了臺島漢文學的知識結構。黃美娥教授提出「風雅」話語的觀察，指出背後的文學政治性邏輯。參見黃美娥，〈日、臺間的漢文關係：殖民地時期臺灣古典詩歌知識論的重構與衍異〉，《東亞現代中文文學國際學報》（二〇〇七年四月），頁一一一—一三三。

101 吳德功的《瑞桃齊詩話》採集在臺日人漢詩，並以風雅詩教結構將其譜系化，是一個顯著例子。相關討論參見吳彩娥：〈風雅譜系：論吳德功的《瑞桃齊詩話》對日人漢詩的評述及其意義〉，「二〇〇七彰化文學國際學術研討會」宣讀論文，臺中：彰化師範大學國文系暨臺文所主辦，二〇〇七年六月八—九日。但該文結論認為「吳德功實意在爭取論述言說的權力，企求不同文化或上下階層間的交流對話」，卻稍嫌過於樂觀，我們不能忽視臺灣漢詩譜系經已被改造與內化的殖民性風雅的想像。

102 批判的文章包括陳虛谷、陳逢源等。參見陳昭瑛：〈儒家詩學與日據時代的臺灣〉的討論。

第五節　遺民之死與詩的鬼域

在辛亥革命以後的民國氛圍裡重談遺民與死的關係，一如我們從這些傳統文人留存下來的漢詩，回頭去檢視一個帝國消亡與文化鉅變的意義，漢詩的書寫總透顯著一種「身後的詩學」的意味。相對他們處在一個標舉文學邁入現代性進程的時代，語言革命、科學與理性的「除魅」文化邏輯、朝向未來的新中國想像，這些「新」的文學背景與立場，使得選擇傳統、古典或新文學指稱的「舊體」漢詩表徵的時代感受與存在經驗，轉向一種永遠後退的寫作姿態。從漢詩的寫作傳統與經驗形式似乎已預告了漢詩在新文學時代裡，其生產的意義只能回應一個經歷乙未、辛亥以降政治裂變的文化傳統。換言之，漢詩的生產空間換了一種氛圍。新興的民族國家秩序、革命的暴力與正統，成為寫作的意義和價值，一種值得追尋的文學想像，文學現代性的標準體現。因此儘管漢詩的生產群體仍在（無論是清王朝遺留下來的傳統士大夫，或掌握舊學教養的新時代士人），但生產的空間已在消隱及崩解。由此我們從遺民詩人的角度論述辛亥以後的漢詩，愈能看出漢詩寫作總在回應一種傳統裂變下的總體經驗結構。支離的文化，無用的舊學，古典日常秩序的消退，一連串攸關生存感受與身體經驗的變遷，使得堅守漢詩書寫的立場，成了詩人面對時代與個體存有的一種悼亡的銘刻。詩裡曝顯的美學雅趣或幽暗意象，因為無法落實及對應從晚清以降，辛亥革命後時代整體追求與實踐的「新」秩序，漢詩從此在無法捕捉到原初文化價值與意義系統的前提下，成為帶有悼亡性質的書寫。

重新討論民初的傳統文人的漢詩，無形之中帶出了一個值得注意的界面：詩如何見證文化衰亡，又或文化與文明的危機感如何轉化為主體肩負、承擔的漢詩實踐。因此漢詩作為詩人身後的一種認證，重新釐清和證明辛亥以後的漢詩寫作，接近一種形式上先驗的追認，追認一個文化的光暈銘刻在傳統文人身上的價值。

透過以上詩與文化悼亡經驗的連結，辛亥鉅變導致了傳統士大夫在對應古典遺民論述之際，產生關於「死義」的辯證和分殊。我們從梁濟、王國維的投湖殉死，由此投射的政治／文化交織的遺民立場，展示死亡與傳統士大夫主體之間的時代對應。在民國普遍展現的革命暴力當中，如何堅守心靈信仰與文化認同，帶出一個值得探究的時代拉鋸下的遺民生存經驗。然而，在王國維投湖那年，一位晚清著名的政治遺民康有為在遭到毒害的傳聞中亡故。相對文化遺民的殉死，康有為在戊戌政變後被朝廷追殺而出亡，雖然見識與思想並不守舊，但十六年的境外流亡歲月以帝國忠臣自居，辛亥後歸國曾參與張勛復辟，成了標準的遜清遺民。康有為特殊的際遇，進一步複雜化了辛亥後遺民的界定。康有為展示的政治遺民面目，出亡與歸國產生的時差，讓民國氛圍內的文化悼亡或殉死，有了另一種詭異的政治姿態。雖然康有為並非殉死，但經由他的死亡所蓋棺論定的形象，其中遺民的象徵意義，體現了一種強烈的帝國想像與文化情懷。（康有為個案討論見本書第六章）這迥異於晚輩王國維的文化殉死，是整個民國遺民精神史上另一種「死義」的證成。

另外，作為同光體一代詩家的陳三立，民國後避居上海以遺民自居。他龐大的漢詩產量，經營奇字僻典的漢詩語碼系統，直接見證了漢詩作為文化心靈的一種價值體現。他以為「凡託命於文字，其中必有不死之處，則雖萬變萬闢萬劫，終亦莫得而死之，而有幸有不幸之說不與焉」[103]。因此從個人的存在體驗，到詩的意識的重整與堅守，陳三立在民國世界另闢詩的鬼域，具體呈現了一個文化遺民的悼亡向度。然而，晚年陳三立面對日軍侵華，兵臨城下之際，絕食而死以抗議文明的殘暴。此時透過陳三立體現的是遺民眼光下文明的塌陷與沉淪。

如此一來，傳統士大夫的風骨，凸顯了民國以降這批老輩文人在一個新興時局裡，不同的人生經歷與死亡將遺民的「死義」下了不同註解。由此遺民的界定，更能分殊出政治、文化與文明等不同的遺民脈絡與實踐。然而這不同軸向的遺民意識，卻同時透過漢詩的媒介展現其憂患的力量。以下將透過檢視梁濟、王國維對遺民「死義」在民國以後的「發明」，凸顯「文化遺民」的一套倫理，以及透過解析陳三立漢詩世界裡經營的鬼域，呈現辛亥以後遺民與漢詩對應或拉鋸的縮影。

一、死義的再銘刻：梁濟與王國維

一九二七年王國維自沉於北京頤和園的昆明湖，在遜清遺民圈內引起震撼。綜觀王國維領導清華國學院的學術資歷與分量，晚年當起末代帝師的脈絡，他的傳統士大夫教養與政治倫理，構成了思考其死亡背後重要的一個文化意識與概念。但他的死亡時刻卻顯得弔詭。相對清朝覆滅與末代皇帝溥儀被趕出紫禁城的時機都來得晚，他的自沉恐怕比遺民氣節強調的「死義」更為複雜。在時人眾說紛擾之際[104]，王國維的清華同事陳寅恪，特別能理解在民國的文化大變局內，傳統文化人的憂患與焦慮。

因此在其輓聯上替王國維的自沉鋪陳了深刻的文化解讀：

> 凡一種文化值衰弱之時，為此文化所化之人，必感痛苦。……其所殉之道，與所成之仁，均為抽象理想之通性，而非具體之一人一事。……蓋今日之赤縣神州值數千年未有之鉅劫奇變；劫盡變窮，則此文化精神所凝聚之人，安得不與之共命而同盡，此觀堂先生所以不得不死，遂為天下後世所極哀而深惜者也。[105]

這一番表述，基本為後世探究王國維之死架設了深刻的理解與同情的視域，同時也成為一套論證文化遺民倫理的重要證詞。當傳統文化符號與秩序無法再確立其社會價值和功能，個體所產生的意義危機，將是晚清以降中國巨大的精神創傷的顯形。崩解的文化體系，與主體象徵意義之間的聯繫，導致文化代理人陷入異化的生存危機，美學成為拯救文化危機與個體困境的手段。所以王國維著眼境界

103 陳三立：〈顧印伯詩集序〉，《散原精舍詩文集》下（上海：上海古籍，二〇〇三），頁一〇九一。

104 王國維自沉所引發的討論與猜測，從政治符號到文化想像不一而足。其時公共輿論、清遺民與學人的看法，參見林志宏：《民國乃敵國：政治文化轉型下的清遺民》的第六章。

105 陳寅恪：〈王觀堂先生輓詞並序〉，《詩集：附唐篔詩存》（北京：生活・讀書・新知三聯，二〇〇一），頁一二—一三。

說的壯美範疇，以接近他嚮往的「死寂的美學」，強化其主體，作為解決文化危機的一個出口[106]。王的美學經營跟他的死亡有著巧妙的連結，甚至是一種政治無意識的深化，其實補充了文化遺民主體經驗與審美之間的複雜關係。美學作為穿透文化困境的手段，凸顯遺民自我表述的倫理，其證據恰是王國維為傳統文化奉祭的屍體，一具文化遺體。

民國時期為舊傳統而死的知識分子，王國維並非第一人。新儒家重鎮梁漱溟之父，梁濟的自沉，可看作後晚清時局，文化遺民弔詭處境的開啟。一九一八年冬天，在無預警的日常時光，梁濟投入淨業湖的冰水裡，凸顯前清知識分子面臨的文化與道德危機，一種自覺卻尷尬的抵抗形式。相較於王國維遺書自我表述的「五十之年，只欠一死」[107]，或身後陳寅恪強調其死非為「一姓之興亡」，而有「超越時間地域之理性」[108]。這種保留言外之衷，及抽象的文化認同，都顯得有所取捨與規避。但梁濟的自沉，卻以殉清昭告天下，完成了文化遺民的「死義」示範。對照梁濟寫於六年前，且一補再補的遺書〈敬告世人書〉，遜清遺民徘徊於政統道德與文化倫理的立場有著更清晰的脈絡：

王國維像

吾因身值清朝之末，故云殉清。其實非以清朝為本位，而以幼年所學為本位。吾國數千年先聖之禮綱常，吾家先祖先父先母之遺傳與教訓，幼年所聞，以對於世道有責任為主義。此主義深印於吾腦中，即以此主義為本位，故不容不殉！[109]

梁濟表面為亡清所死，實乃為文化斷裂與頹敗所死。家教傳承的遺訓，世道的責任與擔當，以日常生活倫理的面目，成為殉清的關鍵因素。看來文化道統並不抽象悠遠，而在「死義」的前提下，再次成為生活與生命實踐。因此殉清在更大的文化意義上，標示著帝國解體，伴隨著的是文化身軀的支離。遜清遺老無一不涵攝於此文化破碎與局勢不安的政治氛圍[110]。處身民國的世界，遭遇的現代時局

106 王斑對於王國維壯美說的詮釋，間接展示了一套文化遺民內化的抒情倫理，或一套美學價值。參見王斑，〈王國維「壯美」說的政治無意識〉，收入陳平原、汪暉、王守常主編：《學人》第六輯（杭州：江蘇文藝，一九九四），頁五五一—五七一。

107 參見袁英光、劉寅生：《王國維年譜長編（一八七七—一九二七）》（天津：天津人民，一九九六），頁五二三。

108 此兩句引文分別見陳寅恪：〈清華大學王觀堂先生紀念碑銘〉及〈王靜安先生遺書序〉，《金明館叢稿二編》（北京：生活‧讀書‧新知三聯，二〇〇一），頁二四六、二四八。

109 梁濟：〈敬告世人書〉，收入梁煥鼎編，《桂林梁先生（濟）遺書》（臺北：文海，一九六九），頁八二。

110 梁濟在晚清的際遇與思想，及動盪不安的時局對他與兒子梁漱溟兩代人形成的不同影響。參見艾愷（Guy S. Alitto）著，王宗昱、冀建中譯：《最後的儒家：梁漱溟中國現代化的兩難》（*The Last Confucian: Liang Shu-ming*

是不可預測的衝擊（語言、文化革命、分裂、內戰、復辟、暴力等），傳統文化由清帝國轉入民國政府，竟是落入如此堪慮與摧折之時刻，以致遺老們憂心於文化道統，或敏感於文化傳續，都在遜清的身分認同的前提下成了廣義的文化遺民，貼近清室所代表的文化母體。梁濟區區清室卑微的官吏，以殉清昭告自沉之義，生發其一生未曾引起的群眾矚目，甚至爭議性的討論[111]，正在於他以肉身提醒著文化情感與政治道統涵攝於一身的遺民難處。

梁濟像

不過，其中頗令人尷尬的，卻是梁濟自沉之前的焦慮與困惑：為何亡清以後竟不見貴族子弟、八旗官員、舊臣遺民以死盡節[112]？梁濟的質疑不是沒有道理。每逢中國的朝代更迭，都有遺民。遺民一詞，歷來多有變異及不同時期的多種界定。這包括遺民的自我界說，也含括時人及後代的道德價值判斷。當最後的帝國覆亡，遺民所意識的自我，確實有了變異。面對新興時局的輿論，及新時代歷史意識的號召，作為個體的自我，不再是舊帝王的奴才。遺民不再表徵有效的政統[113]，自然也失去傳統士大夫系統內的價值依附。因此，遺民的自我體認與實踐，轉而介入替普遍王權崩潰後不再可靠的道德與文化傳統守靈，以被動、消極的守護者姿態，將五倫綱常的傳統道德意識上升為普遍、形式意義的價值系統[114]，將自我重新納入有效的生活秩序，作為遺民存世的憑藉。

因此梁濟表明殉清，揭示那隱藏在清王朝背後的日常生活價值秩序，道德倫常，實際上是延續與挽救一套古典價值體系的呼籲。殉清所隱喻的文化悼亡，從此為遺民身分建立了正當性。認同與維護傳統價值，有著文化的高度，卻也因此將自我遺民化。他們在抵擋現代歷史進程之際，轉身卻埋入民國時代的文化廢墟。以肉身消亡成就的文化先鋒，竟成為典型的文化拾荒者。等到王國維自沉在學術

---

and the Chinese Dilemma of Modernity）（南京：江蘇文藝，一九九三）。該書第一、二章。

111 其時對梁濟自殺的爭議與討論，正反面意見都涉及遺民的定位與處境。由此可見梁濟標舉「殉清」的複雜意涵。相關討論可參見羅志田：〈對共和體制的失望：梁濟之死〉，《近代史研究》第五期（二〇〇六），頁一—一一。

112 梁濟：〈敬告世人書（甲寅五月稿未完，戊午九月補成）〉，收入梁煥鼎編，《桂林梁先生（濟）遺書》，頁一〇八—一〇九。

113 遜清遺民大體分屬青島的帝制派與上海的文臣派。後者甚少介入具體的政治操作，而前者儘管參與復辟，但當中遺民的意見分歧、人事授職糾紛不斷，可見遺民已難以有效的凝聚與發揮政治資本。

114 梁濟在晚清時期對新式教育、西方知識都展現接納態度，相對於保守派是腦筋清醒、開明進步的知識分子，或如他兒子梁漱溟所言的「改良主義者」。因此後來殉清自沉的文化意義，林毓生從其生平官場與家教事蹟入手，清楚提出儒家道德保守主義的觀察，一種儒家心靈的實踐。參見林毓生：〈論梁巨川先生的自殺〉，收入傅樂詩等：《近代中國思想人物論：保守主義》（臺北：時報，一九八二），頁一五五—一八二。

界引起的波瀾，成功將此文化遺民形象，拉抬至前所未有的高潮，也從此奠定了二十世紀文化遺民的典型姿態與人格。

其實，梁濟的死顯得不合時宜[115]，卻首先弔詭的質疑著殉清之「義」。清室政權垮臺，忠於清帝國之義，同時比附了文化的繼承。換言之，為義而亡乃是文化悼亡，為義存活，也在於見識到文化在民國歷史進程中的際遇。因此，梁濟與王國維先後不同時機點的自盡，等同用了足夠的時間驗證與經歷傳統文化遭遇的現代風暴。梁濟的不得不殉，王國維的不得不死，因此清理出一個文化的病理結構：以死作為／質疑存在的證明。遺民的「死義」，為的是文化招魂，挽回文化遺民存活於民國以後的價值系統，建立其道德的正統。但梁濟殉清的「死義」，竟也在啟迪新興力量：「須知我之死，非僅眷戀舊也，並將喚起新也。」由此論證了文化傳續的可能，非僅是想像古典文化母體，而著意文化母體如何換新，或在新時代應世存續。就這層面而言，我們實在難以斷言文化遺民盡是抱殘守缺的文化保守主義者。在更大意義上，文化「遺」民，是新興現代性經驗下，對文化母體的召喚與維繫，一種古典文化的光暈，知識分子精神世界與主體賴以生根與存有的文化肌理與物質基礎。漢詩恰是這道文化光暈最易捕捉的感性形式，與文化母體的載體。梁濟、王國維的自沉都容易讓人聯想到悲怨憂患的文化典範：屈原。然而，這何嘗不是文化遺民內化的抒情自我原型。

對於梁濟之死，看在新文化領導人物胡適眼裡，最有意思：他提出「精神不老丹」以作為解救年邁老者無法接受新知識新思想的途徑，做一個「白頭的新人物」[116]。換言之，遺民對文化本位的堅持與控訴，因而彰顯的內在精神衝突，全是時代適應不良所致。在水土不服的民國新文化氛圍下，薰染傳統文化教養與政治倫理意識之人，困守於舊知識體系而不接納新時代訊息。視域的困鎖是造成他們悲劇人生的緣由。胡適的批評，點出了主體經驗的結構性問題。在整體生存感覺被改造與更新的新文化氛圍內，文化遺民賴以自我存續的「中體」，已是黃錦樹教授所指稱的「文化遺體」[117]。遺民內化的核心文化系統與感覺結構，難以更新，以致衝撞於現實的生存體驗，挑戰新時代歷史秩序，因而形成自我可以辨識的倫理意識與美學效應。

對文化遺民而言，堅守文化立場與道德價值，更像一種儀式。梁濟在民國成立後即在神明與父靈前起誓殉清，王國維遺言「經此事變，義無再辱」[118]，都一再表明他們的殉文化，可以看作一種展現

115 末代清帝溥儀對梁的「殉清」，帶有冷淡與不屑：「用一條性命與泡過水的『遺折』，換了一個『貞端』的謚法」。這種在遜清小朝廷裡不得人心的「殉清」，質疑著遺民的「死義」。參見愛新覺羅・溥儀：《我的前半生》（北京：群眾，二〇〇七），頁八二。

116 胡適：〈不老：跋梁漱溟先生致陳獨秀書〉，《胡適全集》第一卷（合肥：安徽教育，二〇〇三），頁六七三。

117 黃錦樹以「文化遺體」與「中國身體」驗證清末民初時期知識與文化系統架構「中體」的兩重面向。參見黃錦樹：〈論中體〉，《文與魂與體》，頁一八八—一九七。

118 陳寅恪解釋一九二四年馮玉祥部隊逼末代帝王撤離紫禁城，王就立下殉死之意。一九二八年馮部將果然兵至燕郊，「義無再辱」指的是擔心受此污辱。學者遭軍閥羞辱致死的例子，造成當時老輩學人的恐慌。梁啟超家書記有所聞。詳梁啟超：〈給梁令嫻等的信〉，收入陳平原、王楓編：《追憶王國維》（北京：中國廣播電視，一九九七），頁一〇一—一〇二。因此可以推想王的自殺，可看作保護己身所代表的文化道統不再被糟蹋的悲壯儀式。

文化主體的具體儀式性行為。王、梁的個案，讓我們必須重估這個病體與屍體紛陳的時代，文化遺民所表徵的生存倫理與抒情症狀。面對時序斷裂，知識結構錯位的時刻，文化光暈轉換成帶有悲劇性的生存意識，其實預告了傳統文化代謝之際，難以抵擋的時空變異潮流。於是，王、梁的「死義」，有著儒者用世的歷史意志，文化人對舊傳統禮教價值的緬懷，以及歷代遺民的悲劇壯美形象。當然更為細膩的表述，則是古典文化浸養的抒情主體在時代風暴內，一種抵抗的姿態。那是心靈信仰[119]，或自我形象在古典光彩下的重現。

遺民在其文化意識內感受的危機與失序，改變了知識分子處世的感覺結構。在浸淫遺民詩學傳統的舊詩詞世界裡，遺民普遍的生存感性與文化心結，內化為古典詩體式的一種美學內蘊。我們從同光體或南社詩人群體內，看到了數量龐大的文化詩學的實踐。殉清與殉文化都因此在深沉的存在感和道德意義上，滋養著一套抒情倫理。清末民初的遺民詩系統內，有一股異於前代遺民詩學特徵的主體幽暗意識，寫作瀕臨崩潰的邊緣，循環與再生的悲情，敏感且尖銳的呈現出相對傳統易代更劇烈的感覺經驗。當陳寅恪從王國維自沉的意義，鋪陳出文化遺民的普遍價值之際，他的父親，晚清最具才情的詩人陳三立，勾勒了另一個清遺民存世面對時間的詩學縮影。

二、替文化碎片歸檔：陳三立

山氣溪光併一痕，微籠新月作黃昏。

剡霜枯樹支離出，沉霧孤亭偃蹇存。
鄰犬吠燈寒舉網，巢烏避彈舊移村。
嗚笳擊柝收閒味，已負秋蟲泣草根。（陳三立〈獨坐觚庵茅亭看月〉[120]）

這是清末民初宗宋詩派同光體的領袖陳三立（一八五二—一九三七）在夜垂時分賞月的小品之作。荒索夜景，情調哀毀，孤獨、滄桑的背影藏身於秋涼的寒氣之中，深刻表露出鋪天蓋地森冷的生命境域。詩人看月有一種怪異情懷，漸進描述時間的輪轉、支離、停頓、斷裂與崩壞，道盡劫毀之嘆。賞月本該流露閒適趣味，但對照民國紛亂世局，卻暗影重重，本質的蕭索之感實屬晚清民初以來逼人的淒厲之音。殺戮世界，文化支離，照見詩人破碎的生命圖像。

詩的基調從清冷淡遠的氛圍入手，反寫倉皇焦躁的深沉寄託。該詩戮力營造荒寒氛圍中的生命感，其孤獨悲愴，多愁敏感的時代形象透涼紙背。全詩雖調動枯樹、孤亭、秋蟲泣草等古典意象格式，但美感意境卻藏有一道悲情循環的潛流。在霜霧的侵擾中，印入眼簾的不是獨坐賞月的孤寂身

參見陳寅恪：〈輓王靜安先生〉，《詩集》，頁一一—一二。

119 徐志摩視梁濟自殺為「性靈的不朽裡呼吸著民族更大的性靈」，一種永恆的象徵意義。參見徐志摩：〈讀桂林梁巨川先生遺書〉，《徐志摩全集》第二卷（天津：天津人民，二〇〇五），頁一八五。

120 陳三立：《散原精舍詩文集》上，頁三九二。

影，而是清理出不在情境範疇內的困頓與割離的主體。「吠燈、舉網」讓意象生發的陌異感，加強「巢烏避彈」、「秋蟲泣草」荒涼身世感觸。

詩題挑明是在觚庵茅亭看月[121]，飄零的文化身分已是這批遜清遺民詩人的潛在認知。觚庵是在民國出仕的前清官吏俞明震的號。俞雖在民國做官，卻保有遺民腔調。對擁有亡清際遇與記憶的遺民群體，感傷時世對應的顯然是一種經驗視域，交換與交流著共享的知覺系統[122]。茅亭看月何止是閒適的雅趣，詩人孤懸放逐的心境，恐怕就不是紙上串連的古典意象所能窮盡。意象營造的不過是知覺反應，而緊扣身體感的存有經驗，才是將詩人抒情表意的姿態結構化為詩學經驗範疇的必要經過。獨特的荒寒氛圍與疏離情境，滿佈孤僻，森冷的知覺意象，身體感的剝離，其實是文化的剝蝕，以致在相似的古典詩境格式中，成功創造出異樣的詩歌美學體驗，在傳統遺民詩學譜系內創造新的亮點。

陳三立像

晚清時刻，家國鉅變。清廷所招致的軍事侵略，乃至終究一朝覆滅，漸進式的政治與文化盤整，動搖千古經驗結構。然而文化人的立命之道，學問之身，脫胎換骨勢所難免。新興時局鼓吹的是「現代」知識，破除舊傳統與成就新學問變為當道主流。典章制度及文化生產都有翻新的標竿[123]，全新建

立的歷史進程昭告一種「過去一定要被超越」的現代性經驗意識[124]。看在承繼古典教養與涵攝傳統精

---

121 「月」是陳三立在詩作裡慣用的一組灰暗色調概念，「玩月」、「對月」、「步月」不一而足。他經營孤寂、清冷、壓迫、荒蕪、空洞等生存感受，「山河月中影，歷歷是鴻溝」（〈對月有述〉）、「獨留照欄杆，戀此夜氣養」（〈飲鑑園玩月〉），更看出主客體的互涉與涵養。因此，此詩題的「看月」已內含主體拋置清冷境域的主觀動機。陳三立與「月」意象的討論，另可參考孫老虎、胡曉明：〈孤兒、殘陽、遊魂：陳三立詩歌的悲情人格〉，《浙江社會科學》二〇〇五年第一期（二〇〇五年一月），頁一七八—一七九。

122 陳三立在俞明震病逝後，為其詩集做序。序中以艱澀鬱結的描述道出民初的慘狀觀感，可視為清遺民共存的視域與情感暗碼。「余嘗以為辛亥之亂興，絕羲紐。沸禹甸，天維人際寖以壞滅，兼兵戰連歲不定，劫殺焚蕩烈於率獸。農廢於野，賈輟於市，骸骨崇邱山，流血成江河，寡妻孤子酸呻號泣之聲，達萬里，其稍稍獲償而苟其賜者，獨有海濱流人遺老，成就賦詩數卷耳。窮無所復之，舉冤苦煩毒憤痛畢宣於詩，固宜彌工而寖盛。」海濱流人遺老，概括了所有存活上海租界的遺老群體。參見陳三立：《散原精舍詩文集》下，頁九四三。

123 新學是晚清重要的啟蒙改革議題。唐才常的〈尊新〉：「欲新民，必新學，欲新學，必新心」典型說明了當時整個新學的內外標準。

124 關於近代中國新歷史進程中的現代性意識，有一普遍的看法是認為根植西方優越性的歷史觀點定型的知識體系。故現代性所凸顯的歐洲資本主義文化型態風格，就是西方形式與習慣的理想性模式。參見卜正民（Timothy Brook）：〈資本主義與中國的近（現）代歷史書寫〉，收入卜正民、格力高利・布魯（Gregory Blue）主編，古偉瀛等譯：《中國與歷史資本主義：漢學知識的系譜學》（*China and Historical Capitalism: Genealogies of Sinological Knowledge*）（臺北：巨流圖書，二〇〇四），頁一四七—二一七。

神的士大夫眼中，現代性的認知（現代化過程的長時間體驗）則是巨劫奇變，劫盡變窮。在時間與經驗的斷裂中力圖求新求變，前景既無法預見，卻注定劫毀在即。傳統士大夫的文化潰隕感叢生，反驗證現代性意識的弔詭。要被超越的「過去」卻是「過不去」，文化感與經驗主體的剝離，構成一種文化性的心靈創傷。這代換為撕裂的文化時間，反而是當前最具臨場感的「現代」。這些以文化人身分及家學自我規範的士大夫，在亡清之際、民國初建的政局變遷裡，面對急迫的時間危機，他們確實以迴旋復返的姿態在各種階段召喚那「過不去」的文化時間。古典漢詩則是其中典型的時間與敘事對象，以流傳千年的格式典律保存著美學範疇意義下的文化心靈。

陳三立是湖南巡撫陳寶箴之子，曾隨父參與晚清戊戌新政。變法失敗父子倆招致貶謫，從此憂患傷懷。清亡後，陳雖以正面態度對待輸入的新文化，卻終身以遺老自隱。晚年更在日本侵華北平淪陷之際絕食而死。民族節氣與文化之身，體現遺民主體在民國以後的存在依據。陳的典型個案不過是揭示了一個道統與政統崩裂的身分危機感，清亡以降的飄零身分與文化遊魂構成的經驗結構。

民國以來期待的新興氣象確實很快被紛亂的政局罩頂，當年奔走排滿革命的國學大師章太炎，其業師俞樾晚年病榻遺詩，看在陳寅恪眼裡竟有「吾徒今日處身於不夷不惠之間，托命於非驢非馬之國」的恍然隔世之感[125]。俞樾似已預見整體氛圍大改變，個人立身處世遭遇的困難。這顯然道盡傳統知識分子不適於新生活的魂體分離症狀。尤其以張之洞幕府的遺民詩人易順鼎的詩句「此身雖在已無魂」[126]最為傳神。直白顯露，卻無轉圜退讓之餘地。這是主體進退失當，無以安置身分，寄託性命的文化身體感。

無根之飄零，烙印的是無以言喻的創傷心靈。在清末民初遺民群體的漢詩裡，創傷經驗有著不同形式的轉嫁。尤其在漢詩裡曝顯鬼趣及鬼域的經驗氛圍[127]，顯然是最常見的異類表述模式。陳三立是這一波鬼域經驗的老手，我們舉其著名的一首鬼趣詩，勾勒詩人見鬼之底蘊。

> 行吟傍溪路，禿楊長比人。幻作猙獰軀，攫拏增怒嗔。我實無罪過，忝與山鬼鄰。一世淪墟墓，枯胔惡能神。宥汝斲為棺，羸葬反其真。[128]

125 陳寅恪：〈俞曲園先生病中囈語跋〉，《寒柳堂集》（北京：生活‧讀書‧新知三聯，二〇〇一），頁一六四—一六五。

126 易順鼎：〈和梁節庵按察用陳簡齋四夢語見贈因答寄〉，收入易順鼎著、王飈校點：《琴志樓詩集》（上海：上海古籍，二〇〇四），頁一三〇一。

127 參見 Shengqing Wu. *Modern Archaics*. pp. 130-137。劉納：《嬗變：辛亥革命時期至五四時期的中國文學》（北京：中國社會科學，一九九八），頁一二〇—一二五。

128 這是一組三首的唱和詩，文中所選為第三首。〈乙盦太夷有唱和鬼趣詩三章語皆奇詭茲來別墅愴撫兵亂亦繼詠之〉，《散原精舍詩文集》上，頁三九二。陳三立與沈曾植、鄭孝胥唱和鬼趣詩，是古典漢詩在民初很特殊的詩學經驗。相關討論可參考劉納：〈陳三立：最後的古典詩人〉，《文學遺產》一九九九年第六期（一九九九），頁九一—九二。陳三立與遺老詩人的交遊事蹟，參見胡曉明、李瑞明編著：《近代上海詩學繫年初編》。

詩人表面著墨處身鬼域的經驗。周遭景物變形為鬼怪，撲向詩人造成他無比的憤恨與怨怒。「我實無罪過，忝與山鬼鄰」是關鍵的控訴。但墟墓、棺、羸葬等重重的死亡意象，鬼影幽靈存乎天地，以致詩人無以脫逃伸張。裸葬於天地之巨棺，是唯一的歸宿。鬼身魅影雖是故作形象語。但此詩令人印象深刻，在於深沉的黑暗意識。以天地為棺，遠較傳統詩歌格式的放逐天涯邊際，來得更為幽森可怕。站在新世界的邊緣，詩人並不自棄，而是遭毀，一身賴以存續的文化竟「淪墟墓」。黑色的恐怖意象，改變了詩的體積，讓無盡的幽暗想像蔓延、變異，破壞一切審美與抒情秩序。詩人以獨特的經驗模式，改變詩的文體感性，處理了整體的文化淪陷感。若說古典詩在風雨飄搖的民初建構了鬼域，那恐怕是詩人切割出來，為時間與文化歸檔的墳冢。

面對時代劇變的急迫，詩人形塑鬼域的同時，有著破碎的時間體驗。「秋高日霽兵火稀，破碎吟魂懸幾縷」[129]，身體與文化共同遭遇的歷史暴力，具體化為碎片狀，瀰漫一股創傷的症候。然而，陳三立意識到自身遭受的歷史轉折，在其內含的進化論史觀。因此，陳在詩裡直搗核心的現代性時間概念：「破碎老懷笳柝外，銷磨殘世販傭前」[130]，催促的擊柝聲是空洞時間，將充斥破碎、矛盾、不滿的餘生剔除在外，個體終被販賣、雇傭於線性、進化的時間流程。因而遺民中遭「遺」棄及被「遺」留[131]的生命觸感、身體經驗、文化細節，全然浮現於詩的鬼域。古典漢詩的美學典律，以異化的狀態封存了經驗的駐留與復歸。

由此，陳三立自詡文化代理人的身分，強調「已迷靈瑣招魂地，餘作前儒託命人」[132]。在陳的詩歌世界裡，鬼總是在其存在之中預設了贖救。只有凝視破碎的遊魂，進入當下沉沒的時間與生命意識，陳三立的招魂，才從制高點回望著整體的文化淪陷與清場，完成拯救性的詩學記憶。「魂」構成古典漢詩在現代前夜裡的組合元素，乃身之分離，體之轉移。近代中國面對的精神狀態與文化條件基本離不開招「魂」這樣一種集體感覺結構。無論學之「魂」、國之「魂」、身之「魂」、文之「魂」，或者詩之「魂」，都可以指向一種總體經驗[133]。換言之，當「魂」出沒於詩裡行間，這是否可以看作詩與魂形成為循環體制，清理亡清以來的文化廢墟？詩與魂的弔詭掛勾不是頹廢落伍的體現，反而似

129 大部分研究者都已指出陳三立詩裡常用「破碎」用語。此句出自〈八月廿八日為漁洋山人生辰補松主社集樊園分韻得魯字〉，《散原精舍詩文集》上，頁三八二。

130 此句出自〈樓外樓茗坐和實甫〉，《散原精舍詩文集》上，頁三四二。

131 王德威在論述遺民定義時，以「遺」的對比修飾語，創造新義：「『遺』是遺『失』——失去或棄絕；遺也是『殘』遺——缺憾和匱乏；但遺同時是遺『傳』——傳衍留駐。」頗具啟示。參考王德威：〈後遺民寫作〉，頁三六。

132 此句出自〈余過南昌留一日渡江來山中適聞胡御史亦至有任刊豫章叢書之議賦此寄懷〉，《散原精舍詩文集》上，頁四五三。

133 這是一個龐大的近代中國議題，攸關學術、歷史、文學等眾多領域。相關論述甚多，不及備載。其中重要的研究成果可參考黃錦樹：〈魂在——論中國性的近代起源，其單位、結構及（非）存在論特徵〉，《文與魂與體》，頁一五—三六。關於國之魂與身之魂的對應部分，筆者曾做了部分勾勒，詳拙著〈武俠：近代中國的精神史側面〉，《國族與歷史的隱喻：近現代武俠傳奇的精神史考察（一八九五—一九四五）》（台北：花木蘭，二〇一四），頁二九—五二。

資源回收般重塑時代身體感，為文學革命中頓挫的古典漢詩，重鑄文化魂，如同晚清以降生生不息的民族魂鑄造工程。老靈魂現身，標誌為一種重生？詩的文類廢墟再度顯形？鬼趣與生趣，不過是驟變的「現代」經驗的一體兩面。

當古典的光暈（aura）是亡清背景下現代經驗意識的一種文化情懷或召喚，尤其遺民或具有遺民意識詩人同好之間，幾乎共享著的相同的經驗交流，這可以看作民初以來一道文學風景的縮影。在俞明震〈讀散原鬼趣詩〉一詩，「窮巷與世隔，人鬼無畦町」精準道盡亂離之身的經驗跨界。人鬼雜處的狂想，主體陷入杳冥之境，悲怨的傳統詩學範疇已難歸類[134]。換言之，陳三立一輩所實踐的遺民詩學，照見個體經驗的時間斷裂與文化鴻溝。這何嘗不是一種創傷現代性的典型經驗表述。

詩人營建的「鬼域」，標榜跨越過去的「現代」，卻在「過不去」的漢詩格式建立現代意識的異化型態。王德威認為晚清小說有一股被壓抑的現代性，在其自覺的求新求變意識[135]。平行而看，那麼漢詩獨具主體直觀的言志抒情格式，搭配文化遺民身分／身體轉化為漢詩的文類「現代」意識，該不該視為一種創造策略？如此一來，民國以後困鎖於進退失據境況的不只是遺民詩人本身，而是古典漢詩中的遺民詩學，反過來成為證明自身的依據，追問古典漢詩殘存的有效經驗形式。

從陳三立的詩歌實踐看來，孤兒、殘陽、劫灰、鬼怪、遊魂[136]是一組意象鏈，將他對文化衰敗與時局壓迫的複雜經驗，駐紮到詩的感覺結構。經過詩學程序的命名與排列，形成自己可歸檔的機制。詩的外在經驗，化作碎片閃現在詩的字裡行間，反覆與循環的將碎片背後的歷史意識，轉換為心靈形式與經驗感覺。由此，詩人進出鬼域，以詩的「魑魅魍魎」意象[137]與「荒寒蕭索」[138]之景重建自己與古典遺民詩學[139]及晚清以降經驗世界的關係。

陳三立是悠遠詩學傳統教化背景下的繼承者，卻也是古典詩走向文類衰敗的見證者。他擠壓在時

---

134 主體面對歷史困境產生的經驗結構，改變了詩的形式意義。鄭雅尹提出「幽靈的主體」的解釋。參見鄭雅尹：〈幽靈・風景・現代性：同光體個案研究〉（埔里：國立暨南國際大學中文系碩士論文，二〇〇七）。論文第五章。

135 參見王德威：〈被壓抑的現代性〉，《想像中國的方法：歷史・小說・敘事》（北京：生活・讀書・新知三聯，一九九八），頁一一。

136 這組意象相互構築了陳三立詩歌的典型風貌，因此可以結合為意義鍊的解讀。對這些意象的討論，有劉納在先，後有孫老虎、鄭雅尹的分析。

137 當詩的變形與鬼怪意象成為常態，詩人面對環境的衝突及異化，已變成寓言式的寫作意識，展現救贖的可能。「形影鬥魑魅」（〈和太夷過叉袋角劍丞新居〉）、「逃世欲邀魑魅語」（〈雨後晚步墓上〉）都是一種寓言化的語言格式。

138 陳衍對陳三立詩學風格的判斷，曾提出「荒寒蕭索之景，人所不道，寫之獨覺逼肖」。參見陳衍著，錢仲聯編校：《陳衍詩論合集》上冊，頁九〇七。

139 劉納在討論陳三立詩歌風格的專文裡，深刻指出陳三立面對的詩學困境，還來自於技術爛熟或各種經驗已成格式套路的古典詩傳統。那幾乎是晚清以降古典詩寫作的問題，也是詩人力求突破之處。參見劉納：〈陳三立：最後的古典詩人〉，《文學遺產》一九九九年第六期（一九九九），頁八四—九二。

代困境當中的意識，藉由意象鏈組合，形鑄避熟避俗的句式，「生澀奧衍」[140]因此變成可辨識的風格。但詩的現代氛圍不在那些可以經營構建的意象群組當中，而是那些被擠出詩句之外，詩裡難以盡訴，無法進入古典詩格式的感性，言外的多重身體感，才是近代詩幽深的現代經驗。因此，陳三立詩裡自我複製的哀毀風景與悲情循環，等於將詩人主體與詩都面臨危難的時代，全拋入一個思想的氛圍。那些文化碎片反映出的自我形象與時間想像，其實是歷史遭遇下的歸檔記錄。所有身體、生存經驗都經歷一次清理與循環，形成前所未見的詩的表現模式。

在另一次的觚庵亭看月，陳三立提示了其漢詩實踐的時代意識：「鼻息吹魈魅，著我古未有」[141]。走入鬼魅世界，如同走向詩的異端，一種紀錄光影時序，與存在身體感的現代世界。換言之，古典漢詩以獨特的向度展現了救贖的寓言式的可能。陳三立的漢詩實踐，並不是挽回古典詩的溫暖餘光，而是劃界出一個詩的鬼域。古典漢詩傳統與現代經驗辯證、循環與清理的機制。詩的經驗「變形」[142]與「變體」，恰是古典詩在現代遺民脈絡下的末代景觀，存身的型態。

於是，晚明的遺民論述再度成為對照。詩人錢牧齋「以詩證史」表現的遺民力道，王船山證成的抒情詩範疇，似乎已不如陳三立張揚詩的鬼域所展現的效力，那強調現代世界裡不可逆反的漢詩實踐姿態。晚年八十五歲的陳三立在日軍侵華的另一次家國鉅變經驗裡，拒食拒藥，不願受辱，展露遺民的風骨與氣節，尤其顯得淒愴。遺民錯置的歷史經驗，就像陳三立在朱舜水祠堂建成後賦詩寄懷，以清遺民眼光概括了朱舜水迷人的傷懷與情操，替流寓者重建境外的身世：

獨握一寸丹，薄與海水旋。鷗鳥忘其機，蛟鼉活以涎。魂逝跡仍留，瀛島託一廛……萬劫檜木棺，歸及三百年。迷離指故國，魂氣滿山川。（節選）[143]

晚明遺民迷離的魂氣，同時也是「現代遺民」幽靈般的前身。

140 這是陳衍對近代詩風格的一種判識。平行的另一種風格是清蒼幽峭。但兩者都迴避了共同的感覺。那種無法被古典詩格式清晰處理的龐雜經驗、身分曖昧的生存景象，都在可辨識的風格內被剔除或馴化的安置。

141 此句出自〈十六夜觚庵園亭看月〉，《散原精舍詩文集》上，頁四一七。

142 陳三立詩裡展示對外在暴力、世界經驗的變形，參見鄭雅尹：〈幽靈・風景・現代性〉的討論。

143 陳三立：〈寄題明遺民舜水朱先生祠堂〉，《散原精舍詩文集》上，頁三八五。

從臺灣、廣東到香港

遺民與殖民的詩學辯證

第三章

寫在臺灣內外——丘逢甲與漢文學的離散現代性

第一節　寫在境外

晚清以降，中國沿海、臺灣島內外的移民遷徙，文人播遷，大體是動亂局勢中的集體經驗。在文人境外流動的遭遇當中，我們可以預見文人在時局遞變下面對的新興體驗與文學實踐，透過區域文人交遊互動的網絡，進而構成為介入各個地方的文學／文化場域的關鍵因素。其中乙未割臺的政治效應，誕生了第一批清末時期的遺民。他們自臺灣內渡大陸，或遊走海外，或留在臺灣境內以遺民姿態自持，相應呈現了以漢文化為教化基礎的文學養成與表現，率先展示了遺民與離散並置的脈絡。在此前提下，本章試圖勾勒境外流動的不同形式與經驗，以及透過建立漢文學播遷的界面，提出文人遷移與文學生產的互動網絡，如何構成一個觀察晚清以來區域文學現場的有效視角。我們藉此提出和思考一組有著關聯性的問題：以文人為主體的文化遺民，面臨國勢危局將如何安身於現代的離散情境？文人遷徙所投射的生命型態有何異時異地的時代意義？那是一種離散境遇下的現代性接觸與體驗？而文人在境外流動及互動下所生產的詩文，既是文人異地行旅的經驗紀錄，又構成地域文學生產的一部分。短暫的流寓、流亡、離散對各地文學場有何影響？產生什麼象徵意義？這些文學作品及文人交際脈絡又該如何命名及定位？放眼更大的漢文學場域，我們要如何建構及表徵這些現象？文學史怎樣論述及處理這些「海外」或「境外」的文庫及生產行為？

在這組問題的視野下，本章選擇乙未時期內渡的臺灣詩人丘逢甲為例，從一個臺灣文化遺民個案的遷徙路徑，嘗試描述組成區域漢文學互動的一些基本形式與元素。丘逢甲抗日失敗避走大陸，一生從未返臺，卻在詩文以「念臺」存史。從內渡的亂離及爭議處境中，妥貼轉折為潮汕辦學的民間學人形象，再往南洋拓展辦學啟蒙的理想，宣揚孔教。根據丘逢甲流動的現象觀察，其展現了遺民生涯的自我放逐與重建，環繞其周遭的詩人群體，跨海跨界的文藝沙龍圈，其中個體宦遊、離散、流亡不一而足的經驗，為丘逢甲乙未後的動向提供了新經驗。同時丘逢甲流寓南洋象徵了文化資本的挪移和實踐，成為介入當地文化場域的關鍵力量，生成一個新興的文化與文學現場。因此，本章的書寫策略在於對境外漢文學播遷的現象提出脈絡化的描述，進而以丘逢甲從臺灣到中國境內，以及往南洋行旅為發展軸線，集中討論文人行旅所構築的文學現場及其效應。

第二節　流寓與離散類型

十九世紀中後期以降，中國開始對外有了新目光，一個從地理意義上的走向世界舉動，邁開了帝國的蹣跚步伐，也撼動了搖搖欲墜的體質[1]。從官方意義的官吏出國遊歷考察、派駐外交使節、留學生赴洋深造，到民間士人的政治流亡、流寓、經商，老百姓的移民，新的流動版圖鋪陳了由外窺內的目光調整。就歷史與思想層面的考察，這可以是中國近代化的思索起點。無論是仕紳階層，還是職業官僚，當著眼於知識分子的流動意義，每一趟的舉步，都蘊含著新的經驗結構與心靈目光。文化的播遷與碰撞，往往在知識分子的流動歷程中帶出了空間化的時間體驗。旅行是士人介入停駐或流逝的時間的一種時代精神想像，而行旅者在現代經驗形式之間探索種種新的可能。因此從考察到流亡，周遊各國的經驗加速檢視著古老帝國的衰頹時間。每一種新式的時間意象，都可視作每一流動的地理背後轉換的時間意識。晚清時刻黃遵憲在倫敦寫作〈今別離〉遭遇的是現代技術時間，卻修正了千古以降詩詞傳統的離愁別緒，「安得如電光，一閃至君旁」寫電報、「妾睡君或醒，君睡妾豈知」寫時差、

1 一八四七年林鍼到美國工作、容閎留學美國、一八六六年斌椿、張德彝遊歷歐洲、一八六八年志剛巡迴各國遞交國書、一八七二年清廷開始官派留美幼童、一八七六年郭嵩燾首任駐外公使，出使英法。這些與西方的接觸都留下文獻資料，驗證了近代中國對外目光的轉變。

「自君鏡奩來，入妾懷袖中」寫照片。梁啟超在往夏威夷的渡輪上以西曆記載日記，康有為在日本悼念戊戌遇難弟兄的詩句「百年夜雨神傷處」的世紀創傷，到流亡期間完成未來願景的《大同書》、文人間交遊共享的詩歌新意境「新世瑰奇異境生，更搜歐亞造新聲」（〈與菽園論詩兼寄任公、孺博、曼宣〉），甚至仙臺醫專的魯迅「幻燈片事件」象徵的新圖像時代，都一併說明了地理流動生成了需要被自我內在處理的「現代」時間意識。

對知識分子而言，出走與落腳之間，精神層次的感知與體認，無異可以視為錯落於空間內的時間感。時序交替，文人在歷史與未來之間迴旋，敏銳的現代體驗往往是文學生產的動機與動力。而文學發生意義的場所，在於啟程、行旅、落腳，每一時間的縫隙都可能是一個現場，文學意義的現場。

士人離境、越界有了更多主體與時代交錯的多元際遇，不同的離境方式讓文學有了相異的發生意義。因此，近代「境外」漢文學的論述界面，相對過往習見的「域外」框架，更著眼在文學史建立有意義的境外「文庫」（repertoire）觀念，勾勒文學行為與生產及遊走疆界之間的文人心態。

清末民初恰逢憂患世局，人口的大舉遷徙與文人的移動，其實可以看作千年來文學體質與文學版圖的重大轉變。近代漢語文學的表述隨著廣泛的境外經驗必然遭遇的異地、異族、異文化衝擊，文人由外在因素影響（殖民、流亡、經商、出使等等）而自主或被迫的遷徙，體驗的已是「現代」的氛圍。這當中浮出地表的是西方帝國的殖民勢力，挾帶啟蒙式的文明與技術，整頓了東方的存在體驗與時間感。換言之，寫在境外的漢語文學重新架構了文學的意識。近代的漢文學表徵的不僅是悠遠的漢語寫作傳統，而是扣緊境外經驗的生存之感所遭逢的現代性風暴。境外的遷徙及行旅在某個程度上指向了離散意識（diaspora consciousness）正可說明舉步及落腳的兩難。無論身分認同、雙鄉意識、文化歸屬、經濟困境、異族矛盾，或多或少都在遷徙者身上留下印記。

固然並非所有境外寫作者都有生命中難以承受的現實重擔。但晚清以降的時代裂變造成生存結構經驗的改變，位處於中國境外的臺灣島嶼及南洋的漢語寫作者，就其精神及時間面向所折射的存在感，又豈能置於風暴之外。更精確的說法，文人在境外流動當中戚戚焉的存在體驗，其實隱含了漢文學的新特質。就其現代性衝擊的對照而言，近代漢文學具備了漢語文學生產中別具現代意義的存在樣態：飄零而自足，保守卻求變。既以傳統詩詞寄寓家國胸懷，表徵時事；卻也相濡以沫藉由共享的傳統教養所散發的光暈安頓己身，另謀出路。換言之，新／舊、古典／現代序列位移的時代縫隙中，文人在遷徙移動中的審美姿態及存在感性，訴諸於文學實踐的精神結構，我們不妨以「離散現代性」[2]概括之。

對照中國古代社會「遊」的傳統，雖然同樣涉及遷徙、行旅、流動等狀態，但其精神文化隱含、象徵的士大夫生命情調，及易代之際士人的遊走處境[3]，仍有相應合的古代社會情境與格局。而近代

2 此用語借用自黃錦樹教授一篇頗具啟發性的文章，參見黃錦樹：〈華文少數文學：離散現代性的未竟之旅〉，《華文小文學的馬來西亞個案》（臺北：麥田，二〇一五），頁一〇七—一一九。

3 關於中國古代社會裡遊的精神與脈絡，文學創作上有相當可觀的文庫。無論遊覽、遊仙、行旅、行役、軍戎等主題類型，不一而足。參見龔鵬程：《遊的精神文化史論》（石家莊：河北教育，二〇〇一）。而易代之際士人

中國的海外移民與跨境之「遊」，生命拋置於千古未經之變局，其中的暴力、曖昧與喪亂，顯然是傳統之「遊」所難以企及。因而離散恰是表徵群體或個體遷流、移徙現象中的時代症狀，尤其面臨現代情境鉅變下肉身與心靈所投射的主體剝離與重構。最初的離散都從一段行旅作為起點，有的短暫流寓，有的長期移居，有的繼續遊歷轉徙，循環不息。箇中的差異，不在時間長短，也不在旅程多寡，或歸返故鄉與否。離散現代性所要描述的，是一種在境外流動過程中建構文化主體與認同的存在特質。無論憂患之身與流亡之軀，寫在境外都是一種越界及跨界。跨越的不僅是國界，而是心靈與時間的疆界。於是，我們不妨擴大解釋：所謂離散，始於行旅卻不止於行旅，而是遷徙中游移的主體意識及現代體驗。這不侷限於霍爾（Stuart Hall）所指稱的文化身分[4]，還包括本章所關注的現代性意義下的文化審美意識：以詩存身。

眾所周知，中國人的旅行經驗開始得很早[5]。早在漢代的史書就記載了班超、張騫等人的異域見聞。而唐代以降的玄奘《大唐西域記》、鄭和下西洋時繪製的航海圖，及其助手馬歡的《瀛涯勝覽》和費信的《星槎勝覽》、鞏珍的《西洋番國志》等等記載航程的文獻，對於域外經驗的風土民情敘述，也從不馬虎。不過這些素樸的旅行筆記，大體仍作為單純行旅中的相應產物。至到一八四二年鴉片戰爭時期的魏源，一位從未跨出中國封閉疆界的文人，卻在歷代中外文獻資料中考察撰述了中國地理學上具備重大意義的《海國圖志》，以紙上的文字地圖深遠的拓開了清帝國底下知識分子的視域。「師夷長技以制夷」作為地圖背後的目光，由外窺內，倒置上下，因此天朝自尊、夷狄位階都有著轉變，在地理認識與想像空間上影響了諸多晚清時刻走出帝國僵固空氣的知識人。因為帝國存亡的危機，現代科技器械導引的戰爭敗局，以西方文明主導的現代經驗，在時代的趨勢中逼使著有識之士的主動及被迫出走，從而在外交、政治、經濟、文化等諸多面向深刻啟動了中國前所未有的鉅變。

但出走的當下，除了避難與討生活的中下層的流民及難民，其餘在文化及文學場中具有象徵意義，甚至具備文化資本（capital）的碩學通儒、知識官僚、感性文人、紳商階層，流動的蹤跡就不僅是個體意義的行旅。因此本章的目光，鎖定在走出晚清時刻，知識階層的文人離境以後發生的文學流動意義及文學生產的可能。攤開文人的流亡、流寓路線，推敲可能繪製的文學地圖，可以發現文人座標的位移啟動不僅是文學的離境，還是文學在新的地理空間意義上有了特殊的經驗結構。若以傳統詞彙的「域外經驗」描述近代漢文學的旅行遭遇，有趣味的部分不一定是窺異獵奇的「域外」，而是伴隨行旅無以迴避的文學生產空間。無論是短期流寓的派駐使節、過境官僚、避難政客和留學生，或長

遊走與播遷的型態，參見趙園：〈遊走與播遷〉，《制度・言論・心態：《明清之際士大夫研究》續編》（北京：北京大學出版社，二〇〇六），頁一六二—一九〇。

4 Stuart Hall. "Cultural Identity and Diaspora," Jonathan Rutherford ed. *Identity: Community, Culture, Difference*. London: Lawrence & Wishart. 1990. pp. 222-237。

5 關於這些歷史旅行文獻，大陸的中華書局早在一九六〇年代就刊印了《中外交通史籍叢刊》的系列書籍，且在近年多次再版。而清帝國晚期的旅行文獻著述，則有鍾叔河整理主編的《走向世界叢書》系列，先後在湖南人民出版社及岳麓書社出版。而臺灣方面就地理學文獻的整理，則有王錫祺輯編的《小方壺齋輿地叢鈔》刊行。從清代到臺灣遊宦的諸種旅行文獻，臺灣省文獻委員會則編有《臺灣歷史文獻叢刊・地理類》系列叢書。

期移居的報社編輯、私塾、華校教師和儒商[6]；這些行旅者有的短暫逗留、有的流離顛沛、有的落地生根、有的埋骨異地，其自身單純或複雜的旅程形式不一，古往今來似不足為奇。流動旅程的背後有著家族譜系、個體生命與時代氛圍的描繪。但文學的意義不純然回應個人生命體驗，恰是可以探勘旅程中文人相互纏結且相應開展的文化生產。詩文唱和的文字因緣，交遊接應的公共事業，活絡了晚清民初時刻漢文學的想像與實踐空間。

在這群流動者的歷史圖像中，可以初步勾勒幾個近代漢文學的播遷型態及文人的流動類型。從派駐使節、官方遊歷及考察經驗開始，這些走出中國疆界的使節大體具備文人特質。在感受異域經驗之際，轉化而成的文學目光與養分，滋養著文學形式的思考。學者饒宗頤就新加坡個案所分列的三種文學類型考察：「日記、遊記」、「地志、雜述」、「散文、詩、詞」[7]，大體揭示了數量相當龐大的境外「旅行文獻」。這其實可以視為寄存了「異域」檔案的漢文學書庫。書庫往內刺激文人想像與知識經驗，往外則延伸為文學離境的生產空間，漢文學流動的檔案夾。無論是有幸成冊的文學作品，如黃遵憲駐日期間（一八七七—一八八二）的《日本雜事詩》（一八七九）、左秉隆駐新加坡時期（一八八一—一八九一，一九〇七—一九一〇）的《勤勉堂詩鈔》（一九五九），或眾多散落於文集及報刊當中聊備一格的篇章，這些因流動經驗生成的文學終要在漢文學網絡中建制歸檔。我們可以視其為「使節型」的流寓型態。由於跨步出境的意願，有其主動求知與政治的現實考量。域外生命體驗尤其敏銳，也擔負教化與傳達新知之功能。換言之，個體目光的調整，其實是拓展背後的集體視域。文學的境外遭遇，有著經驗層次的實證面，其內在反思落實於文學表達格式，相應有了詩學和思想改革的需求。文人在境外的寫作現場，可以說共享著後來梁啟超倡導的「新民」氛圍。在結構層次上，使節文人創作的漢文學有動人的主體經驗，向新興的異域現場開放。

第二種因為家國氛圍而離境出走，同樣揭開帝國之眼的流動文人，可以視為「流亡者」。因政治力量的壓迫及國家局勢的崩潰，主動或被動的流寓，都蒙上了政治流亡的意味。維新失敗避走海外的康有為、梁啟超等固然是典型的亡命天涯，民國以後避居港澳的隱逸派文人陳伯陶、賴際熙、張學華、吳道鎔等人更以清遺民自居。而乙未割臺內渡避難者，如丘逢甲、許南英，或滯返臺灣隱遁餘生者如洪棄生、王松等人，甚至流亡臺灣任職《臺灣日日新報》的章太炎，肩負的依舊是時代流亡包袱。走在家國之外，客寓他方，既可以是地理意義，又何嘗不是心靈版圖。綜觀其一生的流動足跡，構築故舊詩友網絡，抒發憂國之胸懷以寄亂離之身，如同是延長遺民空間。相對歷代遺民型態，值此世紀與新舊交替的遺民，重複了傳統的結社唱和，同時開展了焦慮的救國抱負。特殊的「現代」處境

6　關於流寓、旅行、留學、流亡經驗的知識分子的越境行蹤，延續與鋪陳的是值得注意的近代境外區域離散脈絡。這部分的名單，中國及臺灣方面可以參考林慶彰、陳仕華主編：《近代中國知識分子在臺灣》（臺北：萬卷樓，二〇〇二）。林慶彰主編：《近代中國知識分子在日本》（臺北：萬卷樓，二〇〇三）。林慶彰主編：《日治時期臺灣知識分子在中國》（臺北：臺北市文獻委員會，二〇〇四）。南洋方面，則有駱明總編：《南來作家研究資料》（新加坡：新加坡國家圖書館管理局，二〇〇三）。饒宗頤：《新加坡古事記》（香港，香港中文大學出版社，一九九四）。

7　饒宗頤：《新加坡古事記》。其分類中還有史料性質的「實錄類」及「政書、公牘類」。

（新興異國勢力、文明與技術）有效的將鄉愁及黍離之悲轉化為介入時代的契機。流動本身可以調度流亡光環，另闢事業戰場。無論政治意義的革命保皇，還是文教理想的保教保種，政治或文化遺民都是一體兩面。文學的實踐意義，著眼的應是資源挪移，那移植往外的現場，是另一個文化想像與政治舞臺。

至於相對官方意義的民間行旅，無論商業貿易、旅遊過境或謀生移居，沒有政治光譜，也相對欠缺文化加持。他們一般沒有巨大的文化象徵，只是亂離之世以文字汲汲營生的文人。這應該是「最大宗」的流寓文人。清末時刻受聘新加坡《叻報》主筆的葉季允是如此，民國的新文學南來文人如巴人、艾蕪、胡愈之、郁達夫等更多這樣的例子。其中除了郁達夫的失蹤南方還有幾分影響力及傳奇意味，真正移居異地而能有所開展，另起爐灶的還當屬晚清時刻流寓新加坡的邱菽園為重要起點。早期南來白手起家而財力雄厚的流寓者不乏其人。從學徒崛起為事業家的陳嘉庚、在砂勞越拓殖有成，參與辦報、革命事業的黃乃裳都是著名例子。但邱菽園的巨商家庭背景，搭配其深厚的文學根柢，相對讓其文人習性與實踐能力創造了更大的揮灑空間。從文社、辦報、興學，接濟窮困文人，援助、庇護政治流亡者，所有近代文教及政治事業他幾乎全力動員也參與其中，展現文人難得一見的活動力與排場。以雄厚財力作為根基，營造文學的活力與魅力，文學場的作用隱然成形。借用巴塔耶（Georges Bataille）的理論來說，文學之於此等流寓文人，成了功能性的「耗費」（Expenditure）資本。這可以命名為第三種「名士型」流寓文人。

無論名士風流還是飽滿自足的文化資產，流寓而移居異地，作為憂患時代的新興知識分子，他的舞臺需要文化光環的中介。網絡中原文人南渡，主持南洋的文化事業，文學耗費的背後積累為當地文學空間的資產，推動地方文教建設。邱菽園能夠調度的資源多，實踐力強，且同時開闢多個活動場。其搭建的舞臺以儒者之姿回應近代中國局勢，也招收弟子延續自身的文化教養。在文教蠻荒的南洋，邱菽園是新興文化場的明燈，一個文學起點的象徵。可惜急速耗損的財富卻與個人文化事業的式微成正比。但邱菽園到底為邊陲南洋打開了文教的一扇窗。

第三節　漢文學的地域與空間

從上述流寓文人的幾種類型，探討他們流動的路徑與脈絡，文人互動、交遊及文學實踐營造了值得觀察的文學公共領域。文人辦報、組織詩文社、推行儒學、孔教運動、辦學堂等公開活動，都在不同程度上開闢了文學園地及推動文化存續。文人交遊的相互響應及抬舉，應是文學公共領域背後的軸線。流動、流寓、流亡三種表述，彷如三種姿態。但文人在區域文學空間相互交織疊錯的交遊網絡，卻是一體的漢文學經驗。相對不同的離散路徑，恰好為整體的漢文學勾勒不同的現代性線索。

文人位移的標誌，重新塑造了空間形式，也直接暴露空間的內在型態。因為游移者有其主觀意願，也有其不得已；文人所代理或代言的「文學」，隨著文人足跡的移動而成主導產物，訴說著空間化的生命體會。走出晚清的中國文人，調整後的視野，有了眼光下的革命。文學的形式革新，納入新興經驗與現代意識。從海洋貿易的觀點出發，由海路往南方延伸的邊陲地帶，華人踏足南方異域早有記載。元代汪大淵的《島夷志略》還是一部最早的私人南洋旅行紀錄。只是百年來的商貿及朝貢關係，南洋移民不絕，卻不曾有文化生產。倒是晚清隨著官吏文人南下，才真正開啟了新興的文學空間。其中以新加坡如此彈丸之地，先後就有使節左秉隆創辦會賢社、繼任者黃遵憲開辦圖南社進行徵聯比賽推動文風。黃尤其意識到「竊冀數年之後，人材蔚起，有以應天文之象，儲國家之用」[8]。就文化生產而言，其奠定了以文學而教化的南來文學軸線。此外，承接富商父親遺產的邱菽園作為接濟政治流亡者的海外地標，先後接應了康有為、容閎、梁啟超。邱作為詩才卓越的文人，抱負卻不小。他先後結識交際的文人網絡甚廣，隱然形成跨界的文人交流圈。其中包括流亡在臺灣之外的丘逢甲、許南英，滯留臺灣的謝道隆、王松、洪棄生、鄭香谷。更有中原大陸的黃遵憲，以及小說界的先鋒林紓、曾樸等人。透過這文人群體的觀察，邱菽園既展現其古典詩學的教養，又以小說理論回應著新時代的小說界革命。當然，他創辦《天南新報》（一八九八—一九〇五）、承頂《振南日報》（一九一三—一九二〇），參與中國境內的政治議題，在移民社會聯繫當地土生華人菁英開辦女子學堂，試圖以雄厚財力介入中國的文教政局，也規畫海外的文化場[9]。邱菽園以文人品味及文化資本積累而成的文學空間，最大的意義在於構築近代漢文學內部文人交遊的區域文學場，同時以宴飲酬唱、詩文互通的疊錯網絡交織為文人的生命感懷。對此延伸的意義，邱菽園是相當清醒且有所意識的：「近四五年中，余所識能詩之士，流寓星洲者，先後凡數十輩，固南洋荒服歷來未有之盛也。[10]」邱菽園主導的新興文學場，不應只視作個人事業格局。他集結不同文人資源推演的文學互動現場，實乃呈顯出頗具生產力卻也新舊曖昧的漢文學實踐。無論是相互依存的流亡及遺民氛圍，還是維新變法失敗後保皇或革命的政治高潮，文人寄託其間的文學活動，是以詩文唱和胸懷，也在政治信念裡互通有無。恰是這樣一個流動形構的文學空間，最能表現重疊錯置的內在經驗，在個體精神意義上文人各取慰藉。其中典型的文學互動成果，是以邱菽園《紅樓夢絕句》（一九〇〇）[11]為核心構成的海外紅樓文化圈。眾文人響應酬唱，寄託遺民身

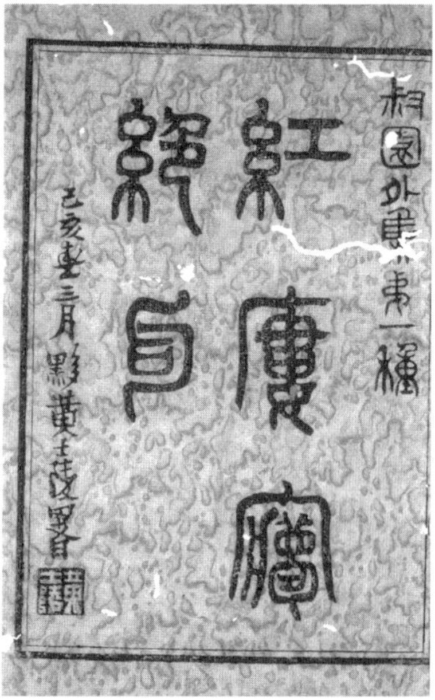

邱菽園編著《紅樓夢絕句》（作者拍攝）

8 黃遵憲：〈圖南社序〉，《叻報》（一八九一年一月一日）。

9 關於邱菽園及當地土生華人（又稱峇峇華人、海峽僑生）的合作及互動，可以參考李元瑾：《東西文化的撞擊與新華知識分子的三種回應》（新加坡：新加坡國立大學中文系，二〇〇一）。

10 邱菽園：《揮麈拾遺》卷五（上海：星洲觀天演齋叢書，一九〇一）。

11 紅樓夢絕句分詠活動始於一八九八年，題辭隨到隨刻。清光緒己亥年（一八九九）刻有《叔園外集第一種，紅樓夢絕句》。後有葉芬寫於光緒庚子年（一九〇〇）的序文。一九〇〇年應為定本刊行之年。

世，成了世紀交替的紅學現象[12]。但文人也面臨政治立場及認同差異的現實，而後有邱菽園與康有為的絕交復交，與丘逢甲的疏遠。換言之，疊錯的文學網絡，指向了美學空間的心靈交流，也展現了地理遷徙有其流動的現實需求和功能。

當我們試著理解漢文學作為動態的文學空間，文人移動的時代契機及選擇，其實頗有可觀之處。就在晚清時刻，甲午戰爭的結果將臺灣割讓日本，引起了一批流亡人潮。從明鄭、清領經營下來的文學版圖卻在此刻凸顯了漢文學的重要意義。在抗拒異族殖民，寄託黍離之悲的需求下，文學有了抵抗姿態。無論流亡在外，滯臺及放逐歸返的文人，初期的文學態度始終是抗拒的。流亡者的空間，其實相對亡國之悲的封閉心情，其相互牽引的交際網絡則是開放的。丘逢甲流亡時期交遊的粵東詩人群，興學辦校反而開展了自身更大的活動能量。臺灣林朝崧成立櫟社，以棄絕的朽木自詡。詩社高舉的漢文學旗幟，象徵棄而後生，以漢詩寄存餘生。臺灣的詩社林立，成了遺民以詩的內在空間過渡存在的時間。漢文學在這樣的氛圍中，為總體經驗切割出流亡界面。

從黃遵憲出使東亞及南洋的路線，在日本、新加坡、馬來半島等異地留下的詩文與文學光譜，左右的不是文人多了可以署名「海外文集」的檔案。那寫在境外的詩篇，如同後來丘逢甲、康有為的南遊詩，邱菽園終老新加坡留下的一千多首舊詩，及許多來不及或無緣在中原大陸嶄露頭角的異地移居文人。這些頗具規模的文學生產都成了需要重新架構及歸類的文學資料庫。過往的老舊框架或以「華僑詩」待之，或將文人事蹟以「流寓志」門目備載於地方志。其實這都低估了承接而來的傳統文人品味，實際以地方感性開啟了不同的時間與經驗。自然地理轉眼即逝，但留在異地的詩篇不是窺奇獵豔的異國情調而已，且同時轉折出一個流亡南方的文學傳承，或以遺民過渡為移民的文學文化滋養。換言之，漢文學的近代空間，有其南方的地理光點。縱然是孤獨的亂離之身，諸如失蹤在蘇門答臘的郁達夫、埋骨棉蘭的許南英，存在的詩文篇章及文人光環，都可牽引出曖昧的文學蹤跡。那延異的意義是生命與文學的離散之路，也是文化象徵意義的現場。百年夜雨，文人流離神傷之處，文學的生產在地理空間意義脈絡形成的結構，回應了漢文學的近代遭遇。這延續而下的傳統，座落在馬華地區生成了始終沒有斷絕的古典詩傳承，並在相應時間點移植了新文學遺產。

我們將漢文學的眼光調焦至區域流動，可以說明的當然不僅是所謂的「流亡文學」、「離散文學」或「南來文學」等文學史框架。在另一層意義上，流動所凸顯的其實是難以命名的文化場。移民歷史本是源遠流長，早期因海洋貿易移居南洋的漢人，在與當地土著通婚所孕育的一代，也稱海峽華人、僑生的峇峇娘惹。他們在十九世紀後期生產的一支漢語文學，諸如陳省堂、李清輝等寫作者都成了文學史書寫中曖昧的歸類。他們既非純華人血統，且在地土生，雖則作品量不大，卻到底是一支漢語文學的生產異軍。這是漢文學的隱喻，指向了境外文學的越界和想像。而一些代表性的峇峇人物的歷史位置更能說明漢文化播遷的狀況。檳榔嶼峇峇辜鴻銘離開出生地留洋，往後卻在中國入了張之洞幕府、民國時期成了北大留著長辮子的保守派教授；在丘逢甲鼓勵下推動孔教運動的新加坡峇峇林文慶日後當了廈門大學校長。十九世紀末印尼出現的漢語章回小說被翻譯成印尼文流傳，同時見證了另一

12 相關討論參考吳盈靜：《清代臺灣紅學初探》（臺北：大安，二〇〇四），頁三一九—三四七。

移民的翻譯現場。這些都是難以在線性或區域文學史觀歸檔的文學現象，跨種族又跨語系的漢文學際遇。從而複數意義的文學空間還原了在新舊、世紀交替的憂患時期，總體的漢文學經驗。個體的外移流動，文化文學的播撒，相對新文學而言來得保守的古典文學傳承，卻讓漢文學的動態發展有了不一樣的縱深。

檢視漢文學版圖展現的流動曲線，複雜的互動現場相對讓我們有了反思文學史處理的可能。「漢文學」的專門用語一般指稱中國古代文學框架。尤其日本、韓國、越南借鑑中國文學樣式而創作的漢語文學，更讓「漢文學」概念回應著中國古典文學傳承。當然，漢文學不必然只是指稱中國境外的漢語文學生產。一九三八年出版的魯迅《漢文學史綱要》處理的就是中國古典文學史略[13]。在臺灣日據時期，漢文與和文對照情境下，漢文學更明確指向日本帝國殖民以前漢語古典文學的延續。但本章所關切的議題，則是近代文人的邊界想像與異地行旅，這是近代漢文學的境外遭遇，涉及的範圍也已超越了舊有的漢文學定義。換言之，本章架構的漢文學界面，標誌離境後的漢語文學生產，在新舊的世變與亂局中，傳統古典文學的承繼如何展示新的越界及實踐可能。這當中無以避免交織了同處播遷狀態下的新文學，及其外延指涉的「華文文學」，或更新興的概念「華語語系文學」（Sinophone Literature）。尤其後者的分類概念標榜超越了國界及邊境，指向全球的各地區遷徙、移居、離散狀態下以漢語為主的文學生產。此概念在全球化與後殖民情境下，理應是處理現當代華文文學的辯證起點[14]。然而，對於晚清以降生產於境外、異地的傳統漢語文學及其文學空間，漢文學作為更早展示文學流動與播遷概念的辭彙，基本上勾勒了一個各地漢語文學的起源場景，甚至漢語過渡華語的象徵意義[15]。在「華語語系文學」概念之前，境外漢文學是一個流動的龐大文庫，同時還是文學場域互動的景觀。然而，漢文學概念並不像「華語語系文學」有其要處理的潛在文學認可機制[16]。我們從境外漢文學的脈絡，旨在有意識的掌握文人進出邊境，處身異地的文學體驗與創作。恰是如此，漢文學的觀察有了東西方「漢學」的研究視野。當代「漢學」經由學科建制而作為研究中國文史的海外（域外）核心單位，其特點在於跨學科、跨國界也跨時期。因此，遠離疆界及中心視域，重新認識人類學意義

---

13 雖然此書的書名乃是出版時由編輯改訂，但標榜的漢文學概念就是從先秦以降的古典文學發展。當代學者著眼的中國周邊地域漢文學研究，儘管選擇比較文學的視野，其範疇仍不出古典文學研究方式。這方面的成果參見王曉平：《亞洲漢文學》（天津：天津人民，二〇〇一）。

14 王德威教授對「華語語系文學」概念的辯證性闡釋，參見王德威：〈文學行旅與世界想像〉，《聯合報》（二〇〇六年七月八—九日）。進一步的延伸論述參見王德威：《華夷風起：華語語系文學三論》（高雄：國立中山大學文學院，二〇一五）。

15 華語是從中國外部對漢語的稱謂，另外也跟「華人」概念緊密相關。華人的定義從漢人、中國人、華僑、華裔的過渡及變化，見證了族群播遷的國族與歷史脈絡。因此，當今華語表徵混合了各種在地語言、方言的漢語特性。早期邱菽園的漢詩寫作引入馬來語辭彙，可以看作漢語混雜化的試驗。

16 史書美以為「華語語系文學」是一個有效超越國族及其認可機制的分類概念。參見史書美著、紀大偉譯：〈全球的文學，認可的機制〉（Global Literature and the Technologies of Recognition），《中國學術》第十八輯（北京：商務，二〇〇五），頁六一—八九。

下的遷徙移居，觀察其作為文化經驗存世的一種方式，顯然必要。在漂泊離散、混血身分、在地認同與抗拒的文學背景中，如何重新規畫輪廓，訂定框架雖非易事。但其中有幾個被討論的漢文學現場，提醒了我們注意晚清以來巨大的經驗變遷所產生的文學效應。

首先，馬華文學是一個值得觀察的現場。黃錦樹以郁達夫的流離與失蹤個案，作為反思馬華文學史前史的重要象徵，並以極具現代性隱喻的骸骨，類同本雅明的廢墟，描述現代意識變奏下的個體亂離際遇，可能指涉的地理慾望及傷痕時間[17]。如此做法，意在挑明文學的線性時間，總是被歷史廢墟阻絕；而郁達夫寫作古典詩指涉的亂離之旅，在黃錦樹的觀點中竟顯露了馬華文學流動、曖昧身世、跨界的文學現象與空間。換言之，黃錦樹試著討論漢文學的經驗結構在馬華新文學的遺留，甚至可以「重新命名馬華文學／史的起源」。簡述黃的論點，旨在說明漢文學從近代以降的流動及播撒過程中，承載的經驗相對曖昧與複雜。尤其幾次的現代戰亂所帶動的外移及南遷，或殖民創傷或現代衝擊，個體意識如何賦形為文學形式都有討論與辨識的空間。

至於臺灣文學的研究範疇裡，漢文學的理解則橫跨了一個日本殖民的歷史語境。殖民政策下的語言同化，切開了一個漢語和國語（日語）的教育和文化鴻溝。換言之，漢文學在表徵傳統漢語文學的同時，也相應附和了遺民、保守的文化屬性及身分。尤其臺灣經歷過一九二四年開始的新舊文學論戰，漢文學其實是已被「處理」的文學經驗及文學範疇[18]。如此一來，談日據時期的臺灣漢詩與詩社，漢文學的文化抵抗性格，漢文學作者的世代區隔，都是具有現實對應的脈絡。雖然不可否認，漢文學的存續有著漢民族意識的本位考量，但文學生產與經驗結構互為因果。黃美娥曾指出傳統詩社在應對現代生活的商品、身體、建築、風景等各式題材所做的轉變，可以被視為現代性意義下的實踐[19]。因此，漢文學在意識型態上除卻維繫漢民族的意志，在殖民空間裡仍有企圖去回應集體經驗。在東亞現代性的範疇內，形成不能忽略的知識譜系。而另一個曖昧的現象，恐怕是漢文學在作為遺民身分與文化寄託的標誌之下，卻在日據初期成為了具備漢學教養日人拉攏臺灣仕紳的文化手段，因此日本人與臺灣傳統詩人的唱和蔚為風氣，詩社林立也成了臺灣漢文學發展的巔峰[20]。但弔詭的是，漢詩恰是在「流亡」的氛圍中凝聚民族意識，卻也同時在流亡的前提下，漢詩以文化的共通情感結構及美學意識型態，成了漢人與日人妥協、交換的一種出路。以至於整個日據時期，漢文學空間有其曖昧姿態。這當中既有貫徹到底的異議之聲，又有官紳唱和的文藝沙龍，更有決戰時期配合國策宣傳的附

17　黃錦樹：〈境外中文、另類租借、現代性：論馬華文學史之前的馬華文學〉，頁七九—一〇四。

18　新舊文學論戰從一九二四年展開，已展現強大的批判能量，預告了臺灣文壇未來的發展趨勢。其重要意義在於宣告新文學創作逐漸在二〇年代中期以後，取代舊文學在臺灣文學場域的獨當一面。但漢文學依然保有其生存勢力，以致新舊文學的對抗性論爭延續到一九四二年。關於新舊文學論戰的重要討論，可參考黃美娥：〈對立與協力——新舊文學論戰中傳統文人的典律反省及文化思維（一九二四—一九四二）〉，《重層現代性鏡像：日治時代臺灣傳統文人的文化視域與文學想像》（臺北：麥田，二〇〇四），頁八一—一四二。

19　黃美娥：〈實踐與轉化——日治時代臺灣傳統詩社的現代性體驗〉，《重層現代性鏡像》，頁一四三—一八一。

20　黃美娥：〈日治時代臺灣詩社林立的社會考察〉，《古典文學：文學史・詩社・作家論》（臺北：國立編譯館，二〇〇七），頁一八三—二二七。

庸官方者。

綜觀漢文學遭遇的現代處境，無論離散流亡至南洋現場，還是臺灣殖民情境下民族意志或親日曖昧的漢文學想像形式，都呈顯了現代經驗中時間的內爆。在亂離與殖民情境中，文人流離失所、進退失據。時間作為標誌意義的現代性度量，見證了現代化進程中被調整的文學時間觀。文學革命中的表述語言及敘事模式的轉換，一一回應著客觀的現代時間。而斷裂、災難的歷史震驚體驗，卻另有個體生命面臨的意識深淵與萎縮的存在感。就此層次，漢文學反而以舊體格式寄存民族胸懷與共感的離散中原意識型態。無論文人唱和與沙龍聚首，遺民情懷或政治抱負，文人的內在時間意識，轉化為文學的表述，對應的是漢文學所代表的「心靈時間」。

因此，文學史敘事無法迴避的，正是每一流動個體牽引互涉，相互依存的文學生產與交流空間。那是漢文學共享的經驗結構，以反思敘事的必須與可能。「心靈時間」是我們可以借用的傳統現象學概念，目的旨在為離散漢文學勾勒集體所展現的內在時間性的察覺意識。傳統文人的流動體驗，理應有不同的時間感受，但漢文學作為集體的文學形式，也必然有其遭遇現代的一種總體性意義下的時間觀察。於是，長期浸淫在中國抒情美學當中的傳統文人，其滋養的生命經驗與情懷，卻在離散、流亡、流寓狀態中試著重建個體以及集體的內在時間，以對應相對陌異的空間經驗。因此，近代漢文學的殊異處，表徵了時間效應與地理感受。文人在往返複沓的交遊地理網絡中，尋找寄託，也存續自身，以重層的地理空間詩學，探究「現代」的時間處境。當中值得深入觀察與玩味的事件，恐怕是乙未割臺曝顯的歷史契機與地景。大量文人的近代遺民意識由此生成，也造就了文學播遷的路徑與離散姿態。我們從乙未割臺事件為起點，恰好描繪出文人流動的光譜與漢文學地圖。

第四節　乙未割臺與地理詩學

一八九五年的乙未割臺事件，作為開啟中國近代史內憂外患高潮的關鍵事變，同樣掀開了臺灣政治與生命經驗巨大轉折的序幕。這彷同原爆一般似地輻射狀播撒出一連串的災難性效應、影響與震撼。當清帝國的北洋水師一敗塗地，在被迫割地的條款中日本正式佔領臺灣，迴盪其間的羞愧、背棄、茫然、驚恐成了時代情緒與氛圍。臺灣島內知識分子與官員的悲憤反應，伴隨種種的抵抗、自救策略紛紛出籠。於是，對清廷的上書、臺灣民主國的籌立、組織抗日義軍等作為，卻也是最後與最微弱的策略。當一切策略失效，日軍正式登陸接管臺灣，異族統治的浩劫加速了臺灣島內的流亡情緒。有能力內渡的仕紳紛紛拒做亡國奴，而留在島內面對殖民者的一群，莫不消極抵抗，或義憤填膺的加入抗日組織準備長期抗爭。家國易幟之際，百姓身處亂離中自有一番困頓難抑的情懷。有識之士面對如此國之驟變，潛逃離臺者背負亡國之悲情展開了一趟舉家老小的遷移。然而流動的足跡，絕非地理意義的遷徙所能道盡，箇中的心靈版圖才是另一層值得探究的精神史地理。馬關條約規定百姓選擇去留臺灣的兩年寬限中，仕紳與老百姓的抉擇無形中構成了亂離中值得再三考究的地理意義。

甲午戰爭之際，甫自新加坡領事解任歸國的黃遵憲聽聞此等喪權辱國的戰爭挫敗，頗感震撼。幾年以後戊戌政變失敗，黃被罷官歸鄉之時，才陸續以詩還原了當時的悲憤與遺憾。這當中既批判戰敗的窩囊：「從此華船匿不出，人言船堅不如疾，有器無人終委敵」（〈東溝行〉），卻也直言臺灣抗日的氣短：「悲乎哉，汝全臺，昨何忠勇今何怯，萬事反覆隨轉睫」（〈臺灣行〉）。黃遵憲遊歷歐美、日本、星馬多國的使節經驗，由外窺內的眼界本多見識，卻也耽擱多年才敘事甲午一役敗戰的精神撼動。這「以詩存史」的筆觸，弔詭的回應著歷史的時間。那必須以敘事來中介心靈的時間光影。

乙未割臺之後，無論內渡大陸與滯留臺灣的文人都分享著共同的流亡情緒。內渡者有的難受異鄉困頓之苦，因此走返臺灣。謝道隆的詩句「避地人因驚鶴唳，覓巢鳥為戀雛歸」（〈歸臺〉），表達了內渡的避難空間最終難以壓縮那解不開的鄉愁。甲午期間棄醫從戎投入臺灣義軍的謝道隆，在歸返臺灣面對異族殖民處境之際，卻又始終無以迴避自處的兩難。「無奈深山狼虎穴，夷齊難採首陽薇」（〈歸臺〉）、「傍釜游魚愁火熱，驚弓歸鳥怯巢寒」（〈割臺書感〉），詩人以「無奈、難採、愁、怯」表述內在心態的轉折，隱逸的艱難與忐忑不安之情，終究讓內渡返臺的地理想像調向內在的心靈時間——殖民境遇的惶恐與無盡的感傷。

內渡的離散選擇，其實是亂世的應對策略。王松以滄海遺民自署，避地泉州，禁不住慨嘆「如此江山坐付人，陋他肉食善謀身」（〈海上望臺灣〉）。後歸臺隱居竹塹，念茲在茲的仍不出「如此江山伴索居」（〈偶成〉）、「如此江山易愴神」（〈酬家箴盤〔石鵬〕見贈元韻〉）。心裡的難言之隱，出入在避難與歸返之間。地理意義的江山，只能退守為隱匿的空間，撰述《臺陽詩話》以紙上原鄉寄託遺志。丘逢甲為此題詩，直言「亂雲殘島開詩境，落日荒原泣鬼燐」（〈題滄海遺民臺陽詩話〉）。殘島、荒原的地理意識，其實籠罩著心靈暗影。那無異是遺民詩人的最佳寫照，毀敗、枯竭的生命時間感受。

乙未割臺事件震撼下的文人遷徙，說明地理意義上的位移實際是流亡意識的一種空間延異。無論內渡或滯臺的選擇，割臺所標誌的棄國棄民與異族入駐，足以切割臺灣島民生存經驗的日常秩序。斷裂何止是漢文化傳統，而是精神世界所依賴與存續的空間知識。因此，環視仕紳階層在乙未時期的流動足跡，其地理狀態的播遷，實乃建構另一層次的空間意識。尤其擅於吟詩作賦的文人階級，流動的蹤跡伴隨寄託胸懷的詩詞文賦，隱約為每一處移動的地理空間留下時間的線索。生命驟變所牽引的感知及體驗，往往不會是單一的孤獨旅程。以詩文抒情，既可反涉心事，又可寄存知己詩友。遷徙移動過程的詩文建構，並非只照見文人心境，卻同時是一個文學敘事的場域。從詩友的互訪、唱和、接應，相濡以沫或同舟共濟，都直接形成了文人趣味的文學型態。以此為立論基點，恰是進入一個由近代的家國裂變與殖民情境生發的遺民意識與文化空間。

因此，漢文學遭遇的「現代」槍砲與異族異國殖民統治，乃是在「新興」流亡處境下，面對自身的體質調整與體式變化。文人投入詩文寫作，主要藉由敘事救贖在裂變經驗中遺失的時間。因此，那不斷從抒情形式中重建的空間意識與時間感觸，捕獲的是流動意義下微妙的身心存在感。將此視為漢文學的特質，文人中介互通的生命感受，正是時代轉折的歷程，文學作為整體所必然刻印在敘事中的一個時間面向。文人以敘事中介時間，進而賦形了漢文學的總體經驗。

以上幾節針對漢文學播遷現象的描述及相應思考，我們可以預見近代漢文學研究的複雜性。本章無法窮究所有現象，但選擇乙未臺灣的文人流動趨向做個案考察，描述離散路徑，藉由詩人交遊網絡，正好透過詩文的流通形塑文學意義的「現場」。離散之旅彷佛是新興的地理詩學，拋開軍事或帝國影子下的地理學窠臼，以空間與時間概念下的審美意識與體驗，爬梳近代文人互涉與交遊的地理想像。

乙未內渡詩人中頗具爭議的丘逢甲（一八六四—一九一二）[21]，既一生從未返臺，卻在詩文以「念臺」存史。乙未割臺後大量的漢詩寫作與文人交際，顯現了丘逢甲作為近代文化遺民的巨大文化資本。從內渡的亂離及爭議處境中，他妥貼轉換為潮汕辨學的民間學人形象，再往南洋拓展辨學啟蒙的理想，宣揚孔教。環繞其周遭的詩人群體，跨海跨界的文藝沙龍圈，包括個體宦遊、遷徙、流亡不一而足的經驗，為丘逢甲乙未之後的動向提供了新刺激。若單純以個人事業論之，未免將議題狹隘簡化。根據我們勾勒的離散現代性的概念，丘逢甲是近代漢文學範疇內無法繞過的重要個案。本章準備由此個案出發，從地理的移動去論證文學空間的形構，試著重新勾勒漢文學的現場。

第五節　從臺灣到廣東：流亡的文學現場

一八九五年的七月下旬，橫渡臺灣海峽的船上，丘逢甲反覆思索登船以前，他疾書而成的詩句：「宰相有權能割地，孤臣無力可回天。」那是自臺中登船離開的前夜，丘逢甲草草留下了六首詩，卻在輾轉多年以後才由後人錄得此詩，還原內渡前夕的情景，題為〈離臺詩〉收入集子[22]。丘逢甲作為抗日義軍領袖，但潛逃內渡的形象，歷來始終留有爭議。連橫的《臺灣通史》在〈丘逢甲列傳〉就留下了這樣的記載：「逢甲亦挾款以去，或言近十萬云」[23]。當年與丘逢甲有詩文往來，且一同參加抗日團體的洪繻，乙未以降遂以「棄生」為名，對於丘逢甲也不隱諱指陳「聞唐撫棄臺西遯，已遂棄義軍倉皇渡海，軍饟不發，家屋竟為部下所焚」[24]，只

丘逢甲像

21 丘逢甲，字仙根，號蟄仙，晚號倉海君，生於臺灣淡水廳銅鑼灣（今苗栗縣），祖籍廣東嘉應府鎮平縣。乙未割臺後參與臺灣民主國抗日運動，後內渡廣東，終生未曾返臺。詳細生平經歷，參見徐博東、黃志平：《丘逢甲傳》（臺北：海峽學術，二〇〇三）。

22 本章討論的丘逢甲詩作均依據以下版本。廣東丘逢甲研究會編：《丘逢甲集》（長沙：岳麓書社，二〇〇一），頁七九八—八〇〇。

23 連橫：《臺灣通史》（臺北：黎明文化，二〇〇一），頁一二〇五。

24 洪棄生：《寄鶴齋詩話》（南投：臺灣省文獻委員會，一九九三），頁九三。

不過稍做同情的認為「未嫻戎務，出領義軍，係唐景崧濫舉」[25]。如此的歷史形象，難免歷來衍生爭議，甚至導引為考證丘離臺內渡的時間與地點，以此爭論丘是否未戰先走，還是抗日事敗，以釐清「抗日英雄」的真假[26]。然而，對於這些爭議的焦點，論者所推敲的事證與線索，各有發揮也各有見解。只是實證的史觀，還原為生平傳記也許有助釐清細節。但丘逢甲到底是潛逃內渡，且終生不再返臺。這等遠離故土的流亡之旅，卻相對在實證的時空底下經營了生命中的漂浮地理。流亡之於生命中的意義，乃不得已的棄絕故土，放逐記憶，且在地理空間上辯證一己的存在時間。在傳統意義上，地理的空間是固著的。但作為總體的文學生命，空間其實具有策略性的隱喻。環視丘在生命歷程中走過的足跡，幾個別有意義的流動據點所形成的網絡，頗具張力。文人交遊與事業寄託，到底可以辯證詩人個體在空間經驗中的生命與時間存續。

當丘在內渡之初先抵達福建泉州，舉家舊部的大遷徙，箇中的苦處不言而喻。之後輾轉汕頭、潮州，才回到祖籍鎮平。離散之途自然充斥悲歌離愁，況且還是亡國的遺民。「獨倚柁樓無限恨，故山回首亂雲中」（〈潮州舟次〉）。眼前的地理空間，折射的時間感慨鋪展的是抒情傳統的經驗。流放的意象，堆砌詩人的感性。但這移動的據點，其實漸趨生成別有感慨的心理空間，「客愁無遣處，滄海尚揚塵」（〈客愁〉）。流寓的客愁照見丘的內渡旅程，在其生命刻印了漂泊地圖。客愁是一種心靈地理，眼光附著於地，心靈經驗卻懸擱、遊蕩而擺渡。然而，在此困惑期間卻發生了轉折。當初「卷土重來未可知」（〈離臺詩〉）的自我期許及臥薪嘗膽的壯志，卻在流言的傳播中摧折了丘的心意。「卷饟潛逃」的流言遭致鎮平縣的部分別有用心的鄉紳聯名上書朝廷，指陳其抗日行為乃「違旨作亂」。

而他意圖為抗日戰死臺灣的部將請准張之洞奏報朝廷撫卹表彰，卻徒勞無功。難堪的是張之洞還是唐景崧、丘逢甲當年籌立臺灣民主國抗日過程中，背後默默鼓勵的滿清大臣。終究過去的臺灣民主國及抗日事業，轉眼成空。丘訴諸筆端的詩篇是如此悲歌、鄉愁、離恨，進而逃禪、隱逸、修仙。心理的曲折轉變，應驗了傳統流亡者的心境。

遊歷粵東一帶，丘的每一行旅，終有揮之不去的「客愁」，尋思存在的希望與意義。流亡之極處，反驗證已身存續之有無，於是「滄桑劫外此身存」（〈還山書感〉）、「人經浩劫欲逃禪」（〈乙未秋日歸印山故居因遊仙人橋作〉）、「不妨衣白做山人」（〈尋鎮山樓故址因登城四眺越日遂遊城北諸山〉）、「淪落天涯為愴神」（〈野菊〉）。這古典詩學中的抒情格式，狀寫離愁及落魄人生，意境用語也不稀見。然而值得注意的，卻在內渡隔年當丘的百般心思，仍縈繞在故土臺灣，揮灑血淚寫下「四百萬人同一哭，去年今日割臺灣」（〈春愁〉）、「已分生離同死別，不堪揮涕說臺灣」（〈天涯〉），落筆直白酣暢，敘事及抒情的優先序列，卻暗中顛置。急切、驟變的經驗結構呈顯的不是瞬間的幽微心境，反而是情節的填空，完成了敘事之必須。由此說來，「新興」的鄉愁魅力不是優先上接古今人類

25 同上注，頁九四。

26 論者從丘的離臺時間考訂其未戰先走，參考黃秀政、楊護源著：〈丘逢甲與一八九五年反割臺運動〉，收入黃秀政：《臺灣史志論叢》（臺北：五南，一九九九），頁一五三—一八五。反駁其論調者，可參考李祖基：〈丘逢甲乙未抗日保臺若干問題之我見〉，《臺灣研究集刊》第四期（一九九六），頁六四—六九。

通感，而是愴然淚下的時間當下。詩人的內在時間意識隱約已有改變。當丘流亡於粵東的憂患之軀，終於獲得朝廷批覆「歸籍海陽」。換言之，抗日往事終是塵埃落定，丘的流亡之旅有了據點，從而對自己的交遊網絡別有經營，處心構建了他文教理想的紙上原鄉，以至於日後構成寄存餘身，發展長才的區域文學空間。

論者多次提起，丘逢甲在廣東的足跡，最為人稱道的還是辦學理想的民間精神價值。這番對潮汕地區的貢獻，確實為丘的人生歷程刻畫了民間教育家的形象。只是落籍海陽，卻在丘的生命轉折口中尋訪出不同的意義。從被動的鄉愁到主動的辦學，這其中的轉折點，可以窺見當中值得追蹤的空間層次。辦學理想，如同陳平原教授以為，那是民間意識與立場的自覺選擇，「將對於國家／民族命運的承擔，落實在社會／桑梓的改良，而不是朝廷／皇上的恩賜」[27]。這鄉土情懷背後的空間，乃源自嶺東文化型態的部署，還是文人個體意識的取向，都值得特別探討。尤其陳平原提醒注意嘉應地區的特色淵源可能形塑不同的廣東地域文化。但本章卻想藉此基礎提出文人群體活動交遊的網絡，另有值得注意的跨國界交際。在地域化的考察當中，呈現了一個流動且延伸的文化場。這同時檢驗了近代時局下漢文學跨界的現實地理經驗。換個角度，空間意識是文人存在於時代轉折中急於捕捉的感受，尤其旅程經驗在一定程度上迴響或反思了他們在「現代」意識中的困頓與疑惑。因此有學者特別檢視丘在廣東階段發表的詩作，其中常見的用語往往不出如下灰暗字眼：劫、消、殘、亂、隔、痕、浩[28]。每一字都可以看作刻印了地理意義上的空間阻隔，種種衍生的空間意識。這反映在落籍海陽的實地辦學，輾轉敞開了另一層的空間寄託。鄉愁之實踐與轉化，往往隨著位移的流動關係，逼近詩人自身經驗及其生成的文學意識。如同割臺流亡而去的創傷經驗，傷痕之檢視，從「四百萬人同一哭，去年今日割臺灣」（〈春愁〉）到「相逢欲灑清衫淚，已割蓬萊十四年」（〈席上作〉），像陣痛般反覆重現，卻輕重漸漸有別。而詩情遺恨之流通，實非一己情懷的孤影自憐。這當中可以揣摩再三的，是丘遊歷過程所構築的交遊網絡，及此網絡延展的文學與政治效應。

丘逢甲交遊的文化圈人士，往往不乏領時代風騷的政治文化人。如同倡導維新，後鼓動勤王保皇的康有為，辦報的梁啟超，以及一身名士風流卻熱衷文教政治的邱菽園。這些交際友人各有時代抱負及其活躍場所。從保臺抗日退場的丘逢甲，其自我定位及期許，難保沒有捲土重來的意圖。只不過，這回的實踐所在，反是處身於更大的扭轉近代中國危機的版圖。文人交際圈共享了相濡以沫的情懷，也擔負各自的文化資本及權力。丘的教育選項，在保皇／革命的政治分水嶺之際，是區隔於康、梁，也相對找到影響遠在南洋地區的仕紳，諸如邱菽園、林文慶等人。環繞在這群友人之間的流動地理左右了區域文學想像與政治實踐。丘的潮嘉辦學經驗，如何配合域外目光及交遊資源，都可再三釐清鋪陳。只不過細緻推敲丘從嶺東往外延伸的交遊地理，有幾個「現場」線索脈絡值得觀察。

我們不妨將目光回到丘內渡初經潮州時，遇上了早年京城會試相識的舊友溫仲和。這故舊相見的

27 陳平原：〈鄉土情懷與民間意識〉，《當年遊俠人》（臺北：二魚文化，二〇〇三），頁一〇五。

28 韓大偉（David B. Honey）：〈從粵詩風看丘逢甲的廣東詩〉，《丘逢甲、丘念臺父子及其時代學術研討會論文集》，臺中：逢甲大學人文社會研教中心主辦，一九九九年五月十五—十六日，頁三一—一七。

歡欣，鼓舞了丘的落魄情懷。相同的際遇，也發生在隔年前往廣州時，途經梅州，會晤了闊別八年的當地名流梁輯五。而在路過潮州時，又意外跟多年前赴閩鄉試認識的好友王曉滄相遇。至於逗留廣州的時間，更特別拜會了廣東巡撫許仙屏、菊坡書院的梁詩五。這些政教名流及故舊好友，在一定程度上參與後來丘逢甲的人生事業版圖。溫仲和、梁詩五的書院經驗，成了丘創辦「嶺東同文學堂」的重要合作伙伴。後來還偕同王曉滄赴南洋察訪僑情。尤其當中的溫仲和、梁輯五、梁詩五、王曉滄，其實都是粵東客籍的詩人[29]。丘逢甲內渡以後的交遊網絡由客籍詩人群出發，既提醒地域文化背景的一拍即合，也印證了方言群認同的文化交際傳播為文化流動的起點。這隱然聚合的粵東詩人群落，隨著相互間的文人唱和與酬贈，分享了集體意識的文人雅興與時代情懷。丘迫不及待地將此間詩人的盛況榮景轉寄告知香港的潘蘭史及新加坡的邱菽園[30]，既期待唱和，也不無詩篇流通出版的心願。跨出地域的交流網絡，其實象徵了精神共同體意義的漢詩沙龍。尤其不能略過的另一客籍詩人黃遵憲，其早已縱橫詩壇的名氣及域外經驗，相對成為這一粵東客籍詩人群體的重要象徵。以至於後來從商辦團練、開辦嘉應米公司、撰寫方志、辦教育等諸多文化與地方建設[31]，都間接整合了這一批客籍詩人群體。

地域性的文人交遊本是常有之事，但考察丘逢甲為核心的交遊地理，可以看到隨著其海外的交遊網絡，形成了一個初步的跨界文藝圈。當中必須說明的關鍵人物，乃是寓居新加坡的邱菽園。邱菽園認識丘逢甲的緣由，始於傾慕丘逢甲的抗日事蹟。甲午戰敗那年，二十二歲的邱菽園在北京參加會試，在驚聞國家噩耗之際卻聽聞了臺灣的英勇抗日。那年丘逢甲三十二歲。丘逢甲內渡以後，因書信溝通，詩文互贈，二人的惺惺相惜，為區域的詩人唱和與交遊起了整合的起點。丘逢甲對彼此的交遊是體認為流離個體的相依存：「珠海星洲兩寓公，眼看時局感應同」（〈春日寄懷菽園新嘉坡〉）。這樣的交際因緣也相對往周邊網絡擴散。在這群客籍詩人群中，或多少經由丘逢甲的關係，跟邱菽園糾集為廣闊的文藝沙龍。其中財力雄厚的邱菽園，往往作為詩文印刷出版的中介。一八九八年戊戌政變以後王曉滄與丘逢甲在厭倦世局之下有不少批評時政的唱和，刪減不得見人者得詩百餘首，就交由邱菽園校訂為《金城唱和集》在新加坡刊行。這是丘逢甲內渡後第一次有詩作刊印的集子。相對的禮尚往來，丘逢甲也為邱菽園的著作《菽園贅談》、《五百石洞天揮麈》作序。相互的文學支援構築了現實流動的文學場。

同年邱菽園在廣州刊刻《紅樓夢絕句》一卷之際，竟意外造就了新興的海外紅學文化圈[32]。這其中的發生原委，始於邱菽園個人集結分詠紅樓夢的絕句百餘首後，交由同學校對。不料，同學卻公開遍徵題詞，於是短期內陸續收到了謝道隆、丘逢甲、丘樹甲、許南英、溫仲和、潘飛聲、李季琛、王

29 粵東客籍詩人的相關文學成就與事蹟，可參考羅可群：《客家文學史》（廣州：廣東人民，二〇〇〇）。

30 丘逢甲：〈致潘蘭史信三封〉，收入廣東丘逢甲研究會編：《丘逢甲集》，頁七九八—八〇〇。

31 郭真義：〈近代粵東客籍詩人群體及其創作〉，《廣西社會科學》第三期（二〇〇四年三月），頁一〇二—一〇五。

32 相關記載見邱菽園：《五百石洞天揮麈》卷八（廣州：觀天演齋校本，一八九八），頁一—二。

曉滄等閩粵、臺灣各地的詩人爭相寄來題詩及文章。轉眼間，這一部《紅樓夢絕句》竟成了集合三十多人的紅學集子。如此一部結合集體創作刊行的集子，反映了文人網絡有其內在互動的根本精神。除了本來相識的故舊，唱和及題詠作為詩人交際方式，相對容易凝聚認同，也鋪展了共通情感與胸懷。此番《紅樓夢絕句》的共襄盛舉，實際點撥其內涵旨意，倒驗證了詩人文藝沙龍消費的是典型的文人雅趣，並在寄託情懷中貼近了亂離世局中的創傷共感。乙未以降的遺民集體氛圍反藉由紅學成就了另一番景象。流亡之際，眾人的懺情之作竟是紅樓夢。論者以此定調其為邊緣處境的遺民紅學[33]，卻輾轉指陳了詩人群體的內在空間，以流亡的創傷性結構整合為共感共生的抒情交流及相互依存。作為隱喻性的敘事，題詠《紅樓夢》特別勾勒詩人「暗通款曲」的經典空間。詩文的唱和酬贈賣弄的不只是才子之筆。末世的飄零之感，抱負的經典舊夢，詩人的審美意識型態有其對應殖民創傷的內在基調。離臺前夕「我不神仙聊劍俠，仇頭斬盡再升天」（〈離臺詩〉），丘逢甲一身俠骨盡是章回世界內的風流霸氣。爾後對照筆下的紅樓角色黛玉香菱，「難消悼玉憐香意，證果紅樓夢裡人」[34]，才隱然挑明了箇中真意。家國崩壞，文化傾塌，丘一生難抵時代洪流，不復歸返臺灣。環繞經典訴盡衷腸，不也暗中道破以詩存身的榮景，盡是「幻色身」。寄存於古典的心靈，終究是幻夢一場的心理世界。晚清以降詩人跨境的酬唱流風，既是雅趣，又何嘗不是古典漢詩的迴光。

當然唱和作為更明確勾勒文人群體網絡的觀察指標，有其歷史淵源。文人之間的詩書酬贈、唱和之風是古代文學交際的一環。唐代元白、皮陸的唱和，更視為濫觴。但近代詩人因唱和而纏接為文學網絡，詩人的游移形成空間意義上的群體流動，則必須意識到乙未割臺的歷史震撼經驗所造成的地理與心靈流亡。那以臺灣為創傷主體的事件，掀開了中國破敗的底牌，也割裂了一道時間的縫隙。這可以觀察到流亡在臺灣內外的文人處境。流亡在外，分享著共通的遺民情懷，以醞釀各自的政治謀略，或寄存各自文學生命經驗的意識深淵。在時間與空間的現代經驗光譜中，以回應敘事之必須，相互以文學觀點滲透。流亡在內，尤其放眼臺灣島內。既有拒絕斷髮的遺民，也有曖昧的漢人日人詩歌雅集。

檢視丘逢甲的交遊，酬唱作品的數量甚多，但也不能一概視為附庸應對之作。畢竟就他跟邱菽園之間唱和往來的詩篇書信，也有百餘首。而他們之間的交往及詩人群的互動，也再三說明了詩學的唱和現象另有現場。歷來論者討論近代詩歌發展的面貌，提及丘逢甲部分都會凸顯其愛國詩人情懷，並隱約指出其在詩界革命脈絡中的表現及立場。換言之，詩界革命可以觀察的重點，顯然有一個詩人群互動的區塊。其中，南社大將柳亞子直言：「時流競說黃公度，英氣終輸倉海君」（〈論詩六絕句〉），似乎也點出了丘逢甲與黃遵憲的詩壇位置，有著較勁的意味。黃較丘年長十六歲，成名也早。兩人的相識，始於丘赴京城會試。至於兩人論交，則要到戊戌變法失敗後黃被革職歸里，丘特意前往梅州探望。丘的內渡流亡與黃的官場失意，結合了兩人的憂國情懷。彼此詩篇唱和不少，交情甚

33 參見吳盈靜：《清代臺灣紅學初探》。除了《紅樓夢絕句》的原始刻本，其部分作品亦可見一粟編：《紅樓夢資料彙編》（北京：中華書局，二〇〇四）。

34 丘逢甲：〈扶風君有私印曰「黛玉性情、香菱遭際」，鈐之牘尾，意有所感，書此為寄〉六首之一，收入廣東丘逢甲研究會編：《丘逢甲集》，頁三四五。

篤。然而，特別有趣的是兩人的詩歌長才，竟在詩家同好間有了傳言。一九〇〇年遠在新加坡的康有為及邱菽園聽聞黃、丘二人因互爭詩才之名而有了齟齬，甚至康有為還特別賦詩三首規勸二君，轉托邱菽園代為致意。其中寫到「亡國原為好詩料，保身最好托詞章，只愁種滅文同滅，佳集雖傳亦不長」[35]。丘、黃不睦的傳言是否屬實，無從查證。倒是在庚子年間，二人之間的唱和詩篇卻無中斷，且為數不少。同年秋冬，丘自南洋歸來後還赴「人境廬」造訪。這些文人交遊的事典，其實隱約突出了詩人交遊網絡的多重性質及其複雜。他們既以詩互通時事，也交換情懷。但文人才華出眾，心思也縝密。丘黃二人之間應無事證說明交惡，但黃遵憲晚年在給梁啟超的信裡，卻透露丘曾自負稱道「二十世紀中，必刻有黃、丘合稿者」、「十年之後，與公代興」。這番表白，看在黃遵憲眼裡，卻頗具心胸的以為「論其才調，可達此境，應不誣也」[36]。二人詩名爭雄之傳言，也許過於誇大。但內在較勁的詩壇定位及自我起許，顯然是可以想像的。畢竟作為粵東客籍詩人的兩大重要支柱，相互牽引的文學空間，說明了自身在地域文學的格局。而拓展境外的文學場，除了文人足跡的移動，詩篇的唱和及刊載其實是文學空間的另一層紙上地理。

黃遵憲像

從康有為、邱菽園在聽聞黃丘二君不睦之後的反應，作為故舊與詩友皆有所勸說。但康有為的三首詩卻不見於早期集子，應是後來恐怕事情乃誤傳，故收起不寄。但近年整理出版的集子卻收入此詩，且還加上了康有為的眉批：「仙根其人心胸甚窄，眦睚必報，現其人尚生，此詩似不必使其見」[37]。這說明了康有為早期送交梁啟超整理手稿出版並未出現此詩的原因。但也透露出這群詩人交遊的結果，乃隨著後來各自政治立場有異，進而出現裂痕。丘逢甲與康有為、邱菽園之間的積怨疏遠，甚至康有為與邱菽園的絕交復交[38]，都指稱了這區域性的文人交遊，其實籠罩在時代氛圍。既是共享遺民流離情懷與興國抱負，又受時局見解所限。從詩人的詩文酬贈、志趣結合、友誼互訪，他們之間相互依存，也各自積累資本。就文學地理的意義，這群詩人網絡透顯了文學離境的契機，在於時勢格局為知識分子敞開的流亡空間。文學由此發生意義，詩文跨區跨界流通，甚至在各地刊印形成漢文學播遷的趨向與各個文學場及文化場的發源。

35 詩句出自康有為〈聞邱仙根工部歸里，與黃公度京卿各爭詩雄至不睦。文人結習，別開蠻觸。國危矣，尚如此，二君皆吾舊交，以詩托邱舍人致意問訊，且調之〉。此詩未見於康有為的早期集子，最初刊載於邱菽園主持的《天南新報》（一九〇〇年十一月十日）。

36 黃遵憲著，錢仲聯箋注：《人境廬詩草箋注》（上海：上海古籍，一九九九），頁一二四九。

37 上海市文物保管委員會文獻研究部編：《萬木草堂詩集：康有為遺稿》（上海：上海人民，一九九六），頁一二八。

38 關於康有為和邱菽園的交往，從相識、絕交到復交歷程，參見張克宏：《亡命天南的歲月》。該書第六章。

周旋於丘逢甲、黃遵憲、康有為、梁啟超、邱菽園等數人身上，就可以發現彼此的詩文流通及交遊地理，乃交織為一個繁複的文學生產空間[39]。隨著詩文寄贈及刊印，更指向了文學象徵符號的流通與積累。於是，梁啟超在日本主持的《清議報》、《新民叢報》「詩界潮音集」、《新小說》「雜歌謠」可以看作詩界革命先聲的發表園地。新加坡邱菽園創辦的《天南新報》所刊登的詩人作品，也表現出文學南來的「現場」，及醞釀了馬華文學發生的意義。

在國共內戰、日軍侵略所掀起的另一波文人流動高潮之前，晚清時刻的舊文人群體移動及交際，無形中預告了一種值得探討的漢文學經驗。在近代文學遭遇現代衝擊之下，傳統論述著眼的脈絡是文人個案或自成格局的各個區塊。若整合考究一個更大的交際網絡，地域成為區域，至少提出了漢文學的規模及其文人群體的文化生產與心靈經驗。

第六節　從潮州到南洋：文教舞臺與詩學空間的建構

關於丘逢甲的南洋行，在眾多丘逢甲的研究中，始終只有屈指可數的文章進行專門討論。就連考證詳細的徐博東、黃志平撰述的《丘逢甲傳》，對於這段旅程，也僅用了相當簡略的篇幅介紹。由此看來，南洋之旅，始終只是南方的議題[40]。

傳統以來，文人的南洋行往往在其流動的歷程中不過是聊備一格的域外經驗之一。但放在南方的場景，調整目光，盤整區域文學與文化論述卻可以發現南來的文人可以是「巨大的起源象徵」[41]。相對的，當我們更擴大視其為近代漢文學離境的現場，其象徵意義可以著眼在文人品味與文化資本的挪移及搬動[42]。但也可以刻畫文人交遊網絡在地理的流動上意圖表述及賦形的時代經驗。換言之，文人流動的交集及影響是回應著漢文學的近代遭遇及其結構。疊錯的文人網絡就是區域文學的現場。因此，丘逢甲的南洋行所彰顯的意義為二十世紀初的文學現象，提出了一個比較有別於康梁保皇及孫中山革命政治的雙軸向的「抵達之旅」。相對來說，丘逢甲走的民間教育路線，更多了自身關懷與能夠調度的資源。這可以說是有意識的區隔與選項。

39 歷來針對文人交遊的考證文章並不少，但史料呈現居多。關於本章討論的個案，研究成果可參考丘鑄昌：《丘逢甲交往錄》（武漢：華中師範大學出版社，二〇〇四）。鄭喜夫：〈丘菽園與臺灣詩友之關係〉，《臺灣文獻》第三八卷第二期（一九八七年六月），頁一一五——一六三。

40 關於這議題的研究成果，主要集中在新加坡，包括陳金樹：〈丘逢甲南遊詩研究〉（新加坡：新加坡國立大學中文系碩士論文，一九九九）。另外，還包括該系的研究員王慷鼎：〈新馬報章所見丘逢甲詩文及有關資料目錄初編〉，《中教學報》第二二期（一九九六），頁一三七—一四九。該系畢業的學者張克宏：〈丘逢甲的南洋之行〉，《華僑華人歷史研究》第四期（二〇〇〇），頁七〇—七七。

41 黃錦樹：〈境外中文、另類租借、現代性〉一文關心的個案是黃遵憲、康有為對馬華文學場的意義。

42 參見拙作：〈邱菽園與新馬文學史現場〉，收入張錦忠編：《重寫馬華文學史論文集》（埔里：國立暨南國際大學東南亞研究中心，二〇〇四），頁三七—五三。

丘的南遊之旅，起因於他在潮州籌辦「嶺東同文學堂」時考慮赴海外籌款。就在一八九八年給邱菽園的回信中，字裡行間已透露自己的客居心態，甚至不諱言自己的保教保種，考察政要的動機[43]。辦學理想湧現，其實跟丘逢甲早年在臺灣書院，內渡後在潮汕地區書院任教的經驗不無關係。但真正重燃辦學熱誠，恐怕還是維新的刺激。政變結果所導致的悲憤改革動力，確實引導了丘保種保教，出國遊歷考察的決心。開辦新式學堂，成了時代呼聲，也同時在日本「東亞同文會」（東亜同文会）積極運作下，「嶺東同文學堂」成了丘的事業抱負。

一九〇〇年三月初，丘偕同王曉滄應廣東保商局之邀，以聯絡南洋各埠閩粵商民事宜展開其生平第一次的遠行。當時中國在新加坡設有總領事，檳榔嶼設有副領事外，其聯繫僑民僑商的工作仍有各省的運作空間。丘逢甲等人從潮州出發，經香港、西貢、高棉，終於在三月十八日抵達新加坡。此時遠行，除了文教抱負，詩人旅程中的觀感在寫作的詩篇中有著別具意義的映照。出海遠航，踏足境外，自然眼界有變。筆下詩篇觸及異域風景，反而為傳統漢詩語言的新穎表達提供了空間的體會與美感特質的改變。以古典漢詩表現新知識與新經驗，這是晚清維新詩派對詩的主張。從丘描述旅途中海上觀日月的兩首詩作，詩人重建了海洋視野，間接調整了傳統詩人自然觀察的美學路徑。在往香港的輪船上，詩人對日出日落的天文地理現象，有著以下的描寫：

> 迂儒見不出海表，苦信地大日輪小。安知力攝萬里球，更著中間地球繞。（〈海中觀日出歌由汕頭抵香港作〉節選）

詩中陳述的是一個有趣的日常科學經驗，那是地球及太陽繞行的知識。詩人選擇的現實情境是由海上觀察日出，以致地球環繞太陽運行的法則，轉變為個人的經驗意識。「地大日輪小」本來是人身視域的限制，但詩人卻用「迂儒」象徵舊知識的整體，以致需要被摒棄的觀念，突破了界線，讓詩人的海上驗證有了現實依據，重構了自然觀察的方式。如此一來，詩所變異的空間，直接由個體擴張到整體。而下聯的太陽與地球繞行的空間對應，則巧妙將天文世界轉化為詩的辭句搬弄。「力攝」、「中間」所展演的空間策略，反將那年頭不好清楚解釋的天文觀念，輕易轉為詩裡乾坤，映照出別具一格的詩學趣味。尤其透過乘船出海的域外觀察，詩人實踐的不完全是詩界革命所強調「新派詩」的新詞語、新意境的改變。其特殊的關鍵處，在於以新興知識帶來的空間經驗重組了古典漢詩對自然景觀的描寫。換言之，當對自然萬物的直觀代換為知識的介入，單純的「海中觀日出」則指出了舊體漢詩的新氣象。片段的美感或直觀經驗所彰顯的主體意識，已讓渡為個體與天文知識所產生的空間矛盾。詩的表述成為新興經驗的傳播。故而，詩人刻意自稱：

> 我是渡海尋詩人，行吟欲徧南天春。完全主權不曾失，詩世界裡先維新。（〈海中觀日出歌由汕頭抵香港作〉節選）

43 原題為〈故人尺書〉，《天南新報》（一八九八年七月二十日）。又見丘逢甲：〈致菽園〉，收入廣東丘逢甲研究會編：《丘逢甲集》，頁七六八—七七一。書中誤植書信年分為一九〇〇年。

詩世界的維新，強調的是經驗結構的改變。丘逢甲對維新詩派的主張有所繼承與實踐，並清醒意識到，改變並不喪失主權，反是新的空間的開拓與生產。這好比丘逢甲南遊的詩學宣言，旅行擴大詩的題材，期許以異域經驗重建詩學空間。

同樣以自然景觀入詩，丘逢甲是擅長處理海洋、月亮意象的能手[44]。畢竟「我生自是東海客，萬里行吟海天碧」（〈鳳皇臺放歌〉），浪跡海角天涯的情懷，無奈有著時代的滄桑。「明月出滄海，我家滄海東」（〈對月書感〉），丘展現跨海避難的原初情感，以致「喪亂山河改，流亡邑里空」。乙未內渡者集體流亡意識的縮影，成為詩人情感的基本元素。古代詩人望月寄情的雅興，到了丘的筆下，客愁的惘然仍然清涼透沁：

> 火樹銀花句懶吟，望京樓畔客愁深。他年見月應回憶，寒雨春燈此夕心。（〈元夕無月感賦〉四首之四）

藉由海天明月寄存鄉愁國恨，不過是詩人主體的情感投射。詩人寫來清麗淡遠，但不出傳統範疇。而此刻南下遠航，海天景象別有洞天，海上望月卻另有馳騁想像，視覺感官的豐富體驗。在〈七洲洋看月放歌〉，古體雜言詩沒有字數韻腳限制，詩的氣象有著更清楚的現代經驗痕跡，試擇錄以下一段：

七洲洋裡看月行，數遍春宵古無此。舟行雙輪月隻輪，青天碧海無纖塵。茫茫海水鎔作銀，著我飛樓縹緲獨立之吟身。少陵太白看月不到處，今宵都付渡海尋詩人。月輪天有居人在，中間亦有光明海。不知今宵可有南去乘舟人，遙望地球發光彩。地球繞日日一週，日光出地月所收。此時月光照不到，尚有大地西半球。此時月光隨我來南遊，大千界中有此舟，更著此月來當頭。……

詩的想像奔放自由，詩人精確認定海上看月，已是今古有異。當下時間的特殊感，扭轉時空，突出了標誌機械時代的現代性特質。船與月的同行相伴，以「輪」的工具姿態，改換了青天碧海的美感抒情，而「無纖塵」視覺經驗反而沾染著理性意識。船的行進，帶動的是速度。詩人表明李太白也難以觸及的想像，是乘坐輪船的現代體驗。詩人感知的旅行速度，行走在汪洋大海而開啟了廣闊空間。讓天文常理介入的想像已不再是個體抒情，而是知識的閒情。換言之，旅行世界跟知識相連，行走是「經驗」，是積累知識的展演。因此望月的想像，其實是速度帶動下的經驗想像，進逼月球而揣想月球表面的光明海上的乘舟人，不過巧妙地轉化了主體乘船於汪洋的空間震攝，海天遼闊及速度的感知。當地球繞日，月光照不到西半球等知識語言羅列並置，詩的抒情美感退序，代之而起的是旅行的「景觀」。於是，詩人與月的互動，是重新建立的空間對應關係。其緊緊把握的是人在現代經驗下的

44 關於丘逢甲海洋、月亮意象的分析討論，可參考賴曉萍：〈丘逢甲潮州詩研究〉（臺中：逢甲大學中文研究所碩士論文，二〇〇二）。其中第四章的第二、三節。

空間概念。空間成為定位個體處身座標的現代意識，一種觀察自然、安身行事的「世界觀」。這當中固然有天文知識帶來的想像衝擊，但現代「景觀」背後無法繞過機械革命。以致詩裡出現「月光遍照六大洲，萬怪千奇機械見」也就不足為怪了。詩人以長詩描寫海上看月，著眼詩的空間的標新立異。因此「自是詩中海權大，萬里南天開海界」就再也不是虛言，而是重申以旅途、異域來重建詩學美感及詩人經驗的重要路徑。詩維新，不侷限語言觀念，而是「現代景觀」的建立。丘三番兩次以「渡海尋詩人」自詡，南來旅途而另闢詩學空間的用心，也就不言而喻。但〈七洲洋看月放歌〉以新奇的想像，口語風格及現代的視野入詩，難免改變了漢詩的傳統趣味。不過，以下對輪船行走海天明月之間的描寫，結合了感官的視覺、聽覺感受，已帶有現代經驗的美感特質：

> 天上之月海底明，上下兩月齊晶瑩。兩月中間一舟走，飛輪碾海脆作玻璃聲。

丘正是借用格式自由的雜言歌行體，表現了漢詩美感的轉折。

不過，對海天望月經驗展開現代視域的建構，丘逢甲並非第一人。早在一八八五年黃遵憲由美國歸來的途中，已有賦詩表達天地物我之間的巧妙觀察[45]。然而，對於歷經乙未割臺渡海避難，維新變法失敗的丘逢甲而言，遺民境外流動的焦慮與抱負，是他別於黃遵憲之處。以詩力圖展示現代景觀，標誌個人文化家國改造的意志，也凸顯詩人遷徙移動的地理座標，生發了一個相對照的空間轉換。面對新興自然秩序的體驗，丘以詩的試驗入手，恰似在境外旅途建立辨識景觀的一種儀式[46]，以現代移動建立漢詩的意識。

丘逢甲遠行異域，所見所感必然不同。但詩人筆下紀錄的異地景象，並不純粹著眼綺麗風光，反處處流露漢人視野下的民族主義情懷。越南是早期漢文化的播遷之地，詩人登岸遊歷卻感觸良多。觀其〈西貢雜詩〉記載的異地經驗，有遭遇殖民者的詫異（「誰知富貴誇真臘，竟屬黃鬚碧眼人」），有憂心越人西化、漢文化失傳的民族憾恨（「未肯洋裝換越裝，金環椎髻素衣裳。傳經但讀佉盧字，遺教無人說士王」），有政教體制的刺激（「可憐膜拜西天佛，管領真歸大法王」），當然更少不了透過物質環境的居屋觀察，影射法國殖民者與越人的階級差異（「金碧樓臺眼界新，競將工巧詫西人。竹籬茅舍清江上，幾樹幽花本色春」）。這一切其實說明丘的旅途表面遊覽風光，實質是教化者的民族

45 上舉丘逢甲兩首詩裡的天文知識描寫，在黃遵憲的〈八月十五夜太洋舟中望月作歌〉、〈海行雜感〉裡也有相似處理。但丘在模仿之餘仍有不同的創新，展現其對南渡旅途經驗的驚異，及詩學理想。丘逢甲與詩界革命的關聯，參見張永芳：〈丘逢甲與詩界革命〉，《詩界革命與文學轉型》（北京：中國社會科學，二〇〇四），頁一八七—一九四。

46 此詩雖然展現的是詩人旅途觀月經驗，但詩句「七洲洋裡看月行」，其實調動的語言，是粵東客家人在山歌裡傳唱離鄉背井、飄洋過海的華工經驗。山歌裡的「七洲洋上七日夜，孤單親哥水上浮」、「汕頭行出七洲洋，七日七夜水茫茫」，出洋謀生的悲歌是現代的境外經驗。丘的旅途景觀及感觸，不免有此底蘊。七洲洋乃從福建、廣東往南方出洋者必經海域，按今日地圖，含括南海諸島和南沙群島一帶水域。參考韓振華：〈七洲洋考〉，《南海諸島史地考證論集》（北京：中華書局，一九八一），頁二一一—六二。

胸懷鋪陳，並清楚展示其內在心理的撞擊體驗。

不過，旅途上仍有讓丘逢甲驚豔欣喜之處。抵達新加坡與詩友文士的見面相處，詩人間的唱和作樂自不能免，傳統的冶遊之趣尤顯柔情。「春風海上客徵歌，消受群花眼福多。我比石齋尤豁達，不妨坐抱顧橫波」（〈飲新架坡觴詠樓次菽園韻〉四首之一），詩裡流露的煙粉之樂可見一斑。但詩人異鄉遇故人容閎，詩句調遣的豪情壯志，仍鏗鏘有力：「異域扶公義，神州復主權」（〈星洲喜晤容純甫副使閎即送西行〉）。面對家國興亡的士大夫抱負，詩人的異地行旅乃且戰且走。對於南洋蠻荒之地可以結識不少名士豪傑，丘顯得振奮，也有些感慨。除了早已相識的邱菽園等人，南洋最早創辦的報刊《叻報》主筆葉季允也宴請接風，同時在報刊題詩表示歡迎。丘逢甲自然以詩回贈，而葉氏再投詩報刊唱和。二人在短短一二日內詩作往返，葉氏更因主筆之便，以報紙為唱和的文學園地與溝通媒介。除了公開友好氣氛，提倡文風，葉氏詩裡坦露的心意，更代表了移居當地的南來文人的孤獨心態，及遇見中原大詩人的欣喜之情。從他們兩日間部分往返的詩句，預見了南洋文學的早期宿命：

《叻報》主筆葉季允

當塗月旦才人忌，叔世衣冠志士羞。祇有詩情拋不卻，願隨吟屐細賡酬。（葉季允：〈贈邱仙根工部兼柬王曉滄廣文〉節選）

勞贈才人絕妙詞，天涯有客遍搜奇。獨憐荒嶠來相語，絕少韓陵一片碑。（丘逢甲：〈答葉季允懋斌見贈〉）

聞見誰曾辨異辭，祇憑塗抹紀新奇。嫁衣金線年年壓，輸卻人間沒字碑。（葉季允：〈書感次邱仙根水部見贈元韻〉）[47]

丘逢甲藉誇讚葉氏才情，表現了對南荒之地文士才人的驚喜。但現實的際遇則是如此好文章，根本不為中原人士所知，偏要來到異地才有機會拜讀。他調動韓陵石的典故妙喻好文采，隱約暗示了流寓炎荒之地的名士有如南洋多數立於山上無人辨識的碑文，終將淹沒於荒煙漫草之中。而葉氏的回應，明白說穿報人角色只是幫別人作嫁衣，無以留名。文人滿腔詩情只有在相互唱和間聊以慰藉。

我們透過兩人詩作往返，清楚勾勒出南洋文學現場的基本現實。儘管偶有詩友酬唱，但大部分文人心態恰如葉氏，他們面對有待文教啟蒙的移民社會，大部分時候都是寂寞的。當中原文人到來之際，內在的文學熱情才強烈爆發，形成丘逢甲等人見識到的南洋風采。換言之，丘逢甲的文教之行拓

47 葉季允（懋斌）二詩，分別見於《叻報》（一九〇〇年三月二六日及二七日）。報刊上的筆名為惺噩生。丘逢甲一詩見於《丘逢甲集》，頁四六四—四六五。

展了一個與當地文人共享的詩學空間。這是過往文人少見的文教與漢詩搭配的行旅。

當丘確實處身異地，故人相逢、家國鄉愁、殖民境遇構成為流寓風景的一環。憂患及文教傳播是詩人丘逢甲這時期最常表現的漢詩情懷，也展現了異於中國境內創作的美感經驗。漢詩處理異域風光固然古已有之，但我們觀察現代視域下的異地漢詩特色，非僅以竹枝詞的形象，而是進一步攸關詩人主體拋置的流離眼光，藉異域描寫及旅途的現代性體驗，調整了自古傳統詩人「遊」的胸懷，而展開異域風土的理性與生活對話。旅途上的酬唱構成為最實際的詩學場域。正因為這一層次的介入，詩人搭建的文教舞臺有了地方感性的遺留。而詩藉由短暫的旅途，烙印為南方的詩篇。詩人南來帶動及活絡了文學的交際，成就延續未斷的離散漢詩傳統。這讓我們在南來的文教軸線上，看到流寓文人另有一種詩學的意圖和建構。

丘逢甲來到新加坡，所形成的文化效應其實是巨大的。因為早在他出發以前，邱菽園創辦的《天南新報》在兩年半期間就發表了丘逢甲的詩作百餘首，以及為數不少的文章與對聯，同時還將兩人的往來書函照刊，並刊登了丘逢甲擬定的〈潮州汕頭創設嶺東同文學堂序章程並附〉[48]。人未到而作品先行登陸，這是值得注意的漢文學播遷脈絡，在文人間與區域社群創造了互動對話的場域。丘逢甲的名氣、光環與辦學志向早已滲入當地知識階層的紳商之間，成了時代名人。更為重要的是，早在該年的二月初，康有為也流亡到了新加坡。兩位近代的文化名人及詩人，為孤懸海外的新加坡島，帶來了文化光環及文教氣息。由於事前的介紹與醞釀，丘逢甲在新加坡的行程除了接見僑界人士，還接獲各地邀約演講。如此一來，丘的行程不侷限於新加坡，同時去了馬來半島，印尼展開各埠的演講與拜訪。這一切的文化活動，丘逢甲都留有詩篇記載，當地報紙也都追蹤報導。但這趟南洋之旅，值得注意的則是丘逢甲自行定調的教育之行。一八九八年七月二十日，丘逢甲給菽園的信件刊載在《天南新報》，內容就提及設立中西學堂的事宜，且建議邱菽園督促當地精通西學的友人林文慶及曾錦文多譯醫學與律學之書籍，以造福國人。學堂設立之意義，「保國可也，保教可也，保種可也，即不然，僅同心合力，以保在洋之利權亦可也」[49]。保種救國是近代中國知識分子救亡圖存的言論，丘逢甲有此心意並不奇怪。然而，在他們抵達新加坡以後，三月二十六日《天南新報》版首王曉滄發表了〈星洲宜建孔廟及開大學堂說〉，隔日丘逢甲接續發表〈勸星洲閩粵鄉人合建孔子廟及大學堂啟〉。整趟旅程反由此定調為一趟宣揚辦教育創學堂宗旨的文教行旅。接應情勢發展的，當然是各地演說熱烈的情景，尤其丘逢甲途經之地多是華人移民聚集之所在，掀起的旋風鼓動了當地的孔教運動，也為邱菽園多年經營報刊、推動學堂的工作，採集及收割成果。

在這一趟行程當中，特別之處當屬邱菽園主導的文人圈及文化界的熱烈響應。丘逢甲一行人的言論文章詩篇，幾乎每日見報。詩人之間的酬唱之作，往往也直接刊載於報刊回應，表現最佳時效。整個文化界的焦點全落在丘逢甲的行程，也無形說明了邱菽園主持的《天南新報》投入之深。其影響所及使得丘逢甲風潮往各地燃燒，其他地方性的華文報刊相繼報導，凸顯了早期新馬文化場域裡文人與

---

48 關於丘逢甲詩文在報刊的出處，參見王慷鼎：〈新馬報章所見丘逢甲詩文及有關資料目錄初編〉。

49 參見丘逢甲：〈致菽園〉，頁七六八—七七一。

公共媒體結合以積累文化資本的雛形。從丘逢甲留下的詩篇及報章記載，我們可以推敲丘一行人的足跡從新加坡啟程，乘船往檳榔嶼。在行經馬六甲海峽時，從船上眺望當年鄭和下西洋駐留的馬六甲港灣，歷史的幽靈開始在詩中探首。「欲問前朝封貢事，更無人說故王家」（〈舟過麻六甲〉之一）。從前麻六甲王朝與中國的貢屬關係已事過境遷，當年移民卻成了異地遺民。丘逢甲以詩慨嘆，意味深沉：

> 荒山中尚有遺民，一死居然與古鄰。贏得蓋棺遮短髮，四方平定鐵崖巾（〈舟過麻六甲〉之三）

他驚訝本不世襲的遺民，竟在移居異域後仍以明衣冠入殮。一種仰望中原的民族鄉愁，在詩人遊歷途中召喚出沉重的歷史感。寫景抒情何嘗不是寓意自己的遺民身世，漢人的離散蹤跡。

一行人抵達檳榔嶼，則來到了另一個華人移民集居的重鎮，熱烈的景況可想而知。這小島當年還是黃遵憲養病、康有為避居的所在地。自檳榔嶼再南下馬來半島，霹靂州的吧羅（今之怡保）是另一個目的地。當地商人王維泉捐地建設聖廟學堂，還先設藏書樓，請丘逢甲發表演說。這也許是丘這次行程中最直接的迴響。丘的演說不但表明「今日不可不急先建一孔廟，以維繫人心」，更慷慨激昂的號召「若南洋有此數千有用人才，將以救中國不難」[50]。這其實是最有表現張力的場所。丘在該年五月八日就發表了〈吧羅創建孔廟學堂緣起〉，更直言感動於大霹靂的華人尊教興學，因此「逢甲歸矣，而心則猶留南洋」[51]。可見華人文化界的響應及高格調的推崇，其實替丘逢甲的人生事業找到了海外的另一舞臺。更何況當時邱菽園的鼎力相助，以個人龐大財力辦報辦學堂，支援文人的詩文刊印發表，接濟流亡政治人物，相應為文人的交遊開闢更大的文化場。丘逢甲的主導教育議題，固然跟他近年辦學堂的主張互通，但也不妨視其為個人文學空間找到更大的消費據點。相較康有為的熱衷勤王保皇事宜，邱菽園支應的部分是經濟援助，也透過開辦的《天南新報》與《振南日報》表明政治立場。但對於支應丘逢甲的部分，反而主導為另一個文化教育的原鄉圖景。事實上，就連丘逢甲本人也藏不住意氣風發的自豪。從兩首〈自題南洋行教圖〉的氣勢看來：

> 莽莽群山海氣青，華風遠被到南溟，萬人圍坐齊傾耳，椰子林中說聖經。
> 二千五百餘年後，浮海居然道可行。獨倚斗南樓上望，春風迴處紫瀾生。[52]

詩裡展現了熱烈的排場所提供的文化自足。恰是這種萬人聽教的場景，激動詩人飄零枯竭的心境，彷彿找到了異域漢學復興的契機。當初的「渡海尋詩人」至此，終於在營建的詩學與文教空間裡

50 該演講稿原刊〈紀邱工部逢甲大霹靂埠衍說　四月初一日〉，《天南新報》（一九〇〇年六月四日）。又見《丘逢甲集》，頁八二三—八二七。

51 見《丘逢甲集》，頁八二三。

52 丘逢甲：〈自題南洋行教圖〉，初見《天南新報》（一九〇〇年五月二一日）。又見《丘逢甲集》，頁四七〇。

窺見理想，渡海實踐詩與文的寄託。這當然不是丘個人的自我膨脹，隔日見報的王曉滄詩句一樣留有記載：「書聲藉地琅琅誦，青荻風搖鴂舌音。」[53] 那恐怕是以流亡之軀重啟個人事業的一個巔峰。從保教保種到興學，當地移民所追求的文化身分安頓與確立，為丘逢甲的教育事業，拓展了意想不到的文學空間。流寓怡保行醫賣藥的同鄉王桂珊乾脆對丘明言：「不妨異域崇文教，聖學昌明正此時」[54]。相對康梁的政治事業，從維新到勤王保皇；丘以孔教為尊，再談興學，其實都借用了康有為思想的精華。只是丘更著眼的教育取向相對減弱政治立場，卻為廣大流寓南洋的華人移民建立安穩的文化位置，也等於為自己的文學資產開創新的可能。離開吧羅後，詩人繼續遊歷了吉隆坡、芙蓉等地才回到新加坡。此趟新馬旅程，丘逢甲為南洋華人移民社會的孔教運動及興建學堂開了風氣之先，當地華人組織及響應的活動也從此蓬勃發展起來[55]。

回顧整個文化場域扮演軸心意義的邱菽園，他接應各地文人輾轉的地理或詩文流動，既是交換與積累詩人的文化資本，同時也延伸詩人個體生命的文學空間。就當地文化布局而言，這是一個新興的文化場。其中見識了邱菽園作為南洋地區的重要文人媒介。他以個人財力物力，動員建構的文化場，其實是一種紳商傳統，也屬於個人的名士風流。財富的文化耗費拉抬了邱菽園的社會階級。但動員機制無異是文人交遊網絡中強力支撐起來的文化資源。在飽滿的文化資本中，邱菽園的交遊圈其實扮演著一個推手的意義。流寓經驗為邱菽園找到一個策略，為文學資產找到變通的可能。丘逢甲的南洋行所主張的民間教育精神，搭配孔教運動，嚴格說來是一種文化守成方案。只是經由邱菽園的配合運作，二人重塑了個人舞臺，也互通了文化光彩。文學在其中找到生產的空間，轉化了這一群心境流亡在外的漢文學詩人，在時代格局下的實踐可能。

丘逢甲此番的南洋行，同時見證了長期詩書往來的文人圈，終於在各自的旅途契機下（康有為、容閎流亡，丘逢甲、王曉滄乃保商考察），相聚於新加坡的南華樓。這也許是一次詩人群體難得的境外宴飲酬唱，尤其還有地主邱菽園、林文慶的招待。可惜此回的宴聚，並沒有留下太多文獻紀錄。倒是康有為對這次的相會，寫下詩篇，為時局危急下的飄零文人的相聚，留有註解：「合沓蛟龍會雲氣，共傷故國起山河」[56]，展現異地謀略，風雲再起的遺民豪情。甚有趣味的是，該詩竟是唱和林文慶相贈的英文詩。這一特殊的文學雅集現場，不只說明文人興致，卻至少提醒了流寓文人群體的文化光譜影響了早期馬華的文學場，尤其在殖民地的華人移民空間。其意義可以類比梁啟超在一九一一年

53 王曉滄：〈壩羅雜詩〉，初見《天南新報》（一九〇〇年五月二三日）。又見李慶年：《馬來亞華人舊體詩演進史》，頁二二二。

54 王桂珊：〈題丘工部仙根先生行教圖〉，初見《天南新報》（一九〇〇年五月二五日）。又見《丘逢甲集》，頁二二二。

55 關於丘逢甲離開後當地社會響應的建孔廟、興學堂言論及活動可參考張克宏的描述。參見張克宏：〈丘逢甲的南洋之行〉。

56 康有為：〈容純甫觀察、邱仙根總統、王曉滄廣文來訪星洲，與林文慶議員並集南華樓，林君贈我西文詩，即席答之，並索邱王二子和作〉。關於康有為與丘逢甲的後續交惡，參見丘鑄昌：〈試論丘逢甲與康、梁之關係〉，《丘逢甲交往錄》，頁七五—八六。

訪問同是殖民地的臺灣，且參與了櫟社的詩人雅集。在史家眼光中，那可能是啟發了林獻堂的臺灣民族運動。但也不妨看作臺灣漢文學的一次重要精神灌頂。相似的運動效應也可以發生在南洋地區。從文人交遊網絡啟動的孔教、辦學風潮，一樣為近代中國的想像找到新興方案。林文慶等土生華人的知識階層捲入孔教運動的文化想像，但其議論與介紹儒家文化的文章，都以英文寫成刊行於《海峽華人雜誌》（*Straits Chinese Magazine*）等當地學術刊物。這樣一來，整體漢文學的近代想像與定位，顯然不是固定的表達語言及格式替換問題所能窮盡。整個區域的移民遷徙當中，離散的經驗結構始終是漢文學的根柢。而文人地理空間的流動，為文學經驗呈現了「現場」。

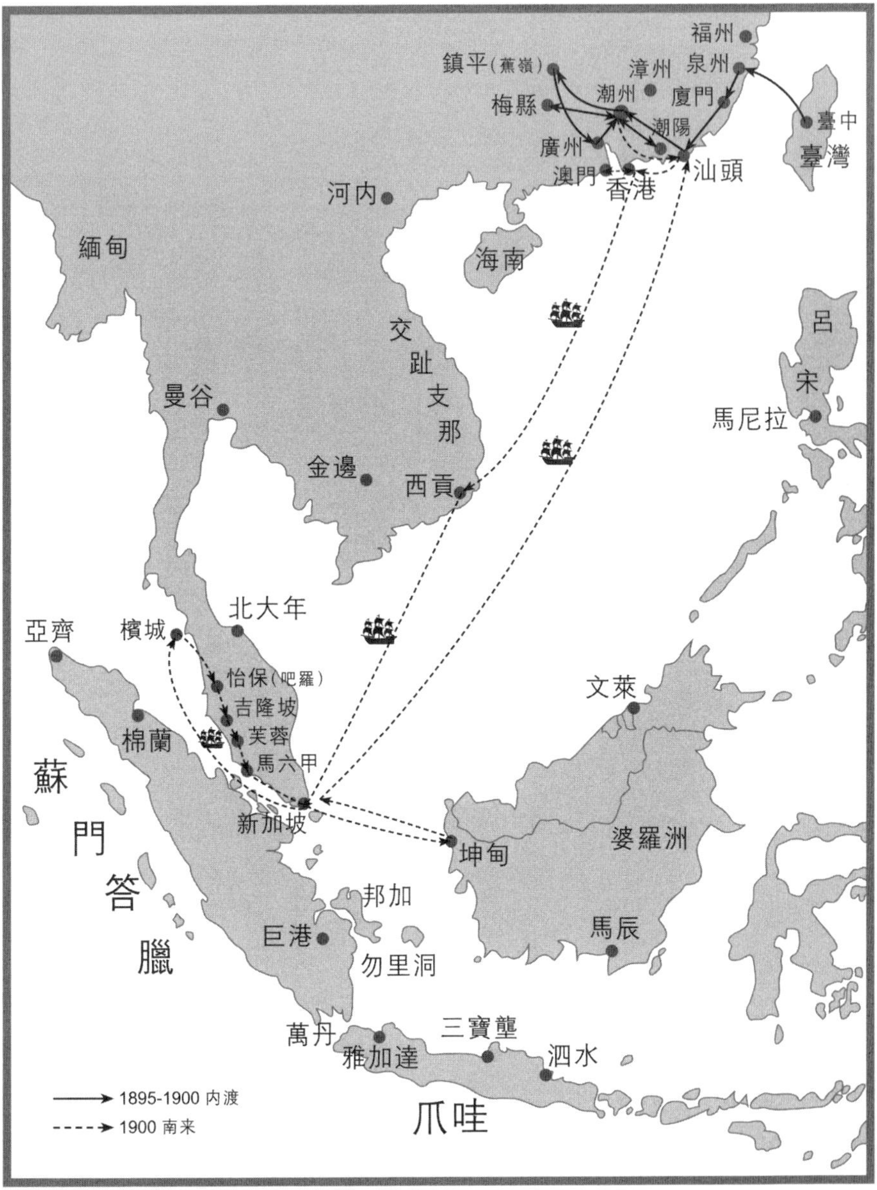

丘逢甲流動路線圖（作者繪製）

第四章

殖民與遺民的對視
——洪棄生與王松的棄地書寫

第一節　棄的原點：從乙未割臺說起

乙未割臺事件作為一八九四年中日戰爭的結果，史家論述一般視其為中國近代史上關鍵的歷史時刻。喪權辱國的外交軍事挫敗及割地賠款，顯示出清廷「師夷長技以制夷」的政策驗收不合格，加劇侵蝕原本爭論不休及體質不佳的「中體西用」思想根基。帝國內部的矛盾進而體現為各種蓄勢待發的改革力量與動力，左右了一代知識分子的政治、思想結構，相應掀起各式改造建設現代民族國家的新興方案。乙未割臺不妨看作震懾中國的一道傷口，一個喚醒自我、啟動轉型的內在視窗。其重要意義在於，明治維新的日本成為對照老大帝國的鏡子，中國在自身裂變的縫隙裡窺見了現代景觀。若以時間意象描述這一歷史經驗，中國的「現代」意識始於內含一個撥快的時鐘，在加速轉動追趕未來的時間。如此進入的「現代」，總在未來。而「現在」的感覺經驗，早已棄置在時間之外。那是另一個我們必須捕捉的「現代」視野。

平行來看，就在境外的臺灣，歷史的共時面向；當議和失敗、割臺底定的消息傳來，驚恐失措的情緒籠罩於甲午一役被犧牲捨棄的島嶼，箇中的時間顯然是停頓的。停頓於一個需要重新表述的歷史時刻[1]。島上政治與平民的日常空間及生活節奏瓦解於落日帝國的權力邊陲。儘管有倉促成軍的義勇抗日隊伍，甚至頗具看頭的臺灣民主國，但欠缺政治奧援及勢力，浮動的人心、黯淡的前景，抵抗終究潰散為詩人筆墨下的失落豪情。丘逢甲可視為臺灣民主國內最具才氣的詩人，抗日失敗內渡之際他留下再三玩味的詩句：「宰相有權能割地，孤臣無力可回天」，成為乙未割臺事件原初的象徵或隱喻。棄島棄民以「孤臣」一語展示了亂離情境下政治際遇的生存譬喻。表面是得不到朝廷支持認可、勢單力薄的政治棄守姿態，但實際上卻是被拋置的放逐主體。「孤臣」浮現為紙上形象，文人志士的書寫進一步將棄地處境呈現為結構心理。因此，躍然紙上的棄子心聲透顯了主體位置已懸擱在外，成為歷史的關鍵身分。

乙未以降遺民詩人筆下落拓慘澹的「孤臣」形象層出不窮，既是遺民詩學傳統的延續，也有現實的空間與時間對應。「滄桑東島剩孤臣」（王松：〈鄭香谷主政〔如蘭〕輓詞〉）、「孤臣放逐地」（連橫，〈詠史：其六十四〉），「萬里孤臣海盡頭！」（許南英，〈〔附〕原唱〔和祁陽陳仲英觀察感時示諸將原韻〕四首：其一〉），孤臣形象的寫作界面，明顯看出附著於棄島絕地的地理慾望。換言之，割臺不僅是表面的易主統治，更是外族入侵造成的破壞性傷害。真正的創傷意識，透過再三出沒的「孤臣」符碼，暗示著地域割裂導致認同與身分概念上的歷史剝離感。因此，「孤臣」甚至虛化並列為荒郊山鬼的淒厲之音——「孤臣山鬼女蘿吟」（許南英：〈蔌莊四詠：其四〉），鬼魅氛圍隱然指向遺民的遊魂主體，凸顯其流轉在錯亂時空底下的悲觀宿命。

但丘逢甲在割臺之際特別命名的「孤臣」，仍可看到背後鋪陳的政治脈絡。詩裡的「無力回天」應對「有權割地」，勢力懸殊自不在話下，然而潛在的情緒抗衡隱約左右了詩的抒情意識，逼近一種未經抒情機制修飾轉圜的處境，直觀的境遇。這無異浮動了漢詩敘寫的一種可能，強調呈現歷史關鍵時刻的曖昧主體。詩人喟嘆為歷史棄民，實有其擺脫不了的時代困局，卻掩藏不住向歷史吶喊的聲音。爾後遺民詩人延續棄的書寫，恐怕就不是心境的慨嘆而已，而是歷史症狀，一種召喚原初歷史意識的詩學概念。言下之意，「棄民」再也不是消極被動的歷史客體，而成為歷史敘事上的慾望主體。黍離之悲、流離漂泊是遺民傳統的集體經驗，但臺島遺民詩人著眼的離散狀態——閉鎖困居，內在流亡——身軀與精神都環繞在棄的心結與意識的轉換。那是島內詩人介入殖民領地獨特的遺民書寫。他

1 吳密察提醒我們一八九五年的割讓與抗戰，使臺灣讀書人意識到了「歷史」而留下不少文字紀錄。其實，這即是文人面對時間與記憶而重新表述的開始，「歷史」恰是影響一代人的精神意識與感覺結構。參考吳密察：〈「歷史」的出現〉，收入黃富仁、古偉瀛、蔡采秀主編：《臺灣史研究一百年：回顧與研究》（臺北：中央研究院臺灣歷史研究所籌備處，一九九七），頁一—二一。

們採取殖民地理的一種歷史意識寫作，以棄的原初激情跟日本殖民空間展開記憶的對視。換言之，詩人在處理主體經驗的同時，選擇棄民的角色為出發點，從中建立自我對話的歷史位置。

本文討論的乙未割臺情結，可以視為臺灣生活史上極為複雜的歷史經驗。相對過去經歷的葡萄牙、西班牙、荷蘭、明代鄭成功政權，割臺棄民所曝顯的生活體驗與歷史狀態，乃前所未有的將島民置入一次時間與空間的撞擊與拉鋸。當清領時期的臺灣傳統文化產業與積累，遭遇乙未之後日本殖民政策施行的新式行政與教育，其間必然出現對抗、妥協、應變，甚至改頭換面的蛻變過程。箇中的地域文化、身分認同、家國想像及文學教養，各有發揮焦點。而仕紳與文人的位置，讓我們回顧了歷史事件背後的效應及症狀。割臺後的流離或歸返、避居或應世、守成或趨新，仕紳進退之際，攸關個體身分與情懷。歷史常見的遺民與棄民身世，彷彿可以究其底蘊。但殖民現象何等差異，其中標誌的「現代」經驗不單是甲午之役敗北的深沉意涵，同時將臺灣切割為歷史時空裂變的巨型經驗現場。尤其仕紳文人有意或無意投入的「棄民」及「遺民」姿態，延續的不是傳統的放逐窠臼，而是重新定義在殖民領地內對空間及時間展開辯證的一種關鍵在地身分。

本章著眼考察「棄」的結構生成所代表的文化精神意義，辯證「棄民」及「遺民」敘事如何展現文化代理人遭遇的乙未效應[2]，同時對於殖民地景的經驗介入，如何形構為遺民詩學的表意系統。在臺灣遺民群體中，洪棄生與王松是乙未世代的重要詩人，鹿港與竹塹為其生存根據地。但他們處身殖民社會卻一生以遺民終老，應對殖民者與殖民政策，既展現批判，又迂迴進退，大體仍自居於創造的遺民文學與想像世界[3]。他們在殖民情境下生產大量漢詩文，並寫作詩話，以遺民眼界處理殖民心境，以漢文學展開棄地論述，形構一支無法忽略的臺灣遺民詩學，自然也是二十世紀臺灣漢詩重要的知識譜系。

在論者眾多的研究成果中，二人鮮明的遺民形象已根深柢固，展演了歷史情境下令人動容的遺民美學。但本章特別著眼的棄地情結與殖民地景，強調殖民與遺民對應下的空間生產和空間實踐過程，如何左右了遺民漢詩的生產意識。這攸關遺民的主體自覺和呈現方式，同時張揚了臺灣遺民詩學的獨

2　莊永清曾就王松及洪棄生個案辯證「孤臣遺民」及「棄民棄材」為兩種並列但不同的文化心理結構。但本章以為「棄」的經驗結構與原初症狀是乙未效應的本質性書寫特徵。那是一個大的歷史意識生成的原點。參考莊永清：〈王松與洪棄生詩歌精神初探〉，「成功大學中文系第一屆學術論文研討會」宣讀論文，臺南：國立成功大學中文系主辦，一九九五年十二月。

3　論者對王松與洪棄生的遺民寫作有不少重要的研究成果，這裡不一一詳述。在王松部分，林美秀、余美玲等人的研究基本凸顯了王松漢詩裡的遺民心態和身分認同，一種隱逸的遺民選擇。但黃美娥進一步從王松與日人酬唱的漢詩裡，指出王松存在的認同游移，並認為這是殖民地遺民應世的曖昧。在洪棄生部分，施淑教授處理了洪棄生構築的遺民姿態和抵抗，強調其文化意識與身分認同之間的聯繫。而余美玲從「地方」概念，點出了他漢詩裡的蓬萊風景，鋪陳了洪棄生的遺民美學特質。以上成果分別參考林美秀：《傳統詩文的殖民地變奏：王松詩話與詩的現代詮釋》（高雄：太普公關，二〇〇四）；余美玲：〈隱逸與用世：論滄海遺民王松的詩歌世界〉，《竹塹文獻》第一八期（二〇〇一年一月），頁三二—五二；黃美娥：〈日治時期臺灣遺民詩人的應世之道〉，頁三二一—三六一；施淑：〈臺灣詩人洪棄生的文化意識及身分認同〉，頁三五五—三七四；余美玲：〈蓬萊風景與遺民世界：洪棄生詩歌探析〉，《臺灣文學學報》第九期（二〇〇六年十二月），頁四七—八一。

特脈絡。儘管洪、王二人的遺民姿態有所寄託，但他們的遺民定位和展示的詩學力道卻有差異，形成一組可以對比參照的組合。本章將針對以上兩位遺民詩人做症狀式閱讀（symptomatic reading），同時以殖民地的空間感的生成和轉變做基本背景鋪陳，進而探討漢詩在殖民與遺民對視中的內在心態與地理意識。

第二節　遊走殖民空間的「地方」感

乙未棄地固然是臺灣島民難以承受之痛。但清廷對日本的戰敗及議和，以割裂帝國疆域，卻換來新的空間視野。就知識菁英而言，梁啟超大呼「吾國四千餘年大夢之喚醒，實自甲午戰敗，割臺灣」[4]，典型傳統教化的士大夫心聲，指向身處世界格局下的中國頓如大夢初醒，眼界豁然開朗。知識分子相應的救亡舉措，無論是境內對朝廷的柔性變法及強硬革命，境外的留學辦報、流亡聚資，面對近代中國的求變求新，無異都是新的權力空間布局。

但清廷權力核心對臺灣的處置，其內屬的空間意識卻也清晰不過。邊陲的蕞爾小島換取中原都畿短暫的偏安，清廷著眼的帝國疆域及夷夏意識，凸顯了長期經營的老朽帝國視域下的空間盲點。對照臺灣島上的臣民，被迫推往割臺前線；在地感如身之體膚，面對空間裂變，首當其衝的感受不純然是政治易主，而是主體移位，自處及認同的剝蝕。從臺島當局對朝廷發送的電文中，明言「棄地已不可，棄臺地百數十萬之人民為異類，天下恐從此解體，尚何恃以立國？[5]」痛陳割臺棄民所意涵的天崩地裂，不在朝廷中樞權力的瓦解，而是割地的後續效應將令傳統地域、日常空間有了新的改變與定義。「人民為異類」所侵蝕的板塊，恐怕才是真的「天下解體」。同樣抱持相同識見的康有為，藉公車上書朝廷更開宗明義辯證事態之輕重：

> 竊以為棄臺民之事小，散天下民之事大，割地之事小，亡國之事大……何以謂棄臺民即散天下也？天下以為吾戴朝廷，而朝廷可棄臺民，即可棄我；一旦有事，次第割棄，終難保為大清國之民矣。民心先離，將有見土崩瓦解之患[6]。

身處世紀交替的知識分子已清楚觸碰到問題癥結。疆域之移轉所萌發的地理意識，將是帝國崩毀之開端。

朝廷對境內境外抗議的擱置不理及無所應答，顯見其對割地一事仍無意識到那將會是裂變帝國的縫隙。割臺仍在帝國的眼界之外，不過是「亡一臺灣，可以保全東三省，而京師可高枕而臥……無異

4　梁啟超：〈戊戌政變記〉，《梁啟超全集》第一冊（北京：北京，一九九九），頁一八一。

5　思痛子：《臺海思慟錄》（臺北：臺灣省文獻委員會，一九九七），頁七。

6　康有為：〈上清帝第二書〉，《康有為政論集》上（北京：中華書局），頁一一四—一一五。

乎以羊易牛也」[7]。清廷終究無力或無意處置因應割臺所代表的空間布局，反映了晚清之際中國所建構的「師夷—制夷」的外交視野背後的地理學死角。這其實不難理解，畢竟在清廷與列強長期交際的過程中，交割或租借土地往往是慣性的代價。馬關條約引發的震動，既可視為壓垮帝國的重要界線，直接撼動了帝國在地緣政治上維繫其朝貢體系的合法性[8]。

對於士人而言，地理的割裂造成臺灣傳統文化資本的一次盤整。仕紳的內渡或滯臺，其中的離散狀態反而激發了文化資本的挪移與生產空間的辯證。無論士人逃離或處身殖民空間，他們背後的文化資本與教養，理所當然是應對地理變遷的重要資源。因此割臺所產生的地理意識，已是地域與文化結合的存在空間。如此看來，割臺等同讓臺灣自帝國格局下的疆界分離，從孤懸帝國邊界的島嶼變身為大變遷時局下的新興人文地理區位（location），作為被棄民重新認知、標誌的「地方」（place）[9]而浮出歷史地表，進一步成為日本殖民勢力入駐的空間。乙未局勢驟變，士人潛遁內渡、避禍流亡，島內流竄及兩岸間往返頻頻，甚至流寓日本、南洋也時有聽聞，大量的知識階層、紳商百姓流離移動構成近代際遇的地理現象。而地理變遷當中，觀察每一次流動中的止步，進而認知命名的生存所在，都是有意義的「地方」。換言之，割臺所斷送的「江山」，不過是重新配置了新的地理視野。相對於棄民與棄地，臺島成了急切需要被附著意義而認知的「地方」，而非抽象的絕地荒野「空間」。

不過，就在日人足跡未及臺島之前，臺島的撫軍及紳民則以「臺灣民主國」為地方做了新的命名。雖則短命的民主國在臺灣抗日史上曇花一現，但換成中國近代史的脈絡，又不僅是歷史的偶然。棄民以臺島自立為國，對清廷卻「供奉正朔，遙作屏藩，氣脈相通，無異中土」[10]，建元「永清」。

忠清意識背後的地理政治不難理解，其中卻糾葛複雜曖昧的怨棄離異心態。其實民主國的確立與清廷張之洞的默許關係重大，觀察唐景崧與張之洞的電報往返，唐首要說明「死守絕地，接濟幾何，終歸於盡也」，挑明了民主國是絕地求生之道。張的回覆卻也直截了當「不可云民主，不可云自立」、「恪守臣節」。這當中糾纏不清的，反而是臺島自置絕地而後生的一種潛在離異意識。公然違背張之洞意見的民主國國號、總統名號，顯然跟臺灣意圖爭取外援有關。而張在意的君臣禮法，不過是維繫僅存的清廷門面，脆弱不堪的外交朝貢體系。

---

7 吳德功：〈附錄臺灣隨筆〉，《讓臺記》（南投：臺灣省文獻委員會，一九九二），頁一六一。

8 戰爭本是維繫朝貢體系的必要步驟，但清帝國老舊的地理世界觀在甲午一役後招致重大挫敗。對日本戰敗所表徵的意義，嚴重動搖了中國維繫朝貢體系的象徵性。針對晚清中國地理觀念、夷夏體制及其朝貢貿易的改變，可參考汪暉：《現代中國思想的興起》上卷（北京：生活・讀書・新知三聯，二〇〇四），頁六四三—七〇七。

9 關於地方（place）與空間（space）乃相互定義的詞彙。前者標示出以「經驗」為機制的主觀的空間感及時間感，其傾向安全、穩定、靜止。後者則相對抽象、開放、客觀及處於動態。可參考段義孚著，潘桂成譯：《經驗透視中的空間和地方》（*Space and Place: The Perspective of Experience*）（臺北：國立編譯館，一九八八），頁四。提姆・克瑞茲威爾（Tim Cresswell）著，王志弘、徐苔玲譯：《地方：記憶、想像與認同》（*Place: A Short Introduction*）（臺北：群學，二〇〇六），頁一六—一九。

10 〈臺灣民主國成立之宣言〉，收入許進發編：《臺灣重要歷史文件選編一八九五—一九四五》第一冊（臺北：國史館，二〇〇四），頁一〇。

換言之，在臺官紳建立民主國之際，同時響應張之洞的意旨而公開表態忠清，願為藩屬，理應從一個政治空間裂變後的地方意識布局思考[11]。大陸與臺島的官員仕紳原本就關係特殊，也各有政治盤算。忠清顯然是地緣政治下的應變策略。雖然藩屬是延續帝國體制而來的古老概念，但帝國崩潰在即的氣氛瀰漫，絕地棄民的離散意識裡，必然蘊含著新興「地方」的確立。以藩屬的朝貢體制定位臺島，不過是在傳統可見且可附著的平臺重新建構的「地方」意義。藩屬雖舊，卻顯示出一個自立自求的歷史契機。所有外交辭令上維繫的門面，終究擋不住棄地的重新自我定位及詮釋的時代趨勢。

面對殖民夾帶文明的現代狂潮，地理空間無異是權力與認同的規範場所。割臺標誌的現代性意義，除了顯著的時間斷裂，更有清晰可見的地理位移。在進步文明的脈絡中，「現代」的衝擊是傳統日常生活與價值的傾塌，一道時間感知的鴻溝。任何群體及個體在鉅變時局的存在感，仍有值得深究探測的空間意識。尤其臺灣象徵的「棄地」已是文化地理的大斷裂。棄民遷流，或滯存殖民地的疏離與認同，他們的內在心靈與腳下地理，拉鋸的張力指向了乙未以降曖昧不清或進退失據的集體經驗。因此，主體附著的文化地理，應被視為殖民地臺灣極具辯證性的現代精神面向。清帝國棄民不顧，相對而言是在可見的割裂地域上，讓棄民以無形的離異觀念重建「地方」感。乙未割臺的歷史意義，除了是瓦解朝貢體系所象徵的帝國地理，更同時意味著歸屬日本第一海外殖民版圖的臺島進入的現代秩序——那是西方「新帝國主義」地緣政治意義下的「地方」。換言之，這是面對「民族—國家」主權標榜的首次殖民地接觸與想像。

於是，當我們回頭討論臺灣在棄島棄民的前提下重提清帝國藩屬，要求聲氣血脈相通；除了表面的政治意圖，不妨視其為重塑臺島歷史空間的動作。自清帝國版圖剝離後的臺島，武裝抗日雖然是自保策略，但政治棄守背後的空間效應，關係著存在地方感的定位。風雨飄搖的棄民急切捉住歷史浮木，「遙作屏藩」正是絕地棄民透過的政治程序來合理化身分的認同，積極的「地方」歷史意義建構。如此一來，臺島在乙未後的地方意識並無拋離歷史軸線，反而在「屏藩」的前提下，找到進入殖民地身分的緩衝，一種地理位置的象徵與再確認。畢竟臺島已成棄地，掛勾於清帝國的對外宣示正好將棄地附著於時間之上，確認了臺島作為新興「地方」意義的歷史縱深。在此基礎上，臺島重新創造各種想像及政治實踐的脈絡，而主體經驗意義的離散不過是作為地方感結構的一環。

另外一方面，民主國解體後的內渡官紳，仍然持續發揮著不同的政治效應[12]。可見乙未割臺所鼓動的意識並非只是傳統意義的亡國飄零，而是棄地的臣民進一步思索及想像空間的新興地方實踐。「地方」的意義是透過主體反覆的社會實踐而構成。如此言之，割臺棄民是清廷拋離帝國秩序的起點，離異概念因此延伸為各種境內境外政治改革動力。清帝國反而由外向內從此建立起新的「地域」

11　這是現實處境下臺灣自救之道。張之洞對劉永福鎮守臺南抗日之舉，已清楚提示「臺灣已非中國地，劉若能割據此土為中國做屏藩，勝於倭人萬倍」。參見易順鼎：《魂南記》（南投：臺灣省文獻委員會，一九九三），頁一二。

12　關於民主國內渡官紳後續參與庚子維新勢力的現象，可參考桑兵：〈臺灣民主國內渡官紳〉，《庚子勤王與晚清政局》（北京：北京大學出版社，二〇〇四），頁二一三—二三七。

話語脈絡，在各個區位及場所創造實踐不同的改革方案。乙未以後中國境內士人的地域政治與文化互動相對頻繁，正是一種區域的身分與意識建構的轉變[13]。在面臨家國危機的晚清時刻，士人遊走於「地域」與「國家」概念之間，展現出強烈的地方性身分。由此對照，回到殖民地臺灣的境遇，乙未以降的「遺民」譜系定調似乎可以視為日常生活下的地方感實踐，主體置入地方脈絡的想像性身分建構。

乙未以後留守臺灣的漢詩人群體，其漢詩創作呈現出一個持續存在的漢文化空間。無論殖民初期日本政府對漢學書房教育的容許，還是部分日本官員的漢學教養營造了一個籠絡漢詩人的文化生產空間。漢詩的持續生產處處回應著乙未前後經驗的轉變。割臺的亂離創傷，由棄地而成殖民地的空間改變，漢詩內部的書寫蘊含了不少空間與時間意識。這些可視為人文地理學的材料，無異展示了日本殖民權力入駐後的管理（警察）及技術（現代化鐵路、公衛）空間規畫，其可見的現代文明藍圖背後，另有一層不可見的心靈世界。漢詩的生產不過是在新興殖民空間裡探勘各自的時間與空間版圖。在某個程度上而言，日本殖民時期漢詩的持續創作驗證了歷史地理的進程。在時代變遷，土地割據的局面下，文化代理人的流動及停置象徵了歷史的空間布局及存在感。漢詩作為傳統漢學教養的文化精髓，其鼎盛與式微的浮沉，間接描繪了臺島在時代的裂縫中一再作為表述及實踐的「地方」意義。棄民或被殖民者顯然都亟需標示區位，鉅變後的焦慮與自處已成為集體的潛在意識。

儘管日人統治與殖民同化教育終究是不可抗逆的趨勢及現實，但一九二一年連橫完成寫作《臺灣通史》，卻應該看作實踐「地方感」的持續做法。連橫以春秋之筆狀寫臺灣作為「地方」意義的歷史脈絡，不管是否應證章太炎所謂的「視以封建之國」，但全書終卷的歷史時間正是乙未的「獨立紀」，箇中微言大義別有詮解空間。論者就正面意義視其為「創造」歷史，及臺灣敘述的誕生[14]。但換個反面說法，連橫的史筆恰點破了作為殖民空間的臺灣，一直懸擱著必須處理的「自己的位置」。連橫的《臺灣通史》乃以人物、地方志等文化歷史部件為臺島的空間架構意義。這裡切開了一個需要增補填充的物質空間。換言之，在面對乙未後遺效應的「時間」與「地方」態度上，連橫以操作歷史作為命名的方法。對乙未創傷的世代而言，他們的歷史意識背面，其實發現了新的空間。這空間不是全然新的地域概念，而是伴隨臺島陷入棄地絕地，墮入歷史深淵，替換為殖民領地的同時，卻必須重新經驗，感受生成的「地方」。因此在地理與時間斷裂的集體氛圍裡，如何標示個體內部的意識深淵與存在感，將是乙未以降的歷史敘事，或心靈書寫。

空間顯然是我們討論殖民地臺灣一再強調的關鍵概念。由此考究文人在乙未的書寫狀態，顯然大有文章。我們回頭重溫當年丘逢甲〈棄臺詩〉字面意義的孤臣棄子，其沿襲的就不僅止於詩學傳統格式套語，而另有權力外的空間定位與想像。這裡的空間座標指涉了某個歷史時段意義的現場，凸顯的經驗意識是一種時間流動的思索與駐留。隔年丘逢甲在粵東描摹春愁，揮筆直書「四百萬人同一哭，

13 程美寶以晚清的廣東文化為個案，討論了地域文化建構的話語脈絡。參考程美寶：《地域文化與國家認同：晚清以來「廣東文化」觀的形成》（北京：生活・讀書・新知三聯，二〇〇六）。

14 王德威：〈後遺民寫作〉，頁四三。

去年今日割臺灣」（〈春愁〉），一再還原的現場印證了縈繞不去的歷史情結，不假飾語即呈顯現場效應。類同的經驗，在乙未內渡遠走南洋的許南英身上也重複出現：「今日飄零遊絕國，海天東望哭臺灣」（〈丙申九月初三日有感（去年此日日人登臺南）〉）。這恰是遺民避難、放逐最關鍵的原型場景。因此我們相信更多的割臺創痛轉換成時間效應，在多重的時段與地域，出沒在不同的漢詩意象與經驗表述。創傷源於割臺及殖民，但詩的意象的指涉，透露詩人主體性橫跨創傷所辨識的「地方」，顯然已成意識結構。棄的意識附著於這個空間，棄的心態結構因此形成。那是歷史的時間效應，近代中國及臺灣捲入具體「現代」時間序列的關鍵點。若不低估這兩句詩的分量，至少可以看作漢詩的寫作有了形式上的時差。總是急於捕捉時間效應後的經驗表述，構成遺民漢詩表意系統的一環。

歷史的體驗改變了抒情及表述的基本方式，漢詩的表徵必然經驗「現場」，乙未蔓延而下的時間與空間裂變的巨型經驗現場。一則指向朝廷政治外的流亡與流放，帝國邊陲外的棄置；另一指向日本維新文明的殖民新時代。乙未「棄民」及「遺民」延續的不是傳統的放逐窠臼，而是重新定義的空間及時間的關鍵身分。以上透過各種層面論述棄地形塑的「地方」意識，主要是鋪陳遺民詩人寫作背後的空間基礎。尤其詩人遭遇的悲愴及安身自處，在殖民地的空間認識與感覺，卻是最能探討記憶、想像與認同的「地方」性經驗脈絡。這也是文化代理人的個體歷史意識的一種辯證開展，理應成為探討漢詩際遇的重要側面。

第三節　反空間的廢墟意識與主體精神

割臺事件造成的局勢動盪不安，家破人亡，亂離成為集體共存的背景。流亡避禍在所難免，滯臺留守也無可奈何，孤立無助下的歷史棄地棄民，在漢詩紀錄裡銘刻了裂變的時代感受。個體流離、國破家毀，道盡了乙未歷史時刻加諸於臺灣及島民的意義。失落、棄置、離散延異為漸漸發酵的集體歷史感，在文學實踐上落實為感性與審美的結構經驗。乙未形塑的歷史感，左右著仕紳、文人應對進退的感性表達。然而，這樣的歷史感有其意識上的曖昧，尤其當我們著眼其背後所依托的政治地理場景。甲午戰敗割臺是清廷政府將家國及民族危機推向臨界點的關鍵時刻。處身衰敗帝國底下的士人，無以避免的陷入時間與空間的重創。被割讓的臺島由此代換為一套現代時序：殖民時鐘的啟動。在晚清大陸的「新民」脈絡裡，這同時提示著不同的思索路線。

首先，我們不妨將眼光投向清帝國內，維新派詩人黃遵憲重組的漢詩時間。一八九八年戊戌政變後被罷免流放歸鄉的黃遵憲，在心灰失意之際提筆處理了當年甲午之戰的遺緒。黃的〈臺灣行〉[15]開篇力陳割臺乃民族浩劫：「城頭逢逢雷大鼓，蒼天蒼天淚如雨。倭人竟割臺灣去，當初版圖入天府。天威遠及日出處，我高我曾我祖父」，再來語帶失落的轉向臺民降服慘況：「一輪紅日當空高，千家

15 黃遵憲：〈臺灣行〉，《黃遵憲全集》上冊（北京：中華書局，二〇〇五），頁一四二。

白旗隨風飄。搢紳耆老相招邀，夾跪道旁俯折腰」，最後慨嘆保臺不力的英雄氣短：「悲呼哉！汝全臺，昨何忠勇今何怯，萬事反覆隨轉睫」。全詩豪情憤發，史實在起承轉合中歷歷在目。雖則黃遵憲非處割臺前線，但身有官職且廣交臺籍內渡仕紳，為割臺留詩見證也屬常情。但黃的視野恰好拉起了對照的屏幕。通觀全詩，黃的詩筆只有存史光影，箇中展現的意識是民族的時間，一種接連經歷乙未割臺、變法流產後帝國邁入現代進程中投射而出的「遺恨」目光。黃以詩存史，這史的背後是民族意識的當下時間性，一個被迫修整、完成現代化的民族體質。因此「遺恨」牽掛的是未來式的時序。而戰爭挫敗、臺民降服成了客觀時間主體，由此描繪了乙未割臺作為「事件」的現代時間意義。家國遺恨抑或漢民族遺恨，為現代時間拉開了弔詭的辯證。

無獨有偶，在歷史的另一面是親歷絕地棄民的臺灣詩人。他們筆下的割臺凸顯另一敘事的主軸，被棄置的主體。一九〇六年孤憤的遺民詩人洪棄生在乙未割臺相隔十餘年後，滿紙哀恨細數歷朝歷代割地之不得已，卻只有清帝國視割臺如唾涕。其懷抱之心事，進一步將棄的歷史意識結構化為這樣的表述：「自古國之將亡，必先棄民，棄民者民亦棄之，棄民斯棄地。[16]」這類同訴諸歷史定律，企圖將棄的意識抽離固定時空而架構普遍性意義。臺灣的棄民再也不是一時一地的前朝更迭下的傳統遺民，而是歷史時間內的被棄者，永恆的時間遺民[17]。換言之，他們面對的是獨特境遇，世紀交替下的領土割讓，加劇歷史的幻滅感，他們成為現代時空經驗的飄零人。書寫乙未流血慘狀、割臺離散記憶的文字，箇中的存在感體現為一種創傷時間，進而轉入意識的深淵。

洪棄生首先張揚割臺歷史意識上的棄民論述，不容小覷。棄民源於棄地，乙未割臺的曖昧指出其歷史框架乃是現代變遷。中國古老的朝代更替不再是棄民依附的背景，他們在新興殖民勢力管理下另有身分與地理意識的被迫完成。因此，棄的結構宣告了親歷乙未的臣民漸進擺脫古老時間脈絡內的「遺民」，而重新在現代時間內完成創傷的必要轉化。他們或者「自甘為棄材」[18]，或如臺中櫟社，「櫟」乃棄絕之朽木[19]，作為遺民詩人最後的聚集群落，殖民情境下的異質性存在。「棄」因而構成集體存在體驗背後的邊緣人格，在新興的殖民地臺灣展現出異樣的遺民地域性。棄的哲學發揮的效用，在於時空斷裂的見證，反而體現了處身殖民地的生存倫理。棄絕之人無以為繼，文化是最後一道救贖藥方，滋養殘缺之軀。他們自喻為棄材，正好展示陌異的現代殖民情境，早已被拋置的文化斷裂感。在不可為的時局裡，棄材是遺民對肉身與生命的極端操作，彰顯文化「自虐」的意念，訴諸文化生命體的本質狀態，以此超越創傷，換取存續生存的道德與合法性。但他們非「抱殘守缺」的困鎖遺民，

16 洪棄生：《瀛海偕亡記》（臺北：臺灣省文獻委員會，一九九七），頁一。

17 莊永清提出「棄民棄材」作為普遍的文化心理結構，原因有二。一為舊文人的道德行為依據，再者是對清室政權的幻想徹底幻滅。但筆者以為割臺所意謂的現代意識的經驗結構與新興的殖民境遇，是「棄民棄材」以臺灣歷史意識出現的一種心理反應機制。莊永清論點見前揭文。

18 洪棄生：〈冬至日家祭有感〉，《寄鶴齋詩集》（南投：臺灣省文獻委員會，一九九三）。本章所引洪棄生詩作，均出自以上版本。後文僅標示詩題和頁碼出處。

19 林癡仙云：「吾學非世用，是為棄才。心若死灰，是為朽木。」參見林資修：〈櫟社二十年間題名碑記〉，《南強詩集・南強文錄》（臺北：龍文，一九九二），頁八。

而是以文化媒介（詩文唱和及組社）棲身殖民情境，獨闢自己的位置。尤其值得注意的是，日據初期日人並無廢除漢文教育，甚至積極營造日漢的文化交流氛圍，促成了弔詭的遺民際遇。因而所有在「棄民」、「遺民」、「逸民」等乙未脈絡下的創傷寫作，都可表徵為地方性的文化身分書寫。畢竟「棄地」在後乙未的殖民空間裡早已終結，有的只是再建構的歷史意識。那是新的「地方感」（locality）成為臺島在歷史意義下的文化地理景觀。

當我們回顧創傷結構的歷史起點，同時應考究一種空間的割裂感與時間體驗的駐留。乙未知識分子及百姓所意識的亂離，從首要的議和割臺，到臺灣民主國的快速潰散，僅存的希望泡沫化後，蔓延的劫亂，已非尋常亂離。民主國的官紳號召抗戰，事敗卻率先遁逃，無力走避的百姓加劇其棄民的心結，「被棄」進而「背棄」，兩種情緒交織轉換。吳德功在劉永福棄守逃亡後留有記錄文字，一幅亂離圖直指棄民的心靈症狀：

> 紳民挈眷搭船，港口行李堆積如山，爹利士等號火輪具各滿載。是時人心既亂。或夫妻異船，或新婚一夕即別，或父往而子不及隨，或箱篋遺失，或身無長物而行。每人船稅五、六金，哀哭之聲，人不忍聞。岸上之兵勇肆劫財物，自相爭殺，舖戶均各閉門。[20]

故而洪棄生筆下的「糜無盡英雄之軀於炮火刀戚之中而無名無功」（《瀛海偕亡記》〈自序〉）既痛惜怨恨抗日英雄的無名犧牲，也典型描述了兵劫官銀的整體亂象：

鎗音遠破千家夢，亂象環生四面城。熟料沿途死懷寶，暴屍遍野血縱橫。

詩裡留下血淚斑斑的印記。洪棄生將此等棄民困頓難解之心結，反覆接軌於屈原的哀吟徘徊，「避地欲到天門難，仰空呼籲天閶關」（〈叩閽辭〉，頁一八三），更進而標舉整體地理處境的艱難：

臺灣孤懸海嶠，遠際天涯；叩帝閽而無路，呼嵩嶽以奚聞！……錦繡江山，涵夕陽而西沒；綺羅世界，散霞片以東飛。烽燹萬家之色，鬼燐一帶之煙（〈臺灣哀詞〉[21]）

以屈原為始源激情的象徵，調遣一個流放者的天問，棄人棄地，本色盡現，左右著一代人歷史意識下的地方情感。

臺灣生成歷史意識的關鍵時刻，被棄置的主體輕易回到傳統的時間資源：遺民史的文化格式傳統，進而調度所有情感與思想資源以支持填補論者以為遺民所擔負的憂傷（melancholia）主體[22]。然而，關於乙未遺民的身分及認同，並非著眼一般所謂的死／不死、仕／不仕的傳統框架。割臺標誌為

20 吳德功：《讓臺記》，頁一五八。

21 洪棄生：〈臺灣哀詞〉，《寄鶴齋駢文集》（南投：臺灣省文獻委員會，一九九三），頁一一九。

22 關於憂傷的症狀式解讀，此乃心理學淵源下的一種觀照。參見王德威：〈後遺民寫作〉，頁三六。

「現代事件」，說明了「遺民」有其更為特殊和複雜的考量因素。尤其對廁身時代脈動的知識分子而言，家國鉅變的困惑與震驚，遠較平民百姓來得敏感、沉重與失措。在清帝國版圖中並不顯眼的臺灣島嶼，一夜之間改旗易幟，島上的官紳、平民被迫推往時代前線，面對前所未有被棄與殖民的雙重際遇。嚴格說來，被棄只是攸關家國流離的存在感，而非遭遇亡國滅種的浩劫。而殖民的複雜現實，在於入駐島嶼的是擊敗清朝且經歷明治維新而成功走在東亞現代文明前端的異族。這凸顯了乙未延伸的問題是棄民史與殖民史的重層，文明震撼與歷史傷痕並置。若細數棄民史的關鍵詞，可以鋪陳傳統習以為見的流亡、離散、遺民等等文化心理意識。可是在相同的脈絡下，不也應該弔詭的呈現反殖民、重建歷史感、反身性認同等複雜的新情緒？畢竟殖民史當中同時存在文明、衛生、技術、教育等物質建設的現代化管理。因此在變革的集體經驗中，殖民與被殖民成為處理臺灣百姓認同的框架依歸。

以漢學教養出身，懷抱傳統文化中國意識晉身社會上流仕紳階層的知識分子，面對變遷時局的進退自處，無論流亡或降服，顯然「遺民」身分的辯證都是獨立個體面對的政治性抉擇與文化想像。其中朝廷態度的冷漠與消極，如同吳德功所言：「臺人為中朝之棄民，痛癢無關，其去留似可以自便也」[23]，必然加劇「遺民」與「棄民」二者複雜弔詭的糾葛與連結。而前者作為文化身分與政治姿態，必然在後者處身的歷史界面上，發揮其獨特的功能。因而以「棄民」基礎生成的「遺民」，面對殖民權力空間展現出更強烈的地理因應的文化心理機制。換言之，士人標舉的「遺民」除了情感上的文化認同，還是一種棄地的住民表徵，在異族、殖民的現代空間裡佔據版圖，構成自我認知與抗衡的「地方」象徵資本，一種漢文化群體的意義網絡。由此看來，殖民地臺灣的「遺民」位置不容低估。

臺灣從棄地進入殖民地，相應的文化政治秩序與管理隨著日本殖民者的入駐而建立。在此大環境底下，遺民的生存意識格外引人注目。在以漢詩作為生命寄託及語言表述的遺民詩人群裡，隱逸與浪遊仍是自我保有的生活空間。但殖民地營建不斷，政策百出。遺民所意識的棄地，轉眼已建成新興榮景，現代化的殖民都市。因此當遺民觸目所及已變現代城市街景，殖民地風景與遺民的身分認同空間產生了不同層次的對視，卻觸發著遺民意識背後的地誌書寫欲望。遺民介入殖民地景（colonial landscape）的書寫，顯然回應了當年「棄地」的一套表意系統。以遺民自處的洪棄生，從漢詩的表述體系內營造的遺民詩學，確有值得注意的「遭遇現代性」特質。詩的格局不再侷限於詩人邊緣主體感受的反映，也不完全著眼於外在現代化舉措的應對書寫。詩人刻意調遣的符碼，上承傳統遺民詩學，在殖民現代性範疇內生成一套值得注意的漢詩體系。

洪棄生（一八六六—一九二八）原名攀桂，字月樵，彰化鹿港人。乙未割臺後更名為繻，號棄生。那是乙未後詩人的身分表態，悲情、憤慨與失落成為一生的縮影。他於一九二八年逝世，生前著述集結為詩文集多部[24]，並有《寄鶴齋詩話》傳世。從作品質量與遺民詩人的象徵意義而言，他都當屬臺灣漢詩譜系內的扛鼎人物。洪棄生長期堅守遺民氣節，與日本殖民者的交際與應接顯得謹慎與保守。但對於日本殖民統治政策，洪卻公然以文字展開強烈的批判，積極介入殖民地景的意圖比其他遺

23 吳德功：〈附錄臺灣隨筆〉，《讓臺記》，頁一六一。

24 目前整理出版的「洪棄生先生全集」，除了《寄鶴齋詩集》，另有《寄鶴齋古文集》、《寄鶴齋駢文集》等多部。

民詩人都來得激烈和積極。遺民詩裡出沒招隱、遊仙、憂憤、遊歷山水等符碼與題材，都不足為奇。但洪棄生繼承這些文化遺民的傳統符碼之餘[25]，努力為殖民地景做「病理」切片的構想，在乙未臺灣的漢詩系統內別具深意。殖民地景是殖民者透過一連串的物質與文化機制建構而成的「地方」。而遺民漢詩在日據臺灣展現的知識譜系，可以看出一個文化表意系統在面對新興殖民情境時的應變策略與風格轉變。我們不妨從其中具有辯證性的意象和詞語的應用，試圖說明洪棄生的漢詩鋪陳應對所形成的一種漢詩知識譜系。

洪棄生像

在割臺十年後，洪棄生描寫故鄉鹿港時，選用傳統遊記類型〈鹿港乘桴記〉[26]來刻畫殖民地景的衰敗，尤其以昔日榮景來對比今日荒涼。詩人的遊記著力於批判，議論甚於寫景抒情，顯然異於傳統體例。但落筆精確指向時序移轉後的空間，殖民者的政策實質破壞了詩人故鄉世界。試觀其凌厲的筆觸：

> 迨於今版圖既易，海關之吏猛於虎豹，華貨之不來者有之矣。洎乎火車之路全通，外貨之來由

> 南北而入，不復由鹿港而出矣；重以關稅之苛、關吏之酷，矣販之夫多至破家，而闔貨之不能由南北來者，亦復不敢由鹿港來也。鹽田之築，肇自近年。日本官吏，固云欲以阜鹿民也；而其究竟，則實民間之輸巨貲以供官府之收厚利而已。（頁二一一）

詩人從鹿港貨運之進出，描繪火車運輸及官吏關稅管理所衍生的事端，對殖民地政府造成鹿港港口沒落及城鎮衰敗指證歷歷。雖然造成鹿港港口沒落的重要客觀因素，包括港灣沙土淤積的地理環境改變。但詩人採取民生立場，對殖民政策猛烈批判，層層遞進，以破壞性的地景書寫，張揚殖民地建設的異化空間，並且成功在遊記的後半部營造出鹿港古鎮的頹敗、沒落的滄桑感。

> 望街尾一隅而至安平鎮，則割臺後之飛甍鱗次數百家燬於丙申兵火者，今猶瓦礫成丘，荒涼慘目也。猶幸市況凋零，為當道所不齒；不至於市區改正，破裂闤闠、驅逐人家以為通衢也。然而再經數年，則不可知之矣。（頁二一一二）

---

25 洪棄生此類的詩作討論，參見施淑：〈臺灣詩人洪棄生的文化意識及身分認同〉，及余美玲：〈蓬萊風景與遺民世界：洪棄生詩歌探析〉。

26 洪棄生：〈鹿港乘桴記〉，《寄鶴齋古文集》（南投：臺灣省文獻委員會，一九九三），頁二一一—二一二。

作者在文中鋪陳市景凋零，卻反而慶幸得以保存小鎮原貌，不被殖民者改建開發。詩人著眼的景觀，顯然憂懼於殖民者的市區改正與重劃街衢。在遺民眼中，殖民者的空間布局，等同入侵個體的居所，毀壞遺民賴以維繫地方情感與主體性的舊日物質景象。以上兩段文字並列，批判與喟嘆相互張揚，牽成因果，詩人刻意著眼於故鄉乘桴的遊記書寫，其實已是歷史眼光下強力塗抹地景的舉動。在殖民空間內，詩人構建歷史城鎮的荒涼對照圖，必然意識到殖民的統治管理將導引出異質性的鄉鎮空間，以致詩人輕易將空間內部相應出現的荒涼、滄桑、廢墟感，建立為一套市景的表意系統。在重砲抨擊殖民政策之餘，浮現詩人作為邊陲主體的存在感。而原鄉圖景最後只剩下「屈指盛時所號萬家邑者，今裁三千家而已」的慘況白描。

從以上故鄉鹿港的圖景解讀，原鄉既毀，詩人對生存的殖民景觀並不迴避，反而積極揭其瘡疤，建立消極、頹敗的內在風景，透過文字凸顯遺民植根殖民空間內的異質群體脈絡。面對異族殖民不斷以各式管理政策介入、重劃的臺島空間，遺民眼光底下卻另有視野。觀其處理市區改正的殖民統治空間的營構，詩題的〈荒城秋望〉挑明是蕭瑟荒涼場景。詩人竭盡鋪陳一個被遺忘的城市面目：

> 俯視城市半已荒，廛店拆毀成空場（去年市區改正，城內外拆毀人家逾千戶），昔日飛甍樓觀地，今餘亂瓦堠堆傍。廢殘雖已修，零落尚淒涼。無家無室千餘氓，散為哀鴻之四方。回頭望大道，大道直如弦。中有平民十萬田，鏟除畎畝無陌阡。嵯峨見闤市，有伍有章似方里。但見煙火萬人家，一朝苦雨悲風起。日落無聲鴉影多，牧夫樵豎動哀歌。無限滄桑經海島，那堪荊棘遍山

河。（節引，頁三〇三）

荒城對應街衢改劃，雖然新興城市管理萬家燈火，但詩的背後已鋪陳碎片狀景觀。空場亂瓦、斷壁殘垣，殖民都市的暗影，同時也是殖民地現代化的殘骸。詩人對市區改劃的反感，最直接看出人在廢墟的流離居所，堆積邊緣主體的末日視域。他甚至針對性的直批毀家劃井里，只是事事效歐美，廢棄的荒地與舊日地標，已成曠原，纖風缺月也難以獨存。（參照〈過彰化廢公園感賦〉）詩人戮力經營殖民意識背後的廢墟景觀，在建立表面的空間對抗話語之外，其實有著遺民對地景的敏感。臺灣遺民處身棄地轉成的殖民地，其生存空間的焦慮，在於可辨識之地景與地標之流失。如此看來臺灣遺民沒有單純困居在文字世界經營想像的社群，在於他們根本難以逃離小島的殖民日常空間。尤其殖民者的統治政策裡隱含著一個共享的漢文化交際系統與環境。因此漢詩的寫作不僅是遺民群體的自我消費，在對外意義上，間接指涉了遺民的抗衡之路。因為在想像或現實層面，遺民漢詩都可能受到日人漢文學系統的注意，畢竟遺民群體一直是日人意圖籠絡與監視的活動社群。恰是因為殖民地變革快速，管理政策與地方建設無孔不入地進逼到遺民處身之地。遺民的歸屬感反落實在介入殖民時間，修正時序，以漢詩的主觀心境與殖民經驗展開對話，重建詩的節奏。換言之，洪棄生的殖民地景書寫，展示了異文明統治下漢詩的容量與速度，表現批判及捕獲現代意識，處處以廢墟感成就去殖民的反空間書寫。

洪棄生在詩文裡接應現代殖民景象的作品，顯然不少。〈大掃除〉、〈入市書所見〉、〈米賤感賦〉、〈洋關行〉、〈公娼行〉、〈清潔行〉等作品都明確指向殖民政策與制度，展現歷史寫作的意涵，還有策略考量。漢詩文有著傳統的文類規範，善於堆疊濃密意象與經營主觀氛圍。詩人以廢墟意識與離散形式來獨立解構殖民現代性的潛在線性視域與史觀[27]，同時等於在殖民空間的向度裡經營著原鄉飄零的深沉內景。透過這層書寫，詩人將外在地理重新佔據為己有，表達遺民主體的自覺。因此，詩人重將棄地置入一套表意系統，以廢墟的離散概念組裝一套在殖民社會裡的生產空間，那是被遺忘的荒棄世界。如此一來，棄地不單是清廷割地後的歷史症狀，而進一步內化為遺民漢詩中與殖民景觀對應的符號系統。

在痛陳殖民者暴力進駐的詩篇當中，詩人遣詞下筆厚重，氣勢力透紙背。但面對日本殖民者施行的物質與制度建設，引進的現代衛生觀念與措施，在遺民詩人對應的景觀建構中，彰顯了相對複雜的漢詩特質。我們可以從書寫檢疫制度的作品〈檢疫歎〉看出詩人的切入視野：

> 檢疫入人家，橫將老幼驅。刀圭及鍼藥，刲剖死人膚。云欲免傳染，須焚死者軀。到處人惶惶，有病應受俘。不許在家養，病院非虛拘。……將彼作癘看，自是愚人愚。愚人死猶可，檢疫呼殺我。疫死柔於水，檢死暴於火。水火兩無情，萬物為么麼。（頁一四三—一四四）

詩人由於欠缺現代醫學知識，對於檢疫、解剖等觀念產生惶恐與慌張本屬常情。但詩人對檢疫背後表徵的身體規範與健康管理，及其貫徹為政策實施，卻展示少見的漢詩寫作向度。詩人以五言古體形式詳述檢疫過程，對疫病之檢測、屍體的病理解剖、強制住院就醫等流程，寫來精準，但又展現醫療體制對人身軀體之宰制，進而痛批殖民者建立的衛生觀念之愚昧與粗暴。最後怒斥真正殺人者，並非疫病，而是檢疫制度的人身侵犯。這當中值得細究的，當然不是醫療衛生觀念之對錯。恰恰是詩人對檢疫所生之反感，讓我們見證了他對另一層植入的管理空間的挑戰。日本政府引以為傲的文明衛生政策，在詩人筆下構成為異質形式呈現的公領域部署。漢詩格式陳述、排比的「檢疫」觀念顯得突兀、怪誕且凶暴。傳統保守的漢詩寫作相應以最挑釁的姿態干擾殖民公領域，囤積著漢詩的「現代能量」，似有為古典文類張揚新興的「啟蒙」架勢。尤其詩人在末二聯別具巧思的以水火簡單辯證並調侃「檢」與「疫」兩套觀念並列的荒誕與粗糙，檢死竟比疫死更為恐怖。「水火兩無情」，不正說明詩人面對醫與病的無力與不可信賴。詩人在此對檢疫觀念的處理，透過更具普遍性的檢與疫的恐懼，成功為殖民者的檢疫政策製造弔詭的對照，也是另一種遺民的異質地景建構。

對於疫的觀念之引申處理，洪棄生另有七古〈驅疫鬼行悼亡甥〉張揚更濃密的意象與氛圍。疫鬼在此處乃關鍵符碼，隱喻恐怖可怕的殖民者，指稱他們如瘟疫一般，到各家索命：

---

27 洪棄生對現代性體驗的消極反應，其實早在清領時期已浮現。他有著「尊王攘夷」思想，對於西學的引入與建設多所批判與反思。在詩作〈機器局〉、〈鐵車路〉，古文〈防海論〉、〈論西洋〉等都表現出這樣的保守思想。只是到了日本殖民時期，遭遇的異族殖民現代性，使得他的批判力道更為激烈，展現另一番存亡危機感的邊緣意識。這種反現代性的思維是文化保守主義的姿態，卻巧妙展現了去殖民的效應。

淒風陰陰蛇蝮虺，蒸為癘疫來癘鬼。孤人子父寡人妻，鬼乎為暴堪憤悱。……遺民死亡雖幸脫，萬死一生亦苟活。刀鋸燹火曾幾經，偶存微命非毫末。一鬼到處喪一家，將毋盡絕為蟲沙。……鬼有其計恐不行，我請天戈方相兵。磔鬼萬段使鬼滅，鬼能處此與人爭。（頁一八四）

詩裡鬼影幢幢，陰森恐怖。遺民詩學陷入幽暗書寫並不稀見。但此處出沒之鬼，卻不同於民國時期遜清遺老的「人鬼無畦町」的鬼趣[28]。那是遺民的流離人生跨越悲怨詩學構築的幽靈風景。而洪棄生的主體陷落，有具體的殖民撞擊及物質語境。他以瘟疫降臨影射殖民慘境，卻也實指殖民初期的亂離場景中，死亡無所不在，瘟疫蔓延，疫與鬼成為殖民者負載的一套表意能指，以致詩人要作驅疫鬼歌行，既為悼亡，也同時將殖民者指涉為妖魔化象徵。這是詩人深沉無力的時刻，驅疫鬼是對虛無存在及幽冥空間的書寫，故必須請來天兵相助，以杜絕鬼與人爭，鬼域與人間並存的荒謬。「蛇蝮虺、癘疫鬼」排列為陰森淒厲的意象，凸顯殖民亂世，詩人回歸安平之世的願望尤其顯得強烈。而這套表述程序，將詩人介入公共空間張羅的「疫」情，拉回到慘澹陰暗的內在主體書寫。詩人經由兩相交錯的主客體寫作，我們更可以發現詩人處身殖民氛圍的環境意識，內外煎熬的喪亂。

洪棄生對「疫」與「鬼」的辯證，同時有著一套現代體驗與主體幽暗意識的獨特轉換。他曾以檄文形式，從「責鬼」與「鬼答」的一來一往，驗證這場無以名狀的殖民創痛與難以窮究的天理。他以雄辯的語言直陳：

我之病，非疫也，而疾苦顛連，即亦疫之減等也。臺灣兵火之後，家世縲紲，不獨病也，而婦駭童號，莫非病之變相也。……而余以懦弱書生，壯志消沉，即病入膏肓矣！而必痌恙交加，莫非鬼之太忍也！……鬼侮我，鬼不止侮我，宜先有以誨我也！（〈病中責鬼檄〉）[29]

存亡旦夕之間，洪棄生質問亂世存身的道理，控訴鬼、疫的降臨，置人於絕境卻不以理服人。洪對鬼說理，顯得反常，卻主動將盤旋主體裡外的鬼影，從難測的幽冥特質轉向具體可辨的人禍災變，因此他張揚「責鬼、問鬼、罵鬼，非誕也、妄也，恃有理而不恐也」的氣勢，著力標示自我存在的座標。

然而，洪棄生的責鬼終究是天問！在〈擬鬼答檄文〉的回覆中，他梳理自古的喪亂天變之不絕，非自今而起。因而「鬼，乘衰氣而興者也。國之興，我輩沒焉，國之衰，我輩出焉。出沒無常，惟氣運之感召也」。鬼與家國興亡連結，其功能不在憑弔故園舊址，而推演出處在今日世界的肉身飄零與摧折下的主體慾望想像。

從身之「疫」及於國之「鬼」，洪棄生在意的魑魅魍魎，從殖民體驗下遭遇「鬼」、責難「鬼」，

28 民國時期同光體詩人與南社詩人筆下的鬼趣，大部分籠罩在憑弔、傷感、文化消亡的氛圍。「人鬼無畦町」寓意人鬼雜處的生存境況。俞明震：〈讀散原鬼趣詩〉，《觚庵詩存》（上海：上海古籍，二〇〇八），頁六七。

29 洪棄生：〈病中責鬼檄〉，《寄鶴齋古文集》，頁二三七。

進而轉接上傳統士大夫的憂患。「疫」不過是現代主體意識內具象化的憂患，表現於肉身、心靈，進一步結合現代衛生下的「疫」，找到一種新興的公開檢驗形式。這是洪棄生細膩的現代辨識與認知，將主體內在的恚憂，投射到具體的經驗序列。「鬼」之憂患，不再是詩人語言，而是創傷現代性的表述。一種憂患的空間寄託。

因此，病、疫所代表的身軀萎靡與耗損，當再次碰上公共領域的醫療制度，詩人的幻滅與壓迫感，在殖民日常的醫療空間內切開了一個亟需逃離的想像世界。〈公醫行〉就呈現了一個殖民概念最直接的身體及精神管理，甚至入駐：

> 東人以官來作醫，生者死者醫不知。推門入室驗病人，瘦黑肥黃皆藥之。食藥而死須湔腸，剖腹看臟澆以湯。（節選，頁一七三）

詩人以一組傳統古典漢詩難以想像並列的表述詞語，構成現代醫療檢測制度下的經驗觀察。在詩人擅長的七言古詩體，一連串的及物動詞構成了詩裡表徵的醫學檢驗及解剖歷程。但「驗病人」、「皆藥之」、「需湔腸」、「澆以湯」恰好組成激烈的強制性侵入病人身體行為，構成漢詩表意序列內一組主客輕重、節奏明朗、意象清晰的經驗折射。因此，漢詩表徵的不僅是經驗，而藉此表意系統拋出了一個動態的能指：公醫。實驗性的醫療體制，是詩人詬病所在，並總結「健者出行弱者藏」。換言之，詩裡的公醫對象，可以視為遺民詩學內充滿力量的指涉，指向殖民空間內所有強行置入的外在配置以及破壞性的創造，只是將被殖民者當作實驗品。醫病關係成為規範與強制行為，從「公醫」表述的公共政策背後，詩人的意旨是由此逼出一個承載的被殖民主體。

這一系列針對性的漢詩寫作，可以看作詩人有意識的進入殖民地景，展開遺民表意體系建構的一環，強調居室與人身的私密性空間與感受遭致破壞，在詩裡形構整體的遭侵入經驗。尤其關於公共政策的描述與批判，組成一個有象徵意義的反殖民公共空間的寫作。詩的焦點不在於遺民對新興殖民措施的接受度，而是詩人刻意將這些現代性措施作為對象，調整的符號及表意過程，清楚將公醫、檢疫等殖民行為概念，轉換成遺民詩學內部所展開批判的能指。

如此一來，傳統詩學的諷諭詩分類[30]，顯然不足以說明臺灣漢詩「遭遇現代性」的知識調整。在此層面上，我們有理由進一步重構臺灣遺民漢詩的知識譜系，從中整理出一套自殖民現代性範疇內整裝再現的遺民詩學。詩人以廢墟荒地意識來組合詩的意象，強烈導引為遺民詩學的布景。從對殖民政策的批判、城市街景規畫的失落、到轉入公共領域的空間顛覆，漢詩內在飽滿的訊息，及空間意識，其實標舉了遺民漢詩實踐的反空間效應。在那切割出的異質想像世界，詩人呼之欲出的主體，實乃被

30 洪棄生的相關詩作常被視為「寫實詩」、「諷諭詩」的分類。參見陳光瑩：〈洪棄生詩歌研究〉（高雄：國立高雄師範大學國文系博士論文，二〇〇三）。除此，李知灝從詩人對殖民現代性的觀察和批判角度，另外指出「社會詩」的概念，相對更準確說明這些批評殖民政策的題旨。參見李知灝：〈殖民現代性初體驗：以洪棄生《寄鶴齋詩集》中日治時期社會詩作為研究中心〉，《彰化文獻》第七期（二〇〇六年八月），頁六一—八〇。

殖民者的集體經驗。

當我們放在遺民與現代景觀對應的脈絡來看，遺民面對殖民地景的表現，其背後的詩學譜系與資源值得細究。綜觀二十世紀的遺民詩學整體，洪棄生張揚的遺民書寫顯然就有異於另一支龐大的遜清遺民系統。遜清遺民在民國以後同樣難以承認國民政府，只能流連上海、青島等外國租界，閉居困頓與自築嚴密的文字想像空間。他們面對五光十色的民國新景象，十里洋場、消費都市、娛樂空間，顯然都跟他們的生活節奏格格不入。因此他們詩文筆下對租界城市景觀的描寫非常稀薄，只集中在遺民圈內的文字世界，維持遺民的純粹性，建構一個心理認知空間，在民國場域內標示異己交織的「他者」世界，生產對抗性話語[31]。相對於此，臺灣遺民譜系從洪棄生張揚的「批判詩學」

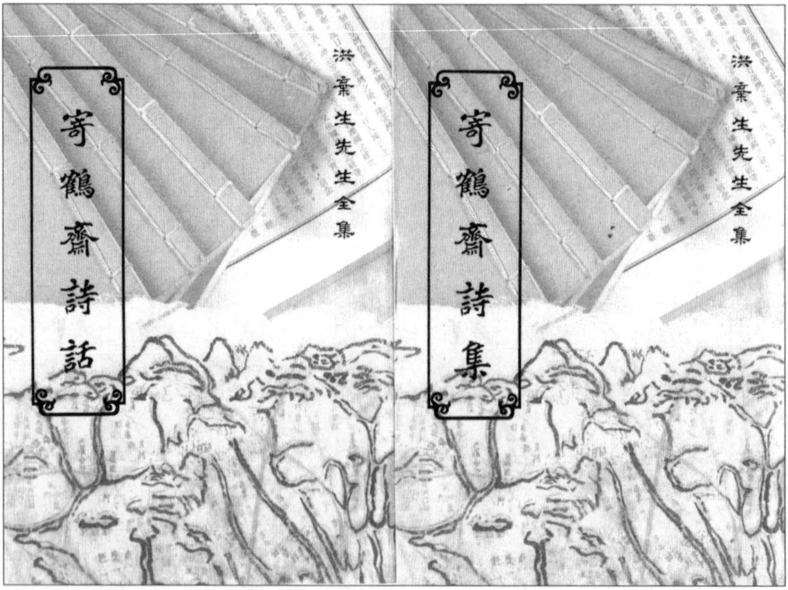

洪棄生《寄鶴齋詩集》、《寄鶴齋詩話》（南投：臺灣省文獻委員會，1993）

看來，至少在風格與應對策略上，提示了二十世紀漢詩系統內另有一支遺民與殖民對視的知識譜系。其局部改變了遺民詩學的結構，以強烈的殖民地景書寫，展現不一樣的空間體驗與書寫脈絡。或更確切的說，那是臺灣漢詩的遺民「地方」詩學。

洪棄生的漢詩體系實踐的知識意義，最大的效果是透過其遺民姿態的切入視角，以詩學的表意系統成功介入殖民空間的書寫，且異於殖民者由上而下、支配與穿透性的殖民實踐，以廢墟、離散的反城市布景，表徵了一種主體的自覺，主體之反身性。因此，遺民詩學的符碼系統，填補了殖民現代性下的主體缺席，反而揭示了殖民公共空間背後的幽暗主體，或稱之為殖民現代性意義下的暗影。因此，遺民的自覺，變成弔詭的被殖民主體的呈現。或許我們應該認識到洪棄生介入殖民地景的反空間書寫，其實是一種「第三空間」[32]，提醒我們遺民作為「他者化」的空間存在，也是一種反思殖民地臺灣的靈活空間策略。

割臺事件標誌著臺灣島嶼的換幟易主，卻非中國傳統政治意義上的易代。清帝國雖天威有損，但

31 針對遜清遺民在租界的活動研究，參見王標：〈空間的想像與經驗：民初上海租界中的遜清遺民〉，《杭州師範學院學報》（二〇〇六年一月），頁三三一—四二。

32 索雅（Edward W. Soja）提出「第三空間」是一種在真實與想像之外，創造性的重組與延伸的「差異空間」。詳索雅著，王志弘、張華蓀、王玥民譯：《第三空間：航向洛杉磯以及其他真實與想像地方的旅程》（*Thirdspace: Journeys to Los Angeles and Other Real-and-Imagined Places*）（臺北：桂冠，二〇〇四）。

天朝仍在，遺民身分該從何說起？遺民是宗於清室、或宗於文化道統，還是反殖民的身分表徵？割臺際遇下的殖民情境，強行界分遺民意識，確實有其兩難與尷尬。王德威教授曾針對此曖昧的遺民身分，提出細膩的辯證：「孤臣孽子的自覺……可以成為主體進入現代，面對時間塌陷，所該肩負的倫理承擔。[33]」換言之，仕紳在臺島易幟的兩年當中，內渡與滯留除了是個人身家性命財產的考量，必然還有其選擇的政治與文化態度。對於一批身教言教都受傳統漢學教化養成的知識分子而言，其中在乙未易臺之初，選擇內渡者仍是多數。儘管不少內渡者最終都歸返臺灣，但內渡所意味的出走與避禍，其實明確指陳了仕紳在面對不確定政局中的普遍不安及文化趨向。雙腿代替了心靈，建立起漂浮的文化地理。但流放的現實折難重重，世局稍稍安定後歸返臺灣定居者自然不在少數。因此在殖民的複雜情境中，內渡與留臺的仕紳各有不同形式的身分認同與表現。遺民的自我意識與倫理，實際上只有賴於詩文表徵與個人行為準則。飄零、流浪、自傷，士人表達的生命中間狀態，對新舊環境的若即若離，展示了遺民情調。但遺民論述的架構，恐怕才是奠定遺民詩學的根基。

一九一五年洪棄生再以長詩〈乙卯重午〉為臺灣招魂：

> 五月五日弔屈原，六日又當弔臺灣。……海底殘魂招不起，三百萬人同日死。髑髏鞟骼鬱嵯峨，虎狼戞戞磨牙齒。……（節引，頁三三一）

揮之不散的恐怖意象，哀悼臺灣已是魑魅世界，形成遺民的淒厲之音。割臺二十年過去，詩人傳達的殖民地境遇，顯然依舊是雖生猶死的悲劇性格。施淑教授特別指出那是詩人召喚千古知識分子抗拒被殖民的奴隸生涯的一種抵抗聲音，透過鋪陳殖民統治下的社會性死亡來否定殖民的道德力量[34]。從這角度而言，殖民地臺灣的遺民曖昧，在其不可抗逆且新興文明的殖民複雜處境下，遺民的自覺只能根基於自我證成的倫理邏輯。因此，遺民的退場與應世，既是自我選擇，卻也同時投映現實環境裡游移的際遇。如同洪棄生這般強悍的遺民論述建置，當屬臺灣遺民譜系中的異數。

第四節 反居所的遺民空間與生活擬像

在不少乙未世代的臺灣詩人身上，遺民的身分定位與價值，呈現為一種亂離的主體存在感及田園世外的隱遁索居。我們不妨觀察日據時期在各界都頗具好名的詩人王松，從他不同時期的漢詩表述，討論遺民詩人的生活境遇。王松（一八六六—一九三〇），字友竹，乙未鉅變之時已屆而立之年。舉家避難泉州廈門，卻遭匪禍。輾轉歸臺定居，則自號「滄海遺民」以安度餘生。其著述集結為《滄海

33 王德威：〈後遺民寫作〉，頁三五—三六。

34 見施淑：〈臺灣詩人洪棄生的文化意識及身分認同〉，頁三七〇—三七二。

遺民賸稿》、《友竹行窩遺稿》、《臺陽詩話》[35]等作品，見證了遺民自處之道。長期以來王松的詩人身分最值嘉許之處在於其表徵的遺民意識。但同時我們在學者的資料還原中，也了解到他面對日本殖民者及自己的被殖民身分有著曖昧的流動認同。就一個被棄置而成為新殖民地的空間而言，重構社會網絡及互動關係，同時意味新的空間生產。遺民詩人建立的交際圈，及其對外關係，與殖民者的聯繫或疏離，無形中看出詩人的自處與應世都大有文章。誠如列斐伏爾（Henri Lefebvre）著名的社會空間理論所提示的，整體空間的生產關乎著社會個體的意識介入及社會關係在空間的表達。因此，社會關係在空間中生產消費，此過程也同時生產了空間本身[36]。詩人在應對進退之間，形構的遺民生存空間，恰是提醒值得細究的複

王松像

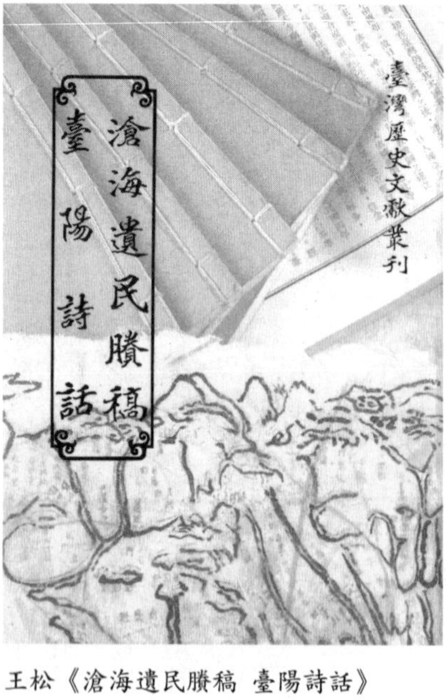

王松《滄海遺民賸稿 臺陽詩話》

雜社會關係與對應脈絡。其應對的遺民群體與殖民者都籠罩在企圖營造良好的漢文化交流氛圍當中，遺民的異質性將弔詭地錯置於「文化同質」的殖民者背景。

從乙未割臺進入到新興殖民地，「歷史」意識的產生及遺民生成的文化現場，都離不開再三辯證的空間地域關係。文人與殖民者交織對應的社交關係，使得遺民空間在殖民與被殖民的拉鋸下，難以單純的形成遺民傳統中遠害全身的避居、隱逸的想像世界。儘管遺民群體以詩文唱和交際，調遣互通的文化符碼，建立一套表意系統，同處共感氛圍，形構一種遺民的生活擬像（simulation）。但殖民景觀展現在多層次的社經、文化系統，社會網絡尤其繁複。殖民地的遺民同時也是被殖民者，其佔據為社會關係的一環，因此「地方感」在遺民生活擬像的符碼系統背後，始終是文化生產與心靈意識的據點。這「地方感」將體現在同一世代文人之間的文學互動、文人與殖民者在文化權力的象徵性交換，以及文人在殖民管理底下的自我空間認知與部署。雖然殖民地遺民文學不免同時延續了遊仙、招隱、避居的詩學傳統。但文學表徵的時間意識，相對是一種空間的時間，其著力點在殖民景觀的物質與文化建構，而非抽象空洞意義的時間。遺民詩人勾勒的異質性體驗，可謂真實空間的岐出居所。

35《滄海遺民賸稿》與《臺陽詩話》二稿集結收在目前通行的版本：王松：《臺陽詩話》（南投：臺灣省文獻委員會，一九九四）。另外，《友竹行窩遺稿》收入《友竹詩集》（臺北：龍文，一九九二）。本章所引王松詩作均出自《友竹詩集》。後文僅標示詩題和頁碼出處。

36 Henri Lefebvre. *The Production of Space*. Trans. Donald Nicholson-smith. USA: Blackwell. 1991. pp. 26-31.

若以亂離視作個體經歷國破家毀後的空間經驗，從王松內渡前後的故居命名，我們意識到一個內屬空間與外在空間的疊合。王松內渡避亂後返臺，從前的書齋故居「四香樓」巍然猶存，只缺了題額。不過經此鉅變，王松毅然將故居改名「如此江山樓」，取陸游詩句「如此江山坐付人」的國破山河意象，表現了遺民身分的憤慨。「四香樓」由私我領域轉向一個家國憂患意識下的「如此江山樓」，空間轉變何嘗不是心靈地理？家的最初外顯空間，是想像以手香、體香、口香、心香等四香，構築為一個安樂靜逸的私密空間[37]。但乙未事變，滄桑心境急轉直下，個體日常經驗崩塌為歷史碎片，「如此江山」以厚重的符號取而代之為集體意識，託古人之情懷以寄存一個通感共存的亂離憂憤。從修辭角度而言，「如此江山」可視作隱喻，透過南宋以降遺民傳統典故昇華的空間存在感。而此江山非彼江山，王松因棄地所演繹的依舊是孤臣意識，孤懸在外的主體。只是割地在先，棄民緊隨，「如此江山」的反覆出現，一再指涉，所及處必然是當下開放的時間性。殖民者入駐，棄地的「不在場」指出主體在現代時間流逝當中，亟需捕獲的空間感。「棄地」的時間性因此在古典意象之前並無抵銷，相對卻在江山背後浮現清晰的地理區位。王松急切的「江山」命名更顯其焦躁的地方感性，張羅古典資源以安定無以應對的時間缺口：現代意識。

棄地如同棄置時間之外，個體終將在「地方」意義上首度面臨主體經驗之「新」，優先於古典時間靜態的「舊」。乙未後地理的流動裂變，亂離乃是源頭，但時間為其鴻溝。遺民要跨越時代變局，不得不正視生存體驗的現實依據。因此「江山」作為家國、政權意義的傳統地理修辭，並不單純指涉客觀空間，而是攸關個體存在的居所，位居其中的「地方」（in place），相近於經驗主體本質意義的

「此在」[38]。

「江山」一詞普遍見於乙未以降的臺灣漢詩。割地棄民，「江山」炙手可熱，是最輕易指認的傳統地理空間符碼。上接古典胸懷，下可敞開時間，詩人各取所需。遺民習用詩學傳統中的套語，雖有不同書寫脈絡，但氛圍與情懷的互通難免是經營的策略。綜觀王松不免俗的接續以一連串「如此江山」開展自我的空間意識起點，恐怕就不是一般回歸傳統詩學格式的修辭解釋所能概括，而另有標誌的地理意識值得探勘。其中「如此江山坐付人」是陸游〈劍門城北回望劍關諸峰青入雲漢感蜀亡事慨然有賦〉的末句，轉眼則成了王松〈海上望臺灣〉（頁三二）首句的起點：「如此江山坐付人，陋他肉食善謀身。」外在殖民空間困頓，自我盤算與計量只能是獨善其身之道。「如此江山」層層堆疊，形成地理意識的前綴，構築獨特的表意脈絡：

> 如此江山伴索居，濟時心力盡刪除（〈偶成〉節選，頁三六）
>
> 如此江山易愴神，干戈劫外寄閑身（〈酬家箴盤〔石鵬〕見贈元韻〉節選，頁五一）

---

37 四香樓的典故說明，詳余美玲：〈隱逸與用世：論滄海遺民王松的詩歌世界〉，頁三六—三七。

38 此處借用了海德格哲學概念裡「每個人本有」的「此在」（Dasein），對人的存在做先驗超越現象學的描述。「此在」指向人存有的特殊性及個別性，強調其在揭示存有中的角色。參考馬丁・海德格（Martin Heidegger）著，陳嘉映、王慶節譯：《存在與時間》（*Sein und Zeit*）（臺北：桂冠，二〇〇二）。

消憂勉踐登臨約，如此江山欲忘歸（〈冬日留題疊溪隱處〉節選，頁五七）

所有詩句中經營的「如此江山」皆屬負累空間，肉身與精神都幾經摧殘。雖是個人身世移動之落點，卻是遁隱規避的外在屏障。由此指認對照王松的居所命名，「如此江山」內化為「地方」意識，裡外應合而成其意義歸屬，一種身分的在地認知。

亂離的面目全非，人事更迭，消極落寞之感寄存於「如此江山」實屬常情。王松早有詩句感述劫後餘生：

滄海遺民在，真難定去留！四時愁裏過，萬事死前休。風月嗟腸斷，山川對淚流！醉鄉堪匿影，莫作杞人憂！（〈感述〉，頁六〇—六一）

王松以「滄海遺民」表徵身分，但選擇以「如此江山」定義存在的座標。此處「江山」所涵攝的已非陸游當年半壁河山背後遙指的廣袤中原疆域，皇廷京畿。尤其王松身處割地之後，易主的江山不見得是整體的中原帝國疆域，恰恰邊陲臺島才是乙未割地的「江山」。「江山」在此曝顯出其作為詩人面對歷史闕如的一套反居所的表意機制。棄島荒涼，遺民的歷史情境，像是處身歷史荒野，再度召喚「棄民」的內在根源性情結。清室視若唾涕的化外之地也成「江山」，殖民地景竟是「江山」，以致遺民的修辭序列與認知系統，相應在殖民景觀內切割出異質空間，凸顯命名「棄地」的荒謬與歷史主體的迷惘與困窘。王松的身分認知，從空間意識的內在轉變，強調其同時面對的是地理與歷史的雙重居所。舊文人置身新殖民時代，錯置的主體歷練滄桑。因此，再次填補意義的「地方」，是流離者被迫置入異族文明，踟躕徘徊於新興殖民空間而完成自我生存意義的地方。歷史在遺民的表意系統內構成尋覓的居所。

但王松的地方感確實有其根柢。他起家於竹塹，乙未前後的落腳經驗怎能無異？竹塹地區在清朝時期就已文風鼎盛，詩人輩出。林占梅的潛園與鄭用錫的北郭園向來是文人薈萃、舉觴相屬的標誌。只是如此雅緻的文人日常空間，必然折損於乙未事變。

> 欲說當時事，諸公豈願聞。西園梅弄月[39]，北郭酒論文。峰勢雞冠聳，溪形燕尾分。故鄉今剩我，何以慰離群。（〈寄鄭伯璵、李舜臣兩孝廉〉，頁三六）

文人沙龍潰散，日常時間塌陷，詩人孤獨索居之感，何嘗不是漢詩空間的萎縮。漢詩的群體交際功能轉化為個體的吟詠，難免逼近主體空間的匱乏感。離群的焦慮指向當下的地域疏離，卻隱約暗示以詩存身不是空泛修辭，而有其現實要素。換言之，詩人以「江山」代現「地方」，可看作一組代碼。「江山」是傳統地理概念的延異，在詩人生存的殖民情境內反而質疑了古典地理與時間的有效

39「二十六宜梅花書屋」為潛園最勝處。相關記載見王松：《臺陽詩話》，頁四—五。

性，凸顯新的空間意涵。王松亂離的生命經驗轉化為重新認知定義空間的敏銳，遺民的主體意識投影在「現在」的江山驟變，瞬間、流動的美感經驗構成主體存續的要素。而春日山居中，「餘生只可耽詩酒」（〈春日山居〉，頁五八），「著書枉用一生心」（〈避亂〉，頁三四），對應「太平得壽方為福，離亂全生只賞詩」（〈乙未生日感作〉，頁四〇）的自處，清楚照見隱逸一生的趣味。詩酒、著書交錯為時代「餘生」的意義，審美價值的修辭投射。儘管坐付人的「如此江山」既愴神、索居，王松開始以「餘生」的時間感來鋪陳眼前的空間布局。

我們以「地方」概念詞彙介入王松的棄地書寫，關鍵核心在於詩人構築空間認知意義的同時，總在對外的社會關係上形成自我異化的空間生產。臺灣作為王松內渡歸來的最終落腳處，以遺民身分標籤的棄民，如何重新命名、定義新殖民空間，或總括一句的「重建地方感」，變成我們描繪這個社會空間的重要環節。當殖民空間標榜都市化、工業化、商業化，其所建立的是物質經驗及文明理性。反觀詩人連續以顛沛流離的亂世苦難申訴生命的居所：

不合時宜知己少，生逢世亂作人難！

親朋離散音書斷，妻子驕癡去住難。（〈書感〉節選，頁三七—三八）

親朋遠別犀望月，兒女無知鴨聽雷。（〈書感〉節選，頁四七）

家有兩姑難作婦，國無一士覓封侯。（〈書憤〉節選，頁四四）

所有生存的困境成了一再反覆辯證地方意義的要素。顯然身的變異是殖民經驗下首要的認知系統[40]。王松自號寄生，意指人生如寄。而投身詩酒琴棋書畫，不過是詩人的傳統沿用的公共符號。這些伴隨餘生的種種線索，都有其生成意義的位置。由身及於心，時光流影所不著痕跡的生存意識，反倒是絕地之身在割裂的地理背後索居困守的心靈時間。在五十歲之際的〈生日述懷〉組詩，王松回顧半百人生，知所得失。乙未前後的改變，縱使經歷滄桑，哀怨憤懣之收放仍節制有度：

> 名心從此忘，怡情書畫裡。
> 詩酒與琴棋，此生長已矣。
> 意外忽滄桑，壯懷空撫髀。
> 避世樂田園，困苦居城市。
> 坐臥群書堆，咿唔聊復爾。（〈生日述懷〉節選，頁一三五——一三六）

不過，其中地方感性油然而生。「樂田園」對應的是「居城市」，所謂遺民索居的「江山」，對照

40 關於文人身體系統的種種變異的象徵考察，可參考黃美娥：〈差異／交混、對話／對譯——日治時期臺灣傳統文人的身體經驗與新國民想像（一八九五——一九三七）〉，收入梅家玲主編：《文化啟蒙與知識生產：跨領域的視野》（臺北：麥田，二〇〇六），頁二六一——三一六。

的也將是殖民地景。遺民的現實應該是主體困因於殖民城市的逼仄空間。其格格不入之處，即是殖民物質性建設的都市化過程中，生命經驗自絕其外，一種歷史主體的苦悶。換言之，被殖民者的主體缺席是日本殖民現代性的嚴重破綻[41]，同時也是遺民主體建立自我地方感的有力動機及效應。於是難隱的自傷總伺機而動，「天意殊茫茫，祇可坐待死」、「迴憶母難辰，低徊滿淚紙」，自棄餘生，除了回應乙未棄置在歷史外的時間，還有眼前摒棄於殖民地景的主體。因此，重構棄地與殖民地的歷史感，構造了詩人遺民的地方感性。合理化的自我存續將是遺民重要的「地方」邏輯。

爾後王松再有〈六十述懷〉，心境則自詡豁達：「早知樗櫟終無用，始識雲煙總是空。過去未來休罣礙，癡聾願學信天翁」（頁一四六）。雖然故作磊落胸懷，又顯其有難抑之情盤桓心中。如此心情忍不住再三陳述：「從今不做塵寰夢，得失何須問塞翁」（〈感興〉，頁一四七），又警惕「身後浮名聊自惜，深盃酌我且教兒」（〈病起偶得書示奎兒〉，頁一四七）。詩人此般喋喋不休，又暗自期許，處處點撥了遺民自處的特質與境遇——遺民生存倫理的自我證成。綜觀其著意強調的「隱憂恰為梁甌缺，守節應如趙璧全！從此癡聾無一事，免教洗耳累清泉」（〈偶感〉，頁四一）、「長壽無氣節，不若夭為宜」（〈醉哈並引〉，頁三九—四〇），不斷提醒對氣節有所戒慎，更顯氣節之虛妄。而這卻是遺民倫理必得證成的一環。王松曾慨嘆「大局不禁長太息，華夷從此是春秋」（〈書憤〉，頁四四），歷史目光下的華夷兩分，氣節似有其必要。只不過「如此江山」雖是眼前棄地，卻在反居所的特質上，切開王松處身歷史當前的鴻溝。換言之，詩人應世有其跨越不了的歷史侷限，「回不去」的遺民身影，只能著眼所意識的地理座標。應世，在此層面上有了特殊的意義。重建地方，恰如一條重構記憶的道路。詩人為棄地生發的現代效應尋找安頓己身之道，在其遺民詩學的修辭程序裡，需要找回一段歷史時間。因此，南宋陸放翁的遺民處境，為王松有意寄存兒孫的未來遺稿，重建了歷史身分：

> 對此茫茫有所思，胡塵滿目放翁悲。
> 他時故友編遺稿？為補示兒一首詩。（〈偶成〉，頁四七—四八）

王松在殖民地臺灣弔詭的地理空間裡，呈現了直達南宋陸放翁處境的時間效應。他在意眼前詩篇的紀實得以傳承子嗣，卻以南宋的中原遺民時間貫通今古。臺灣棄地新生的遺民傳統，轉眼又消弭於源遠流長的中原意識。就這點而言，以邊陲仰望中原是遺民詩學的慣性，只有在悠遠的遺民傳統中浸淫，召喚強悍的時間感，介入架構後乙未時期遺民自我的歷史身分。但詩人呼應遺民史之餘，仍可視為調古遺今，迫使隱匿的記憶深化其痛苦不堪的處境。換言之，王松自居遺民且黯然自處，並不就此甘心安逸。所謂「熱血一腔何處灑？且將耕讀教豚兒」（〈山居適興〉，頁五二）有哀憐則又自我期

41 針對主體缺席是日本殖民現代性的嚴重破綻的相關問題，夏鑄九以日本殖民時期的空間建設做了闡釋。參考夏鑄九：〈殖民的現代性營造：重寫日本殖民時期臺灣建築與城市的歷史〉，《臺灣社會研究季刊》第四〇期（二〇〇〇年十二月），頁四七—八二。

勉。因此自傷、氣節、教誨，重重設定的遺民情緒與心境，鋪展了王松臺島索居反覆纏繞的生命軌跡，暗自萎縮與閉鎖，卻往當下釋放的時間進程。只是相對詩中一再重複淡然與抑郁的符號，詩人重建的生命存在感，總離「如此江山」的破敗殘存地理不遠。

肉身終究腐朽，遺民的多元辯證，建立了殖民地的現實指涉。王松透過串連有效的歷史符碼，在現代時間的陰影威脅下，成了維繫自身身分認同的要素。因此日常空間崩毀在前，詩人主體的幽微情懷重構在後。王松以遺民的時間構築了一層漂浮地理與歷史防線。在激進的現代殖民時序裡，他傷懷生世、追問氣節、謹記教誨，處處迂迴往返，錯開激烈的時序進程，卻又知所進退。依附於「如此江山」的變遷地理，遺民以多重鏡像布局眼前「地方」，從「江山」往「地方」定義的同時，進而合理化了遺民的生存形象。對於同輩人而言，詩文建立的意義召喚了上及千古同等際遇遺民的共享情懷與氛圍。但相對日本殖民者，遺民氣質所彰顯的特殊地方意識，召喚歷史幽靈的共感經驗，在帝國之眼下卻是最後的文化貴族氣息，同時在殖民現代性空間裡建立了一道人文風景[42]。

在殖民現代性的營造上，臺島由清帝國脈絡下的棄地，成為日本現代殖民的外島。漢學教養的遺民詩人經由多重的亂離生世、哀傷自憐的進退失據，以及守節隱逸的困頓難耐，交織而成審美的文化光暈與生命情調。無論棄地與外島，漢詩人所指稱認知的遺民空間，訴諸有意義的社會關係脈絡底下，表現其傳統禮樂位階，形成空間的生產。面對強勢的殖民文化夾攻下，殘敗的棄子，在遺民的節氣裡早已昇華，棄民的精神空間因此有其根基。但殖民畢竟是現代進程的表徵，在棄民史與殖民史的重層擠壓下，遺民以詩文生產文化教養的雅緻時間，始終自現實地景剝離。長久而言，對殖民者實屬芒刺。因此，無論應世或個人生死禍福，王松避世田園樂的地方逐漸退縮為宗教涵養餘生的領地，進入神聖空間的區位。「年來抛卻無窮事，朝夕金剛一卷經」（〈代柬寄櫻井兒山太守勉〉，頁一二七），王松牽引佛家典籍布局隱逸生活，顯然是應對曾治理新竹的櫻井兒山太守的唱和詩「爺讀忠經兒孝經」（〈寄懷王隱者松〉，頁一二七）[43]。可見王松字裡行間的「從今不作紅塵夢，聊作山中有髮僧」（〈排悶〉，頁六三）、「身外有身空色相，夢中作夢半荒唐」（〈甲子中秋夜紅夢〉四首之四，頁一四〇），佛家思想駕馭的內在處境，道盡文化遺民的最後地方感。

第五節　漢詩的公共空間與抒情變奏

乙未割臺初期，遺民詩人的生存困境大抵覆蓋著一片灰色黯啞的背景。詩中盡訴衷腸的都是國破家亡、顛沛流離、失意鄉愁等情緒。當內渡者陸續返臺定居，殖民局勢底定，武裝革命的成功機率近乎絕望。自居為遺民者選擇退守到民族的傳統脈搏中，將固守的主體帶入一種文化民族時間，以漢詩存續己身。漢詩功能得以再次彰顯與發揮，根源於現實的時代鉅變。詩人往古典資源調動放逐、棄絕

42 日人作家與官員訪問遺民詩人的事蹟常有聽聞。除了政治動機的籠絡，還有一種文化氛圍的欣賞與交流。

43 參見黃美娥：〈日治時期臺灣遺民詩人的應世之道〉，頁三四二—四三。

的意象格式，漢詩的整體存在時間由現實當下往古代溝通，營造了一種主體退隱而時間凝滯的共感氛圍。對照殖民處境，現代化、都市化與商業化的建設基調推陳時序，殖民語言的貫徹乃必然趨勢。在理性、文明經驗的挑戰下，遺民詩人仍堅守漢詩文陣地，格局雖顯拘謹，卻不該視為文化守成主義。文化守成主義在更確切的意義上，是針對晚清國粹學派以降略帶貶意的稱呼，尤其身處變化莫測的時局，誰能預料文化防禦策略會是歷史後見之明的守成或保守？在國粹學派脈絡中要處理的結構性框架是更為巨大的「中體」，且是以一場又一場破壞性的西化力量為前提。換言之，文化守成並非是一種姿態，而是時代的意識及精神結構。

遺民詩人始終不同於文化守成，在於他們面對的是自我證成的存在邏輯。但從與殖民情境對視的臺灣遺民詩人看來，他們退守的姿態卻難掩其尷尬及曖昧。尤其面對日本殖民者，熟識漢詩文的日本官紳是臺灣遺民詩人最大的參照體[44]。古典文化主體的漢詩文不再是唯一的遺民表意符號，反而進一步成為可以達至文化或政治交換妥協的資源。正因如此，我們並不訝異當連雅堂倡導成立「臺南漢學會」時，臺灣總督府欣然允諾給了臺灣仕紳一個溫暖的懷抱。在殖民者與被殖民者矛盾衝突的統治場域裡，漢詩文竟一度成為共享的資本。在象徵意義上，漢詩文成了有助於殖民者推動統治的文化資本，同時也中介了遺民詩人進入殖民情境的過渡時間，隱然是一種妥協或交換的手段。就此面向而言，重新審視臺灣遺民詩人的精神空間，等同檢視了現代殖民情境下的傳統心靈世界裡的文化符號，如何安置於新興的文明景觀。這恰是走入一個乙未遺民遭遇現代震盪的後遺效應裡。

遺民詩人的意義在於他們是一批真正面臨現代情境的文化民族主義者。尤其在臺灣的殖民情境裡，最嚴峻的挑戰是殖民教育培養的大和國民性，及日語的普及。顯然殖民的結果不單純是現代化問題，而是民族改造、修正的結構問題。遺民詩人的漢詩文堅守或妥協，等於是一種帶有總體性意味的文化資本盤整。他們首要面臨的衝擊，不完全是語言改造前提下的白話文運動，或接續興起的新文學運動。實際上，漢民族的傳統文化結構在現代情境中，遭遇了最現實的政治處境：殖民。因此，遺民詩人等同掀開了漢詩文散發最後餘光的「現代」時間結構。在殖民情境中的民族、語言改造巨型經驗中，傳統的文化遺產在一個相對欠缺民族革命政治土壤的臺灣，大體只能彰顯一種宿命的姿態：漂離、流亡與自傷。對照於幾乎相同時段卻同質異構的中原漢詩文實踐，無論晚清詩界革命的文學手段，還是參與革命的南社團體，甚至民國以後同光體遺老詩人群，漢詩文的現實際遇其實比臺灣島上的遺民詩人都更有現實空間[45]。箇中差異在於大陸相較於臺灣更多了政治實踐的可能，同時他們基本是前朝的文化與政治結構的一部分。漢詩的寫作在他們身上顯然是文化及審美現代性的展示。如同黃錦樹試圖理論化的晚清以降文化保守主義者的文化實踐乃「傳統之發明」[46]，因此都是文化遺民。

44 日本漢詩文體系伴隨殖民者輸入臺灣，對日人詩文與詩學觀念的引入，吸引了臺灣遺民詩人的注意與交流，進而構成臺灣漢文學知識譜系的調整。相關研究參考黃美娥：〈日、臺間的漢文關係：殖民地時期臺灣古典詩歌知識論的重構與衍異〉，《臺灣文學研究集刊》第二期（二〇〇六年十一月），頁一—三二。

45 中國大陸境內的遜清遺民可以區分為側重於復辟的帝制派，及沒有具體政治操作的文臣遺老。

46 就此議題所建立的討論視野，可參見黃錦樹：〈論中體〉，頁一八七—二二六；黃錦樹：〈抒情傳統與現代性〉，頁一五七—八五。

反觀臺灣遺民漢詩的際遇，其問題的框架，表現於曖昧的時間意涵。乙未初期來臺的日本官僚多具漢學修養，且能吟詠[47]。對照詩人的現實生活舉動，詩社唱和活動及雅緻的社交手段，都提示了漢詩有另一層的時間性必然對現實開放。儘管詩中滿佈古典意象，上通遠古情懷。但殖民地背景裡詩人以詩互通的交遊空間，在表述功能上限定了這樣的時間性。那是現實脈絡下的群體消費與共感的文化符碼。漢詩的唱和傳統由來已久，雖不排除箇中的酬應性格，但現實的交際功能應受重視。在很大程度上，唱和回應了巨大的時代衝擊下詩人往現實應對的期待。於是詩社林立，擊缽吟熱潮久久未退，甚至招致批判而成新文學運動中被攻擊的標靶。轉型期的士大夫無以應對異族殖民下的新世界，詩社活動成了表述主體經驗的手段，構築共感共生的古典漢文化氛圍，召喚的乃是立足於現實的主體時間，即感時憂國卻無以安身的飄零文化驅體。以致當接管臺灣的日本官紳以深厚的漢學素養，辨揚文會、詩社，籠絡這一批被棄守在現代局勢之外的遺民詩人，隔閡的時代經驗反而找到接觸的可能。對於日人的雅興聚會，王松《臺陽詩話》記載了以下一段：

> 櫻井兒山太守（勉），丁酉來治吾邑，公餘之暇，嘗開詩會於潛園，大集文人學士，互相唱和，並以西洋食觴之；文雅風流，近今罕覯。別後，竹人思之弗衰。（頁七五）

此一個案典型呈現了臺灣漢詩傳承的重要景觀。本是新竹詩人傳統的潛園，轉眼換了主人，成了日本官僚領導詩人雅集的場所。箇中意涵不純然點破一個日臺官紳唱和的實景，同時雅集的新鮮感

（日人、西洋食觴）確實重整了斷絕的文藝沙龍。由此必然細膩地改變著遺民詩人生存及應對經驗。漢詩人面對日本殖民官紳的交遊、聚會等場合的邀約，酬唱性質的漢詩應對，更顯得詩人有其不得不然的現實參與。更有甚者是日人創辦的玉山吟社，逐月擬題邀稿，更摘錄刊於《臺灣新報》[48]。相對過去詩人難以將詩文刊刻傳世，日人統治下如此清楚呈現的新穎文學生產空間，補足上層社會的文學教化缺口，如此又豈是傳統文人所能抗拒？當王松記載總督府書記白井新太郎南遊情景，「可見一時遭亂遺老得遇斯人，如旱逢雨」（《臺陽詩話》，頁四七）就不足為奇了。遺民主體的虛妄，必需依賴一種現實的時間意識的補缺。所有現實當中的漢詩活動，說明的是回歸及復返的歷程。藏身於詩背後的悠遠傳統主體，雖上接古典，但隱約回應的時間仍是現代撞擊下的「新」局。無論是臺日官紳唱和或遺民詩人的詩社活動。

當然，日人的漢學專才入駐臺灣，仍有其歷史契機。明治維新後，日本政府倡導脫亞入歐政策，漢學養成的官僚自然退居二線，或退出政壇。作為殖民外島的臺灣，在此時機下成了這批漢學專才大展拳腳之地。漢學背景的日本官紳之所以受到遺民詩人的一定歡迎，除了後者找到與殖民者共通的溝

47 楊永彬詳列了來臺日本官紳的資料，參考楊永彬：〈日本領臺初期日臺官紳詩文唱和〉，收入若林正丈、吳密察主編：《臺灣重層近代化論文集》（臺北：播種者文化，二〇〇〇），頁一〇五—一八一。

48 相關記載見吳德功著，臺灣省文獻委員會編：《瑞桃齋詩話》（南投：臺灣省文獻委員會，一九九二），頁二四二—二四五。

通管道之外，更主要的是日本官僚懷抱著傳統詩教的閒情雅緻與溫柔敦厚。同時他們自己也認定漢詩學教養是上層知識階級與身分的象徵。就此層面言之，日臺雙方共享著某種程度詩教的興感氛圍，一種知識階層的雅興交流。我們不妨看看日本官僚之一的小田愛崖呈現於漢詩的抒情筆調[49]。「絕島誰無遷客感，微臣徒有杞人憂」、「晚香吾亦憐殘菊，貞操誰能仿古松」、「人經喪亂交情淺，時屬滄桑創業難」，詩句應對現實，又處處留有溫情。此數截詩句以〈秋感八首〉之名，記載於漢詩人吳德功的《瑞桃齋詩話》，顯見臺日文人間藉由興感之情經已互通有無。從日本駐臺技術官僚的個人際遇到臺灣遺民群體的棄民心境，詩化或抒情化成為處理殖民初期經驗結構的重要手段。遺民詩人在此接軌上了未經斷絕的抒情機制或傳統。

就此我們可以預見，漢詩文在此躍居文壇主流，締造蓬勃的文學生產空間，日臺官紳在詩社與交遊的種種場合醞釀了漢詩的公共功能。在文學系統內部，傳統中既已擔負社交功能的漢詩，在文化遺民眼中的絕地處境，轉而凸顯其文化傳承的要素。因此在異族現代文明的殖民空間裡，漢文化存續的效能向漢詩的社交功能移位。遺民詩人就此層次各扮演了不同角色。如此說來，遺民詩人在日本殖民空間下的應世策略，恐怕就不是「戀中」或「親日」的姿態所能究竟。

回顧王松與日本官員唱和的詩作，恢弘大度的讚頌體式跟其詩作中習以遺民自居終老的形象頗見差異。敏感的論者由此切入論斷王松主體認同的游移[50]。但持相反意見者則從王松終其一生的完整書寫形象來解說其陽逢陰違的態度，認定其不過是便宜行事的生存之道[51]。兩方相左的意見，提出了值得深思的問題。在遺民的文化想像與殖民的文明建設共存的時空下，如何有效的劃分出描述主體意識的時間與空間範疇？當遺民襲用傳統漢詩作為表述媒介，主體經驗趨向以詩化語言安頓，在漢詩界面構築的遺民在地經驗，就無以迴避最現實的應世。

一九〇五年，日據時期頗具建樹的民政長官後藤新平的官邸書齋「鳥松閣」落成，他賦詩兩首刊於報刊，向全臺文人徵詩依韻唱和，隔年由尾崎秀真、館森鴻編輯《鳥松閣唱和集》出版。從徵詩到出版，投稿詩作達兩千餘首，殖民者將漢詩資源發揮得淋漓盡致[52]，在展示籠絡手段的同時，提醒了我們注意臺灣文人在日人建設的漢詩場域[53]內投入的能量及扮演的角色。無論詩人親善友好或虛與委

49 同上注，頁二四一—二四二。

50 代表性意見可參考黃美娥：〈日治時期臺灣遺民詩人的應世之道〉。此文首先指出王松表現了遺民姿態的游移，開啟日據遺民詩人曖昧的主體意識探討。

51 參見林美秀：《傳統詩文的殖民地變奏》，頁九七—九八。

52 從公開徵詩年餘，儘管已接獲投稿兩千餘首，但唱和集行將出版之際還刊啟事提醒新投稿者可盡速來稿。其意圖網羅臺灣詩人共襄盛舉之態勢，再明顯不過。這可謂日本殖民者對漢詩資源一次有效且成功的操作。公告啟事見《漢文臺灣日日新報》第二五二二號（明治三九年（一九〇六）九月二十三日）。

53 日人透過詩會雅集、報刊文苑、文人交流、詩話記載等等方式介入與建立的日臺漢詩場域，構成一個不容小覷的詩學體積與知識譜系。重要論述可參黃美娥：〈日、臺間的漢文關係：殖民地時期臺灣古典詩歌知識論的重構與衍異〉。

蛇，臺灣漢詩藉由唱酬贈答的儀式性，延續著臺灣詩人的抒情實踐[54]。抒情因此有了新的意義，趨向一種社會性自我的呈現和展示。詩人在殖民地內的自我表徵，透過徵詩唱和的「儀式行為」[55]，準確將自己投入到殖民體系及其相應情境。「鳥松閣」的唱和，建立了殖民官僚與臺灣文人仕紳互通共享的詩學機制，一套導向統治階層風雅文化的品味與認同。以致詩人自我與社會的互涉，進而架設在抒情界面，緩衝了遺民與殖民的直接對立，將詩學資本交換為詩人自我表述的條件，以及延伸的社會集體認同。在這股熱潮當中，王松主動撰詩投稿應和，還詳述創作初衷[56]。詩中對「鳥松閣」詠歎「園林歷落臥英雄，抱膝吟成氣若虹」、「何日欣逢蓋世雄，叫人得吐氣如虹」，表面修辭的頌讚不必然是酬應之語。尤其末句「回思羽檄紛紜日，諸葛觀魚意灑然」，比美諸葛亮的稱許，顯然是高舉「政簡刑清」的殖民地管理效能。加上詩題序文說明「特念滄桑身世，幸託帡幪，居安思危，戴山知重」，與其判定王松阿諛趨奉，更為可能的境遇是遺民在殖民空間的建設中看見了新景象，飄零身世的地域感有所存託。

王松與日人官僚的漢詩交流，除了殖民者營造的客觀氛圍，詩人主動介入的心態尤其值得觀察。在他與部分日籍詩人的漢詩唱和之間，流露的相知相惜，就絕非一般的酬酢形式所能涵蓋。這當中要數他與籾山衣洲之間的情誼最為可貴，也從中窺探出遺民心境的內在渴望——知音難尋[57]。籾山衣洲一八九八年來臺擔任臺灣日日新報社漢文主筆，跟王松結識於新竹北郭園的雅集。二人情誼由此展開，王松難得遇上詩學知音，儘管對方出身日本統治官僚階層，卻無礙於王松心生的喜悅與親近。他在詩裡毫不猶豫地表現出熱切的渴望：

歸巢紫燕翩翩舞，出谷黃鶯恰恰啼。
賓主園亭羨雙絕，何時剪燭話牕西。（〈和衣洲先生南菜園晚眺原韻〉節選）[58]

這不該僅僅視為詩人間個人情誼的特例，而從王松藉由詩所鋪陳的內在轉折，正代表了遺民位置的複雜游移。作為民族氣節下的遺民，抑或尋覓詩學傳統下的知音，詩人到底做了哪些挪移和轉換？

54「鳥松閣」唱和詩刊載於《臺灣日日新報》之際，幾乎每次都可以看到作為該報記者的臺北文人黃植亭的點評。臺灣詩人群體透過唱和「鳥松閣」的漢詩界面，營構共享的詩學氛圍與交流。漢詩在公共領域發揮的功能，彰顯詩人間美學雅興的交換。

55 詩的唱和酬答所產生的儀式性功能與效應，恐怕是遺民詩人群體介入日人漢詩場域一個不能忽視的側面。關於詩的儀式行為論述，可參考梅家玲對漢魏時期個案的處理。梅家玲：《漢魏六朝文學新論：擬代與贈答篇》（臺北：里仁，一九九七）。

56 不同於其他唱和「鳥松閣」的投稿詩作，王松詩作自行附序附註，勾勒創作底蘊。其乃意圖跟其他投稿者的「諛頌」區隔，還是另有深意寄託，值得推敲。參見《臺灣日日新報》第二二六八號（明治三八年〔一九〇五〕十一月二十二日）。

57 王松曾坦言「兵燹餘生，學步邯鄲，苦無師友切磋，金針莫度」，以為遺民寫作的困境在於欠缺詩學對話夥伴與知音。參見王松：〈自序〉，《臺陽詩話》，頁一。

58《臺灣日日新報》第六〇三號（明治三三年〔一九〇〇〕五月八日）。

一九〇〇年，王松對於殖民環境前景似有定見，此際接獲星洲的邱菽園邀約，有意遠遊南洋。然而，王松對離臺遠遊與否卻有了掙扎。他的猶豫清楚呈現了遺民詩人面對日人提供的漢詩資源與環境，所生發延續與重建文化傳統的善意與親切感。

於是他投稿報刊二詩，向日籍友人籾山衣洲坦露胸懷，交心之意已非矯情的酬應：

感君相賞出風塵，知己恩深屢順身。
風雨無情悲作客，江山多事惱閒人。
詩逢同調難藏拙，交是忘年愧說貧。
正恐白雲留不住，浪游孤負故園春。（時擬遊南洋赴邱先生之招也）59

此詩刊登之際，已時過境遷。王松的南洋遠遊終究未成行。但箇中因由在詩裡披露，凸顯跟籾山衣洲相知共感的難捨。詩裡透露出受君相賞，以致成為莫逆之交。詩人間往返唱和，以及通感共生的詩人懷抱，「逢同調難藏拙」，正是詩人建立的默契與亂世裡唯一的溝通之道。因此，末聯慨嘆「白雲留不住」與「孤負故園春」，恐怕不專指二人情誼，而暗示著殖民者造就的此番詩情蕩漾的交流環境，確實為遺民情懷與處境另闢新天地。那是殖民地境遇內難能珍貴的時刻與氣氛，致使王松留下，推辭了他奉為老師的邱菽園邀約。王松接續的第二首詩作，就直接挑明「中原何日息風塵，幸有桃源可寄身」。眼前另有桃源寄託，王松想說的，不正是殖民地臺灣另存一個遺民避世的詩世界——抒情世界。只不過此抒情世界是臺日詩人共享的漢詩世界，既安頓遺民情懷，更揭露遺民進入殖民地臺灣的一種在地管道與方式。王松遠赴南洋的猶豫，直接說明他對於日本殖民者釋放資源「奉養」的詩人世界燃起了希望。同時，對於日人官僚在文化層面賦予的善意，難以斷然抗拒，就此一走了之。這當中最重要的徵兆，提示了臺灣遺民詩學的實踐空間，將面對殖民者展開弔詭的一種文化交換與妥協。

日臺文人之間的唱和熱潮不歇，日本文人官僚的主導是關鍵因素。從《南菜園唱和集》（一九〇〇）及《鳥松閣唱和集》（一九〇六）的發行可見一斑。臺灣詩人難得遇上如此蓬勃熱鬧的詩興，大量唱和詩作刊載於《臺灣日日新報》，形成殖民地景內別緻的漢詩版圖，擴大了漢詩的生產空間。兩座殖民者長官的官邸別墅落成，竟招引文人雅興，蔚為唱和盛景。恐怕箇中因素，已不純是應酬之言所能解釋究竟。殖民者著眼風流雅韻，藉助詩學的抒情儀式與傳統，安頓殖民地典雅景致的意圖不言而喻。但臺灣詩人在唱和榮景中建立的漢詩景觀，在今天看來卻格外引人注目。

一九一五年新竹詩人劉克明在雅集流風影響下所理解的臺灣漢詩意識，已深刻建立在日本文人官僚主導的漢詩風景[60]。同樣的鳥松閣雅集當中，詩人賦詩自覺地回溯了一套自日本殖民臺灣以降的風

59 王友竹：〈昨翻擷報牘，獲口衣洲吟壇見酬大作。喜而不寐，輙成二律，仍用前韻錄呈〉，《臺灣日日新報》第六百九十二號（明治三三年（一九〇〇）年八月二十一日）。

60 日人建立的漢詩風景，實際內含著一套透過雅集詩會手段構築的「風雅」話語。因此本文推演的漢詩公共空間，在實踐方式與生成意識層面，已內化「風雅」話語進而成為臺灣漢詩生產的內在風景。「風雅」話語的辨

雅傳統：

南菜園荒古亭村，水流花謝江瀨軒。
棲霞山人又歸去，風騷之道久不言。
竹窓長官賢繼起，縫住斯文一線存。
去年問風資治政，一部南薰集可翻。（〈鳥松閣小集賦呈內田方伯〉節選）[61]

詩人對南菜園及鳥松閣兩處從前雅集的盛景甚多緬懷，似有無限感慨。對照今時雅集不復當年，追憶日籍詩人主導的「風騷之道」，成了唯一想像的漢詩景觀。雅集是風騷之根源，漢詩的興致與精神，已內化當年日人鼓動的日臺酬唱風流。於是在惆悵之間強調日臺詩人唱和的景致，乃「斯文一線存」。「斯文」本屬割臺之際，遺民詩人面對異族殖民而據為基礎的詩學要素，民族文化的根本。而日臺詩學交流榮景的構建，當然體現了殖民官僚深諳統治管理之道。「斯文」轉眼變相包裝為一套吟詠唱和為主的社交功能詩學，挪移為日人倡導抒情詩學的招牌。而劉克明在割臺二十年後重提「斯文」，不就清醒提示我們，所謂「斯文」的根據，不必然是詩人「窮居幽介，苟全性命」[62]完成的遺民詩學道統。遺民不世襲，這樣的認知在王松一輩的詩人身上早有體認。以致他們堅守遺民之道的同時，難以全然抗拒日人鋪張的雅集風流，不過是意識到民族詩學的唯一延續與生存土讓，離不開詩學儀式性或功能性的張揚。這種對文化的渴望與保存，成功在日人官僚身上尋獲勾連與承繼，說明乙未以降的臺灣漢詩寫作除了遺民情懷，另有軌跡。

這種臺日詩文共同烘托的文學氛圍，或漢文學空間，正好為漢詩人的遺民情懷找到現實的寄存。這就不難理解遺民詩人的保守姿態，在殖民地臺灣時期有著游移的可能。其挑戰或挑逗著遺民的「氣節」，但又顯露出漢詩形式的誘惑——唱和生命共感的漢文學抒情氛圍。由此引申推論，臺灣遺民詩學的格局基本是一場漢詩越界，王松等遺民詩人的姿態印證了遊走於殖民與遺民對視的界線之間。遺民詩人接軌於日本漢詩官僚建構的詩學系統，預示了殖民者搬演、挪移風雅話語，論證其在詩學層面上的統治合法性。遺民詩人的漢詩實踐自此體現為一種抒情變奏[63]，意味著他們在漢詩的生成意識與介入公共空間，實乃重構了一套晚清以降的遺民詩學譜系。

析，黃美娥有精闢論證，參見〈日、臺間的漢文關係：殖民地時期臺灣古典詩歌知識論的重構與衍異〉，第四節。

61《臺灣日日新報》第五千三百九十二號（大正四年〔一九一五〕年六月二十五日）。

62 王松《臺陽詩話》的完成，就認定是「愧窮居幽介，苟全性命之時，無從得書」（頁一）。這是艱辛的遺民寫作的典型。詳王松《臺陽詩話》的〈自序〉。

63 這裡談及的「抒情變奏」，不同於臺灣漢詩人對於儒家詩學的「變風變雅」的詮釋脈絡。詩人回應、重視「變風變雅」仍屬儒家政教詩學傳統內自我證成的邏輯。而「抒情變奏」著力的是詩實踐意志與生成土壤的質變，因此那是「抒情」傳統的新「發明」。臺灣詩人對「變風變雅」的態度，參見黃美娥：〈日、臺間的漢文關係：殖民地時期臺灣古典詩歌知識論的重構與衍異〉，及陳昭瑛：〈儒家詩學與日據時代的臺灣〉，頁二五一—二八七。

另外，王松《臺陽詩話》仍有記錄數則頌揚臺日官紳唱和的事蹟。詩話是古典詩學中記載、品鑑詩人與詩作的重要形式，旨在表述詩人的詩學理念與相關言論。雖然《臺陽詩話》的筆觸同樣有傳世之用，但與詩人經營再三的遺民形象顯然衝突。遺民的抒情格調是一種己身的表述及生命心靈的通感。而詩話的鋪陳反揭露了一層更現實的場景。原來遺民及其漢詩的實踐，仍有一個被補給的文化養分空間，儘管對象是分享著共同漢學教養的日本殖民者。於是在詩學美典的意義上，遺民與殖民的對照，提示著詩學教養的抒情言志軸向。尤其遺民作品中再三調動的楚騷、春恨、悲秋等傳統美典資源，遺民的時間意識，趨向傳統具備強力解釋的美學範疇，反而愈顯其遺民身分的弔詭。那必然通用古典意象，召喚孤臣孽子情懷的抒情機制，在面對一個現實上無以歸復中原的異族及異文明政權時，卻雨逢甘露般找到存續己身的文化傳承，尤其抒情傳統。換言之，遺民情懷在表現生命困鎖之際，其實延續了規避現實迫害或苦難的抒情技藝[64]，同時更像是一種審美姿態，穿流在遺民與殖民的縫隙之間。

我們對照以下一組王松詩句的敘事格式，更能看出臺灣遺民詩學遊走現實的抒情變奏。

遙賀江山增灑淚，為曾親見受降時。（〈恭祝臺灣神社祭典〉節引）[65]

閱歷塵寰又幾秋，無端歌哭若羈囚。（〈有感〉節引，頁一一二七）

江山是遺民此在的「棄地」，是遺民感延續的根據。但轉換為殖民地理，神社建立的沐皇恩，更是對文明建設與新興國民性的仰望。其同時並存對照的，又是臨老之際，詩人對殖民處境困而無解的「羈囚」之感。此間展露的生命情調乍看是主體的游移，但背後仍可窺見其規範程序及其倫理。在遺民的經驗範疇內，無論個體吟哦或臺日官紳唱和，以抒情美典貫徹的品味與氛圍，形成一種極具支配力的文化邏輯。因此殖民處境形成主體內在的另類空間，呈現臺島漢文化教養階層所構成的廣義文化遺民，遭遇殖民現代性的特質。

但殖民地景的文明建設，其實是空間理性。遺民身處文化絕地，同時也是文明境域。詩人的矛盾與困惑，既有主導性的遺民美學，也必然兼顧在地的感知經驗，因而造成漢詩寫作呈顯游移特質的背景脈絡。其中殖民初期的文化邏輯，還是日臺文人之間可以交感的抒情傳統。無可否認，這同時構築為臺灣遺民詩學實踐的一環。與其說棄地論述獨立撐起遺民詩人的天地，還不如正視那滋養遺民情懷的，其實是一個更為具體的文化空間：臺日官紳唱和的雅趣及抒情傳統。這不能不讓我們重新思辨乙未以降的遺民身分建構的背後理路。臺灣文化遺民可看作漢文化傳統遭遇現代的一次變奏，而自返性歸復的安頓機制。遺民詩人以傳統習以為常的抒情邏輯及手段，在堅守棄絕遺民的審美姿態的同時，過渡那輕而易舉被詩意化（馴化）的殖民空間認同感。當然那已是遺民的地方感之一。

由此我們可以推演出乙未漢詩空間意識的繁複。相對殖民統治的操作是以抽象邏輯進行「空間視

64 抒情詩與免於迫害的技藝之間的辯證關係，參見黃錦樹：〈抒情傳統與現代性〉。

65《臺灣日日新報》第一〇四八號（明治三四年〔一九〇一〕十月二十八日）。

覺化」、「空間均質化」的管理，進而殖民的標竿在於「看得見」的人與土地，建構城市，或殖民者眼中「看得見」的意義空間[66]。可是，在殖民者的現代目光外，從清代地方社會過渡到殖民地的仕紳，尤其以遺民自居所標示的地方感，顯然是「看不見」的文化地理。文化遺民雖然展現的是一種生命情調與姿態，卻不能忽視其據以為文化主體的「地方」感。誠如前文所言，棄地的地方意識，成就了遺民身分的地方感。所謂看不見的空間，說穿不過是剝離現代意識的一層文化地理面貌。但遺民曖昧的認同與經驗結構，處處標示出「看得見」的遺民傳統，伺機介入殖民區所。儘管漢詩在乙未後佔據公共空間，但臺日官紳唱和有其背景上現實的政治結構，相當程度上等同技術性挪用了遺民詩人的文化資本，一種論證日人統治合法性的柔性手段。這樣的現代政治處境，注定了遺民詩人的漢詩文實踐終究只能是自憐自傷。遺民彰顯頹廢的審美姿態只是現代意識中搶救回來的古典餘光。

66 關於日本殖民空間管理的方法研究，臺北個案部分可參考蘇碩斌：《看不見與看得見的臺北：清末至日治時期臺北空間與權力模式的轉變》（臺北：左岸，二〇〇五）。

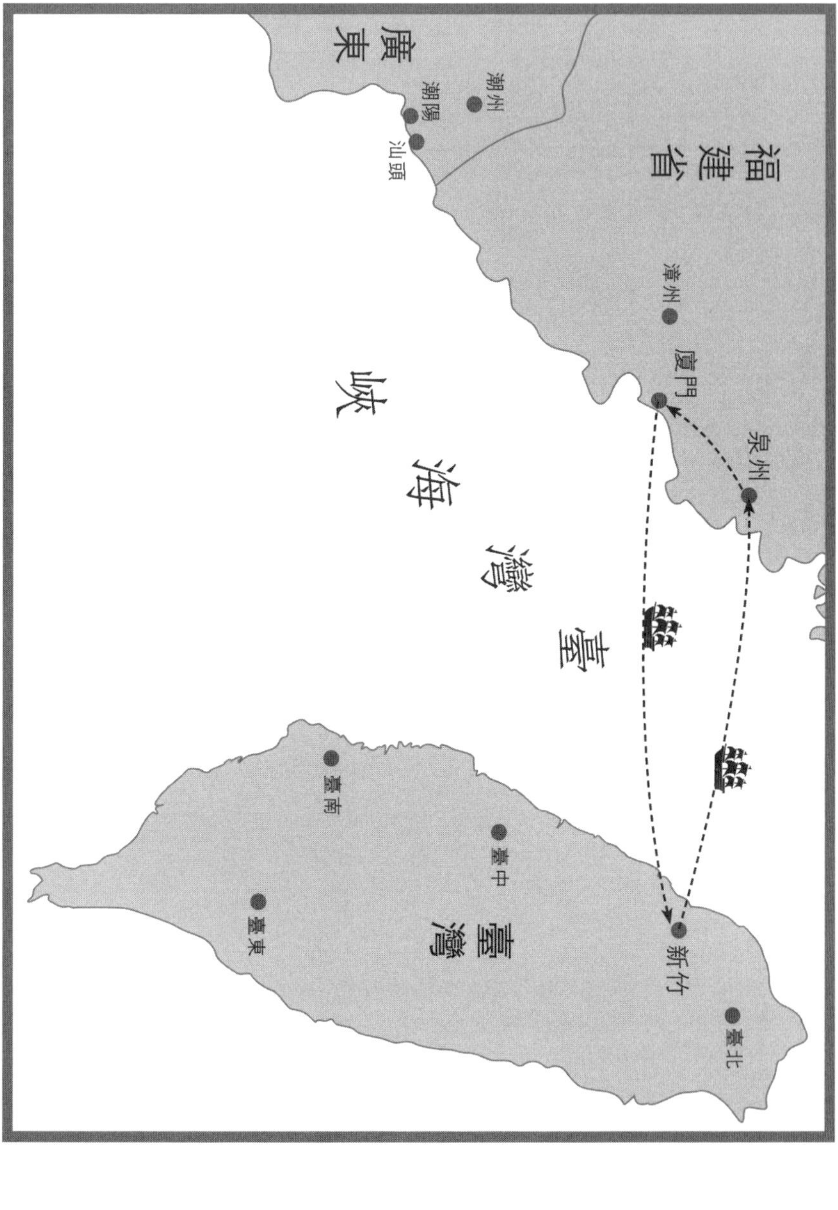

王松流動路線圖

第五章

刻在石上的遺民史
——陳伯陶、《宋臺秋唱》與香港遺民地景

第一節　地域文化與遺民空間

辛亥鼎革在中國近代歷史進程誕生了一批遜清遺民，卻是歷代以來相當特殊的遺民群體。這批遺民群體面對的不僅是政權易代，而是帝國的崩毀，更是一個現代情境下面對傳統生命的分崩離析和證成接續的兩難處境。其中不少遺民追隨十九世紀末以來的華人大遷徙潮流，選擇去國離鄉。無論躲避動亂紛陳的政局，或難以面對新興政權，他們避地外國異境，或殖民地，迥異的生活景觀與文化氛圍改造了傳統定義下的遺民脈絡。士人群體體驗的飄零感傷除了間接回應古典遺民論述，更重要的是面對時間與地理急速變化的現代衝擊，士人轉向一種地域性的身分認同或抵抗。遺民有了新的姿態和表

徵意義，他們不再是絕對的政治道統守護者，而是堅守與想像傳統的廣義文化主體，表現出新時代來臨的現代性體驗。

在中國文化史上，作為邊陲、化外之境的嶺南區域長期是流人遷徙、官宦貶謫、遺民流亡之地。這漫長的歷史形塑了嶺南的獨特地域文化，邊緣意識與異域景觀。但南方有著遠離政治中心，躲避戰禍與流放罪官的背景，使得南方地理因此成為蠱惑的空間，弔詭的邊境。但比起嶺南，開發更晚的香港和澳門更是處在華夏版圖的邊緣之外。從十九世紀以降，香港和澳門分別淪為英國與葡萄牙的殖民地，更是成了廣東一帶的內地難民和仕紳躲避戰禍的域外之地。但辛亥革命後，不少遜清士人流寓和移居到港澳地區，這些士大夫群體具備豐厚的傳統教養和文化意識，對應已在港澳地區落地生根卻亟需傳統文化教育的同鄉紳商，傳統文人因此處在一個相對保守和受到重用的客觀環境，他們的生存空間與文化活動，一代又一代的文教傳承，由此成為值得關注的文化現象。

從香港和澳門文化史及文學史的發展而言，羅香林教授指出這些自辛亥革命後進入港澳地區的傳統文人，是中國文學在香港發展的第三期階段。雖然香港和澳門分屬英國和葡萄牙的殖民地，但兩島地理過於接近，基本都是由廣東仕紳組成社會的文化階層。因此，傳統文人往返或定居兩地屬常有之事，兩地的文學發展也有重疊之處。從一九一二至一九二六年間，流寓港澳的遺民文人被歸納為「隱逸派」[1]。隱逸派遺民詩人的進駐代表了古典詩學的復興和延續，卻同時明確形成了一個舊文學播遷與文化深耕的契機，且逐漸朝向了一個在地脈絡的文學生產轉向。這些隱逸派人士包括陳伯陶、賴際熙、張學華、吳道鎔、何藻翔、丁仁長等人，詩詞創作與酬唱不減，均有詩文集傳世。他們的詩文無論抒發去國懷鄉之情，或針貶時代潮流中的史事，建立了港澳古典文學的基本規模。另外更有商人仕紳陳步墀獨資編纂刊行《繡詩樓叢書》三十餘冊，象徵港澳古典文學的傳統的生命力展現。

除此，有些遺民文人投入建構地域文化的歷史記憶，編纂廣東遺民錄與縣志等地方文獻資料，追認港澳歷史遺址。帝國崩壞而邁入民族國家秩序，封建的政治道統消亡，政治遺民的正當性削弱，古典遺民論述理應失去對應的條件。於是這些定居港澳的遺民文人的歷史書寫，著眼的反而是廣東地域文化的梳理和論述，透過對地方意識與歷史記憶的編纂和重構、意圖重塑嶺南宋、元、明三代遺民正統，凝聚地域文化的歷史軸心。儘管政治道統難以逆轉，他們的歷史敘事，甚至更延伸到對港澳歷史遺跡的重述，寄託遺民情懷之際，他們等於在個人的避難存身之處形構遺民的主體性。這同時勾勒出避居殖民地所營造的遺民空間，有著一種特殊的地方（place）[2]認知與地域文化意識。

1　羅香林：《香港與中西文化之交流》。其中第六章〈中國文學在香港之演進及其影響〉。

2　「地方」（place）作為觀看、理解和認識世界的一種方式，是人文地理學的核心觀念。「地方」以觀者位居其中，進而定義、命名、投注和附著意義，關係到我們選擇思考「地方」的方式（或強調，或貶抑什麼），具備日常特徵，為生活提供意義。地景（landscape）則是強烈視覺觀念，觀者位居地景之外，涉及觀看的事物和方式，那是人類主觀經驗所間接反映的外部世界，是一種在社會與文化條件下理解、感知的產物，具有其自身的技術和結構形式。而地方（place）與空間（space）乃相互定義的詞彙。前者標示出以「經驗」為機制的主觀的空間感及時間感，其傾向安全、穩定、靜止。後者則相對抽象、開放、客觀及處於動態，具有分析性特徵，容易跟社會科學展開對話。「當人將意義投注於局部空間，然後以某種方式依附其上，空間就成了地方。」參見段義孚：

本章以避居九龍的陳伯陶（一八五五—一九三〇）為對象，他對宋王臺及周邊遺跡的歷史來歷的考據和發揚，招引文人登覽宋王臺的遺民雅集，成為民初香港值得注意的遺民論述。而詩人題詠宋王臺的詩篇，引起酬唱無數，進而由蘇澤東輯錄為《宋臺秋唱》（一九一七），成為香港地區最早的雅集刊物。在遺民眼界底下，亡宋遺跡和九龍避地之間形構的地方感，如何藉由歷史敘事和抒情詩學，在英殖民地和殖民體制下，有效開展出香港文學脈絡下的遺民空間。詩人置身九龍所認知的「地方」與九龍宋史「地景」[3]（landscape）的建構，二者之間的辯證和糾葛，值得探究。以上面向，不僅是涵清遺民生態和書寫的考察，卻同時在二十世紀初期的東亞地域漢詩系統內，建立了香港離散詩學的參照脈絡和意義。

第二節　宋王臺：遺民與遺跡

一九三八年南來香港的作家葉靈鳳（一九〇五—一九七五），是少數幾位在香港定居直到病逝的著名五四作家。儘管是外來移民的身分，葉靈鳳早在四〇年代開始在《星島日報》開闢「香港史地」專欄，從實地調查和文獻資料入手撰寫系列關於香港地區在英殖民之前的山海史實，歷史變革和香港方物，以及殖民地下的早期社會現象，並於一九五八年出版了他第一本的香港研究著作《香港方物志》。在這些屬於早期「香港學」的文章裡，葉靈鳳同樣注意到了宋末二帝在香港九龍地區留下的史

蹟，並有幾篇文章考據文獻，細述來龍去脈，同時記錄了宋王臺以及周邊史蹟如何在陳伯陶等遺民的

《經驗透視中的空間和地方》，頁四。提姆・克瑞茲威爾：《地方》，頁一六—二二。伊恩・D・懷特（Ian D. Whyte）著，王思思譯：《十六世紀以來的景觀與歷史》（*Landscape and History since 1500*）（北京：中國建築工業，二〇一一），頁一—二〇。

3 英文Landscape或德文Landschaft在人文地理學脈絡裡，一般譯為地景或景觀，兩種譯法常見於不同中文著述。從十六世紀義大利和荷蘭畫家視其為風景的代表，到文化地理學和歷史地理學透過不同學科深入其與政治意識型態、經濟變革與社會結構關係的聯繫，Landscape的研究，往往涉及各種社會過程。「那是一個社會關係與自然世界在此過程中相互建構在可見景色、生活空間及受控領土的形成中」，進而引出了認同的表徵或衝突的議題，包括種族、階級和性別等範疇。其中Landscape的規訓特徵（disciplinary aspect）更觸及民族國家在自然、殖民、後殖民等複雜面向的強大作用。由於Landscape觸及多元面向，因此本章同時兼用兩種譯法，最大的考量是顧及不同段落的不同關注重點，以及在中文修辭和上下文的閱讀效果。因此對於以Landscape精確表徵地理學或建築學意義的凝視與限制視點，全文統一用「地景」一詞。而部分句子沿用「景觀」一詞，對應的是文化與歷史條件下的社會學脈絡觀察。Landscape涉及的複雜面向，參見丹尼斯・科斯格羅夫（Denis Cosgrove）：〈景觀和歐洲的視覺感——注視自然〉（Landscape and the European Sense of Sight – Eyeing Nature），收入凱・安德森（Kay Anderson）、莫那・多莫什（Mona Domosh）、史蒂夫・派爾（Steve Pile）、奈杰爾・斯里夫特（Nigel Thrift）主編：《文化地理學手冊》（*Handbook of Cultural Geography*）（北京：商務，二〇〇九），頁三七〇—三八八。關於landscape在西方英文、德文、法文脈絡的定義和演變，參見黃冠閔：〈風景的哲學思路〉，發表於「文與體：跨領域對談」學術研習營，臺南：臺南藝術大學，二〇一二年六月二十五—二十六日。

歷史考證和文學創作下，成為顯著的歷史地景[4]。

然而，作為五四文學世代的葉靈鳳，不見得可以理解陳伯陶等人當年對宋遺跡考證和寫作的種種作為，他有一段文字寫到：

> 那時有一班清朝遺老住在九龍作寓公，各人宦囊猶裕，做官刮來的錢還未用完，便「恥食周粟」，在香港與一些文士詩酒唱和，又交結一些附庸風雅的有錢商人。他們為了要表示故宮禾黍之思，便寄情於九龍一帶所留下來的當年南宋小朝廷的史蹟。[5]

顯然葉靈鳳著眼的是宋王臺對遺老們的意義，而沒有意識到陳伯陶等人發揚宋王臺遺跡對香港地域和文學的價值。在今天眼光看來，二人同樣南來避難，葉靈鳳對香港史地的興趣和考證，隱然呼應了辛亥鼎革南遷的陳伯陶，他們都在時代亂離的背景下，展開對自身流離地域的某種觀察和認識。箇中差異在於葉靈鳳是為謀生而替報刊撰寫專欄文字，陳伯陶則以遺民眼界，透過詩文的歷史敘事和言志抒情，完成各自對這個英殖民島嶼的前身來歷的考察。但無論對香港史和香港文學而言，二人都可以看作「書寫香港」的先行者[6]，陳伯陶兼具史家和詩人筆觸的舊體文學寫作，和葉靈鳳的香港掌故文章，都銘刻了香港地域的歷史縱深和滄桑。尤其作為不同世代的離散者，二人的書寫位置，對於香港「土地」的辯證及勾勒，相對一九八〇年代以後獨樹一幟的香港城市文學，卻鮮明標誌了他們在香港文學的特殊意義。

陳伯陶（一八五五—一九三〇），字象華，號子礪，原籍東莞。師從陳澧，光緒十八年（一八九二）進士，以一甲第三名及第，授翰林院編修，歷任國史館纂修和雲南、貴州、山東鄉試副考官。一九〇五年入直南書房，一九〇六年赴日本考察學務，歸國後出任江寧提學使和兩署江寧布政使。後見時事日非，以老母多病，終養歸里。一九一一年出任廣東教育總會會長。辛亥革命前後，他頓感時局混亂，對國勢前景悲觀，日後回顧仍批判「辛亥革軍興，寇攘藉姦宄，

陳伯陶像（資料來源：《代代相傳：陳伯陶紀念集》，陳紹南先生提供）

4 葉靈鳳的相關篇章為〈官富場與官富山〉、〈宋王臺巨石的滄桑〉、〈港九的南宋史蹟〉和〈南宋二帝陵之謎〉。上述文章均收入葉靈鳳：《香島滄桑錄》（香港：中華書局，二〇一一）。

5 葉靈鳳：〈宋王臺巨石的滄桑〉，頁一七九—一八〇。

6 同樣在一九三〇至四〇年代左右在香港報刊《華僑日報》、《南強日報》寫作香港新界史地資料的作者，尚包括黃佩佳、吳灞陵等人。南來作家兼學者許地山在香港期間（一九三五—一九四一）也曾發表〈香港與九龍租地史地探略〉、〈香港小史〉及〈香港考古述略〉等論文。

人心既瓦解，天命豈顧諟，大盜總師干，移國不旋跬，痛哉！[7]」。其時廣東的革命軍謠傳帝京陷落，致使兩廣總督張鳴岐奔逃，最終革命軍蔓延，陳伯陶困邑城三日後，攜老母避難香港九龍城，隔年弟弟病故，母親吐血復發，亂離中憂患重重。他在九龍居所稱「瓜廬」，有效仿東陵種瓜之意[8]，詩多避世隱逸之感，自號「九龍真逸」。他曾抗拒粵督軍龍濟光、省長張鳴岐的利祿誘惑，決心著書見志，先後編纂了《宋東莞遺民錄》、《勝朝粵東遺民錄》、《明季東莞五忠傳》、《廣東省東莞縣志》、《羅浮指南》等地方文獻，藉由重構嶺南遺民系譜，張揚地域文化的歷史意涵，人稱陳太史。

　　除此，陳伯陶在香港研究宋史遺事，考證宋季二王在九龍史蹟，並於宋王臺遺

前清遺老攝於1920年代香港
左起張學華、左二不詳、吳道鎔、陳伯陶、汪兆鏞
後排左起金芝軒、黃誥、伍叔葆、桂坫
（資料來源：《代代相傳：陳伯陶紀念集》，陳紹南先生提供）

址追薦宋遺民趙秋曉生日，與遺老友好題詠酬唱宋王臺懷古等詩，後有《宋臺秋唱》的結集出版，以及《瓜廬詩賸》、《瓜廬文賸》、《孝經說》、《陳文良公集》等著作。陳伯陶以遺民自處，跟其他居港遺老賴際熙、張學華、吳道鎔、丁仁長等往來熱絡。他們書寫以甲子或清年號紀年，重要節日穿前朝官服，溥儀大婚仍不忘邀集居港遺老進獻祝賀，更喜歡在九龍城宋王臺雅集聚居，仿明遺民謁陵姿態紀念宋末二帝，處處彰顯遺民形跡，成為民

7　陳伯陶：〈七十述哀一百三十韻〉，《瓜廬詩賸》（臺中：文聽閣圖書，二〇〇八），頁二六八—二六九。

8　邵平為秦國東陵侯，秦亡後不出仕，為布衣，種瓜於長安城東。見《史記》之〈蕭相國世家〉。

通籍同仁攝於香港學海書樓（1936年）

左起溫肅、岑光樾、陳念典、區大原、賴際熙、周廷幹、區大典、朱汝珍、左霈、陳煜庠（資料來源：學海書樓提供）

初香港頗具凝聚力的文人圈。其中值得注意，還是他們在文教傳播的使命與貢獻。除了編撰、整理地方文獻，陳伯陶與賴際熙等人合辦學海書樓，擔任教席，奠定了殖民地香港早期的中國文化與文學教育基礎。他們保存國學、推動傳統道德教化，促成了香港大學體系內的中文學院成立[9]。再者，這些遺老們都寫得一手好書法，他們的書法創作和鬻書謀生，在二十世紀初香港書壇形成別具一格的遺老書風[10]。遺老們的雅集習性和題詠揮毫，無形中帶動了更多文人雅士的參與，間接促成「北山詩社」、「正聲吟社」等多個香港傳統詩社的成立。

陳伯陶對九龍地區跟宋史連結著力甚深，其中又以宋王臺遺跡的保存和發揚最為顯著。事實上，從宋王臺最早出現於史籍文獻到真正走入宋史遺跡而廣為人知，有著曲折卻有趣的發展。目前可見宋王臺登載於史籍的文字，當屬清嘉慶年間修纂的《新安縣志‧勝蹟略》（一八一九）記載：「宋王臺，在官富之東，有盤石，方平數丈。昔帝昺駐蹕於此。臺側巨石舊有宋王臺三字。[11]」寥寥數語，沒有引起太多注意，卻留下末代宋帝的最後身影。而今巨石上的「宋王臺」三字旁，刻著「清嘉慶丁卯重修」（一八〇七年），意味亡宋遺跡似乎在清代重啟意義，儘管沒有確切的文獻材料證明石刻最早在何時出現。宋王臺位於官富場附近的一座小山丘，有「聖山」之名。官富場在明清兩代因產鹽而得名，接近於今日的九龍城地區[12]。而早在一八四〇年左右開發的九龍城寨，跟宋王臺位處的聖山不遠。儘管有清廷駐寨官員，也未見他們將此地跟宋史牽上關係，而當地的侯王廟僅屬清廷官員入鄉隨俗的「酬謝神恩」。於是，宋王臺明確走入宋史的範疇，則要到一八九八年，香港已進入英殖民統治五十年。當年中英在北京簽訂「展拓香港界址專條」，英國人取得新界租地，展開了九龍和新界土地的開發和規畫。華人領袖何啟從在殖民地政府擔任要職的德國人歐德理（E. J. Eitel）的香港歷史著作《歐洲在中國：從開始至一八八二年的香港歷史》（*Europe in China: The History of Hongkong From the Beginning to the Year 1882*）一書裡獲悉九龍地區的宋史遺跡[13]，並在立法局提議英殖民政府立法保護遺跡。「宋王臺保留法案」（Sung Wang Toi Reservation Ordinance）最終獲得通過，禁止在此採石。有

9　關於居港遺老與香港中國文化教育的關係，參見區志堅：〈學海書樓推動中國文化教育的貢獻〉，收入廣東省政協文化和文史資料委員會編：《香海傳薪錄：香港學海書樓紀實》（北京：中國文史，二〇〇八），頁七九—一二四。

10　參見張惠儀：〈粵籍遺老書法家與二十世紀初期香港書壇〉，收入廣東省政協文化和文史資料委員會編：《香海傳薪錄》，頁一四五—一六六。

11　劉智鵬、劉蜀永編：《《新安縣志》香港史料選》（香港：和平圖書，二〇〇七），頁一一五。

12　官富場的範圍頗廣，今日九龍灣內沿岸平地皆在內，包括九龍城北一帶，即土瓜灣至九龍城太子道等地，而九龍塘以至九龍城以南，也在範圍內。詳羅香林：《一八四二年以前之香港及其對外交通》（香港：中國學社，一九五九），頁七七—七八。官富場作為鹽場的歷史沿革，參考高添強：〈二十世紀前九龍城地區史略〉，收入趙雨樂、鍾寶賢主編：《九龍城》（香港：三聯書局，二〇〇一），頁四八—五三。歷來詠官富場的詩歌並不少見。

13　歐德理（E. J. Eitel）於一八七九年加入香港政府任職督學，協助港督軒尼詩推動華人政策。任內完成的《歐洲在中國》著力發掘香港境內的遠古歷史，首次將華南流傳的宋史傳奇與九龍宋王臺聯繫起來。而歐德理對宋史傳說的理解，大抵跟他擔任《中國評論》（*China Review*）的編輯，閱讀過相關洋人的考證文章有關。參見鍾寶賢：〈緒論：宋末帝王如何走進九龍近代史？〉，收入趙雨樂、鍾寶賢主編：《九龍城》，頁一七—一八。

趣的是，立法會議事記錄清楚記載中英議員都同意香港是年輕的殖民地，需要「令人崇敬的歷史光環」（respectable halo of antiquity）[14]。二十世紀初期港英政府地圖以「Sacred Hill」標示「聖山」，將原始語境「聖上」擴大理解為「神聖不可侵犯」意涵，賦予更厚重的歷史氛圍和文化意涵[15]。言下之意，宋王臺作為表徵南宋史事的物質性遺跡，替港英政府完成了歷史的建制和功能。這段經由外國人將華南流傳的宋史傳奇與宋王臺相連的文獻紀錄，竟然因緣巧合的將宋王臺推上了帶有「紀念性」（monumentality）的法定遺跡[16]。宋史、遺跡和殖民地自此產生了微妙的激盪和聯繫。

但九龍與宋史的密切關聯性，卻要到辛亥鼎革後，經由南遷遺民陳伯陶等人的文獻考證和創作，才完成了最為關鍵的歷史追認和地域連結，尤其以營造宋王臺作為「紀念性」遺跡的文化氛圍和古典光暈，最是引人矚目。陳伯陶介入宋王臺的歷史論述契機，始於宋王臺被視為為法定遺跡十數年後的一九一五年，工務局認為宋王臺山下土地遼闊，宜劃定地段，出投變售。此事因建築商李瑞琴獲悉，急忙告知南來遺老賴際熙、陳伯陶等人，眾人努力奔走於港府官員和總督，最終協商結果乃由官方劃出地段數畝，定為疆界，李瑞琴捐建石欄和磴道，建立牌坊，讓遊人可拾級登覽，保留古蹟。[17]陳伯陶特為此撰述

宋王臺舊影

〈九龍宋王臺麓新築石垣記〉[18]，考證史籍文獻，詳述宋王臺乃年幼的宋末二帝駐蹕之所，他們為躲避蒙古大軍的追擊，一路逃往南方，輾轉來到九龍官富場，停留約六個月。其時益王昰已先在福州被群臣擁登大位，改年號景炎，是為端宗[19]。雖是逃亡，但畢竟是帝王的尊貴身分，短暫的半年時間，陳伯陶考證此處已建立行宮，並強調「宋之君臣擁旄北望，必有呼渡河與直抵黃龍者焉」。氣勢未歇，且宮室已成，「千乘萬馬，散居山海間，其舺艑之輻湊，衢路之填委，郵傳之交午，饟道之絡

14　議事記錄乃轉引自鍾寶賢：〈緒論：宋末帝王如何走進九龍近代史？〉，頁一四。
15　宋王臺乃幼帝趙昰登基後駐蹕之地，大臣以「聖上」稱之，故有「聖山」之名。參見饒久才：《香港的地名與地方歷史》上（香港：天地圖書，二〇一一），頁二七四—二七九。
16　關於中國古代建築的紀念碑意義的討論，參見巫鴻：《中國古代藝術與建築中的「紀念碑性」》（上海：上海人民，二〇〇九）。
17　關於保存宋王臺遺址的過程，參見陳伯陶弟子李景康：〈紀賴際熙等保全宋皇臺遺址〉，收入簡又文編：《宋皇臺紀念集》（香港：香港趙族宗親總會，一九六〇），頁二六四。
18　陳伯陶：〈九龍宋王臺麓新築石垣記〉，最初收入文集《瓜廬文賸》（一九三〇）。參見陳伯陶：《瓜廬文賸》（臺中：文聽閣圖書，二〇〇八），頁二一三—二一五。
19　端宗乃益王趙昰的廟號，他在位期間僅短短兩年（一二七六—一二七八），享年十一歲。由於端宗在逃亡途中遇溺，驚病交加，病逝於碙洲。而同父異母的弟弟衛王趙昺即位後，改元祥興。後元兵追擊，一行人逃亡至新會厓山，見大勢已去，丞相陸文夫抱著宋帝趙昺投海殉國，宋朝滅亡。趙昺在位僅十個月，享年八歲。

繹，櫛比鱗萃，雖不比汴、杭故都，亦必成一都會焉。」這等氣勢難免有粉飾誇大之嫌，卻成功替此宋王臺遺跡營構輝煌的歷史前身。

但帝王遺跡不僅僅於宋王臺，他考據《新安縣志》得出，宋王臺附近的上帝廟就是行宮舊址，旁有名為二王殿的村落，就是史實的佐證。同時一併提出晉國公主墓，乃端宗昰生母楊淑妃的女兒，死於溺而鑄金身以葬。最後更考證九龍城寨附近香火鼎盛的侯王廟，就是為紀念護駕有功的楊亮節。楊亮節乃端宗昰生母楊淑妃的胞弟，宋季一代忠臣。換言之，宋王臺、行宮、公主墓、侯王廟，有形的遺跡，賦予了末代宋史紀實的物質性基礎。雖然陳伯陶親眼見證的僅有宋王臺的巨石和侯王廟，行宮、二王殿村和公主墓僅存遺址的傳說，卻無損於一個亡宋遺跡的「文化景觀」的構築。陳伯陶和遺民文人群體自此遊覽宋王臺兼及詩文題詠，更以詠史和抒情筆觸，穿梭於以上焦點地標，發思古之幽情，以歷史和文化的氛圍完整奠定了九龍的宋史脈絡和面目。

陳伯陶的碑記最終因李瑞琴的病逝和人事變遷而未及刻石，但碑記本身可以看作勾勒九龍與南宋歷史線索的重要索引，雖然內文核心的標誌是宋王臺。宋王臺是具體的紀念碑體想像的物質形式，其合法性的確立經由文化和歷史光譜的渲染，並擴散至其他周邊相似性質的遺跡，這些得以佔據遺址座標的歷史標的物，重塑了九龍景觀，九龍的「地方」意義，以及遺民群體的「地方感」（sense of place）已在改變[20]。

九龍宋史與遺民論述的關聯性，則隱然啟動。陳伯陶除了是避居九龍的前清遺民，他與這片土地還另有歷史淵源。一八九八年六月九日，中英在北京簽訂「展拓香港界址專條」[21]，中方簽約代表是李鴻章，其時陪同見證簽約儀式的，還有時任資政大臣、國史館總纂的陳伯陶[22]。條約內容乃將新界及周邊島嶼租予英方，為期九九年，自此香港殖民地政府即發展與九龍半島的接壤處，形成我們後來熟悉的香港島、九龍半島和新界為殖民地香港版圖的全貌，也奠定了日後香港回歸中國的歷史時限。辛亥後陳伯陶避居九龍地區，時而登臨眺覽的宋王臺遺跡，就是座落在條約簽訂後英國人擴大管轄和發展的九龍城一帶。當年宋王臺藉由殖民政府立法保護，得以從淹沒的歷史遺跡中浮現，無意間替殖民地香港保存了一個中原歷史的遺址。爾後陳伯陶考據宋王臺歷史，揭示末代宋史在九龍的相關遺址，並聚集遺民文人賦詩唱詠。遺民文人致力維護宋代古蹟，已非響應殖民政府替香港接續古遠崇敬

20 一個具體的案例，包括一九〇四至一九二二年間九龍填海工程後，港府在新闢土地發展華人社區，為吸引新移民入住，刻意以安街、宋街、帝街、昺街命名街道。相對當時香港大部分以英籍港督和官員名稱為街道命名，這種對九龍「地方」意義的重塑是非常明顯的。一九六〇年在宋王臺原址附近新闢的宋王臺公園，街道也命名為「宋皇臺道」。陳伯陶等前清遺老對九龍宋史的建構，不僅連接了港人對香港和中原歷史的認識，也確實改變了英殖民政府對九龍地域的認知。關於街道命名的口述記憶，參見鍾寶賢：〈緒論：宋末帝王如何走進九龍近代史？〉，頁二四。

21 關於簽署此條約的討論，參考劉智鵬主編：《展拓界址：英治新界早期歷史探索》（香港：中華書局，二〇一〇）。

22 此段史實未見於陳伯陶的生平紀錄，卻在其孫陳紹南整理的陳伯陶圖片集中發現這張簽約後合影的歷史照片。參見陳紹南編：《代代相傳：陳伯陶紀念集》（香港：Auto Printing Press，一九九七），頁五一。

的歷史光環。他們是別有用心的在賡續遺民道統。陳伯陶著名的〈宋皇臺懷古並序〉在遺民文人群體間引發唱和連連，他將石刻上的宋王臺改寫為宋「皇」臺，聲稱石刻「宋王臺」三字乃依據宋史〈瀛國公二王附〉舊稱，稱王而不稱皇，應屬元代時人為避諱而刻。而端宗駐蹕於此，理應正名為「宋皇臺」。陳伯陶重申宋帝端宗的帝王正統，形塑了宋王臺的「浩蕩王氣」，象徵性作為抵禦元兵的最後堡壘。而事過境遷，遜清遺民憑弔帝王遺跡，接續漢人道統之餘，也在殖民地「見證」了中原正統。

從不平等的租讓條約，到南宋小朝廷遺跡的發揚，九龍這個歷史現場有著迴異的意義。對於陳伯陶而言，遺民眼

1898年李鴻章與英國代表戈登將軍簽署「拓展香港界址專條」後合影。前右一李鴻章，左一戈登將軍，第二排左一陳伯陶（資料來源：《代代相傳：陳伯陶紀念集》，陳紹南先生提供，照片經過作者局部修復）

界裡的九龍，與宋末遺史的接軌，除了文獻和宋王臺遺跡的互為呼應，更需要一個強而有力的地方性認同。於是，距離宋王臺不遠的九龍城侯王廟，就成為認同宋末二帝駐蹕九龍事蹟最重要的信仰機制。侯王廟興建於何時已難以考察，目前可見的最早記載是道光二年（一八二二）的重修碑記。廟裡祭拜的「侯王」為何方神明，歷來也沒有明確界說。陳伯陶藉重申宋王臺的南宋史事之際，將侯王廟一併視作供奉宋帝端宗舅父楊亮節，將歷史人物置入民間信仰，以一間歷史悠久的古廟來印證和完備對宋季忠臣的供奉，同時藉由撰述〈侯王廟聖史碑記〉（一九一七）[23]，以考稽史實，立碑公告的姿態，集廟、碑、史於一體，完成南宋遺事的有效追認。

廟宇供奉神明既是民間信仰，也是凝聚民間情感和精神認同的標誌之一。歷來身分不明的「侯王」，在陳伯陶撰述的碑文裡，以相傳侯王姓楊的說法，逕自連接為「南宋末忠臣，始封侯，晉封王，故稱曰侯王。余曰：此殆楊亮節也」。綜觀碑文的行文脈絡，內容臆測成分居多，並無嚴謹的歷史考證。諸如對史籍的闕漏，陳的說法：「九龍，古官富場地，疑亮節道病卒，葬於斯土，土人哀之，立廟以祀，史蓋失載也。」他為論斷楊亮節必然就是楊侯王，以簡單的經驗法則推論：「況從二王海上，史別無楊姓者。焉有晉侯而王，烜恭如是，而史闕文者乎。余固曰：此殆亮節也。」最後肯定楊亮節的忠義壯舉為民間所稱譽，與九龍地域相連，遂言：「余謂亮節之忠，為宋外戚所罕見。雖走

23 參見科大衛、陸鴻基、吳倫霓霞合編：《香港碑銘彙編》第二冊（香港：香港市政局，一九八六），頁四四七—四四九。

死，而其英魂毅魄，血食茲土，到今不衰，有以也。」儘管以上論述多有疑義和不可靠之處[24]，但碑記後文還有迎神、送神曲。其中頌揚：「驅颶母兮搏厲鬼，福我民兮壽無有害」（〈右迎神〉節錄）、「射旄頭兮乘箕尾，食茲土兮享於世」（〈右送神〉節錄）。結尾渲染神話色彩，回歸民間祭祀風格。碑記最後再次援引《新安縣志》，重複說明宋行宮、公主墓等遺址。換言之，楊侯王廟的追認，無異是環繞南宋二帝在九龍遺事的繁衍補充，材料的增補既豐富了南宋史蹟在九龍的意義，且透過民間信仰儀式，擴大解釋了南宋帝王事蹟被民間廣泛認知的基礎。民間信仰本來就無關信史。陳伯陶的置入性解說，替侯王廟補上前身來歷，有待確認的「史實」藉由信仰儀式獲得某種集體的認同歸附。在此意義而言，陳伯陶著力於九龍宋史的梳理和論述，無疑替一代遜清遺民在殖民地找到介入中原歷史的短暫空間。

侯王廟今照（作者拍攝）

儘管這段歷史僅屬中原邊陲的南方小論述，但辛亥鼎革的重要發源地始於廣東，黃花崗起義等重要據點亦在廣東，廣東在民國史的意義舉足輕重。陳伯陶避居廣東以南的九龍，重述南宋史蹟，除了可茲回應處身殖民地的夷夏之辨，卻也在民國新紀元的時代，汲取帝國想像的餘溫，接軌九龍的古代史，尤其還是漢人政權流亡南方的南宋正史。這同時可以看作廣東意識下的歷史書寫[25]。

陳伯陶接近文化考古學的做法，其實說明了遺民傳統不是想當然耳的「正統」。文化考古的重要意義，還包括透過物質性遺跡的銘刻將歷史傳說確立為證據，那是歷史最具分量的標誌[26]。如此一來，陳伯陶的努力有效將宋末帝王流亡政權以種種遺跡的證據，揭示那眼前失落的政治「正統」以不

24 關於楊亮節死因，另有文獻記載溺海死於厓山，並非病死。另外，在九龍、新界和大嶼山分別都有侯王廟。廣州也有不少侯王廟，乃一通稱，沒有固定祭祀的神明。這些爭議點，已有不少學者提出不同意見。詳簡又文：〈宋末二帝南遷輦路考〉，收入簡又文編：《宋皇臺紀念集》，頁一二二—一七四。高添強：〈九龍城地標之三：九龍城區史蹟概覽〉，收入趙雨樂、鍾寶賢主編：《九龍城》，頁二一七—二二三。

25 關於陳伯陶在香港殖民地的歷史書寫，以及其中的廣東意識，是一個值得探究的議題。除了九龍宋史的敘事，他同時編纂了《宋東莞遺民錄》和《勝朝粵東遺民錄》，另外還有地方志的編纂。前二書皆屬一九一六年出版，著眼宋明兩代廣東遺民譜系的建構，同樣是遺民論述的一環。礙於篇幅，將另文處理。對陳伯陶編纂遺民錄的動機和理念，參董就雄：〈陳伯陶忠義觀試析〉，《文學論衡》第一七期（二〇一〇年十二月），頁一三一—一三二。

26 Tapati Guha-Thakurta. *Monuments, Objects, Histories: Institutions of Art in Colonial and Post-Colonial India*. New York: Columbia University Press, 2004. p. 103.

同的型態重建九龍作為避地的傳承和正當性。嶺南遺民群聚香港、九龍殖民地，不同於散居青島、上海、天津等租借地的遺民，反而在避地與殖民地之間對遺跡和景觀有了另一層的辯證與建立。陳伯陶率先建構了九龍宋史的基礎論述，同時號召遺民文人集體題詠宋史遺跡，寄託心志，替殖民地香港形塑了一個回望中原史事和政治道統的標的物。而《宋臺秋唱》的輯錄出版，則是在另一個文學書寫脈絡下，呈現了這一代知識分子的遺民心事或遺民自我的確認。

第三節　石頭與詩：《宋臺秋唱》的避地論述和抒情詩學

一、宋帝南遷：懷古的記憶

在陳伯陶重申宋王臺以前，從宋以降書寫南宋末二帝南遷流亡事蹟的詩詞，幾乎均以廣東新會的厓山為重要據點。南宋詩人筆下僅有唐涇〈厓山亡〉、文天祥〈哭厓山〉等明確指涉厓山海戰，南宋滅亡的最後場景。到了明代，南宋二帝駐蹕厓山仍屬相關詩詞寫作的重點，其中明確狀寫紀念性建築的有宋行宮、慈元廟、大忠祠、陸公祠、永福陵、楊太后陵等，仍屬厓山記憶的形塑。換言之，詩人寫作的脈絡仍以宋史記載為主要依據，厓山是兩軍最後交戰，亡宋的地點。厓山書寫因此具有彰顯嶺南遺民文化精神的特質，歷來在嶺南文學與地域文化有著重要意義[27]。到了清代詩人筆下，除了厓山書寫的主題外，還多了官富山，已鄰近九龍地區。但始終沒有確實的宋王臺地景寫作，詩詞均未以「宋王臺」為題，詩句也不見「宋王臺」一詞。由此看來，對於宋王臺的考證與書寫，雖可看作陳伯陶對既有的厓山書寫傳統的延續，但陳伯陶以宋王臺為標誌所進行的景觀維護與重建，詩文論述與題詠，由此在民初香港興起另一波的宋王臺熱潮，顯然已不同於對厓山記憶的個別抒懷，而展現了避居香港的遜清遺民的群體意志和政治心聲。陳伯陶在民初重塑南宋小朝廷的流亡地景，推斷九龍侯王廟乃供奉護駕忠臣楊亮節，擴大追認宋帝駐蹕九龍的遺址，以此宣示一個曾在九龍地區登場的流亡政權傳統，箇中的政治姿態不言而喻。這些對地景的命名，透過廣邀前清耆舊雅集題詠，一種帶有儀式性行為的遺民論述於此完成。這大概可看作陳伯陶在殖民地香港的「傳統的發明」，一個在現代情境下遺民視域的「地景發現」或「發明」。當與舊傳統相適宜的社會模式招致摧毀和破壞，舊傳統已難以適應新社會模式，就是傳統的發明出現的重要契機。因此，對歷史遺跡進行文化考古，將遺民記憶銘刻於景觀之中，就是陳伯陶等清遺民在避地香港，重新對文人傳統和民族身分的發明與確認[28]。這種

---

27 關於宋以降的厓山詩詞書寫，相關文本參考張大年編選：《厓山詩選》（香港：廣角鏡，一九九一）。至於厓山記憶、厓山象徵與嶺南遺民精神的建構與傳承，左鵬軍對相關文獻做了初步勾勒。左鵬軍：〈厓山記憶與嶺南遺民精神的發生〉，《華南師範大學學報》第六期（二〇一二年十二月），頁二一—二八。

28 關於九龍地區從清代、殖民統治到戰後跟宋史關係的追述和確認，其中的發展歷程可參考鍾寶賢：〈緒論：宋末帝王如何走進九龍近代史？〉，頁一—二九。本文提出的「傳統的發明」隱然可以跟該文篇名呼應。相關論點的啟發來自於霍布斯鮑姆（Eric Hobsbawn）、蘭格（Terence Ranger）著，顧杭、龐冠群譯：《傳統的發明》（*The*

儀式性的行為集中體現在文人、遊客登覽宋王臺後以九龍、宋王臺懷古為主題的詩篇大量湧現，這跟陳伯陶等人最初在宋王臺的祭祀和題詠，以及《宋臺秋唱》的輯錄出版大有關係，也間接促成了以宋王臺為主的九龍宋代遺跡，成為表徵南宋史和遺民節氣的正牌地景[29]。

丙辰年九月十七日（一九一六年十月十三日），陳伯陶剛完成《宋東莞遺民錄》的編纂，故以敬祝宋遺民趙秋曉[30]生日為由，召集同屬前清遺民的文人，齊聚宋王臺下舉行遙祭。遺臣耆舊聞風而來，題詩酬唱，弔古以況今[31]，卻成功替宋王臺的南宋正統和精神賦形。這明顯延續了明清以來在厓山設立大忠祠、全節廟，並定期舉行祭典和祭陵儀式的傳統。但不同的是，厓山有設立紀念性的建築物和趙族宗親的輪值致祭，九龍宋王臺除了一塊巨石，其餘的南宋遺跡僅屬遺址。因而巨石在某個程度上可視為南宋遺跡廢墟型態的轉化，以粗糙的巨石，兼以象徵崇高政治權力的「宋王臺」刻字[32]。「臺」在東周、秦漢以來都是作為政治或權力象徵的建築體，無論是宮殿和墓室的高臺建築，有其宏偉，展示權威的意義[33]。如今陳伯陶在一塊稱為「宋王臺」的巨石前進行祭祀儀式，且以遙祝宋遺民的冥誕為主題，巨石因此成為遺址的某種凝固，再點綴遺民文人的題詠，真正讓宋王臺的崇高意義得以發酵。於是，宋臺秋唱的意義不能僅僅視為詩人雅集，巨石的紀念碑性質的完備，還有賴於這群遜清遺民的抒情言志。巨石成了九龍宋史的最佳物證，因為其背後是一個文人、遺跡、流亡意識、夷夏之辨交會而成的一個集體。這裡值得我們追問，「宋臺秋唱」如何形塑和加工完成這樣一種集體的想像。

在宋王臺下雅集的隔年，蘇澤東輯錄《宋臺秋唱》（一九一七）出版。當初刊行的版本共有兩

個，分別為陳伯陶的聚德堂叢書版本[34]，以及粵東編譯公司版本。兩個版本收入的詩文順序和數量皆

Invention of Tradition）（南京：譯林，二〇〇四）。

29 民初以降大量題詠宋王臺（含二戰後設立的宋王臺公園）、楊侯廟的詩歌，可參見方寬烈：《香港詩詞紀事分類選集》（香港：天馬圖書，一九九八）。另外，還可參見簡又文編：《宋皇臺紀念集》，頁二四六—二五八。

30 趙秋曉（一二四五—一二九四），名必瑑，字玉淵，號秋曉，宋東莞遺民詩人，曾倡議勤王，鼎革後歸隱。陳伯陶編纂的《宋東莞遺民錄》，開篇即為趙必瑑。此傳記資料同時附錄在《宋臺秋唱》。傳記內容如此描述其遺民形象：「足跡不入城郭，惟西走大奚，東走甲子，短衣敝笠，徘徊海岸，不挾一童。每望厓山，則伏地大哭。又畫天祥像於廳事上，朝夕泣拜。」參陳伯陶纂：《宋東莞遺民錄》（上海：上海古籍，二〇一一），頁四一二—四一三。

31 參見蘇澤東：〈宋臺秋唱序〉，《宋臺秋唱》（臺北：文海，一九八一）。

32 一個有趣的對照是，厓山也有一塊奇石，相傳是叛將張弘範滅宋後在奇石上刻有「鎮國大將軍張弘範滅宋於此」數字。後奇石被炸毀，一九六〇年代劇作家田漢重新題刻新石碑，碑文改為「宋少帝與丞相陸秀夫殉國於此」。明清以來有數篇題詠奇石的詩篇，但厓門奇石始終不如宋王臺巨石的象徵意義，後者幾乎是民初以來題詠的焦點。

33 關於「臺」在中國古代建築上的意義，可參考巫鴻：《中國古代藝術與建築中的「紀念碑性」》，頁一五。

34 一九七九年潘小磐將蘇澤東輯錄的《宋臺秋唱》和陳步墀《宋臺集》合併刊印，成為目前通行的版本。沈雲龍主編的「近代中國史料叢刊」據此版本重印，書名《宋臺秋唱》。此版本收入的《宋臺秋唱》乃聚德堂叢書版本。除特別註明外，本文引述的《宋臺秋唱》詩文以此版本為主。若引述自粵東編譯公司版本，將標示粵東版。

有出入，前者作者三十五人，後者作者五十三人[35]。這是遺民文人群體的集體題詠酬唱宋代遺跡的詩歌合集，更可以看作一本追認九龍宋代遺跡的地景／地誌書寫。他們對遺跡的細緻品味、追憶歷史，進而在懷古的哀傷裡，寄託幽思，以文學的暖光賦予這些遺址和遺物古典光暈。因此，《宋臺秋唱》標榜的是「凡涉宋事暨居九龍留題唱和之詩，輯成斯集；而古官富場之舊聞新詠，乃流播人間，名蹟始不終秘」（梁淯〈宋臺秋唱跋〉），但同時兼具「述一代之遺徽，維千秋之名教，非敢詡詩人好事；而地以人傳，輒欲附驥，垂不朽耳」（蘇澤東〈宋臺秋唱序〉）的願望。換言之，純以遺民詩人的懷古之作看待，也許小看了《宋臺秋唱》在民初香港文學的特殊意義。它不僅表徵了南遷遺民的中原眼界和憂憤，卻同時認知九龍地域作為避地，進而安身立命的所在。追認宋代遺跡，賡續正統，也同時重新命名了英殖民的九龍地域對這批南來文人的深層意涵。

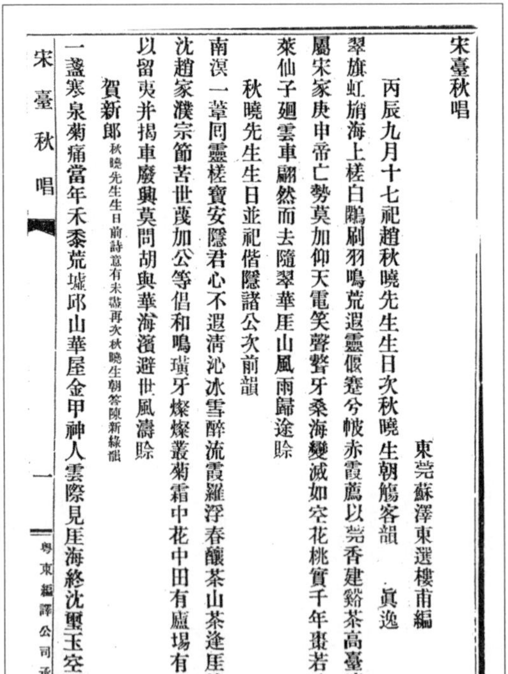
宋臺秋唱　東莞蘇澤東選樓甫編

丙辰九月十七祀趙秋曉先生生日次秋曉生朝觴客韻　眞逸

翠旗虹旓海上槎白鷴刷羽鳴荒遐靈偃蹇兮帔赤霞薦以莞香建谿茶高臺嵲嶪屬宋家庚申帝亡勢莫加仰天電笑聲砉牙桑海變滅如空花桃實千年棗若瓜蓬萊仙子廻雲車翩然而去隨翠華厓山風雨歸途賒

秋曉先生生日並祀偕隱諸公次前韻

南溟一葦同靈槎寶安隱君心不遐清沁冰雪醉流霞羅浮春釀茶山茶逢厓塊肉沈趙家濮宗節苦世蔑加公等倡和鳴璜牙燦燦叢菊霜中花中田有廬場有瓜畦以留爽并揭車廢興莫問胡與華海濱避世風濤賒

賀新郎　秋曉先生生日前詩意有未盡再次秋曉生朝答陳新綠韻

一盞寒泉菊痛當年禾黍荒墟邱山華屋金甲神人雲際見厓海終沈璽玉空淚灑

宋臺秋唱　一　粵東編譯公司承印

《宋臺秋唱》1917年（作者拍攝）

值得注意的是，九龍宋史的核心內容，乃是南宋末二帝的南遷。帝王群臣流亡路線上的據點，恰恰是一個又一個生發想像慾望的遺址。這些人文地景記載著曾經在場的歷史[36]，那必須被召喚的餘光和記憶，詩人懷古式的題詠做了儀式性的還原。題詠遺跡，就是歷史物質性的遺存透過唱和詠歎去追捕那已然消逝的時光，卻同時保持必然已逝去的現實。那是詩人題詠的動機，意圖捕捉歷史遺跡，以物質性的見證賦予「歷史」的在場。我們從陳伯陶〈宋皇臺懷古並序〉，就能看出詩人題詠宋代遺跡的基本格局。該詩先以序文清晰勾勒宋末二帝的流亡路線，從梅蔚、官富場、淺灣到硇洲幾處地名的座標位置，調動《南宋書》、《宋史》、《新安縣志》、《元史》等多種史書地志，反覆證成九龍作為古官富場地，就是端宗昰的駐蹕之所，而宋行宮的殿址猶存[37]。從帝王遺址的確立來驗證自然地景，所

35 該次雅集實際參與人數和形式已無法確認，僅知數十人。但作者人數不等同雅集人口，兩個版本皆有沒參與雅集而奉寄酬答的和詩，也有早於一九一三年陳伯陶偕同吳道鎔、張學華、賴際熙等訪宋季遺跡的詩作。兩個版本除了收入作者人數不同，在粵東編譯公司版本中，還特別收入〈宋圖圖詠〉的唱和詩篇，更完整呈現了詩和圖並置的宋臺秋唱原始脈絡。《宋臺秋唱》共分三卷，首卷為祭祀趙秋曉生日的詩詞，次卷聚焦詩人們對宋王臺的懷古之作。終卷乃陳伯陶和遺老們的交際贈答之作。

36 歷史的「在場」除了可供文學追憶，也有人文消費的魅力。在二十一世紀的今天，南宋末二帝的南遷路線，竟也成為一條廣東旅遊觀光規畫路線。參見蘇英、肖星：〈以南宋末帝南逃之路為依託，開闢特色文化旅遊線路〉，《旅遊縱覽》（行業版）二〇一一年第三期（二〇一一），頁一二〇。

37 陳伯陶的論證其實頗為素樸，如直接解讀梅蔚就在新安縣界，硇洲即今之大嶼山，以期營造端宗生命的最後時

謂「其地東南有小山，瀕海上有巨石，刻曰：宋王臺」就變成了不容質疑的歷史記憶的「現場」（site），而將「今惟厓山最著」的行宮殿址，直接指稱「茲地改稱九龍，世罕有知之者矣」，可以看作是作者考證所得的尋古。事實上，宋王臺僅屬巨石，殿址早已看不到，歷史記憶的「現場」是陳伯陶以詩激盪而出的主觀空間感：「茲臺兀立海裔孤，西望厓山血模糊。化為朱鳥張其咮，海潮不起群噍呼。皋羽所南足跡絕，遺黎老死云誰吁。」詩句動容地描述不會再有人想起宋代謝翱、鄭思肖這些聽聞文天祥死訊而慟哭的忠心遺民，而今我輩更屬被棄置的遺民，老死也無人聞問。於是陳伯陶詩裡迴盪的遺民思緒，來自於序的敘事框架。宋王臺、厓山被認知為端宗的最後流亡地，那是南宋消亡前的地景。宋王臺透顯的「廢墟意識」[38]，恰恰是「茲臺兀立」的定點凝視，對一個或已消失不見，或虛擬為臺的巨

宋王臺雅集（資料來源：《宋臺集》）

石，以石質的紀念碑式的粗糙實體來懷想一個已不存在的南宋氣象。宋王臺因此是有著特殊時間性的「遺跡」，賦予了「懷古」的正當性[39]。

二、跡與物：遺民的抒情

相似的懷古寫作，在面對已沒有建築殘存基座的宋行宮遺址，陳伯陶採取了考古田調式的挖掘。

光皆在九龍地域。但這些史籍和地圖上的地名在學界仍有爭議，正反支持的意見都有。相關爭議參見簡又文：〈宋末二帝南遷輦路考〉，頁一二二—一七四；饒宗頤：〈碙洲非大嶼山辨〉，收入簡又文編：《宋皇臺紀念集》，頁一七五—一八六。葉靈鳳前揭文〈港九的南宋史蹟〉也做了史籍資料的考證和補充。

38 這裡的「廢墟意識」，轉化自巫鴻對「廢墟」、「墟」等概念在古詩和畫裡的討論。他強調「墟」更多被想像為空曠空間，那不是通過可以觸摸的建築殘骸來引發觀者的心靈和情感激盪，那是一個空的場，特殊感知的現場。參見巫鴻：〈廢墟的內化：傳統中國文化中對「往昔」的視覺感受和審美〉，《時空中的美術》（北京：生活・讀書・新知三聯，二〇〇九），頁三二一—八二。

39 另外一種討論方式，則以皮耶・諾拉（Pierre Nora）的「記憶所繫之處」或「記憶之場」（Lieux de mémoire）概念，觀察宋王臺遺蹟在記憶與認同層面創造的社會政治意義。參見Hon Tze-ki（韓子奇）. "A Rock, a Text, and a Tablet: Making of the Song Emperor's Terrace as a Lieu de Mémoire" Mare Matten ed. *Places of Memory in Modern China: History, Politics, and Identity*. Leiden: Brill, 2001. pp. 133-165。

李景康記錄保全宋王臺遺址事蹟，仍不忘寫上老師曾經告知的考掘事蹟：「一日策杖宋臺隣近，見農人鋤地種植，發現破碎古瓦不少，乃僱土人二三名，往臺下海灘細為搜尋。歷時三日，幸獲完整瓦瑠一具，花紋粗樸，作赭墨色」，凸顯遺老們保全宋王臺背後有一種面對出土歷史的情懷[40]。陳伯陶有詩表徵了這樣的情結：

> 官富場前宋行殿，荒村廢址青蕪徧。野人耕地得遺瓦，赭黝相兼餘碎片。赭如烈士歕赤血，黝似侍臣森鐵面。當時燔填善陶甄，卻比范銅經冶鍊。……可憐宮瓦碎慈元，遑問故都杭與汴。君不見漢代鴛鴦裁作枕，魏家銅雀鐫為硯，延年益壽辨當文，萬歲千秋感奔電。淒涼故國哭杜鵑，零落舊巢悲海燕。手揩此瓦重摩挲，惆悵遺基淚如霰（〈宋行宮遺瓦歌並序〉節錄）

對實物出土的把握，可以作為歷史遺跡的復活。這對行宮遺瓦的賦詩歌詠，重構的是對宋季符號的召喚。宋行宮的「殘餘斷片」讓詩人發思古之幽情，「遺物」賦予「遺跡」的實體感，從宮瓦到行殿，再到汴杭故都的想像連結，讓眼前地景結構化為一種抒情意識，以物激盪歷史悲情。在南宋的「荒村廢址」上，陳伯陶藉物縫補歷史的碎片，宋行殿的「遺跡感」既可以拉開今昔辯證的時間性，也同時讓眼前九龍避地的前清遺老，綰結歷史和文化的渠道，在文化遺民的視域下，替自己找到安身立命的憑藉。南宋覆亡和清室垮臺本不該相提並論。在夷夏之辨的前提下，前者是漢人政權被侵吞，後者是異族政權的淪亡。但對已處身「蠻夷」避地的陳伯陶而言，對宋行宮遺址的感傷鋪敘，不過是讓九龍成為遺跡般的追憶場所，在復活宋帝南渡歷史之際，以行宮遺址建立的象徵地理，同時替一個新近的消逝政權悼亡。陳伯陶在英殖民地的九龍，詠南宋遺跡以澆忠清之塊壘，等同在進行另一種的夷夏之辨。遺民眼中的遺跡敘事，追求的效果是「以延續哀悼的形式表達持久的忠誠」[41]。因此他透過遺民正統的確認，代換了漢人或異族政權的認同矛盾，在九龍締造出宋史的異質空間（heterotopias）[42]，箇中的中國元素，改寫了九龍的地方意識，進而改造了九龍作為遺民避地的意義。

陳伯陶的詠物抒情，追認遺址，摩娑遺物，這裡創造的詩意，陷入「戀物」般的歷史幽情，並為

40 此說是否可靠尚有疑義。陳伯陶在〈宋行宮遺瓦歌並序〉裡陳述「今廟後石礎猶存，其地耕人，往往得古瓦，色赭黝，堅如石，雖稍麤樸，然頗經久」。對照《新安縣志》：「丁丑年四月，帝舟次於此，即其地營宮殿，基址柱時猶存，今土人將其址改建北帝廟。」似乎有意驗證北帝廟就是行宮遺址。此存疑點至少有二：宋帝駐蹕時間短暫倉促，不可能大興土木而有磚瓦建築之堂皇宮殿樓臺。二、二王殿村上的北帝廟乃開闢市區改建重修而成，非二王行宮故址，石礎和遺瓦不可能復得。前後疑點參見簡又文：〈宋末二帝南遷輦路考〉，頁一四四—一四五；黃佩佳：〈九龍宋王臺及其他〉，收入簡又文編：《宋皇臺紀念集》，頁九八。

41 參見巫鴻：〈廢墟的內化〉，頁七一。

42 這裡借用傅柯的異質空間概念，旨在強調遺民對九龍宋史的文學和歷史敘事，可以在遺民生存和殖民地的文化與日常空間層次上，有了重新討論九龍地域文化的意義。王標也曾藉此概念討論民初時期上海租界裡遺民生活。參見王標：〈空間的想像和經驗——民初上海租界中的遜清遺民〉，《杭州師範學院學報》二〇〇六年第一期（二〇〇六年一月），頁三三—四二。

宋王臺周邊的遺跡建置了文化風景。換言之，陳伯陶在詩序裡陳述對遺瓦的「挖掘」，重點並非考古而是審美。從詩的結尾「惆悵遺基」看來，歷史劫灰下的遺民人生，才是進行南宋遺跡的審美書寫的初衷。宋王臺、宋行宮等遺跡的詠物和懷古書寫成為《宋臺秋唱》的核心主題，不也說明了宋代遺跡也是他們心中的地理遺跡。當然，陳伯陶透過遺物詠史，並非特例。南社詩人高旭偶得明孝陵磚瓦，還仔細斫成硯盤且在詩裡傾訴了真誠且憂傷的睹物思君情緒[43]。在天翻地覆的鼎革前後，他們都在採集文化或傳統文明的遺物。

清末民初以來，透過追認、收集、輯錄前朝文人遺稿、蒐羅遺物以坦露忠誠意識，懷舊心志者，自不在少數。這姑且可視為寄託前朝情懷，或作為廣義文化遺民的懷古。其中又以登臨遺跡、謁訪陵寢、修禊集會、紀念生日忌辰者，最能表現其中的儀式性。但謁訪帝王陵墓，卻更帶有一種賡續正統的意味。辛亥革命後，末代清帝溥儀退位後，孫中山隨即率領官員謁明孝陵，並發表〈祭明太祖文〉和〈謁明太祖陵文〉兩篇文告，展現其「驅除韃虜、恢復中華、光復漢室」的成果，隱然賡續的正統，乃是夷夏辨別的民族正統觀。而早在辛亥革命爆發之前，南社詩人多有透過輯錄明末烈士遺集、謁陵掃墓、蒐集遺物等儀式性的紀念行為，擇取宋代烈士文天祥、岳飛、謝翱、鄭思肖，明代烈士陳子龍、張蒼水、瞿式耜等人，作為詩的表徵對象，以建立遺民思維的內在典範，寄存心志[44]。然而清末民初南社諸子和遜清遺民的謁明陵的行為，既可說明「晚明想像」背後面對文化與君國的進退應對的立場[45]，當然也少不了林紓、梁鼎棻等遺老謁崇陵的忠清意識。這些在歷史大裂變下的儀式性作為，箇中的抒情和想像，都有不同的姿態。

透過《宋臺秋唱》，我們看到遺民詩人對宋季遺跡的題詠，恰似以儀式性觴詠酬唱來重複命名地標，形塑地景，同時寄託對「趙氏塊肉」[46]的歷史喟嘆。但遺民不世襲，眼前的隔代懷古，不過是對應詩人當下心事。我們從更多對宋王臺的懷古詩篇裡，看到歧異的地理辯證，和歷史情懷。

有賴太史之稱的賴際熙（一八六五—一九三七），曾任國史館總編修。他與陳伯陶多次遊訪宋王臺，對宋王臺表徵的遺民道統，他的體認釋放出不同的意涵。〈登宋王臺作〉就有如下詩句：「九州何更有埏垓，小絕朝廷此地開。……宋道景炎明紹武，皇輿先後總南來。」他放眼中國歷史上的南渡，丟失了廣袤國土，只剩退卻絕地的小朝廷。但此南渡說的已是國境之南的廣州，甚至九龍。從南宋端宗到南明唐王，皇室正統被迫遷往南方邊陲之地，且帝王最終死在南方。而他們這批前清遺民的南渡香港，不過就是傳統的延續，大時代下的流離遷徙。但遺民眼界不盡是愁苦悲思，他對眼下的九龍和香港位置卻若有所思：「大地已隨滄海盡，怒濤猶挾故宮移。殘山今屬周原外，塊肉曾無趙氏

---

43 高旭：〈得孝陵磚一方，斫為「日月重光硯」，紀之以詩〉，收入郭長海、金菊貞編：《高旭集》（北京：社會科學文獻，二〇〇三），頁一三一。

44 相關討論參見林香伶：《南社文學綜論》（臺北：里仁，二〇〇九），頁四〇七—四三三。

45 關於「晚明想像」在遺民文人的意義和展示，參考秦燕春：《清末民初的晚明想像》，頁一二六—一六〇。

46 這幾乎成為題詠宋王臺及周邊遺跡的詩作慣用的意象或關鍵詞。此事典出自《宋史・本紀第四十七・瀛國公（二王附）》：「楊太后聞昺死，撫膺大慟曰：『我忍死艱關至此者，正為趙氏一塊肉爾，今無望矣！』遂赴海死，世傑葬之海濱，已而世傑亦自溺死。宋遂亡。」

遺。」詩人表面寫的是宋王臺的臨海地勢，怒濤拍岸，但實指宋季遺址已在國境之外。九龍香港的割讓，清室覆亡，在時代的大變動下，那已不見蹤跡的行宮，投海殉國屍首不存的宋帝趙昺，也將被人遺忘。賴太史替自己的遺民身世悲從中來，懷古的同時，已洞見殖民地的歷史曖昧。

於是，我們陸續在宋王臺的懷古詩篇裡，讀到這些詩句：「外人尚解尊王意，石檻深深護古臺」（黃瀚華：〈宋王臺〉）、「名蹟他邦重，遊人噬肯來」（梁淯：〈丁巳春與蘇選樓君重登宋王臺次韻同作〉），詩人們表達了英殖民者尚且理解華夏古蹟的意義，對照早前廣東和香港地區漢人對此宋代遺跡的漠視。這符合宋王臺最早被英殖民政府訂為古蹟立法保護的事實，自然也呈現了在殖民地憑弔中原遺跡的複雜感受。巨石儘管銘刻宋王遺跡，但古代的官富場轉眼已成英國人殖民統治且開發的地區。方啟華詩句裡的「巨石不隨炎宋去，孤城竟任外夷來」（〈丙辰登宋王臺歸謁楊侯廟次蘇君選樓原韻〉），提醒遺跡和英殖民統治之間隱藏的夷夏之辨。有的詩人更直接道出：「地占島夷誰作俑，招魂古帝有啼鵑。江山半壁尋遺跡，宋壞名存境已遷」（蘇航：〈敬步蘇君選樓遊宋王臺詩原韻〉）。詩人肯定了古遺跡的文化召喚意義，但畢竟已事過境遷，國界和時代且已變異。詩人題詠之餘，已在突出個人對於眼前土地的認知和安身立命。

蘇澤東輯錄的《宋臺秋唱》大體都能印證遺民的懷古幽思。但蘇自己對箇中的夷夏之辨，顯然若有深思，感觸甚多。他在詩裡如此寫到：「河山大好屬他人，馮夷助虐誰問津。南溟鎖鑰失所恃，可憐桑海揚胡塵」（蘇選樓：〈龍津望海感賦〉），正視香港已屬英殖民地的同時，「南溟鎖鑰」說法已著眼地緣政治下對中國戰略位置的認知。遺民視域已不完全是傳統的夷夏觀，多了外交知識的調整。

於是，他的詩句另有辯證：「片壤鎮南溟，華夷此地經」（蘇選樓：〈丁巳孟春偕梁君又農重遊宋王臺賦此索和〉）。言下之意，陳伯陶等人對宋王臺的考證和「命名」，從此奠定了一個中原正統的意義。這是對自我遺民位置的確認，卻也立下夷夏之辨的標竿。這是遺民在殖民地形塑和尋求的某種地方感，對亡宋的烈士正氣和正統的重新確立，由此奠定自己避居殖民地的正當性。

殖民地九龍是宋季遺跡改變不了的外在布景，蘇澤東的夷夏觀也隨著展示現代觀。他在詩裡寫到：

嶙峋石聳翠微巔，回首諸陵一惘然。夷夏竟教分碧海，蒼桑底事問青天。雲屯廢壘埋荊棘，日落荒山叫杜鵑。撫碣何曾能滅宋，尚留片壤紀南遷。（厓山有石刻張宏範滅宋於此）（蘇選樓：〈丙辰春偕葉君楚白方君拱垣黃君昆式遊宋王臺作〉之二）

換言之，以宋王臺為地標的巨石，完成了華人集體意識的凝固，表徵的南宋遺址在此轉化為南來的離散遷徙，藉由強調南宋記憶的不曾滅絕，以體現依然被賡續的漢人正統。因此，詩人客居九龍避地，卻也可以找到樂土：

間關百戰臣心瘁，憑弔千秋客夢孤。誰謂窮荒非樂土，漁歌樵唱笑相呼。（蘇選樓：〈官富場懷古〉節錄）

蘇澤東替宋王臺「懷古」下了最實際的註腳。但遺民詩學裡的典事成辭依然可見，「殘山賸水」就是關鍵詞：

> 君不見海陵舟覆殉節多，天水蒼涼可奈何。人去臺空閃斜照，寒潮聲和離黍歌。賸水殘山地竟棄，青天碧海情遙寄。樂土何陋願居夷，登高尚說前朝事。我來訪古九龍城，摩娑遺刻書崢嶸。欲補嶺南金石錄，風雨難磨千古名。……（蘇選樓：〈登宋王臺懷古並序〉節錄）

儘管鼎革遺恨仍在，但細看詩人對眼前殖民地景的觀察和感受，已不純然是過去遺民論述裡對「南宋／晚明」的殘山剩水的記憶和詩學表述[47]。借景懷舊以傳達歷史哀思已不是首要的情緒。這些廣東一帶的遜清遺民，因為避居香港的際遇，有了重新表述和建構廣東文化和歷史脈絡的契機。從「君不見海陵舟覆殉節多」擴大厓山記憶的戰場遺址範圍，就知道歷史事實並非最為重要。儘管宋王臺不是宋元大軍激戰的最後戰場，卻可以將戰場記憶與一塊巨石內置在亡宋的記憶結構，由此替亡宋的戰場遺址提供了有效的紀念景觀（landscapes of commemoration）。因此九龍城作為歷史遺址的疆界，「樂土何陋願居夷」就辯證提出詩人安居殖民地的事實。詩人「欲補嶺南金石錄」，刻意強調宋王臺代表的紀念碑位置，必須作為歷史紀念物加以保存，唯有透過「摩娑遺刻」才能梳理並合理化從廣東流放到九龍的避地情懷。這些對帝王駐蹕／亡宋戰場遺址的題詠和闡釋，給九龍的整體景觀帶來重要變化。在保存嶺南記憶，重現地域風雅的同時，殖民地有效提供了我們對嶺南地域的民族性投射。與其單論遺民悲情，這群詩人更多了一分對眼前殖民地的「地方」辯證。他們恰恰在殖民地香港重建了「廣東」想像。宋帝南遷的逃亡路線，探究的不僅是亡宋情懷，或追憶中原正統。他們同時藉宋帝流亡和覆滅的遺跡，表徵了一個帶有地理意識和文化道統的廣東文化。

《宋臺秋唱》的編輯出版，對宋王臺及相關遺跡而言，是「文本的紀念碑」的完成。藉由敬祀宋代東莞遺民趙秋曉生日的詩人雅集，連結宋王臺背後南宋小朝廷的廣東流亡地理，詩人環繞宋季遺跡的觴詠酬唱，使《宋臺秋唱》有效維繫和形成一個以東莞、港澳為核心的傳統文人的社交網絡。他們在南宋正統和宋季符號的文化想像經驗裡，合法化了傳統文人群體中的遺民特質和離散身分。詩的文學手法和歷史想像，重新賦予廣東和九龍宋史的文化厚度，南宋遺跡也因此被嵌入九龍景致。一般討論民國時期港澳傳統文人的人文活動，最受關注的就是一九二三年在香港買地購屋創辦學海書樓。他們仿照廣東的學海堂，意圖在香港復興學術道統，推廣國學教育，表現一種強烈的文化意識，被視為以廣東為認同基礎的一種地域文化。那是嶺南學風的延續，形成「廣東文化」的一環[48]。但我們可說《宋臺秋唱》代表原籍廣東的傳統文人集會題詠，以及引發的後續酬答遙和，更早說明了對廣東和香

47 關於江南士人在書畫和詩詞內對「殘山剩水」的表述，參見楊念群：《何處是「江南」：清朝正統觀的確立與士林精神世界的變異》（北京：生活・讀書・新知三聯，二〇一〇）的第一章。

48 程美寶：《地域文化與國家認同》，頁一六四—二一二。關於學海書樓的沿革和發展，參見廣東省政協文化和文史資料委員會編：《香海傳薪錄》。

港的文化地理的反思。《宋臺秋唱》因此是民初廣東／香港傳統文人的社會網絡的物質性載體，對應以巨石為物質「遺跡」的宋王臺，在南宋流亡朝廷的遺址上重塑跨入殖民地的文學空間。

第四節　畫與詩：「宋王臺秋唱圖」的地景圖繪

若《宋臺秋唱》代表著香港漢詩視域下的遺民地景，那麼集子卷首收入伍德彝（一八六四——一九二七）[49]畫作「宋王臺秋唱圖」就值得注意。該畫有題跋[50]，編輯蘇澤東隨即有〈自題宋臺秋唱圖〉詩作附和，後續引發眾多的和作，促使蘇澤東在一九二二年另編輯《宋臺圖詠》出版。在這數年間以宋王臺為主題的詠唱，在遺民群體內構成了特殊的氛圍和空間。尤其畫作的題詠及和作得以單獨出版，代表在詠詩酬答之餘，詩人對畫與詩另有不同層面的互動和交疊。另外，《宋臺秋唱》（一九一七）出版隔年，向陳伯陶執弟子禮的商人陳步墀（一八七〇——一九三四）編輯《宋臺集》（一九一八？）[51]也隨即出版。從《宋臺集》的書名，其延續遺民心志不言而喻。除了收入陳步墀訪陳伯陶、以及伴友重登宋王臺等詩作，還有賴際熙、陳伯陶等人墨寶，同時收入數張遺民文人在宋王臺前，以及遊宋王臺後在曾兆榮暢觴室合照共飲的雅集和遊樂照片，具體投影了當年遺民群體間的交遊實況。此書另有一幅「宋臺秋唱圖」，畫者為劉揚芬。

綜觀伍德彝和劉揚芬的兩幅畫作，各有不同的側重點。前者著眼宋王臺的山陵景致，蒼茫間依稀可見詩人登臺遠眺，長空昏鴉。整體突出山丘禾黍的蕭瑟風景。相對於此，劉揚芬「宋臺秋唱圖」則是景深開闊的小橋流水、騎驢遊人和村民活動的鄉間景致。宋王臺則遠矗丘上，一幅和諧的農村生活。兩種宋王臺的「風景」，間接說明二書背後作者、編者，以及避難香港的嶺南畫家落在宋王臺的不同視點。他們對宋王臺的「視覺」差異，不僅是「看」和「觀」的問題，更說明「觀」已接近於「世界觀」，涉及民初香港文人群體在所接觸、存在的世界中觀看，在觀看中成立世界的問題[52]。換言

49 伍德彝，字懿莊，號逸莊。祖籍八閩，寄籍南海。廣州四大望族的名門之後，也是廣東畫壇名師居廉的弟子。在居氏眾多弟子中，伍德彝的名氣響亮，地位甚高。能詩詞，好金石考古，精於鑑別書畫，擅於國畫和書法。由於家境富裕，收藏許多書畫和珍奇古玩，常在私人園林萬松園舉行雅集。晚年失明，家道中落，一九一四年曾短期避亂香港。

50 不知何故，聚德堂版本附錄的〈宋王臺秋唱圖〉並沒有題跋詩，而粵東編譯公司版本的〈宋王臺秋唱圖〉則附上題跋詩和八家和作。

51《宋臺集》被編入陳步墀《繡詩樓叢書》第二十一種。至於《宋臺集》的出版時間，根據上海圖書館館藏目錄登記，乃是一九一七年石印本。但黃坤堯教授編纂《繡詩樓集》（香港：香港中文大學出版社，二〇〇七）記錄一九一八年（戊午）。而鄒穎文編著《香港古典詩文集經眼錄》（香港：中華書局，二〇一一）又記錄為一九一九年。《宋臺集》一書並無標示確切刊刻日期，但集內有戊午年間詩作和照片，則可以推斷最可能的出版年分當屬一九一八年，但仍有待進一步確認。

52 對於風景的哲思探究，可參考黃冠閔：〈風景的哲學思路〉。

伍德彝〈宋王臺秋唱圖〉（資料來源：《宋臺秋唱》〔粵東編譯公司〕，作者拍攝）

劉揚芬〈宋臺秋唱圖〉（資料來源：《宋臺集》，作者拍攝）

之，「宋王臺秋唱圖」是一幅文人風景，根據「風景」的視景（landscape）所界定，這也提示我們探究風景成立的條件。

劉揚芬畫作在陳步墀《宋臺集》裡突出的是民間視域，該書收入詩作多屬贈別、訪遊範疇，呈現香港傳統文人交際生活中悠遊自在，自成格局的雅趣。這裡的田園景觀有意嵌入遺民自在安頓，另闢桃花源的潛在意圖。《宋臺集》的遺民世界是那麼怡然自處，九龍避地與遺民生存之間，不僅是追溯往昔，且多了一份現世安穩，歲月靜好的盼望。尤其書中幾張遺老們的遊樂合照，不就映襯了畫中世界的理想性。有鶴山女子馮文鳳對此畫題詠，其中「幾人結茅屋，樂國無朝夕」二句，著實指出了九龍遺民地景的另一番深意。

但《宋臺秋唱》內的伍德彝畫作卻另有主張。他大肆鋪展濃郁的視覺景觀以營構遺民意志。詩人藉畫的題詠唱和，在互文表述間更具體回應了宋王臺作為「遺跡」的廢墟感，以及從中覓得一絲古典靈暈（Aura）——那隨著時代變異和裂變而喪失傾塌的傳統。畫以構圖的景深，穿透詩人題詠背後企圖把握的傳統氛圍和情感痕跡，同時藉詩的敘事框架，使畫內嵌了遺民詩人的感覺結構。從《宋臺秋唱》以伍德彝「宋王臺秋唱圖」為卷首畫作，大抵已看到蘇澤東有意藉畫呼應詩人詠歎宋季遺跡，將廢墟感定調為遺民生存結構的一部分。

當我們認知《宋王臺秋唱圖》是對宋代遺跡的「廢墟」意識的特殊處理，最直接的視覺構圖的衝擊，當屬那被凸顯於丘墟的宋王臺巨石。巨石下盡是荒蕪光禿的山丘，有一種丘荒之感。從古代以荒丘為主題的畫作裡，學者巫鴻不忘提醒我們「丘的兩種含義——建築物遺跡和空虛（emptiness）的狀態——「一起建構了一種中國本土的廢墟的概念」[53]。粗糙的岩塊、禿頂的山陵，層次分明區隔出畫面下方茂密樹叢和錯落的房舍。整體構圖特以岩塊的厚重，投向宋臺秋唱的敘事框架，廢墟中的儀式性哀悼。這就不難理解，詩人們熱烈對《宋王臺秋唱圖》題詠唱和，恰是另類的地景圖繪（landscape mapping），將鼎隔遺恨精準標的於畫卷之中。

離離禾黍故宮秋，羞見降旗出石頭。
終古難消亡國恨，怒濤嗚咽向東流。
漁樵閒坐話南朝，鵶點長堤柳拂橋。
繪出蒼涼天水碧，白頭詞客亦魂消。
（蘇澤東：〈自題宋臺秋唱圖〉節錄，粵東版，頁一）

疏林落日寫清秋，風景蕭騷聚筆頭。
一卷畫圖增感喟，幽情弔古盡名流。

宋王臺山腳舊影

伶仃龍種覆南朝，悽見垂楊臥板橋。
如此江山足悲咤，荒臺王氣黯然銷。
（梁湉：〈題宋臺秋唱圖次蘇君選樓韻〉節錄，粵東版，頁二）

西風黃葉滿山秋，剩有荒臺占上頭。
太息香孩遺業盡，不堪憑弔涕橫流。

破碎河山草創朝，忍將往事溯陳橋。
故宮禾黍蒼涼甚，一縷魂隨畫卷銷。
（胡煥琦：〈和蘇選樓君題宋臺秋唱圖原韻〉節錄，粵東版，頁二）

在以上的題詠中，宋王臺地景遭致封鎖，遺民時間停頓，在斷裂的時空瞬間完成宋臺秋唱的儀式性宣示。透過詩與畫的相互

宋臺圖詠
祖坡吟館輯錄
自題宋臺秋唱圖　東莞蘇澤東選樓
一鞭殘照上煙蘿驢背騷人自嘯歌黃葉疎林秋色好海天還屬宋山河
鼎湖龍去石猶存三字磨厓映鯉門一曲水仙杯酒酹白楊風颭國殤魂
離離禾黍故宮秋羞見降旛出石頭終古難消亡國恨怨濤嗚咽向東流
漁樵閒坐話南朝鴉點長堤柳拂橋繪出蒼涼天水碧白頭詞客
宋臺圖詠　三　莞城驛前街福文堂承印

《宋臺圖詠》（作者拍攝）

53 參見巫鴻：〈廢墟的內化〉，頁三五。

證成，《宋臺秋唱》裡的宋季廢墟依稀可見，恰似陳伯陶在〈宋東莞遺民錄序〉的抒情表述：

> 余嘗登宋王臺眺海山之蒼蒼，海水之茫茫。慨然想秋曉諸人往來丘墟禾黍間，未嘗不仰俯古今，為之涕淚滂沱，而不能已已也。[54]

那是獨立於蒼茫間的遺民主體，往返丘墟間，在宋王臺思古尋跡，形塑一己在九龍避地的地方感。這幅風景也提示了民初香港傳統文人由於詩文、書畫才藝而獨具超然身分，他們在此新舊思想雜處的殖民地移動、感知、接觸所形塑環繞自我而成的空間。《宋臺秋唱》呈現了以陳伯陶為首的民初香港和廣東地區的遺民文人群體[55]。南來作者和遺民身分交織的離散和懷舊敘事，命名地景也辯證歷史時空的變遷，可以看作最早切入殖民地香港的中英元素和空間想像的作品，締造了民初香港文學的關鍵時刻。

當年陳伯陶在宋王臺賦詩酬唱引發的遺民文人的集體唱和，不但是民國初年在香港的遺民文人營構的文學空間，以寄存亡國心志，卻也同時是遺民在香港九龍認知地方歷史遺跡，並賦予其歷史和文化紀念性意義的「命名」舉動。陳伯陶不但考據了宋王臺的歷史來歷，爭取在英殖民政府發展土地之際，保留了一處香港繼承中原歷史文化的遺跡，並成功在文化層面形塑了文學意義的「地方」。換言之，宋王臺的遺跡脈絡，不再是題字的巨石，也非清代《新安縣志》記載下宋末帝最後的駐蹕之地，恰恰成為了遺民敘事裡最有效的文本風景。避難南方的文人藉此找到了文化根據地，在英殖民環境裡，形成了民初香港文學的另類值得觀照的文學和文化氛圍，一個戰前香港文學身世的重要起點。這是清朝滅亡後香港殖民地回應民國新局和文化道統的具體案例，遺民文人有所本的張羅宋王臺敘事，表面盡是山河破碎的遺民眼界，然而回歸懷古敘事的弔詭，凸顯了避難移居九龍和港島的南來文人，集體介入和置身「地方」的舉動。九龍和宋王臺的歷史脈絡的重建，在《宋臺秋唱》找到抒情的氛圍和南宋想像。香港不再是傳統避地，而是延續中原政治道統的一個南方座標。《宋臺秋唱》是香港文學最早刊行的雅集詩輯，也是早期南來文人最具代表性的詠史酬唱。其對宋王臺空間意義的封鎖，讓宋王臺在切斷的時間與空間裡，成了香港文學最早的紀念景觀。相對我們從黃谷柳《蝦球傳》（一九四七）、侶倫《窮巷》（一九四八）尋找新文學裡的香港意識和空間，《宋臺秋唱》不也揭示了漢詩在香港文學的現代意義。自此宋王臺的紀念意義不僅僅是公園性質的紀念標的物[56]，而是《宋臺秋唱》

54 陳伯陶纂：《宋東莞遺民錄》，頁四〇八。

55 有的作者以真名示人，有的以別號自稱。其中頗為著名的幾位遺老他們常用的別號分別如下：陳伯陶（九龍真逸、真逸山人、厲人）、蘇澤東（選樓、祖坡）、吳道鎔（永晦、澹庵）、張學華（闇公）、張其淦（寓公、豫泉）、汪兆鏞（清溪漁隱）、丁仁長（松隱、潛客）、伍銓萃（珽公）、賴際熙（智公、荔垞）等。文人別號的整理，見梁淯〈宋臺秋唱跋〉（粵東編譯公司版本）。潘小磐一九七九年將《宋臺秋唱》和《宋臺集》合刊出版，在跋也延續做了相似的考證。

56 日據時期，日軍以擴建軍用機場為由，炸毀聖山，宋王臺巨石被棄置草叢。戰後，港府應趙氏族人請求，在啟德機場以西建立宋王臺公園（一九六〇），將刻有宋王臺三字的巨石削成方塊，以紀念碑形式供遊客瞻仰。

傳承延續的民初香港文人對在地文化的意義脈絡的重建和想像，宋王臺既是歷史遺跡，也是遺民群體重新認知香港的「地方」（place）。

因此我們可以確知，陳伯陶等人對九龍宋季地景的發現和重申，提出了新的象徵，即是回到民初香港作為殖民地的脈絡下，一批因辛亥鼎革南來的文人如何藉此尋回中原南宋遺跡而重新理解「避地」。我們藉此反思帝國邊陲的土地和島嶼，如何在帝國覆亡的時刻，由遺民之手「連結」到中原，替香港的南來文學補上一章土地和身分的辯證。當我們將陳伯陶等重塑的九龍宋史類比於一個「被發明的傳統」，恰恰並非否定南宋二帝駐蹕九龍的史實，而是強調民初時刻在中國現代語境內發生的民族主義、民族象徵，也因為南來遺民在殖民地的身分和認同疑義，改寫了他們的地方感。殖民「避地」需要民族象徵，宋史遺跡恰恰填補了這個空缺。當遺民愈是重申傳

宋王臺公園現景（作者拍攝）

統的忠義觀，欲彰顯認同的游移和辯證，歷史遺跡終究是廢墟，但他們同時落實了對九龍和香港的觀照。

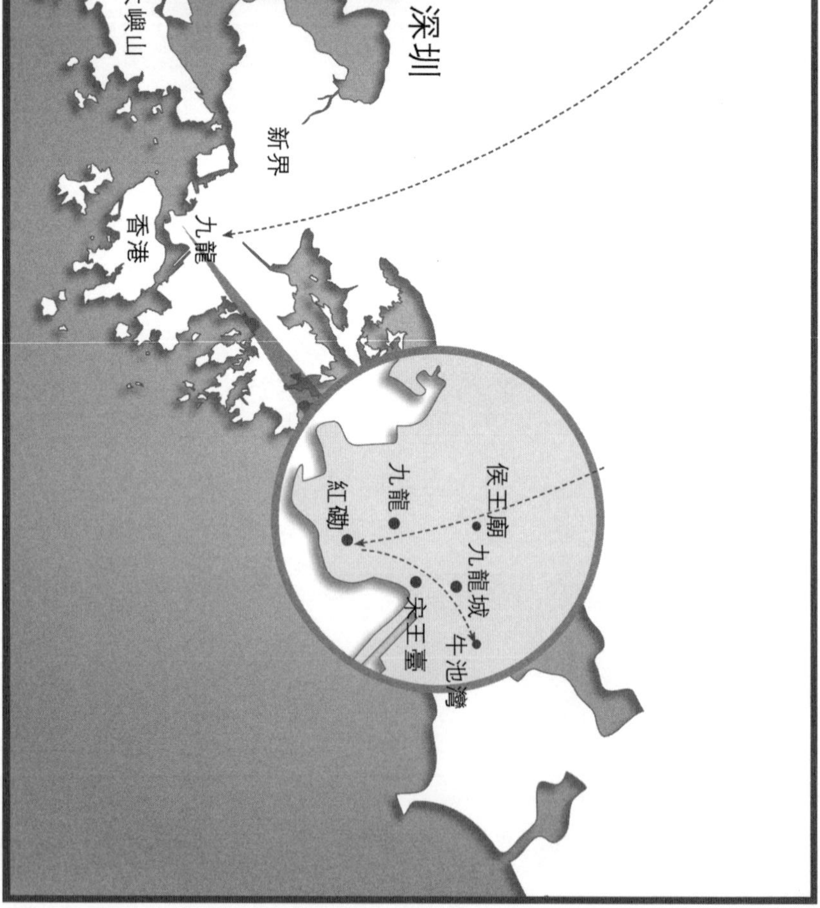

1911年後陳伯陶流動路線圖

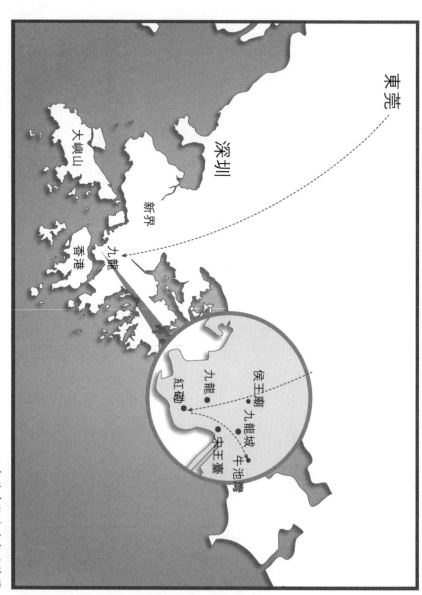

從新加坡、馬來半島到蘇門答臘

離散、流亡與地方詩學

第六章

詩、帝國與孔教的流亡

——康有為的南洋憂患

第一節 逋客與南洋漢詩

晚清時期，從清廷派駐新加坡的使節左秉隆、黃遵憲陸續來到南洋創立文社[1]，對華人移民百姓進行教化的啟蒙，中原士人階層帶動的文學與文化播遷由此開始。在文學傳播與生產的過程中，這些

1 左秉隆是首位直接由清廷派駐新加坡的領事。他駐新時間共有兩次，分別為一八八一至一八九一年，一九〇七至一九一〇年。第一次曾創辦以教化為目的的「會賢社」。接任的黃遵憲駐新期間為一八九一至一八九四年，也創辦「圖南社」，形成刺激文風的文藝沙龍。

派駐使節與後續抵達的經商、謀生、旅行、移居等形式各異的流寓者，儘管不缺漢詩寫作[2]，相應的公共文學建制也隨之建立[3]，卻始終未曾給南洋塑造獨具特色的詩學傾向。他們的漢詩生產，更多的是流離感傷、思國懷鄉等一般流寓者可預期的日常情緒。這樣的漢詩生產結構，直至一九〇〇年康有為與丘逢甲的南來，開始有了改變。這兩位晚清嶺南的著名詩家，他們的人生歷經動盪的流離，詩學教養深厚，對鉅變的時局有現代意識的自覺，眼界隨著地理的遷徙而開闊。因此南來的短暫歲月裡，他們的行蹤與漢詩創作改變了南來文學的傳統格局，替南洋詩學形塑了迥異的風貌。

丘逢甲是乙未時期臺灣內渡廣東的詩學大家，流寓新馬的時間雖然短暫，但對南洋文教的推動著力頗深，流寓前後寫作的漢詩曾在新馬報紙刊載，並以漢詩與當地孔教復興做了一種民族主義式的結合，由此開展了他對南洋漢詩領域的影響效應[4]。如果我們將丘逢甲在南洋激揚的漢詩精神視為保種保教和民間立場，那麼康有為亡命之際彰顯的詩學底蘊，就是孤臣的身心悲愴，以及內嵌的帝國視景。在引人注目的政治光譜之外，流亡者的詩學是康有為為南洋形塑的一道漢詩風景。在傳統文化場陷，遺民大流亡的前夕，康有為落難南洋賦誦楚騷——憂患的漢詩慾望，頗具象徵意義的內化為南洋華人移民史的一個部分。

一九〇〇年康有為[5]（一八五八—一九二七）接受早他幾年到新加坡接手父親遺產的邱菽園邀請，從香港來到新加坡避難，開始了他在新馬地區的流亡生活。作為戊戌政變的出亡者，他前後出入新馬的次數要比晚清其他流寓南洋的文人更多，留居時間相對也長[6]。他在南洋創作生產的漢詩，足以組成他已出版詩集的三卷。作為名氣響亮的政治流亡者和晚清大詩人，他的漢詩視野深入異域地景，卻含有濃厚的帝國意識。帝國與絕域的交織，形成我們探究流寓者寫作難以迴避的問題框架。康有為避居新馬期間，詩的生產和創作意

1903年康有為流亡檳榔嶼

2 除了使節本身的創作，左秉隆領事第一次駐新期間（一八八一—一八九一）就有南來遊歷文人展開的雅集唱和。相關個案討論參見梁元生：〈十九世紀末期新加坡華人社會中之士人雅集〉，《新加坡華人社會史論》（新加坡：新加坡國立大學中文系，一九九七），頁三一—四九。

3 新加坡與馬來亞地區最早的中文報刊分別是一八八一年在新加坡創刊的《叻報》，一八九五年在檳城創刊的《檳城新報》。當中還有邱菽園經營，一八九八年創刊的《天南新報》。三者都是漢詩發表的重要園地。

4 丘逢甲在南洋的漢詩寫作和影響，及區域漢詩交流的基本雛形，參見本書第三章。

5 康有為，又名祖詒，字廣廈，號長素，廣東南海縣人。戊戌政變後，易號更生，丁巳再蒙難，更號更甡。詳細生平事蹟，參見張伯楨：〈南海康先生傳〉，收入夏曉虹編：《追憶康有為》（北京：中國廣播電視，一九九七），頁九八—一五六。此篇乃供清史館為康氏立傳的底稿。

6 根據最新研究成果考證，康有為前後進出新馬地區的次數高達七次。主要停留據點是新加坡和檳榔嶼。他分別在一九〇〇、一九〇三、一九〇四、一九〇八、一九〇九、一九一〇、一九一一年多次停留，時間長短不一，停留時間最久的長達一年半以上。詳張克宏製作的年表，張克宏：《亡命天南的歲月》，頁一〇一。

識，無異已是漢詩的南洋視域，視為在地生產的一部分。他在這階段的漢詩內涵，基本籠罩著一種深沉的創傷意識與帝國想像。適逢晚清帝國正經歷劇烈的政治變動，一個流亡者對時代與政治的回應，先驗構成他創作的潛在背景。對於變法失敗，自己仍苟活於海外，他的心路轉折有對戊戌遇難者的創痛，有對被幽禁的光緒的知遇和救難感恩，以及對清廷保守勢力的怨恨。當然他的學思歷程與抱負，加深了流亡的激進姿態。四處埋伏的殺機，外國勢力的禮遇和冷淡，華僑社會的支持與倒戈，組合了他飄零在外的流離感，刺激他改造中國的道德使命，也同時面對現實當中願景的失落。以上種種複雜的流亡意識，幾乎構成他寫作漢詩的根本底蘊。就連避難的閒適時光，也是「行吟憔悴巡花徑，誰作招魂誦楚騷」[7]。

流離詩人調遣楚騷傳統，本是一種詩學慣習（habitus）。但康有為作為標榜「儒學普遍主義」[8]的「中國現代化方案」的實踐者，在國家與文化危機的臨界點上直逼經學窘境，重建中國學術體系，展現其政治霸氣和改革雄心，卻選擇在戊戌變故後以貶謫放逐的忠臣姿態示人。這背後頗堪玩味的精神意蘊，既是一種文化主體的召喚，也可視為具有象徵寓意的創傷敘事。流離境外的逋客，不合時宜的罪臣情懷，卻機緣巧合提供了傳統士大夫一個周遊世界及見證西方文明的契機。換言之，康有為在一個楚騷與君臣的傳統政治詩學視域裡，反而弔詭的試探了另類中國現代性的遭遇。在西方殖民地或現代文明情境與經驗下想像的君臣關係與中原慾望，其實踐意義與詩學效力，是一種自我證成的古典精神復歸，還是近代中國遷徙與離散的現代性創傷？康有為在境外的漢詩「世界觀」，顯然呈現了帝國的隱喻，及其飄零的雛形與樣態。這也許可以看作離散漢詩的症狀，尤其在華人重點移居的南洋，形成漢文學場域值得注意的創傷詩學光譜。一種融合中原情懷、民族想像與流離感傷的漢詩意識。

康有為寫於境外的漢詩，看在近代詩家眼裡，各人判斷不同。陳衍著眼中西交通往來多年，文人士子不絕於道，以考察政教風俗、異地名勝的角度，認為康有為「以逋臣流寓海外十餘年，多可傳之作」[9]。汪辟疆則看重康有為遭逢出亡劫難，審視其歷史意志，進一步判定風格：「徒以境遇之艱屯，足跡之廣歷，直有抉天心、探地肺之奇，不僅巨刃摩天也。[10]」而弟子梁啟超在讚譽推崇本師之餘，卻頗具洞見的指出：「其詩固有非尋常作家所能及者，蓋發於真性情，故詩外常有人也。[11]」所謂「詩外常有人」，具體陳述了康有為藉由詩所展露的主體精神，那是傳統士大夫在世紀交替之際出

7 詳〈己酉臘，南蘭堂後行吟徑，扶病與王公裕望海〉，收入上海市文物保管委員會文獻研究部編：《萬木草堂詩集：康有為遺稿》（上海：上海人民，一九九六），頁二九六。本章所引康有為詩作均援引自此版本。後文不再詳列出處，只標示詩題和頁碼。此版本根據康有為手稿或抄本整理，部分詩題跟其他通行本略有出入。

8 關於西潮東漸所引發的國族危機並轉換為儒學危機，汪暉針對康有為的「儒學」政治實踐，有著詳細的論述。參見汪暉：〈帝國的自我轉化與儒學普遍主義〉，《現代中國思想的興起》上卷第二部（北京：生活・讀書・新知三聯，二〇〇四），頁七三七—八二九。

9 陳衍：《石遺室詩話》卷九，收入錢仲聯編校：《陳衍詩論合集》上冊，頁一一八—一一九。

10 汪辟疆撰，王培軍箋證：《光宣詩壇點將錄箋證》（北京：中華書局，二〇〇八），頁六三四—六三五。

11 梁啟超：《飲冰室詩話》第二六則（北京：人民文學，一九九八），頁一九。錢基博《現代中國文學史》也延續了梁啟超的觀點。

入古典與現代之間的浪漫主體。在相似的觀點上，當代西方漢學家則進一步清楚闡釋了康有為戊戌以後流亡詩篇帶有的雙重意義。一是個人命運的情感隱喻；再者是流亡苦難在強大的「詩學合理化」（poetic rationalization）的傳統處置和對應模式裡，康有為仍透過歷史與詩學想像，展現了上乘的詩藝，並由此構築了一種在詩的本質上持續保有新穎、自我和充滿生命力的漢詩模式[12]。因此，改變中國古典漢詩視域的境外寫作，固然賦予了詩家判斷其與「詩界革命」的精神聯繫。但對於漢詩因「流亡」而改變的形式內涵，孤臣悲憤與異域新奇交織的創作意識，以及流亡漢詩對華人集居的南洋構成的精神遺產，理應更值得中國近代詩學進行探究[13]。

我們檢視康有為在新馬的寫作，讓我們重新反思了南洋漢詩的生產意義。南洋漢詩的寫作者班底，主要體現在兩個士人群體。一是南來文人，一是崛起的本地知識分子[14]。這兩大群體構成十九世紀新加坡士人階層。他們有傳統文人的性格，返回中原故鄉應考科舉爭取功名不在少數，尤其會賢社和圖南社每月課題題目大半都屬儒家思想和中國問題（另外也有南洋在地問題），以致這些士人的思想關懷，始終保有高度的中原意識。同時這也符合當初黃遵憲推動文教的意圖：「竊冀數年之後，人材蔚起，有以應天文之象，儲國家之用。[15]」這無異形塑了華人移民對中國認同與效忠的社會結構，加上晚清以降中國政局動盪，士人的漢詩寫作基本離不開中國近代的政治運動[16]。甲午戰敗，戊戌政

---

12 Hellmut Wilhelm. "The Poems from the Hall of Obscured Brightness," Jung-pang Lo ed. *K'ang Yu-wei: A Biography and a Symposium*. Tucson: Published for the Association for Asian Studies by University of Arizona Press, 1967. pp. 319-340.

13 康有為的南洋漢詩研究長期以來都顯得貧乏。在以康有為海外詩為題的研究成果中，郭延禮：《中國近代文學發展史》（濟南：山東教育，一九九一）；李立信：〈戊戌後康有為之海外詩歌研究〉，收入廣東康梁研究會編：《戊戌後康梁維新派研究論集》（廣州：廣東人民，一九九四），頁七一—八六；洪柏昭：〈論康有為的海外詩〉，收入彭海鈴編：《中國近代文學與海外國際研討會論文集》（澳門：澳門近代文學學會，一九九九），頁二五一—二六七；常雲、謝飄雲：〈論康有為的海外詩〉，收入劉聖宜編：《嶺南歷史名人研究》（廣州：中山大學出版社，二〇〇二），頁一二七—一七六，對康的南洋詩都是簡略帶過或基本不討論。目前可見的研究成果，只有李慶年：《馬來亞華人舊體詩演進史》、張克宏依據他的新加坡國立大學碩士論文改寫的專著《亡命天南的歲月》及黃錦樹：〈境外中文、另類租借、現代性〉，頁七九—一〇四、黃錦樹：〈過客詩人的南洋色彩贅論——以康有為等為例〉，《海洋文化學刊》第四期（二〇〇八年六月），頁一—二四。然而，這些都是有著地緣關係的研究，似乎說明了康有為與南洋漢詩仍舊是主流文學史以外的南方議題。

14 本地知識分子，指的是在中國派駐正式領事左秉隆抵新之前，即已在新加坡定居者。他們有的是更早的南來者，有的是當地唯一的私塾萃英書院培養的少數可以寫作八股文、吟詩作賦的文士。至到左秉隆、黃遵憲使節在當地推動會賢社、會吟社、圖南社，每月出題目供文士按題作文，評定等級，振興文化學術風氣，本地士人階層隨之興起。這些本地士人名錄，可參考會賢社、會吟社、圖南社的課榜名單，達數百人之多。詳梁元生：〈十九世紀新加坡華人社會中「士」階層之分析〉，《新加坡華人社會史論》，頁九—三〇。葉鍾鈴：《黃遵憲與南洋文學》（新加坡：新加坡亞洲研究學會，二〇〇二）。

15 黃遵憲：〈圖南社序〉，《叻報》（一八九一年一月一日）。又見葉鍾鈴：《黃遵憲與南洋文學》，頁八〇—八一。

16 李慶年考察了新馬報刊、詩集內的大量漢詩，在他重要的專著《馬來亞華人舊體詩演進史》將漢詩的解讀內容分類為「甲午戰爭前後」、「戊戌維新前後」、「辛亥革命前」、「國共紛爭時期」等，對應近代中國政治發展進程。這構成他在結論強調馬華舊體詩的特色是「與中國政治運動互相呼應」的重要依據。

變，一連串的變局影響了華僑士人的內在情緒，他們漢詩內容的表現轉向深沉的離家去國憂憤，或經營避世的遺民風雅。等到康有為等大詩人以流亡姿態到來，南洋漢詩的格局有了一次變化的契機，因此轉移或內化了一種流亡民族主義式的文化心理和思想結構。

從康有為瀰漫創傷意識的漢詩書寫，與他高揚民族主義、中原想像與孔教光環的實踐，我們看到了別具一格的離散意義的南洋漢詩脈絡。這隱約主導了南洋詩寫作的風格特徵。儘管流寓者有著不同的異域境遇和感受，但對移居在外的華人而言，影響他們詩文創作的美學傾向與動機，是一種異域與原鄉的辯證。詩人的漢詩立場，始終努力回應帝國的變局與改造，無論感傷、憂患或歷史的激情。這可以看作一種與現代中國進程同步的「寫實」傾向，漢詩生產無法擺脫的中國效應。華僑士人的漢詩精神基本不出仰望中原的格局，同時並沒有離康有為漢詩的創傷意識與身體焦慮太遠。不過值得一提的是，這種民族主義風潮下的漢詩生產，卻也帶來了南洋詩在地化轉向的契機。對照難以介入的殖民地政局或後來的馬來民族霸權，以及移民背景下的放逐詩學，在地生活感受逐漸轉移了華僑漢詩的生產概念。其中又以邱菽園是當中最具代表性的例子。

換言之，康有為是帝國追殺的逋臣，更是典型的流亡詩人。他將近代中國到南洋的漢詩播遷，整合並投射為一種對文化整體性破壞與摧殘的觀照。這種帶有時代意義和歷史結構的生產，在流亡者的身體與記憶的自我範疇內，形成他們漢詩實踐的關鍵向度。在這個基礎上，康有為個案可以看作表徵了南洋漢詩的曖昧，以及漢詩實踐如何處理地域與政治的對應張力。

因此本章進一步思考和處理的議題，將環繞在流亡敘事如何在「異域」處境發揮意義？康有為如何將帝國流亡與個體流離進行意識的暗合？詩人藉由漢詩投射帝國政治與文化整體的破壞性憂慮，如何在「大流亡時代」的集體亂離際遇裡，形成南洋漢詩的寫作意識及其文化想像？他們的漢詩為何而寫？為誰而寫？到底傳承了什麼樣的經驗？這是流寓者生存危機的內在轉化？康有為的南洋詩，因此證成了南洋漢詩譜系內的一種創傷典型？

以上一連串相關的問題，提醒我們注意康有為這些「海外詩」的重要位置。黃錦樹曾試圖以「境外中文」[17]描述這些境外漢詩的生產形式，但在漢文學播遷的歷史脈絡裡，康有為不是特殊個案，而是導引出一個普遍問題。流亡、政治身體與帝國意識，將是我們理解南洋漢詩生產結構的關鍵環節。因此康有為作為晚清南洋漢詩的象徵起點，成為本章關心的漢詩風景之一。

17 黃錦樹就馬華文學的考察，曾提出一個境外中文的框架。他認為流寓文人的集體寫作，構成了南洋漢文學的起點，並以一種「另類租借」的概念，描述這些延續與關注中國或中原意識的寫作的基本型態。康有為是其中重要的象徵人物。詳黃錦樹：〈境外中文、另類租借、現代性〉。

第二節　十死身：創傷意識及其症狀

流離異域廿年春，逮捕頻煩十死身。
留取餘生歷花甲，或為大事整乾坤。
天乎百億萬千劫，丘也東西南北人。
中國存亡自關命，高歌醉酒筆彌神。（見附圖）

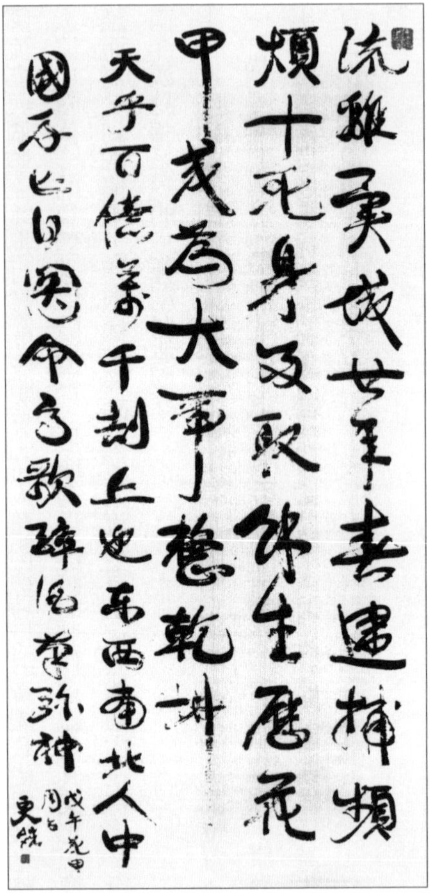

戊午花甲周日（1918）

這是一九一八年，六十一歲的康有為在上海寓所揮毫寫成的一幅掛軸，落款是「戊午花甲周日」。然而這幅掛軸並非唯一，一個多月前康有為以同樣的詩句，寫了一幅橫披向女兒展示，落款是「戊午花甲周日，示同環」。這兩幅字作為康有為法書作品中重要的代表作，老練的筆觸和縱橫豪放的氣勢，顯見他在分行布白上的匠心獨運。不過，其中令人讚賞的，還包括用墨的枯濃相間，字與字的對比之中，凸顯了一個引人注目的關鍵詞：「十死身」。這三個字作為這首詩核心的隱喻，引起關注的興趣。

這是一首詩人回顧流亡生命，幾經劫難仍氣勢高昂的詩作。亡命異域，億萬千劫，肉身的災難全指向了曖昧的「十死身」，詩人花甲「餘生」的「前身」。然而，詩人以天降大任勞其筋骨的精神轉化，將流亡的身體苦痛投向整體性的文化破壞，以致整頓乾坤、中國存亡變成是合理化「餘生」的生存邏輯。如此一來，「十死身」刻畫的恐怕不是靜態的創傷主體，而是主導流亡論述的一套歷史意志，積極的自我實踐。回頭檢視康有為的法書筆勢，「十」字的橫畫提按扭轉，回鋒煞住，筆畫重粗誇張，豎畫貫穿則輕細，顯得無奈、脆弱。橫豎兩種筆畫矛盾衝突，應是作者對「十」字有特別感受。「死」字上窄下寬，枯淡轉折，彷彿對生命的困頓和悲憤。「身」字破筆，乾墨到底，有不能窮盡之態，三者似有節奏，形成苟延未絕的氣勢，隱然呼應著一組攸關流亡生涯的暗語。

康有為在花甲之年回顧流亡往事，寫詩與題字各有不同版本[18]。其中差異只是顛倒詩句順序

18 詩的改動版本如下：「逮捕頻煩十死身，流離瑣尾廿年春。天乎百億萬千劫，丘也東西南北人。竟剩餘生歷花

（「逮捕頻煩十死身」改為開篇首句），改寫幾個字，旨意不離。但他對流亡事蹟著力再三，雅興甚高，另有一首格局恢弘的長詩〈開歲忽六十篇〉，詳述平生經歷。其中提到「十死亦不足，幸免皆天意」，「廿年亡海外，時時辦一死」（頁三四六），亡命天涯顯然刻苦銘心，無法忘懷，處處皆是死亡暗影，但冥冥中又有天意。看來「十死身」是一個讓流亡者感慨萬千的身體話語，卻頗為自豪的具體經歷。這個意象在詩文裡層出不窮，甚至令人不得不正視這是康有為自己論述流亡的一個象徵性的起點，流亡意識裡的歷史情結。不過「十死身」並非空泛之談，也不是單純的詩意象。康有為曾經為此追敘一個詳細的脈絡。

時間回到二十年前的一八九八年，康有為因為戊戌政變，及早獲得光緒密詔離京，後得到英國人搭救乘船離境赴港。清廷保守勢力開始對維新派秋後算帳，慈禧太后對康、梁下達的追殺令也即時生效，康有為從此展開長達十六年的流亡生涯。那年康有為四十一歲，對於成功潛逃出境，他在驚慌之餘，對六君子的遇難尤感悲憤。因此他回顧自己的脫逃過程，認為其中每一個逃生與被解救的環節就如同歷經十一死，稍有差池必死無疑[19]。於是他以「我史」年譜式的自傳書寫，將這段

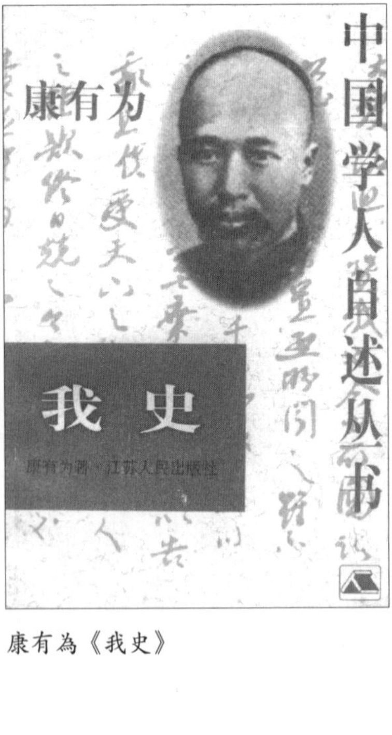

康有為《我史》

驚心動魄的逃亡遭遇，設定為一個停止的歷史時間。十一死難如他所言：「曲線巧奇，曲曲生之」[20]，自此他的年譜沒再續寫[21]，流亡人生是他另闢的一個真實歷史舞臺，一次死而後已的重生。

因為躲過十一死的劫難，康有為將流亡賦予了原始的象徵[22]。弟子梁啟超發揚康的意念，再三強

甲，或為大地整乾坤。此關中國生靈命，醉酒高歌筆有神。」參見〈戊午二月五日為吾生周花甲日，感賦〉，頁四三六。

19 這十一死的細節，如下：「事後追思，無一生理，吾先出上海辦報，則上海掩捕立死。皇上無明詔、密詔之敦促，遲遲出京必死。榮祿早發一日，無論在京在途必死。無黃仲弢之告，宿天津必死。從仲弢之言，出煙臺亦必死。搭招商局之海晏船，英人欲救無從，必死。是日無重慶之輪開，或稍遲數時行，追及必死。飛鷹快船不因煤乏還，必死。萊青道非因有事往膠州，則在煙臺必死。上海道不托英人搜，則英領事不知，無從救，必死。英人不救亦必死。凡此十一死，得救其一二，亦無所濟。」詳康有為：《我史》（南京：江蘇人民，一九九九），頁六二。

20 同上注。

21 康有為自編年譜寫於一八九九年一月，敘述的時間斷限於一八九八年出亡，後無續作。爾後的續編內容始自一八九九年（己亥），由他的女兒康同璧完成編撰。

22 一九一三年康有為結束流亡歸國，他在康氏祠堂祭祖時，再次提及「惟爾末孫，遘閔蒙難，身經十死，不圖生還」。「十死」已成康有為流亡意識的內在意象。詳〈久亡還鄉祭先廟告祖文〉，收入康有為：《康有為全集》第一〇集（北京：中國人民大學出版社，二〇〇七），頁一六七。

調「先生有十身不足死。……而竟不死，豈非天哉！豈非天哉！……若冥冥中有鬼神呵護之」[23]。師徒二人在有意無意間將冒險出亡的經過，賦予神祕色彩，視其為一道啟示，顯現流亡者自我期勉與慰藉的心理狀態。在一場殺戮暴力與死亡暗影的前提下，這苟活流離的身軀，在遷徙避難的過程，無形之中見證了帝國與詩的流亡。這亡命的身體，可以象徵晚清焦慮的時代軀體，在清帝國鷹犬刺客天涯追蹤的過程，作為政治流亡者與詩人交織的身分想像。往後流亡歲月裡，除了政論與學術論述，詩就是這位「最後的王者師」[24]銘刻心事與情志的重要媒介。他五十餘年留居中原寫作的漢詩，還不及流亡域外期間的漢詩產量[25]。因此詩也成了流亡的形式，隨康有為的足跡走遍世界四大洲。漢詩走到了中原境外的邊陲絕域，讓流亡者將帝國文化的精粹格式，深入蠻荒，臨近異國文明。當漢詩試圖記錄天涯盡頭的陌異情境，流亡詩人彷彿走在歷史的關鍵時刻。

一九〇三年康有為再度來到南洋，走訪印尼爪哇島。流亡讓他的萬里足跡，有了一種時代感，一個前無古人的創始舞臺。他熱烈走進異域，詩裡留下了這股豪情壯志：

史萬歲誇廿萬里，鄭三寶身再南洋。
中華士夫誰到此，我是開宗第一章。（〈遊爪哇雜咏〉，頁一七一）

其實，康有為的漢詩不純然是感傷情調，同時還是命名與安置異域景觀的重要形式。他有「史上第一人」的新奇與使命，顯然已自覺的意識到自身的流亡是具體的現代經驗，已非傳統的流放與避地可以比擬。他的出亡抱持著「十死身」這種再死一次的苦難意志，流離絕域反而有拓荒的體悟。因而漢詩既是他安頓流亡意識的載體，同時是表述異域體驗的媒介。流亡的漢詩正好展現一種現代形式的拉鋸張力。

但從康有為詩裡所接觸的流亡記事，還有一個作為王者師所顧念的「帝國」。從他在《我史》留下的紀錄，僥倖存活之餘顯然仍有抱負：「留吾身以有待其茲，中國不亡，而大道未絕耶？[26]」經歷十一死的自我個體，在他看來已是與中國的存亡合而為一，這個流亡身軀肩負了拯救帝國的使命，構成他輾轉流離異域的生存意志，或其流亡意識裡一種結構性的思想印記。

一九〇〇年二月，當時流亡香港的康有為處境危險，清廷派出的刺客伺機暗殺。在如此環境艱辛、經濟窘迫的情況下，他接獲新加坡名士邱菽園餽贈的千金旅費，決定動身往新加坡避難。這是他南洋流亡旅程的開始，也是戊戌出亡以來，他比較得以安頓喘息的一個階段。我們由此檢視他流離南

23 參見梁啟超：〈記南海先生出險事〉，首刊於一八九九年一月《清議報》。又見夏曉虹編：《追憶康有為》，頁三二五—三二八。

24 參見陳平原：〈最後一個「王者師」：關於康有為〉，《當年遊俠人》，頁二一五—二三三。

25 康有為編輯出版的詩作，共十五卷。（不包括補遺的部分）其中九卷（南洋詩佔有三卷）寫於流亡時期，共八六五首。其餘詩作共六六七首。詳李立信：〈戊戌後康有為之海外詩歌研究〉，頁七三。

26 參見康有為：《我史》，頁六二一。

洋的漢詩作品，就不難理解他在花甲之年仍念念不忘的「十死身」。他將戊戌出亡經歷的十一死轉化符合詩學句式的核心概念，形成隱喻的文學效果，總結了流亡表徵的種種症狀與心態。

抵新以前，康有為有詩答謝邱菽園的邀約：

> 飄泊寰瀛九萬程，蒼茫天地剩餘生。狐裘瑣尾泥中嘆，羊節淒涼海上行。夢繞堯臺波縹緲，神驚禹域割縱橫。九州橫睨呼誰救？只有天南龍嘯聲。（〈邱菽園投書邀往星坡，答贈〉，頁一一一）

這詩表面答謝，實際盡訴自己流亡萬里天涯的窘境和苦衷。同時以「狐裘瑣尾」象徵陷入的流離苦痛，高呼蘇武牧羊的孤淒漫遊，在嚴實的詩經典故裡哀嘆「微君之躬，胡為乎泥中」。言下之意，他的域外流亡根源於日夜惦念的聖君。這幾乎是主導詩人流亡意識的關鍵心緒，以致他思念被軟禁瀛臺的光緒帝，驚恐中國疆域的分裂，將帝國憂患作為流亡的契機，或流亡的具體意義。因此救亡圖存是康有為士大夫的使命，南洋成為他響應邱菽園召喚的一個新興舞臺。

康有為的南來由此開始，流亡的基本格局環繞在聖君與帝國之中。於是當清廷再次傳來「偽嗣之變」，令他心焦如焚，憂憤難耐。他的詩已是為「史」而抒情言志，詩題直言「君國身世，憂心慘慘，百感咸集」。一個帝國的通緝犯，亡命之際竟百轉千迴的顧念聖上與國體，他的流亡已不純粹銘刻個體亂離，而投向集體的中國災難。

其實康有為的流亡意義相當曖昧。戊戌變法時他走在帝國前端，變法失敗後他走在帝國境外，他自詡為帝國維新之師，卻又只能在絕域流離喟嘆。他驚恐無奈與忐忑不安的壯志抱負，在詩裡化成一股鬱結的氣象：

天荒地老哀龍戰，去國離家又歲終。
起視北辰星闇闇，徒圖南溟夜濛濛。
亂雲遙接中原氣，黑浪驚回大海風。
腸斷胡琴歌變徵，怒濤竟夕打艨艟。

（〈己亥十二月廿七日，偕梁鐵君、同富侄、湯覺頓赴星坡，海舟除夕，聽西女鼓琴。時有偽嗣之變，震蕩余懷，君國身世，憂心慘慘，百感咸集〉，頁一一二）

他將流亡狀態以詩賦形，同時「記史」。從宮廷鬥爭聯想海天塌陷，海路所見都是聳動意象——天荒地老、星暗暗、夜濛濛、亂雲、黑浪，排山倒海的壓迫感，早已置個人於流亡的大潮。詩的氣勢磅礴，筆力驚人，鋪張典故寄寓複雜的中原想像。儘管去國離家久遠，帝國的流亡者並沒有偏離核心，「北辰星闇闇」和「南溟夜濛濛」清楚對照君臣之間的距離和處境。他的君國情感，塑造了獨特的流亡文化地理。

康有為在新加坡的避居生活，其實相當惶恐不安，東躲西藏。當地報紙一再查訪暴露他的行蹤，不斷公布慈禧太后已派出刺客抵新謀刺的傳聞，甚至有日本刺客被殖民地政府逮捕扣留[27]。這種草木皆兵的緊張氣氛，讓他猶如坐困孤島，無法公開活動。甚至幾次調虎離山、掩人耳目的藏躲都被記者識破，留下一個膽小怯死的形象供人話柄。對重複宣示歷經「十一死」的康有為而言，這種處境實在難堪尷尬，也揭示了他流竄絕域的生存感受。雖然英國殖民政府給予了適當的保護，但社會領袖名流邱菽園、林文慶等人的接應款待，先後將他安置自己家中，才正式說得上為他搭建了南洋的流亡舞臺。這點雪中送炭的溫情，讓康有為的飄零生涯有了短暫依靠，同時產生了文化意義。尤其丘、林二人根本是維新運動的支持者，甚至是康有為的崇拜者。

邱菽園早前敬仰康有為的公車上書，維新變法，在一八九八年獨資創辦的《天南新報》，就是宣揚救亡、維新、保皇等消息與觀念的南洋重要報刊[28]。康有為南來後更成為幫他反駁種種抵制、污名化言論的傳聲筒[29]。同時出錢支援康有為的流亡生活與後續的勤王大計。林文慶出身峇峇[30]背景，完整的殖民地教育培養出來的知識菁英。他是執業醫生，精通中英文卻熱烈地擁抱中國民族主義，響應光緒皇帝的維新變法，推行儒教復興運動。他甚至在當地英文報刊撰文介紹、

林文慶像

推崇康有為的成名作《新學偽經考》、《孔子改制考》，認為他是「中國的百科全書家」，替中國開啟了新世界[31]。顯然他對中國的改革運動投入莫大的關注。

27 康有為流亡新加坡的處境，當時中西報刊做了許多追蹤報導，相當程度還原了真實情況，讓後世多少可以揣摩康有為的心境。詳李元瑾：〈從中西報章的報導窺探一九〇〇年康有為在新加坡的處境〉，《亞洲文化》第七期（一九八六年四月），頁三—一八。關於日本刺客事件，參見黃賢強：〈康有為與孫中山在新加坡：論日本刺客事件〉，《跨域史學：近代中國與南洋華人研究的新視野》（廈門：廈門大學出版社，二〇〇八），頁一六八—一八一。

28 邱菽園創辦的《天南新報》與維新運動及康有為之間的關係，可參考王慷鼎的資料考證。王慷鼎：〈《天南新報》史實探源〉，《亞洲文化》第一六期（一九九二年六月），頁一六九—一七六。

29 《天南新報》維護康有為的相關言論，主要強調康有為創設保皇會的忠君愛國，絕非匪會。同時還強調在英殖民地緝拿行刺康有為，將招致英國的外交反彈和各國輿論，成為清廷的外交危機。詳《天南新報》一九〇〇年三月三十一日、四月二日、六月九日等報導。另可參考湯志鈞：《戊戌時期的學會和報刊》（臺北：臺灣商務，一九九三），頁七一三—七一五。

30 峇峇（Baba）【馬來語】，又稱土生華人（Cina Peranakan或Cina Selat）【馬來語】、海峽華人（Straits Chinese）或海峽僑生（Straits –born Chinese）。他們是早期馬來群島華人移民與當地婦女通婚的混血後裔，主要分佈在馬六甲、新加坡、檳城和印尼等地。他們的文化淵源主要是漢文化和馬來民族文化的融合，語言特徵是閩南方言和馬來語混雜的「峇峇馬來語」和英語（英殖民的影響）。

31 林文慶的維新思想，以及對康有為的支持，參見李元瑾：《林文慶的思想：中西文化的匯流與矛盾》（新加坡：新加坡亞洲研究學會，一九九一），頁八〇—八六。

丘、林二人對康有為的支持，正好為他提供了豐富的南洋資源。除了精神上的仰慕，他們還向僑領募款，為失敗的維新運動找出路。由此說來，康有為的政治事業在南洋有了「回天之力」[32]和大展拳腳的空間，甚至帶有流亡者少見的文化風采，還跟南來的丘逢甲、容閎等人雅集。雖然康有為胸懷帝國政治，但他不時流露的鄉愁（「酒酣擊筑夢中原」[33]、「廿載銀塘舊山夢」[34]），暗示了個體的潛在焦慮。戊戌以後，因為有「十一死」的修辭在先，那些後續出沒在詩裡行間的死亡意識和身體摧折，就自然成為我們觀察前述提到的詩意象「十死身」的脈絡。

對於「十死身」的想像和敘述，康有為似乎有意建立身體與流亡的內在邏輯：

> 四十三年現化身，五千里外托逋臣。……天惜殘軀經萬死，生為大事豈前因。紅氍綠葉憑欄話，北望堯臺總愴神。
> （〈庚子二月，四十三歲初度，寓星坡之恆春園，居一樓，吾名曰南華。梁鐵君、湯覺頓為吾置酒話舊，慰余瑣尾〉，頁一一三）

當自己在四十餘歲的中年變為逃亡千里外的逋臣，他的焦慮凸顯了對自己此生變化的想像。尤其他屢次將個人的萬死之軀，投向國族的命運，他背負的死亡包袱，除了清廷的追殺，還有變法失敗後他得以死裡逃生的創傷心理。那是他無法迴避的死亡倫理，包括六君子遇難，而自己得以亡命苟活。他後來在檳榔嶼絕頂以長篇〈六哀詩〉（頁一四二─一四六）悼念遇難者，情思哀淒，似有贖罪心態

「顛危竟不救，萬死罪莫贖」，又意圖為他們的壯烈犧牲入史「仰天灑血淚，化碧應不滅」。其中胞弟廣仁因為自己的牽引，無辜捲入風暴而遭到誅殺，身首異處，屍骨無法歸葬。因此他在戊戌遭遇的歷史創傷和死亡風暴，成為他一個原初的流亡場景（「百年夜雨神傷處」）。他的亡命記憶總是回到這個起點，尤其面對邱菽園和丘逢甲這些支持維新的同道：

> 憂時曾上萬言書，十死殘生億劫餘。海雨離居讀君作，淒涼舊恨集公車。
>
> 聖主維新變法時，當年狂論頗行之。與君北灑堯臺涕，剩我南題孔廟碑。
>
> （〈庚子正月二日避地星坡，菽園為東道主。二月廿六遷出他宅，於架上乃讀菽園所著贅談，全錄余《公車上書》，而加跋語，過承存嘆，滄桑易感，亡人多傷，得三絕句，示菽園並邱仙根〉其一、三，頁一一五——一一六）

「十死身」變為蠱惑的意象，既可深入他的流亡意識，對創傷歷史的還原，卻又啟動一種修辭的

32 這是康有為致邱菽園書信裡的用語。該信現藏於丘氏家屬，轉引自湯志鈞：《戊戌時期的學會和報刊》，頁七一五。
33〈星坡元夕，鄉人張燈燃爆，繁鬧過於故國，觸緒傷懷，與鐵君、同富姪、湯覺頓門人追思鄉國〉，頁一一三。
34〈寓星坡邱菽園客雲廬三層樓上，憑窗覽眺，環水千家，有如吾故鄉澹如樓風景，感甚〉，頁一一三。

魅力，為他的政治抱負和壯志雄心，奠定起源意義的力量展示。我們再看〈遣人入北尋幼博厝所，攜骸南歸〉節引：

> 星坡北望淚泫泫，杜鵑啼血斷燕雲。鯨鯢橫波斜日曛，誓起義師救聖君。（節錄，頁一一七）

康有為派遣弟子梁鐵君尋訪當年遇難的胞弟骸骨，再次勾起戊戌舊創。北望中原感傷之際，他轉向展示自己策動勤王的決心，揚言「大仇不報負英魂」。詩的敘事邏輯於無形中暗示著，流亡者的政治抱負與身體的創傷力量有一種轉化的關係。如果這是一種創傷心理或修辭症狀，康有為漢詩裡出現被拋置絕域的身體焦慮，就可視作「十死身」不斷的轉化與再生產。

嚴格說來，戊戌傷痕的意義，有一部分來源自光緒帝的信任與重用。對有心於世運的康有為而言，這是莫大肯定與恩典。但變法失敗，光緒失勢，康有為的政治抱負重挫，還有死亡威脅。亡命在外的康有為對聖主感恩，努力推動帝國政體的維繫，展開保皇與勤王的政治運動，毫不掩飾他的護主情

六君子之一康廣仁

懷。尤其多次在詩裡宣稱他的流亡帶有光緒御書的衣帶詔[35]，所謂「衣帶小臣投萬里」（〈七月，偕梁鐵君及家人從者居丹將敦島燈塔〉，頁一二〇）就不僅僅是個體流亡，而是肩負帝國交代的使命。他當初的維新改革運動已在華僑社會激起廣大迴響，此刻背負聖命流亡，可以看作中原境外的政治舞臺。康有為因此在南洋華人社會有著舉足輕重的歷史分量，他的言行舉動影響了當地維繫移民原鄉情感的文化結構。那是一種渴望帝國改革，又依賴朝廷權力正統的複雜心理。

儘管光緒密詔的真偽有所爭議，但康有為的帝國情懷不假。尤其他在詩裡將戊戌政變以來普遍的帝國創傷，結合自身「十死身」症狀的複述，集中展示了南洋漢詩背景裡的「中國性」特質和風景，鼓舞及動員了華人移民對中國政治的關懷參與；同時以嶺南詩派大家的風範，建立了南洋漢詩裡一種創傷式的民族主義想像。康有為流亡漢詩的精神結構，可以說是一種典範意義的開展。

康有為從死難劫數逃出，投身在海峽殖民地的華人移民社會，他的悲愴心理與惦念聖君構成一種文化想像的連結。當象徵「維新中國」正統的光緒皇帝，遭到軟禁，流亡到新加坡的康有為似乎帶來

35 康有為詩裡多次出現的「衣帶」意象，總是表現感傷流離的孤臣孽子心態。諸如「最傷奉衣帶」（〈最傷〉）、「孤臣死罪慚衣帶」（〈戊申除夕祭先帝後望海獨立思舊感懷〉）透露出他的出亡乃是奉詔求救，卻感到辜負聖命。然而，時人對密詔的真偽已有懷疑，後世學者更進一步考辨。黃彰健有專文〈康有為衣帶詔辨偽〉，參考黃彰健：《戊戌變法史研究》（臺北：中央研究院歷史語言研究所，一九七〇），頁四二九—四五七。另外，湯志鈞對密詔文獻的不同版本也做了整理與爬梳，認為光緒密詔經過康有為改竄。詳湯志鈞：《戊戌變法史》（上海：上海社會科學院，二〇〇三），頁五六五—五七六。

了光緒的聖光。戊戌政變間接形塑的「十死身」，讓他成了「正牌」的光緒代言人。那時八國聯軍侵掠北京已迫在眉睫，清廷搖搖欲墜。康有為代表了帝國改革派的正統，他的流亡，讓生命處在一種極端的身體焦慮之中。這是清朝帝國危機意識的一種身體轉化，因此他的生死對華人移民社會產生超然的意義，具有巨大的文化與政治象徵。於是，由邱菽園策畫鼓動新加坡華人，公開慶祝光緒皇帝的三十壽誕。這種熱鬧的場面，簡直是一場保皇的盛宴，給足康有為面子，使得他「帝師」與「亡命之臣」的雙重身分認同獲得肯定，揚升了康有為的文化光環。康有為賦詩記下了此刻動人的情懷：

> 聖躬歷險猶無恙，天意存華庶可知。
> 兩載房州書帝在，八荒壽域動民思。
> 漫愁蛇豕鬥宮闕，夢想龍鱗落海湄。
> 小臣雖乏朝衣拜，喜見黃龍遍地旗。
> （〈皇上三十萬壽時，大亂，京津消息多絕，幸聖躬無恙。小臣在星架坡，與梁爾煦、湯為剛設香案龍牌，望闕叩祝。時邱煒萲鼓舞星坡人，全市祝壽極鬧，前此未有也，恭記〉，頁一一九）

雖然朝廷天昏地暗的鬥爭持續，自此「忠臣」康有為的南洋流亡，有了帝國的聖光加持。但末聯康有為驚覺沒有朝服衣冠，似乎說明了這場帝國的想像，終究是一場流亡的民族主義。

第三節　絕島與帝國

一九〇〇年七月下旬，康有為從新加坡遷移到馬來亞森美蘭州境內的丹將敦島（Tanjung Tuan）時，其實是為了躲避清廷刺客抵新的傳聞，還有殖民地西報記者查訪暴露康的行蹤。實際上那並非小島，而是海角上的一座小山，山上有一座燈塔[36]。在稀無人煙的海邊隱居，孤懸海角一隅，對康有為而言就是絕島。對著燈塔與滄海，他的心思仍是

1900年康有為避居馬來亞的丹將敦島（Tanjung Tuan）（作者拍攝）

36 關於丹將敦島的地理位置考證，向來論者語焉不詳處甚多。直到王慷鼎的查考，才有明確交代。參見王慷鼎：〈康有為南遊詩中「丹將敦島」考〉，《馬來西亞華人研究學刊》第一期（一九九七年八月），頁三三—四五。

帝國圖景，眼前地理盡是流亡者延續的帝國意識。試看以下一首：

> 大海蒼蒼一塔高，秋深絕島樹周遭。我來隱几無言語，但見天風與海濤。（〈七月，偕梁鐵君及家人從者居丹將敦島燈塔〉其二，頁一二〇）

眼下是避地的荒涼孤絕，康有為特別用了《莊子》「隱几」典故，以襯托當時的枯木死灰之感。他還自作眉批：「已入禪境」。只是轉瞬間下一首詩的情緒，又回到帝國亂象：「北京蛇豕亂縱橫，南海風濤日夜驚。」聽潮賞月的日子，他無法安頓北方傳來關於時局急促的消息。雖然避難還有小妾相伴，仍免不了在詩題裡惦念聖君：〈攜婉絡坐石上，口占絕句，未忽念聖上，為人改定〉，以致詩句：「洊瀁乾坤起大風，青茫海氣接鴻濛。」就是一股拯救蒼生，扭轉天下乾坤的壯志。

雖然康有為從不忘提起自我意識到的死亡危機：「流離萬死亦天哉，空話維新剩劫灰」（〈暹羅太子為僧，坐禪絕世，頻憂中國，見人輒問吾起居〉，頁一二〇），認定自己是在流亡最邊緣、最極致不堪的絕境。但這當中有一種修辭的弔詭。此詩是酬答「坐禪絕世」的暹羅太子「問候起居」，因此康的禪境恐怕還是難捨紅塵，入世性格使得他的「萬死」、「劫灰」不過是內在傷痕的投射與轉化。這種修辭的症狀並不偶然，箇中含有複雜的救國意志與歷史使命。當康有為一行人離開絕島轉往檳榔嶼之際，「回首望神京」的創傷帝國，構成漢詩一種獨特的痕跡。試觀節引的詩句：

風號萬木驚吟狖，濤涌崩崖嘯臥龍。隱几愁看征艦過，中原一線隔芙蓉。（〈七月朔，入丹將敦島，居半月而行，愛其風景，與鐵君臨行回望不忍去。然聯軍鐵艦，日繞島入中國，見之憂驚，示鐵老〉節引，頁一二二）

風起雲湧的外在氣勢，愈能展現自我藏有的臥龍之志。末聯尤其寫來特別優美，餘味深遠，串聯起一組充滿拉鋸張力的符號。「隱几」象徵枯槁的流亡者，「征艦」是聯軍進逼，帝國頹敗的符號，兩者拉起了蠢動的亡國心緒。本來中原與芙蓉之間何止海天一線之隔，但丹將敦島距離森美蘭州的首府芙蓉（Seremban）確實不遠。因此兩個「不在場」的地理，反構成虛擬的對應。這凸顯流亡者自身的位置，有了地理之外的參照。在異域的流離當中，中原地理可以代換為創傷性的帝國意識。征艦一過，缺席的故國儼然拉近，如同隔鄰的芙蓉成了可測的距離。天涯異地在康有為主觀的流離意志裡，總有無時無刻填充的帝國想像。因此流亡漢詩的內在結構有了改變，飄零的傷痕無關絕域，而因為帝國總是「在場」。這構成了康有為保持「詩外有人」的主體意識的一套敘事機制。

然而，康有為的流亡如何有堅定意志？就算在絕島海邊拾木，他依舊展示驚人的巨大歷史志向：

斷木輪囷棄海濱，波濤飄泊更嶙峋。他時或作木居士，後萬千年尚有神。（〈丹將敦島拾古木甚嶙峋，題詩其上〉，頁一二一）

他從棄置的古木想像有朝一日可以刻成木頭偶像，在千萬年後供人膜拜的神靈。這當中曝顯了他對功業與自我學說的不朽追求，甚至隱含一種宗教性質的「教主」渴望。他十九歲鄉試落第，拜服孔聖，發憤讀書之際，早有「以聖賢為必可期」[37]的抱負。民國以後宣揚「尊孔」為立國精神，更直言「吾少嘗欲自為教主矣」[38]，強調要在孔子之外自為教主的原始慾望，因無法攻破其學問轉而尊孔。亡命之時，他的「教主」情懷，隱然牽動了他在南洋宣揚和發起的孔教運動。

康有為避居新馬的路程，在丹將敦島只居留半個月，之後轉往檳榔嶼。他在一九〇〇年八月抵達檳榔嶼，隔年十二月才離開前往印度。在寓居檳榔嶼將近一年半的時光裡，他住在英國總督府的居所，派有衛兵貼身保護，因此多少緩除了被行刺的危機。這期間他將寓所

1900年康有為與侍從攝於檳榔嶼英國總督署

取名大庇閣，遊歷當地風光外，漢詩的寫作數量不少。不過也就在這一年，中國政治充滿激烈的變化。從建儲、保皇、勤王，朝廷的一點風吹草動都令他感到不安。其中庚子事變與勤王失敗的關鍵歷史事件，嚴重加深了他流亡際遇的悲劇色彩。從他寫作的幾首漢詩裡，愈能看到帝國意識與流亡地理的轉化，表現出處身絕島的孤臣承擔破碎中原的一種歷史記憶書寫。

康有為有一系列十三首的組詩〈自星坡移居檳榔嶼，京師大亂，乘輿出狩，起師勤王，北望感懷〉，以恢弘的格局寫出了聯軍入京掠奪，慈禧光緒撤離皇宮的淒涼景況。詩裡痛斥「國土同孤注，君王類置棋」、「驪山笑烽火，廟社泣灰塵」、「文物千年盛，繁華一旦傾」、「珊鞭遺御馬，紅袖泣宮嬪」、「上相和戎出，聯軍壓境雄」，從大軍壓境、

37 康有為雖皈依孔子學問，但躋身聖賢，成一家之言的雄心壯志已見：「於時捧手受教，乃如旅人之得宿，盲者之睹明，乃洗心絕欲，一意皈依，以聖賢為必可期，以群書為三十歲前必可盡讀，以一身為必能有立，以天下為必可為。」康有為：《我史》，頁六。

38 詳〈參政院提議立國之精神議書後〉，收入康有為：《康有為全集》第一〇集，頁二〇六。

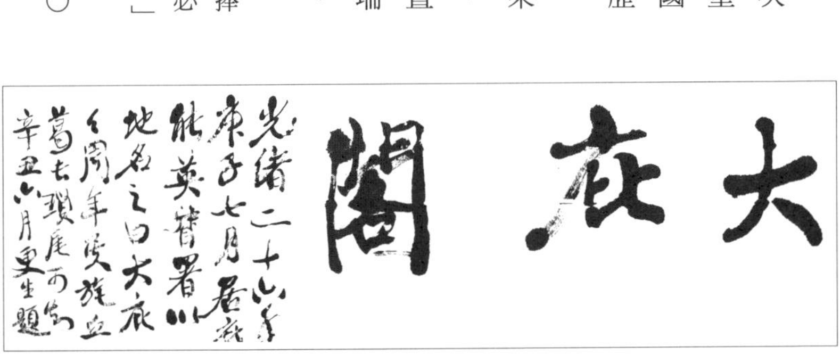

康有為法書　大庇閣

朝廷落慌逃難的描述，到帝位被西太后操弄、君臣無以救國的批判，一幅亡國景象漸進帶出史的視野。康有為精準刻畫歷史災難，無法盡訴的遺恨，顯示自我遠離帝國中心的無奈現實。因而空有政治雄心，只剩滿腔老淚。組詩的最後兩首，轉向特寫眼前避居的檳榔嶼，為流亡者的悲情，找到一種抒情的審美張力。

> 兩年奉衣帶，萬里走寰瀛。攬鬢空傷老，勤王恨未成。喪元泣先軫，迎駕出麻城。日盼紅旗報，盈盈老淚橫。
>
> 綠遍檳榔樹，紅開皂角枝。山雲飛浩浩，海雨聽離離。絕島悲魚鱉，秋風怨鼓鼙。夜深故國夢，兩載月明時。（頁一二三）

基本上庚子勤王是保皇會孤注一擲的政治行動。此役一敗，元氣大傷，康有為只有老淚縱橫，面對大勢底定的困窘敗局。尤其弟子唐才常殉難，受株連者不計其數。我們從他日後反對再用武力對抗，可以猜想庚子創痛恐怕是他始料未及的。詩的寫作隱約內化了這一股創傷心理，從他將絕島的南洋情調，烘托為具體的個人悲怨可以看出端倪。奉衣帶，走寰瀛，康有為再次宣稱他的流亡意志。山雲、海雨、檳榔樹不再是虛物，而是故國夢裡孤臣聊以安慰的異域風土。奉詔亡命的正當性，在流離歲月可以轉移勤王失敗的戮傷。「兩載月明時」藉由流亡時間慢慢釋放著深沉的哀傷。康有為最後以寓情於景的收束，將組詩處理的歷史災難，淡化為流離者的境外憾恨，暗示著飄零異地的集體流亡命運。如此一來，康有為處身檳榔嶼的邊緣位置，將破碎中原的帝國慘況做了轉向。絕島意識是他寫作南洋地景的內在狀態，流離主體的唯一向度。

當有人質疑康有為挪移勤王經費私用，他以〈檳島避地，衣物典盡〉一詩做了說明，全篇凸顯絕域的處境焦慮，以及自己無力回天的傷痕。

萬里投荒去國悲，經年絕島無人識。敘環質盡佐軍資，春衣典庫空相憶。……丈夫一死本預辦，獨嘆窮途在絕域。……孤臣奉詔不能救，負罪萬死淚沾臆。津逮流血滿江水，中原陸沉民胥溺。吾亡海外已天幸，誓欲奮飛救無力。日啖三升太負腹，大庇閣中空嘆息。（頁一三一）

這也許是辯詞，也可能如實反映了康有為窘迫難耐的複雜心理。絕島、喪亂與流離構成他這階段漢詩的消沉基調。而這些恰恰組裝了他的南洋詩裡的感覺結構。儘管是閒情日子，頹敗帝國仍是他輕易召喚的原鄉，憂患心思藏於字裡行間，形成最顯露的地景想像。以下一些詩句都是明顯的例子：

忽被黑雲蔽天過，小童驚告失青山。（〈檳榔嶼大庇閣閱報〉，頁一三二）

中國陸沉誰致此，逋臣飄泊更安之。西山一角青青在，北望憑欄有所思。（〈庚子八月五日，閱報，錄京變事〉，頁一二五）

藍輿登山椒，橫睨望大海。煙潮但浩杳，中原果何在。（〈庚子七月居檳嶼督署，今已辛丑六

月，手種藤已花矣〉節引，頁一三五）

> 憂患盈天塞太空，樹聲爭戰起長風。樓臺寂寂無人到，廊外藤花開小紅。（〈檳嶼督署秋風獨坐閱報〉，頁一三五）

這是流亡者的眼界，南洋漢詩裡帶有創傷意識的中原擬像。當然康有為的檳榔嶼日子，還是有愜意時光。女兒康同璧乃髫齡弱女卻隻身前來陪伴照顧，小妾也有孕在身。詩集裡可見他們吟詩聯句的篇章，這大概是他南洋歲月頗感寬慰的事。他有幾首遊歷檳榔嶼山頂的寫景詩作，寫來清新豪邁，氣勢非凡，可謂流寓者狀寫南洋風光少見的筆觸。試觀以下節引：

> 罡風壓之不得上，分作長圍氣不竭。遂退回蕩塞海面，島嶼萬千光怪別。雲海水海成兩層，光影怪變不可詰。竟夜扶筇行巡視，天風浩浩隳殘月。（〈檳榔嶼頂夜看雲〉節引，頁一四一）

汪辟疆認為康有為的詩「棄格調而務權奇」[39]，這些寫景詩頗見真章。不過，這些少數的偷閒之作就像康有為說的：「中原憂患滿人間，海外逋臣轉放閑」（〈檳嶼節樓床前對山，每朝暾既上，小婢開門，蒼綠溢目，得意如在羅浮匡廬間也〉，頁一三二）。這是放閒時光的性情小品，而他在漢詩的內景，根本呈現的還是南洋流亡地理的結構性傷痕。這是有意識的傷口處理，如他所言：「亂離日已甚，憂思日已多。我欲托詩史，郁結彌山河」（〈避地檳榔嶼，不出，日誦杜詩消遣〉，頁一三三），正要以史銘刻喪亂，記錄帝國亂局。康有為的窮途悲歌，其實也象徵了南洋華人社會其時對朝廷帝國投射的情感。那一代知識階層的奔亡，都難免要經歷文化陣痛。康有為是晚清政治頗具意義的流亡者，集逋臣和詩人的雙重身分，高舉帝國正統，卻開啟了南洋的創傷漢詩寫作。這是無關百姓生活疾苦，而由流寓者移轉過來的集體中原意識的心理危機。走過庚子勤王的傷痕以後，面對革命派氣勢的高漲，他愈堅持的保皇姿態，已漸漸帶出文化遺民的味道。然而，康有為的帝國想像還有一個關鍵的視域，一個不能忽視的孔教。

第四節　孔教與華人文化意識

嚴格說來，沒有直接的證據顯示康有為在南洋期間曾公開參與和宣揚孔教復興運動[40]。這恐怕跟他的逋臣身分，無法公開露面的處境有關。康有為給女兒的書信裡說到在新加坡「此間客少，閉戶讀

39　汪辟疆：〈近代詩派與地域〉，《汪辟疆說近代詩》（上海：上海古籍，二〇〇一），頁四三。

40　根據梁元生收集早期新馬地區孔教運動的相關文獻，未見康有為關於孔教運動的公開言論。詳梁元生：《宣尼浮海到南洲：儒家思想與早期新加坡華人社會史料彙編》（香港：香港中文大學出版社，一九九四）。

書，居然似澹如樓時矣」[41]。他只能自我安慰彷彿回到康家老宅藏書樓讀書的光景。但康有為對當地推行孔教運動的影響力卻不容小覷[42]。康有為本身是中國境內孔教運動的推動者，成名著作《孔子改制考》以孔子為素王的政治改革姿態，全面支持了這位晚清重要學人所象徵的文化意義。康有為南來的前一年，孔教復興運動已在吉隆坡、馬六甲、新加坡等地展開。邱菽園的《天南新報》熱烈投入宣傳，響應和報導中國孔教運動的相關言論，同時鼓吹當地華人投入孔教運動[43]。該報自創刊開始出刊日期不但以孔子紀年，還大肆號召華人各界代表參與祭孔儀式[44]。以《天南新報》對維新運動的支持，不難理解新馬孔教運動在復興華人文化的意義上，隱含了一種對康有為以「孔教」代表文化道統的追求。就在邱菽園與林文慶等人的推動下，這場運動迅速形塑了移民社會華人民族主義的一種內在文化情懷或意識型態。儘管這樣的現象只是短暫發生在民國建立以前的新馬社會。當康有為正式來到新加坡與馬來亞地區，他的文化光環隱約帶有幾分「教主」味道，在華人社會的效應可想而知。加上他的生活圈子與丘、林等人交集，無論他在政治上的改良民族主義思想或孔教復興運動，都深刻影響著當時社會的知識階層。誠如顏清湟的觀察，孔教運動是當地華人社會傳統的中國道德價值的復興和中國化的重申[45]，康有為南來的意義其實印證了這一套理念。

維新改良運動的失敗和康有為成了逋客，無形中凸顯了這位孔教代言人身上的文化流亡色彩。海外華人在炎荒絕域推動孔教的復興，以及相關僑領對康有為的支持，說明了這場文化運動與康有為南來避居巧妙地形成一種「文化想像」。離散華人世界接待了帝國的流亡者，康有為的意義不再是朝廷欽犯，而是文化流亡的代表，華人移民的代言者。尤其在康有為個人而言，他的漢詩意識一再以身體的劫毀與帝國的歷史情結去包裹核心的中國民族主義思想，基本是加劇召喚「中國化」的詩學景觀。他的漢詩情緒和操作視野，可看作流動式的中原想像。但不可否認的是，康有為的寫作以帝國歷史性的災難與他在南洋受歡迎的現實處境做了一次有效的連結。以致他的漢詩基本表徵了南洋華人的民族情懷和文化飄零的精神處境，雖然他只是一位短暫的流寓者。康有為清楚意識到自己的流亡功能，他需要獲得一個支持保皇會的社會民意基礎。因此相對遊歷歐美時期，他的南洋漢詩少了瑰奇新境，更

41　詳〈與同薇、同璧書〉（一九〇〇年二月十六日），收入康有為：《康有為全集》第五集，頁一六六。

42　當地華社對康有為的正反態度，在孔教復興運動上也有所反映。正面意見有：「今年夏間吉龍各大商欲建孔子教堂，為內地官府不悉，疑為康黨，蓋康黨去年曾有是舉而未成也。」這指出康曾有私下推動建立孔廟的舉動。詳吳桐林（質欽）：〈星嘉坡創議建孔子教堂緣起〉，收入梁元生：《宣尼浮海到南洲》，頁一二一。另有反面意見：「以崇祀孔子之說，倡於橫濱商人，其時康梁之黨盛竄橫濱，而即具之以為功。……兩載以來，孔廟之不成，皆康黨二字累之也。」詳林紫虬：〈本坡擬建孔廟私議〉，收入梁元生：《宣尼浮海到南洲》，頁一〇九。這裡撇清康跟南洋孔教運動的關係，並認為康的通緝犯身分乃是禍累。

43　新馬孔教復興運動的發展脈絡和相關人物影響，詳顏清湟：〈一八九九—一九一一年新加坡和馬來亞的孔教復興運動〉，《海外華人史研究》（新加坡：新加坡亞洲研究學會，一九九二），頁二四五—二八二，以及〈林文慶與東南亞早期的孔教復興運動（一八九九—一九一一）〉，《東南亞華人之研究》（香港：香港社會科學出版社，二〇〇八），頁三四五—三八四。

44　一八九九年九月三十日的《天南新報》尤其刊載了「倡祀孔子章程」以及各界華人代表響應祭孔的名錄。

45　見顏清湟：〈一八九九—一九一一年新加坡和馬來亞的孔教復興運動〉，頁二四八。

多的是激起國族想像的創傷書寫，以及移民社會渴望的原鄉圖景與知識階層期待的文化灌頂。

南洋地區的孔教復興運動，除了設立孔廟，主要就是體現在辦學。康有為曾在詩裡宣稱：

> 學校手開三十餘，授經傳教遣吾徒。侁侁弟子三千眾，西蜀文翁豈可無。（〈遊爪哇雜詠〉，頁一七一），吾遍遊各埠，三十餘開學，今學生三千矣。

康有為是否真的參與三十餘所學校的開辦，目前已不可考。但他在各地宣揚中華文化，鼓勵華僑興學，卻成功推動新馬和印尼新式華人教育的誕生。這種宣揚文教的姿態，跟同年抵達新馬的丘逢甲，〈自題南洋行教圖〉詩裡的「萬人圍坐齊傾耳，椰子林中說聖經」、「二千五百餘年後，浮海居然道可行」[46]頗為相似。丘逢甲一樣在馬來亞地

1906年康有為的追隨者陸佑領導華僑於吉隆坡創辦尊孔學校

區演講，推動孔教學堂的設立。這是南來知識分子浪漫的漢詩想像，也含有傳播孔教的使命與熱情。他們作為華人文化教育的精神指導，建設了南洋早期華教的格局和規模。可以確認的是，康有為親身參與了新加坡華人女子學校和馬來亞尊孔中學的設立。後者的過程可以看他在詩裡的激昂表述：「與君北灑堯臺涕，剩我南題孔廟碑」[47]。因為戊戌出亡，讓他有了在南洋的建樹文教的機會。箇中悲涼的情調，藏有流亡心思，卻精確描述了華僑社會文化教育的現實。後來馬華社會裡與馬來政權抗爭的華教鬥士，幾乎都是南來的教師和知識分子，包括被稱為「族魂」林連玉、沈慕羽等人。他們對華文教育的情懷，有著花果飄零的文化鄉愁和想像。因此晚清以降南來的知識與文化播遷，提升了南洋移民社會的知識水平。康有為號召弟子與信徒投入南洋華教的行列，確實做出不小貢獻[48]。

46 丘逢甲：〈自題南洋行教圖〉，初見《天南新報》（一九〇〇年五月二十二日）。又見廣東丘逢甲研究會編：《丘逢甲集》，頁四七〇。

47 這首詩有康有為的小注：「君與仙根再三創孔廟學堂於南中，後余貽書陸祐卒成之，今為尊孔學堂。」這也是目前矗立在吉隆坡的獨立中學「尊孔中學」的前身。該詩題為〈庚子正月二日避地星坡，菽園為東道主。二月廿六遷出他宅，於架上乃讀菽園所著贅談，全錄余《公車上書》，而加跋語，過承存嘆，滄桑易感，亡人多傷，得三絕句，示菽園並邱仙根〉其三，頁一一五—一一六。

48 關於康有為及其門人信徒對南洋華教的推動與建設，詳鄭良樹：《馬來西亞華文教育發展史》第一冊（吉隆坡：馬來西亞華校教師會總會，一九九八），頁一一二—一二九。黃昆章：《印度尼西亞華文教育發展史》（吉隆坡：馬來西亞華校教師會總會，二〇〇五），頁三六—三七。

康有為深入異域的文教建設，無疑也是孔教的流亡蹤跡。康有為被華人移民社會視為孔教運動的代言人，儘管偶有雜音，卻跟當地華人追求的民族與文化認同，強調愛國保種的精神有關[49]。這延續了康有為在戊戌時期鼓吹的保教、保國、保種三位一體的救亡口號[50]。這也是當時仕紳階層共同的信仰。如今康有為在海外推動他的政治保皇運動，孔教運動精神自然有了一種民族情感和政治意義上的結合。於是，康有為創立學堂，推廣華教，可以看作開啟民智，也是一種政治力量的集結動員。至少在他號召弟子投入的華教建設過程中，各地華校學堂的教職員基本都是保皇黨員或跟保皇黨有密切往來。換言之，這場以孔教為號召的文化復興運動，強力推動了文教建設，也一併散播了流亡者的政治使命。保皇會的創立精神始於戊戌政變後的流亡政治。言下之意，康有為藉由孔教運動召喚的民族主義熱情，累積華僑對保皇會的支持，無形中讓孔教運動染上流亡色彩。

一九〇三年康有為由印度經緬甸再度來到檳榔嶼、新加坡及印尼等地，經過旅居印度大吉嶺的幽憂放浪生活，寫作了《大同書》初稿，呈現出他跳脫帝國視域的世界主義眼光。不過流離苦痛並不減少，藏隱澎湃的帝國情懷，卻多了難以自抑的感傷：「回天縮地無神術，去國離家賦大招」（〈二月十五日，厤六甲海上看月〉，頁一七三）。加上義僕客死檳榔嶼，遷徙的孤羈感愈是深沉。往後幾年他陸續多次來到新馬兩地，一九〇八年甚至還從香港把老母親接到檳榔嶼短住，身邊還多了一位在美國新娶的年輕小妾，可見他在南洋華人社會感到歸屬和安定。同年弟子梁啟超起意幫他手寫編輯詩集，他在檳榔嶼寫了序文，對詩與流亡頗多感慨：「亡人何求，又非有千秋之名心也；抑以寫身世，發幽懷，哀樂無端，咏嘆淫佚，窮者達情，勞者歌詩，小雅國風之所不棄也。[51]」一飄零生涯裡唯一記錄心跡的漢詩，是他迴異於晚清眾詩家，成功建立起跨境萬里，格局宏偉的近代流亡詩學。

汪辟疆點將晚清詩壇，給了康有為「天速星神行太保戴宗」[52]的封號。這出自梁山泊的戴宗，乃是收集與傳遞情報的特務之首！康有為奔走絕域，漢詩深入異境，這套中國古典文學格式未曾接觸和描述的經驗，成為漢詩的一種現代性體驗[53]，無形中開拓了近代詩壇的眼界。然而到了辛亥革命前夕，他寫詩的心態已近屈原的放逐邊陲：「澤畔行吟騷賦者，千秋人誦屈靈均。[54]」他替流亡身世招

49 當時報刊社論鼓吹建祀孔廟，就有相關言論，詳無涯生：〈勸各地立祀孔子會〉，收入梁元生：《宣尼浮海到南洲》，頁八四—九〇。

50 康有為在晚清中國境內的孔教運動經歷，詳房德鄰：《儒學的危機與嬗變：康有為與近代儒學》（臺北：文津，一九九二），頁一六六—一七一。而民國以後立孔教為國教等的尊孔政治思潮，可參考張衛波：《民國初期尊孔思潮研究》（北京：人民，二〇〇六）。

51 康有為：〈詩集自序〉，收入舒蕪、陳邇冬、王利器選注：《康有為選集》（北京：人民文學，二〇〇四），頁一〇〇。

52 汪辟疆：〈光宣詩壇點將錄〉，《汪辟疆說近代詩》，頁一〇八。

53 康有為流亡期間足跡遍及三十餘國，作品視域龐大。這些海外詩篇除了李立信等人的論述，以及一些傳記稍作處理，到目前為止並無研究的專著。本文焦點放在南洋詩部分，其餘海外詩篇留待日後專文討論。

54 康有為寫於一九〇八年的南洋漢詩主要收在卷十〈南蘭堂詩集〉。引文出自〈立春日，檳榔嶼校定詩集畢，攜旃理倚亭欄望海。霧氣迷蒙，淒然有懷〉，頁二九八—二九九。

魂，念念不忘自己為帝國掀起的那一頁歷史：「聖德神功帝何力，維新立憲史誰編」[55]。漢詩是他最後的見證。

其實，早在康有為初到南洋時曾為邱菽園選評流寓文人詩作而拍的選詩圖照片，做了一次題詠。藉此他看到了南洋漢詩生產的可能意義，並直言：

> 華夏文明剩竹枝，南洋風物被聲詩。蠻花獷鳥多佳處，恨少通才作總持。
> 中原大雅銷亡盡，流入天南得正聲。試問詩騷選何作，屈原家父最芳馨。（節引〈題菽園孝廉《選詩圖》〉其一、三，頁一一七）

他以南洋異域地景為竹枝詞的最佳素材，其實暗示了帝國崩毀，文化塌陷之際，詩的禮崩樂壞就是大雅銷亡。詩的正聲不在雅樂，而是國風的民間魅力。跨出境外的漢詩，因此放逐天南，以民間歌謠形式重建詩的質感與動力。康有為由「王者師」變成亡命逋臣，絕域反而形成詩的生產條件，他的感觸尤其深刻。在他看來，屈原的放逐詩學，為流寓者漢詩寫作的整體精神貼上了標籤。論者更直接指出所謂「天南正聲」，正是逋臣的憂國詩，預設北望中原的士大夫志向。康有為理所當然是正牌的代言人[56]。

一九二七年康有為度過七十壽辰。早被逐出紫禁城的廢帝溥儀遣人送來御筆匾額賀壽。康有為感動之餘，寫下敬謝天恩的折子，「十死之至危」、「臣回天無術，行澤悲吟，每念家國而咎心」[57]，詳述忠臣義膽，出亡經歷，以及叩拜聖恩。作為一篇老臣的人生總結，遊歷經驗豐富的康有為終究還是將最後的身影留在帝國的朝殿，成了永恆的流亡者。

綜觀以上康有為寫於南洋的漢詩，清楚凸顯了他在早期南洋詩學的關鍵位置。這是流寓軸線上耀眼的亮點。他以流離地理凸顯的創傷歷史結構，重點不在個體悲愴，而是集體歷史感改變了絕域，使得絕域展演著他所意識的流亡帝國。這當中有一層辯證的遺民地理值得注意。他的孤臣孽子心態，是一種自我

忠臣康有為以朝服入鏡

55 康有為於一九一〇至一九一一年的作品收在《憩園詩集》。引文出自〈庚戌除夕居星加坡海濱丹容加東與旃理步海沙攀松石長椰夾道夕照人家接目皆巫來由吉寧人去國十二年傷存念亡云物淒淒遂有浮海居夷之感〉。

56 詳黃錦樹：〈過客詩人的南洋色彩贅論〉。

57〈敬謝天恩以臣行年七十特賜臣壽折〉，收入康有為：《康有為全集》第一一集，頁四五八—四五九。

意識的拋離。逋臣身分是他被隔離在帝國政治版圖之外的關鍵，帝國的改良師失去了舞臺，因此已是邊陲之人。儘管走遍政治進步的歐美異國，始終難以改變他根深柢固的中原意識，這恐怕是流亡的原初激情。換言之，南洋只是康有為漢詩內部的一個隱喻——帝國流亡是唯一形塑的空間意識。

他的身體焦慮（死亡暗影、流離苦痛、地域的隔離），構成一種流亡式的修辭（流亡詩篇裡再三運用的絕域、絕島、萬死、望神州、亂離等辭彙），以便主體的流徙維繫帝國的想像。透過創傷書寫，他把流亡者意識裡的歷史時間發展為獨特的漢詩型態。南方詩學在這個大流亡的視野中，有了一種現代意識的觀察和重新組裝：在歷史與個體面臨危機的時刻，流亡與異域兩個範疇被整合為有效的另類歷史詩學的想像與敘事。藉由康有為的南洋詩，我們見證了南洋華人從漢詩裡延續的感傷，一種創傷民族主義的源起。

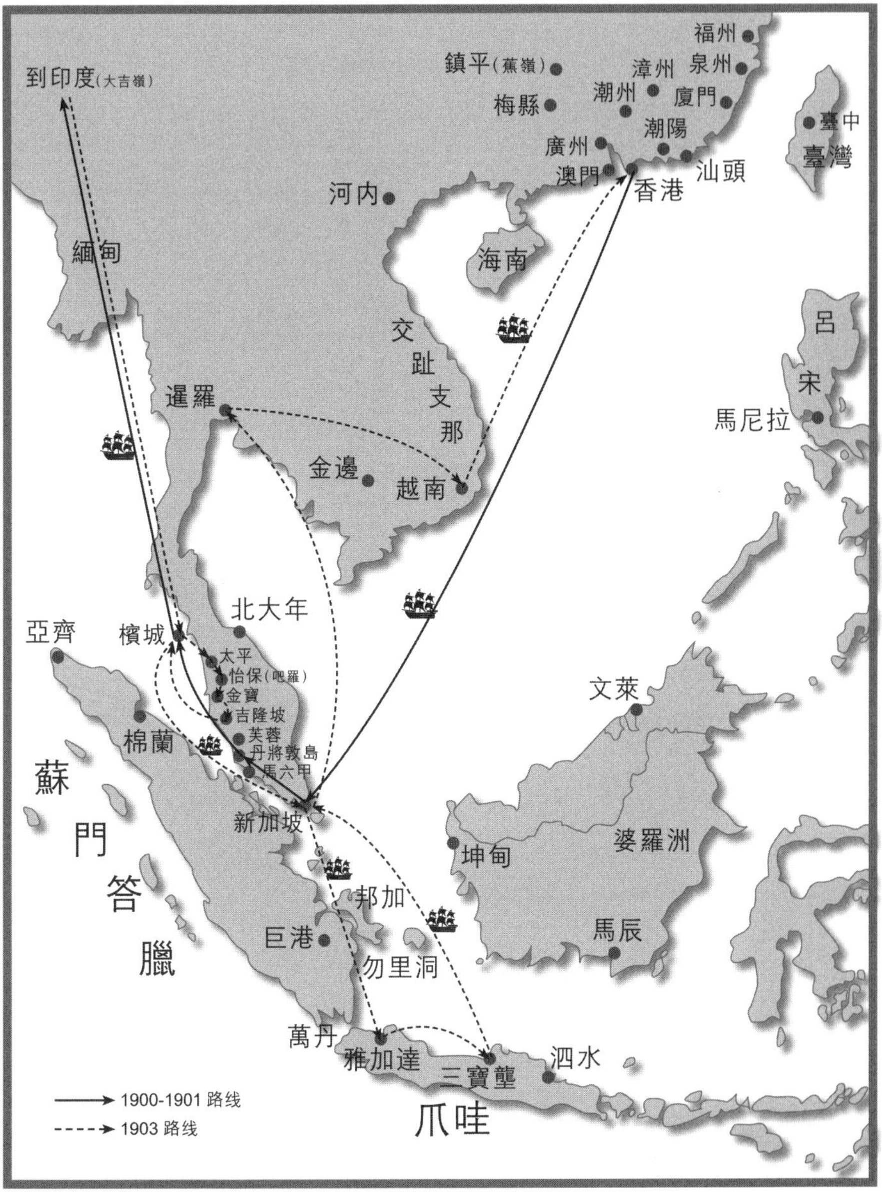

1900-1903康有為流亡路線圖

第七章

流寓者與詩的風土
——邱菽園的星洲風雅

第一節　南來、漢詩與馬華文學

十九世紀末期，從中國使節派駐出訪，沿海商人、文人、百姓出洋謀生與遷居所生成的「南來」流動路線，形塑了早期馬華地區（主要以新加坡、檳城為主）初步的文學規模。這些經由南來文人組織創建的報刊、文社、私塾、文人雅集等基礎文學建制，以及他們在流寓及移居過程散見於當地報刊的詩文，見證了馬華文學最初的起源。

從族裔遷徙和離散敘事的角度而言，「南來」表現了中國南方在境外的經濟與勞力流動，象徵一個值得探究的文化與文學播遷的地理軌跡。隨著士大夫知識群體的出境南遷，一個以漢詩為主導的南洋地區文學社群因此形成。這批南來文人落腳新加坡和馬來亞，不但可視為馬華古典漢文學的起點，也為華人移民社會培育基礎的文教人才。南來因此是馬華文學最初的播遷和發展模式，直至二十世紀新文學運動時期，仍舊透過南來文人建立馬華的新文學傳統。他們的文學和文化教養，以及自身的跨境經驗，直接形塑了馬華文學從古典到新文學半個世紀以來的規模。換言之，馬華文學界在馬來西亞和新加坡各自獨立建國以前，主要是以南來文人作為文學生產和文學建制的重要組成部分[1]，以致種種在馬華文學史引發討論的議題，諸如僑民意識、本地意識、馬華文藝的獨特性、中國文學的海外支流等等，幾乎都跟文人南來的歷史和文化背景有密切關係。

漢詩作為馬華古典文學時期的重要文類，描述了文人群體在中國境外以精粹的古典形式，回應著流寓、移居和過境的種種離散經驗。恰是這樣的漢詩經驗，提醒我們注意漢詩寫作背後的文化意識。尤其在中華帝國走向世界，也漸進走向覆亡的現代歷史情境，移民和文化播遷影響了漢詩的生產意識和空間，同時對馬華文學而言，漢詩寫作背後複雜的文化辯證和觀照，正是理解馬華文學起源時刻的一個關鍵層面。

新加坡是十九世紀初（一八一九）開埠的南洋小島，從英國人的殖民領地發展為中國南方華人移民的重鎮。爾後中國領事館的設置，流寓的知識階層正式開啟了當地文教與文學的發生。新加坡尤其是我們認識南洋漢詩不能略過的起點，原因在於這裡有一個聯繫南方漢詩網絡的據點。

一九〇〇年接應康有為、丘逢甲等流寓與流亡士人南來的邱菽園，是我們探討南方漢詩的重要在地網絡。以「星洲寓公」自詡而終老於新加坡的邱菽園（一八七四—一九四一），一生為馬華文學留下一千餘首詩作。他有「南僑詩宗」之譽[2]，也是康有為、丘逢甲眼中最具才華的南來詩人。邱菽園作為新加坡在地的名士派文人，關心晚清政局，投入主導文學與教化活動；儼然以新加坡的公關姿態，在中原和南方之間搭起文學網絡，為這個小島找到了文學舞臺。雖然邱菽園仍屬十九世紀末移民南洋的「新客」，但他的在地資源讓他成功扮演了仲介者的角色，展現了流寓者文學的另

邱菽園像（翻攝自「浪漫與革新：南僑詩宗邱菽園」展，2013年11月22日—2014年5月25日，新加坡國家圖書館）

1　關於南來文人和馬華新文學史的發展議題，已有部分重要的研究成果和史料整理。參見郭惠芬：《中國南來作者與新馬華文文學》（廈門：廈門大學出版社，一九九九）；林萬菁：《中國作家在新加坡及其影響（一九二七—一九四八）》（修訂版）（新加坡：萬里書局，一九九四）；駱明總編：《南來作家研究資料》（新加坡：新加坡國家圖書館管理局，二〇〇三）。其中林、郭二人將南來作者研究限定在戰後一九四九的新中國成立之年。駱明編輯的資料則直接將時限拉到新加坡獨立建國的一九六五年，在新華文學獨立切割出來之際，以南來作家作為馬華文學最為關鍵的組成社群。古典文學部分，唯一的成果是李慶年：《馬來亞華人舊體詩演進史》。

2　程光裕：〈南僑詩宗邱菽園〉，《星馬華僑中之傑出人物》（臺北：華岡，一九七七），頁八九—一一三。

一種型態。

相對其他中原文士的短暫流寓，新加坡卻是邱菽園的最終落腳處。他跟新加坡的淵源頗深，父親邱篤信早年南來當苦力，後經營米糧積累財富，成為當地重要的米商，典型白手起家的僑領。邱菽園則是一八七四年出生於福建海澄，受教於廣東、澳門，八歲來到新加坡短住，一八八八年返鄉念書，鄉試中舉，曾到北京應試。一八九六年因為父親逝世，他接管父親在新加坡的遺產，開始定居新加坡直到終老。他這一生有五十餘年的時光在此小島度過，名符其實成了最具才華的在地詩人。

邱菽園因為繼承龐大財富，晉升新加坡移民社會的上流階級。他交際往來的圈子，除了流寓當地的文人編輯與富商名流，更有當地土生華人林文慶、宋旺相等殖民地的知識菁英。他自身完整的士大夫教育養成，及當地友人的西學中介，累積為獨特的文化資本。他熱烈響應晚清維新運動，大力出資贊助庚子勤王，擔任保皇會新加坡分會的會長，仿照晚清文人辦報議政的精神，創辦《天南新報》（一八九八—一九〇五），承頂《振南日報》（後易名《振南報》）（一九一三—一九二〇），參與中國境內的政治議題，接濟政治流亡者康有為、容閎、梁啟超等，資助保皇運動。同時，他投入當地孔教復興運動，聯繫土生華人領袖開辦女子學堂，表現出處身於移民社會的華人國族想像和身分認同[3]。這種種近代中國知識分子保國保種的作為，都集中體現於邱菽園身上。雄厚的財力、文人的交遊、進步的思想、西學的認知、在地的人脈與社會位階，邱菽園典型呈現了知識分子隨著地理遷徙，流動的國族想像與文化轉移。

作為流寓者的副產品，文人之間的詩文酬唱，首先帶出了南方漢詩的基本雛形。延續駐新使節左

天南新報
"THIEN NAN SHIN PAO," SINGAPORE.

《天南新報》

振南報

《振南報》（原為《振南日報》，1913-1920）

3　邱菽園作為殖民地華人移民社會的知識分子，他的中西學識經驗，對其身分認同與國族意識影響，呈現了早期南洋移民的型態之一。參見李元瑾：《東西文化的撞擊與新華知識分子的三種回應》。

秉隆、黃遵憲創辦會賢社、圖南社建設文教，啟蒙華人移民的初衷，一八九六年邱菽園創立麗澤社和樂群社，主持會吟社，大有推廣文教之意。他創辦麗澤社，鼓勵當地文士才人進行文藝創作和提供投稿的機會，開啟他在當地的影響力。當時麗澤社在報刊公開徵稿的雜詠詩題，就有「星洲竹枝詞」、「粵謳題」[4]。在星洲雜錄部分，不限散文駢體詩詞，題目都跟當地生活場景相關如「打球場、旗旗山、博物院、自來水匯、公家花園」[5]等。以民間歌謠和竹枝詞形式，擷取當地題材，邱在南來初期已建立自己的在地視域和眼光。破產後他仍組織檀社[6]和南洋崇儒學社[7]，推動南洋詩鐘活動，以詩人的酬唱風雅延續斯文。這已是後續新馬地區遍布的詩社風氣。

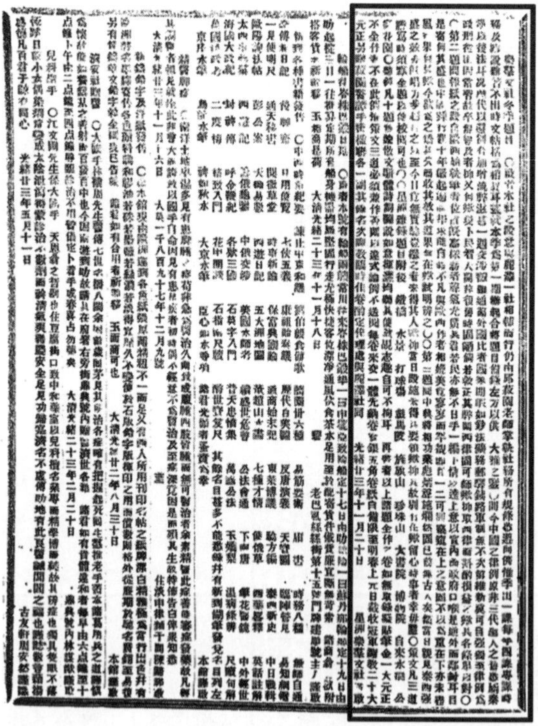

1898年1月5日《星報》「樂群文社冬季題目」

儘管邱菽園大半生定居南方島國，但他建立了與中原、臺灣地區的文人交遊網絡，收集、唱和在地與流寓文人的詩作。他個人創作出版和編輯的文學作品，更是分量不輕。邱菽園一生出版了四部詩集《庚寅偶存》（一八九〇）、《壬辰冬興》（一八九二）、《嘯虹生詩鈔》（一九二二）、《丘菽園居士詩集》（一九四九）。前二部詩集是少作，《菽園贅談》（一八九七）刊印時重刻附刊。第三部是由康有為出資刊印，可看作馬華文壇第一本正式的漢詩詩集。《丘菽園居士詩集》是邱菽園逝世後，由女兒女婿編輯成書。另外，邱菽園還有三部主要的筆記體著述《菽園贅談》、《五百石洞天揮麈》（一八九九）和《揮麈拾遺》（一九〇一）。三部作品都是筆記體札記，內容含括人事鉤沉、敘說掌故、談詩論學、議論時政、生活事蹟的回顧，甚至還收入保存大量流寓文人詩詞作品，算得上是內容極為龐雜的「合集」。至於他與文友間唱和編輯成冊的詩集，還有《紅樓夢絕句》、《檀榭詩集》。前者是晚清文人跨境酬唱氛圍下的成果，集合中國大陸、臺灣與南洋詩人作品，且是第一本專以紅樓夢為主題的唱詠詩集[8]。後者當屬馬華傳

4〈麗澤社十二月課題〉，《星報》（一八九八年一月五日）。

5〈樂群文社冬季題目〉，《星報》（一八九七年十二月十五日）。

6 這是一九二四年組成的詩社，社員四十三人，三年內定題唱和詩作有一七〇〇餘首，一九二六年由邱菽園節選主編出版。參見邱菽園：〈檀榭詩集序〉，《檀榭詩集》。

7 這是目前邱菽園研究的成果中，少人提及的部分。參見葉鍾鈴：〈丘菽園與南洋崇儒學社〉，《中教學報》第二四期（一九九八），頁一〇八—一一五。

8 李慶年首先注意到這批紅樓夢分詠絕句的學術意義。後有吳盈靜從遺民紅學的角度，做了部分討論。參見李慶年：《馬來亞華人舊體詩演進史》，頁一四六。吳盈靜：〈遺民紅學：邊緣處境的經點閱讀〉，《清代臺灣紅學初探》，頁三二九—三四七。

統詩社最早出版的社員雅集成果。當然，邱菽園在《天南新報》、《星洲日報》等主持編務階段大量刊登新馬地區漢詩，名符其實成了當地文壇的推手。這些文學活動與著述成績，大體呈現了新加坡早期一位豐饒的文人個案。

邱菽園以文人品味及文化資本積累而成的文學空間，最大的意義在於建構了一個中國、臺灣、香港與南洋區域之間的漢詩人交遊的網絡。他透過宴飲酬唱、詩文互通的疊錯網絡，呈現文人在新舊交迭的時代感受。尤其邱清醒意識到南洋乃絕域炎荒：「……不堪荒服外，猶自滯歸程。採訪存民俗，知交惜死生……」9。因此邱菽園主導的文學實踐，或建立的

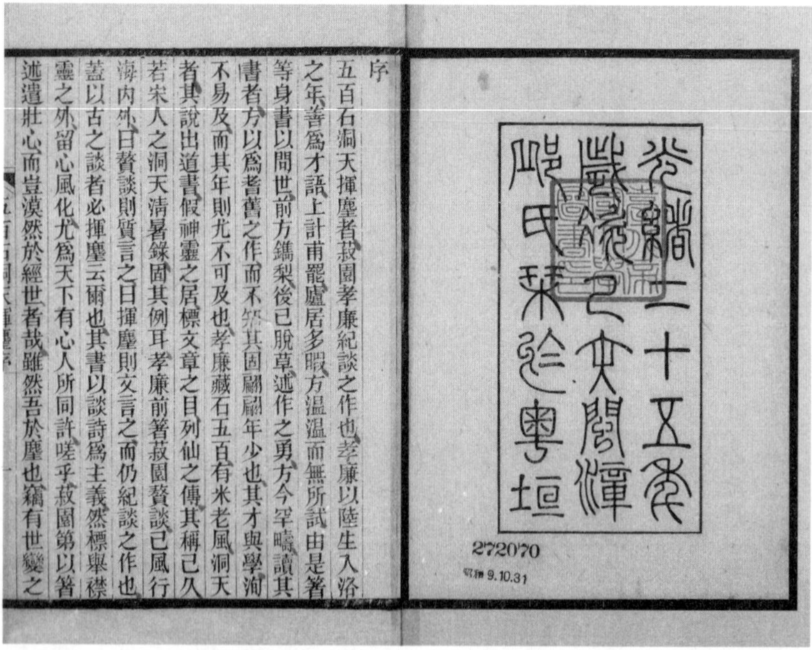
光緒二十五年
[illegible]
邱氏栞於粵垣

序

五百石洞天揮麈者菽園孝廉紀談之作也孝廉以諸生入洛之年善爲才語上計甫罷廬居多暇方溫溫而無所試由是箸等身書以問世前方鐫梨後已脫草述作之勇方今罕疇讀其書者方以爲耆舊之作而不知其固翩翩年少也其才與學洵不易及而其年則尤不可及也孝廉藏石五百有米老風洞天者其說出道書假神靈之居標文章之目列仙之傳其稱已久若宋人之洞天清暑錄固其例耳孝廉前箸菽園贅談已風行海內外曰贅談則質言之曰揮麈則文言之而仍紀談之作也蓋以古之談者必揮麈云爾也其書以談詩爲主義然標舉襟靈之外留心風化尤爲天下有心人所同許嗟乎菽園第以箸述遣壯心而豈漠然於經世者哉雖然吾於麈也竊有世變之

五百石洞天揮麈序　一

邱菽園《五百石洞天揮麈》（久保天隨藏書，可見其圈點）臺灣大學圖書館館藏

文學場，不應只視作個人事業。他蒐集和出版流寓文人作品，藉由公共資源，召喚和描繪一個離散的文學想像，為大時代中短暫易逝的流離感受，以及境外漢詩的生產環境，保留一個南方的文學譜系。

透過這些漢詩的風雅活動，南方漢詩的意義回到了一個傳統文化崩陷，遺民大流亡的氛圍和場景。就這一點而言，我們看到了中原境外周邊，遺民詩教的轉型與延續，以及南洋漢詩發展的起源場景。由此我們可以追問，邱菽園作為南方漢詩的奇葩，熱衷經營詩的交際，卻開發了南洋漢詩的哪些特色？漢詩播遷促成的區域性交流，其建構的漢詩平臺，如何展示文人的憂患與流離體驗？我們透過詩，如何有效把握南方流寓者或移居者的精神面貌？從邱菽園為南洋漢詩所做的努力和創作實踐，以及他具備的傳統文人風雅習性，促使我們可以進一步思考南洋詩的地方意識與風土色彩。

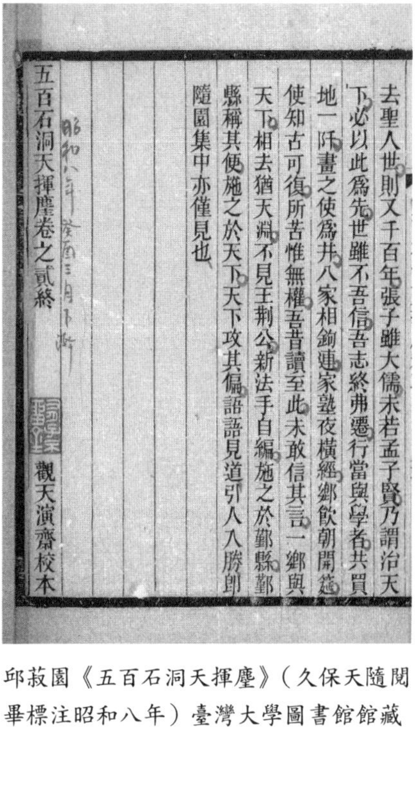
去聖人世則又千百年張子雖大儒未若孟子賢乃謂治天
下必以此爲先世雖不吾信吾志終弗遷行當與學者共買
地一𤰝畫之使爲井八家相銜連家塾夜橫經鄉飲朝開筵
使知古可復所苦惟無權吾昔讀至此未敢信其言一鄉與
天下相去猶天淵不見王荊公新法手自編施之於鄞縣鄞
縣稱其便施之於天下天下攻其偏語語見道引人入勝即
隨園集中亦僅見也

五百石洞天揮麈卷之貳終　觀天演齋校本

邱菽園《五百石洞天揮麈》（久保天隨閱畢標注昭和八年）臺灣大學圖書館館藏

9 邱菽園：〈寄酬邱仙根四首〉，收入丘煒萲（菽園）：《菽園詩集》（臺北：文海，一九七七），頁五一—五二。

第二節　跨境的遺民風雅

邱菽園作為活動力與創造力非凡的詩人，在南洋文壇實屬少見。然而他在生活際遇展現的俠骨柔情一面，提醒了我們注意第一代的南洋詩人，他們在文學生產結構上的契機和偶然。無可否認，邱菽園養尊處優的背景成就了他大部分的文學行動。舉人的教養背景，二十三歲繼承百萬家產，遠離中原政治而處身移民上流社會，這些聚集的條件讓生活安逸的邱菽園，有著更多投身文學與政治行為的資本。相對其他為謀生奔波或亡命的流寓者，邱菽園的風雅其實更來自於拓荒華僑的財富累積和成就。他有成功的米商父親，加上他的個人才學和文人習氣，南洋華人移民社會的上流階層，出現了像邱菽園這樣的少數文人個案，善用資源，跟中國士大夫菁英產生詩學對話，成為可以爭中原長短的南洋詩宗。這個契機有點偶然，卻是南洋漢詩接軌區域性漢文學的起點。

由於邱菽園是康有為流亡南洋的主要接應者，同時響應了康的保皇會活動，從此躍上歷史舞臺[10]。對於這位星島的熱情詩人，康有為兩次為他的詩集寫序，直指他「菽園以能詩好客名天下，又縱於聲伎飲酒。[11]」這可是一語道中邱菽園詩裡的風雅及名士氣派作風，當然也是他長期在這些流寓文人眼中的形象。一個標準的傳統文人。邱菽園出手千金，揮霍家產的行為早已流傳僑界[12]。他在詩裡從不避諱自己流連歡場、寄情酒色，對不能忘情的妓女再三賦詩[13]，詩多豔體也就不足為怪。他在新加坡整理出版的詩集《嘯虹生詩鈔》記錄了這些風流韻事，展示了他的交遊事蹟和生活型態。

作為馬華第一本獨立刊刻的個人漢詩集，《嘯虹生詩鈔》的內容形式，卻相當程度說明了馬華漢詩生產的結構。當時已破產的邱菽園，憑靠累積的人脈和資源，才得以出版詩集。顯然新馬環境並沒有一個成熟的文學建制，更多刻畫流寓苦樂、謀生勞動景況的寫作者，他們的詩偶然出現在報刊，卻可能面對寫作被迫中斷或轉眼被人淡忘的現實，文學創作顯得奢侈，終將消失在以經濟生產和帶動為主軸的移民社會。許多詩人一輩子沒有機會刊刻成冊的詩，藏身於報紙檔案。南洋漢詩似乎難成體

10 邱菽園最早作為主流學界的研究對象，在於他曾參與南洋的保皇會活動及贊助庚子勤王。加上邱菽園收藏不少康有為流亡南洋期間未曝光的一些書信手札，因此成為研究戊戌維新、保皇會及庚子勤王的珍貴史料。這方面的重要成果有段雲章：〈戊戌維新在新加坡的反響：以《天南新報》和邱菽園為中心〉，收入王曉秋主編：《戊戌維新與近代中國的改革》（北京：社會科學文獻，二〇〇〇），頁四五七—四七二；桑兵：〈新加坡華僑《庚子勤王與晚清政局》，頁二三八—二六〇；湯志鈞：〈自立軍起義前後的孫、康關係及其他：新加坡丘菽園家藏資料評析〉，《近代史研究》第二期（一九九二），頁二九—四五。

11 康有為：〈邱菽園所著詩序〉，收入丘煒萲（菽園）：《菽園詩集》，頁三。

12 中華民國在一九二〇年代派駐緬甸臘戍的外交官梁紹文，在其遊歷新馬的遊記裡，記載了邱菽園在生日宴會廣邀各式膚色人種的妓女，叩頭祝壽即發予鈔票的豪氣風流。參見梁紹文：《南洋旅行漫記》（上海：上海中華書局，一九二四），頁五一。

13《嘯虹生詩鈔》有不少歡場紀實、賦詩妓女的作品。其中令人印象深刻的是寫給檳城一位妓女何錄事，竟有十餘首之多，情意纏綿動人。豔體詩只收在《嘯虹生詩鈔》。後來整理出版的《邱菽園居士詩集》已是「乾淨版」。

系，只是以斷簡殘篇的形式描述了華人移民社會的詩學雅興和文化堅持。詩的功能與意義，構成流寓或移居生活裡的寄託，一種雅致文化的想像與實踐。

不過，邱菽園寫作的豔體詩只是他表現的漢詩面貌之一。從中投射出他的名士性格，熱衷詩學雅興的交際，同時高揚漢詩旗幟，將詩想像為一種溝通中原與孤島的交流媒介。雖處南洋小島，他不斷往中原內地與殖民地臺灣結交詩友，主動搭建酬唱風氣，為這些流離在帝國鉅變情境下的文人，找到跨境交流的形式。南洋漢詩由此在區域漢文學的網絡中找到了座標，藉由邱菽園的主導，替流寓者詩學開啟了南洋地緣關係的實踐。

在邱菽園邀約康有為南來避難的那一年，丘逢甲也來到了新加坡。本書第三章已勾勒丘逢甲南來造成的文化效應。但值得我們進一步觀察的是，他跟邱菽園詩文相交多年，這回相見如同一個文學現場，凸顯了頂尖的流寓文人對南洋漢詩的意義。此次治遊夜宴，兩人有詩唱和：

> 樓臺天半起笙歌，島上風雲感慨多。倘遇德星書太史，廣寒宮闕託微波。
> 海外真看更九州，依人王粲復登樓。可憐一片南溟月，雙照盧家有莫愁。
> 銀屏記曲渺愁余，酒令驚看軍令如。快意有人殷祝福，教鋤非種任朱虛。
> 群花次第拂春風，十萬金鈴代化工。我愛信陵魏公子，從來兒女出英雄。（邱菽園：〈後夜宴即席作〉）14

春風海上客徵歌，消受群花眼福多。我比石齋尤豁達，不妨坐抱顧橫波。
風雲萬里鬱神州，人醉天南第一樓。唱徧南朝新樂府，最難天子是無愁。
解佩江皐竟遺予，琴心久已薄相如。出關待草勤王檄，懶對芙蓉賦子虛。
力收墨雨捲歐風，餘事當筵顧曲工。誰遣拿破侖再出，從來島上有英雄。（丘逢甲：〈飲新架坡觴詠樓次菽園韻〉）[15]

邱菽園遇上知音，慨嘆晚清政局風雲驟變，自己孤懸海外的憂愁無奈。儘管在風月場所唱和（〈群花次第拂春風〉），但豪情壯志不減，期許再出英雄人物。而丘逢甲次韻回贈的詩句，在煙粉樂趣之中展現萬千豪氣，不但坦露參與勤王決心（「出關待草勤王檄」），更以「拿破侖再出」對應「信陵魏公子」，讚許邱菽園就是島上英雄，可以主導世局。丘逢甲身處英國殖民地的新加坡，詩的意象改以西方典故人物，為南洋漢詩下了一個註腳。丘逢甲南來，其實另有跟保皇會等人商議勤王的目的。兩人的唱和詩作帶入一個歷史場景，透過詩的交際，鋪陳流寓者的南來任務。其時康有為、丘逢甲、容閎等人在此南方小島相聚，密謀勤王運動，意圖向新加坡的英國殖民政府試探，是否支持起義勤王。詩

14 邱菽園：《嘯虹生詩鈔》卷二（新加坡：自印，一九二二），頁二。

15 廣東丘逢甲研究會編：《丘逢甲集》，頁四六二。後引丘氏詩文皆出自此版本，不再個別詳注，只在詩題後標示頁碼。

人相聚雖有政治目的，但流寓南來帶動漢詩發生的契機。邱菽園成功搭建的交流線，因此才有了康有為、丘逢甲的南洋詩。遷徙與漢詩的內在意識，因為邱菽園的中介，特別彰顯出南方位置。晚清帝國風起雲湧的時刻，文人主導的流亡或革命漢詩有了南方視野。儘管這樣的南方漢詩始於酬唱層次，我們反而看到了詩生產的時代氛圍。

邱菽園熱衷詩人交遊，追求漢詩風雅並非始於文人南來。他二十二歲那年赴京參加會試，攜帶早前畫工作的〈天外歸舟圖〉，向人展示並請題詩[16]。移居新加坡以後，一八九八年十月他請畫工完成〈風月琴尊圖〉寄往中原，請詩友題詠[17]。這次題詠活動，將各地詩人巧妙拉進邱菽園經營的詩學視野，呈現出晚清時刻區域文人共享寄託的雅興和交感的遺民情懷。除了熟悉的康有為、丘逢甲等人，他展現熱情的交際能力，將素未謀面的臺灣遺民詩人王松、洪棄生、王石鵬一併納入題詠的系譜。邱菽園獨尊風雅，為晚清變局下的詩人心志，建立難得的境外漢詩景觀。我們從以下幾組題詠〈風月琴尊圖〉的作品，可以看出詩人在吟風弄月之餘，根植詩裡的時代憂患，以及風雅本身在這鉅變的時局內，隱約彰顯的變化。

康有為的〈題邱菽園《風月琴尊圖》〉寫作，適逢流亡新加坡時期。身在英國殖民地，眼前世界與頹敗帝國，構成流寓者新舊相交的視野：

> 天風浩浩引飛舸，海月茫茫照醉歌。別造清涼新世界，遙傷破碎舊山河。
> 變聲浪吼靈鼉舞，汗漫天游仙鶴過。我識鴟夷心寄遠，五湖預擬泛煙波。（《萬木草堂詩集》，

頁一一四）

菽園示畫以求題詠，康有為藉機傾訴滿腔的流離憂憤。「別造清涼新世界，遙傷破碎舊山河」一語雙關，「清涼新世界」狀寫南洋異域，卻藏隱自身的家國危機。「破碎舊山河」刻畫帝國衰頹，反而為自己密謀勤王計策，再造中華埋下伏筆。「別造」在前，「遙傷」在後，詩人企圖改造歷史的意志蠢蠢欲動。畫圖裡的天風海月，映襯詩人萬里流亡的足跡恰似天遊。只是這帶有幾分遊仙意味的情緒，終究讓他嘗盡范蠡泛舟五湖的放逐心態。晚清的維新政治明星，成了浪跡天涯看圖寄情，以詩託志的流亡者。

走出中原地理，康有為的詩人雅興難捨喪亂世局。但丘逢甲未南來以前，人在潮州接到菽園寄來畫圖。他為此題詠洋洋灑灑的長篇七言古體，對世局感觸頗深。同時激勵菽園在沉浸風雅之餘，要有雄心抱負，仲尼浮海的志向，學習向南荒宣揚保種保教的儒家精神。

16 李慶年提出邱菽園共有四次公開徵詩題詠的活動，分別是〈天外歸舟圖〉、〈風月琴尊圖〉、〈選詩圖〉和〈紅樓夢分詠絕句〉。四次活動只有〈紅樓夢分詠絕句〉有單冊刊刻。其實，邱菽園的徵詩活動不僅於此。他還有〈看雲圖〉等書畫向不同詩人徵詩題詠。參見李慶年：《馬來亞華人舊體詩演進史》，頁一四三—一四九。

17 參見邱菽園：《五百石洞天揮麈》卷一一（廣州：閩漳邱氏，一八九九），頁一一二。

> 君絃忽新臣絃舊，宮聲頓啞數窮九。舍風不御月不捉，悲歌扣舷速呼酒。……男兒生當繳大風，射妖月，聽奏鈞天醉天闕，下贊虞琴鼓瑤陛，手酌衢尊萬方悅。不然吟風弄月亦可嗤。逕當浮海從宣尼，海山學鼓猗蘭操。……（〈題風月琴尊圖為菽園作〉節引，《丘逢甲集》，頁三〇二—三〇三）

詩裡記錄丘逢甲對戊戌政變的感受，琴音喑啞好比變調的維新政治。這預示了一股悲劇的時代氛圍，吟風弄月已非詩人志向，必須有所承擔。他以孔子古琴曲猗蘭操，張揚他的文教理想。言下之意，此番題詠無關風月，卻已在提醒邱菽園可以選擇的路向。

其時，臺灣已屬日本殖民地。遺民詩人洪棄生經由王松轉來邱菽園題詠風月圖的請求，即以七言古體答贈。他與菽園未識，但題詠詩裡盡訴遺民胸懷與滄桑世變之感，大有隔海尋覓知音，以安享遺民風雅情懷：

> 十載豈知成一瞬，故國風月不堪問。六朝金粉幾灰塵，萬室綺羅付殘燼。……異邦樂事雖云多，走馬蹋毬騎駱駝。未容弄月嘯風去，豈可攜琴載酒過。畫圖今竟開生面，中華風雅如再見。……君攜此畫滄溟裡，攫奪須慮蛟龍頑。長安風物依然否，目送飛鴻開笑口。……人生閉門嘯傲無窮期，毀琴破孤負風月我不為。安得圖君坐，御風釣月去。……[18]

洪棄生是臺灣少見擁有強悍遺民姿態的詩人。遺民與異域的辯證向來敏感。尤其他與菽園同樣有著殖民地經驗，漢詩人對風雅的渴求，顯得珍貴。因此他藉題詠寄託傷懷，祈求灑脫自然的追風弄月，以避世詩學自我安頓。洪邱二人以詩跨境相會，揭示晚清的文化遺民，追逐中華風雅的詩學現象。這更能說明亂世中，詩作為避難的審美姿態的存在意義。

嚴格說來，邱菽園的風月圖題詠只是南洋漢詩交流的縮影。傳統詩人的酬唱流風，對流寓者、移居者寫作的馬華漢詩，發揮了現實的交際功能。他們面對沒有悠遠漢學教化的殖民地，縱有報刊也不是成熟安逸的文學場。相對中原文壇而邊緣冷落的創作環境，促使邱菽園對廣邀漢詩題詠活動的熱情不減。這種文學生產形式，確實有著積極意義。邱菽園清楚流寓文人散而不聚，他們紀錄生命流離的漢詩是吉光片羽，像過客腳印，不加以保存則消逝無蹤。隨著邱菽園自覺的收詩、選詩、評詩，並刊刻在他的《五百石洞天揮麈》和《揮麈拾遺》，這些早期的馬華詩篇有幸得以留存，形成海外華僑詩選或詩話的最早雛形。

一八九六年他開始定居新加坡，即展開選評流寓文人詩作。當時他請攝影師替他拍了一張選詩圖，由此引起了另一次的題詠活動。這次題詠更具體的意義，在於彰顯了南洋漢詩的顯著位置。對題詠者而言，南洋是炎荒之地，苦力與勞動百姓組成的移民社會。詩的風雅與生產，跟艱困窘迫的客觀環境有著弔詭的辯證。這是另一種南遷或南渡的正統，抑或境外蠻荒的變風？詩人的題詠將眼光投注

18 洪棄生：〈題邱菽園月琴樽圖〉，《寄鶴齋詩集》，頁一九五。

於此，他們看到了南洋漢詩生產的可能意義。康有為直言：

> 華夏文明剩竹枝，南洋風物被聲詩。蠻花鳦鳥多佳處，恨少通才作總持。中原大雅銷亡盡，流入天南得正聲。試問詩騷選何作，屈原家父最芳馨。（節引〈題菽園孝廉《選詩圖》〉，頁一一七）

他以南洋異域地景為竹枝詞的最佳素材，其實暗示了帝國崩毀，文化塌陷之際，詩的禮崩樂壞就是大雅銷亡。詩的正聲不在雅樂，而是國風的民間魅力。跨出境外的漢詩，因此放逐天南，以民間歌謠形式重建詩的質感與動力。康有為由「王者師」變成亡命逋臣，絕域反而形成詩的生產條件，他的感觸尤其深刻。在他看來，屈原的放逐詩學，為流寓者漢詩寫作的整體精神貼上了標籤。

康有為的流亡視域，其實跟洪棄生據守臺島的遺民眼光有幾分相似。從邱菽園選詩活動開展的漢詩脈絡，洪棄生意識到的是流寓的苦難與艱辛，詩人無力也無法成就「詩史」。

> 身自南來心自北，應有悲歌哀家國。狂瀾不斷歐羅巴，痛淚無窮波羅的。李杜百篇寄遠郵，板蕩八章吟絕域。我從王子慕邱遲，亦在天南淪跡時。絕口不談寰中事，杜門罕馳海外詩。……君也見詩如見寶，滄海一釣連六鰲。人生時事不稱意，浮沉一身無位置。惟有飲酒與放歌，足以幕天兼席地。（節引洪棄生〈題邱菽園星洲選詩圖〉，頁一九三）

洪棄生具體陳述了身處絕域蠻荒可能的詩學窘境。詩人在大流亡時代奔走衣食，窮於應付生活。詩的生產結構最多是連結懷鄉亡國情緒，要從絕域再建詩史，也是徒然。最終不過是飲酒放歌的風雅之作。

康洪二人的題詠各有激勵的意義。然而，他們都是具備雄厚詩才的文人，有各自經營面對的時代視野，不一定可以切實體會南方漢詩的生產機遇和現實需求。南洋流寓詩人固然都帶有幾分流亡或流離意識，但邱菽園選詩的概念，更凸顯他意圖形塑地方性格的南洋漢詩。因此這不只是放逐情懷，也並非飲酒放歌。他的做法像是「以詩養詩」，為南洋漢詩寫作尋找對話空間。

或許丘逢甲帶有幾分捧場意味的諛美之詞，更能說明邱菽園選詩的用心和意義：

> 管絃絕嶠開荒運，榛莽中原入變風。（節引丘逢甲：〈菽園以鏡映選詩圖見寄賦此奉答〉，頁二八二）

南方炎荒的詩學變風，大體證明了邱菽園選詩錄詩的南方風雅，不盡然是中原想像。他有更大企圖要建立南洋漢詩的譜系。因此，王松直接點明這位南方詩人的雄心壯志，實際是為詩人的大流亡時代留下南方的見證：

顧公復握媧皇石，遍補中華缺陷天。[19]

流寓者詩學不是中原景觀，而在邊緣的境外南方小島。邱菽園以一人之力，開啟海上詩學新世界[20]，展示了我們意想不到的漢詩交流場面。其實除了中原境內詩人，邱菽園對臺灣漢詩領域的熱情從來不減[21]，甚至派駐臺灣的日本殖民官僚永井完久也跟他詩書往來。其中要數他跟王松的關係最為特殊。他為王松生前死後的詩集、詩話作序，被這位不曾謀面的遺民詩人尊為師。一九二四年他請託這位掛名弟子將〈星洲懷古〉四首轉交連橫刊載於《臺灣詩薈》（第八號，一九二四年九月）。一九二九年邱菽園再給王松去函，要他就《檀榭詩集》題辭。這種酬唱題辭的習氣，固然多屬應酬語，且不無過譽。但王松回寄的詩句，倒彰顯了他意識到邱菽園建立南方漢詩視域的努力：「誰從荒外振唐音，一卷移情海上琴。……浮洗蠻風椰像氣，天涯苔綠結同岑。[22]」這是王松病逝的前一年，邱菽園雅興不減依然給王松寄去書畫要求題詠。王松詩集裡留下的紀錄〈菽園師郵示畫蘭巨軸命題謹賦〉、〈菽師以李確然居士書畫郵贈賦酬〉，證明了這場南方漢詩風雅並非曇花一現，詩歌交誼建立的網絡發揮了最大功能。南方漢詩在邱菽園的推動下，到底不再是孤島風流，而有了實質的對外關係。

這些風雅唱和和丘的札記體著述發揮的「詩選」功能，等於在境外離散的際遇內，建立一套有著核心文化價值的詩傳統。這裡展示了一個跨地域的情感體驗，以漢詩強調了晚清時刻文化崩塌、士人流散的時代焦點。邱菽園的漢詩活動銘記一代人的共同經歷和共享遺產，重建了以詩文化為根基的士人群體，在詩的想像與交流中連接傳統，安頓變局下的主體，以及邁向未來的可能。這個階段的跨境風雅，表徵了其時文人的社會網絡，以及文學在移民社會「耗費性」[23]（Expenditure）的物質性生產。因此邱菽園的詩人形象，有一個值得注意的境外南方的歷史與文化背景，其中包括他從風雅轉入風土的一種詩學展示。

第三節　詩、感官與風俗

如果討論南洋漢詩不能略過交際風雅的一面，那麼早期駐新使節開啟的南洋風土寫作，大概是南

19 節引王松：〈又題菽園師星洲選詩圖〉，《友竹詩集》，頁一四一。
20 丘逢甲：〈致丘菽園書〉，《天南新報》（一八九八年六月九日）。又見廣東丘逢甲研究會編：《丘逢甲集》，頁七五七。
21 邱菽園與臺灣漢詩人的交際網絡，詳鄭喜夫：〈丘菽園與臺灣詩友之關係〉，《臺灣文獻》第三八卷第二期（一九八七年六月），頁一一五—一六三。
22 王松：〈菽師函督檀社詩選題辭兼呈釋瑞于陳延謙胡訓魁諸同調〉，《友竹詩集》，頁一四九。
23 這裡借用了法國哲學家喬治・巴塔耶（Georges Bataille）的理論概念，強調以自身為目的的消費行為。這旨在說明詩的跨境風雅交流，其自身就是一種詩的資本展示與給予，在這種帶有遊戲、奢華、炫學性質的交流中，凸顯了一種詩的能量在傳統儀式內的自我消耗。

洋詩最早進入中原視域的標準形象。使節當中稱得上是頂尖士大夫詩人，也只有左秉隆和黃遵憲，以及稱晚到任領事館書記官的楊雲史。其中又以黃遵憲早已揚名晚清詩壇的身分，最具意義。他外交經歷豐富，異地生活養成的現代眼光，讓他意識到詩語言與經驗變革的必要。因此三年的駐新領事生活，他以俗語和民間經驗入詩，將他眼中的南洋異地觀感，寫成〈新嘉坡雜詩十二首〉、〈番客篇〉等表現南洋風土名作。尤其〈番客篇〉以長篇五言古體形式，從華僑發跡、婚宴、服飾等生活日常細節敷衍敘事，以豐富多變的詩語言，表徵了南洋詩獨具特色的民間格局。黃遵憲注意到了華人移居離散的環境，在施行教化之際，也直接鼓勵了當地士人對南洋風土和問題的論述觀察[24]。但他的風俗書寫和概念終究是使節的想像：「誰能招島民，回來就城郭？[25]」在他的立場看來，流寓者的文化播遷就是「天道地氣，皆自北而南，而吾道亦隨之而南」[26]。歸鄉意識始終是使節應有的本位思考。

黃遵憲畢竟是短暫的流寓者。他寫作的這些南洋漢詩，儘管眼界開闊，但也沒有廣泛帶動其他流寓南洋的詩人展開風土寫作。好比康有為南洋詩裡的帝國與創傷，流寓者的自身情懷仍是南洋漢詩的發展脈絡。那不斷複製的中原鄉愁與揣想中國政局的意志，主導了流寓者漢詩寫作的倫理。風土只是詩人身處絕域的隱喻性寫作。

不過，一八九六年移居到新加坡的邱菽園，顯然有了不一樣的路徑。那年他不過二十三歲，坐擁財富，倡導風雅，一派青年人的意氣風發。他雖有維新的政治抱負，但不脫傳統文人風流習氣，隨性表現自己流連殖民地華人社會的生活雅興與冶遊之樂。他當時以「星洲寓公」自詡，替新加坡取了一個「星洲」的美名[27]，將星洲作為自我尋歡作樂與對外交際的據點。因此在他的漢詩世界裡，可以看到詩友間的酬唱雅興，更有不少星洲的風土書寫。尤其他在歡場的豔冶之作，雜述風月見聞，為妓女寫作情詩。這些詩多屬豔體，他在晚年自行編定的《菽園詩集》也悉數剔除。但邱菽園帶有星洲行樂的志趣，這些詩作在一定程度上呈現了南來文人的生活型態，尤其當他的眼界深入到移民社會冶遊背後的風俗經驗。

相對康有為亡命孤臣的懷抱和身心悲愴，遠離中原卻不忘將帝國視野根植在自己的漢詩內景；邱菽園顯然更在意自己的生活感官世界，發揮漢詩的交際應酬功能，網羅中原南方及周邊區域詩人的唱和風俗，建立自己愛好寫詩詠詩的地盤，同時著眼刻畫日常景致和地方風土。他沒有康有為這一輩文

---

24 黃遵憲在圖南社每月課題中，關於南洋的題目就有「新加坡風俗優劣論」、「巫來由文字考」、「南方草木贊」、「禁賭禁娼」等。參見葉鍾鈴：《黃遵憲與南洋文學》。

25 黃遵憲：〈番客篇〉，收入陳錚編：《黃遵憲全集・人境廬詩草》，頁一三五。

26 黃遵憲：〈圖南社序〉，《叻報》（一八九一年一月一日）。又見葉鍾鈴：《黃遵憲與南洋文學》，頁八〇—八一。

27 關於「星洲」命名的來源出處，參見邱菽園：《五百石洞天揮麈》卷一，頁二四—二五。他在晚年遺作〈星洲溯源談〉也提及這是自己在一八九八年「為天南新報時所偶然命名」。此文收入蘇孝先編：《漳州十屬旅星同鄉錄》（新加坡：僑光，一九四八），頁一三。但陳育崧先生早已指出左秉隆在一八八七年〈遊廖埠〉詩句：「乘興不知行遠近，又看漁火照星洲。」「星洲」之名已見。參考陳育崧：〈一八一九年以前的新加坡〉，《椰陰館文存》第一卷（新加坡：南洋學會，一九八三），頁六四。姑且不論「星洲」之名的創設先後，邱菽園溯源與狀寫新加坡風土的意圖卻是明顯不過。

人的耀眼光環，尤其離開了漢詩扎根的文化情境，對於中原故土縱有激憤和憂患，卻沒有貫徹到底的道德義務。於是庚子勤王失敗後，他迫於清廷壓力跟康有為公開絕交[28]。民國前夕二人再度復交，邱菽園已沒有保皇的立場態度，跟康有為已屬詩友情誼，往後少談中原政治。

邱菽園的轉變，除了現實的破產，大概跟他作為在地的移居者大有關係。漢詩對於他而言，更像是捕捉自我身影的生活媒介，為自己的風月情事、日常感觸和應酬，表現一種南來流寓詩學殊異的特質，對地方風土的感同身受。因此他的漢詩世界多了一層感官式的風土，而這恰好指出了漢詩播遷過程值得關注的現象。邱菽園寫作的冶遊詩、豔情詩，及觀察描述帶有異國情調的星洲婦女，其實已自覺得以星洲為寫作主體。這些漢詩意識相對「純粹」的流寓詩篇，開始帶入了移居者的地方感性。他沒有徘徊在大中華的憂患心理，沒有遺民典型的犬馬之戀，只是保有一個傳統文人的習氣，以漢詩作為展示生活大觀的風雅腔調，建立表徵自我的生活空間的文化機制。換言之，漢詩走出中原，跨向南方移民社會，輻射播撒的結果，逐漸形成詩歌在地深化的脈絡。邱菽園是南洋漢詩譜系內具有代表性的個案。

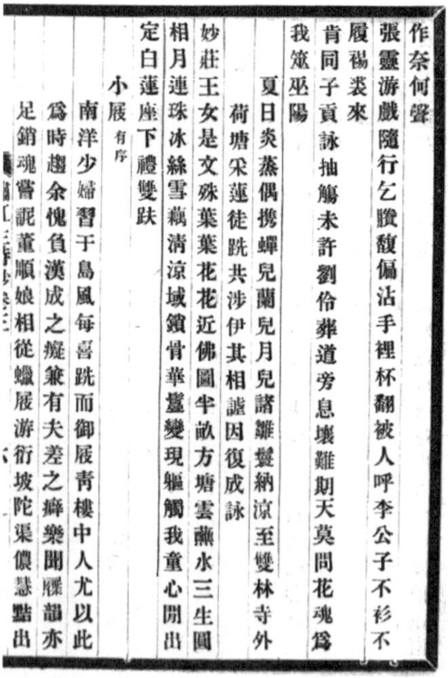
作奈何聲
張靈游戲隨行乞朧馥偏沾手裡杯翻被人呼李公子不衫不履裼裘來
背同子貢詠抽觴未許劉伶葬道旁息壤難期天莫問花魂爲我箋巫陽
夏日炎蒸偶攜蟬兒蘭兒月兒諸雛鬟納涼至雙林寺外荷塘采蓮徒跣共涉伊其相謔因復成詠
妙莊王女是文殊葉葉花花近佛圖半畝方塘雲蘸水三生圓相月連珠冰絲雪藕清涼域鎖骨華鬘變現軀觸我童心開出定白蓮座下禮雙趺
小屐 有序
南洋少婦習于島風每喜跣而御屐青樓中人尤以此爲時趨余愧負漢成之癡兼有夫差之癖樂聞屧韶亦足銷魂嘗泥董順娘相從蠟屐游衍坡陀渠儂慧黠出

邱菽園《嘯虹生詩鈔》

所謂感官式的風土，首要觀察的當屬《嘯虹生詩鈔》的縱樂冶豔詩作。這些詩篇雖然說不上是邱菽園最好的漢詩作品[29]，卻難得體現了馬華第一本漢詩集的在地特色。邱菽園新馬冶遊的事蹟，主要表現在他跟眾多妓女舞孃之間熱烈的交情[30]。其中他有多首寫給檳城妓女何錄事的情詩，呈現了纖細婉約的感人情調。

迴面搴帷慰寂寥，留春容得幾明朝。無情最是星洲水，依舊催人早晚潮。

江上青青送遠峰，洛姬羅韈尚留蹤。貽來一幅驚鴻影，惹得青娥起妒容。（〈星洲送別何錄事〉[31]六之四、六）

留春不住送春歸，門巷斜陽燕子飛。剩有宵來明月影，隋風淡蕩入空幃。（〈重過何錄事故居〉[32]二之一）

---

28 邱、康二人的絕交復交過程，參見張克宏：《亡命天南的歲月》。該書第六章的討論。

29 楊承祖是最早討論邱菽園漢詩寫作成就的研究者。他雖認為邱菽園的豔體詩有清麗可觀之作，但沒有太高藝術價值。他以為邱菽園後來的詩集剔除這些豔體詩，乃出自藝術判斷，非關道德考量。參見楊承祖：〈丘菽園研究〉，頁九八—一一七。

30 邱新民根據他的詩集，羅列出人數可觀的妓女名單。參見邱新民：《邱菽園生平》，頁三五—三六。

31 邱菽園：《嘯虹生詩鈔》卷四，頁三—四。

32 邱菽園：《嘯虹生詩鈔》卷四，頁四。

送別情人的離愁與悵惘，邱菽園寫來雅致深遠。儘管他沒有創造新的漢詩敘事語言，但表現的情感隸屬南洋的風月空間。他跟何錄事身處星洲和檳城兩座不同島嶼，綿綿情思加深了他寓居南洋的感觸。這些情詩離不開他的現實生活，反而成為他積累情感，形塑文人風流的官能式風土。南來詩人落地深根，在新興地域建立情感網絡，構成他們南洋詩表現的新景觀。

邱菽園有一組〈正月十六夜新嘉坡即事詩〉[33]寫元宵節後女眷往廟裡燒香的情景。詩裡白描了娘惹少女風情萬千的儀態，華人與馬來人結合的風俗裝扮，無論服飾、木屐都令他眼睛一亮。試觀以下節引：

> 笑和諧謔透香風，暗鬥釵環露指蔥。絕島嬉春展元夕，萬花開向月明中。
>
> 小蠻妝束縠中單，兩足如霜浥露寒。蹋徧長堤金齒屐，明河斜轉曉星殘。（六之四、五）

這首漢詩處理的星島經驗，隱約延續了黃遵憲〈番客篇〉的手筆。只不過邱菽園不再是旁觀者，而熱衷耽溺這種異地風情。他曾在華商俱樂部招來三十六位娘惹少婦，主持評豔大會。

> 窄袖蠻姬列坐稠，雙清女侍聽傳籌。分明自領群芳甲，又向當筵薦牓頭。（〈星洲紀遇〉[34]二十四之十二）

邱菽園寫作冶遊經驗的詩作不少，作為財富傲人的青年僑領，這些「星洲紀遇」是個性使然，也算特定時空際遇。但他對娘惹或青樓女子愛穿木屐感到興味盎然，有一首〈小屐〉[35]鋪展了這種南方婦女「習于島風，每喜跣而御屐」的生活習俗。

> 小屐黃金齒，輕拖白玉膚。不煩添錦屧，好共覆羅襦。香氣長舒藕，柔脂細點酥。暖風酣韻屧，幽草嫩承趺。李白臨流想，楊妃出浴圖。可隨羅韈步，絕勝錦鞵呼。采蕺踪先後，凌波跡有無。漢成持素足，飛燕擢輕軀。爭笑吳王癖，翻憐葛屨輸。攕攕勞女手，雙履報明珠。

這像是一種民間採風的小品，寫得細膩誘人，浮想翩翩。詩人調動中原古典意象，描寫異域女子穿木屐的情態。本來扞格的情境，藉由玉足的想像，讓南洋習俗走入漢詩世界。詩的意義在於測度這種地方風俗的雅趣，如何轉化成詩學的一部分。尤其南來者的目光鎖定在異域之「足」，詩因此有自覺表徵地方風土的必要。

除了感官的風俗體驗，邱菽園對民間的韻語、歌謠的提倡，亦能看出他對語言與文類的開明立

33 邱菽園：《嘯虹生詩鈔》卷一，頁五—六。

34 邱菽園：《嘯虹生詩鈔》卷一，頁七。

35 邱菽園：《嘯虹生詩鈔》卷三，頁六—七。

場。當年跟他往來交際的文人群體，不少是維新人士。對於晚清文學的變革，他不無想法。他曾對梁啟超〈二十世紀太平洋歌〉的初稿提出讚美，透露出他在晚清文學觀念變革之際，對詩語言變動的初步見解：

> 國內外少年志士，競相仿效，藉此引其多向譯本書勤加探討，以明公理，則君之功偉也。倘若吾華文體，因是變換，於時務之作，則得矣。……今君於所為文，既善驅遣西學譯本字句，以開中國最新文體之一派，因以餘力，旁及於詩，更其宜已。[36]

在異地回看自身的漢語寫作，語言的混雜與多音，顯示了華人移民社群的多語創作生態。他以〈方言俗稱入詩〉[37]一文，談及方言曾介入漢詩，改變敘事腔調的可能。他細數杜甫、李白、孟浩然、白居易、杜牧等傳統大詩人以方言俗稱入詩的例子，邱菽園顯然有著捕捉現實經驗的焦慮。當時創辦麗澤社，他鼓勵徵求「星洲竹枝詞」、「粵謳題」[38]，已有先見之明。一八九九年邱菽園在《五百石洞天揮麈》提出了其對粵謳的關注就顯得有跡可循：「去臘余嘗以粵謳題後，徵星洲社友卷，作者寥寥且多不詳其出處。[39]」一九〇一年結集出版的《揮麈拾遺》開篇就以粵謳名家招子庸（銘山）為條目，他對招子庸《粵謳》一書的曲調和俗字進行溯源與定調：

> 余嘗見其原書，乃琵琶曲譜，各調皆由新創，而參以粵東俗字方言。雖不免鄰於諧俗之為，然

> 元詞北曲，盛傳後世，其間早有俗字，而大雅不譏，亦以其為國風離騷只些諸調之濫觴耳。今乃於銘山粵謳而過繩之乎，況淒音緊韻，同于秦聲，而無其鄙。哀思逸趣，媲於崑曲，而節其勞，雅志未忘，鄭聲不亂，識者方以元詞北曲而后，能開一代生面推之，此言允矣。[40]

邱菽園除了對粵謳來歷、發展辨析，亦針對〈弔秋喜〉等粵謳名作輯錄解說[41]，可見其時他對粵謳這類民間形式既熟悉且關注。邱菽園成長於廣東地區，曾經旅居澳門、香港，粵語是其擅長的方言。他對粵語的特殊情感，甚至擴及對粵詩人、粵謳的輯錄和體會，綜觀其自述：

> 余幼長於粵屬，能操粵語，為粵談。今遊海外，見粵人如鄉親。回憶平生，居閩里之日少，友粵客之日多，故尤與粵為有緣。撰述中偶遇粵詩，及彼都之名流逸事，必綴輯之，以示拳拳。而粵人不我遐棄，聲應氣求，年來之作島遊，多有就五百石洞天而請見者，以是得以從訪粵中先輩

36 邱菽園：《揮麈拾遺》卷之四，頁一五。
37 邱菽園：〈方言俗稱入詩〉，《菽園贅談》卷四（香港：自印，一八九七），頁一七。
38〈麗澤社十二月課題〉，《星報》（一八九八年一月五日）。
39 邱菽園：〈粵謳題〉，《五百石洞天揮麈》卷六，頁一四。
40 邱菽園：《揮麈拾遺》卷之一，頁一。
41 邱菽園：《揮麈拾遺》卷之一，頁二—三。

遺著。[42]

如此就不難想見，他倡導粵謳，接應南來廣東文人，輯錄、點評粵籍文人詩歌，周邊形塑的粵籍文人群體，亦可看作嶺南文學往南洋播遷的現象，甚至是早期新加坡文學規模值得關注的籍貫特質。

粵謳以口語見長，生動辛辣，直接觸動現實經驗。一九〇二年梁啟超在日本橫濱創辦《新小說》，內有「雜歌謠」欄目，以歌謠談文體改革和啟蒙，刊載的粵謳，直指家國啟蒙議題，文辭洗脫俚俗，展現新民效果。粵謳在晚清之際風行，大有取民間形式，擔負啟迪民智的功能。然而，這些新粵謳的做法，不見得是邱菽園在南來的那幾年，最為關心或效仿的議題。尤其當邱叔園在麗澤社徵集竹枝詞和粵謳題，《新小說》尚未創刊。若觀察一八九一至九四年間黃遵憲創辦圖南社的公開徵題就有「新加坡風俗優劣論」、「巫來由文字考」、「南方草木贊」、「新加坡草木雜詩」等課題，這倡導以地方風土為對象的寫作，其實回應了流寓者和移居者的生存體驗。晚了數年才移居南洋的邱菽園，同樣創辦文社，仍可看到延續以風土為對象，企圖以熟悉的資源處理地方經驗。

如此一來，他對粵謳的倡導，以及寫作竹枝詞，可以投射出民間文類在華人移民社會的實踐，間接帶出一個晚清時期，漢文學接觸異地發展的語言生態。我們如何勾勒和理解離散者對異地生存經驗的形式把握？在精粹的漢詩之外，流寓進而移居異地的文人，粵謳投射的移民社會感覺結構，指向了怎樣的風土體驗？

我們熟悉邱菽園的風雅事蹟，除了辦報、辦學，以及跨國境廣泛的文人交遊，仍有冶遊，寫作豔情詩的一面，凸顯其風雅世界下把握的感官式的風土。我們知道粵謳的其中一個原貌就是風月書寫。早期刊登於新馬報刊的粵謳除了回應中國時局，以及刻畫南來華人的底層生活面向，當然也不乏風月感官寫作。[43]邱菽園自身流連煙花地，他筆下的竹枝詞，盡顯豔情風土：

詩場跋扈又歌場，顛倒紅裙莫笑狂。買斷清宵天不曉，金錢百萬鎮尋常。曾羅西式長筵於天南第一樓，逼醉坐客[44]

值得我們追問的是，當文人的風雅訴諸於竹枝詞和粵謳，那是一種如何對風土把握的言說型態？異地的感官風土，是殖民地城市的獵奇，抑或上層華人移民的士商風流？邱在筆記體著述的《菽園贅談》、《五百石洞天揮麈》、《揮麈拾遺》曾有多篇札記談及異地的婦女習俗和風月，諸如以下文字，既有考究的雅趣和好奇，亦有異地風土的勾勒。

42 邱菽園，《揮麈拾遺》卷之一，頁一一。

43 關於南洋粵謳的研究文獻，可參考李慶年的序文，參見李慶年編：《馬來亞粵謳大全》（新加坡：今古書畫店，二〇一二），頁一—二九、李成鋼：〈廿世紀初馬來亞粵謳研究（一九〇四—一九二〇）〉（新加坡：南洋理工大學人文與社會科學院碩士論文，二〇一二）。

44 此詩屬〈星洲紀遊〉的一首，後來未收入結集出版的《嘯虹生詩鈔》。見《揮麈拾遺》卷之三，頁一九。

> 星洲曲院中人，大都來自珠江、鏡湖、香海三處，排場氣習，雖不脫粵風，惟獨與香海為近，殆同在洋人界屬之故耳。其取名不外金銀繡彩，或單或雙，發語必有亞字。亞，猶阿也，俗讀均作仄聲，不以姓，不以字，即甚聲價自高，亦復如是。[45]

這類記載近似於竹枝詞和粵謳風月書寫背後的肌理，替筆下冶遊風流的星洲，補上了一頁風土志。因此，粵謳或竹枝詞俚俗和口語的節奏，張揚的文人雅興，其實是星洲風土世界裡自我存在的體驗。感官的寫作，無異是身體律動的表徵，邱菽園豔體詩裡形構的新加坡風貌，已透顯身體與風土交織的聲音。

第四節　聲音、風土與地方色彩

粵謳作為廣東地區的民間曲藝，其實可視為南洋漢詩格局下，另外蓬勃發展的民間文體。邱菽園應該是星洲最早關注粵謳的文人，換言之，一套民間的表述系統經由邱菽園的提倡，漸漸在廣府人作為第二大方言群的新加坡受到歡迎[46]。當一九〇一年一月二十五日《天南新報》刊登了新馬第一首粵謳〈粵謳解心〉[47]，印證了邱菽園最初關注星洲粵謳的努力。他對民間文學的有心倡導，粵謳終究透過其創辦的媒體，躍上公開的發表園地，粵謳透顯其民間魅力之所在，主要在其語言之靈動，且深入生活經驗。相對舊體詩的典雅與安穩，粵謳提醒了流寓文人面對的語言在地化問題與其應對策略。

隨著時代政局的改變，無力於介入晚清政治的邱菽園，在破產後捨棄名士風流的光環，邊陲異地的文人身分，及其文化格調，漸進在星洲風土內自我形塑和改造。從一九三二年七月主編《星洲日報》的「遊藝場」專刊，邱菽園自闢「星洲竹枝詞」一欄，專寫星洲色彩的詩作。這當中的星洲色彩，最有意思的當屬以馬來語或英語入詩，改寫了竹枝詞的風貌。雖然邱非首開風氣者，但他集中且大量地以「夷語」入詩，透過方言腔調模擬「夷語」，華／夷之間來回擺盪的「聲音」，是華語語系（Sinophone）概念下的「聲音」，也是「phone／風」[48]。藉由抓住聲音而狀寫當下時間與當下經驗，我們姑且試觀以下例子：

---

45 邱菽園：《揮塵拾遺》卷之六，頁一。

46 根據麥留芳的數據觀察，從一八九一至一九四一年廣府人在檳城與新加坡都是第二大方言群。而最大宗的方言群始終是福建人。參見麥留芳：《方言群認同：早期星馬華人的分類法則》（臺北：中央研究院民族學研究所，一九八五），頁七〇。

47 參見李慶年編：《馬來亞粵謳大全》，頁三一。

48 王德威曾借用張錦忠對Sinophone的譯法——「華夷風」，特別強調Sino「phone/風」總是在華語非華——夷之間來回擺盪的聲納、風向、風潮、風物、風勢。這恰恰對應了Sinophone理論中，宣稱「phone」，聲音在華語語系文化實踐的重要性。參見王德威：〈華夷風起：馬來西亞與華語語系文學〉，《華夷風起：華語語系文學三論》（高雄：國立中山大學文學院，二〇一五），頁三六。

馬干馬莫聚餐豪，馬里馬寅任樂陶。幸勿酒狂喧馬己，何妨三馬吃同槽。（馬干：makan 吃；馬莫：mabok 醉酒；馬里：mari 來；馬寅：main 遊戲；馬己：maki 辱罵；三馬：sama 一起）[49]

這首竹枝詞寫作的意義，凸顯大量聲音的碰撞，以及意義必然的轉譯。我們既無法以漢字的表面意思解讀這首詩，但每句皆出現「馬」這個的漢字，組裝出「馬」的聯想——奔騰、歡樂的馬，當然刻意選「馬」這個意象，有群聚的特性，尤其下聯酒狂，吃同槽已暗示合群的概念。換言之，一群歡樂的馬（儘管意義的解析完全與馬無關），以一組馬來語的詞，皆是「Ma」開頭的雙音節詞，音譯製造諧音的效果，而漢字的諧音字「馬」卻可以組裝詩意，刻意製作一種對異族和樂相處的日常生活經驗。但這些漢字與意義的不和諧，凸顯的是聲音的流轉，音譯的詞組成詩語，必須抓住當地風土的音，才能抓住詩的內涵和意境。「a」屬於音韻學概念下的開口呼，響度最大，有直接、開朗的情感效果。我們甚至必須藉由朗讀，以二字一組的節奏，循此律動，以閩南語唸出這些音譯的詞組，更貼近馬來語的鄉土世界。

這是邱菽園改造漢詩的巧思，亦可看作文字或詩歌遊戲。這不同於新派詩的音譯新詞，而是在竹枝詞裡捕捉馬來語音，那一個異地風土的聲音。換言之，竹枝詞遵照漢詩的押韻和格式，貼近了風土的新景觀。聲音如實貼近風土，在民間的竹枝詞形式，有了一個層面的接觸和轉化。

也許對這類實踐性的遊戲作品大費周章的解讀，終究難以說出重要的詩學價值和道理。但我們恰恰在邱菽園主編的「遊藝場」欄目看到他的某種意圖：那奠基於生活的風土，怎樣被如實的貼近和把握。因此，這類詩作沒有重新改寫詩的結構和音節，但這些「遊藝」性質的寫作，卻重新活化了漢詩的聲音。尤其面對異地知識與物像，詩以聲音博物、感知，在不得不藉助註釋說明才得以解釋語意的情況下，聲音被放在首要的認知位置，身體的存在感因此被確立。

對於整體的十九世紀末至二十世紀南洋華語寫作而言，這種並存的漢詩與韻文體的粵謳、竹枝詞，需要我們重新思考風土以怎樣的形象走入文學，或文學以怎樣的言說形式把握風土。

邱菽園在《嘯虹生詩鈔》編定刊刻那年，概括自己寫詩的願望是「能將文化開南島，剩有詩情託國風」[50]。他大概清楚自己的創作志趣，也意識到南洋詩歌的風俗與地方寫作，恐怕是境外漢詩最有可能的一種表述潛力。根據過往接觸交際中原傑出詩人的經驗，除卻流寓文人留下的筆墨，這些根植生產於境外的漢詩，能有幾分競逐中原爭長短的勢力和機遇，他確實有更深的自覺。因此他在詩集裡留下不少狀寫「星洲」，特別以「星洲」命名的詩篇[51]，直接為南洋漢詩揭開了一個本土視域。康有

49　李慶年編：《南洋竹枝詞彙編》（新加坡：今古書畫店，二〇一二），頁四六二。更多詩例與討論可參考頁四五九—四六四。
50　邱菽園：〈易老〉，收入丘煒萲（菽園）：《菽園詩集》，頁一八九。
51　這樣的詩篇不少，如〈新嘉坡地圖〉、〈星洲〉、〈星洲紀遇〉、〈星洲謠〉、〈星島〉、〈星洲晚眺〉等。張錦忠認為地方感性是判別馬華文學與境外中國文學的準則。邱菽園的這些「星洲」漢詩，是明顯的地方感性表現。他的在地特色已成為馬華詩學或南洋詩學重要的形式之一。參考張錦忠：〈重寫馬華文學史，或，離散與流動〉，收入張錦忠編：《重寫馬華文學史論文集》（埔里：國立暨南國際大學東南亞研究中心，二〇〇四），頁五九—六〇。

為替詩集寫序，特別注意到他這種寫作官能風土的遊戲之作，在藝術風格外仍有寄託：「奇情壯采，濃姿活態，勃窣而鬱怒，清深而馨嫮，自發逋峭於行間，讀者可論世知其人也。[52]」這裡提醒我們邱的文人才情和他雜糅的生活觸感。因此就一個寓居到移居的過程，邱菽園強調的島上意識是自然的在地感。他著眼南洋地域的生存感覺，特別是雜糅南遷歷史脈絡，為星洲找到自身的書寫位置，凸顯出他不同於一般流寓者的眼光。

在〈星洲雜感四首〉，他以中國漢人南遷的縱貫史觀，描述了這個島嶼的前世今生，展示南洋漢詩少見刻畫的地域歷史感。

> 天監遺碑泐海山，通津原不設重關。風輕少女宜銷夏，露立金山自駐顏。赤道迴流蒸黑子，黃人去國雜烏蠻。誰從貢道徵三保，甌脫偏聞赦此間。
>
> 息力門荒故道苔，濤聲依舊擁潮回。桃源甲子銷秦劫，竹箭東南茂楚材。大鳥海風宮室享，半旗星月陣雲隤。興衰幾易千年局，井裡遙連望古哀。[53]

詩人從刻有梁朝天監年號的石碑追溯新加坡悠遠的歷史。據清代《南洋蠡測》記載，新加坡最早發現的墓碑記有梁朝年號。這個聚集土人的平原，竟在千餘年前就有華人的流寓足跡。但遷徙的歷史斷續難料，詩的末聯指出明代三寶太監鄭和下西洋，最輝煌的跨境南來竟遺漏了新加坡。由此彰顯了華人流寓史的歷史微妙之處。

息力（selat）乃新加坡舊稱，意指海峽。這裡水道狹窄，島嶼之間恰似形成一道門。元代汪大淵《島夷志略》和明代《鄭和航海圖》都記載了龍牙門的名稱。這是島嶼或海峽之名，歷來爭議不斷。但新加坡的位置則由此找到一個最形象化的描述——水道中的一道門。門已荒廢，古道長苔，描述了華人為了避禍，南來拓荒的悠遠歷史。但從海洋貿易崛起的英國人，在此登陸殖民，開埠後的新加坡改變了孤島千年面貌。邱菽園在詩裡細數南來與拓荒的歷史遷變，以詩重構南洋圖像。

1949年邱菽園女兒邱鳴權與夫婿王盛治整理出版《菽園詩集》（作者拍攝）

很顯然的，邱菽園具有優秀的才情去處理不在一般流寓者視域內的地方歷史。華人遷徙的蹤跡，其實是形成漢詩的地方色彩的基本要素。從移民拓荒有成，到文教深耕，南洋詩的地方轉向，成為邱菽園漢詩作品內最有意義的表現。尤其當他以清麗淡雅筆觸描寫移居者落地生根的現實情境，無形之

52 康有為：〈邱菽園詩集敘〉，收入邱菽園：《嘯虹生詩鈔》，頁一。

53 見〈星洲雜感四首〉前二首，收入丘煒萲（菽園）：《菽園詩集》，頁一二〇。

中延續了黃遵憲早期「遷流或百年」（〈新嘉坡雜詩十二首〉）的觀察，並進一步從自己的華商身分出發，體驗他鄉遇故知的共鳴。這不但豐富了南洋詩的鄉土感覺，也拓展流寓者漢詩創作的基本關懷。

舊雨椰風外，連岡橡葉青。相逢盡華商，移植到南溟。鄉土音無改，人間世幾經。安閒牛背笛，吹出自家聽。（〈移植〉）[54]

造林增野闢，築壩利車行。榛莽卅年易，芳菲百里平。山低無颶患，舟集有潮生。烽火驚鄉夢，僑民漸學耕。（〈島上感事四首〉之一）[55]

透過邱菽園的在地書寫，漢詩呈現出南洋從炎荒之地，變為建設有成的移民社會。只是末聯一句「烽火驚鄉夢」，讓讀者看到詩人隱藏的情緒張力。移民城市景觀的變化，對照原鄉喪亂動盪。移居者所把握的在地感，凸顯在現實的「僑民漸學耕」。他們成了回不了故鄉的廣義遺民，只好在異地重建自身的文化教養。對照前一首的詩題〈移植〉，人的遷徙其實是根的移植。詩的言外之意似在強調：他鄉重逢不是偶然，而是新生活的開始。邱菽園的觀察顯然透徹，這些南洋詩的面目，已非一般流寓者的獵奇目光。所謂詩的地方色彩，已在邱菽園身上深化為在地生活感。

早在一九〇九年末代皇帝登基，邱菽園已預見清帝國覆滅在即。士人的憂患已難挽大局，他給臺灣流亡詩人許南英寫詩，告知自己將遠離中原政治，參禪終老星洲的願望。

收拾狂名不值錢，敢云惇史繼前賢。
希文縱復先憂國，夸父難追已墜淵。
碧血成仁多死友，濁醪排悶感長年。
祇餘落拓星洲老，哀樂關懷漸近禪。〈寄酬許允伯〉56

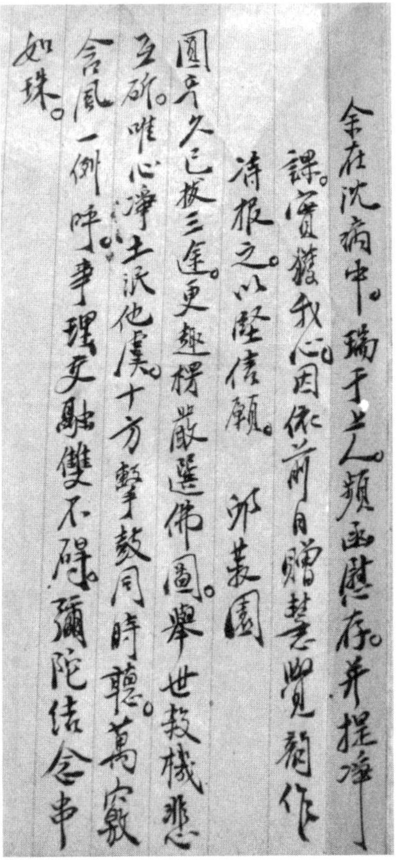

邱菽園晚年部分手稿（翻攝自「浪漫與革新：南僑詩宗邱菽園」展，2013年11月22日—2014年5月25日，新加坡國家圖書館）

54〈移植〉，收入丘煒萲（菽園）：《菽園詩集》，頁四二八—四二九。
55〈島上感事四首〉第一首，收入丘煒萲（菽園）：《菽園詩集》，頁四二四。
56〈寄酬許允伯〉，收入丘煒萲（菽園）：《菽園詩集》，頁一一七。

當年乙未割臺後許南英輾轉南來謀生，邱菽園不過剛移居新加坡。轉眼十餘年過去，朝廷已走到崩潰邊緣，士人的集體流亡心態，在他身上有了明確轉變。他鄉因此成為故鄉，南洋將是他們這批乙未後南來士人的歸宿。然而世事難料，幾年以後再次南來蘇門答臘謀生的許南英竟客死異鄉，南洋成為他顛簸的流亡生涯的最後終點。

一九三七年中國對日抗戰開始，中原陷入烽火。邱菽園就算要歸鄉終老已不可能。那時他大病初愈，決定修築生壙，並題詩紀念：

> 海山無地築仙龕，埋骨猶能躍劍潭。
> 日下三徵終不起，星洲一臥忍長酣。
> 飛花恍悟前身蝶，撫碣思停異代驂。
> 弗信且看墳草去，年年新綠到天南。
> （〈自題丁丑生壙〉）57

邱菽園與女兒、女婿攝於生壙（翻攝自「浪漫與革新：南僑詩宗邱菽園」展，2013年11月22日—2014年5月25日，新加坡國家圖書館）

邱菽園以壙前年年長成的新綠，安頓了自己移居南洋五十二年的地方情懷。最終落地生根的歸屬感，象徵一代南洋漢詩的完成。從最初的流寓風雅，到深入南洋風土，邱菽園開創了獨特的南洋詩人特色。其實他身上代表著南來文人一些普遍特質的放大與集合。他有優質的士大夫詩學教養、移民先輩積存的財富、介入晚清政治的抱負，以及遺民文人的俠骨柔情和雅興。邱菽園在清帝國的劇烈動盪氛圍中跨出境外，從此以域外的文化遺民姿態，走入南洋文化世界。因此他詩裡的風土情趣，形塑了南洋詩學的離散蹤跡與地方認同。這應該是邱菽園留下的最大遺產。

57〈自題丁丑生壙〉，收入丘煒萲（菽園）：《菽園詩集》，頁二七一。

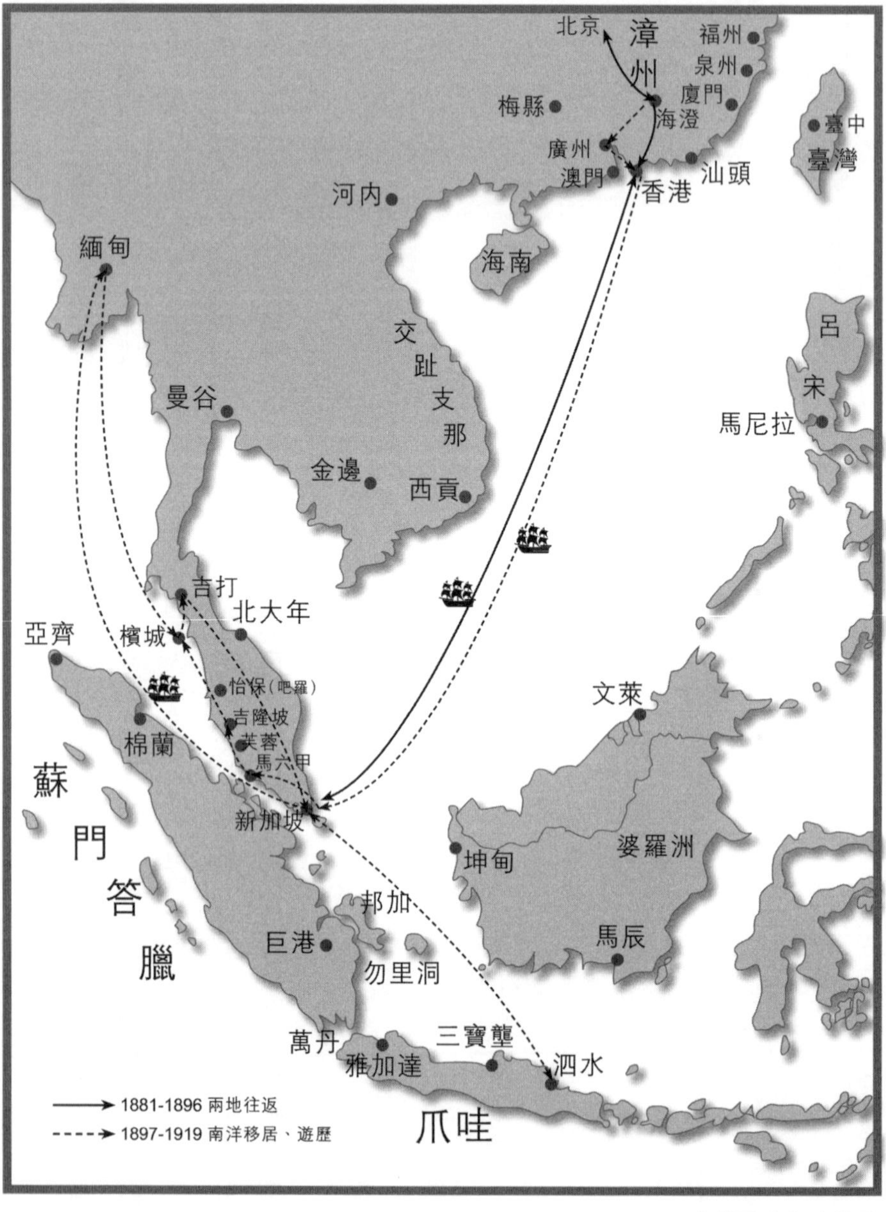

1881-1919邱菽園流動路線圖

第八章

現代性的骸骨
——許南英與郁達夫的南方之死

第一節 兩代詩人之死

一九四五年九月十七日郁達夫在印尼蘇門答臘失蹤，成為中國現代文學史上殞落南洋的一顆明星。郁達夫作為五四作家世代中，以開創個人浪漫主義文學揚名，並以頹廢文人色彩締造了現代文學的「私小說」風景。但郁達夫生前的行為舉止也招引了不少「逃避現實的頹廢者」之類的罵名。而頹唐浪漫之餘，郁達夫生命的晚期幾乎都在動盪不安的戰亂局勢中度過，甚至展開避難異地的流亡。郁一生中除了以小說成名，他寫作的大量古典詩顯得才氣橫溢，在行家眼中幾乎可以媲美清代的黃仲則、龔定庵等大家。另一方面，郁達夫留存的古典詩，卻相當完整記錄了他生命中最後的光景與心境。他遊走於星馬、印尼期間的精神形軀幾乎消耗在抗日、應酬、避難、流亡的忙碌慌亂中，而個人生命也歷經著家變、情傷、再婚。除了政論性質的抗戰文章，女人與詩恰是亂離之身的紀錄與寫照。因而詩裡的郁達夫形象竟是他留給世人最後的骸骨。（愛作舊詩的他自曝自己就是骸骨的迷戀者）在日軍敗戰氛圍下遭日本憲兵殺害失蹤的郁達夫，無疑被認為是五四文學的重大創傷及遺憾，但也替他留下了「愛國詩人」的美名。對於一生中經歷的荒唐頹廢、流離恐懼，郁達夫在臨近生命的終點寫下了一句詩：「此身真是劫餘灰」[1]。巨創、死寂、湮滅，一幅離散的末世圖景。換言之，那已是五四世代永遠留在南洋的詩人郁達夫[2]。

但郁達夫晚年黯淡的身世並不偶然。早在晚清揚名的臺灣遺民詩人許南英，卻有相似的人生際遇，南來謀生終埋骨於蘇門答臘。許南英誕生於一八五五年的臺灣臺南，號蘊白或允白，另有窺園主人、留髮頭陀等字號。他在年輕時期高中科舉，進士及第，同時開設學舍執教。四十一歲的中年卻遭逢乙未割臺，因曾統領抗日團練，不得不避走大陸，從此展開其顛沛流離的遺民生涯。作為乙未遺民世代，許南英的詩名不小，但仕途坎坷，又擔負經濟重擔。他為衣食幾番轉徙各個縣城官場，還先後兩度奔走南洋。最後一次遠赴印尼為華僑編寫傳記已是六十三歲，卻不幸染病客死異鄉。那是一九一七年。詩人留下詩集《窺園留草》一冊，銘刻離亂人生。

兩代詩人並置，各有不同人生旅程，卻同時死在南洋作為終點。許郁二人的南來流離，有其無法迴避的時代動盪。無論乙未割臺或抗日戰爭，都是時代鉅變下的現代體驗。近代中國邁入現代化的歷史進程，面對一連串的西化、殖民等歷史暴力對日常生活節奏與文化秩序的破壞，文人共同走向境外，集體經歷了生命飄零中的身體焦慮、家國想像，以及異域環境的困蹇、耗損。在一切只簡化為生存或生活慾望的流亡環境裡，他們的抱負理想難以伸張，僅透過頻繁的書寫，以精粹的文化形式——漢詩，作為紀錄生命刻痕、憂思和移轉苦難經驗的審美理念。這是自古以來，古典文學教養在個體喪亂時刻，發揮著避難涵養功能的美學角色。寫作漢詩意味投向文化母體，將個人的苦難寄託在一個文明總體的精神序列之中。漢詩因此構成一套心理機制，將個體的遭遇經由文字塑造為肉身的象徵意義。詩人創作是驗證個人的存有。

在知識分子大流亡的集體氛圍中，他們的漢詩寫作等於記錄災難或創傷身體，用感性的視角，歷史通感的文學格式，對應了流亡體驗中自我在文化／國族陷落的漩渦中可能的精神遭遇或生產。然而他們最終遺留下來的只是骸骨。這種以骸骨形式見證的精神遺產，是否該視為一種中國現代性創傷的表徵？

1 郁達夫：〈胡邁來詩，會有所感，步韻以答〉，《郁達夫全集》第九卷（杭州：浙江文藝，一九九二），頁二二三。此詩一九四四年寫於蘇門答臘。本章引用的郁達夫詩作，除特別註明出處外，均援引自上述版本。後文僅在詩後標示詩題及頁碼，不再個別注釋出處。另外最新的郁達夫詩詞註釋，詳詹亞園箋注：《郁達夫詩詞箋注》（上海：上海古籍，二〇〇六）。本章對郁詩的典故闡釋解讀，部分參考此著。

2 一九五八年新加坡出版的一本《郁達夫紀念集》裡收入不少南洋友人紀敘郁達夫事蹟的文章。而當中多篇文章討論了郁達夫的古典詩寫作。顯然「詩人郁達夫」是他留在南洋的基本形象。李冰人、謝雲聲編：《郁達夫紀念集》。

我們可以將漢詩看作中國現代性視域內，另一種文化與文學機制[3]。在現代中國的線性歷史進程，無數的戰爭、災難、遷徙所造成的精神或肉身的苦痛，總是讓經驗主體徘徊在創傷和死亡的意識深淵。漢詩卻不斷的出沒在這些歷史的斷層之間，成為文人不曾棄絕的抒情和敘事形式。因此漢詩寫作成為本書討論的關鍵主題，一種「現代性的骸骨」。這裡特別強調了漢詩作為見證和轉化經驗主體的重要形式。這種現代性體驗，往往集中表現在流亡肉身的劫毀、放逐、悲愴、死亡等生命陷難。漢詩在此有了兩層意涵，或以新文學嘲謔的「骸骨」姿態作為承載的媒介；或以一種文字的遺跡，成為紀錄流亡者真正的異地埋骨。在文字與死亡的兩極之間，他們葬身異域的結局與漢詩形式亟欲呈現的自身內在危機，構成了一種流寓者的精神形貌。

晚清以降的境外離散與國族想像，無疑是漢詩寫作者基本的視域。許郁二人的跨世代應合，替「南來」同時表述的離亂經驗做了不同的驗證。如果許南英流離南荒，選擇以詩寄託苦難是乙未遺民最熟悉的文學形式。那麼令人感到弔詭的，無異是處在新文學鼎盛時期的郁達夫，在無可抗逆的時代暴力中，仍以漢詩表現生命。詩人隔代的炎荒之詩，透過邊陲地域的生命境遇，竟巧妙完成了文化生命的賡續與暗合。許郁的隔代對視，從時間斷層與地理遷徙角度，呈現出文化的回眸與靈光。鉅變局勢裡的個人顯得顛簸和不安，南來之路不僅是流離之途，同時清楚呈現了文化遺民在南方漢詩系譜內的種種現象。

然而南來文人的原初場景，並不侷限在詩人之死。二十世紀文學的離散，將南來展示為一種喪亂症候。流亡、離亂、骸骨成為豐富的能指，穿透在不同文人之間的南方經驗。五四作家裡擅以小說表現宗教啟悟的許地山，恰是許南英之子。他似乎跟隨父親步伐，有了自己的南洋流寓體驗。許地山在父親亡逝後的小說寫作生涯，無數次以飄零南洋的人物與故事，延續或召喚父親的流離之途。小說的角色走向無止盡的遷徙游離，卻在無形之間塑造了一種莊嚴的生命旅程。許郁的南方之死，對照許地山的小說世界，相異文類之間的對話，呈現了一個南方的未竟之旅。

第二節 慾望之軀：郁達夫的最後旅程

飄零琴劍下巴東，未必蓬山有路通。
亂世桃源非樂土，炎荒草澤盡英雄。
牽情兒女風前燭，草檄書生夢裡功。

3 典型的中國現代性追求，是一種超越和反抗傳統的精神。中國現代文學發展，基本繼承了這一套以西方價值觀念為參照的歷史敘事。漢詩，在一種現代「理性化」、「科學化」和「除魅式」的語言變革裡，以清楚的現代／傳統、新／舊的二元對立，被排除在現代文學建制內。但漢詩卻從來不曾退場，且以一種誘惑的形式和文化技藝，成為無數文人生命經驗裡持續生產的文學類型。關於中國現代文學的現代性追求，參見李歐梵：〈追求現代性（一八九五—一九二七）〉，《現代性的追求：李歐梵文化評論精選集》（臺北：麥田，一九九六），頁二二九—二九九。

便欲揚帆從此去，長天渺渺一征鴻。（郁達夫：〈亂離雜詩〉，頁二一九）[4]

一九四二年二月當郁達夫展開人生最後一段旅程，卻是大難將至的流亡之旅。由於新加坡的英國殖民者決定繳械棄守，這座在十九世紀晚期以降，南來中國移民及文人落腳的重要據點，轉眼淪陷在南侵的日軍手裡。中國抗戰時期流寓新加坡的一行文人，包括郁達夫、張楚琨、巴人、胡愈之、沈茲九、汪金丁等[5]，也開始輾轉多地逃難至印尼的蘇門答臘。上述的〈亂離雜詩〉，正是郁達夫流亡途中的寫作，描述潛居保東村（Padang Island）及流轉各地時的心境。詩的背景幾乎滿佈亂離的哀傷，流亡者廁身窮荒之境，進退兩難。文人生命的煎熬既是苦中自勉，但又兒女情長。

儘管這都是歷來流亡者的慣性囈語，箇中卻有雙雙對應，無以消融的生命困境。巴東（Padang）是郁準備逃往的據點，異域地理代現了焦慮的主體。飄零者走在炎荒的窮途末路，一行落拓英雄棲居草澤，卻非遁隱的桃源故土。詩敞開未見的天地困局及邊緣疆界。亂離生命恰似風中殘燭，詩人愈是思念遠在大陸的子女，好比書生扛起的抗日重任與功績（郁曾領導華僑抗敵

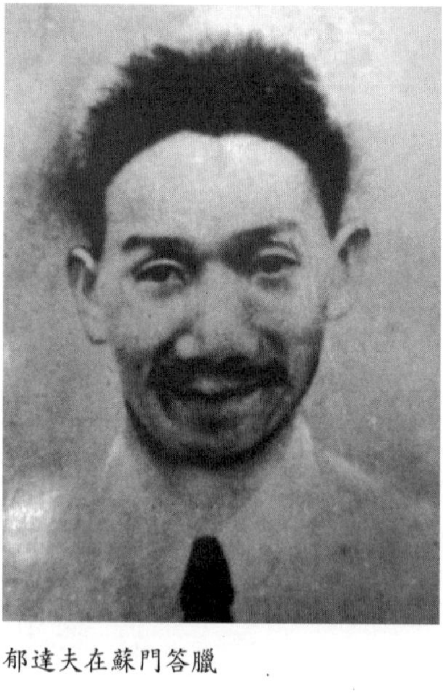

郁達夫在蘇門答臘

委員會），終是一場夢。無論「揚帆」或「征鴻」，詩人在海天縹緲中仰望出路，只有孤單隻影流放天涯。尤其「長天」一句直接化用龔自珍〈己亥雜詩〉[6]，別有男女情思寄託。

〈己亥雜詩〉是龔自珍辭官離京歸家途中寫就的大型組詩。詩中難免顯露飄零孤寂的情懷，但也有淒馨綺豔之作。郁達夫化用的龔自珍原詩，本指龔在江蘇重遇妓女靈蕭的事蹟，雙方有了一次爭執，龔不辭而別。郁達夫藉此寄懷，正好為內心抑鬱失落的愛情找到百年前的知音，為大難分離添加幾許柔腸寸斷及歷史的無奈。

眼前的流亡者閉鎖難耐，詩人無法自天地脫逃，只能以地理困窘拋出自身的邊緣意識。詩裡展示了亂離摧折下的主體危機：飄零、流離、自傷。藉由郁為自己的流亡刻度的心靈影像——系列舊體詩——我們找到包裹現代亂離經驗裡「震驚」的中介。這種前現代的典型文學類型：舊體詩，藉由其「靈暈」（Aura）的審美格式[7]（千古共感的典故、語詞，及化用調遣前人詩句所指向的感覺結構），

4 這一組十二首的七律舊體詩是郁達夫失蹤前最後留下的作品。原始的十一首是戰後由當年一同避難蘇門答臘的胡愈之披露。另外有一首發現較晚，載於一九六七年新加坡的《南洋文摘》。後據其避地苦中作樂的心境內容，一併納入〈亂離雜詩〉。引文是〈亂離雜詩〉排序的第十首。

5 關於這一群南來文人的簡介與事蹟，參考林萬菁：《中國作家在新加坡及其影響（一九二七—一九四八）》。

6 龔自珍〈己亥雜詩〉第二六五首：「美人才地太玲瓏，我亦陰符滿腹中。今日簾秋縹緲，長天飛去一征鴻。」詩的前兩句可看出男女有意氣之爭，龔有不如歸去的矛盾心境。

7 靈暈（Aura）是本雅明（Walter Benjamin）從機械複製時代的現代性經驗批判中，提出人與傳統審美對象之間的

作為郁達夫在目睹時局崩潰，見證生命危機的形式下把自己重建的經驗。如此一來，舊體詩等於巧妙捕獲肉身亂離的現代感。一種面對戰爭暴力，自身內在尋求美與藝術形式的寄託與轉化。

然而，我們又該如何理解成名於五四時期的新文學家選擇以古典格式寄存「餘生」的文體觀感？郁達夫並不諱言，他在舊體詩裡找到獨抒心靈的形式：「像我這樣懶惰無聊，又常想發牢騷的無能力者，性情最適宜的，還是舊詩；你弄到了五個字，或者七個字，就可以把牢騷發盡，多麼簡便啊。[8]」另外，周作人為自己寫作打油詩或雜體詩也做了文體上的說明：「白話詩的難做的地方，我無法去補救，回過來拿起舊詩，把它難做的地方給毀掉了，雖然有點近於削履適足，但是這還可以使用得……[9]。」換言之，舊詩是這批新文學家的基本技藝，儘管他們本身同時掌握了優秀的白話文書寫能力。尤其舊詩在形式與本質上都貼近於詩人的生命情調，以致不僅是技藝問題，而成為心理需求。

郁達夫的摯友，寫作新體詩的著名詩人郭沫若，卻同時是熱衷舊體詩的寫作者。其辨識詩的舊體新體，有著頗堪玩味的說法：「古人用他們的言辭表示他們的情懷，已成為古詩，今人用我們的言辭表示我們的生趣，便是新詩。[10]」古／今、新／舊這一套晚清以降的老調重彈，郭試圖持平中肯的說法（相較激進的文學革命語言），其實暗示著時間性的對立不是一刀兩切的創作準則。詩的本質應往書寫的當下時間感敞開。這番話出現在新體詩面臨尋找養分與資源的時刻，不能不讓我們認真思索箇中含意。尤其郭個人的創作實踐並不排斥融通共感的古人「情懷」。

舊體詩歷經新文學運動的批判風暴，前景本屬黯淡。但舊學根柢不錯的知識菁英，從未棄絕舊體詩的表述方式。新文化運動後舊體詩社林立，學人之詩傳承不絕，舊詩格式回應著其作為時代遺留下的文類際遇。舊體詩是中國精緻文學的典範，文人從舊詩體式回應生命承載的一種文化光譜。尤其舊詩寫作往往臨近主體意識的曖昧呈現。無論是亂離世界裡主體危機的存有經驗、高壓環境下免於迫害的寫作，或自我規避與自娛的閒趣、寄存時局深意的學人之詩、或革命戰鬥的家國情懷，舊體詩處處凸顯其作為文化中介，為主體內在精神的文化幽暗意識，找到抑鬱或激揚的形式歸宿。於是，這些熱衷舊體詩的寫作者，既是涵攝古典詩學傳統的寫作主體，亦浮現出二十世紀的一種文化精神狀態。

一種氛圍和關係。這指出審美對象是作為獨立的自我存在，在審美距離之外，使得人與審美對象能達到一種忘我的融通、移情和領悟。這概念用以指稱古典舊詩在現代氛圍的寫作意涵，強調詩作為文明與文化的精粹，促使詩人的創作乃是追尋與投射一種人生體驗的完整性。詩人與詩之間的關係，可以從本雅明以下一段話印證：「要感知我們所觀看的某個對象的靈韻，也就意味著將回看我們的能力賦予這個對象。」參見本雅明著，劉北城譯：〈波德萊爾的幾個主題〉，《巴黎，十九世紀的首都》（*The Arcades Project*）（上海：上海人民，二〇〇六），頁二一六。

8 郁達夫：〈骸骨迷戀者的獨語〉，《郁達夫全集》第三卷，頁八三。

9 雖然周作人標榜他寫作的雜事詩並非傳統正宗舊詩，也非白話詩；而是文字及思想雜，極新與極舊碰在一起。但並不諱言舊詩的傳統思想與格式還是其寫作內容的主流。見周作人：〈題記〉，《老虎橋雜詩》（石家莊：河北教育，二〇〇二），頁三—四。

10 郭沫若、田壽昌、宗白華：《三葉集》（上海：上海亞東圖書館，一九八二），頁四六。

當年郁達夫南來，停留新加坡的短短三年兩個月，創作的舊體詩詞幾乎等同於政論或隨筆文章的分量[11]，但小說寫作則是掛零。這基本可以認定是詩人郁達夫時期。尤其受戰火波及，郁達夫逃亡避難的生命晚期可以傳世的作品，卻是被論者推崇有加的〈亂離雜詩〉。〈亂離雜詩〉似以敘事貼近主體存有的「蹤跡」，尤其當肉身已不知所蹤。但流亡敘事難免弔詭。十一首〈亂離雜詩〉都是逃亡的同伴胡愈之在戰後發表悼念文章〈郁達夫的流亡和失蹤〉（一九四六）[12]時披露，因此成為郁達夫生命中最後的文獻。但「出土」文獻如何還原、再現經驗主體，無異掉入另一種詮釋的陷阱。當時郁達夫已杳無音訊，〈亂離雜詩〉藉由他人之文而浮出地表，脈絡化為郁達夫失蹤傳奇的環節，成

郁達夫抵達新加坡初期落腳的南天大酒店

為遺物，在其物質性的基礎上反而生發了無限的慾望生產。恰如那不知所蹤的肉身骸骨，郁達夫愛好舊體詩且自稱「骸骨迷戀者」[13]，舊詩因此「光明正大」表徵骸骨，以遺文遺物的形式釋放出流亡者浮動卻也曖昧的個體亂離經驗。

這趟逃亡行旅，相較一九三八年郁遭逢人生低潮期而自我放逐到炎荒之地[14]（「此身已分炎荒老」〔〈毀家詩紀〉十六，頁一八〇〕），顯然更是黯淡蹇滯。三年前郁初抵新加坡擔任《星洲日報》的副刊編輯，總算扮演著一個文人與報人的稱職角色。而此時烽煙再起，郁在逃亡中只能化身酒廠老闆趙廉，委身在蘇門答臘的巴爺公務（Payakumbuh）小鎮，周旋在日軍、印尼人、荷蘭人及華僑之間。

11 據姚夢桐統計，三年餘間郁發表的政論有一〇四篇，隨筆一一二篇，而古典詩詞也有九十九篇。參見姚夢桐：《郁達夫旅新生活與作品研究》（新加坡：新加坡新社，一九八七），頁一六三。

12 胡愈之：〈郁達夫的流亡和失蹤〉，收入胡愈之、沈茲九：《流亡在赤道線上》（北京：生活・讀書・新知三聯，一九八五），頁四一—七八。

13 參見郁達夫：〈骸骨迷戀者的獨語〉。但這不僅是郁達夫的個人稱號。新文化運動以後，寫作舊詩者都習慣性被譏為迷戀骸骨。見鍾敬文：〈《天風海濤室詩鈔》跋語〉，收入楊哲編：《中國民俗學之父：鍾敬文生涯・學藝自記與學界評述》（合肥：安徽教育，二〇〇四），頁一六三。

14 參照郁在一九三六至一九三八年期間的詩文，大體知曉當時他面臨家庭變故及國內抗戰情勢逆轉的心態。尤其〈毀家詩紀〉二十首舊詩詞，幾乎和盤托出其心路歷程。同時也可參考其子郁飛的文章〈郁達夫的星洲三年〉，收入蔣增福編：《眾說郁達夫》（杭州：浙江文藝，一九九六），頁三五五—三八五。

換言之，那是生命基本的存亡之秋。對照郁當初「若能終老炎荒，更系本願」的說法，家庭變故固然令其哀頽以致灑脫的選擇遠走他鄉。但他恐怕萬萬沒料到，自己的終老會是神祕的失蹤，為流亡生涯畫下延伸的刪節號。那不能言盡的，戛然而止的人生，埋下令人窺探的想像慾望及續寫。

郁達夫旅居新加坡期間寫作的舊詩，繼承了〈毀家詩紀〉那種破敗人生的哀痛。〈毀家詩紀〉寫於南來之前，刻畫了夫妻間私密的情感風波。一九三九年郁達夫將全詩二十首寄往香港《大風》旬刊投稿，家醜外揚，夫妻間不堪情事公諸於世。詩中遭致情感重創的郁達夫，鬱鬱寡歡，哀憐自傷。這是他南來後標準的清瘦孤單身影。閉塞的心境，既是情傷，也有感遇的悲愴及憂患。於是，詩裡屢屢出沒放逐、旅愁，浪遊、思鄉等頽敗風景，意味著難以救贖的困寂：

醒後忽忘身是客，蠻歌似哭斷人腸（〈星洲旅次有夢而作〉，頁一八四）

「忘」成了身分游移，出入虛實的關鍵，而蠻歌的異國情調乍聽柔腸寸斷，構成環境與心境的落差。〈毀家詩紀〉一經刊出，本已脆弱的夫妻關係面臨攤牌的局面[15]，並成公開的話題，驚動了文藝界的朋友。其中署名一泓的新加坡詩人潘受有詩勸說，試觀其意味深長的首聯與末聯：

小劫神仙亦可嗟，最難家毀又成家。……
何嘗一笑忘前事，重結鴛盟寄海涯。（〈西浪贈達夫伉儷鐵民和之邀同作〉）[16]

詩的首二句直接以人情現實挑明回應〈毀家詩紀〉第九首「敢將眷屬比神仙，大難來時倍可憐」（頁一七六）的困窘哀憐。雖然作者用心良苦，力勸家和萬事興。但道德說教顯然無效，詩人「毀家」心結已深，則以「不欲金盆收覆水，為誰憔悴客天涯」（〈小草〉，頁一八四）回絕了可能的勸合。遠離家國的感傷，妻子背叛的覆水難收，讓自己的南渡成為自覺意識的流放。郁和本地詩人熱衷的往返唱和，寄情言志，詩因此是最能直白披露情感的媒介。但箇中矛盾也明顯不過，尤其詩同時被塑造為妝點困阨放逐生命的最佳圖像。於是，詩裡的流放情懷形貌多變，接上遠古的詩學傳統。「參透色空真境界，一瓶一鉢走天涯」（〈感懷〉，頁一八五）、「投荒大似屈原遊，不是逍遙范蠡舟」（〈檳城雜感〉[17]，頁一八八）。詩人客走天涯在乎的是屈原行吟澤畔的放逐原型，而非范蠡的浮海閒情；又或以流水僧、或以斷腸人鋪陳內在的自棄情結。他的孱弱病體、形容枯槁，以致忍不住質問流亡者的疾苦：

15 針對郁達夫公開〈毀家詩紀〉，王映霞不甘示弱也投書雜誌，以〈一封長信的開始〉、〈請看事實〉二文展開反駁，以致二人感情破裂之事成了文壇焦點。參見王映霞：《王映霞自傳》（臺北：傳記文學，一九九〇），頁一九〇——二〇四。

16 轉引自姚夢桐：〈唱和郁達夫的詩〉，收入王慷鼎、姚夢桐：《郁達夫研究論集》（新加坡：新加坡同安會館，一九八七），頁二四。

17 此詩於一九三九年投稿香港《大風》雜誌時題作〈檳城雜感〉。又有詩題〈前在檳城，偶成俚句，南洋詩友和者如雲。近有所感，再疊前韻，重作三章，郵寄丹林，當知余邇來心境〉。

> 去國羈臣傷獨樂，梳翎病鶴望全瘳。窮來欲問朝中貴，亦識流亡疾苦否？（〈李偉南、陳振賢兩先生招飲醉花林，叨陪末座，感慚交並，陳先生賜以佳章，依韻奉和，流竄經年，不自知辭之淒惻也〉，頁二〇三）

因此亂離中隨處藏有死亡暗影：「終期埋近要離塚，那有狂夫不憶家」（〈和廣勛先生賜贈之作〉第四首，頁一九六）。值得注意的是，這些自憐哀傷的詩作，既是個人感慨，更是出自一個詩人群體的唱和活動[18]。緣情與言志作為詩的抒情傳統特質，最能應和南來流離者的生命共感與對話。唯有詩才能將生命經驗置入一套文化的表意系統，召喚深沉的含意與寄託。作為感傷的行旅者，郁的客愁顯然暗藏驚恐形色。戰事危急迫在眉睫，婚姻糾纏與兒女牽掛，更是令他蹇滯窮愁。那惘惘威脅來自傷懷，家國離亂下的時局陰影，個體生命必得承擔但又不堪摧折的歷史風暴。

一九四〇年郁為了洗刷戰時塵渣有了一趟馬六甲之旅。留下的記遊文章[19]細數馬六甲的斑駁歷史身影，卻突發奇想迎來了一個陌生人徹夜暢談古今，從野史、情史到英雄事蹟無不暢所欲言。但隔早發現查無此人，顯然他見鬼了，並戲稱是「古城夜話」的絕佳小說題材。仔細推敲，郁的怪異狂想恐怕別有深意。異域撞鬼，郁渴望跟哪一個鬼魂打照面？抑或召喚歷史幽靈？那是可歌可泣的南洋拓荒、殖民史？還是抗戰以來中國人何從何去的流亡史？我們有理由相信，郁幻想在古城見鬼，企圖走入另一個意義稠密的場所，見證主體與歷史互融互攝的場域——鬼域。尤其外面的世界是戰亂蔓延，這一種人類暴力經驗早已將脆弱個體掃蕩到歷史廢墟。由此可見，郁的憂患及焦慮彰顯的客愁並不簡單，而是參雜了濃郁的個體生命暗影，歷史暴力的潛意識，構成他困鎖在南洋的斑斑血淚。那不僅僅是異國情調的遊覽，更多了幾分生命的惶惑。以致郁達夫生命最後旅程流連於舊詩，寄身在他偏愛的「骸骨」，進而過早的精神虛化，還原為肉體、慾望、生理意義的生產[20]。這何嘗不是一幅流亡的創傷圖景。

長期以來，郁的南洋際遇會成為傳記寫作的焦點，往往是強調其生死之謎，並加以繪聲繪影的趣味。除了文友同袍的記憶悼念文章，強調田野工夫的日本學者鈴木正夫，最終以專著考證描述了郁的最後死亡之路[21]，這同時為郁達夫傳記的結局做了定調。除了失蹤死亡的生平傳奇，郁留下值得討論

---

18 郁在南洋期間的詩作有不少是唱和生成的作品。那是一個共感交集的飄零氛圍及構築的詩人形象。與當地文人的相關唱和詩作討論，參見謝雲聲：〈郁達夫詩詞及其他〉，收入李冰人、謝雲聲編：《郁達夫紀念集》，頁一八五—二〇三；姚夢桐：〈唱和郁達夫的詩〉。

19 郁達夫：〈馬六甲記遊〉，《郁達夫全集》第四卷，頁二八八—二九四。

20 郁達夫流亡蘇門答臘時期，嫖妓頻繁，且遊走於各式各樣的妓寮，最後跟當地年輕的土生娘惹結婚生子。避地蘇島時的友人有如下記載：「他跑到『鶯鶯燕燕』的『香巢』裡去了，我就好像周倉似的在客廳裡等。等到他『事畢』出來，我們『又顧而之他』。照樣他又進『香巢』，我又是等候。有時竟能跑三五香巢而不倦。」參見張紫薇：〈郁達夫被害前後〉，收入王潤華編：《郁達夫卷》（臺北：遠景，一九八四），頁三四四。

21 鈴木正夫：《蘇門答臘的郁達夫》（上海：上海遠東，一九九六）。該書中譯原稿最早在郁達夫遇害四十週年（一九八五）的研討會上發表。

的新文學作品卻顯得與其名聲不成比例[22]。鄭子瑜曾針對他的南洋漢詩做基本介紹討論[23]，但真正在文學體系及評論建制中被提及的，只有一九三九年發表隨筆〈幾個問題〉所引起的論爭[24]。雖然該論爭在馬華文學史展示了典律的意義，但郁真正遭到質疑和挑剔的，反而是他必須面對華僑的民族主義或民粹的檢驗及期待。新馬文人對於中國南來文人的苛責，間接呈現了郁以舊詩寄存經驗的舉動成為眾矢之首[25]。

其實郁在新加坡擔任編輯的角色異常吃重。他在主編《星洲日報》副刊《星洲日報半月刊》時，幾乎每期都要自己撰寫文章，討論日本問題。同一時期他還主編了新增的《星洲文藝》專欄，並且發表文章。除此，他另外主編了三種純文藝副刊《晨星》、《文藝週刊》和《繁星》，甚至後來每月一冊的《星光急報》文藝欄也是由他負責。他的名氣與號召力是被賦予重擔的原因，過分的忙碌與消耗，甚至有過兩個月要看一千篇稿子的紀錄。在抗日行動方面，他投入抗日賑籌會的活動，幫助殖民地政府主編《華僑日報》宣傳抗日，進而在文化界抗日聯合會擔任主席。另外，他還聯合當地學者組織南洋學會，開啟一個南洋風土問題研究的風氣。

以上多重的社會身分和角色，尤其海外宣傳抗日的使命，使得郁達夫的小說家生命提早枯竭，轉而經營篇幅短小的漢詩，成了詩人。這些構築他在南洋的積極正面形象事蹟[26]，並沒有阻卻他在漢詩裡經營頹廢情懷。在長期體力與精神耗損之下，婚姻感情的波折，日軍南侵的風雲密佈，主導了流寓者放逐的肉身慾望，多愁善感與頹廢的情緒張揚。這些反差的形象，在戰爭時期深入了漢詩，成為南方亂離世界裡，郁賴以呈現經驗主體的唯一形式。當中的文學生產意義，凸顯出現代世界夾縫中舊形式的誘惑。郁在漢詩裡的零餘者背影，不一定就是《沉淪》（一九二一）等私小說的蒼白感傷餘緒。那恐怕另有漢詩傳統中經營自我形象的耽溺美學[27]。漢詩、流亡與時代，依然是郁達夫的南來詩學的

22 真正將研究視野落在郁在南洋書寫的專著，只有姚夢桐《郁達夫旅新生活與作品研究》。其他結合傳記成分，值得注意的研究成果包括溫梓川發表於一九六四至一九六七年間馬來西亞《蕉風》月刊的《郁達夫別傳》。此書在郁達夫誕辰一一〇週年之際終於成冊出版。溫梓川：《郁達夫別傳》（銀川：寧夏人民，二〇〇六）。另外，還有楊聰榮以郁達夫及印尼革命家陳馬六甲二人為對照的越境旅行研究。楊聰榮：〈郁達夫與陳馬六甲的越境之旅〉，《中外文學》第二九卷第四期（二〇〇〇年九月），頁一五五—一九六。

23 早在一九五五年鄭子瑜以郁達夫的南遊詩做討論。見鄭子瑜：〈談郁達夫的南遊詩〉，《詩論與詩紀》（臺北：書林，一九九六），頁三〇—四〇。

24 郁達夫：〈幾個問題〉，《郁達夫全集》第六卷，頁三三三—三三八。參考楊松年：〈從郁達夫〈幾個問題〉引起的論爭看當時南洋知識分子的心態〉，《亞洲文化》第二三期（一九九九年六月），頁一〇三—一一一。

25 這場論爭的相關往來文章，參見溫梓川的摘錄和討論。不過，溫自己對郁達夫的文章解讀，也有其時代的盲點。參見溫梓川：《郁達夫別傳》，頁一一七—一二五。同樣的問題也發生在周作人身上。其在戰時寫作雜事詩及打油詩遭致王任叔及南洋一帶詩人的譏諷。參考鄭子瑜：〈論周氏兄弟的雜事詩〉，《詩論與詩紀》，頁八四—一〇二。

26 他寫作了大量政論性質的隨筆文章，是重要的佐證。

27 郁達夫對清代乾隆年間詩人黃仲則的偏愛是最好的例子。孤兒、病體、貧困、潦倒，短壽，詩人苦命的一生著實吸引著郁達夫的目光。李歐梵直指黃仲則就是郁達夫的自我幻象。參見郁達夫：〈關於黃仲則〉，《郁達夫全

標準組合。但這已不同於晚清帝國風雲下流寓者的典型遺民情懷，郁在漢詩裡表現的感傷主體，來自放逐形式的劫毀，現代戰爭暴力造成的身體苦難，因而彰顯的不是中國傳統抒情詩的自足飽滿，而是一種詩學傳統播散出去的斷裂與頹敗。這其實已是漢詩的現代經驗結構。

當我們進一步勾勒南洋作為流亡、苦難承擔的亂離場景，其實很大部分源於動盪的近代東亞局勢。無論是帝國及民族國家內部政治革命、區域侵略戰爭及殖民，延伸的離散狀態層出不窮。這基本是晚清以降構築南洋印象的一道風景。就一般流離者而言，那是血淚交織的異域與絕地。但不能忽略的是另一種流離者的弔詭聲音。除卻中國大陸南方沿海一帶的移民及士人流亡，隸屬日本殖民地的臺灣也一樣在南洋異域裡找到其曖昧、苦難的歷史身分。從臺籍志願兵、臺籍慰安婦到臺籍戰犯，臺灣人在北婆羅洲的古晉戰俘營，從戰爭參與者到受難者，罪與罰、背叛與屈辱，成為歷史幽暗處難解的債務[28]。如此一幅南洋景象，是時代的悲劇與磨難，也見證無數歷史遊魂遭遇的摧折與控訴。一具具無以言喻，刻上時代烙印的慾望軀體。

郁達夫的南來，基本擺脫不了日本侵華及抗戰的時代格局。亂世引發的流離，古今皆然。南洋長期作為中原大陸在政經及文化層面外延的一個生產區塊，其實早已形成為值得觀察的文化地緣政治。從明朝鄭和七下西洋，五次以南洋為停留據點。海洋貿易開展，西歐殖民勢力進駐南洋，華商及海盜也相應構成南來的經濟軸線。這是東南亞區域歷史及海外華人經濟史長期研究的重點[29]。但論及南來所構成的文化生產及文化經驗，始終是各言其說，史學與文學領域並沒有呈現相應有效對照的闡釋框架。南來者的政治身分與文學背景，往往分際清楚。諸如一九〇〇年南來新馬地區的康有為，更多的論述著眼於其海外政治活動，卻非晚清重要學者及詩人的異域文化體驗。南來的文學與文化論述相對匱乏，客觀因素或許源於南來者的時間短、文獻少、文化活動缺乏紀錄，以致找不到論述的對應框架。但也有學者獨闢視野，另起爐灶。

黃錦樹揭示「境外中文」的概念[30]。論述的基礎在於知識菁英的流寓及流離，及其文化生產與效應對在地與中原境域的輻射。他意圖重新鋪陳南來文化史的流動意義，其實等於召喚一批批南來者的經驗書寫，建立他們充滿肉身慾望的文字生產。這當中曖昧的肉身與主體言說，成了值得考究的文學視野。如果郁達夫的南來與失蹤，代表著某種生命與文化困局下的主體慾望，當中衍生的生產意涵，將形塑新的南洋漢詩格局。與此相對，當時間拉到清末民初，經過乙未創傷的臺灣詩人許南英，內渡與南來的離散路徑，加劇了自身不確定的飄零感。時局變遷讓他感受到內在世界的崩毀和斷裂，他走不出割臺的傷懷，事業又多方流離，偃蹇困窮，以終其身。兩次南來謀生不過是開啟另一個自我放逐

集》第六卷，頁一七—二一一。李歐梵：〈郁達夫：自我的幻象〉，《李歐梵自選集》（上海：上海教育，二〇〇二），頁六一—七七。

28 關於臺籍日本兵在北婆羅洲的遭遇，可參考相關口述歷史撰述。李展平：《前進婆羅洲：臺籍戰俘監視員》（南投：國史館臺灣文獻館，二〇〇五）。小說敘事方面可以李永平的〈望鄉〉為代表。

29 相關重要研究多集中在政治史、外交史、經濟史及社會史。可參考王賡武：《南海貿易與南洋華人》（香港：中華書局，一九八八）、顏清湟：《海外華人的社會變革與商業成長》（廈門：廈門大學出版社，二〇〇五）。

30 黃錦樹：〈境外中文、另類租借、現代性〉，頁七九—一〇四。

的天地，沒有重要功名，只剩亂世偷安的生活態度。相對同鄉丘逢甲在南洋拓展文教舞臺，許南英顯得更是困窘尷尬。他後半生的顛沛流離，無異展示了一個更為普遍窮愁潦倒的南來現場。許南英的困頓，似乎是郁達夫前身的擬像。這些孤獨奔走天涯的肉身，可以代現為寫作的全部。而詩的意義和功能，在許南英感傷亂離的書寫中，呈現了不一樣的南來詩學分量。

第三節　亂離之身：許南英的自我流放

在郁達夫失蹤的五十年前，同樣是四十餘歲的壯年，父執輩的許南英也因為戰亂的流亡，遊走南洋歷時兩年。晚年再一次南來謀生並最終病歿埋骨印尼蘇門答臘的棉蘭。他目前留存後世的詩集《窺園留草》，在亡故後由四子許地山輯錄於一九三三年出版[31]。回顧許南英面臨的人生重大轉折，自然離不開乙未割臺的歷史情結。那幾乎是同輩臺灣文人的集體經驗，亂離折損的生命起點。由於許南英曾帶領

許南英像

義勇軍抗日，在臺南失守之際為逃避日軍搜捕而內渡中國大陸。後因故無法認祖歸宗定居祖籍，妻小寄託友人，遂隻身開始了輾轉流放泰國曼谷、印尼廖內及新加坡的南洋旅程。事實上，南來除了避難，更有其現實的謀生需求。

許南英在一八九五至一八九七年流亡南洋的兩年多期間，呈現了在精神意義上無法脫逃的人生困局。周遊南洋本在尋求謀生機運，但遠離中原後的鄉愁，則進一步內化為流亡空間裡的遺民意識。許客居新加坡期間，以異鄉風景自況心境的詩句最能見出底蘊：

清福合宜居此地，好山竟是勝吾鄉。
窮途頓觸流離眼，瘦菊疏籬自夕陽。（〈和宗人秋河四首〉）[32]

表面試圖苦中尋樂，誇言異地勝家鄉。但深沉的流離之感反觸動了「瘦菊」、「疏籬」、「夕陽」

31《窺園留草》的初版乃由許地山自印五百部（北京和濟印書館）以分贈親友。後續的重印本有一九六二年臺灣銀行經濟研究室的點校本、一九六六年文海版、一九八七年大通書局版、一九九二年龍文等版本。其中一九九三年臺灣省文獻委員會的重印版是目前通行之版本。本書所引詩作皆據此版。關於此書版本的校勘與流傳，參見賴筱萍：〈許南英及其《窺園留草》研究〉（臺中：逢甲大學中文研究所碩士論文，二〇〇二），頁三四—五一。

32 許南英：《窺園留草》（臺北：臺灣省文獻委員會，一九九三），頁三七。本文引用的許南英詩作，除特別註明出處外，均援引自上述版本。後文僅在詩後標示詩題及頁碼，不再個別注釋出處。

三重黯淡憔悴的意象，以物寓情，顯得孤高悵然。處身異域他鄉，自我封閉的窮途末路感，恐怕都離不開乙未割臺「棄」的結構性經驗。而詩人仍有抱負及胸懷，並直言：

> 避地自憐非海客，問天未許作閒人。
> 苦無媚骨能諧俗，惟有剛腸但率真。（〈和宗人秋河四首〉）

有點義憤填膺且流露幾許無奈。乙未災變下被棄置的人成為遠走異地的浪遊者，對於空間有著另一層次的體會。相較傳統「客愁」，許南英遺民意識當中主體的自我剝離，多了一重跨出境外，主客體空間的自我辯證：「獨客已無家，客中重作客」（〈述懷（客新嘉坡除夕作）〉，頁四〇）。孤獨及異域，疊連的三個「客」字，乃詩眼的作用，有所呼應又相互異化，讓主體歷經三重轉折。這當中註記的不是處身異域的座標，而是從不斷遠離的意義，推陳再三被「客體化」的主體存有經驗，呈顯被拋置的孤懸身分。這是詩人陌異化的處境，浪遊的居所。

浪遊的極致，不必然哀毀自棄，卻仍有頹唐的風雅閒情。在南洋的生活歷程，詩人筆下描摹地物民情之餘（〈曼谷〉、〈廖內〉、〈遊暹羅佛寺〉、〈新嘉坡竹枝詞〉等），另有淪落人對酒當歌的雅致風流。試從一組〈新嘉坡竹枝詞〉擇其三首觀之，小島風韻盡顯其中：

> 傍晚齊輝萬點燈，牛車水裡鬧奔騰，笙歌一派聞天樂，人在高樓第幾層？

觴詠樓頭泛綵觴，團花簇錦繞珠娘；夜光杯盡蘭池酒，白牡丹花變澹紅。
乘涼踏月打毬場，細草如茵坐阿孃；酒菓橫陳拼一罪，恣人看煞野鴛鴦。（頁四〇）

詩人刻畫地方風情，展示的是一幅燈紅酒綠的冶遊空間。詩中出現的牛車水是新加坡南來移民落腳及建設移民社會繁華景象的重要地標。酒樓、戲園、妓寮畢集，熱鬧的娛樂場所[33]。詩人有意轉入公共空間的描寫，藉由移民市鎮景觀營造並不陌生的場所，彷彿不過就是傳統文人習氣中慣常出沒的日常生活空間，整體沖淡了放逐的慘澹。詩人筆下的「笙歌一派聞天樂，人在高樓第幾層？」潛在對應著宋詞裡歐陽修〈蝶戀花〉的名句：「玉勒雕鞍游冶處，樓高不見章臺路。」歐陽修描寫游冶處的高樓大廈遮蔽了路的盡頭，以襯托歌樓妓館的繁榮盛景，間接點出尋芳客作樂其中。而許進一步將客觀的地景帶入主觀的人情，同樣笙歌喧鬧的高樓，冶遊之人才是重點。其迷失於樓層之中，不知身在何處，直白透露詩人陷入頹靡的歡樂情境。

觴詠樓，顧名思義是飲酒賦詩的場所，同時也是著名的新加坡文人雅士聚集的風月地，有「天南

33　其時牛車水的景觀，可參考李鐘珏《新加坡風土記》的第一手描述。他是一八八七年抵新加坡探訪知己，中國駐新加坡的第一位華人領事左秉隆。住了兩個月後撰述而成。詳李鐘珏：〈新加坡風土記〉，收入余定邦、黃重言等編：《中國古籍中有關新加坡馬來西亞資料彙編》（北京：中華書局，二〇〇二），頁一九二—一九三。

第一樓」之譬[34]。但詩人觸目所及皆杯酒妓女，所謂一觴一詠不過是徘徊於煙花之中。群芳當前，妓女白牡丹也成了關鍵點綴。放眼戶外風景，男攜女伴月下尋歡作樂，醉態撩人進而野地纏綿。無論內室或外景，詩人對空間的描述不完全是傳統詩學的習性，而應注意到詩人的異域體驗。浪遊者對空間的享樂和窺探，同時表現的傳統文人冶遊症狀，其實拋出了一種「現代體驗」。竹枝詞表現的地方感性，在空間的營造上已間接改變詩人的感覺結構。所謂冶遊，其實另有值得審視的文人存在意識。

以上擇錄的三首竹枝詞，許南英竭盡鋪陳了異地綺豔情景。其筆觸風情萬千，浪遊南方而未棄傳統文人的逸興閒情。其中必然有詩人交遊的現實，但對應其浪遊心境，則不妨視為孤清的內心處境的一種外延。渴求歡場，遊興高調，詩人著墨新嘉坡風土，志在烘托自我放逐南方的異地情緣及趣味。無根的浪遊，表現的是詩人的傳統冶遊習性。但流俗的筆調畢竟在許南英用典濃密、厚重雅致的詩篇中顯得突兀。於是，回頭審視詩人在〈述懷〉詩裡以「獨客已無家」破題的悲壯，就能理解自我放逐的浪遊者，其進退失據，只能賴詩以寄情的胸懷。所以「時為駕桐艇，相與醉花席」的遊興，不過是「賴有賢主人，早晚相慰藉」的相濡以沫，展現文人群體的交遊文化及共享情懷。如此一來，「壯哉此行遊，豈曰行蠻貊」的自我解套，恐怕不是裝飾語，而是詩人不得不承擔及轉化的放逐境況。

詩人避居異域，詩為述懷的手段，卻有其仰賴的共生結構。承襲傳統詩學的唱酬流風，許南英的行旅有其寄身之道。許客居新加坡期間受到舊識邱菽園的款待[35]，自然沒錯過詩人雅集。詩人群體的集結，大抵經由詩人間的酬唱為其遺民胸懷找到美學意義的轉化。以致詩歌酬唱不免寄託著滄桑身世，由此昇華為一種遺民意識的空間，建立群體自我辨識的符碼，這是遺民存有經驗的交換與共享。

試觀許在雅集的唱和片段，飄泊落難，盡訴衷曲：

> 毘舍耶客本麤才，忽聞斯言惴惴慄。
> 自從小劫歷紅羊，身似孤臣遭屏黜。
> 猶如巢破亂飛蜂，依草附花難釀蜜。
> 落拓江湖杜牧之，懺除結習王摩詰。
> 主人愛才如愛命，不因窮通與得失。
> 令我揮筆寫牢騷，賞識風塵引入室。（〈邱菽園觀察招讌南洲第一樓分韻，得一字〉節引，頁三九）

遺民淪落異域，縈繞心頭的仍是那一場乙未的兵戎劫難。孤臣遭黜，顯示自我在歷史斷裂點上處

34 新加坡詩人邱菽園常在此招待文人。丘逢甲南來之際，也曾於此賦詩〈飲新架坡觴詠樓次菽園韻〉、〈天南第一樓放歌〉。詩中多是綺豔景觀。

35 邱菽園作為晚清期間南洋地區最重要的文藝沙龍倡導者，幾乎接應了當時南來的重要中原文人。甚至未曾謀面的大陸、臺灣文人，也透過詩文往返接觸（書函、贈答、評論、問學、私淑、訪見、唱酬、賜稿等）成為沙龍圈的文友。

境的尷尬。從臺島抗日到失敗內渡，始終未曾獲得清廷的應可及嘉許。割讓臺灣後詩人的身分如同巢破而無處可歸的蜜蜂，再以無法釀蜜。無所依附的飄零感，都離不開朝廷的背棄。詩人顯然痛陳「被棄」的結構性怨恨。但詩句的收束及轉化，則調動杜牧、王維的事蹟，鑲入詩語以揚升整體情緒，應對唱和的共感詩學氛圍。許認同嚮往古代詩人的處境際遇，讓自我廁身詩學傳承之中，頗有安身立命之意。詩的美典可以中介主體的時間意識，以審美式的時間，過度遺民塌陷的內在心理。此功能性的轉化，凸顯詩的共感象徵性彌合了歷史時間斷裂的縫隙，成為現實中被拋置的詩人的救贖，也是雅集酬唱中再生的詩學魅力。這就不難理解，雅集讓詩人樂此不疲，「海天誠不負斯遊，得與群賢談促膝」，道出藉由詩以寄存餘身的文學手段。雖則詩人雅集、唱和古已有之，但如此跨境南來集結的沙龍群體，則不應低估其對早期南洋文學、文化生產意識與環境的影響。

當年邱菽園主持風雅酬唱，以〈紅樓夢絕句〉吸引了眾多各地詩人的唱和題辭。許南英在星洲受到邱菽園款待，自然參與題詠行列。

> 紅顏薄命尋常事，感慨如君曠代深；搔首問天無補恨，鳳鸞飄泊有知音。
>
> 懺除結習老頭陀，讀罷新詩又障魔；涼雨客窗燈似豆，風來如聽珮環過。（〈讀邱菽園觀察詠紅樓夢中人詩冊〉四之二、三）

節引的兩首絕句，從題詠紅樓夢中人的遺恨，引伸寄寓自我天涯尋覓知音的熱切。可見邱菽園適時對許南英的接濟，讓他在飄零中感到寬慰。《紅樓夢》的夢幻姻緣和兒女長恨，在許南英看來卻是擾人心思的懺情，有一股魔障。此魔障因何而來，他自註做了小小的說明：「余乙未由臺內渡更號留髮頭陀」[36]。看來他的情感魔障還是投射了乙未創傷，離開故園的深刻憾恨，不能忘情的家鄉父老和先祖墳塚，好似風吹珮環的叮噹聲響，一種誘惑人心，難以斷絕的情長舊恨。邱菽園安排的紅樓題詠，本來就是自由寄情，各有所託。許南英不是唯一的「懺情者」，但呈現了海外紅學的另一幅遺民景觀。

詩學風雅固然是遺民情懷的轉化和寄託。但許南英自我定調的南洋行，詩裡盡是滿腔的懷才不遇，以及時代鉅變對個人生命的整體撕裂和破壞。抵達南洋的隔年，邱菽園準備替父親辦理後事，扶靈柩回籍。許南英賦詩送別，放逐者的心底話盡在詩裡傾訴：

> 多少心胸未敢言，星洲何處是龍門？功名阨我終安命，筆墨逢君亦感恩。
> 別酒忍添遊子恨，靈旗長護大夫魂！明年春水漳江綠，為我呼童一啟軒。（〈送邱菽園觀察回海澄（時奉其先封君靈柩回籍）〉，頁三九—四〇）

星洲古時舊稱龍牙門，許南英南來謀生似不順遂，四處覓龍門，成了流寓者的一種空間迷向。功

36 許南英：〈讀邱菽園觀察詠紅樓夢中人詩冊〉，收入邱菽園編：《紅樓夢絕句》（廣州：一經堂刻本，一九〇〇），頁九。又見許南英：《窺園留草》，頁三八—三九。

名的失落，無顏返鄉的羞愧，集合在送別的離愁。因此遊子的遺恨只好託付歸返故鄉漳州的邱菽園。嚴格說來，許南英的悲憤，在乙未內渡之初即已成形。他當年留別臺南親人詩友，清楚意識到這種集體的災難將是他往後困頓人生的根源：

> 竹枝唱罷淚如絲，庶務紛更異昔時。一樣災黎遭小劫，幽冤誰訴與天知？（〈和王泳翔留別臺南諸友原韻〉，頁三三）

災變對自己人生造成極大破壞，國仇家恨自不在話下，但生活的飄盪流離，一己安身立命的功名轉眼成空。生活基本的溫飽和安定成了問題。這種悲愴心理在乙未遺民身上各有不同展現，但許南英顯然無法釋懷，尤其在他不順利的人生際遇裡，賦詩寄情的遺民情懷有一種無意識的惶恐、悲怨和滄桑。

> 同是天涯淪落人，那堪重憶故山春！客中況是匆匆別，別後看花亦愴神。（〈題畫梅，贈陳岳生〉，頁三四）

> 湖山原欲小勾留，無奈愁人倍有愁。非是陶潛能卜宅，劇憐宋玉善悲秋。功名險作焚身象，眷屬渾如不繫舟。眼底滄桑無限感，西風不忍再登樓。（〈乙未秋日遊丁家絜園〉，頁三四）

> 問天何罪戾？誤我是功名。（〈臺感〉節引，頁三六）

他一再質問功名，是悔恨自己當初誤當了團練局的統領，結果民主國草率敗事，以致臺島失守自己含冤必須流亡保命？抑或慨嘆自己失去了依附之地，從此功名不再？詩人複雜的心理跟長期的轉徙遷移大有關係。無法穩定生活，是流離者最現實的苦難。

兩年餘的南洋行旅，許南英困窘的經濟必須依靠友人接濟。臨別依依，還不忘感謝宗人秋河「慷慨贈多金，策勵奮前程」（〈和秋河送行原韻〉，頁四三—四四）的深厚情誼。異域的滄桑及避世成了他南渡的主調。但回國後的日子，遊走官場並不得意。他歷任廣東省各區的地方官，幾乎每年調任，為生計疲於奔波[37]。雖然深知「自貶南交為末吏」是自我選擇，但面對同屬乙未內渡的諸友各有寄託[38]，還是忍不住在〈寄題邱倉海工部滄定村心太平草廬〉傾訴自己的境遇：

東望滄溟憶故山，十年前事已雲煙。
同群瑣尾流離出，公等俱泰我依然。
自貶南交為末吏，不棲惡木飲盜泉。

---

37 許南英官宦仕途之坎坷，可參見其子許地山（贊堃）所撰〈窺園先生詩傳〉，《窺園留草》，頁二三三—二四八。

38 乙未內渡的臺灣詩人各有不同的鄉愁和個人際遇的書寫。其中許南英和丘逢甲都有南來經驗，但際遇大不相同。二人的離散心態在乙未內渡之初既已展現，許是天涯倦客，丘是失路英雄，有奮發再起的意志。關於二人的比較討論，可參考林麗美：〈乙未世代的離散書寫〉，頁三八—五三。

一家飄泊梗猶汎，孤舟斷纜浮長川。
黃沙捲地迫我後，白浪滔天衝我前。
掛冠便欲作漁父，何處桃源別有天？（節引，頁八〇）

這表面描繪了一幅為生計所逼的圖景，但「黃沙捲地」、「白浪滔天」等重重逼近之意象又何嘗不是間接影射了鉅變時代來臨前自我的處境及心境？清廷覆亡在即，許想當行吟澤畔的漁父，要避地桃源，顯然自我放逐是其追求的情感歸宿。但現實的經濟困境讓其無法仿效丘逢甲買山建屋，在寄題欽羨賀讚友人之餘，困頓於天地間的壓迫感及處身進退的矛盾，才是詩背後潛藏韻味。這幾乎也成了許一生的縮影。一九一二年及一九一六年許曾兩度返臺，但在不願庶子繼承其在臺產業，且又未有嫡系子嗣願意加入日籍居臺的情形下，只能放棄土地產業，並將所餘分置留臺族人。他困窘的經濟依然沒有改善，預示了他在晚年第二次南來的因由。

第四節　詩與骸骨的重影

一九一六年六十二歲的許南英再度因為生計，經友人介紹南來印尼蘇門答臘的棉蘭，替當地華僑領袖張鴻南編輯生平事略。預計旅居工作兩年的許南英，在棉蘭等地同樣以詩的唱酬寄託人生。許南英鍾愛詠梅，一生當中不少詠梅、畫梅題贈的詩作。梅之傲骨與孤清，對照自身邊緣顛沛的流離生涯，恰是以物託志，以花喻情。余美玲認為梅的世界，是詩人面對人生厄運與諸多不完美中唯一可以企及、俯仰自得的世界，心靈永恆的故鄉[39]。

但其中不難預見，古典詩境慣用的落花、落葉、詠梅等主題，到了許南英筆下都沾染上亂離的個體危機。

許南英《窺園留草》（南投：臺灣省文獻委員會，1993）

憑弔香魂空涕淚，經營花塚自遲徊（〈落花，和貢覺原韻〉節選，頁一八一——一八二）

似僧解脫禪心寂，此樹婆娑生意消（〈落葉，和貢覺原韻〉節選，頁一八二）

詩的美感投射已是處身異地以流離姿態重構的人生況味。落花落葉是身外憑藉之物，就像李商隱

39　關於許南英詠梅詩的細緻討論，參見余美玲：〈寒梅與詩心：許南英梅花詩探析〉，《臺灣文學學報》第一期（二〇〇〇年六月），頁一〇七——一三〇。

面對自然風化的殘缺之戀，那是主體難以自抑，只能孤芳自賞的傷懷[40]。許南英也許並非著意李氏般的孤戀之情，但落花殘缺猶如命之流離，香魂花塚是哀憐之軀的轉化，落拓情懷的一種美感自傷。尤其〈詠梅八首〉可看作他的寫詩歷程當中，極重要的詠梅主題的長篇巨構。許在異地以八首七律的篇幅，從不同角度、層面對應梅之情懷，在某個程度上烘托了晚年迫於現實遠走他鄉的無奈心境。其中〈畫梅〉一首，餘味無窮。

綺窗染翰淨無塵，著手生香竟絕倫。
慘淡雲煙編畫史，聰明冰雪拜花神。
消磨北苑三升墨，點綴西谿一卷春；
絕類華光師粉本，冷魂墨跡自精勻。（頁一八三）

許有畫梅之藝，也有詠梅之情。詩以畫梅為題，到底是自寫自題或另有所寄則不得而知。許既是畫家也是詩人，他以畫梅作為詠梅詩的主體，表現畫梅來路，也盡訴衷腸。從許畫梅的閒情雅興，對應異域的人身飄泊，倒有幾分值得想像的意境。

詩中的「慘淡雲煙」寫畫梅之景，調用周密《雲煙過眼錄》之典，也引申外在環境的落拓飄零。聯繫下句的「拜花神」有意仿照宋代著名畫家宋伯仁的作為。他在官場落寞之際，畫成墨梅百幅，製作版畫《梅花喜神譜》，以作干謁之用，希望看過此譜的高官能識才任用。許南英在此固有將梅立傳入譜之意，同時也難掩寄託才情以求應世之用心。許南英畫梅的師承乃墨梅派的宋代仲仁和尚，其著述《華光梅譜》，簡略道出平淡清疏的畫風及其生活景況。於是，「冷魂墨跡自精勻」的收尾，表現了墨梅之清冷幽靜的趣味，卻也擴大聯想為詩人一生自處的生命情調。相較要傾董源（董北苑）之畫工才重現西谿梅景，詩人獨鍾情於墨梅的表現，強調梅之傲骨寄存詩人之冷魂，飽嘗生命苦澀卻傲然自處的一種豐滿精勻。詩人藉詩以畫梅自況，不也再度重申了詩在離散處境下的文人傳承，一種屬於雅的品味。詩筆畫梅，許南英堅持的文化情懷，終究貫穿在其顛沛流離的生涯。以致「冷魂墨跡自精勻」恰似畫梅宣言，也是詩的意境。「冷魂」映襯詩人孤高聖潔之性靈，同時也是亂世境遇下詩的夫子自道。

但亂世流離的起點該從何說起？許南英首次南來源自乙未殖民效應的政治流亡。乙未隔年，許強烈的遺民絕恨已是涕淚交零：

> 血枯魂化傷春鳥，繭破絲纏未死蠶。
> 今日飄零遊絕國，海天東望哭臺南（〈丙申九月初三日有感（去年此日日人登臺南）〉節引，頁三七—三八）

40 李商隱〈花下醉〉裡「客散酒醒深夜後，更持紅燭賞殘花」一句，道盡面對人生殘破之痴戀與難捨。

「血枯魂化」已屬肉身極致，「繭破絲纏」更是意志決斷，遺民的心靈暗影，軀體飄零，以具體的兩道譬喻，點破了詩人揮之不去，解不開的傳統亡國心結。割臺意味的放逐，已超越境內流亡，圖謀再造的機緣。換言之，遊絕國、哭臺南，畫出斷裂的鴻溝。跨境的主體，同時跨入經由乙未殖民切割出來的現代時間。傳統士大夫無從「復國」，因為清未亡；而他們卻率先變成失去土地的人，失去安身立命的依據，在新的殖民際遇裡成為一去不復返的永遠遺民。由此去國之慟有其現實且不得已的顛沛流離，以致流亡之創傷成為身體的歷史。細究根柢，遺民作為身世的認同標記，時間與肉身是疊合的拉鋸。無論內渡及南來，詩人的地理移動，一邊面對殖民現代性造成的地域裂隙，重構了新的空間意識，同時也間接組合起文化遺民在鉅變下的時間意識。

因此，若干年後當許南英重看殖民地臺灣的境況，目光改變，視野調整，但仍有不變的堅持。一九〇九年五十五歲的許寫作七言律詩〈臺感〉六首，等於重新整理臺灣觀感。其中最後一首，卻難得窺見許獨特的「現代感」。詩人的創意不在於將新詞語、新概念帶入舊詩，畢竟嶺南的維新派詩人黃遵憲、梁啟超等早有相關實踐。許的敏感與殊異處是在嚴謹的舊體律詩裡，拋出了一個頗具現代意識的複雜問題：遺民如何介入與處理殖民視野？

日出煙銷氣象新，自南自北淨無塵。
文明輸灌青年會，武健追隨白種人。
教育普通兼婦女，撫綏特別化狉獉。

他生或者來觀化，不願今生作殖民。（〈臺感〉之六，頁八三）

儘管詩人不得不承認日本殖民下的臺灣確實展現了現代氣象。典雅的詩筆挪移出現代化的空間，「自南自北淨無塵」及「教育普通兼婦女」等詩句辭彙排列顯示一種對現代經驗的直觀，以表徵新興境域的認知及陳述經驗事實的敘事，間接調整了詩歌的審美特質。在兼顧律詩韻律及對仗要求下，青年、婦女、白種人的入詩，表現的不是新概念的堆砌，反而彰顯詩的視野及現代人的生命形式。詩人留意的是「文明、武健、教育」等近代中國的現代化議題，以致當「現代化」的目標及景象盡現眼前，詩人等於提出了一個現代時空底下文化遺民必然遭遇的狀況。詩的美學該如何捕捉現代經驗？遺民將如何自處於家國的現代進程？當然這不僅是類似詩史的敘事表現，而應進一步正視詩人感覺結構的改變，現代化的「震驚」與「概念」，成為詩裡要安頓的情境認知或視覺經驗。換言之，這幾句詩提出了許南英面臨的生命與經驗的抉擇。

遺民或殖民，已不是判然兩分的純粹立場與身分，而是新時代情境下的主體安置。在此，許藉詩所拋出的已是一個嚴肅的現代問題。但詩的收束不入俗套。詩人認為「他生或者來觀化，不願今生作殖民」，以他生表示當下人生處境的荒謬。而「不願今生作殖民」恰恰提醒了遺民脈絡不再是迂腐的舊觀念或老問題，並清楚點破遺民不過是殖民現代意識下的他者，現代進程中的異質身分與位置。詩的末聯就像許南英的聲明與宣言，提出了複雜的現代情境下文化身分的兩難。這份堅持既是遺民情懷的表態，也是不可逆轉的生命體驗，無奈的時代錯置。換言之，許的標「新」立「異」，辯證性展示了舊遺民的新問題，與新時代下的異質性。

從許南英鋪陳的遺民情懷看來，這已不是朝代易主，忠於前朝的傳統意識型態。畢竟民國以後他曾出任龍溪縣知事（一九一三），並對民國前途抱有希望[41]。但許以遺民自持，放逐餘生，除了現實際遇的坎坷，恐怕內心裡盤桓著一種原初的棄絕。我們不難理解，乙未割臺是時間與地理的大裂變。割臺意味棄地，也是島民生命的拋擲，被迫陷入於殖民的現代時間之內或之外。許南英正因為參與抗日經歷而不得不避難遷徙，主體斷裂的創傷，無形間體現著主觀或客觀意義的流亡。而自己的現代意識無意中竟是漂流自棄的經驗。因此為衣食奔走天涯成了時間的內耗。但政局從清朝換到民國，許兩階段的宦途挫折，經歷的分裂，從時間到主體，已呈現代性意義的流離。於是他身處異地的晚年，仍憂慮家庭生計，適逢歐戰爆發，所以返家的航期無定。沮喪、酗酒，隔年得痢疾病歿，終埋骨異鄉。詩的哀毀自傷，道盡兩次南來的生命處境。換言之，許南英終究是凋零於赤道線上的流亡者。

回顧傳統的文學範疇，對於許南英這些流亡異地的文學經驗，慣稱「流寓文學」。但這些飽經折損，面對歷史「斷井頹垣」的肉身軀體，又何嘗不能視其為主體的慾望生產。「流寓文學」以起點──落腳的直線地理遷徙概念，其實已難以準確概括近代以降，現代性意義下的流離現象。現代歷史的進程起始於一連串的民族國家建立、殖民、戰亂、流亡、動盪，亂離之身已是不可逆的主體存續斷裂感。面對兵荒馬亂的景象、家國憂患的衝擊，蒼生百姓總會不自覺的陷入歷史的深淵，不斷經歷著摧毀個體的現代苦難與暴力。唐君毅以花果飄零隱喻離散，勾勒著文化主體塌陷後的海外散居與流離。於是跳脫「流寓」的平面座標意義，從許南英回首這一段流亡詩人的異域書寫，多重的時間與地域的經驗，主體在「遺民」想像與文化「跨界」互滲的幽暗意識，畫出一道「南來」的歷史縱深。

郁達夫及許南英都是「死在南方」，兩者的亡逝間隔了二十八年。但他們都共享著相同的時代氛圍與心理狀態，不管是個體意識和身軀都籠罩在近代中國動盪不安之亂局。南洋作為中原之外，國境之南，總是容易被認定為炎荒之域，流離的絕地。許南英為生計遠走異域，墳塚最終立於境外，成了永遠的異鄉人。反觀郁達夫詩裡著墨的「亂世桃源」本是避難之地，但在南荒異地躲藏逃命，早已抵銷他避世的初衷。寫在境外的漢詩，更顯其孤絕及紀錄生命的臨界點。郁達夫後半生的南來也許可以有更多的作為。但戰爭、殖民地、種族矛盾等等流亡境域的多重因素，使得個人必須承受更大的時代侵蝕與紛擾，再度讓他成為時代的錯置，另一個典型的南方零餘者。

作為頹廢感傷的浪漫主義文人，郁達夫的盛名始於小說，尤其那暴露自身主體慾望的〈沉淪〉。性的苦悶是孤獨旅客的頹廢象徵。然而，郁達夫處身亂世的零餘者形象，將飄零的感傷推往極致。尤其照見生命晚期的凋敝身影及精神餘暉，卻是郁達夫始終未曾割捨的舊詩，一門傳統文人的抒情技藝。因此同屬愛好舊體詩的新文學家郭沫若在提及郁達夫的文學成就，則直言其舊詩詞比小說還好[42]。顯然郭的評價並非客套語，而是同好者的品味與鑑賞。對於長期持續寫作舊體詩的新文學家而

41 參見許地山：〈窺園先生詩傳〉，頁二四五。

42 郭沫若：〈《郁達夫詩詞抄》序〉，收入陳子善、王自立編：《郁達夫研究資料》（廣州：花城，一九八五），頁一六二—一六四。

言，郁有意識的寫作舊詩，實在不該輕忽。張恨水觀察同時代新文藝家熱衷於舊體詩詞寫作時，輕描淡寫認定不過是一門表達情感力量的手段，無關進步或落伍，毋須大驚小怪[43]。郁選擇舊體詩作為生命流亡的唯一表述，除了過度忙碌和隱藏身世[44]，至少寄存著一種深刻的情感分量。

但郁的舊體詩寫作啟蒙甚早，甚至在投入新文學寫作行列後，舊體詩就特殊巧妙的出現在小說作品裡。在代表作〈沉淪〉當中，作者展現的個人情慾困境及其矛盾，以反叛禮教，呈現個體與環境衝突的姿態，開拓了新文學的嶄新面貌。小說中的主人公每遭遇情慾的挫敗及困局，習慣性的作詩與吟詩，暗示著傳統詩學「始則蕩以思慮，而終歸閒正」的審美規範，反變成一種既能規避，也能揚升個人情感形象的手段。而詩總關鍵性的補強了主人公蒼白的個體形象：「亂離年少無多淚，行李家貧祇舊書」（頁三二一）。以家世、境遇的感慨建立抒情自我，個人在異鄉求學的窮窘潦倒因而昇華為時代家國的困頓。從個體進而心靈的萎靡，詩也就成了肉身的救贖：「茫茫煙水回頭望，也為神州淚暗彈」（頁五三）。孱弱的身體已是國之軀體，詩建立了慾望與肉體的美學轉換。換言之，郁強烈的主觀浪漫主義色彩，在傳統舊詩的抒情性中找到了寄存。因而在其一生亂離的際遇中，肉身與詩成了有效的形式辯證[45]。

郁寫於南來前後的〈毀家詩紀〉系列詩作，終導致他與妻子王映霞感情破裂的結果。郁將二十首寫作時間與心境均不同的詩詞統合為〈毀家詩紀〉組詩，顯然有意將妻子外遇、家變、情傷等事件全盤托出。但詩作發表時間已是二人共同南來之後，愈是令人懷疑郁將組詩投稿是基於報復心態，或夫妻關係間隙已趨白日化，還是郁耽溺於陰鬱文人形象，慣性的自我暴露。當然我們更有理由假設，

〈毀家詩紀〉當初並非有意圖的組詩寫作（七絕、七律、詞形式各異），但卻有意識的組詩編輯（各詩加註，還原事實，組合情境），構成郁生存際遇的一組鏡像，以「毀家」作為南來生命斷裂的缺口，或隱喻。

〈毀家詩紀〉既已公開，夫妻離異不過是滿腔怒火的必然結果。弔詭的是，若說〈毀家詩紀〉志在毀家，詩裡流露的情感卻又哀慟難捨，詩人形象楚楚可憐。「今日梁空泥落盡，夢中難覓去年人」（第十七首，頁一八〇）、「君去我來他日訟，天荒地老此時情」（第十五首，頁一七九）郁反覆追憶夫妻往事，情深意重，悵然若失。觀其對於妻子的款款深情：「鳳去臺空夜漸長，挑燈時展嫁衣裳，愁教曉日穿金縷，故繡重帷護玉堂」（第八首，頁一七五）。妻離家出走更顯長夜漫漫，詩人挑燈展

---

43 張恨水：〈新文藝家寫舊詩〉，《上下古今談》（太原：北岳文藝，一九九三），頁一九〇。

44 楊聰榮提醒郁流亡蘇島期間的寫作都是在隱姓埋名的情境下完成，因此舊體詩是最安全的創作方式。同時強調舊體詩是獨特的旅行文類。但我們觀察到郁寫作舊體詩幾乎橫跨了在南洋的所有時間，且晚清以降的南來文人就已傳承並開拓了一個漢詩交流的場域。因此那是一個漢文學播遷的現象，漢詩是其中關鍵文類。相關討論見本書的導論。另外，黃錦樹以為舊體詩有其抒情傳統的形式意義及現實優勢。漢詩的體制有程式化的語言，規範的表述格式，純熟的個體抒情與生命寄託的技藝。黃錦樹：〈抒情傳統與現代性〉，頁一五七—一八五。楊文參見〈郁達夫與陳馬六甲的越境之旅〉。

45 〈沉淪〉中有句話「他才知道他想吟詩的心是假的，想女人的肉體的心是真的了」。這恰可視為肉身與詩的隱喻性辯證與轉換。參見《郁達夫全集》第一卷，頁五〇。

看妻之舊衣，懷想從前以繡帷遮掩玉堂，唯恐晨光照進金縷帳，疼惜愛妻之形象細膩溫柔，越顯眼前自身的哀悽愁苦。對於妻子外遇，沒有嚴厲苛詞，反處處節制情緒，忍耐、等待，獨舔心靈的傷口，自陷於殘酷、創痛、枯槁的棄人形貌。面對情事變遷，物去人空，則調動楊貴妃死葬馬嵬坡的典故，「省識三郎腸斷意，馬嵬風雨葬花魁」（第七首，頁一七五）哀腸百轉，痛徹心扉。雖然「郁怒熊熊火未消」（第十四首，頁一七九），但幾乎每首都有懷人筆觸，棄人悲情，不難想像郁所鍾愛的厲鶚〈悼亡姬〉[46]十二首組詩的哀婉情調，巧妙被轉移為〈毀家〉諸作背後的情思結構。

試觀〈悼亡姬〉系列最後一首的末四句，

故扇也應塵漠漠，遺鈿何在月蒼蒼。
當時見慣驚鴻影，才隔重泉便渺茫。

厲鶚以外物、外景的荒棄、荒涼之感，「故、遺、漠漠、蒼蒼」將亡人物件置入飄渺的意義網絡，而睹物之人反陷入一種被懸置的落寞狀態。最後兩句的幽明不能相通，生死相隔的悵惘，讓過往習見的滿娘身影一再被延擱，加深了詩人被拋擲的茫然若失之感。從遺物、懷人到感知己身被棄置陽間的哀傷，厲鶚的悼亡反堆疊出自憐、傷懷、失措的未亡人形象。

同樣在郁達夫〈毀家詩紀〉最後一首詩的末四句，詩人調用了相同的情感結構及詩句排比。從中我們辨識出一些相似於〈悼亡姬〉的基礎元素。

> 秋意著人原瑟瑟，侯門似海故沉沉。
> 沉園舊恨從頭數，淚透蕭郎蜀錦衾。

郁同樣以「秋意、侯門、瑟瑟、沉沉」投射妻子映霞因外遇對象許紹棣另結新歡，反遭遺棄而頓失依靠，只能趕到福州相隨南渡。一幅寒冷蕭瑟、深沉黯淡的景象，表面指向妻子無助徬徨，實映襯自我的飄零心境。但詩人重新念想夫妻乖離之恨，則又淚濕錦被，滿腹辛酸委屈。換言之，情思迴盪不在於追念故人，妻之歸來反觸景傷情，加深自己被拋置棄絕的處境。詩以映霞的被棄來召喚自我內在深沉的流離感，「淚濕衾」是情緒轉折的結果也是觸媒。在追尋本源的前提下，「沉園舊恨」因而化為「印跡」（trace），「舊恨」既在場又不在場，一種解構主義者所謂不可還原的差異。這是詩人主體意識的隱喻，內在時間流逝中無法擺脫、不停過渡的舊恨，以致是無法彌補的裂痕。其情調的哀婉自憐，呈顯「毀家」之創傷後遺。但詩人真正另一層的拋離，是決定投身炎荒。詩所能圓融把握的情思，反成為潰散的書寫。被遺棄在外的肉身，已是殘缺之體。職是之故，詩的書寫及發表，反而驗證了其肉身的不完整，永恆的匱乏。因此最終「毀家」成為詩的具體實踐，而組詩中唯一的詞作〈賀新郎〉的「憂患餘生矣」恰成了讖語或預告。

回顧〈毀家詩紀〉的寫作基調，正因舊恨不解，悲憤難平，詩人自覺的流放愈顯其哀毀是詩的力

46 厲鶚：〈悼亡姬十二首並序〉，《樊榭山房全集》第二卷（臺北：文海，一九七八），頁四五三—四五七。

有未逮之處。詩所能調動的，自有哀情傷懷的詩學精神傳承。只是厲鶚愛妾早死，郁和王映霞則離婚收場。兩相比對，徒增欷歔。但也說明了詩的寫作已是肉身拋置的深刻書寫。另外值得一提的是，組詩陸續寫於南渡前的抗戰時期，整合發表卻是南來宣傳抗日後。郁達夫對組詩的加註整理發表，似有意藉此回顧梳理自我的情感形象與心靈線索，在冠冕堂皇的抗日旗幟之外，為投身南荒下找回原初的激情。其中郁對組詩發表後妻子的抗議及眾人的勸和，都採取消極迴避態度，更提醒了我們這是一次他對感情自剖及自我鏡像的投射，情感經歷的總體檢[47]。仔細推敲，這當中也許另有詩學脈絡的對應可以考量。

在〈毀家詩紀〉發表的百年前（一八三九），詩人龔自珍離京南下旅程所寫作的大型組詩〈己亥雜詩〉，同樣出現作者自註，並刻印出版的經營痕跡。換言之，那是詩人有意將前半生做的一次總結。龔自珍辭官後雖飄零孤寂，但詩境不拘一格，哀頹處尤見光彩。在江蘇與妓女靈蕭的相處時光裡寫就的詩作，情思澎湃而又彰顯其矛盾自傷。三百一十五首的組詩當中，其中有二十六首是為靈蕭而寫的情詩，另在離別後四天內又完成七首，總數三十三首。作者在短短十天跟靈蕭相處的日子裡所寫就的二十六首情詩，自稱為「寱詞」[48]，取夢醉囈語般的意思以回憶愛戀的悸動與迷離，深邃與甜蜜，矛盾與感傷。龔自珍對靈蕭是徘徊於娶她為妾或擺脫情愛的兩難當中。以致「寱詞」有一種浪漫細膩的自省的感傷，坦露心跡，酣暢淋漓。詩的自訴自剖，沉痛愴然，展現一股將感情化為生命本體的暗勁。

由此觀之，郁達夫詩裡展現的情感力道似有遙遙對應之意[49]。從夫妻情變、棄家、南來到毀家，郁的人生進程反陷入時局態勢的困鎖反應。自傳體的〈毀家詩紀〉終於發表，恰似以情感的自白，端視自身的處境，重整半生的感情債務。換言之，在宣傳抗日的線性時間裡，日常的忙碌、疲憊磨蝕了郁的生活。四處演說、領導抗日民間組織的籌賑活動，抗日文章的制式書寫，時間與精力的耗費，只剩形式簡短的詩成為重要的文學生產。肉身的哀頹與心靈的慘澹，反透過詩所呈現的慾望及矛盾，以審美的過渡完成抒情詩人的傳統文學形象。然而，郁表露的情感形象確實尖銳複雜許多。

〈毀家詩紀〉沒有「寱詞」的迷濛，而直搗情感的暗區，撕裂婚姻的帷幕，「毀家」行為正是肉身的極致實踐，完成了〈詩紀〉的書寫。捷克學者普實克（Jaroslav Průšek）指稱郁的作品有著強烈

47 連摯友郭沫若也無法理解郁投稿的緣由，甚至以為「自我暴露，在達夫彷彿是成為一種病態了。……說不定還要發揮他的文學的想像力，構造出一些莫須有的『家醜』。公平地說，他實在是超越了限度。暴露自己是可以的，為什麼要暴露自己的愛人？」詳郭沫若：〈論郁達夫〉，收入蔣增福編：《眾說郁達夫》，頁七。

48 龔自珍辭官南下的旅程中只見過靈簫兩次。第二次相處的十天所寫成的情詩，統稱「寱詞」，即〈己亥雜詩〉第二四五—二七一首。關於「寱詞」的討論，詳孫康宜：〈擺脫與沉溺：龔自珍的情詩細讀〉，《文學的聲音》（臺北：三民，二〇〇一），頁二二一—二四九。

49 郁達夫在〈自述詩十八首並序〉有云：「仁和龔瑟人有〈己亥雜詩〉三百十五首，余頗喜誦之。」同時有詩：「江湖流落廿三年，紅淚頻揩述此篇。刪盡定公哀豔句，儂詩粉本出青蓮。」雖自稱詩的範本乃宗李白（青蓮居士），作詩目標是追尋唐詩情韻。但郁寫詩仍見化用〈己亥雜詩〉的詩句。並且讚賞龔的作詩之法，參見郁達夫：〈談詩〉，《郁達夫全集》第五卷，頁一五一。

戲劇性、動態力量與史詩特點[50]，恰是提醒了作品與現實的對應及互動。抒情性自傳體是詩在亂離時代裡自我證成的重要形式。〈詩紀〉構成了郁旅居新馬期間漢詩寫作的氛圍及標記。大難之前，家庭鉅變，「毀家」階段的郁達夫以自棄放逐的形象自我辨認，準確勾勒了自己將走向邊陲的死滅。

一九四二年二月日軍臨城，郁偕同友人撤離星洲往印尼蘇島展開逃亡之旅。這一段過程最終以〈亂離雜詩〉的七律面貌，重現四十六歲流亡時的惶惑與難測。

> 又見名城作戰場，勢危累卵潰南疆。
> 空梁王謝迷飛燕，海市蜃樓咒夕陽。
> 縱欲窮荒求玉杵，可能苦渴得瓊漿？
> 石壕村與長生殿，一例釵分惹恨長。（〈亂離雜詩〉第一首，頁二一六）

星洲淪陷，詩人鋪張戰亂的急促與頹敗。觸目所見皆殘破荒涼，城市恍如海市蜃樓，轉眼傾塌。「咒夕陽」尤其淒絕，夕陽染紅名城像是詛咒，繁華盛景勢必毀於戰亂，渺茫人生終無法逃開。但詩人在意的是剛成熟的男女愛情也將潰散消逝，搬用唐傳奇裴航遇雲英的典故，譬喻與女友李小瑛再無法相遇。末句更調動杜甫〈石壕吏〉及白居易〈長恨歌〉事典，喟嘆戰亂中情人的離散導致巨大的哀傷與無奈。大難之下，詩人感情生命的挫敗是不絕的哀思。〈雜詩〉中就有八首懷念他與李小瑛的情事種種。自棄放逐的身影已轉換成驚恐失魂的暗影。相較旅新期間〈毀家詩紀〉代表自我耽溺的孤寂，此番流亡似已自覺將陷於困阨絕境。因此詩裡嚴實的典故召喚千古長恨，男女的分離與相思將餘恨綿綿，卻構成生命最後的浪漫圖景。

然而，十二首〈亂離雜詩〉並不完全走向氣勢的極端悲怨。傳統詩教主張的溫柔敦厚，沒讓情調走到衰颯，即將生命從哀毀處往上揚升。雜詩中的最後一首，為亂離做了最好的定調。

草木風聲勢未安，孤舟惶恐再經灘。
地名末旦埋蹤易，楫指中流轉道難。
天意似將頒大任，微軀何厭忍飢寒。
長歌正氣重來讀，我比前賢路已寬。（頁二二〇）

這是郁達夫一行人最後的逃難路程中留下的詩作。回顧他們一九四二年二月展開逃亡，先後停留了卡里曼島（Karimun），石叻班讓（Selat Panjang）、孟加麗（Bengkalis）、保東村（Padang Island）

---

50 普實克認為儘管郁達夫吸取多種中國傳統文人文學的形式，但他畢竟是新時代作家，「就有可能去探索那在過去是被絕對排除在外的下意識的陰暗角落，去表達在中國傳統文人文學中是禁區的全部情感和經驗。」雖然普實克關注的是郁的新文學作品。但筆者以為其文人特點一樣表現於漢詩寫作。參見普實克：〈論郁達夫〉，收入陳子善、王自立編：《郁達夫研究資料》，頁六八一。

等地。當中由於荷蘭殖民政府不發簽證讓他們前往爪哇，以致返回中國的願望落空。一行人只能在當地華僑的協助下不斷輾轉逃亡。而郁等人在保東村居住了一個半月後，蘇門答臘及附近島嶼陷入日軍手裡，為躲避日本密探追捕抗日分子，他們又繼續逃難到蘇島中部的北干峇魯（Pekanbaru），最後到達巴爺公務（Payakumbuh），並定居於此。這是郁流亡的最後據點，也是失蹤之處。

這大致是他三個月來的逃亡路線。詩所描述的逃亡背景，正是前往北干峇魯途中，同行友人病倒，只能停留於末旦（Utan）小鎮治病。詩裡呈現了局勢不定，風聲鶴唳，慌亂逃亡多處的驚惶心境。亂離之際，避居末旦小鎮容易隱名埋姓，本屬常情。但若要仿效晉朝祖逖渡江擊楫，誓復中原的抗敵精神，就不能委身躲藏於此。詩人以矛盾的思慮，減緩驚恐落難的逃亡氣氛。尤其詩的末兩聯，以天欲降大任的自勉，來鼓舞飢寒的身軀，為詩營造高揚的氣勢。甚至最後以宋代文天祥的〈正氣歌〉展現頑強的鬥志，力圖將逆境轉化，自認比起文天祥囚禁土牢的艱苦際遇，自己能走出比前賢更開闊的道路。全詩調動的是一般文人再清楚熟悉不過的典故，但在逃難的上下文脈絡中，則成了最有能量的能指。在建立詩的形式與氣節上，郁成功將流亡頹敗、離亂的調性往上撥正，既真實描述了逃亡旅程困鎖的心境，卻也慷慨激越表現了抗敵意志與氣勢。詩的魅力在異域亂離的情境裡散發出生命光輝，難怪將〈亂離雜詩〉保存及披露的同伴胡愈之，都認為這是其中最好的一首。詩銘刻了沉重的肉身，也唯有詩能在南荒中安慰驚惶孤獨的靈魂。

一九四三年郁避居蘇門答臘之際，跟娘惹女子何麗有成婚[51]。這是一生中的第三次婚姻，新娘是樣貌平庸且為文盲的土生女子。洞房花燭夜，郁借〈毀家詩紀〉原韻作了〈無題四首〉。

洞房紅燭禮張仙，碧玉風情勝小憐。
惜別文通猶有恨，哀時庾信豈忘年。（〈無題四首〉一，頁二二一）

首聯恰是對照〈毀家詩紀〉第九首的「敢將眷屬比神仙，大難來時倍可憐」押韻，詩意對立，倍感反諷。〈毀家詩紀〉成為郁王婚姻變故的導火線，在於他將哀情與私事做了一次公開完整的呈現。自我暴露，既是憤慨也是控訴。新婚之際，卻以毀家之基調，張揚江淹、庾信辭賦的哀時懷土。流亡之軀已顯老態，新婚之妻則青春正茂。以致隔年再有一詩：

故人橫海寄書來，辭比江南賦更哀。
舊夢憶同蕉下鹿，此身真是劫餘灰。（〈胡邁來詩，會有所感，步韻以答〉，頁二二三）

詩裡重複再現的哀毀，可以看作南洋詩歌場景中流亡者最後的慾望想像。身體經驗提供他們唯一的生產意義和價值。因此零餘者的頹靡詩學，不自覺地回應著漢詩在現代情境下的拋置命運。遠離根深柢固的文化土壤，漢詩只能在身體，甚至骸骨的意義上創造古典的光輝。這樣的抒情魅力在郁達夫

51　何麗有本名陳蓮有。幼喪父而寄養陳家，生父本姓何。郁達夫將其改用原姓，取名麗有，全名以諧音讀之，顯然對其容貌有諷刺之意。從中印證了郁跟當地平庸女子結婚，多少有掩飾身分之目的。

身上，呈現為主體的超越或昇華，漢詩走進異域，深入線性歷史斷層、塊狀的時代感受，成功紀錄了現代流亡者幽微的生命經驗。但同時在離亂的生命現場，詩人陷入自覺式的頹廢沉淪，成為習性。當肉身變成耗費的詩學資本或症狀，遺留後世的郁達夫既是軀體，也是詩體（他迷戀的骸骨）。因而詩作為亂世存身的媒介更值玩味。

如果漢詩裡的流亡肉身，是郁達夫在歷史座標上最後的光點。那麼骸骨終無所獲，郁達夫以漢詩構成為馬華文學內在飄零的重要能指，隱約回應了馬華文學及南洋詩的原初的症狀：南來者的肉身流離與荒謬，遺民或移民的生存與道德困境。這些都成為晚清以降的南來文學，大量漢詩文裡敘述或來不及表徵的經驗。同時也可以看作文人慾望性的文學生產。他們漂泊無根、自傷哀憐、異地苟活且靈根自植，凸顯了文人處身的斷裂時序及存有感受。新文學線性史觀裡難以歸類描述的錯置肉身，反而在漢詩世界呈現了一個動人的南來現場。這些展示為現代經驗下的文學骸骨或肉身骸骨，都可視其為南洋文學現代性的骸骨。

從許南英到郁達夫，他們南來的流亡經驗，投射了肉身的艱苦和困境，時間從晚清到民國，卻以漢詩銘刻其與骸骨的想像和連結，是郁達夫個案的最大啟示，無疑代表著中國新文學在境外的一則曖昧隱喻。那麼帶著乙未傷痕南來的晚清詩人許南英，承受的災難不是眼前戰爭，而是新舊交替的歷史情境下，自我面臨的喪亂與生活價值的破壞。走出臺灣，走向南洋，許南英選擇的流亡是一種放逐人生。他的遺民眼光有了改變，跨入民國，遊歷異域，漢詩記錄的是他顛簸生命閃現文化光彩，一個流離者謀生的本能。然而，他以漢詩刻畫的後半生總難掩感傷。謀生艱難，遷徙的官宦生涯顯得不知所措，他的尷尬處境不斷經由漢詩裡的美典轉化（詠梅是最明顯的例子），既投射原初的歷史創傷，也反映進退失據的現代生活。這些漢詩最後成了他埋骨南洋的見證，一個流亡者被放逐在世界與生活邊境的隱喻。許南英永遠留在了南洋，詩與骸骨的生命與文化辯證，構成清末民初南來軸線上值得深思的詩學現象。

詩人死在南方不是敘事的終結。許南英象徵的亂離生命體驗，在兒子許地山的小說裡有了另一種形式的浮現。許地山有意識經營落難南洋的飄零書寫，似有若無的共享著父親異域經驗的無盡感傷。許地山筆下黯然錯置於赤道上的流離者，張羅了他對父親南洋身影的熱切回望。透過小說的創造與生產，我們彷彿聽見南來旅程的迴聲，跨時空展開了奇譎的想像。從許南英、郁達夫到許地山，恰是他們在南洋行旅的延續性脈絡，重現了文學與肉身蠱惑的慾望及魅影。

第五節　南方的迴聲

相對郁達夫精采的流亡人生，許南英的客死異鄉顯得平淡許多。但在其四子許地山的小說裡，我們卻看到了種種書寫各式流亡、戰亂、飄零的經驗。許地山筆名落華生，是五四新文學的重要作家。他出生於一八九三年，比郁達夫長了三歲。一九四一年心臟病發逝世於香港，也比郁達夫的失蹤早了四年。他倆交誼不深，但郁達夫在悼念許地山的文章裡，卻發出令人深思的疑問：「我往往在私自奇怪，近代中國的文人何以一般總享不到八十以上的高齡？」[52] 這番慨嘆，彷彿成了自己生命的預言，並指向同一代文人的生命憂患。晚清以降的時局變遷，不間斷的家國風暴，竟成就了這批文人在亂離背景下相似的際遇。嚴格說來，許地山與郁達夫本屬同輩，但郁達夫埋骨蘇門答臘的命運，則巧合的跨時空呼應著許父的南方漂流與放逐。換言之，許南英、郁達夫勾連的流亡南方路徑，在不同階段相互投射生命個體在南洋的折損與凋零。當南來的亂離景象轉化為一種歷史症候，對南方的想像成了浮動的游標，以致二十世紀的小說家以文字重建或捕獲的是華人的南方流亡史，或文人的南荒經驗。但南方的想像從不間斷，也開始得很早。

許南英一九一七年在棉蘭亡故後，許地山一九二一年發表的小說〈商人婦〉[53] 開始以南洋為背景，刻畫了福建婦女惜官在南洋輾轉飄泊的故事。小說將南洋作為生命折難的起源地，將流離者的無奈視為難解的命運。惜官的丈夫到新加坡開拓營生多年，將髮妻遺棄。惜官千里尋夫，才發現丈夫已另娶當地馬來婦人，還將她轉賣給印度商人成為第六順位的妾。從此她被帶往印度，生下中印混血的小孩。印度丈夫死後，惜官成功逃離妻妾爭產的家庭，再次返回新加坡展開尋夫之旅。然而丈夫已搬家，不知去蹤，自己又不敢回到唐

許地山像

山老家，因為「我帶著這個棕色的孩子」。語言、膚色的隔閡，導致有家歸不得。尤其當惜官慨嘆「現在我已成為印度人了」，生命的錯體，慘澹的際遇，惜官永遠成為南洋的流離者。這是許地山對南洋別有意味的凝望。那無從抗拒的漂流，有著隱約命定的困局，以致南洋成為中原境外流離的原址。

一九二三年發表〈海角底孤星〉，顧名思義又是淪落天涯的命運悲劇。故事講述新婚夫妻遷居到檳榔嶼附近，展開甜蜜的世外桃源生活。但妻子異地病故，留下一名女嬰。爾後丈夫帶著女嬰返國，由於喪妻之痛而身軀羸弱，他在返國的船上又不幸感染傳染病而死，屍體只能葬身大海，留下孤苦伶仃的女嬰。小說著墨的是愛情的愴然與偉大。但南洋場景締造了情感的神聖，卻又是生命的摧折。許地山述說的哀傷故事處處投射了流亡的暗影：飄零、死亡與孤寂。

一九三四年許地山前往印度大學研究宗教及梵文。途中特意繞道蘇門答臘的棉蘭為父親掃墓。當一九三九年許地山發表小說〈玉官〉，卻留下了一個餘味深長的結局。〈玉官〉描述一輩子汲汲營營過日子的寡婦玉官，歷經清末民初的政局變動，投身教會，兒子娶妻生子，媳婦亡故，自己與第二次愛情錯身。小說搬演家庭倫理的悲歡故事，著眼農村堅毅婦女透過宗教洗禮轉變為充滿關愛的聖徒形象。小說最後敘述年邁抱病的玉官坐上開往南洋的輪船，展開自此飄零的放逐。這恐怕是一去不復返

52　郁達夫：〈敬悼許地山先生〉，《郁達夫全集》第四卷，頁三一五。

53　許地山的〈商人婦〉、〈海角底孤星〉、〈玉官〉等小說，參見楊牧編：《許地山小說選》（臺北：洪範，一九八四）。

的最後旅程。這種有意識的遠行，自我飄泊於南方的生命選擇，實在不禁令人揣想，許地山藉此投射了當年老父許南英的南來之旅。南洋多次作為小說中男人謀生的去處，自然有現實基礎的對照。許南英兩次的南洋行旅，也都為衣食奔走。焦慮生計，思家懷鄉，流離者的放浪形骸，是一種無奈的悲哀。許地山設計小說裡的人物南渡，既受命運擺弄，也見證了南洋的誘惑。境外之南，流亡的避地，也成了埋骨所在。〈玉官〉跨時空虛擬了主人公乘船開往南洋的身影，以女性獨特的堅忍與善美，將南方的流浪轉換成希望之旅，展示生命的尊嚴。南洋終究成了最後辨識流離者的座標，像立在南方的詩人之墓[54]。那是許地山對南方的想像與昇華，一種對創傷遺痕的超越。

綜觀許地山聚焦南洋的小說敘事，其對南洋展開的慾望探索，既投向歷史，也反涉其身，像是針對父親南來詩歌的另類、延異的地志書寫。許地山出生臺灣臺南，三歲隨家內渡大陸，曾赴緬甸仰光當中學教員，在歐美、印度學習，輾轉任教於中國境內大學，最終接港大教職，病歿香港。寫作者本身的流動位置，恰好提供地理意識的參照。許地山繼承父親許南英的南方敘事，郁達夫選擇漢詩作為亡命見證，三人交疊纏繞的流動軸線，不過是遷徙經驗的縮影。這幅南方離散圖的象徵意涵，讓三人在不同的歷史時刻登上舞臺，或以豐饒曖昧的文字，或以沉重慘澹的肉身，投射出複雜與交錯的歷史記憶及南方想像。寫作者持續的流動，終將開啟不同的離散視窗。因此，我們相信南洋魅影是一則未完的傳奇。

54 許南英病故於棉蘭後，當地友人將其安葬於市外。當地人稱其墓為詩人之墓。

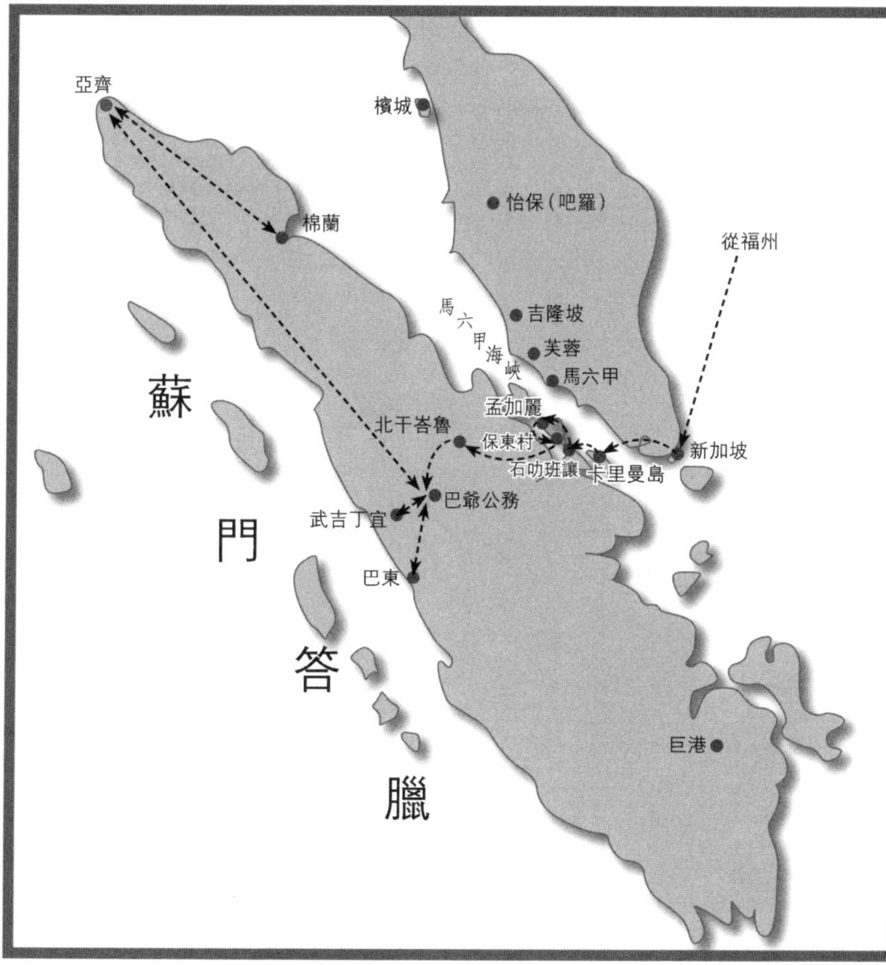

1942-1945郁達夫流亡蘇門答臘路線圖

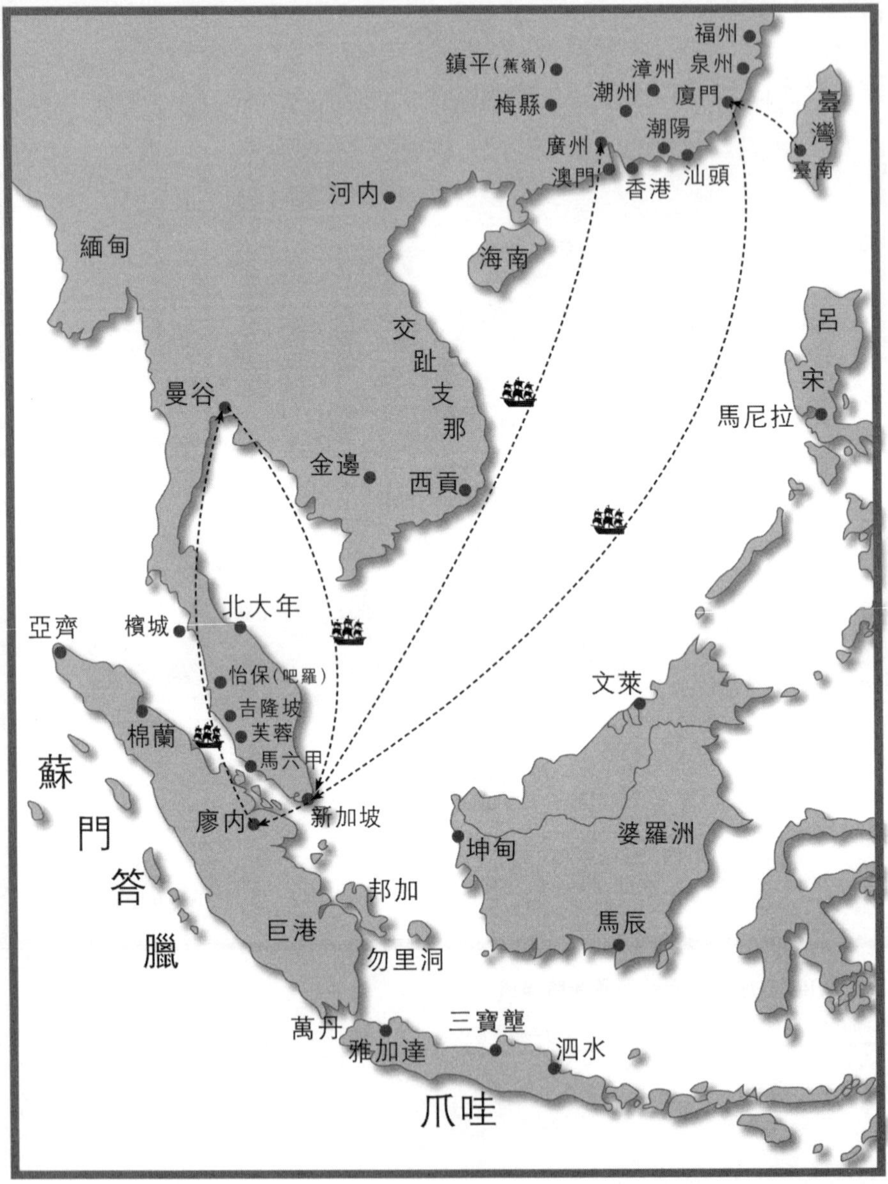

1895-1897年許南英流動路線圖

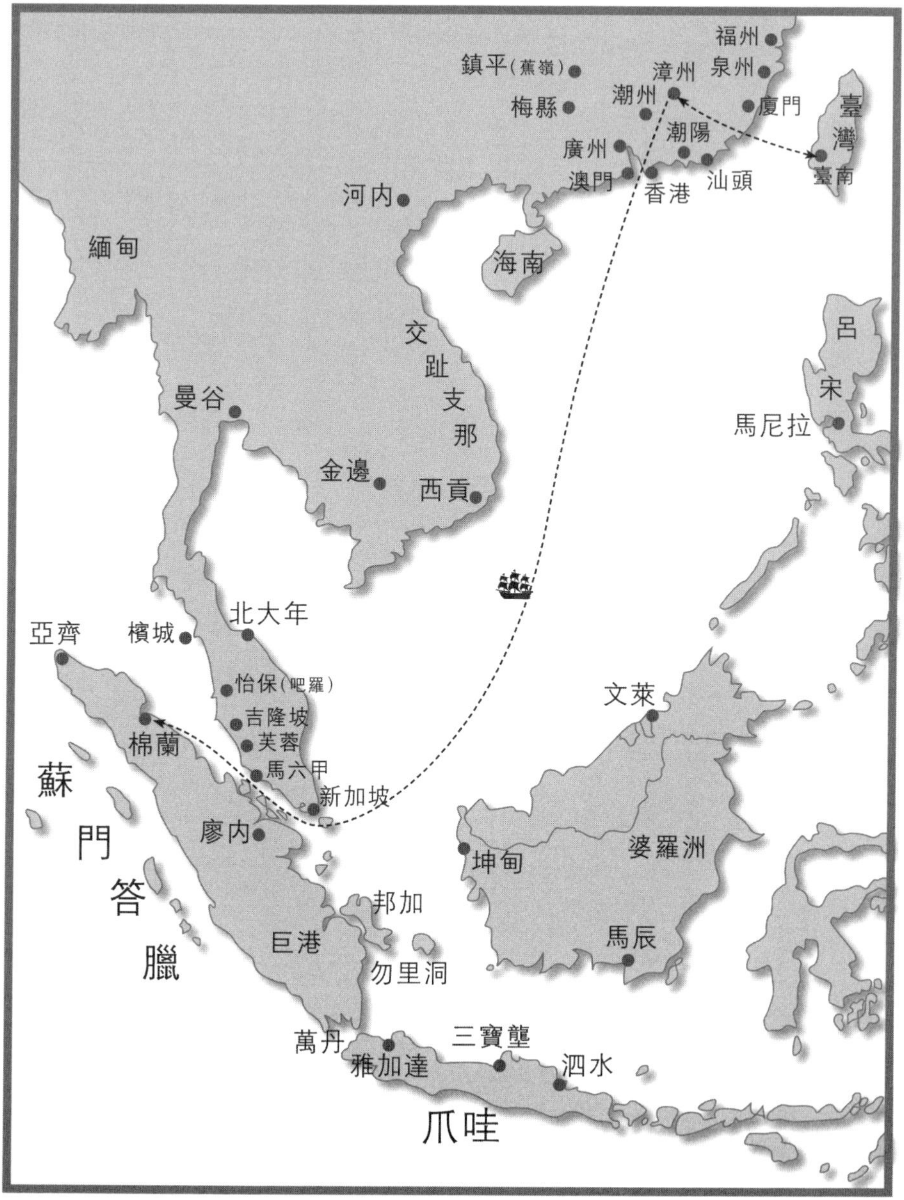

1916-1917年許南英流動路線圖

結論

離散漢詩與消失的美學

第一節　離散詩學與文學現場

本書主要選取八位詩人為個案，著眼他們境外流動的事蹟，以及對區域文學造成的影響。流動，意味離散話語的開始。而流動帶來的文化播遷與文學地理，改變了過去局部的中原文學視域，展現境外空間有著與中原地域同時並存和熱烈發展的文學生產。尤其清末民初帝國崩裂，國體肇新，士人百姓大規模遷徙，文化與文學的播遷軌跡更為繁複。這是一個區域漢文學交流與互動的歷史時刻，一個以漢詩為主導文類的文學現場。我們從離散敘事的論述框架，重新觀察了漢詩作為跟隨傳統文化一同陷落的舊文體，如何在地理遷徙的現代時空內，重新架構了詩人經歷的主體飄零、肉身苦難、絕域風土和文教播遷的種種經驗。這些寫在境外的漢詩，橫跨新舊文學的分野，在同一傳統／現代交替的歷史結構裡出沒，預告了漢詩作為強力表徵時代與主體經驗的「舊」文類，依然展現有效的「新」生命力。其中內蘊的文化意識，提醒了我們進一步理解漢詩播遷所塑造的區域文學型態，同時藉由這些遺落在海外的詩人足跡，形成地域觀照的文學「現場」脈絡。

現場，從一個實證的角度觀察是一個追尋歷史蹤跡的場所。然而，當我們經由詩人身後留下的漢詩去追蹤他們離散的軌跡，重建他們在漢詩世界裡投射的家國想像與文化信念，這些透過詩人互動交流與足跡往返而形成的文學現場，指向的已不是實證的經驗現場。漢詩寫作、境外遷徙、遺民認同，三者構成的意義，連結到一個二十世紀漢文學播遷的區域客觀現實。寫作漢詩與漢詩表現的情調與症狀，詩人遷徙的緣由處境與生存際遇，都一一藉由漢詩呈現了他們在大離散氛圍內，克服「現代」時間與表現文化語言的內在主體經驗。這種不在文學革命進程，新文學或現代文學視域內的現象，確實有著一個我們無法略過的文學譜系。因此，若現場不指向蹤跡，而是從生產與發生意義的層面著眼，文學史「現場」就意味文學產生影響與論述開展的一個蹤跡展示的所在。二十世紀遺民詩人的遷徙與漢詩的離散敘事，補強了文學史看不見的「現場」。

在甲午戰爭後，乙未割臺造成故鄉／故國的一種地域性割裂的認同游移，帶出了三種不同類型的文人遷徙姿態。臺灣文人丘逢甲、許南英和王松選擇在日本殖民初期內渡，三人日後際遇和遷徙安頓的路徑，顯然差異甚大，卻又展現了晚清境外流動的集體時代經驗。本書勾勒三位臺籍文人，面對歷史轉折陷入的「遺民」處境，替乙未後的漢詩生產、文化遺民的形象與遷徙，建立頗具辯證性的線索。從丘逢甲內渡廣東，集合民間資源另闢文教舞臺，這種集鄉土精神和仕紳風格一體的表現，實屬少見。最後從乙未「遺民」搖身變為遠赴南洋傳播孔教的「先行者」，漢詩是他有效傳播形象的文化資本，熱烈開拓他在中國南方與南洋的文化事業，士人遷徙構成的南方人文地理，創造了與時代對話的離散經驗。

相對於此，竹塹詩人王松選擇歸返臺灣定居，面對日本殖民統治環境曖昧的漢文化交流與籠絡，一生都周旋在遺民與順民的矛盾之間。他處身日漸熟悉的殖民環境，觀察建設進步的日據臺灣，同時漢詩生產並不滅絕，甚至還有具備詩學教養的日本官僚可以唱和交心。於是臺島積存豐厚的詩學資本，並不亞於中原境內的詩學生產。遺民自我堅守的「境內流亡」心態，構成嚴峻的考驗。放在境外離散視野觀察，儘管王松未再出走，但藉由遺民與殖民對望的眼光交集，我們看到遺民對中原正統與在地身分的複雜辯證關係。在漢詩的創作與交流當中，遺民一方面意識到身分的在地轉化，另一方面又面對漢詩中原意識的複製和再生產。詩人表現的漢詩意識在殖民地理與想像中原之間遠離又復歸，這已是一幅弔詭和曖昧的離散書寫。

另外，許南英作為共同出走的乙未遺民，一生的際遇顯得更為顛簸流離。他在廣東的官宦生涯轉徙各地，回臺兩次省墓卻沒留下定居。他曾兩回遠走南洋尋找謀生機會，但並沒有帶來穩定生活，最後還客死印尼棉蘭，葬身異地。許南英的離散路徑，典型呈現了飄零流離的身影。漢詩寫作成了他銘刻記錄一生際遇的唯一載體，詩篇盡是時代遺民的流離感傷。許南英此刻標示的「遺民」身分，其實不再凸顯遺民忠君或忠於舊朝的正統。他所代表的象徵意義，見證了由帝國轉入民國，知識結構改變，時局變遷下流離失所的一群。他們的知識教養，安身價值，都在鉅變的時代流亡氛圍中，經歷喪亂而潰散。許南英為謀生奔走天涯，最後接下的工作只是為印尼僑領編寫傳記，卻因此病死絕域。這何嘗不是替傳統士人的流亡際遇，在現代性的歷史進程中下了辛酸的註腳。

以上三種離散書寫的類型人物，代表晚清以降士人群體中三種不同的流寓者、遷徙者或移居者。他們的遭遇和遷徙路徑顯得突出，將乙未遺民的脈絡展示得更為複雜，並且在中原境外勾勒一個詩學的離散譜系。於此同時，我們再藉由幾位不同脈絡的詩人個案，進行一些比較和對照。

乙未割臺造成的殖民情境固然是現代經驗，臺日官僚與詩人之間的詩學交流進一步構成遺民經驗與抒情形式的變異。然而在王松等遺民詩人產生認同游移的現象之外，我們還看到另一種堅持遺民正統，固守遺民姿態的詩學論述，這個特殊的個案就是鹿港詩人洪棄生。洪棄生在乙未割臺之後沒有內渡，而是選擇滯留臺灣。作為堅持清帝國正朔的遺民，洪棄生並非從此棄世避居，隱名埋姓，不事生產。相反的，他寫作大量詩文記錄殖民地臺灣在歷史轉折過程中遭遇的災難，控訴殖民統治的暴力。他凸顯的遺民姿態，竟然是深入殖民景觀，從變遷的都市環境與殖民建制中，構築一種廢墟意識，解構現代性殖民經驗下的生存感受。這種特殊的反殖民書寫，表現在遺民詩人的漢詩格式，既顯得突兀，卻為漢詩文類帶入一種現代性體驗。換言之，洪棄生以最傳統保守的敘事媒介，介入殖民地景，表徵個體錯置殖民現代體驗中的荒謬感，並以帶有顛覆性質的漢詩實踐，戳破了臺日漢詩交流營建的抒情風雅假象。

這番遺民論述，無論在中原境內境外顯然都是少見。這說明了境外文學型態，有其複雜多變的向度。尤其殖民情境是近代遺民首要遭遇的現代體驗，其對漢詩意識與遺民想像的改造，從洪棄生與王松等個案身上，展現了不同的風格與離散敘事。在殖民的大部分時間裡，洪棄生未曾離開臺灣，只在生命晚年有一次大陸旅行。洪棄生的遺民詩學，實際走在殖民地域的邊緣。因此，所謂離散，對洪棄生而言是一種「海外遺逸」的自詡，從外在殖民環境遁入自我的隱匿，以一種否定的姿態遊走於殖民地。在種種殖民建制的現代經驗裡，他凸顯一種反居所的廢墟意識，為他固守張揚的遺民正統，表現離散的向度。在遠離中原的邊陲殖民小島，洪棄生以一種反奴役和抵抗的遺民精神，構成境外漢詩生產結構內，難得的現代遺民正統。

同樣在辛亥鼎革際遇中，避居香港九龍的遜清遺民陳伯陶，注意到了宋末二帝在香港九龍地區留下的史蹟，並對宋王臺及周邊遺跡的來歷加以考據和發揚，招引文人登臺雅集，詠懷抒志，形塑了民初香港值得注意的遺民論述。陳伯陶招引隱逸於港的詩人題詠宋王臺，引起酬唱無數，進而由蘇澤東輯錄為《宋臺秋唱》，可視為香港地區最早的漢詩雅集刊物。從遺民文學的角度切入，亡宋遺跡和九龍避地之間形構的地方感，替我們揭示了漢詩與香港地景之間發生的意義脈絡。文人筆下的歷史敘事和抒情詩學，在英殖民地和殖民體制下，有效開展出香港文學獨特的遺民空間。詩人置身九龍，藉由漢詩表徵的「地方」（place）與九龍宋史「地景」（landscape）的建構，二者之間的辯證和糾葛，讓我們藉此反思帝國邊陲的土地和島嶼，如何在帝國覆亡的時刻，由遺民之手「連結」到中原，替香港的南來文學補上一章土地和身分的辯證。這一批因辛亥鼎革南來香港的文人在二十世紀初期的東亞漢詩系統內，建立了香港離散詩學的參照脈絡和意義。

在乙未歷史情結之外，南來詩人康有為和邱菽園呈現了另一種帝國視域下的政治／文化遺民面貌。康有為曾經是清帝國的政治改良設計師，卻在戊戌政變後成了朝廷追殺的逋臣。流亡十六年，他的足跡遍及全球四大洲三十餘國，漢詩成了紀錄他千里蹤跡的一部分。這期間清室覆滅，康有為轉眼由保皇的臣民變為帝國的遺民。他生命晚年回到已是民國時代的中原大陸，並在新舊權力鬥爭中捲入復辟運動，成為名符其實的忠清遺民。

不過，康有為早期避難南洋期間，多次進出新加坡及檳榔嶼等地。他由戊戌政變造成的創傷心理，形成一組誘人的流亡意象：十死身。以致這時期的漢詩寫作，鋪陳出絕島與絕域的文化地理，肉身的死亡危機，以及飽滿的帝國情懷與創傷症狀。他以帝國流亡者的姿態，回望破碎中原，深化眼前的放逐或流離詩學，構成南來流寓者初期的寫作型態。這是南洋詩學初期的民族主義想像。

與此同時，他作為孔教復興運動的代言人，成功凝聚海外華人民族主義的文化實踐。隨著康有為在華僑移民社會轉徙，他領導保皇會的政治動員，間接推動孔教學堂的文化教育建設，招致華僑巨大迴響，儼然成了康有為海外流亡最重要的事業。詩歌、政治和流亡，是康有為在南洋的重要生產意義。對照動盪不安的帝國政局，他的南洋詩布滿肅殺蕭瑟之感，著眼自我主體無盡的飄零，漢詩書寫是創傷症狀的轉化。絕域地理和中原意識構成巧妙的辯證關係，當中的複雜形象相當程度代表了晚清流寓或流亡南洋的士人階層心態。南洋漢詩的緣起，可以看作是一道流亡與創傷的風景。康有為是箇中巨大象徵的詩人個案。

相對這些短暫的過客，寓居和移居者是南方視野長期的經營。南洋漢詩的離散書寫如何將在地資源轉化，形塑地方感性，反而是移居者的詩歌實踐議題。早在康有為境外流亡以前，家族移居新加坡經商的邱菽園，在新加坡繼承了巨大遺產，成為接引流亡士人，推動當地文教事業、孔教運動的重要推手。作為在地的文教知識分子，他先後接應過丘逢甲、康有為、容閎等人，儼然主導南洋的文化場。

然而邱菽園來自完整詩學教養的士大夫階層，龐大的資產讓他主持風雅，成功整合中國、臺灣與南洋詩人帶有遺民氣息的酬唱流風。漢詩的交際氛圍，成了南洋漢詩重要的一個平臺視野。與此同時，邱菽園投入當地報業，推動基礎的文學建制，為馬華詩學保留不少珍貴的寫作資源。另外，邱菽園的生命起伏，也深刻反映出他的漢詩經歷。他由巨富變成破產，風流進入禪佛，移居新加坡的日子愈是讓他感受風雲變色的中原已是遙遠。他鄉已成故鄉，落地深根的地方感，促成無數的星洲雜述成了他的漢詩景觀。他大量的漢詩寫作凸顯了「星洲」意識，成為早期以風土習俗入詩的在地文人。藉由邱菽園的個案，我們看到境外南方詩學的意義，從流寓、流亡的感傷漸進轉入一種在地的生產。漢詩成為中原與南方之間有效的再現與敘事媒介。南方詩學因此構成境外漢詩場域無法略過的譜系。

遷居新加坡五十餘年的邱菽園，在日軍南侵以前逝世。不過，他並非最後一個南來的重要詩人。在中國抗日戰爭爆發後幾年，南來謀生的郁達夫，由新文學小說家變成了流離詩人。他在南洋的日子為編務和抗日活動奔波，寫作大量漢詩作為情感、生命與心靈的最後紀錄。郁達夫的南來和寫作，將南洋漢詩的譜系往下延伸，來到一個新文學面對現代戰爭暴力而陷入精神與寫作危機的時刻。郁達夫的失蹤／死亡，以及他遺留的漢詩，極具象徵性的隱喻了離散詩學的可能去向。郁達夫的遭遇與漢詩的連結，成了文學史無法收編的尷尬。現代文學史論述的建制，基本是現代語言運動變革下的產物。

文學革命業已處理的漢詩，不再被認可為表徵現代經驗的文類。然而，戰爭下的流亡與心靈苦難，何嘗不是現代體驗？五四揚名的新小說家，以漢詩作為文學生命的收束，無論是容不下漢詩的現代文學史體制，抑或難成體系的南洋漢詩[1]，郁達夫與漢詩終究是一場錯置。郁達夫隨著戰爭結束而失蹤，於是他存留的漢詩與個體的流亡際遇，同時回應著一個晚清以降境外的遺民詩學氛圍。那拋置在喪亂的大時代，以及線性文學進程之外的漢詩，注定是帶有文化遺民想像的色彩，落難知識分子的文化載體。郁達夫因此成為本書時限上的最後一個個案，卻留下無限的啟示和想像。

一種消失的美學？

藉由本書討論的詩人個案，以及他們表現的遺民色彩，同時讓我們見識與思考了漢詩在現代意識與歷史敘事內的存在狀態與生產意義。因此，二十世紀以降文化遺民的漢詩寫作，其實是中國文學的現代性問題，或漢語文學古老類型的現代際遇。

漢詩概念的提出，主要是區隔在現代文學框架內的古典／現代、新／舊觀念，在不特別標誌文類背後的時間意識之下，以語言為判準，強調在晚清以後被形容為古典文學類型的強弩之末的舊體詩，如何在文化遺民的現代性體驗下，構成值得觀察的文學生產與空間脈絡。因此，作為文化遺民的詩人在個體流動過程中的漢詩寫作，已是文學播遷的開始。在白話文運動未形成風潮以前，漢詩的播遷象徵著最早的區域文學生產與文學場的起源。漢詩跨出境外，深入異域，表徵詩人不同的主體經驗和感受。所以選擇以漢詩命名這種文學越界的現象，更清楚看出文化遺民的生存處境，及漢詩生產的本質。漢詩的「現代」與「誘惑」，到底呈現什麼樣的現代性經驗？乙未詩人面對家國離散，以漢詩召喚遺民情思，為何到了戰爭時期的郁達夫仍以漢詩作為銘刻生命的最終文學手段？這是一脈相承的文學系統，還是舊形式的復活？

這些問題一再提示我們，二十世紀的漢詩寫作，基本已是文化人託命於文字的精神表現。語言革命撕裂的文化鴻溝，以及現代性歷史發展導向與傳統價值的距離和決裂，讓詩教的復興，漢詩寫作的堅持，普遍成為傳統知識分子的生活技能。從大學裡的學者教授、國共兩黨的政治人物與將領、書畫藝術家，出家僧眾以及具有漢學根柢的新文學詩人、小說家、散文家，他們寫作漢詩的因由不一，但卻以龐大的漢詩產量填補了二十世紀文學的版圖。漢詩寫作在二十世紀的中原境內有過三次的高潮巔峰。一是辛亥革命前後，政治熱情與傳統想像拉鋸的關鍵時刻。一是一九四〇年代的抗戰／淪陷時期，個體陷入生命的憂患，精神與寫作的雙重危機。一是新中國建立，政治鬥爭與文化大革命前後，傳統遭致破壞，人身尊嚴的迫害，價值翻轉的危難時刻。以上三個時刻，都標誌了漢詩寫作回應著民

1　除了傳記性質的書寫提及郁達夫的漢詩，一般現代文學史的論述總忽略郁達夫生命晚期的漢詩。而目前唯一一部處理南洋漢詩的研究專著，李慶年的《馬來亞華人舊體詩演進史》也僅是以詩人酬唱的方式整理了一些報刊可見的郁達夫漢詩目錄，卻無法理解郁達夫的漢詩在南洋現場生成的錯位，抑或可能的離散文學意義。換言之，寫作漢詩的郁達夫被文學史給遺忘了。

族想像，追尋傳統精神與形塑文化心靈的內在需求。歸返漢詩傳統，意味現代歷史情境下依然生發的一種對古典文化的緬懷與認同。

因此漢詩體現了從晚清以降一種語言創作形式的飄零與流動狀態。同時漢詩首先表徵一種語言符號與文化系統的回歸，可以作為檢視文學現代性的文類形式與概念。漢詩表徵的是悠遠的寫作傳統或文化符號，卻也是美學價值。換言之，寫作漢詩在語言腔調與感覺結構上是一種對古典精神與文化的歸返和召喚，某個程度上並不存在與寫作者相應的時代聯繫。但漢詩寫作者的群體來源複雜，寫作凸顯自身不同的歷史對應與傳統想像，愈能呈顯詩人內在的生命主體樣態。

就選擇舊體文類表徵經驗主體的歷史際遇本身，其實違背了我們熟悉的五四文學進步或進化的歷史觀念。換言之，文學革命無法消除的漢詩，展示了一種現代的「誘惑」。漢詩實際上改變了新文學或現代文學內含的歷史敘事或想像。因此漢詩的生產，同時也是現代經驗結構下的一種表述形式。從這點觀察來看，我們可以把十九世紀末以降，延續不絕的漢詩創作譜系，視為檢驗文學現代性的另一種格式。這回應了論者對兩種現代性的衝突和矛盾的表述：社會現代性與美學現代性[2]。而漢詩的現代性觀察更接近於後者的範疇。

相對中原的漢詩路徑和規模，士人境外遷徙與書寫，可以合併為一組我們觀察境外漢詩的概念。士人由流亡之路開展的境外南方，在不同的歷史時刻，重新賦予了漢詩或漢文學應對時代的新形式。二十世紀初，留學日本的魯迅完成了以文言文寫作的一篇長文〈摩羅詩力說〉（一九〇七）。這是一篇充滿現代意識的「詩論」，開篇歷數世界文明古國的文學經典及魅力，借異邦之新聲，倡導個性的張揚，為蕭條沉默的晚清文壇，尋找中國詩人的「精神界戰士」。當中他根據以色列的文學現象描述了一個關鍵的離散概念：

> 最有力莫如心聲……降及種人失力，而文事亦共零夷，至大之聲，漸不生於彼國民之靈府，流轉異域，如亡人也。……當彼流離異地，雖不遽忘其宗邦，方言正信，拳拳未釋，然《哀歌》而下，無賡響矣。[3]

從以上的離散文學經驗，流寓日本的魯迅選在家國危機重重的時刻訴諸詩論，直接點出了人的「流離異地」，文化衰落，文學也將隨之滅亡。由此他等於間接描述了一個中國人境外大流亡、大遷

2 關於這兩種現代性的討論以及現代性概念的爬梳，參見馬泰・卡林內斯庫（Matei Călinescu）：〈現代性、現代主義、現代化〉，收入馬泰・卡林內斯庫著，顧愛彬、李瑞華譯：《現代性的五幅面孔：現代主義、先鋒派、頹廢、媚俗藝術、後現代主義》（*Five Faces of Modernity: Modernism, Avant-garde, Decadence, Kitsch, Postmodernism*）（北京：商務，二〇〇二），頁三三六—三四六。

3 寇致銘提出魯迅觀察的「大流亡」概念，並認為這個概念對二十世紀華夏文明甚為重要。但作者並無進一步詳論。參見寇致銘：〈「大流亡」與中國文化走向世界化的過程〉，收入夏祖麗主編：《中華文化與移民文化國際研討會論文集》（墨爾本：文化建設基金管理委員會，一九九七），頁四八—五一。引文見魯迅：〈摩羅詩力說〉，收入吳子敏、徐迺翔、馬良春編：《魯迅論文學與藝術》（北京：人民文學，一九八〇），頁二一—三。

徙的事實。民族文學的去向因此令人憂心。於是，必須求新聲於異邦，引入「摩羅」詩派，激發中國國民精神。這是魯迅的議題和策略。但魯迅意識到大流亡經驗的可能危機，卻提醒了一個值得關注的晚清離散書寫。長期的中原意識與大中華經驗，使得境外的流亡與離散無足輕重，相應的文學生產難以歸檔。因為不容於視野之內，只能算是「域外」或「海外」文學。

然而，近代中國周邊區域的遷徙現象顯然頗具規模且自成系統。從使節派駐、華商移居、士人逃亡、交遊、百姓謀生等，類型各異，目標不同，卻可能同時表現了不同性質的流寓文化與文學實踐。尤其在乙未割臺、晚清家國動亂、政治勢力相互傾軋的動盪背景下，流亡的政治或文化遺民，以豐厚的文學生產展現了不一樣的清末民初文學景觀。這些境外流動與移居播遷，從嶺南邊境、臺灣到南洋的新加坡、馬來亞、印尼群島等地，在南海區域之內形成一個漢人大流亡的現象。他們無以為繼的生存困境，文化斷裂的恐慌，與及時代急迫的代謝，為大遷徙的時代風暴下了關鍵註腳。文人訴諸詩文的地理表述，流離過程形塑的書寫空間，為他們處身時代裂縫下的時間焦慮，深入絕域的新奇眼光，帶出一個境外南方的視野。因此，流寓與流亡展現的異域之聲，可以視為回應魯迅倡導的「新聲」，一個遠離中土卻仍然張揚活力、個性的漢文學播遷之路。

晚清時期傳統開始支離，現代化進程漸進破壞日常秩序，文人士子從中原出走邊陲，或由異域歸返中土，流動本身塑造了另類的文化空間和知識類型。這其實是中國文學走向境外的過程，以及論述文學經驗的「現代」起點，一種帶有流亡意義的文學實踐。若要對境外南方的流亡話語勾勒特質，至少必須注意兩個基本面向。一邊是政治、民族國家的建設進程。另一邊是傳統文化與現代文化的衝突[4]。在流亡的脈絡當中，知識分子離開了民族性地域（傳統的「南渡」與「放逐」尚在國境之內），喪失了存在與精神語境（傳統文化和制度淪陷、斷裂），士人因此在流亡地理中表現出文化遺民症狀，或在地域與語言喪失的情境內，加深遷徙與文化播遷中的疏離感，自我內化的憂患意識。

境外漢詩處境的離散飄零，以及文化慾望的投射，固然締造了二十世紀漢文學的盛景，然而箇中無以為繼的遺民基調，卻也暗示境外漢詩終究是一道無從賡續的流亡風景。詩人從政治與文化遷變過程中形成的遺民邏輯，一般有著政治災難與喪亂避禍的背景。因此他們抱持文化感傷的同時，面對或花果飄零，或靈根自植的心路歷程，生發了落葉歸根或生根的困難窘境。當離散止於終點，境外漢詩的文化美學將成為一種消失的美學？

馬華漢詩從十九世紀末至二十世紀初期的發展已呈現出一個離散詩學的特質，凸顯了馬華古典文學在東亞和東南亞漢詩與漢文學系統內的重要位置。儘管隨著馬華新文學的興起，南來文人創作新文學漸趨主流，但報刊依然不缺刊載古典詩詞的園地。尤其星馬在二戰淪陷時期，文人在抗戰和流離狀態中寫作的漢詩更烙印了生命的刻痕，南來的著名五四作家郁達夫就留下不少哀婉深刻的南洋漢詩。但隨著二戰結束，新加坡、馬來亞、印尼先後脫離殖民獨立，邁入民族國家的行列。漢詩的角色終於退守到文人雅集圈內的活動，更多流於消閒與遊戲性質。馬華作者群隨著新馬分家建國，也從此走入

4 參見劉小楓對流亡意識型態的學理性分析與討論。詳劉小楓：〈流亡話語與意識型態〉，《二十一世紀》第一期（一九九〇年十月），頁一一三—一二〇。

以國家和族裔為主題的文學書寫。文學首要擔負的功能，在於刻畫新興家國下的族裔現實生活，還有表徵族群政治的寓言式書寫。在此文學發展的現實當中，尤其華文在新馬面對嚴峻的存續空間，以漢詩為主體的離散詩學，基本已失去寫作的土壤。換言之，儘管離散漢詩表現了語言創作的飄零與流動狀態，但在新馬文學語境內，漢詩再也難以展示現代的「誘惑」。因此，少數在種族政治困境內鬥爭的華教人士，如林連玉；以及一些舊學根基厚實的華校教師、報刊編輯和僧人，如李西浪、潘受、李俊承、鄭子瑜、蕭遙天、管震民、陳少蘇、王宓文、任雨農、方修、李冰人、張濟川、謝雲聲、陳蕾士、竺摩、黃潤岳、張少寬、徐持慶等人，這個寫作群體相當龐大，難以一一細述。這些文人雅士大多是戰前或戰後南來，或是在地出生。他們寫作的漢詩數量多寡不一，在慶弔頌輓、交遊酬唱的詩作外，多少仍展示對時局變遷、地方意識的一種文化感興。至於目前仍持續運作的新加坡新聲詩社、獅城詩詞學會、馬來西亞詩詞研究總會，以及馬來西亞多個地區性的詩社組織[5]，已屬文人雅士堅持的小團體文學活動。他們的文化情懷不減，創作依舊，儘管偶有雅集盛會，出版個人詩詞集和發行詩刊，舉辦詩詞徵文比賽，但年輕寫作者不多，難以賡續學院體制的漢詩教學和研究傳統[6]。這些散落於民間的漢詩創作，雖懷抱著文學與文化的熱情，展現舊體詩詞的生命力，畢竟已屬個人的文學品味和興趣，難以跟主流文學環境對話，也沒有引起太多馬華文學研究者投入研究，相當可惜。

相對新馬地區漢詩艱困的持守，以及難敵歷史環境的變遷，臺灣的漢詩境遇可謂相對完整健全。日本殖民時期臺日官僚仕紳唱和的風雅，以及遺民詩人堅守的文化傳承，替島內延續了一脈斯文。甚甚至日本殖民最後幾年的決戰時期，漢詩依然存續在文人的日常生活。戰後國民黨政權接收臺灣，大批的知識文人階層隨之渡臺，另一次的離散經驗由此開始。漢詩的傳統從此有了繼承，新儒家反覆強調建構的中國文化心靈價值及文化詩學，並在黨國元老，以及大專院校的中文系裡形成漢詩的教學以及涵養知識分子的傳統。由教授群組成的詩社，中學和大專學生籌辦的詩詞社團不曾中斷，校園內的文學獎則設有古典詩詞獎項。民間詩學活動更有從日據時期繼承而下，已有百年歷史的瀛社，長期刊載古典詩詞而定期發刊的《乾坤詩刊》，作家學者吟詩作賦也不在少數。換言之，漢詩傳統儘管沒有蔚為主流，但依然展現傳承的生命力。

本書檢視二十世紀初期的離散詩學，著眼士人在不同流動經驗下，面對時間斷裂與空間錯置的荒謬時代感，堅持的傳統文化形式與抒情自我的延續。因此在一個審美共同體的想像界面，境外漢詩寫

5　這些地域性詩社不少，成立時間分布在一九五〇、七〇、二〇〇〇年代不等。諸如庇坡南洲詩社（一九七三）、砂勞越詩巫詩潮吟社（一九五一）、檳城鶴山詩社（一九七〇）、怡保扶風詩社（後改名山城詩社，一九九三）、雪隆湖濱詩社（一九八一）、馬六甲古城詩社（二〇〇八）等。

6　關於當代新馬地區古典詩詞活動的發展概況和寫作趨向，檳城的研究可參考張少寬：〈檳城詩壇舊事〉，《學文》第五期（二〇一四年四月），頁七一—七三。其他研究可參考徐持慶：〈新加坡與馬來西亞舊體詩詞發展概況〉，收入黃坤堯主編：《香港舊體文學論集》（香港：香港中國語文學會，二〇〇八），頁四一一—四一八；以及徐持慶：《敲夢癡言》（馬來西亞：文城四意，二〇一四）相關記敘文章。鄭文泉：〈詩言何志？儒家詩教與今日大馬詩詞「情重於志」的發展〉，收入潘碧華、王兆鵬主編：《跨越時光：中國文學的傳播與接受（現當代卷）》（吉隆坡：馬來亞大學中文系，二〇〇九），頁一七九—一九一。

作形塑的離散詩學，標誌了二十世紀漢文學播遷所投射的文化中國想像。這些離散詩人不盡然都是熱情的民族主義者，但漢詩作為共同的文化本體堅持，在喪亂流亡的時代經驗裡，替他們找到一種託命於傳統的姿態與形式。因此在文化審美的層次，漢詩與文化心靈的暗合，揭示了二十世紀漢詩的內在精神。儘管離散詩學消散於不同的歷史時空，但漢詩飽滿自足的審美精神，卻是在現代文明中對傳統文化碎片的一種復原。如此而言，「舊體」詩的存在及文類經驗上的認知不必然是「舊」，反倒折射及重現「新」意義的現代性體驗。

徵引、參考書目

英文專書與論文

Ang, Ien（洪美恩）.（2001）*On Not Speaking Chinese: Living between Asia and the West*. London and New York: Routledge.

Braziel, Jana Evans and Anita Mannur（ed）.（2003）*Theorizing Diaspora: A Reader.* Malden, Mass: Blackwell Publications.

Clifford, James.（1997）"Diaspora," *Routes: Travel and Transportation in the Late Twentieth Century*. Cambridge, Mass.: Harvard University Press, pp. 244-277.

Cohen, Robin（1997）. *Global Diasporas: An Introduction*. Seattle: University of Washington Press.

Dufoix, Stéphane.（2008）*Diasporas*. Trans. William Rodarmor. Berkeley and Los Angeles: University of California Press.

Gilroy, Paul.（1997）"Diaspora and the Detours of Identity," in Kathryn Woodward（ed）. *Identity and Difference*. London : Sage Publications, pp. 299-346.

Guha-Thakurta, Tapati（2004）. *Monuments, Objects, Histories: Institutions of Art in Colonial and Post-Colonial India*. New York: Columbia University Press.

Hon, Tze-ki（韓子奇）.（2001）"A Rock, a Text, and a Tablet: Making of the Song Emperor's Terrace as a Lieu de Mémoire," Matten Marc Andre, ed. *Places of Memory in Modern China History, Politics, and Identity*. Leiden: Briu. pp. 133-165.

Kowallis, Jon Eugene von（寇致銘）.（2005）*The Subtle Revolution: Poets of the "Old Schools" During Late Qing And Early Republican China*. Berkeley, CA.: Institute of East Asian Studies, University of California, Berkeley, Center for Chinese Studies.

Lefebvre, Henri.（1991）*The Production of Space*. Trans. Donald Nicholson-smith. USA: Blackwell.

Wu, Shengqing（吳盛青）.（2004）*Classical Lyric Modernities: Poetics, Gender, and Politics in Modern China（1900-1937）* Ph.D. Dissertation: University of California, Los Angeles.

Wu, Shengqing（2013）. *Modern Archaics: Continuity and Innovation in the Chinese Lyric Tradition, 1900-1937*. Cambridge, Mass.: Harvard University Asia Center.

Yim, Lawrence C. H.（嚴志雄）.（2005）"Qian Qianyi's Theory of Shishi during the Ming-Qing Transition,"（錢謙益之「詩史」說與明清易鼎之際的遺民詩學）. Occasional Papers. Taipei: Institute of Chinese Literature and Philosophy, Academia Sinica.

中文專著與論文

一、錢謙益著述與研究成果

（一）專書

丁工誼：《錢謙益文學思想研究》（上海：上海古籍，二〇〇六）。

孫之梅：《錢謙益與明末清初文學》（濟南：齊魯書社，一九九六）。

陳寅恪：《柳如是別傳》（北京：生活・讀書・新知三聯，二〇〇一）。

裴世俊：《四海宗盟五十年：錢謙益傳》（北京：東方，二〇〇一）。
錢牧齋著，錢曾箋注：《錢牧齋全集》（上海：上海古籍，二〇〇三）。
錢謙益著，裴世俊選注：《錢謙益詩選》（北京：中華書局，二〇〇五）。
錢謙益著，錢陸燦編：《列朝詩集小傳》（周駿富輯「明代傳記叢刊」）（臺北：明文書局，一九九一）。
嚴志雄：《錢謙益〈病榻消寒雜咏〉論釋》（臺北：聯經，二〇一二）。

（二）單篇文章

黃人：〈錢牧齋文鈔序〉，收入湯哲聲、涂小馬編著：《黃人：評傳・作品選》（北京：中國文史，一九八八），頁八八。
瞿式耜：〈報中興機會疏〉，《瞿式耜集》（上海：上海古籍，一九八一），頁一〇四—一〇七。
嚴志雄：〈自我技藝與性情、學問、世運：從傳柯到錢謙益〉，收入王璦玲主編：《明清文學與思想中之主體意識與社會——文學篇》（臺北：中央研究院中國文哲研究所，二〇〇四），頁四一三—四五〇。

（三）期刊論文

劉振華：〈論錢謙益的「文化遺民」心態〉，《東南文化》第一期（二〇〇〇），頁七八—八四。

二、王船山著述與研究成果

（一）專書

王夫之：《王船山詩文集》（北京：中華書局，二〇〇〇）。
王夫之著，戴鴻森箋注：《薑齋詩話箋注》（北京：人民文學，一九八一）。

吳海慶：《船山美學思想研究》（鄭州：河南人民，二〇〇四）。

衷爾鉅：《大儒列傳・王夫之》（長春：吉林人民，一九九七）。

清・王之春著，汪茂和點校：《王夫之年譜》（北京：中華書局，一九八九）。

陶水平：《船山詩學研究》（北京：中國社會科學，二〇〇一）。

劉春建編著：《王夫之學行繫年》（鄭州：中州古籍，一九八九）。

蕭馳：《抒情傳統與中國思想》（上海：上海古籍，二〇〇三）。

（二）單篇文章

章士釗：〈王船山史說申義〉，收入張枬、王忍之編：《辛亥革命前十年間時論選集》第一卷下冊（北京：生活・讀書・新知三聯，一九七八），頁七二二—七三一。

錢仲聯：〈夢苕　詩話〉，收入張寅彭編：《民國詩話叢編》第六卷（上海：上海書店，二〇〇二），頁一四三—四一〇。

（三）期刊論文

夏曉虹：〈明末「三大家」之由來〉，《瞭望》第三五期（一九九二），頁四三。

三、丘逢甲著述與研究成果

（一）專書

丘逢甲研究會編：《丘逢甲集》（長沙：岳麓書社，二〇〇一）。

丘鑄昌：《丘逢甲交往錄》（武漢：華中師範大學出版社，二〇〇四）。

吳宏聰、李鴻生主編：《丘逢甲研究：一九八四—一九九六年兩岸三地學者論文專集》（臺北：世界河南堂丘氏文獻社，一九九八）。
鄭喜夫：《丘倉海先生年譜初稿》（臺北：鄭喜夫，一九七五）。

（二）單篇文章

桑兵：〈臺灣民主國內渡官紳〉，《庚子勤王與晚清政局》（北京：北京大學出版社，二〇〇四），頁二一三—二三七。
張永芳：〈丘逢甲與詩界革命〉，《詩界革命與文學轉型》（北京：中國社會科學，二〇〇四），頁一八七—一九四。
陳平原：〈鄉土情懷與民間意識：丘逢甲在晚清思想文化史上的意義〉，《當年遊俠人》（臺北：二魚文化，二〇〇三），頁八六—一一二。

（三）期刊論文

王桂珊：〈題丘工部仙根先生行教圖〉，《天南新報》（一九〇〇年五月二十五日）。
王慷鼎：〈新馬報章所見丘逢甲詩文及有關資料目錄初編〉，《中教學報》第二二期（一九九六），頁一三七—一四九。
王曉滄：〈霸羅雜詩〉，《天南新報》（一九〇〇年五月二十三日）。
李祖基：〈丘逢甲乙未抗日保臺若干問題之我見〉，《臺灣研究集刊》第四期（一九九六），頁六四—六九。
張克宏：〈丘逢甲的南洋之行〉，《華僑華人歷史研究》第四期（二〇〇〇），頁七〇—七七。
郭真義：〈近代粵東客籍詩人群體及其創作〉，《廣西社會科學》第三期（二〇〇四年三月），頁一〇二—一〇五。
韓大偉（David B. Honey）：〈從粵詩風看丘逢甲的廣東詩〉，《丘逢甲、丘念臺父子及其時代學術研討會論文集》，臺中：逢甲大學人文社會研教中心主辦，一九九九年五月十五—十六日，頁三—一七。

四、王松著述與研究成果

（一）專書

王松：《臺陽詩話》（南投：臺灣省文獻委員會，一九九四）。

王松：《友竹詩集》（臺北：龍文，一九九二）。

林美秀：《傳統詩文的殖民地變奏：王松詩話與詩的現代詮釋》（高雄：太普公關，二〇〇四）。

（二）單篇文章

黃美娥：〈日治時期臺灣遺民詩人的應世之道：以新竹王松為例〉，《古典文學：文學史・詩社・作家論》（臺北：國立編譯館，二〇〇七），頁三二一—三六一。

（三）期刊論文

余美玲：〈隱逸與用世：論滄海遺民王松的詩歌世界〉，《竹塹文獻》第一八期（二〇〇一年一月），頁三二—五二。

莊永清：〈王松與洪棄生詩歌精神初探〉，「成功大學中文系第一屆學術論文研討會」宣讀論文，臺南：國立成功大學中文系主辦，一九九五年十二月。

五、洪棄生著述與研究成果

（一）專書

洪棄生：《寄鶴齋古文集》（南投：臺灣省文獻委員會，一九九三）。

洪棄生：《寄鶴齋詩集》（南投：臺灣省文獻委員會，一九九三）。
洪棄生：《寄鶴齋詩話》（南投：臺灣省文獻委員會，一九九三）。
洪棄生：《瀛海偕亡記》（南投：臺灣省文獻委員會，一九九七）。
程玉鳳：《洪棄生及其作品考述》（臺北：國史館，一九九七）。

（二）單篇文章

施淑：〈臺灣詩人洪棄生的文化意識及身分認同〉，收入吳盛青、高嘉謙編：《抒情傳統與維新時代：辛亥前後的文人、文學、文化》（上海：上海文藝，二〇一二），頁三五五—三七四。

（三）期刊論文

余美玲：〈蓬萊風景與遺民世界：洪棄生詩歌探析〉，《臺灣文學學報》第九期（二〇〇六年十二月），頁四七—八一。
李知灝：〈殖民現代性初體驗：以洪棄生《寄鶴齋詩集》中日治時期社會詩作為研究中心〉，《彰化文獻》第七期（二〇〇六年八月），頁六一—八〇。

六、康有為著述與研究成果

（一）專書

上海市文物保管委員會文獻研究部編：《萬木草堂詩集：康有為遺稿》（上海：上海人民，一九九六）。
上海市文物保管委員會編：《康有為與保皇會》（上海：上海人民，一九八二）。
王明德：《百年家族：康有為》（石家莊：河北教育，二〇〇三）。

李雲光：《康有為家書考釋》（香港：匯文閣書店，一九七九）。

李雲光編：《南海康先生法書》（臺北：明謙，一九八五）。

房德鄰：《儒學的危機與嬗變：康有為與近代儒學》（臺北：文津，一九九二）。

馬洪林：《康有為評傳》（南京：南京大學出版社，二〇〇〇）。

康有為：《我史》（南京：江蘇人民，一九九九）。

張克宏：《亡命天南的歲月：康有為在新馬》（吉隆坡：華社資料研究中心，二〇〇六）。

張衛波：《民國初期尊孔思潮研究》（北京：人民，二〇〇六）。

陳永正：《康有為詩文選》（廣州：廣東人民，一九八三）。

湯志鈞：《戊戌時期的學會和報刊》（臺北：臺灣商務，一九九三）。

湯志鈞：《戊戌變法史》（上海：上海社會科學院，二〇〇三）。

舒蕪、陳邇冬、王利器選注：《康有為選集》（北京：人民文學，二〇〇四）。

蕭公權著，汪榮祖譯：《近代中國與新世界：康有為變法與大同思想研究》（*A Modern China and a New World: K'Ang Yu-Wei, Reformer and Utopian, 1858-1927*）（南京：江蘇人民，一九九七）。

鍾賢培主編：《康有為思想研究》（廣州：廣東高等教育，一九八八）。

（二）單篇文章

李立信：〈戊戌後康有為之海外詩歌研究〉，收入廣東康梁研究會編：《戊戌後康梁維新派研究論集》（廣州：廣東人民，一九九四），頁七一—八六。

顏清湟：〈一八九九—一九一一年新加坡和馬來亞的孔教復興運動〉，《海外華人史研究》（新加坡：新加坡亞洲研究學會，一九九二），頁二四五—二八二。

黃彰建：〈康有為衣帶詔辨偽〉，《戊戌變法史研究》（臺北：中央研究院歷史語言研究所，一九七〇），頁四二九—四五七。

張伯楨：〈南海康先生傳〉，收入夏曉虹：《追憶康有為》（北京：中國廣播電視，一九九七），頁九八—一五六。

桑兵：〈新加坡華僑〉，《庚子勤王與晚清政局》（北京：北京大學出版社，二〇〇四），頁二三八—二六〇。

陳平原：〈最後一個「王者師」：關於康有為〉，《當年遊俠人》（臺北：二魚文化，二〇〇三），頁二五—三三。

湯志鈞：〈自立軍起義前後的孫、康關係及其他：新加坡丘菽園家藏資料評析〉，《近代史研究》第二期（一九九二），頁二九—四五。

（三）期刊論文

王慷鼎：〈康有為南遊詩中「丹將敦島」考〉，《馬來西亞華人研究學刊》第一期（一九九七年八月），頁三三—四五。

李元瑾：〈從中西報章的報導窺探一九〇〇年康有為在新加坡的處境〉，《亞洲文化》第七期（一九八六年四月），頁三—一八。

黃錦樹：〈過客詩人的南洋色彩贅論——以康有為等為例〉，《海洋文化學刊》第四期（二〇〇八年六月），頁一—二四。

七、邱菽園著述與研究成果

（一）專書

王志偉：《丘菽園咏史詩研究》（新加坡：新社，二〇〇三）。

丘煒萲：《菽園詩集》（臺北：文海，一九七七）。

李元瑾：《東西文化的撞擊與新華知識分子的三種回應》（新加坡：新加坡國立大學中文系，二〇〇一）。

李元瑾：《林文慶的思想：中西文化的匯流與矛盾》（新加坡：新加坡亞洲研究學會，一九九一）。

邱菽園：《五百石洞天揮麈》（廣州：閩漳邱氏，一八九九）。

邱菽園：《紅樓夢絕句》（廣州：一經堂刻本，一九〇〇）。

邱菽園：《揮麈拾遺》（上海：星洲觀天演齋叢書，一九〇一）。

邱菽園：《菽園贅談》（香港：香港中華印務總局，一八九七）。附刊《答粵督書》、《庚寅偶存》、《壬辰冬興》

邱菽園：《嘯虹生詩鈔》（新加坡：自印，一九二二）。

邱菽園編：《檀榭詩集》（新加坡：星洲吉寧街益文公司代印，一九二六）。

邱新民：《邱菽園生平》（新加坡：勝友書局，一九九三）。

（二）單篇文章

朱傑勤：〈星洲詩人丘菽園〉，《東南亞華僑史》（北京：中華書局，二〇〇八），頁三二二—三二九。

吳盈靜：〈遺民紅學：邊緣處境的經典閱讀〉，《清代臺灣紅學初探》（臺北：大安，二〇〇四），頁三一九—三四七。

段雲章：〈戊戌維新在新加坡的反響：以《天南新報》和邱菽園為中心〉，收入王曉秋主編：《戊戌維新與近代中國的改革》（北京：社會科學文獻，二〇〇〇），頁四五七—四七二。

高嘉謙：〈丘菽園與新馬文學史現場〉，收入張錦忠編：《重寫馬華文學史論文集》（埔里：國立暨南國際大學東南亞研究中心，二〇〇四），頁三七—五三。

程光裕：〈南僑詩宗丘菽園〉，《星馬華僑中之傑出人物》（臺北：華岡，一九七七），頁八九—一一三。

（三）期刊論文

王慷鼎：〈《天南新報》史實探源〉，《亞洲文化》第一六期（一九九二年六月）頁一六九—一七六。

姚夢桐：〈丘菽園編《新出千字文》〉，《亞洲文化》第八期（一九八六年十月），頁五六—六三。

楊承祖：〈丘菽園研究〉，《南洋大學學報》第三期（一九六九），頁九八—一一七。

葉鍾鈴：〈丘菽園與南洋崇儒學社〉，《中教學報》第二四期（一九九八），頁一〇八—一一五。

鄭喜夫：〈丘菽園與臺灣詩友之關係〉，《臺灣文獻》第三八卷第二期（一九八七年六月），頁一一五—一六三。

八、郁達夫著述與研究成果

（一）專書

王映霞：《王映霞自傳》（臺北：傳記文學，一九九〇）。

李冰人、謝雲聲編：《郁達夫紀念集》（新加坡：熱帶，一九五八）。

李杭春、陳建新、陳力君主編：《中外郁達夫研究文選》（杭州：浙江大學出版社，二〇〇六）。

姚夢桐：《郁達夫旅新生活與作品研究》（新加坡：新加坡新社，一九八七）。

郁達夫：《郁達夫全集》（杭州：浙江文藝，一九九二）。

秦賢次編：《郁達夫南洋隨筆》（臺北：洪範，一九七八）。

郭文友：《千秋飲恨：郁達夫年譜長編》（成都：四川人民，一九九六）。

陳福亮：《風雨茅廬：郁達夫大傳》（北京：中國廣播電視，二〇〇四）。

溫梓川：《郁達夫別傳》（銀川：寧夏人民，二〇〇六）。

詹亞園箋注：《郁達夫詩詞箋注》（上海：上海古籍，二〇〇六）。

鈴木正夫：《蘇門達臘的郁達夫》（上海：上海遠東，一九九六）。

鄭子瑜編：《達夫詩詞集》（香港：現代，一九五四）。

（二）單篇文章

李歐梵：〈孤獨的旅行者〉，《現代性的追求：李歐梵文化評論精選集》（臺北：麥田，一九九六），頁一一七—一三七。

李歐梵：〈郁達夫：自我的幻象〉，《李歐梵自選集》（上海：上海教育，二〇〇二），頁六一—七七。

姚夢桐：〈唱和郁達夫的詩〉，收入王慷鼎、姚夢桐：《郁達夫研究論集》（新加坡：新加坡同安會館，一九八七），頁三三—五〇。

胡愈之：〈郁達夫的流亡與失蹤〉，收入胡愈之、沈茲九：《流亡在赤道線上》（北京：生活・讀書・新知三聯，一九八五），頁四一—七八。

郁飛：〈郁達夫的星洲三年〉，收入蔣增福編：《眾說郁達夫》（杭州：浙江文藝，一九九六），頁三五五—八五。

郁達夫：〈沉淪〉，《郁達夫全集》第一卷（杭州：浙江文藝，一九九二），頁一七—五六。

郁達夫：〈馬六甲記遊〉，《郁達夫全集》第四卷（杭州：浙江文藝，一九九二），頁二八八—二九四。

郁達夫：〈幾個問題〉，《郁達夫全集》第六卷（杭州：浙江文藝，一九九二），頁三三三—三三八。

郁達夫：〈敬悼許地山先生〉，《郁達夫全集》第四卷（杭州：浙江文藝，一九九二），頁三一三—三一五。

郁達夫：〈談詩〉，《郁達夫全集》第五卷（杭州：浙江文藝，一九九二），頁一四九—一五二。

郁達夫：〈骸骨迷戀者的獨語〉，《郁達夫全集》第三卷（杭州：浙江文藝，一九九二），頁八二—八四。

郁達夫：〈關於黃仲則〉，《郁達夫全集》第六卷（杭州：浙江文藝，一九九二），頁一七—二一。

張紫薇：〈郁達夫被害前後〉，收入王潤華編：《郁達夫卷》（臺北：遠景，一九八四），頁三三七—三六七。

郭沫若：〈《郁達夫詩詞抄》序〉，收入陳子善、王自立編：《郁達夫研究資料》（廣州：花城，一九八五），頁一六二—六四。
郭沫若：〈論郁達夫〉，收入蔣增福編：《眾說郁達夫》（杭州：浙江文藝，一九九六），頁一—一〇。
普實克（Jaroslav Průšek）：〈論郁達夫〉，收入陳子善、王自立編：《郁達夫研究資料》（廣州：花城，一九八五），頁六五〇—六八二。
鄭子瑜：〈郁達夫詩出自宋詩考〉，《詩論與詩紀》（臺北：書林，一九九六），頁五〇—六六。
鄭子瑜：〈談郁達夫的南遊詩〉，《詩論與詩紀》（臺北：書林，一九九六），頁三〇—四〇。
鄭子瑜：〈論周氏兄弟的雜事詩〉，《詩論與詩紀》（臺北：書林，一九九六），頁八四—一〇二。
鄭子瑜：〈論郁達夫的舊詩〉，《詩論與詩紀》（臺北：書林，一九九六），頁四一—四九。
謝雲聲：〈郁達夫詩詞及其他〉，收入李冰人、謝雲聲編：《郁達夫紀念集》（新加坡：熱帶，一九五八），頁一八五—二〇三。

（三）期刊論文

楊聰榮：〈郁達夫與陳馬六甲的越境之旅〉，《中外文學》第二九卷第四期（二〇〇〇年九月），頁一五五—一九六。
劉麟：〈郁達夫詩出自唐詩考〉，《中國現代文學研究叢刊》第二期（二〇〇二），頁一一四—一二三。

九、許南英著述與研究成果

（一）專書

許南英：《窺園留草》（臺北：臺灣省文獻委員會，一九九三）。
楊牧編：《許地山小說選》（臺北：洪範，一九八四）。

（二）期刊論文

余美玲：〈寒梅與詩心：許南英梅花詩探析〉，《臺灣文學學報》第一期（二〇〇〇年六月），頁一〇七—一三〇。

余美玲：〈日治時期臺灣古典詩歌中的放逐主題：以海東三家詩為探析對象〉，「第四屆先秦兩漢學術國際研討會：上下求索——《楚辭》的文學藝術與文化觀照」宣讀論文，臺北：輔仁大學中文系主辦，二〇〇五年十一月二十六—二十七日。

林麗美：〈乙未世代的離散書寫：兼論許南英與丘逢甲的差異〉，《島語》（二〇〇三年三月），頁三八—五三。

十、陳伯陶著述與研究成果

（一）專書

陳伯陶：《瓜廬文賸》（臺中：文聽閣圖書，二〇〇八）。

陳伯陶：《瓜廬詩賸》（臺中：文聽閣圖書，二〇〇八）。

陳伯陶纂：《宋東莞遺民錄》（上海：上海古籍，二〇一一）。

陳紹南編：《代代相傳：陳伯陶紀念集》（香港：Auto Printing Press，一九九七）。

蘇澤東編：《宋臺秋唱》（不詳：粵東編譯公司，一九一七）〔粵東編譯公司版本〕。

蘇澤東編：《宋臺秋唱》（臺北：文海，一九八一）〔聚德堂叢書版本〕。

（二）期刊論文

董就雄：〈陳伯陶忠義觀試析〉，《文學論衡》第一七期（二〇一〇年十二月），頁一三—三一。

十一、古典與近代詩學原典、研究成果

（一）專書

尹奇嶺：《民國南京舊體詩人雅集與結社研究》（北京：中國社會科學，二〇一一）

方寬烈：《香港詩詞紀事分類選集》（香港：天馬圖書，一九九八）。

左秉隆：《勤勉堂詩鈔》（新加坡：南洋歷史研究會，一九五九）。

宇文所安（Owen, Stephen）著，王柏華、陶慶梅譯：《中國文論：英譯與評論》（*Chinese Literary Theory: English Translation with Criticism*）（上海：上海社會科學院，二〇〇三）。

宇文所安（Owen, Stephen）著，鄭學勤譯：《追憶：中國古典文學中的往事再現》（*Remembrances: The Experience of Past in Classical Chinese Literature*）（北京：生活・讀書・新知三聯，二〇〇四）。

宇文所安（Owen, Stephen）著，陳引馳、陳磊譯，田曉菲校：《中國「中世紀」的終結：中唐文學文化論集》（*The End of the Chinese 'Middle Ages: Essays in Mid-Tang Literary Culture*）（北京：生活・讀書・新知三聯，二〇〇六）。

江寶釵：《臺灣古典詩面面觀》（臺北：巨流，一九九九）。

吳海發：《二十世紀中國詩詞史稿》（北京：中國文史，二〇〇四）。

吳盛青、高嘉謙編：《抒情傳統與維新時代：辛亥前後的文人、文學、文化》（上海：上海文藝，二〇一二）。

吳德功：《瑞桃齋詩話》（南投：臺灣省文獻委員會，一九九二）。

吳德功：《讓臺記》（南投：臺灣省文獻委員會，一九九二）。

李遇春：《中國當代舊體詩詞論稿》（上海：華中師範大學出版社，二〇一〇）。

李慶年：《馬來亞華人舊體詩演進史》（上海：上海古籍，一九九八）。

李慶年編：《南洋竹枝詞彙編》（新加坡：今古書畫店，二〇一二）

李慶年編：《馬來亞粵謳大全》（新加坡：今古書畫店，二〇一二）
李繼凱、史志謹：《中國近代詩歌史論》（長春：吉林人民，二〇〇六）。
汪辟疆：《汪辟疆說近代詩》（上海：上海古籍，二〇〇一）。
谷文娟、高銛、高鉼編：《高燮集》（北京：中國人民大學出版社，一九九九）。
周作人：《老虎橋雜詩》（石家莊：河北教育，二〇〇三）。
松浦友久：《中國詩歌原理》（臺北：洪葉文化，一九九三）。
林香伶：《南社文學綜論》（臺北：里仁，二〇〇九）。
林香伶：《南社詩話考述》（臺北：里仁，二〇一三）。
俞明震著，馬亞中校點：《觚庵詩存》（上海：上海古籍，二〇〇八）。
柯慶明：《中國文學的美感》（臺北：麥田，二〇〇〇）。
胡迎建：《民國舊體詩史稿》（南昌：江西人民，二〇〇五）。
胡曉明、李瑞明編著：《近代上海詩學繫年初編》（上海：上海教育，二〇〇三）。
胡樸安選錄：《南社叢選》（北京：解放軍文藝，二〇〇〇）。
倉田貞美：《清末民初を中心とした中国近代詩の研究》（東京：大修館書店，一九六九）。
孫之梅：《南社研究》（北京：人民文學，二〇〇三）。
高友工：《中國美典與文學研究論集》（臺北：國立臺灣大學出版中心，二〇〇四）。
張大年編選：《厓山詩選》（香港：廣角鏡，一九九一）。
張健：《清代詩學研究》（北京：北京大學出版社，一九九九）。
張淑香：《抒情傳統的省思與探索》（臺北：大安，一九九二）。
張暉：《詩史》（臺北：臺灣學生，二〇〇七）。

梅家玲：《漢魏六朝文學新論：擬代與贈答篇》（臺北：里仁，一九九七）。
許雲樵編校：《名醫黎伯概先生詩文集》（新加坡：中華書局，一九七七）。
連橫：《臺灣詩乘》（臺北：文海，一九七八）。
陳三立著，李開軍校點：《散原精舍詩文集》（上海：上海古籍，二〇〇三）。
陳世驤：《陳世驤文存》（臺北：志文，一九七〇）。
陳步墀原著，黃坤堯編纂：《繡詩樓集》（香港：香港中文大學出版社，二〇〇七）。
陳衍著，錢仲聯編校：《陳衍詩論合集》（福州：福建人民，一九九九）。
陳錚編，黃遵憲著：《黃遵憲全集》（北京：中華書局，二〇〇五）。
陳寶琛著，劉永翔、許全勝校點：《滄趣樓詩文集》（上海：上海古籍，二〇〇六）。
程中山主編：《香港文學大系・舊體文學卷（一九一九—一九四九）》（香港：商務，二〇一四）。
程亞林：《近代詩學》（長沙：湖南人民，二〇〇〇）。
黃遵憲著，錢仲聯箋注：《人境廬詩草箋注》（上海：上海古籍，一九九九）。
鄒穎文編著：《香港古典詩文集經眼錄》（香港：中華書局，二〇一一）。
劉士林：《二十世紀中國學人之詩研究》（合肥：安徽教育，二〇〇五）。
劉世南：《清詩流派史》（北京：人民文學，二〇〇四）。
厲鶚：《樊榭山房全集》（臺北：文海，一九七八）。
潘承玉：《清初詩壇：卓爾堪與《遺民詩》研究》（北京：中華書局，二〇〇四）。
蔡英俊：《中國古典詩論中「語言」與「意義」的論題：「意在言外」的用言方式與「含蓄」的美典》（臺北：臺灣學生，二〇〇一）。
蔡英俊：《比興、物色與情景交融》（臺北：大安，一九九五）。

蔡英俊：《抒情的境界》（臺北：聯經，一九八二）。
蕭馳：《中國詩歌美學》（北京：北京大學出版社，一九九三）。
錢仲聯主編：《清詩紀事（三）順治朝卷》（杭州：江蘇古籍，一九八七）。
羅香林：《香港與中西文化之交流》（香港：中國學社，一九六一）。
嚴明：《東亞漢詩的詩學構架與時空景觀》（臺北：聖環圖書，二〇〇四）。
嚴迪昌：《清詩史》（杭州：浙江古籍，二〇〇二）。

（二）單篇文章

小川環樹著，譚汝謙、陳志誠、梁國豪譯：〈風與雲：中國感傷文學的起源〉，《論中國詩》（香港：香港中文大學出版社，一九八六），頁四九—七七。
林朝崧：〈贈連君雅堂〉，《無悶草唐詩存》（臺北：龍文，一九九二），頁一四四。
胡曉明：〈二十世紀中國詩學史小言〉，《詩與文化心靈》（北京：中華書局，二〇〇六），頁三八八—三九六。
徐持慶：〈新加坡與馬來西亞舊體詩詞發展概況〉，收入黃坤堯主編：《香港舊體文學論集》（香港：香港中國語文學會，二〇〇八），頁四一一—四一八。
張淑香：〈抒情自我的原型：屈原與〈離騷〉〉，收入國立臺灣大學中國文學系編：《臺靜農先生百歲冥誕學術研討會論文集》（臺北：國立臺灣大學中國文學系，二〇〇一），頁四七—七四。
陳昭瑛：〈儒家詩學與日據時代的臺灣：經典詮釋脈絡〉，《臺灣儒學：起源、發展與轉化》（臺北：正中，二〇〇〇），頁二五一—二八七。
陳衍：〈海藏樓詩序〉，收入錢仲聯編校：《陳衍詩論合集》下冊（福州：福建人民，一九九九），頁一〇五一。
章學誠著，葉瑛校注：〈詩教上〉，《文史通義校注》（北京：中華書局，一九八五），頁六〇—七七。

黃美娥：〈日治時代臺灣詩社林立的社會考察〉，《古典文學：文學史・詩社・作家論》（臺北：國立編譯館，二〇〇七），頁一八三—二二七。

楊永彬：〈日本領臺初期日臺官紳詩文唱和〉，收入若林正丈、吳密察編：《臺灣重層近代化論文集》（臺北：播種者文化，二〇〇〇），頁一〇五—一八一。

鄭文泉：〈詩言何志？儒家詩教與今日大馬詩詞『情重於志』的發展〉，收入潘碧華、王兆鵬主編：《跨越時光：中國文學的傳播與接受（現當代卷）》（吉隆坡：馬來亞大學中文系，二〇〇九），頁一七九—一九一。

魯迅：〈摩羅詩力說〉，收入吳子敏、徐迺翔、馬良春編：《魯迅論文學與藝術》（北京：人民文學，一九八〇），頁二—三五。

瞿鴻禨：〈明遺民朱舜水先生祠堂詩〉，收入胡曉明、李瑞明編著：《近代上海詩學繫年初編》（上海：上海教育，二〇〇三），頁二二六。

龔鵬程：〈論詩史〉，《詩史本色與妙悟》（臺北：臺灣學生，一九八六），頁一—九一。

鍾敬文：〈《天風海濤室詩鈔》跋語〉，收入楊哲編：《中國民俗學之父》（合肥：安徽教育，二〇〇四），頁一六三。

高旭：〈得孝陵磚一方，斫為「日月重光硯」，紀之以詩〉，收入郭長海、金菊貞編：《高旭集》（北京：社會科學文獻，二〇〇三），頁一三一。

（三）期刊論文

朱少璋：〈新詩人舊體詩的文學價值與研究價值〉，《新亞學報》第二六卷（二〇〇八年一月），頁三六九—四一六。

吳彩娥：〈風雅譜系：論吳德功的《瑞桃齋詩話》對日人漢詩的評述及其意義〉，「二〇〇七彰化文學國際學術研討會」宣讀論文，彰化：國立彰化師範大學國文系暨臺文所主辦，二〇〇七年六月八、九日，頁一—一七。

李知灝：〈吳德功的割臺經歷與心境轉變—以《瑞桃齋詩稿》乙未、丙申詩作為研究中心〉，《彰化文獻》第六期

（二〇〇五年三月），頁六一—八〇。
林立：〈骸骨的迷戀：論新文學家創作舊體詩的緣由〉，《東方文化》（二〇一〇年十二月），頁一九七—二三三。
孫之梅：〈明清人對「詩史」觀念的檢討〉，《文藝研究》第五期（二〇〇三），頁五九—六五。
孫老虎、胡曉明：〈孤兒、殘陽、遊魂：陳三立詩歌的悲情人格〉，《浙江社會科學》（二〇〇五年一月），頁一七五—一八三。
張少寬：〈檳城詩壇舊事〉，《學文》第五期（二〇一四年四月），頁七一—七三。
張兵：〈遺民與遺民詩之流變〉，《西北師大學報》第三五卷第四期（一九九八年七月），頁七—一二。
黃美娥：〈日、臺間的漢文關係：殖民地時期臺灣古典詩歌知識論的重構與衍異〉，《臺灣文學研究集刊》第二期（二〇〇六年十一月），頁一—三二。
黃美娥：〈從詩歌到小說：日治初期臺灣文學知識新秩序的生成〉，《當代》第二二一期（二〇〇六年一月），頁四二—六五。
黃錦樹：〈抒情傳統與現代性：傳統之發明，或創造性的轉化〉，《中外文學》第三四卷第二期（二〇〇五年七月），頁一五七—一八五。
劉納：〈陳三立：最後的古典詩人〉，《文學遺產》第六期（一九九九），頁八四—九二。
劉納：〈舊形式的復活：從一個角度談抗戰時期的重慶文學〉，《涪陵師專學報》第四期（一九九九），頁三三—三四。
劉納：〈舊形式的誘惑：郭沫若抗戰時期的舊體詩〉，《中國現代文學研究叢刊》第三期（一九九一），頁一八八—二〇二。

十二、文學與社科理論專著

（二）專書

王志弘、夏鑄九編：《空間的文化形式與社會理論讀本》（臺北：明文，一九九三）。

卡林內斯庫，馬泰（Călinescu, Matei）著，顧愛彬、李瑞華譯：《現代性的五幅面孔：現代主義、先鋒派、頹廢、媚俗藝術、後現代主義》（*Five Faces of Modernity: Modernism, Avant-garde, Decadence, Kitsch, Postmodernism*）（北京：商務，二〇〇二）。

本雅明（Benjamin, Walter）著，張旭東、魏文生譯：《發達資本主義時代的抒情詩人》（*Charles Baudelaire: A Lyric Poet in the Era of High Capitalism*）（北京：生活・讀書・新知三聯，一九九二）。

本雅明（Benjamin, Walter）著，劉北城譯：《巴黎，十九世紀的首都》（*The Arcades Project*）（上海：上海人民，二〇〇六）。

伍德華（Woodward, Kathryn）著，林文琪譯：《身體認同：同一與差異》（*Identity and Difference*）（臺北：韋伯文化國際，二〇〇四）。

克瑞茲威爾著（Cresswell, Tim）著，王志弘、徐苔玲譯：《地方：記憶、想像與認同》（*Place: A Short Introduction*）（臺北：群學，二〇〇六）。

克蘭（Crang, Mike）著，王志弘、余佳玲、方淑惠譯：《文化地理學》（*Cultural Geography*）（臺北：巨流，二〇〇三）。

段義孚著，潘桂成譯：《經驗透視中的空間和地方》（*Space and Place: The Perspective of Experience*）（臺北：國立編譯館，一九八八）。

海德格，馬丁（Heidegger, Martin）著，陳嘉映、王慶節譯：《存在與時間》（*Sein und Zeit*）（臺北：桂冠，二〇〇二）。

索雅（Soja, Edward W.）著，王志弘、張華蓀、王玥民譯：《第三空間：航向洛杉磯以及其他真實與想像地方的旅程》（*Thirdspace: Journeys to Los Angeles and Other Real-and-Imagined Places*）（臺北：桂冠，二〇〇四）。
廖炳惠：《里柯》（臺北：東大，一九九三）。
霍布斯鮑姆（Hobsbawn, Eric）、T.蘭格（Terence Ranger）著，顧杭、龐冠群譯：《傳統的發明》（*The Invention of Tradition*）（南京：譯林，二〇〇四）。
懷特，伊恩・D.（Ian Watt）著，王思思譯：《十六世紀以來的景觀與歷史》（*Landscape and History since 1500*）（北京：中國建築工業，二〇一一）。

十三、其他

（一）專書

一粟編：《紅樓夢資料彙編》（北京：中華書局，二〇〇四）。
王光明：《現代漢詩的百年演變》（石家莊：河北人民，二〇〇三）。
王賡武著，姚楠編譯：《南海貿易與南洋華人》（香港：中華書局，一九八八）。
王曉平：《亞洲漢文學》（天津：天津人民，二〇〇一）。
艾愷（Alitto, Guy）著，王宗昱、冀建中譯：《最後的儒家：梁漱溟中國現代化的兩難》（*The Last Confucian: Liang Shu-ming and the Chinese Dilemma of Modernity*）（南京：江蘇文藝，一九九三）。
何曉明：《返本與開新：近代中國文化保守主義新論》（北京：商務，二〇〇六）。
巫鴻著，李清泉、鄭岩等譯：《中國古代藝術與建築中的「紀念碑性」》（*Monumentality in Early Chinese Art and Architecture*）（上海：上海人民，二〇〇九）。
李展平：《前進婆羅洲：臺籍戰俘監視員》（南投：國史館臺灣文獻館，二〇〇五）。

李揚帆：《走出晚清：涉外人物及中國的世界觀念之研究》（北京：北京大學出版社，二〇〇五）。
汪暉：《現代中國思想的興起》（北京：生活・讀書・新知三聯，二〇〇四）。
孟華等：《中國文學中的西人形象》（合肥：安徽教育，二〇〇六）。
屈大均：《廣東新語》，收入歐初、王貴忱主編：《屈大均全集》第四冊（北京：人民文學，一九九六）。
易順鼎：《魂南記》（南投：臺灣省文獻委員會，一九九三）。
林志宏：《民國乃敵國也：政治文化轉型下的清遺民》（臺北：聯經，二〇〇九）。
林萬菁：《中國作家在新加坡及其影響（一九二七—一九四八）》（新加坡：萬里書局，一九九四，修訂版）。
林德榮：《西洋航路移民》（南昌：江西高校，二〇〇六）。
林慶彰主編：《日治時期臺灣知識分子在中國》（臺北：臺北市文獻委員會，二〇〇四）。
林慶彰主編：《近代中國知識分子在日本》（臺北：萬卷樓，二〇〇三）。
林慶彰主編：《近代中國知識分子在臺灣》（臺北：萬卷樓，二〇〇二）。
林錦：《戰前五年新馬文學理論研究》（新加坡：新加坡同安會館，一九九二）。
林鎮山：《離散・家國・敘述：當代臺灣小說論述》（臺北：前衛，二〇〇六）。
思痛子：《臺海思慟錄》（南投：臺灣省文獻委員會，一九九七）。
科大衛、陸鴻基、吳倫霓霞合編：《香港碑銘彙編》第二冊（香港：香港市政局，一九八六）。
胡逢祥：《社會變革與文化傳統：中國近代文化保守主義思潮研究》（上海：上海人民，二〇〇〇）。
夏曉虹：《返回現場：晚清人物尋蹤》（南昌：江西教育，二〇〇二）。
徐持慶：《敲夢癡言》（馬來西亞：文城四意，二〇一四）。
徐復觀：《中國人性論史・先秦篇》（臺北：臺灣商務，一九八八）。
秦燕春：《清末民初的晚明想像》（北京：北京大學出版社，二〇〇八）。

翁聖峰：《日據時期臺灣新舊文學論爭新探》（臺北：五南，二〇〇七）。
袁英光、劉寅生：《王國維年譜長編（一八七七—一九二七）》（天津：天津人民，一九九六）。
馬嘶：《百年冷暖：二十世紀中國知識分子生活狀況》（香港：中華書局，二〇〇五）。
高文漢：《日本近代漢文學》（銀川：寧夏人民，二〇〇五）。
張永修、張光達、林春美編：《辣味馬華文學》（吉隆坡：雪蘭莪中華大會堂、馬來西亞留臺校友會聯合總會，二〇〇二）。
梁元生：《宣尼浮海到南洲：儒家思想與早期新加坡華人社會史料彙編》（香港：香港中文大學出版社，一九九四）。
梁啟超：《中國近三百年學術史》（北京：東方，二〇〇三）。
梁啟超：《梁啟超全集》（北京：北京，一九九九）。
梁紹文：《南洋旅行漫記》（上海：中華書局，一九二四）。
莊永明：《臺灣紀事：臺灣歷史上的今天》（臺北：時報，一九八九）。
連橫：《臺灣通史》（臺北：黎明文化，二〇〇一）。
郭沫若、田壽昌、宗白華：《三葉集》（上海：上海亞東圖書館，一九八二）。
郭長海、金菊貞編：《高旭集》（北京：社會科學文獻，二〇〇三）。
郭惠芬：《中國南來作者與新馬華文文學》（廈門：廈門大學出版社，一九九九）。
郭雙林：《西潮激盪下的晚清地理學》（北京：北京大學出版社，二〇〇〇）。
麥留芳：《方言群認同：早期星馬華人的分類法則》（臺北：中央研究院民族學研究所，一九八五）。
傅樂詩等著：《近代中國思想人物論：保守主義》（臺北：時報，一九八二）。
喻大華：《晚清文化保守思潮研究》（北京：人民，二〇〇一）。
曾少聰：《東洋航路移民：明清海洋移民臺灣與菲律賓的比較研究》（南昌：江西高校，一九九八）。

曾憲輝：《林紓》（福建：福建教育，一九九三）。
程美寶：《地域文化與國家認同：晚清以來「廣東文化」觀的形成》（北京：生活・讀書・新知三聯，二〇〇六）。
馮友蘭：《三松堂自序》（北京：生活・讀書・新知三聯，一九八四）。
黃秀政：《臺灣史志論叢》（臺北：五南，一九九九）。
黃宗羲、顧炎武等著：《南明史料（八種）》（南京：江蘇古籍，一九九九）。
黃美娥：《重層現代性鏡像：日治時代臺灣傳統文人的文化視域與文學想像》（臺北：麥田，二〇〇四）。
黃英哲編：《日治時期臺灣文藝評論集（雜誌篇）》（臺南：國家臺灣文學館籌備處，二〇〇六）。
黃錦樹：《由島至島》（臺北：麥田，二〇〇一）。
黃錦樹：《夢與豬與黎明》（臺北：九歌，一九九四）。
愛新覺羅・溥儀：《我的前半生》（北京：群眾，二〇〇七）。
楊念群：《何處是「江南」：清朝正統觀的確立與士林精神世界的變異》（北京：生活・讀書・新知三聯，二〇一〇）。
楊松年：《戰前新馬文學本地意識的形成與發展》（新加坡：新加坡國立大學中文系，二〇〇一）。
楊牧編：《許地山小說選》（臺北：洪範書店，一九八四）。
楊國楨、陳支平著：《明史新編》（北京：人民，一九九三）。
葉鍾鈴：《黃遵憲與南洋文學》（新加坡：新加坡亞洲研究學會，二〇〇二）。
葉靈鳳：《香島滄桑錄》（香港：中華書局，二〇一一）。
趙園：《明清之際士大夫之研究》（北京：北京大學出版社，一九九九）。
遠流臺灣館主編：《臺灣歷史年表》（臺北：遠流，二〇〇一）。
劉納：《嬗變：辛亥革命時期至五四時期的中國文學》（北京：中國社會科學，一九九八）。

劉智鵬、劉蜀永編：《《新安縣志》香港史料選》（香港：和平圖書有限公司，二〇〇七）。
劉智鵬主編：《展拓界址：英治新界早期歷史探索》（香港：中華書局，二〇一〇）。
鄭良樹：《馬來西亞華文教育發展史》（吉隆坡：馬來西亞華校教師會總會，一九九八）。
鄭喜夫編撰：《民國連雅堂先生橫年譜》（臺北：臺灣商務，一九八〇）。
鄭毓瑜：《文本風景：自我與空間的相互定義》（臺北：麥田，二〇〇五）。
魯迅：《漢文學史綱要》（杭州：浙江人民，一九九八）。
錢基博：《現代中國文學史》，收入劉夢溪主編：《錢基博卷》（石家莊：河北教育，一九九六）。
駱明總編：《南來作家研究資料》（新加坡：新加坡國家圖書館管理局，二〇〇三）。
韓進廉：《無奈的追尋：清代文人心理透視》（保定：河北大學出版社，二〇〇一）。
顏清湟：《海外華人的社會變革與商業成長》（廈門：廈門大學出版社，二〇〇五）。
羅可群：《客家文學史》（廣州：廣東人民，二〇〇〇）。
羅香林：《一八四二年以前之香港及其對外交通》（香港：中國學社，一九五九）。
羅香林：《香港與中西文化之交流》（香港：中國學社，一九六一）。
羅惠縉：《民初文化遺民研究》（重慶：武漢大學出版社，二〇一一）。
蘇碩斌：《看不見與看得見的臺北：清末至日治時期臺北空間與權力模式的轉變》（臺北：左岸文化，二〇〇五）。
饒久才：《香港的地名與地方歷史》上（香港：天地圖書，二〇一一）。
饒宗頤：《新加坡古事記》（香港：香港中文大學出版社，一九九四）。
龔自珍著，王佩諍校：《龔自珍全集》（上海：上海古籍圖書館，一九九九）。
龔鵬程：《游的精神文化史論》（石家莊：河北教育，二〇〇一）。
龔顯宗編：《沈光文全集》（臺南：臺南縣立文化中心，一九九八）。

（二）單篇文章

卜正民（Timothy Brook）：〈資本主義與中國的近（現）代歷史書寫〉，收入卜正民、格力高利・布（Gregory Blue）主編，古偉瀛等譯：《中國與歷史資本主義：漢學知識的系譜學》（*China and Historical Capitalism: Genealogies of Sinological Knowledge*）（臺北：巨流圖書，二〇〇四），頁一四七—二一七。

今井弘濟、安積覺：〈舜水先生行實〉，《朱舜水集》（臺北：漢京文化，一九八四），頁六一二—六二四。

方修：〈馬華新文學簡說〉，《新馬文學史論集》（香港：三聯書店，一九八六），頁一—二。

王斑：〈王國維「壯美」說的政治無意識〉，收入陳平原、汪暉、王守常主編：《學人》第六輯（杭州，江蘇文藝，一九九四），頁五五一—五七一。

王德威：〈華夷風起：馬來西亞與華語語系文學〉，《華夷風起：華語語系文學三論》（高雄：國立中山大學文學院，二〇一五），頁三六—五〇。

王德威：〈後遺民寫作〉，《後遺民寫作》（臺北：麥田，二〇〇七），頁二三—七〇。

王德威：〈時間與記憶的政治學〉，《後遺民寫作》（臺北：麥田，二〇〇七），頁五—一四。

王德威：〈被壓抑的現代性〉，《想像中國的方法：歷史　小說　敘事》（北京：生活・讀書・新知三聯，一九九八），頁三—一九。

王德威：〈壞孩子黃錦樹〉，收入黃錦樹：《由島至島》（臺北：麥田，二〇〇一），頁一一—三五。

史書美著，紀大偉譯：〈全球的文學，認可的機制〉（Global Literature and the Technologies of Recognition），《中國學術》第一八輯（北京：商務，二〇〇五），頁六一—八九。

朱之瑜：〈安南供役紀事〉，《朱舜水集》（臺北：漢京文化，一九八四），頁一四—三四。

朱之瑜：〈書簡四・答安東守約書三十首・一〉，《朱舜水集》（臺北：漢京文化，一九八四），頁一六九—一七二。

朱舜水：〈遊後樂園賦〉，《朱舜水集》（臺北：漢京文化，一九八四），頁四二八—四三一。

余英時：〈一生為故國招魂〉，《猶記風吹水上鱗：錢穆與現代中國學術》（臺北：三民，一九九一），頁一七—二九。

吳密察：〈「歷史」的出現〉，收入黃富仁、古偉瀛、蔡采秀主編：《臺灣史研究一百年：回顧與研究》（臺北：中央研究院臺灣歷史研究所籌備處，一九九七），頁一—二一。

巫鴻著，梅枚、肖鐵、施傑等譯：〈廢墟的內化：傳統中國文化中對「往昔」的視覺感受和審美〉，《時空中的美術：巫鴻中國美術史文編二集》（*Art in Space and Time*）（北京：生活・讀書・新知三聯，二〇〇九），頁三一—八二。

李景康：〈紀賴際熙等保全宋皇臺遺址〉，收入簡又文編：《宋皇臺紀念集》（香港：香港趙族宗親總會，一九六〇），頁二六四。

李歐梵：〈追求現代性（一八九五—一九二七）〉，《現代性的追求：李歐梵文化評論精選集》（臺北：麥田，一九九六），頁二二九—二九九。

李鍾珏：〈新加坡風土記〉，收入余定邦、黃重言等編：《中國古籍中有關新加坡馬來西亞資料彙編》（北京：中華書局，二〇〇二），頁一八三—一九七。

沈光文：〈東吟社序〉，收入施懿琳選編：《國民文選・傳統漢文卷》（臺北：玉山社，二〇〇四），頁三〇—四〇。

季麒光：〈題沈斯菴雜記詩〉，收入龔顯宗編：《沈光文全集》（臺南：臺南縣立文化中心，一九九八），頁二一九—二二〇。

林毓生：〈論梁巨川先生的自殺〉，收入傅樂詩等著：《近代中國思想人物論：保守主義》（臺北：時報，一九八二），頁一五五—一八二。

林資修：〈櫟社二十年間題名碑記〉，《南強詩集・南強文錄》（臺北：龍文，一九九二），頁九。

科斯格羅夫，丹尼斯（Cosgrove, Denis）：〈景觀和歐洲的視覺感——注視自然〉（Landscape and the European Sense of Sight – Eyeing Nature），收入凱・安德森（Kay Anderson）、莫那・多莫什（Mona Domosh）、史蒂夫・派爾（Steve Pile）、奈杰爾・斯里夫特（Nigel Thrift）主編：《文化地理學手冊》（*Handbook of Cultural Geography*）（北京：商務，二〇〇九），頁三七〇—三八八。

胡適：〈不老：跋梁漱溟先生致陳獨秀書〉，《胡適全集》第一卷（合肥：安徽教育，二〇〇三），頁六六九—六七三。

胡適：〈四十自述・逼上梁山〉，《胡適全集》第一八卷（合肥：安徽教育，二〇〇三），頁九九—一三二。

胡適：〈建設的文學革命論〉，《胡適全集》第一卷（合肥：安徽教育，二〇〇三），頁五二—六八。

胡適：〈說儒〉，《胡適全集》第四卷（合肥：安徽教育，二〇〇三），頁一—一一三。

唐君毅：〈花果飄零及靈根自植〉，《說中華民族之花果飄零》（臺北：三民，一九八四），頁三〇—六一。

孫康宜：〈擺脫與沉溺：龔自珍的情詩細讀〉，《文學的聲音》（臺北：三民，二〇〇一），頁二三一—二四九。

徐志摩：〈讀桂林梁巨川先生遺書〉，《徐志摩全集》第二卷（天津：天津人民，二〇〇五），頁一八二—一八七。

徐復觀：〈中國古代人文精神之成長〉，收入黎漢基、李明輝編：《徐復觀雜文補編》第一冊・思想文化卷・上（臺北：中央研究院中國文哲研究所，二〇〇一），頁一四二—一五五。

徐復觀：〈憂患之文化：壽錢賓四先生〉，收入黎漢基、李明輝編：《徐復觀雜文補編》第二冊・思想文化卷・下（臺北：中央研究院中國文哲研究所，二〇〇一），頁五三—五六。

高添強：〈九龍城地標之三：九龍城區史蹟概覽〉，收入趙雨樂、鍾寶賢主編：《九龍城》（香港：三聯書店，二〇〇一），頁二〇七—二二九。

高添強：〈二十世紀前九龍城地區史略〉，收入趙雨樂、鍾寶賢主編：《九龍城》（香港：三聯書店，二〇〇一），頁四五—九三。

區志堅：〈學海書樓推動中國文化教育的貢獻〉，收入廣東省政協文化和文史資料委員會編：《香海傳薪錄：香港學海書樓紀實》（北京：中國文史，二〇〇八），頁七九—一二四。
寇致銘：〈「大流亡」與中國文化走向世界化的過程〉，收入夏祖麗主編：《中華文化與移民文化國際研討會論文集》（墨爾本：文化建設基金管理委員會，一九九七），頁四八—五一。
康有為：〈上清帝第二書〉，《康有為政論集》上（北京：中華書局，一九八一），頁一一四—一一五。
張我軍：〈糟糕的臺灣文學界〉，《張我軍全集》（北京：臺海，二〇〇〇），頁五—八。
張恨水：〈新文藝家寫舊詩〉，《上下古今談》（太原：北岳文藝，一九九三），頁一九〇。
張惠儀：〈粵籍遺老書法家與二十世紀初期香港書壇〉，收入廣東省政協文化和文史資料委員會編：《香海傳薪錄：香港學海書樓紀實》（北京：中國文史，二〇〇八），頁一四五—一六六。
張錦忠：〈重寫馬華文學史，或，離散與流動〉，收入張錦忠編：《重寫馬華文學史論文集》（埔里：國立暨南國際大學東南亞研究中心，二〇〇四），頁五五—六八。
梁元生：〈十九世紀末期新加坡華人社會中之士人雅集〉，《新加坡華人社會史論》（新加坡：新加坡國立大學中文系，一九九七），頁三一—四九。
梁元生：〈十九世紀新加坡華人社會中「士」階層之分析〉，《新加坡華人社會史論》（新加坡：新加坡國立大學中文系，一九九七），頁三一—四九。
梁啟超：〈給梁令嫻等的信〉，收入陳平原、王楓編：《追憶王國維》（北京：中國廣播電視，一九九七），頁一〇一—一〇二。
連橫：〈諸老列傳〉，《臺灣通史》（南投：臺灣省文獻委員會，一九七六），頁五八〇—五八一。
陳昭瑛：〈明鄭時期臺灣文學的民族性〉，《臺灣文學與本土化運動》（臺北：正中，一九九八），頁一三—六一。
陳寅恪：〈王靜安先生遺書序〉，《金明館叢稿二編》（北京：生活・讀書・新知三聯，二〇〇一），頁二四七—二四八。

陳寅恪：〈王觀堂先生輓詞並序〉，《詩集：附唐篔詩存》（北京：生活・讀書・新知三聯，二〇〇一），頁一二一一七。
陳寅恪：〈俞曲園先生病中囈語跋〉，《寒柳堂集》（北京：生活・讀書・新知三聯，二〇〇一），頁一六四—一六五。
陳寅恪：〈清華大學王觀堂先生紀念碑銘〉，《金明館叢稿二編》（北京：生活・讀書・新知三聯，二〇〇一），頁二四六。
陳寅恪：〈輓王靜安先生〉，《詩集：附唐篔詩存》（北京：生活・讀書・新知三聯，二〇〇一），頁一一—一二。
傅斯年：〈周東封與殷遺民〉，《傅斯年全集》第三卷（長沙：湖南教育，二〇〇三），頁二三九—二四五。
馮友蘭：〈國立西南聯合大學紀念碑碑文〉（一九四六年五月四日），收入北京大學編：《國立西南聯合大學史料・總覽卷》（昆明：雲南教育，一九九八），頁二八三—二八四。
黃佩佳：〈九龍宋王臺及其他〉，收入簡又文編：《宋皇臺紀念集》（香港：香港趙族宗親總會，一九六〇），頁九七—一〇四。
黃宗羲：〈避地賦〉，《黃宗羲全集》第一〇冊（杭州：浙江古籍，一九九八），頁六一一—六一四。
黃美娥：〈差異／交混、對話／對譯：日治時期臺灣傳統文人的身體經驗與新國民想像（一八九五—一九三七）〉，收入梅家玲主編：《文化啟蒙與知識生產：跨領域的視野》（臺北：麥田，二〇〇六），頁二六一—三一六。
黃錦樹：〈中國性與表演性：論馬華文學與文化的限度〉，《馬華文學與中國性》（臺北：元尊文化，一九九八），頁九三—一六一。
黃錦樹：〈境外中文、另類租借、現代性：論馬華文學史之前的馬華文學〉，《文與魂與體：論現代中國性》（臺北：麥田，二〇〇六），頁七九—一〇四。
黃錦樹：〈魂在〉，《文與魂與體：論現代中國性》（臺北：麥田，二〇〇六），頁一五—三六。

黃錦樹：〈論中體〉，《文與魂與體：論現代中國性》（臺北：麥田，二〇〇六），頁一八七—二二六。
楊松年：〈早期星馬作者的流浪意識〉，收入楊松年、王慷鼎編：《東南亞華人文學與文化》（新加坡：新加坡亞洲研究學會，一九九五），頁七七—一〇八。
〈臺灣民主國成立之宣言〉，收入許進發編：《臺灣重要歷史文件選編一八九五—一九四五》第一冊（臺北：國史館，二〇〇四），頁一〇。
趙園：〈遊走與播遷〉，《制度・言論・心態：《明清之際士大夫研究》續編》（北京：北京大學出版社，二〇〇六），頁一六二—一九〇。
潘朝陽：〈抗拒與復振的臺灣儒學傳統：明鄭到乙未〉，《明清臺灣儒學論》（臺北：臺灣學生，二〇〇一），頁一五七—二一五。
鄭思肖：〈大義略序〉，收入鄭思肖著，陳福康校點：《鄭思肖集》（上海：上海古籍，一九九一），頁一五七—一九二。
鄭毓瑜：〈流亡的風景：〈遊後樂園賦〉與朱舜水的遺民書寫〉，《文本風景：自我與空間的相互定義》（臺北：麥田，二〇〇五），頁一九三—二三五。
錢玄同：〈告遺老〉，《錢玄同文集》第二卷（北京：中國人民大學出版社，一九九九），頁九九—一〇四。
錢穆：〈駁胡適之說儒〉，收入錢賓四先生全集編輯委員會編：《錢賓四先生全集・中國學術思想史論叢（二）》第一八冊（臺北：聯經，一九九八），頁二九九—三一八。
鍾敬文：〈《天風海濤室詩鈔》跋語〉，收入楊哲編：《中國民俗學之父》（合肥：安徽教育，二〇〇四），頁一六三—一六四。
鍾寶賢：〈緒論：宋末帝王如何走進九龍近代史？〉，收入趙雨樂、鍾寶賢主編：《九龍城》（香港：三聯書店，二〇〇一），頁一—四三。

韓振華：〈七洲洋考〉，收入韓振華編：《南海諸島史地考證論集》（北京：中華書局，一九八一），頁二一—六二。
韓愈：〈潮州刺史謝上表〉，收入屈守元、常思春主編：《韓愈全集校注》（成都：四川大學出版社，一九九六），頁二三〇六—二三一一。
簡又文：〈宋末二帝南遷輦路考〉，收入簡又文編：《宋皇臺紀念集》（香港：香港趙族宗親總會，一九六〇），頁一二二—一七四。
蘇軾：〈晚香堂蘇帖〉，收入孔凡禮：《蘇軾年譜》（北京：中華書局，一九九八），頁一二九四。
蘇轍：〈雷州謝表〉，收入曾棗民、舒大剛主編：《三蘇全書》第一七冊（北京：語文，二〇〇一），頁五二四—五二五。
饒宗頤：〈硇洲非大嶼山辨〉，收入簡又文編：《宋皇臺紀念集》（香港：香港趙族宗親總會，一九六〇），頁一七五—一八六。

（三）期刊論文

王雷：〈民國初年生存空間的歧異：前清遺老圈裡的生死節義〉，《安徽師範大學學報》（二〇〇三年一月），頁七九—八二。
王德威：〈文學行旅與世界想像〉，《聯合報・聯合副刊》（二〇〇六年七月八—九日）。
王標：〈空間的想像與經驗：民初上海租界中的遜清遺民〉，《杭州師範學院學報》（二〇〇六年一月），頁三三—四二。
左鵬軍：〈厓山記憶與嶺南遺民精神的發生〉，《華南師範大學學報》第六期（二〇一二年十二月），頁一一—一八。
李瑄：〈清初五十年間明遺民群體之嬗變〉，《漢學研究》第二三卷第一期（二〇〇五年六月），頁二九一—三二四。
林元輝：〈以連橫為例析論集體記憶的形成、變遷與意義〉，《臺灣社會研究季刊》第三一期（一九九八年九月），頁一—五六。
邵迎午：〈從梁濟「自沉」看中國近代遺老的文化心態〉，《上海師範大學學報》（二〇〇四年一月），頁二五—四一。
夏鑄九：〈殖民的現代性營造：重寫日本殖民時期臺灣建築與城市的歷史〉，《臺灣社會研究季刊》第四〇期（二〇〇〇年十二月），頁四七—八二。
孫之梅：〈民國前南社的遺民情結〉，《山東大學學報》第二期（二〇〇三），頁四六—五〇。
高嘉謙：〈帝國、斯文、風土：論駐新使節左秉隆、黃遵憲與馬華文學〉，《臺大中文學報》第三二期（二〇一〇年六月），頁三五九—三九八。
高嘉謙：〈武俠：一個精神史的考察〉，《中極學刊》第一期（二〇〇一年十二月），頁一八九—二〇五。
高嘉謙：〈歷史與敘事：論黃錦樹的寓言書寫〉，《中國現代文學研究》（二〇〇六年六月），頁一四三—一六四。
陳偉智：〈在文獻、文物與遺跡中發現歷史：連橫與尾崎秀真〉，「日本台湾学会第七回学術大会」宣讀論文，奈良：天理大学國際文化学部，二〇〇五年六月三—四日，頁四三—五二。
黃冠閔：〈風景的哲學思路〉，「文與體：跨領域對談」學術研習營宣讀論文，臺南：國立臺南藝術大學主辦，二〇一二年六月二十五—二十六日。
黃遵憲：〈圖南社序〉，《叻報》（一八九一年一月一日）。
黃錦樹：〈採珠者，超自然傳統，現代性〉，「兩岸青年學者論壇：中華傳統文化的現代價值」研討會宣讀論文，法鼓人文社會學院主辦，臺北：國立臺灣大學，二〇〇〇年九月十六—十七日。
黃錦樹：〈華文少數文學：離散現代性的未竟之旅〉，《香港文學》第二三九期（二〇〇四年十一月），頁四—八。
葛兆光：〈世間原未有斯人：沈曾植與學術史的遺忘〉，《讀書》第九期（一九九五），頁六四—七二。
劉小楓：〈流亡話語與意識型態〉，《二十一世紀》第一期（一九九〇年十月），頁一一三—一二〇。
錢明：〈清末民初的朱舜水熱〉，《浙江學刊》第五期（一九九六），頁八六—九〇。

錢建狀：〈南渡前後貶居嶺南文人的不同心態與環境變化〉，《浙江大學學報》（二〇〇四年九月），頁一一八—一二五。

羅志田：〈對共和體制的失望：梁濟之死〉，《近代史研究》第五期（二〇〇六），頁一—一一。

譚飛燕、姚蓉：〈『遺民』三論〉，《長沙鐵道學院學報學報》第六卷第一期（二〇〇五年三月），頁五三—五五。

蘇英、肖星：〈以南宋末帝南逃之路為依託，開辟特色文化旅遊線路〉，《旅遊縱覽》行業版第三期（二〇一一），頁一一〇。

（四）學位論文

王學玲：〈明清之際辭賦書寫中的身分認同〉（臺北：輔仁大學中文所博士論文，二〇〇一）。

李成鋼：〈廿世紀初馬來亞粵謳研究（一九〇四—一九二〇）〉（新加坡：南洋理工大學人文與社會科學院碩士論文，二〇一二）。

陳光瑩：〈洪棄生詩歌研究〉（高雄：國立高雄師範大學國文系博士論文，二〇〇三）。

陳金樹：〈丘逢甲南遊詩研究〉（新加坡：新加坡國立大學中文系碩士論文，一九九九）。

黃惠鈴：〈丘逢甲、「詩界革命」及其與日治時期臺灣傳統詩界的關係〉（臺中：東海大學中文研究所博士論文，二〇〇五）。

楊永彬：〈臺灣紳商與早期日本殖民政權的關係：一八九五—一九〇五年〉（臺北：國立臺灣大學歷史學研究所碩士論文，一九九六）。

鄭雅尹：〈幽靈・風景・現代性：同光體個案研究〉（埔里：國立暨南國際大學中文系碩士論文，二〇〇七）。

賴筱萍：〈許南英及其《窺園留草》研究〉（臺中：逢甲大學中文研究所碩士論文，二〇〇二）。

賴曉萍：〈丘逢甲潮州詩研究〉（臺中：逢甲大學中文研究所碩士論文，二〇〇二）。

（五）報刊

《天南新報》（一八九八—一九〇五）。
《臺灣日日新報》（一八九八—一九四四）。
《叻報》（一八八一—一九三二）。

文人流動與歷史紀事年表（一八九五——一九四五）

說明：本年表採公曆紀年、月，為方便對照，另標示年號、民國、干支紀年。無確切日期的事件，置於年、月之後。

西元	大事記	文人事蹟和流動路線	出版事項
一八九五（光緒廿一年，乙未）	四月 中日簽訂〈馬關條約〉，割讓臺灣 五月 臺灣民主國成立 康有為、梁啟超等發起「公車上書」 六月 日軍攻佔臺北城 八月 康有為主持《萬國公報》創刊 馬來亞《檳城新報》創刊 十月 臺南失守，臺灣民主國滅亡，劉永福內渡	•林朝崧內渡泉州，短暫返臺再赴泉州 •邱菽園赴北京參加會試 •許南英內渡大陸後，轉赴新加坡、暹羅 •王松內渡泉州	

一八九六（光緒廿二年，丙申）	六月　《臺灣新報》創刊 七月　馬來聯邦成立 八月　黃遵憲、梁啟超主編《時務報》創刊 十月　邱菽園在新加坡創設「麗澤社」、「樂群文社」 十二月　日本殖民官僚在臺北設立「玉山吟社」，這是第一個日臺官紳參與的詩社 是年，王鵬運、況周頤等在北京成立咫村詞社	•二月，邱菽園南下香港；四月抵新加坡，繼承父親遺產，扶父柩歸葬海澄 •四月，李鴻章抵新加坡，轉赴俄國 •許南英從暹羅抵新加坡 •王松返臺掃墓，再次定居新竹	•易順鼎《四魂集》刊行 •黃遵憲《黃公度詩》刊刻
一八九七（光緒廿三年，丁酉）	三月　林文慶、宋旺相創辦《海峽華人雜誌》（*The Straits Chinese Magazine*） 五月　臺灣人國籍選擇日截止 七月　梁啟超等在上海成立不纏足會	•五月，邱菽園抵香港，跟潘飛聲等交遊，同年返抵新加坡 •五月，王韜卒 •許南英從新加坡返抵中國大陸	•康有為《孔子改制考》刊行 •邱菽園《菽園贅談》（附刊《答粵督書》、《庚寅偶存》、《壬辰冬興》）香港刊印 •譚嗣同撰成《仁學》
一八九八（光緒廿四年，戊戌）	二月　兒玉源太郎就任臺灣第四任總督 五月　邱菽園主持《天南新報》創刊	•十二月章太炎流亡臺灣，擔任《臺灣日日新報》記者。 •林朝崧從泉州移居上海	•黃遵憲重刊〈日本雜事詩〉，以此定本 •張之洞〈勸學篇〉刊刻 •馬建忠《馬氏文通》出版

	《臺灣日日新報》創刊 裘廷梁創辦《無錫白話報》 六月 光緒宣布維新變法開始 日本殖民政府在臺灣舉辦第一次「饗老典」 清政府與英國簽訂「展拓香港界址專條」，租借香港九龍界限街以北、深圳河以南地方及附近逾兩百個離島，為期九十九年 七月 發布臺灣公學校與小學校官制 創制京師大學堂 九月 戊戌政變，康有為、梁啟超流亡國外 十二月 《清議報》在日本橫濱發行		・潘飛聲《香海集》刊印
一八九九（光緒廿五年，己亥）	四月 新加坡、馬來亞等地發起「孔教復興運動」 邱菽園、林文慶等創辦新加坡華人女子學校 七月 康有為在加拿大組織保皇會	・林朝崧從上海返臺定居	・黃遵憲寫成〈己亥雜詩〉 ・章太炎《訄書》刊刻 ・邱菽園《五百石洞天揮麈》刊印 ・丘逢甲、王曉滄《金城唱和

	九月　邱菽園、林文慶等人組織「華人好學會」（The Chinese Philomathic Society） 十月　林文慶資助《日新報》於新加坡創刊		集》新加坡刊刻 • 釋敬安《八指頭陀詩集》刊刻
一九〇〇（光緒廿六年，庚子）	一月　山東義和團開始動亂 二月　清廷懸賞通緝康有為、梁啟超 保皇會新加坡分會成立，邱菽園任會長 三月　日本殖民政府在臺灣舉辦「揚文會」 印尼「中華學堂」巴城設立，南洋最早的新式華校 五月　義和團開始在北京動亂 八月　八國聯軍佔領北京 《臺灣民報》創刊 是年，丘逢甲於汕頭創辦「嶺東同文學堂」	• 一月丘逢甲赴港、澳與康有為會商勤王事宜 • 二月，康有為自港抵新加坡 • 二月，邱菽園往馬六甲、吉隆坡等地商討保皇黨運動 • 三月，丘逢甲、王曉滄抵新加坡，容閎亦抵新加坡 • 四月，丘逢甲、王曉滄赴檳榔嶼、吧羅等馬來亞地區 • 六月，丘逢甲一行返回汕頭 • 七月，梁啟超抵新加坡謁見康有，孫中山抵新加坡 • 八月，康有為遷往檳榔嶼 • 九月，孫中山抵臺 • 陳寶箴卒	• 籾山衣洲編《南菜園唱和集》出版 • 王鵬運、朱祖謀等輯成《庚子秋詞》兩卷 • 邱菽園編《紅樓夢絕句》刊印

一九〇一（光緒廿七年，辛丑）	一月 「私立臺灣文庫」創設於「淡水館」，臺灣第一所現代化圖書館 四月 李寶嘉主編《世界繁華報》創刊 五月 王國維主編《教育世界》創刊 九月 《辛丑條約》簽訂	•十二月，康有為離開檳榔嶼赴印度 •容閎訪臺灣見總督兒玉源太郎	•邱菽園《揮麈拾遺》成書 •邱菽園《菽園贅談》上海刊印（鉛印本） •嚴復譯《天演論》出版 •梁啟超發表〈論小說與群治之關係〉
一九〇二（光緒廿八年，壬寅）	二月 梁啟超在日本橫濱創辦《新民叢報》 六月 《大公報》創刊 十一月 梁啟超《新小說》創刊 是年，臺灣詩社「櫟社」成立		•梁啟超《飲冰室詩話》開始發表 •康有為在印度撰《大同書》 •鄭孝胥《海藏樓詩》初刊 •邱菽園《新出千字文》刊印
一九〇三（光緒廿九年，癸卯）	五月 李寶嘉主編《繡像小說》創刊 六月 章太炎「蘇報」事件入獄 十二月 林萬里主編《中國白話報》創刊	•一月，梁啟超抵新加坡，後赴美洲 •七月，康有為從仰光抵檳榔嶼，再轉往吧羅、吉隆坡等地 •九月，康有為從檳榔嶼到新加坡，再轉往印尼爪哇的巴達維亞等地	•鄒容《革命軍》出版 •夏曾佑發表〈小說原理〉

		• 十月，康有為從新加坡，經過暹羅、越南回到香港	
一九〇四（光緒三十年，甲辰）	一月　頒佈〈欽定學堂章程〉 二月　日俄戰爭爆發 三月　《東方雜誌》創刊 五月　檳城「中華學校」成立，新馬第一間新式華校 九月　陳景韓主編《新新小說》創刊	• 五月，康有為從香港抵檳榔嶼停留，再轉歐美 • 七月，翁同龢卒 • 八月，文廷式卒 • 王鵬運卒	• 康有為撰《歐洲十一國遊記》 • 吳汝綸《桐城吳先生詩集》初刊 • 金文泰（Cecil Clementi）將招子庸《粵謳》翻譯英文 *Cantonese love-songs* 出版
一九〇五（光緒三十一年，乙巳）	二月　《國粹學報》創刊 七月　孫中山在新加坡晚晴園創立同盟會分部 九月　廢科舉 十一月　朝鮮淪為日本殖民地	• 一月，范當世卒 • 三月，黃遵憲卒 • 左秉隆隨清廷五大臣出國考察	• 陳衍《石遺室詩集》初刊 • 王松《臺陽詩話》刊印 • 潘飛聲《在山泉詩話》於香港《華字日報》連載
一九〇六（光緒三十二年，丙午）	十一月　吳趼人主編《月月小說》創刊 是年，臺灣詩社「南社」成立	• 十一月，陳寶琛抵新加坡推銷漳廈鐵路股票 • 邱菽園遊檳城 • 俞樾卒 • 陳伯陶應學部奏派赴日本考察學務	• 王國維《人間詞甲稿》刊刻 • 尾崎秀真編《鳥松閣唱和集》出版 • 張其淦《夢痕仙館詩鈔》刊刻

一九〇七（光緒三十三年，丁未）	二月　黃人主編《小說林》創刊	·十月，左秉隆抵新加坡再任新加坡兼轄海門等總領事 ·楊雲史赴新加坡領事館任書記官 ·林獻堂遊歷日本東京、奈良等地，巧遇梁啟超 ·秋瑾遭處決	·王國維《人間詞乙稿》刊刻 ·王闓運《湘綺樓詩》刊刻 ·陳寶琛《滄趣閣詩》刊刻 ·秋瑾《秋瑾詩詞》刊刻
一九〇八（光緒三十四年，戊申）	十一月　慈禧太后、光緒帝卒 十二月　宣統帝溥儀即位	·十月，康有為從歐美抵檳榔嶼居留，將母親從香港接到此地奉養	·王國維《人間詞話》開始發表 ·魯迅〈摩羅詩力說〉發表 ·范當世《范伯子詩集》刊刻 ·黃遵憲《人境廬詩草》刊刻
一九〇九（宣統元年，己酉）	一月　北臺灣詩社「瀛社」艋舺成立 十月　包天笑主編《小說時報》創刊 十一月　柳亞子等組成「南社」在蘇州成立	·三月，康有為離開檳榔嶼遠遊 ·八月，康有為再抵檳榔嶼 ·十月，康有為離開檳榔嶼往印度 ·張之洞卒	·柳亞子主編《南社叢編》開始出版 ·陳三立《散原精舍詩》初刊
一九一〇（宣統二年，庚戌）	八月　《新學叢誌》台灣創刊 王蘊章主編《小說月報》創刊	·四月，康有為抵新加坡 ·五至六月間康有為再到檳榔嶼 ·八月，康有為從檳榔嶼到新加坡，九月離開回港	·蘇曼殊〈斷鴻零雁記〉開始發表 ·柳亞子《摩劍室詩集》刊刻 ·狄葆賢《平等閣詩話》刊刻

		•十月，左秉隆請辭新加坡總領事一職	•《南社叢刻》上海出版
一九一一（宣統三年，辛亥）	九月　孫中山於新加坡演講 十月　武昌起義爆發，辛亥革命成功 十一月　第一次世界大戰爆發 是年，中華書局創立	•一月，康有為抵新加坡，居邱菽園處 •三月，梁啟超訪問臺灣 •五月，康有為離開新加坡返港 •邱菽園遊歷緬甸、檳城、吉打為「華人好學會」遊說宣傳 •十一月，王國維東渡日本京都 •陳伯陶、賴際熙避居九龍、香港 •汪兆鏞避居澳門	•丘逢甲《嶺雲海日樓詩鈔》刊刻 •康有為《南海先生詩集》刊印（梁啟超手抄本）
一九一二（壬子）	一月　孫中山就任臨時大總統，中華民國成立 二月　清帝下詔退位 三月　袁世凱在北京就臨時總統職 七月　明治天皇病逝，嘉仁接任天皇，改元大正 十月　陳煥章等成立「孔教會」 十二月　梁啟超主持《庸言》雜誌創刊	•二月，丘逢甲卒 •六月，許南英返臺省墓 •連橫赴上海等地旅行 •釋敬安（八指頭陀）卒	•樊增祥《樊山詩鈔》刊刻 •陳衍《石遺室詩話》開始於《庸言》雜誌發表

	是年，劉伯端、楊其光等於香港創立「海外吟社」		
一九一三（癸丑）	一月 邱菽園主持《振南日報》創刊 三月 康有為創辦《不忍》雜誌 上海同光體遺老詩人沈曾植、陳三立、樊增祥等組成「超社」 十一月 鴛鴦蝴蝶派《遊戲雜誌》創刊	・林獻堂遊歷北京 ・黃人卒	・王國維〈宋元戲曲史〉開始發表
一九一四（甲寅）	五月 章士釗主編《甲寅》雜誌於東京創刊 徐枕亞主編《小說叢報》創刊 六月 王鈍根主編《禮拜六》創刊 八月 第一次世界大戰結束	・連橫從上海返臺	・楊鍾羲《雪橋詩話》刊刻
一九一五（乙卯）	三月 上海遺老詩社「超社」改名「逸社」 陳衍、樊增祥、易順鼎等在北京組成「春社」 八月 臺灣爆發「噍吧哖事件」 包天笑主編《小說大觀》創刊 九月 陳獨秀主持《青年雜誌》於上	・十月，林朝崧卒	・陳衍《石遺室詩話》出版 ・陳衍《石遺室詩話續編》開始發表 ・章太炎《章氏叢書》刊行

	海創刊，隔年更名《新青年》 十二月　袁世凱改帝制，當皇帝		
一九一六（丙辰）	二月　姚鵷雛主編《春聲》於上海創刊 三月　袁世凱被迫取消帝制 六月　袁世凱卒 八月　新加坡南洋女校創立	•九月，章太炎抵新加坡，十月抵檳榔嶼 •許南英返臺掃墓，後轉赴印尼棉蘭 •左秉隆自新加坡遷居香港，九月歸廣州 •王闓運卒 •陳伯陶等於「宋王臺」雅集	•張謇《張季子詩錄》出版 •梁啟超《飲冰室全集》出版 •吳梅《顧曲麈談》出版 •陳伯陶《勝朝粵東遺民錄》、《宋東莞遺民錄》刊刻 •丁福保輯《清詩話》刊行
一九一七（丁巳）	一月　包天笑主編《小說畫報》創刊 七月　張勛擁清遜帝復辟 是年，吳德功等創設「崇文社」	•十二月，許南英卒於印尼棉蘭 •邱菽園遊爪哇泗水	•胡適發表〈文學改良芻議〉 •陳獨秀發表〈文學革命論〉 •朱孝臧輯《彊村叢書》編成 •沈曾植《寐叟乙卯稿》刊刻 •蘇澤東輯錄《宋臺秋唱》刊印 •邱菽園《嘯虹生詩鈔》編成
一九一八（戊午）	一月　南北軍閥抗爭開始 十一月　教育部公布「注音符號」 十二月　「臺灣文社」成立	•四月，鄭文焯卒、瞿鴻禨卒 •十一月，梁濟自沉北京積水潭 •十二月，俞明震卒 •蘇曼殊卒	•胡適發表〈建設的文學革命論〉 •魯迅發表〈狂人日記〉 •汪兆鏞編定《元廣東遺民錄》

一九一九（己未）	一月 傅斯年主編《新潮》創刊 三月 劉師培、黃侃等創辦《國故》月刊 「華僑中學」在新加坡成立 五月 五四運動開始 七月 《臺灣時報》創刊 「少年中國學會」北京成立，出版《少年中國》月刊	•劉師培卒 •繆荃孫卒	•吳德功《瑞桃齋詩稿》手抄本完成 •陳步墀《宋臺集》刊印 •汪辟疆撰《光宣詩壇點將錄》
一九二〇（庚申）	四月 舊國文教科書廢止，啟用白話文 七月 《臺灣青年》東京創刊	•一月，梁鼎芬卒 •九月，李瑞清卒 •九月，呂碧城赴美遊學 •十月，易順鼎卒	•胡適《嘗試集》出版 •俞明震《觚庵詩存》刊印
一九二一（辛酉）	一月 臺灣議會設置請願運動 「文學研究會」成立 「創造社」東京成立 「白雪詞社」成立 五月 孫中山於廣州就任大總統 七月 中國共產黨成立 八月 姚鵷雛主編《春聲》於上海創刊	•十月，嚴復卒 •狄葆賢卒 •葉季允卒	•連雅堂完成《臺灣詩乘》及發行《臺灣通史》 •第一次全臺詩人大會《環鏡樓唱和集》出版 •郁達夫《沉淪》出版 •陳曾壽《蒼虬閣詩存》刊印 •陳伯陶編纂《東莞縣志》

	十月　「臺灣文化協會」創立 臺灣舉行第一屆全島詩人大會		
一九二二 （壬戌）	一月　吳宓等主編《學衡》創刊 四月　第一次直奉戰爭爆發 八月　嚴獨鶴主編《紅雜誌》創刊 十二月　溥儀大婚	• 七月至十一月，洪棄生赴上海等地做八洲之遊 • 十月，沈曾植卒 • 連橫短暫赴日	• 陳瑞明發表〈日用文鼓吹論〉掀臺灣白話文運動序幕 • 洪棄生《瀛海偕亡記》北京出版 • 王國維《觀堂集林》出版 • 邱菽園《嘯虹生詩續鈔》自印出版
一九二三 （癸亥）	一月　王雲五主編《小說世界》創刊 國故整理運動開始 四月　臺灣白話文研究會成立 臺灣文化協會《臺灣民報》東京創刊 王國維擔任遜帝「南書房行走」 九月　《南洋商報》於新加坡創刊 十月　柳亞子、葉楚傖等發起成立「新南社」 十二月　徐志摩等「新月社」活動開始	• 九月，陳衡恪卒 • 管震民南渡緬甸	• 黃呈聰發表〈論普及白話文的新使命〉、黃朝琴發表〈漢文改革論〉正式發起臺灣白話文運動。 • 陳衍編《近代詩鈔》出版 • 魯迅《吶喊》出版 • 林紓《畏廬詩存》刊印 • 梁鼎芬《節庵先生遺詩》刊印 • 宋旺相英文專著《新加坡華人百年史》（*One Hundred Year's History of The Chinese in*

	是年，賴際熙、陳伯陶等人於香港創辦學海書樓		*Singapore*）於倫敦出版 ・汪兆鏞《元廣東遺民錄》刊刻
一九二四（甲子）	二月　連雅堂主持《臺灣詩薈》創刊 《臺灣詩報》創刊 三月　蔣渭水等因臺灣「治警事件」遭逮捕 徐志摩陪泰戈爾訪陳三立 邱菽園於新加坡成立「檀榭詩社」 十一月　溥儀被逐出紫禁城 《語絲》創刊 是年，北山詩社於香港創立	・五月，吳德功卒 ・十月，林紓卒 ・十一月，辜鴻銘來臺 ・夏曾佑卒 ・左秉隆卒於廣州	・張我軍發表〈致臺灣青年的一封信〉，爆發臺灣新舊文學論戰 ・洪棄生《寄鶴齋詩話》開始發表
一九二五（乙丑）	三月　孫中山過逝 臺灣第一本白話文雜誌《人人》創刊（僅2期） 六月　省港大罷工 七月　廣州國民政府成立，汪精衛任主席 章士釗主編《甲寅》雜誌復刊 九月　「未名社」成立	・高旭卒	・張我軍《亂都之戀》出版 ・陳去病《浩歌堂詩鈔》出版 ・何藻翔編《嶺南詩存》出版

	十月　金文泰（Cecil Clementi）任香港總督		
一九二六（丙寅）	二月　《良友畫報》創刊 三月　郁達夫等主編《創造月刊》創刊 七月　廣州國民政府開始出兵北伐 十二月　日本大正天皇病逝，裕仁即位，改元昭和 是年，潛社於南京創立	• 八月，況周頤卒 • 張謇卒	• 魯迅《徬徨》出版 • 邱菽園主編《檀榭詩集》於新加坡刊印 • 況周頤《蕙風叢書》刊印 • 楊雲史《江山萬里樓詩詞鈔》刊印
一九二七（丁卯）	三月　臺灣北部各詩社主辦「全島聯合吟會」 四月　國民政府遷都南京 八月　《臺灣民報》在臺灣發行 是年，香港大學中文學院成立，賴際熙任系主任 是年，梁廣照於香港組織「宋社」	• 三月，康有為卒 • 五月，林獻堂出遊歐美 • 六月，王國維自沉昆明湖	
一九二八（戊辰）	三月　臺北帝國大學設立 是年，須社於天津創立	• 二月，洪棄生卒 • 四月，辜鴻銘卒	

一九二九（己巳）	一月《星洲日報》於新加坡創刊	‧一月，梁啟超卒	‧陳衍《石遺室詩話》上海出版 ‧徐世昌《晚晴簃詩匯》刊印
一九三〇（庚午）	三月 中國左翼作家聯盟成立 四月 馬來亞共產黨成立 六月《伍人報》創刊 九月《三六九小報》創刊 十月 臺灣泰雅族發動「霧社事件」 臺灣桃園吟社發行《詩報》 夏敬觀、黃孝紓等於上海創立漚社	‧一月，王松卒 ‧八月，陳伯陶卒於九龍 ‧九月，何藻翔卒 ‧田桐卒 ‧潘受南渡新加坡，任《叻報》編輯	‧郭秋生發表〈建設臺灣話文一提案〉、黃石輝發表〈怎麼不提倡鄉土文學〉，掀起「臺灣話文運動」序幕
一九三一（辛未）	四月 第二次霧社事件 六月 臺灣文藝作家協會成立 八月 蔣渭水病逝 九月 九一八事變，關東軍襲瀋陽，東三省淪陷 是年，朱汝珍、溫肅等人於香港組織「正聲吟社」	‧三月，袁克文卒 ‧十一月，徐志摩卒 ‧十二月，朱祖謀卒 ‧樊增祥卒	
一九三二（壬申）	一月《南音》雜誌創刊 三月「滿洲國」成立，溥儀任執政，鄭孝胥任國務總理		‧《正聲吟社詩鐘集》香港出版

	新加坡第一份華文報《叻報》停刊（1881/12/10-1932/3/31） 五月　施蟄存主編《現代》雜誌創刊 六月《文學月報》上海創刊 十一月《青鶴》上海創刊		
一九三三（癸酉）	四月　龍沐勛主編《詞學季刊》創刊 《文學雜誌》北京創刊 七月《福爾摩沙》雜誌創刊 十月　臺灣現代詩刊《風車》創刊	•連橫攜眷赴上海定居 •陳去病卒	•許南英《窺園留草》北京出版 •錢基博《現代中國文學史》出版 •朱祖謀《彊邨遺書》出版 •林朝崧《無悶草堂詩存》刊印 •《漚社詞鈔》刊印
一九三四（甲戌）	三月「滿洲國」實行帝制 四月　林語堂主編《人間世》創刊 五月　第一屆臺灣全島文藝大會 七月　臺灣白話文雜誌《先發部隊》創刊（僅出一期，隔年改名《第一線》） 十一月　張深切等創辦《臺灣文藝》雜誌	•十二月，管震民南渡檳城，任教鍾靈中學 •潘飛聲卒 •陳步墀卒	•潘飛聲《說劍堂詩集》刊印

一九三五（乙亥）	二月　鍾朗華主編《詩經》創刊 五月　鄭孝胥離開總理大臣一職 七月　《風月》創刊，後改名《風月報》 八月　第二屆臺灣全島文藝大會 九月　林語堂主編《宇宙風》創刊	•三月，陳寶琛卒 •十月，黃侃卒	•吳宓《吳宓詩集》出版 •郭則澐《十朝詩乘》出版
一九三六（丙子）	一月　《臺灣新文學》雜誌創刊 十二月　西安事變	•五月，吳道鎔卒 •六月，連雅堂卒於上海 •六月，章太炎卒 •十月，魯迅卒 •十二月，郁達夫訪問臺灣	•《如社詞鈔》刊印
一九三七（丁丑）	四月　廢止臺灣報刊、雜誌的漢文欄，皇民化運動開始 七月　盧溝橋事變，中日戰爭爆發	•八月，陳衍卒 •八月，黃濬以漢奸罪遭處決 •九月，陳三立卒 •十一月，呂碧城抵新加坡、檳榔嶼 •賴際熙卒 •區大典卒	•吳道鎔《澹盦詩存》、《澹盦文存》刊印 •呂碧城《曉珠詞》四卷本刊印

一九三八 （戊寅）	三月　梁鴻志「中華民國維新政府」於南京成立 四月　西南聯大昆明成立 五月　盧冀野主編《民族詩壇》於武漢創刊 十二月　汪精衛自重慶出走河內，發表艷電	•三月，鄭孝胥卒 •十二月，郁達夫抵新加坡主編《星洲日報》 •楊雲史避居香港	
一九三九 （己卯）	一月　新加坡中正中學成立 六月　夏敬觀等於上海創立午社 九月　第二次世界大戰爆發	•一月，郁達夫遊歷檳榔嶼 •三月，吳梅卒 •九月，郁達夫遊歷吉隆坡、馬六甲 •九月，汪兆鏞卒於澳門 •十月，林幼春卒 •方修抵馬來亞巴生 •溫肅卒	•管震民《蘆管吟草》刊印
一九四〇 （庚辰）	一月　西川滿、黃得時創辦《文藝臺灣》 陳寥士主編《國藝》於南京創刊 餘園詩社主編《雅言》於北京創刊	•五月，羅振玉卒 •十二月，胡愈之抵新加坡主編《南洋商報》	

	二月 臺灣發起改姓名運動 三月 汪精衛「中華民國國民政府」於南京成立 「中國南洋學會」新加坡成立，第一個海外華人研究的民間團體，《南洋學報》創刊 四月 陳詮主編《戰國策》創刊 十二月 龍榆生主編《同聲月刊》創刊		
一九四一（辛巳）	四月「皇民奉公會」成立 五月 張文環主編《臺灣文學》創刊 七月《民俗臺灣》創刊 十二月 太平洋戰爭爆發，上海租界、香港淪陷 日軍攻入馬來亞，空襲新加坡	•一月，郁達夫遊歷馬來亞金馬崙高原 •七月，楊雲史卒於香港 •八月，許地山卒於香港 •十一月，邱菽園卒 •巴人抵新加坡 •夏孫桐卒	•島田謹二發表〈台湾の文學的過現未〉 •周金波發表〈志願兵〉 •汪精衛《雙照樓詩詞稿》刊印
一九四二（壬午）	一月 臺灣第一批陸軍志願兵入伍 二月 日軍攻陷新加坡，開始「檢證」大屠殺 日軍於新加坡出版華文《昭南日報》	•二月，郁達夫避難蘇門答臘 •五月，陳獨秀卒 •十月，李叔同卒 •王石鵬卒	•黃得時發表〈輓近の台湾文學運動史〉 •毛澤東發表〈在延安文藝座談會上的講話〉

	三月　《古今》創刊 四月　臺灣實施陸軍特別志願兵制度 五月　毛澤東發表「在延安文藝座談會上的講話」 十二月　龍瑛宗、張文環等出席「第一回大東亞文學者會議」		
一九四三（癸未）	八月　臺灣舉行「大東亞文學者決戰會議」 「第二回大東亞文學者大會」 九月　「厚生演劇研究會」公演〈閹雞〉、〈高砂館〉等劇目 十一月　中、美、英發表「開羅宣言」 臺灣舉行「台灣決戰文學會議」 「臺灣文學奉公會」成立	• 一月，呂碧城卒於香港 • 一月，賴和卒 • 朱汝珍卒	• 陳火泉發表〈道〉 • 黃得時發表〈台灣文學史序說〉
一九四四（甲申）	五月　《臺灣文藝》創刊 七月　李釋戡創辦，錢仲聯主編《學海》 九月　臺灣全面實施徵兵制度 十一月　「第三回大東亞文學者大會」	• 十一月，汪兆銘卒於日本	•《決戰台灣小說集》（乾之卷）出版

一九四五（乙酉）	八月　日本宣布投降，各地抗日活動結束 九月　英軍重新登入新加坡，組織軍政府治理 十月　《臺灣新生報》創刊 臺灣光復	•九月，郁達夫在蘇門答臘失蹤遇害 •張爾田卒	•吳濁流撰成《亞細亞的孤兒》 •《決戰台灣小說集》（坤之卷）出版

部分資料來源：
鄒穎文：《香港古典詩文集經眼錄》（香港：中華書局，二〇一一）
程中山主編：《香港文學大系一九一九——一九四九：舊體文學卷》（香港：商務印書館，二〇一四）
許雲樵：《新加坡一百五十年大事記》（新加坡：青年書局，二〇〇五）
遠流臺灣館編著：《臺灣史小事典》（臺北：遠流，二〇〇四）
胡曉明、李瑞明編著：《近代上海詩學繫年初編》（上海：上海教育，二〇〇三）
楊伯嶺編著：《近代上海詞學繫年初編》（上海：上海教育，二〇〇三）
楊萌芽：《清末民初宋詩派文人群體活動年表》（開封：河南大學出版社，二〇〇八）
〈辛亥革命以來詩詞大事編年〉，賀新輝主編：《近現代詩詞鑑賞辭典》（北京：北京燕山，二〇〇六）

後記

本書的出版，除了是個人學術成果的整理，多少也帶有紀念意義。書中的核心主題是遷徙與流動，以及詩、文人和文化在其中的精神處境和生產意義。從博士論文以漢詩與離散詩學為起點，近年的研究總離不開漢詩，儘管議題取向有異，但多少都跟當初的學術關懷有一定的聯繫。因此，本書基本是博論為底稿的修訂增補，再加上近年寫作的新文章，希望就南方的離散漢詩議題，整合出比較完整的結構和視野。同時藉此出版的機會，重新檢視自己近年的學術思路。

另外，書裡標舉的疆界概念，強調的不純然是設邊立界的地理空間，而多了個體、語言和文體之間的滑動和辯證。就這層意義而言，似乎也象徵了自己取得學位以及學術寫作的歷程。自己的學院訓練歷經三所學校，受教於不同的學者教授，修業、寫作和思考，既開啟眼界，也刺激思維。雖則個人資質有限，但學術的熱情和關懷，問題意識和文體風格因應的調整，都紀錄著自己在學術探索的點滴和軌跡。因此，本書對自己更多了一層紀念的意義。回想當初密集寫作的那幾年，每週往返臺北埔里兩地兼課，當時沒有高鐵，交通來回耗費八小時，車上醒睡之間，反覆看連臺詞都會背的電影，穿越無數個隧道，看滿山檳榔和青綠，也算是在寫作裡偷閒。某一年的夏天，因為家庭因素待在美國洛杉磯，每天清晨開車往UCLA東亞圖書館的路上，都會途經張愛玲故居和楊德昌墓園，那些泡圖書館堅守紀律寫作的日子，竟也完成了最核心的章節。現在想來仍有加州陽光的味道。另外，就是多個夜晚跟王德威老師越洋電話進行討論，寫作的困蹇，豁然開朗的指引。大概這些記憶都散發著時間的光暈，召喚和紀錄著自己投入學術生涯的初衷，以及在整個過程慢慢燃燒的熱情。我想學術寫作是長遠的路，乍看客觀的學術生產，其實也回應個人的生命史。有些議題需要沉澱和過濾，才知道對自己的意義，亦如生命的起伏際遇，不在一時一刻，但總在形塑的歷程，完成了自己對外部世界的解釋。這可能是學術研究另外一層重要的意義。

這本書可以順利出版，有許多因緣。當初投稿聯經出版公司，通過學術編委會的匿名外審，簽訂合約至今又過了兩年。自己疏懶，又有許多不可預期的教學和學術工作，若非胡金倫總編輯多番的催促，這本書可能還會被耽擱，在此必須特別感謝他的支持。他非常嚴謹細緻的編輯工作，以及對學術出版堅持的熱情，在臺灣的出版環境而言，非常可貴和難得，令人感佩。他是多年的老友，這本書能經他編輯，對我有更深的意義。同時感謝臺大中文系的研究生李俊安、黃憶晴、蘇仁和、罕麗姝幫忙替書稿統一格式和校對。他們的幫忙，讓本書更臻完善。

誠摯感謝忙碌中仍樂於幫忙寫序推介的王德威教授。王老師長年給予的指導、鼓勵和提攜，最是溫暖，銘刻於心。師生緣分，是我走上學術之路十分珍貴的情感和記憶。藉此機會，更要感謝多年來提供援助、學術刺激和啟發的黃錦樹教授，亦師亦友的情緣，感念在心。另外，當年對我的博論提供各種建議，長期鼓勵我的梅家玲教授、鄭文惠教授、黃美娥教授，以及碰面總不忘督促和鼓勵我出版專書的鄭毓瑜教授、黃英哲教授、李有成教授、張錦忠教授，以及好友李文卿教授和吳盛青教授。學術前輩和夥伴的支持，讓我受益和感動。同時特別感謝在碩、博士班階段給我甚多幫忙的林啟屏教授，以及促成我走上中文系的啟蒙者歐慶亨老師。本書的形成和出版，還有賴於匿名評審給予的積極和建設性的意見，在此致上謝意。另外，感謝程中山教授、鄒穎文女士、陳紹南先生和學海書樓給予本人查找香港資料及使用圖片的幫忙。新加坡何奕愷博士幫忙聯繫邱菽園家屬，洽詢圖片使用，在此一併致謝。

最後，僅將此書獻給我的父母和妻子。感謝父母多年來的栽培和信任。他們一輩子的生活圈與學術無關，卻支持我生活在外完成自己的理想。妻子長年忍受我因為教書、寫作、開會而乏味又混亂的日常作息，錯過了許多休閒的家庭生活；同時住在書滿為患、空間逼仄的居家環境，依然默默的支持我完成所有的學術工作。作為生活伴侶，她的忍讓和犧牲令我感動和無限感激。同時感謝我的兩位姐姐的各種幫忙和照顧，讓我沒有後顧之憂追求自己的學術事業，以及妹妹在照顧幼兒的忙碌中協助我完成書內圖片的美編工作。

流動總要始於起點，這本書在我而言也是一個起點。希望這本書的出版，可以讓南方的漢詩議題，引起更多學術的討論和重視。

二〇一六年八月二十日林口

遺民、疆界與現代性
：漢詩的南方離散與抒情（1895-1945）

2016年9月初版
定價：新臺幣690元

著者	高嘉謙
總編輯	胡金倫
總經理	羅國俊
發行人	林載爵
叢書主編	胡金倫
封面設計	兒日

出版者	聯經出版事業股份有限公司
地址	台北市基隆路一段180號4樓
編輯部地址	台北市基隆路一段180號4樓
叢書主編電話	(02)87876242轉203
台北聯經書房	台北市新生南路三段94號
電話	(02)23620308
台中分公司	台中市北區崇德路一段198號
暨門市電話	(04)22312023
台中電子信箱	e-mail：linking2@ms42.hinet.net
郵政劃撥	帳戶第0100559-3號
郵撥電話	(02)23620308
印刷者	世和印製企業有限公司
總經銷	聯合發行股份有限公司
發行所	新北市新店區寶橋路235巷6弄6號2樓
電話	(02)29178022

行政院新聞局出版事業登記證局版臺業字第0130號

本書如有缺頁，破損，倒裝請寄回台北聯經書房更換。 ISBN 978-957-08-4797-0 (精裝)
聯經網址：www.linkingbooks.com.tw
電子信箱：linking@udngroup.com

國家圖書館出版品預行編目資料

遺民、疆界與現代性：漢詩的南方離散與抒情（1895-1945）/高嘉謙著．初版．臺北市．聯經．2016年9月（民105年）．568面．14.8×21公分
ISBN 978-957-08-4797-0（精裝）

1.中國詩 2.詩評

820.9108 105015803